Imp Bertauts.

MES
SOUVENIRS
A
MES ENFANTS

par Lezay Marnésia

BLOIS
E. DÉZAIRS, IMPRIMEUR, RUE DU POIDS-DU-ROI
1851

AVANT-PROPOS

A la fin de décembre 1821, après avoir été Préfet du Lot, puis de la Somme, et enfin pendant quatre ans et trois mois Préfet du département du Rhône, je fus révoqué par le ministère de M. de Villèle, qui venait de remplacer celui de M. de Richelieu. Placé à ce poste difficile, par la confiance de ce dernier, je devais tomber avec lui.

Je me retirai à Saint-Julien, petite propriété située dans le département du Jura qui me restait des grands biens de mes pères. Alors l'idée me vint d'occuper les loisirs de ma retraite en passant en revue mon administration, et en en écrivant les principales circonstances : je commençai ce travail, mais les occupations des champs auxquelles je me livrais avec beaucoup d'ardeur et de goût, me prenaient trop de temps pour me permettre de donner à ce projet tout celui qu'il exigeait.

Rappelé aux affaires en 1828, par M. de Martignac, j'ai rempli, sans interruption, les fonctions de Préfet de Loir-et-Cher, dont la révolution de Février m'a dépossédé; ainsi, tour à tour victime des caprices des Rois et des Révolutions, tantôt à cause de l'honorable popularité que je m'étais faite, tantôt malgré cette même popularité.

Réduit de nouveau à l'inaction, sans avoir les moyens de m'en distraire, que j'avais lors de ma première révocation, je veux essayer de récréer mes vieux jours en reprenant ce travail, et en le faisant remonter plus haut dans ma vie.

Dans ce temps où tout est spéculation, on voit des hommes jouissant d'ailleurs d'une juste célébrité, écrire leurs mémoires ou leurs confidences pour les vendre, et, comme ces petites histoires individuelles offrent par elles-mêmes peu d'intérêt au public, il faut bien qu'ils les composent, qu'ils les brillantent, qu'ils les charlatanisent pour éblouir et attirer les chalands, comme les marchands font de leurs marchandises; en sorte que ces prétendues histoires ne sont guères que des romans où l'imagination a plus de part que la vérité. Moi qui n'écris la mienne que pour mon amusement et pour mes seuls enfants, je le fais en toute simplicité, en toute vérité, comme un sincère examen de conscience, sans autre prétention que de me perpétuer dans leur mémoire, et de les occuper encore de moi par quelques souvenirs intéressants pour eux, et, j'espère, honorables pour moi.

LEZAY-MARNÉSIA.

PREMIÈRE PARTIE

VIE PRIVÉE

J'appartenais à cette classe dont les enfants, pour occuper les premiers rangs de la société, pour en avoir les honneurs, la considération et toutes les jouissances, n'avaient de peine à prendre que celle de naître : aussi les parents, sûrs que ces avantages leur étaient inévitablement acquis, se dispensaient-ils trop souvent de leur donner une éducation qui eût pu justifier cette suprématie par des titres réels. C'est ce qui eut lieu à mon égard : dès l'âge de sept ans, mon éducation fut livrée à des moines de la principauté de Porentrui, desquels il n'y avait rien à apprendre, ni des connaissances humanitaires, ni des affaires du monde, ni de la société, et qui ne pouvaient transmettre que ce qu'ils avaient reçu, c'est-à-dire à peu près rien. Mon éducation.

Ce fut dans ce désert de toutes connaissances, de tous talents, je dirais presque de toutes pensées, que je passai sept années de ce premier temps de l'enfance, si propre à recevoir les germes dont le développement fait tout l'avenir de l'homme.

Si les soins de mon éducation ne causèrent pas beaucoup d'embarras à mes parents, elle fut aussi pour eux fort économique, car, pendant tout ce temps, je ne leur coûtai, tout compris, que trois cents francs par an. C'était le prix de la pension où ils m'avaient placé.

Alors l'éducation de la haute classe, quoique négligée, était généralement sévère, souvent même jusqu'à la rigidité : les rapports des parents avec leurs enfants et des enfants avec leurs parents, ne consistaient guères, de la part des premiers, que dans une froide protection plus ou moins exigeante, et de la part des seconds que dans une respectueuse et craintive déférence ; ceux-ci habituellement relégués, soit dans des pensions, soit avec des précepteurs, souvent même confiés aux soins de simples domestiques, restaient étrangers aux relations sociales de la famille, à laquelle ils semblaient ne se rattacher que comme des moyens d'une orgueilleuse transmission de noms, de titres, de fortunes; partant point d'intimité, rien de part ni d'autre qui ressemblât à de la tendresse.

Depuis, les mœurs, sous ce rapport, ont bien changé; aujourd'hui, chez les parents, l'amour des enfants est devenu, soit par l'exagération d'un sentiment vrai, soit par mode, une sorte d'idolâtrie; dès le berceau, ils sont montrés, produits, imposés à tous et partout, comme de petites merveilles; ils dominent, ils commandent; tout leur est permis, tout leur est sacrifié; il leur faut des bonnes de toutes les nations, des maîtres dont le prix de chaque leçon suffirait à la subsistance journalière de six pauvres familles; de là cette importance précoce qu'ils se donnent, le ton doctoral et tranchant qu'ils portent même dans la maison paternelle, et cette indépendance de toute autorité, de tous égards, de toute convenance, devenue générale.

Entre ces deux systèmes, certainement vicieux, s'il fallait opter, je n'hésiterais pas à donner la préférence au premier; car s'il privait les enfants des douceurs, des épanchements et de ces excessives étreintes dont l'amour maternel les berce dans l'éducation moderne, la rudesse de l'ancienne les préparait mieux aux épreuves et aux traverses de la vie; ils avaient derrière eux comme des phares lumineux qui devaient les guider dans leur carrière, l'antique honneur de la famille, les traditions et les exemples des ancêtres, et, en avant d'eux, un monde où le respect, au moins apparent, de l'autorité, de tous les principes conservateurs de la société leur était imposé comme condition indispensable de considération et de succès, et dont la politesse, l'élégance des mœurs, de l'esprit et du goût, dissimulaient ou paraient les vices. Ce que la société peut avoir gagné par le nouveau système compense-t-il ce qu'elle a perdu? Pour résoudre cette question, il suffit de comparer ce qu'était l'ancienne société avec ce qu'est la nouvelle : les mérites, l'éclat, la grandeur des hommes qu'ont produits en tous genres les temps anciens avec les mérites, l'éclat, la grandeur de ceux dont se vante le nôtre.

Mon entrée dans le Monde.

Je passai à peu près sans autre préparation, de cette enfance inculte à la vie du monde. A quinze ans et demi, j'étais officier de dragons ; je fis mes premières armes en cette qualité en Bretagne. J'y assistai aux derniers États de cette province. Déjà le volcan révolutionnaire, qui devait bientôt bouleverser la France, et ensuite le monde entier, y avait fait explosion; l'esprit de désordre, d'insubordination, de révolte, s'y manifestait partout, dans le peuple, dans la bourgeoisie, dans l'armée. La guerre, déclarée aux châteaux, s'y poursuivait par le pillage, le meurtre et l'incendie que nous étions chargés de combattre avec des troupes à moitié séduites et presque complices. A Rennes, où le régiment d'Orléans, dans lequel je servais, tenait garnison, je voyais les Moreau, les Rapatel, les Elleviou, préluder dans ces scènes d'agitation aux diverses carrières qu'ils fournirent ensuite, chacun dans sa sphère, avec plus ou moins d'éclat.

Tel était le monde dans lequel j'entrai et où devait se former mon inexpérience.

Je passai deux ans au milieu de ces sanglantes agitations, peu faites pour perfectionner ma première éducation, lorsqu'en 1790, mon père, membre de l'Assemblée constituante, désespérant du salut de la monarchie, se mit en tête d'aller chercher en Amérique un refuge contre la sauvage anarchie qui débordait de toutes parts, et d'y fonder une colonie française. La pensée était bonne et la prévision judicieuse; elle fit bruit; mon père la propageait avec son ardeur enthousiaste, cherchant à associer à son projet tout ce qu'il pouvait trouver d'hommes de rang et de position élevés auxquels l'état présent de la France faisait, comme à lui, désespérer de son avenir. Il parvint à former un noyau de vingt-quatre personnes de haute notabilité qui consentirent à s'associer à son œuvre, mais seulement par l'adjonction de leurs noms et de leurs vœux, en attendant que les premiers succès de l'entreprise les décidassent à s'y adjoindre plus efficacement. On y remarquait ceux de Lally Tollendal, de Malouet, de Mounier, de Vichy, etc., etc., qui laissèrent à mon père la mission de la colombe sortant de l'arche, celle d'aller à la découverte de la terre et la gloire qui appartiendrait au fondateur, si le succès la couronnait.

Mais mon père, d'ailleurs homme d'esprit, et même bon poète de second ordre, était loin d'avoir l'organisation administrative qu'il fallait pour mener à bien une aussi grande entreprise: plein d'enthousiasme pour son idée, il agit en enthousiaste, livrant aux rêves de son imagination l'accomplissement de la grande œuvre de sa colonie, la plus difficile peut-être des entreprises humaines, celle qui demande le plus les conseils de la prudence, de la réflexion et de l'expérience. Voici un échantillon de ses combinaisons colonisatrices: il était naturel qu'il cherchât à hâter le plus possible la population de sa colonie: à cet effet, il appela des cultivateurs, des artisans et leurs femmes, à se joindre à son entreprise: celles qui étaient grosses avaient la préférence; c'était autant d'avance; mais mon père était dévot, et, pour être admis, il exigeait des individus qui se présentaient qu'ils fussent porteurs de billets de confession de leurs curés et d'actes de mariage qu'ils se délivraient entre eux sans scrupule, et qu'il acceptait avec une crédulité toute chrétienne. Ce fut ainsi qu'il transporta de Paris en Amérique une centaine d'individus de toute sorte que nous reconnûmes plus tard et au péril de nos jours, pour ce qu'il y avait de plus perverti dans la populace de Paris, plusieurs d'entre eux ayant été les exécuteurs des scènes sanglantes qui avaient deshonoré le berceau de la Révolution.

Dans ses calculs de dévot, mon père, avant même d'être en possession du sol sur lequel sa colonie devait être établie et où il lui serait possible de fonder une église, voulut avoir un évêque. Il demanda et obtint du Pape une bulle par laquelle un Bénédictin du chapitre de Saint-Denis fut nommé évêque de Gallipolis; c'était le nom qu'il avait donné à la future capitale de sa future colonie. Ce prudent Bénédictin, dans son pieux zèle pour sa future église, et sans doute aussi pour éviter des profanations dont on n'avait déjà vu que trop d'exemples, eut la précaution d'enlever une partie des vases sacrés et des ornements de celle de Saint-Denis pour en enrichir la sienne. C'était aussi une avance.

Ce fut ainsi que, dupe de tous ceux avec qui il avait eu à traiter, soit pour l'achat des terres sur lesquelles la colonie devait se poser, soit pour le choix des hommes qu'il s'associait, et dupe de lui-même, il compromit follement tout ce que la fureur des démolisseurs révolutionnaires lui avait laissé de sa grande fortune.

Je quitte mon régiment pour accompagner mon père.

Le siége de la colonie avait été fixé au confluent de l'Ohio et du Scioto, dans les arrière-contrées des États-Unis. Mon père y avait acheté vingt-quatre mille acres de terre; c'était l'étendue d'une petite province. Quand je fus informé que sa résolution était bien arrêtée, je lui offris de partager la nouvelle vie aventureuse qu'il se préparait. Il accepta. Je quittai mon régiment et je vins le joindre à Paris. Je mis à profit le temps qu'il employait à faire ses dernières dispositions pour assister au grand spectacle que l'Assemblée constituante donnait au monde. Les scènes mémorables dont je fus témoin, les grands talents qui s'y développèrent, donnèrent l'essor à ma pensée. J'y vis les Mirabeau, les Maury, les Tronchet, les Clermont-Tonnerre, les Robespierre, les Barnave, et tant d'autres qui ont, ou disparu dans les orages révolutionnaires, ou qui y ont grandi, beaucoup par le crime, quelques-uns par la vertu.

Nous nous embarquons.

Nous nous embarquâmes au mois de mai 1790 sur un mauvais petit brick qui n'avait jamais servi qu'à transporter du charbon le long des côtes d'Angleterre, privé de toutes les commodités, pourtant bien nécessaires pour tempérer les désagréments si nombreux et si variés, inséparables d'une longue navigation. Il était encombré de passagers, mélange de tout ce qu'il y avait de plus incohérent, d'artisans, de militaires, de moines, d'actrices, de filles publiques, d'émeutiers. L'exaspération que produisaient sur eux les privations de tout genre, autant que les incommodités de la mer, amenait des querelles et des rixes qui devinrent plus d'une fois menaçantes pour la sûreté commune. L'ignorance de notre capitaine de la navigation lointaine avait à peu près doublé la durée de la traversée. Enfin, après neuf semaines de souffrances, la brise de terre, en nous apportant ses exhalaisons balsamiques, nous signala l'approche du continent.

Notre arrivée à Alexandrie de Virginie.

Il est impossible, quand on ne l'a pas ressentie, de se faire une idée de l'enivrante sensation que l'on éprouve à l'aspiration de cet air parfumé, après une longue navigation. On croit réellement que l'on va prendre possession de la terre promise. Nous entrâmes dans la baie de Chesapeak formée par l'embouchure du majestueux Potomack; nous remontâmes le fleuve pendant vingt lieues; nous saluâmes en passant Mount-Vernon, habitation du général Washington, située sur un coteau qui domine la rive droite du fleuve; c'est un hommage que, par un sentiment unanime de respect, tous les navires rendent au héros libérateur. Enfin nous débarquâmes à Alexandrie de Virginie, ville à peu près naissante à cette époque. Nous y restâmes jusqu'à ce que mon père eût reçu de son correspondant, à New-York, l'avis que nous pouvions nous y rendre. Ce correspondant était le colonel Duer, l'un des hommes les plus distingués des États-Unis, par ses talents, par sa considération. Il en était à cette époque le financier le plus important. Ses entreprises commerciales étaient immenses, et, comme presque tous les hommes qui se laissent aller aux inspirations de leur génie et aux fascinations de leur imagination, il finit par succomber sous la surcharge de ses colossales spéculations.

Pendant mon séjour à Alexandrie, je me livrais à la contemplation de cette nature où tout se présentait à mes yeux avec un caractère nouveau et dans des proportions gigantesques. J'errais sur les rives de ce fleuve qui, à vingt lieues de son embouchure, a encore une largeur de deux milles. Je m'égarais dans ces forêts vierges, d'une végétation si luxuriante, si hardie, si variée, où les sassafras, les benjoins, les liquidambars, les cèdres de Virginie, les baumiers, et tant d'autres plantes odorantes inconnues à nos contrées, se mêlaient à des arbres d'un développement prodigieux, parmi lesquels domine le tulipier qui serait le roi des arbres par la beauté de son port, par la richesse de ses ombrages, si ses nombreuses tulipes de couleur herbacée ne se confondaient avec la couleur de ses feuilles; mais si, sous ce rapport, ses fleurs perdent de leur effet, elles en produisent, dans ces chaudes températures, un autre vraiment merveilleux par les innombrables oiseaux-mouches qui, sous les rayons d'un brillant soleil, viennent papillonner autour de leurs calices, et présentent, par l'éclat de leurs couleurs brillantes et variées, l'effet scintillant de milliers de diamants, de rubis, de saphirs confondant leurs feux.

Après environ quinze jours de séjour, nous quittâmes Alexandrie. A huit milles de là, nous traversâmes le terrain sur lequel devait être construite la ville de Washington, destinée à devenir la capitale de la fédération et le siége du gouvernement. On en jalonnait alors les rues et les places. Nous vîmes en passant Baltimore, Jersey, Philadelphie et enfin New-York.

Philadelphie, située sur la Dellaware, ville déjà importante alors, se faisait remarquer par l'uniforme régularité de ses rues, se croisant toutes à angle droit; par ses maisons bâties en briques, dont aucun édifice, aucun jardin, aucun monument, ne varient la monotonie. La seule rue du marché (Market-Street), qui la divisait en deux parties à peu près égales, présentait un aspect particulier par un beau marché couvert qui en occupait le milieu et se prolongeait dans toute sa longueur. Au reste qui a vu des villes d'Angleterre a vu toutes les villes d'Amérique; mêmes formes, mêmes aspects extérieurs, mêmes distributions intérieures, tout dans les mœurs, dans les usages, dans le langage, fait reconnaître la colonie anglaise. — La secte des Quakers y était fort nombreuse et produisait une curieuse variété au milieu de cette population monotone. — La coquetterie la plus raffinée n'eût pu rien imaginer de mieux fait pour ajouter au charme naturel des femmes que le costume des Quakeresses, si propre, si net, d'une si élégante simplicité: il ajoute aux agréments de celles qui sont jolies une piquante originalité qui en donne même à celles qui ne le sont pas.

New-York, par son heureuse situation, à l'embouchure de la rivière d'Hudson ou du Nord, qui lui forme un excellent port, en face de Long-Island, déjà florissante alors, semblait destinée à être la reine du vaste commerce que promet de plus en plus aux États-Unis la riche variété de leurs productions et le génie industriel et entreprenant de leurs peuples.

Washington.

Le président Washington y résidait alors; nous eûmes l'honneur de lui être présentés, et successivement, aux illustrations principales de la guerre de l'indépendance, aux Adam, aux Hamilton, aux Jefferson, aux Madisson, etc., grands noms que la liberté reconnaissante a transmis à l'admiration de la postérité pour avoir donné au monde le beau spectacle d'une révolution pure de crimes, du patriotisme désintéressé, de la gloire sans tache. Washington était d'une haute stature; son air était froid et grave; il vivait dans la noble simplicité du chef d'une République naissante et honnête, sans faste, mais non sans dignité, tirant toute sa grandeur de lui-même et des glorieuses destinées qu'il avait faites à son pays. La maison qu'il occupait ne se distinguait en rien des maisons honnêtement habitées: point de garde, point de factionnaire: on le voyait souvent se promener à cheval, suivi d'un seul domestique, sans autre escorte que le respect et la vénération publics.

Nous passâmes, soit à New-York, soit à Philadelphie, le temps nécessaire à mon père pour régler ses affaires; puis nous nous acheminâmes pour cette terre dont son imagination s'était fait une terre promise et où nous ne devions trouver en réalité qu'amers mécomptes, dangers incessants, privations de tout genre, dégoût et misère.

Nous partons pour aller prendre possession de nos terres.

Nous fîmes le trajet de Philadelphie aux Montagnes-Bleues, sinon sans éprouver les désagréments inévitables pour des étrangers, pour qui tout était nouveau, mœurs, habitudes, langage, et qui étaient les objets d'une curiosité souvent indiscrète et incommode, du moins sans beaucoup de difficultés. Nous vîmes plusieurs villes naissantes; le souvenir de celle de Harisburg m'est encore présent, tant je fus frappé du charme de sa position sur la jolie rivière la Susquehana, circulant gracieusement à travers la plus riante contrée.

Nous atteignîmes ainsi cette grande chaîne qui sépare longitudinalement en deux le grand continent américain, et qui semble posée par la nature entre les états de l'Ouest et de l'Est, que les constitutions humaines ont prétendu réunir sous le même lien fédéral, mais que la nature des choses et la diversité des intérêts sépareront infailliblement dans un temps plus ou moins éloigné. Là on pouvait se croire aux colonnes d'Hercule de ce nouveau monde. Là cessait en effet toute trace de civilisation; les chemins, mauvais jusque là, mais praticables, n'étaient plus que des brèches pratiquées à travers les escarpements de la montagne; les lieux de station que de mauvais abris, sales, enfumés, où des chasseurs et de rares voyageurs venaient se reposer, et qui, par la rudesse de leur aspect et de leur langage, semblaient représenter la transition entre l'homme civilisé et l'homme sauvage.

Arrivés à la première station, chez Skiner (son étrangeté m'en a fait garder le souvenir), nous trouvâmes une espèce de hutte formée d'arbres grossièrement équarris, posés les uns sur les autres, dont les interstices étaient revêtus de mousse combinée avec de la terre en guise de mortier. Au milieu d'un de ses compartiments se trouvait le foyer dont la fumée s'échappait, quand elle le pouvait, par un trou pratiqué dans le toit. On nous offrit pour notre souper du bœuf salé et desséché, du pain noir, et pour boisson du wisky, détestable eau-de-vie de grain. Autour d'un bloc dégrossi en forme de table qui servait de piédestal à une lampe infecte, des peaux de bêtes étaient étendues par terre. C'était le coucher commun indistinctement à tous ceux qui survenaient.

Tel était alors l'état d'enfance de la civilisation dans ces contrées. Cinquante-huit ans se sont écoulés depuis cette époque. S'il pouvait m'être donné de les revoir aujourd'hui, j'en trouverais la population quadruplée, de riches campagnes à la place de terres incultes, des cités florissantes, de belles routes, des canaux, des chemins de fer reliant entre elles les parties les plus reculées de ce vaste continent, le génie créateur de l'industrie animant, vivifiant ces pays que j'avais vus déserts. Toutefois la littérature, les arts, l'élégance des mœurs, l'urbanité qui font l'honneur et le charme des sociétés, sont loin d'y avoir suivi la même progression. La poussière des comptoirs, le bruit rauque des ateliers effarouchent les muses et les grâces: libérales et polies, elles fuient devant cette passion du gain, devant cette frénésie de spéculations qui y dominent à peu près exclusivement.

Notre arrivée à Pittsburg.

Nous achevâmes ainsi la laborieuse traversée de ces montagnes et nous arrivâmes à Pittsburg, autrefois le fort Duquesne, quand les Français étaient en possession du Canada. Alors la population de cette jeune ville ne dépassait pas deux mille âmes. Elle est située au confluent des rivières Alleghani et Monongahella qui confondent leurs eaux pour former l'Ohio, justement nommée la Belle-Rivière. La nature semble avoir pris plaisir à prodiguer ses dons à cette contrée privilégiée: un climat tempéré, qui a dû le devenir de plus en plus à mesure que la civilisation l'a débarrassée de la surabondance de ses forêts et de ses eaux, s'y associe à une terre vierge pour y multiplier les productions les plus variées: d'immenses mines de charbon de terre, cet aliment de l'industrie, s'y montrent à la surface du sol. Tant et de si précieux avantages, joints à la position de cette ville, entre deux belles rivières qui lui apportent les produits des vastes régions qu'elles arrosent pour les reverser ensuite avec ceux de sa propre industrie, par l'Ohio et le Mississipi, aux populations des immenses contrées que parcourent ces fleuves dans un cours d'environ quinze cents lieues, l'appellent aux plus hautes destinées commerciales et industrielles auxquelles une ville méditerrannée puisse prétendre.

Nous nous embarquâmes sur l'Ohio sur de grands bateaux plats, grossièrement faits de planches de bois blancs et qu'on dépeçait à l'arrivage, la navigation du fleuve se bornant alors à la descente. Aujourd'hui de nombreux bâteaux à vapeur descendant et remontant incessamment le Mississipi et l'Ohio, et réciproquement de la Nouvelle-Orléans à Pittsburg, ont donné aux rivages, alors à peu près déserts de ces grands fleuves, l'aspect le plus animé par la multitude d'habitations et de villes florissantes qui les couvrent.

Nous nous arrêtons à Marietta.

Nous fûmes obligés de suspendre notre marche et de nous arrêter à Marietta, bourgade située au confluent de l'Ohio et du Muskingum, à cinq cents milles environ de Pittsburg, et encore éloignée de la moitié de cette distance de nos propriétés du Scioto, dont nous ne pûmes aller prendre possession, les sauvages étant encore les maitres de toutes les contrées qui séparent les lacs de l'Ohio. Il fallut y attendre le résultat d'une expédition que le gouvernement américain avait envoyée sous les ordres du général Sinclair pour en expulser les Indiens et y protéger la colonisation : mais cette petite armée, forte d'environ trois mille hommes, imprudemment engagée dans ces vastes solitudes, véritable labyrinthe qui n'offrait aucun moyen de développement et d'attaque contre les indigènes qui en connaissaient toutes les positions, tous les détours, et auxquels chaque arbre, chaque accident de terrain offraient un abri et une embuscade, fut entièrement détruite.

Ce désastre mit fin à nos espérances de colonisation. Nos compagnons se décidèrent presque tous à gagner la Nouvelle-Orléans. Quant à nous, nous passâmes l'hiver à Marietta, dans des blockhous dont on ne pouvait s'écarter de quelques centaines de pas sans être exposé aux balles des sauvages embusqués. Je suis encore ému au souvenir du terrible spectacle dont je fus frappé un jour où je promenais solitairement mes rêveries dans ces forêts séculaires, sans trop m'inquiéter du danger.

Dans le voisinage de Marietta se trouve un de ces monuments énigmatiques dont la science n'a pu déterminer ni l'origine ni l'ancienneté, ni ce que sont devenus les peuples qui les ont édifiés, peuples dont ces constructions régulières, qui se rapprochent à beaucoup d'égards de notre système de fortifications modernes, comme aussi divers objets d'art qui y ont été trouvés, attestent la civilisation avancée. J'en ai rapporté un fort curieux : c'était une pierre longue d'environ un pied et demi, taillée en forme de sceptre, arrondi par les deux bouts et assez artistement sculptée. Je l'ai malheureusement perdue.

Je dirigeais mes pas de ce côté, lorsque, franchissant un de ces arbres tombés sous la main du temps et qui font obstacle à chaque pas dans ces solitudes, je pensai heurter un homme étendu à mes pieds. Il était dépouillé ; le sang ruisselait d'une blessure à la poitrine, et sa tête, horriblement défigurée par les entailles qu'y avait faites le Tomehauk et par sa chevelure arrachée, attestait le tout récent exploit d'un sauvage. J'avais entendu le coup de carabine sans y faire autrement attention, pensant que ce pouvait être un des nôtres, s'exerçant, comme cela arrivait souvent, à tirer des écureuils. Je reconnus dans ce malheureux un de ces Américains que j'accompagnais parfois dans leurs chasses lointaines dont ils rapportaient des pelleteries, objet d'un commerce assez lucratif. — On se réunissait pour ces chasses en nombre assez considérable Chasses.
pour se défendre dans le cas où l'on rencontrerait un parti d'Indiens. On emportait pour toutes provisions de la poudre, des balles, des haches, des cou-

teaux, du biscuit et du wisky : on se distribuait le long des ruisseaux pour y attendre les bêtes sauvages qui venaient s'y désaltérer ; c'étaient des ours, des cerfs, des daims, des buffalos ou bœufs sauvages, une espèce de petite panthère fauve, des dindons sauvages, quelquefois, mais rarement des castors dont les colonies se retiraient de ces parages, dont la solitude commençait à être troublée par l'apparition de l'homme. Le soir, on se faisait des abris au moyen d'écorces enlevées aux arbres; les animaux tués étaient dépecés; leur chair qu'on rôtissait au feu du bivouac en en suspendant les morceaux à des cordes qu'on faisait tourner en guise de tournebroche, faisait la nourriture. Les peaux, après avoir servi de couches, étaient déposées successivement au bord d'une rivière qu'on remontait à de grandes distances jusqu'à ce que les provisions fussent épuisées. Alors on chargeait les pelleteries, produit de la chasse, sur des pirogues construites, soit avec des écorces d'arbres artistement jointes, soit avec des troncs d'arbres creusés, et l'on descendait ainsi la rivière après dix ou quinze jours, quelquefois plus, de cette vie aventureuse.

Visites d'Indiens.

Nous passions ainsi notre temps, sans autres distractions que celles de visites que nous faisaient quelquefois des Indiens appartenant à des tribus qui venaient renouveler entre les mains du chef des Français récemment descendus sur ce rivage, l'amitié que leurs pères avaient vouée à notre nation pendant qu'elle était en possession du Canada. Nous reçûmes, entre autres, celle d'une jeune reine de la tribu des Chikassaws, accompagnée de son père, de femmes, et d'une troupe de jeunes Indiens. Son vêtement consistait, en temps chaud, en une espèce de tunique d'indienne; dans le temps froid, elle se recouvrait entièrement le corps, et même la tête, d'une couverture de laine, retenue aux hanches par une ceinture : ses pieds étaient chaussés d'élégantes mocassines brodées avec des tissus diversement coloriés. Les bourrelets de ses oreilles découpés retombaient en longs anneaux charnus sur ses épaules, usage général parmi les Indiens ; ce qui en restait était garni dans tout son pourtour de petits anneaux d'argent. Elle était de petite stature, ayant cette souplesse qui résulte de la liberté des mouvements ; sa figure cuivrée, couronnée de cheveux lisses d'un noir de corbeau, qu'elle ornait parfois de feuillages, de fleurs et de plumes, ne manquait pas d'un certain charme, ne fût-ce que celui inséparable de la jeunesse et de la nouveauté. Du reste cette royauté n'était pas l'objet d'hommages bien marqués. Les jeunes Indiens qui faisaient son cortége, tous plus ou moins bizarrement tatoués, se croyaient d'autant plus parés qu'ils se défiguraient davantage en s'enduisant le visage, tantôt en entier, tantôt à moitié, tantôt par bandes, de vermillon, de noir, de bleu. Ils nous apportaient en présent des jeunes ours, des dindons et d'autres gibiers que nous leur servions accommodés par un fort bon cuisinier que nous avions amené de France et qu'ils dévoraient à leur manière, fort peu ragoûtante. Ils nous donnaient le spectacle très récréatif de leurs divers jeux; c'étaient des courses, des jeux de balles, des danses qu'ils exécutaient avec une merveilleuse dextérité; on ne peut se figurer, à moins de l'avoir vu, avec quelle vigueur, quelle adresse ils lançaient et fixaient leurs tomehauks ou casse-têtes, à un but donné et placé à une grande distance. Nous animions leurs jeux par des prix qui consistaient en quelques pièces de monnaie et autres bagatelles: la reine reçut en présent une timballe d'argent avec des transports de joie et l'expression d'une reconnaissance qu'on eût pu mettre, en toute confiance, à l'épreuve la plus extrême.

Un jour nous trouvâmes, au nombre de ces visiteurs, ce sauvage que M. de la Fayette avait emmené avec lui en France et qui, n'ayant pu se faire au spectacle et aux plaisirs de la civilisation, préféra retourner à ses forêts. Il avait conservé, de l'éducation qu'on s'était efforçé de lui donner en France, le talent de jouer de la flûte, avec lequel il charmait ses compatriotes. Nous le retrouvâmes plus tard à Philadelphie, faisant partie d'une ambassade indienne, envoyée pour négocier un traité avec le gouvernement américain — Il y mourut.

J'éprouvai une vive contrariété dans une de ces circonstances: nous étions à environ trente lieues du Niagara: j'avais un extrême désir de visiter ces chutes, l'une des grandes merveilles de cette grande nature américaine. Nos visiteurs indiens offraient de m'y conduire et de me ramener. Chez eux l'hospitalité est sacrée. Je pouvais me confier pleinement à leur parole. Outre l'excitation que donnait à mon désir de faire cette course le but si curieux qui en faisait l'objet, elle était encore stimulée par ce qu'avait d'original et de neuf cette manière de la faire. Je priai, je suppliai mon père de me permettre cette satisfaction: mes instances ne purent vaincre sa résistance. Ce regret a accompagné toute ma vie.

C'était ainsi que nous passions notre temps à Marietta, réduits à vivre, pour ainsi dire, de la vie de ces mêmes sauvages, au milieu d'une rare population d'Américains, vrais sauvages eux-mêmes qui, sans existence et sans ressources ailleurs, s'étaient avancés jusque dans ces régions, comme des sentinelles perdues de la civilisation qui cherchait à s'introduire dans ces déserts.

Tout espoir de colonisation étant perdu, nous quittons ces déserts et nous retournons à Pittsburg.

Tout espoir de colonisation étant perdu, dès que la navigation de l'Ohio fut rouverte, nous regagnâmes Pittsburg avec un très petit nombre de serviteurs: les nouvelles qui parvenaient d'Europe étaient de nature à nous faire croire que la France nous était à jamais fermée. Mon père résolut donc de s'y fixer. Il y fit l'acquisition d'une petite propriété de quatre cents acres, à deux milles de la ville, sur les bords riants et féconds de la Monongahella. Il la

Mon père achète une petite propriété dans les environs.

nomma *Asilum*. Une famille de cultivateurs qui nous était restée attachée, fut chargée de la faire valoir : le sol était vierge, la position riante; elle eût pu devenir une douce retraite pour un agriculteur philosophe, quand ce n'eût été que pour attendre le dénouement de la sanglante anarchie qui déchirait la France; mais mon père, par son âge, par son inexpérience des traverses de la vie si nouvelles pour lui, par son caractère irrésolu, était incapable de l'énergie qu'exigeait un parti aussi décisif et des circonstances auxquelles rien ne l'avait préparé. Aussi bien nos ressources étaient à peu près épuisées; aucuns fonds, aucunes nouvelles ne nous parvenaient de France; il était douteux qu'en pareille circonstance son banquier de New-York lui continuât le crédit qu'il lui avait accordé jusqu'alors. Justement préoccupé de ces graves considérations, mon père, effrayé d'ailleurs de son isolement dans un pays dont les habitudes, les mœurs, le langage lui étaient tout-à-fait étrangers, vendit son habitation à peu près pour rien, et nous regagnâmes Philadelphie. Nos sinistres prévisions ne se trouvèrent que trop réalisées; les grandes dépenses qu'avaient occasionnées le long voyage que nous venions de faire, le paiement de quelques dettes contractées pendant notre dernier séjour à Pittsburg, avaient à peu près épuisé le produit de la vente d'*Asilum*. Les nouvelles de France étaient de plus en plus menaçantes : plus d'espoir d'en attendre le moindre secours, et, pour comble de malheurs, le banquier auquel nous avions été recommandés était en faillite d'une somme énorme et en prison. Que faire et que devenir en pareille circonstance, nous étrangers sur cette terre avare et impitoyable, sans argent, sans crédit et sans moyen de payer nos dettes, quelque faibles qu'elles fussent, et les frais de notre retour en Europe? En vain je pressais mon père d'aviser à quelque moyen pour sortir de cette position menaçante, en s'adressant, soit aux résidents étrangers, soit à des Français fixés dans cette ville qui ne pourraient manquer d'être touchés de sa position : vaines instances! Les menaces des créanciers, la perspective de la prison ne l'ébranlaient pas davantage. Dans sa stérile résignation, il disait : « J'irai » en prison, j'y mourrai, et je finirai une vie de misère déjà trop pro» longée! »

Retour à Philadelphie.

Mon père menacé de la prison.

Cependant, j'acquis la certitude que les menaces allaient avoir leur effet : je résolus donc de chercher en moi seul les moyens d'arracher mon père à cette affreuse position. Je ne me laissai pas décourager par cette réflexion qui se présentait tout naturellement, que les égards et les ménagements qu'on n'avait pas pour un homme du rang et de la considération de mon père, moi pauvre enfant, sans présent et sans avenir, je ne pouvais les espérer. J'espérai pourtant : je me rappelai que, pendant notre premier séjour à Philadelphie, un jeune et noble Italien, le comte Andreani, m'avait témoigné beau-

Je tente un moyen pour le tirer de cet embarras.

coup d'intérêt. Il vivait dans l'intimité de la famille Bingham, alors la plus riche et la plus puissante de la ville : il y avait une très grande influence. L'idée me vint d'aller lui révéler l'affreuse position de mon père et d'implorer son assistance, ou du moins ses conseils. Cette inspiration m'apparut comme une voie de salut, et surmontant ma timidité naturelle, j'allai résolûment le trouver, encouragé par cette idée que, quel que pût être le résultat de cette démarche inspirée par le dévouement filial, elle ne pouvait être que vue avec intérêt.

« Monsieur, lui dis-je, quoique peu connu de vous, je viens vous demander un service, un immense service; c'est la vie, c'est l'honneur de » mon père qu'il s'agit de sauver : une pensée généreuse lui a fait quitter la » France où il était en possession d'une grande position et d'une grande fortune. Trompé dans toutes ses espérances, dupe de fripons de tous genres, » dupe de lui-même, après avoir erré pendant deux ans sur cette terre étrangère, dont il avait fait sa patrie adoptive, en présence de propriétés immenses qu'il y avait acquises, et que, par la fatalité des circonstances, il n'a » pu même aborder, après avoir épuisé toutes ses ressources, et ne pouvant » espérer en ce moment aucun secours de France, il est menacé de la prison, » faute d'avoir les moyens de payer quelques faibles dettes contractées pour » pourvoir à notre subsistance et à celle de nos serviteurs. La fierté de mon » père lui fait préférer de subir cette extrémité à l'humiliation de demander. » La mienne m'a conseillé autrement : elle m'a suggéré la pensée de vous » confier nos peines et l'espoir que vous daignerez y compatir. Dix mille » livres sont nécessaires à mon père, tant pour s'acquitter de ce qu'il peut » devoir, que pour lui donner les moyens de repasser en Europe; c'est cette » somme que je viens vous supplier de faire en sorte de lui procurer, soit par » votre assistance personnelle, soit par votre bienveillante intervention. Je » ne m'abuse pas, Monsieur, sur la témérité de ma démarche; je sais qu'à » raison de mon jeune âge, je ne puis donner aucune garantie légale à » l'homme généreux qui prendrait pitié de notre infortune; mais, Monsieur, » la majorité de l'honneur est plus précoce que celle fixée par la loi, et c'est » cette garantie de l'honneur que je viens vous offrir avec le moyen de remboursement que voici : Ma famille est en rapports de liaison avec celle de » sir William Pultney, l'un des plus riches personnages d'Angleterre; sa » fille unique, miss Pultney, et ma sœur, la comtesse de Beauharnais, » compagnes de jeunesse à l'abbaye de Pantemont, sont unies par la plus » tendre et la plus étroite amitié; j'offre à la personne qui voudra bien prêter » à mon père les dix mille livres dont il a besoin, avec ma reconnaissance de » cette somme, une traite sur sir William Pultney, payable, à son défaut,

» par sa fille, qui est personnellement en possession de l'immense fortune » de sa mère, traite qui, avec ou sans la signature de mon père, qui ignore » absolument ma démarche, sera infailliblement acceptée. Maintenant, Mon- » sieur, prononcez. »

Suffoqué par mon émotion et par la violence que je venais de faire à ma timidité, je fondis en larmes. Le comte, ému lui-même, après avoir fait d'une manière touchante, l'éloge de ma piété filiale, me dit de compter sur son zèle et d'aller attendre jusqu'au lendemain le résultat de ses démarches. Je me retirai plein d'espoir, et le lendemain, en effet, je reçus un mot par lequel j'étais invité à venir recevoir les dix mille livres qui devaient sauver mon père de la terrible perspective qui le menaçait. Qu'on juge de mes transports de joie et de reconnaissance envers le bienfaiteur qui se confiait si généreusement à ma bonne foi! Je souscrivis la traite convenue. J'écrivis à sir Pultney ce qui avait motivé la hardiesse de ma démarche, et je rapportai triomphalement mon trésor sauveur. Il était temps: car un avertissement venait d'être adressé à mon père par lequel on lui signifiait que si, dans cinq jours, il n'avait pas satisfait ses créanciers, il serait arrêté par autorité de justice. Il me le présenta avec une inexprimable angoisse; je me jetai à ses genoux en lui disant: « Tranquillisez-vous, mon père, voici de quoi vous acquitter amplement de » ce que vous pouvez devoir et assurer notre retour en Europe. » A l'aspect si inattendu de l'argent et des effets que je lui présentais, il se leva de toute la hauteur de ses six pieds que l'extrême ténuité de son corps et de ses membres amaigris semblait doubler, et avec un ton et un regard pleins de sévérité, il me dit: « Où avez-vous été prendre tout cet argent, Monsieur? Vous n'avez » pas oublié, j'espère, que je préfèrerais la prison avec toutes ses horreurs à un » moyen de délivrance qui ne s'accorderait pas avec la plus scrupuleuse déli- » catesse. » Je lui racontai ce que j'avais osé faire, la générosité du comte Andreani qui, sur mon seul engagement, sans valeur légale, avait bien voulu me procurer cet argent et s'engager pour moi; que je pensais qu'il voudrait bien valider par sa signature la traite que j'avais souscrite; je me permis d'ajouter que ce jour serait compté parmi les plus beaux de ma vie s'il daignait me donner son approbation. Nous allâmes ensemble exprimer notre reconnaissance à notre bienfaiteur, et, après avoir satisfait à tout ce que les circonstances où nous nous trouvions nous commandaient, nous quittâmes ce pays de déceptions dont je n'aurais emporté que d'amers souvenirs, si ce n'en eût été un ineffaçable dans ma vie que celui du grand Washington et des autres fondateurs de la liberté américaine dont ma jeunesse avait eu encore l'honneur d'approcher.

Ce fut au mois de mai 1792, deux ans après avoir quitté la France, que

Succès inespéré.

J'apporte 10,000 fr. aux pieds de mon père.

Départ pour l'Europe.

nous prîmes passage pour Londres, sur le paquebot de William Penn, joli bâtiment, pourvu de toutes les commodités qui nous avaient manqué dans notre premier voyage. Il nous y rendit en vingt-quatre jours, traversée remarquable alors; depuis, les progrès de la navigation ont été tels qu'il s'en est fait en quatorze et même en treize jours.

Nous trouvâmes à Londres M. Pultney et sa fille: il nous annonça, avec une parfaite bonne grâce, qu'il avait reçu ma lettre de Philadelphie, et que, touché des motifs qui m'avaient inspiré la confiance que j'avais mise en lui, il avait fait honneur à ma traite. Ce bienveillant accueil me fit ressentir une seconde fois combien grande est la jouissance d'avoir fait une bonne action.

Notre arrivée à Londres.
Sir William Pultney.

Que de changements dans l'état de la société, que de vides dans le cœur font, dans tous les temps, deux ans d'absence! mais combien cette révolution qui déchirait la France avait multiplié ces changements et agrandi ces vides! La patrie et le pouvoir, devenus la proie de ce que la population avait de plus impur; la religion, la morale, toutes les bases sur lesquelles repose la société, anéanties; le mérite, le talent, la vertu, tout ce qui fait l'objet de la vénération des hommes voués par préférence à la persécution; les vices et le crime devenus les seuls titres à la popularité; les plus honnêtes instincts pervertis par la peur; les factions déchirant la patrie et se déchirant entr'elles: les familles divisées se combattant dans des camps ennemis! Telle était la situation où nous allions retrouver la France.

État de la France.

Ici mon cœur fut frappé d'une cruelle blessure. — J'appris que ma sœur était morte; elle avait succombé à une maladie de poitrine cette même année.

J'apprends la mort de ma sœur.

Noble, belle, charmante de cette beauté qui ravit à la fois les yeux, le cœur et l'esprit, elle était un de ces êtres rares dont les formes extérieures semblent être l'enveloppe transparente de la vertu unie à la beauté. Elle avait perdu son jeune fils, et ce coup mortel pour cette âme sensible avait sans doute hâté sa fin. Elle laissait une fille enfant, du nom de Stéphanie, emprunté à un roman de sa grand'mère, madame la comtesse de Beauharnais, qui, sous ce titre, avait eu quelque célébrité. Miss Pultney, dont l'âme s'était faite la sœur de son âme, se montra encore dans cette fatale circonstance l'amie la plus noble et la plus dévouée en se faisant la seconde mère de la jeune fille. Voyant la France en proie à toutes les violences révolutionnaires, la partie honteuse du peuple se substituant au vrai peuple, brisant toutes les existences, détruisant à la fois le présent et l'avenir, elle voulut sauver, autant que faire se pouvait, la pauvre enfant du naufrage de la société française: elle constitua en Angleterre un capital produisant une rente de cinq mille livres destinée à subvenir à ses besoins et à sa première éducation: elle la confia aux soins d'une ancienne

Stéphanie de Beauharnais.

Miss Pultney, depuis mylady Bath.

3

dame de Pantemont qui devait l'élever en province, n'ayant osé prendre sur elle de la faire venir en Angleterre. Étrange mobilité des destinées humaines! qui eût pu penser alors que ce même peuple, adorateur frénétique de la République et de l'égalité, serait bientôt plus enthousiaste encore du despotisme, et que cette pauvre enfant, accueillie par la commisération d'une étrangère, deviendrait une tête couronnée!

Retour en France.

Nous visitâmes rapidement les curiosités de Londres et de ses environs; nous assistâmes à une séance du parlement où se débattait le fameux procès de Hasting: puis nous nous acheminâmes enfin vers cette terre de France qui n'était plus la France.

Ainsi s'était écoulée jusqu'alors ma triste jeunesse; dans la privation de toutes les études, de toutes les connaissances, de toutes les relations sociales qui auraient pu développer les bons germes que la nature avait peut-être mis en moi, et sans autre éducation que celle du malheur. Nous avions quitté la France pour échapper aux désastres dont la révolution la menaçait; nous y revînmes au moment où cette révolution tenait ses plus redoutables promesses.

Notre arrivée à Paris le 20 juin 1792.

— Nous arrivâmes à Paris le 20 juin 1792, époque célèbre, prélude du renversement de la monarchie qui s'accomplit le 10 août suivant, passant ainsi des silencieuses solitudes des forêts primitives de l'Amérique aux scènes sanglantes par lesquelles une populace effrénée devenue souveraine poursuivait avec un prodigieux succès l'œuvre de la dissolution de l'ordre social.

Je ne retracerai pas les horribles saturnales révolutionnaires de cette affreuse époque, sans exemple jusqu'alors dans les annales des peuples: assez d'autres en ont reproduit les effrayantes circonstances.

Mon père et moi nous nous rendons en Franche-Comté.

Après en avoir été pendant quelque temps les douloureux témoins, mon père et moi nous allâmes en Franche-Comté voir si nous trouverions encore quelques débris de son ancienne fortune, quelque coin de terre où nous puissions cacher nos têtes.

Mon frère nous y rejoint.

Nous nous réunîmes à Saint-Julien, petite propriété qui lui était restée, avec mon frère qui pendant notre séjour en Amérique avait été chercher à l'Université de Gottingue un refuge contre l'orage et un moyen de culture pour son esprit.

Ce lieu avait été témoin des premiers jeux, des premières émotions de notre adolescence. Là avait habité le vénérable évêque d'Évreux, notre grand-oncle, doyen des comtes de Lyon, qui l'avait choisi pour retraite à sa noble vieillesse. Un hospice richement doté; des écoles fondées pour les enfants des deux sexes; l'église restaurée, embellie, complétée par une élégante chapelle monumentale; une jolie maison de ville construite, les secours d'une charité intelligente portés sur tous les points de la terre, des embellissements de tous genres qui, en parant l'habitation, procuraient à tous les ouvriers un travail constant; tout y retraçait sa puissance et ses bienfaits. Là encore notre enfance, inspirée de ces nobles exemples, s'était essayée à les imiter; nous employions des enfants de notre âge, sous la conduite de leurs parents, à orner, à notre manière enfantine, un petit coin du parc dont nous disposions à titre de notre domaine particulier: nous l'avions nommé du doux nom de Clarens; enfin nous y avions eu l'avant-goût de l'heureux et brillant avenir que l'ordre de choses sous lequel nous étions nés semblait nous assurer. De tout cela, que restait-il? Le rude apprentissage des vicissitudes de la fortune et de l'ingratitude des hommes! Nous retrouvâmes le château délabré, les jardins envahis par les ronces et les insectes; le parc dévasté; le respect et la reconnaissance au moins douteux. Nous ne reconnûmes de notre pauvre Clarens que la place qui n'avait pu changer et quelques traces qui témoignaient encore que notre enfance y avait passé. Cependant, ressaisis de notre premier amour pour ce cher petit Clarens, nous nous occupâmes, avec toute notre ardeur juvénile, à en déblayer les ruines et à reprendre notre première œuvre; nous rappelâmes à notre aide les mêmes enfants, compagnons de nos premiers travaux. C'était une agréable distraction à notre solitude et aux tristes préoccupations du temps.

Ma mère, que je n'avais pas vue depuis deux ans et demi, avait émigré, forcée de fuir la France où la tyrannie révolutionnaire menaçait de mort tout ce qui était honnête. Elle s'était réfugiée à Evians, petite ville de Savoie, sur les bords du lac de Genève. Elle y vivait paisiblement lorsque nous nous rendîmes à Saint-Julien; mais telle était la législation française de cette époque, qu'elle frappait de mort le fils qui aurait franchi la frontière pour aller embrasser sa mère, comme aussi la mère qui de la terre étrangère serait rentrée en France pour presser son enfant sur son cœur. Toute correspondance leur était également interdite sous les mêmes peines. La barrière qui nous séparait était donc insurmontable. Bientôt l'invasion de la Savoie par les armées françaises l'obligea à quitter cette terre hospitalière, et elle alla chercher un asile en Angleterre.

Mon père appartenait à cette école de philosophes dont la philanthropie embrassait le genre humain tout entier, mais dont ils exceptaient trop souvent ceux qui les approchaient le plus immédiatement. Tel était Mirabeau, l'ami des hommes, l'un de leurs chefs qui, tout en professant les principes du plus tendre amour pour l'ensemble de l'humanité, était le tyran le plus dur, le plus égoïste de sa famille, comme de tout ce qui lui était subordonné, ne souffrant aucune contradiction dont s'irritait sa susceptible vanité. Tel était aussi mon père.

Un jour que dans une conversation sur je ne sais quel sujet, mon frère et moi nous nous étions permis de n'être pas de son opinion, exposant la nôtre avec la respectueuse déférence à laquelle il avait droit : « Messieurs, nous » dit-il, quand on s'entend aussi peu, il est impossible de vivre ensemble » sans s'exposer à des débats continuels, qui rendraient la vie réciproquement » insupportable. Je ne veux pas en courir ni vous en faire courir la chance. Je » vous engage donc à me laisser seul et à aller chercher des sociétés plus en » rapport avec vos principes, qui ne sont pas les miens. »

Nous étions jeunes, fiers, sans expérience, confiants en nous-mêmes ; nous acceptâmes l'ostracisme paternel sans nous le faire répéter, et, dès le lendemain, malgré les pressantes et touchantes sollicitations des habitants du village qui, informés de ce qui s'était passé, étaient venus nous offrir leur médiation, même menaçante, pour faire revenir mon père à de meilleurs sentiments, nous partîmes, chargés de notre très léger bagage, comme de pauvres pélerins, emportant tout juste ce qu'il nous fallait pour vivre pendant quinze jours; sans plan, sans but, sans savoir où nous porterions nos pas à travers ces immenses et sanglants déchirements de la société, et avec la défaveur qui s'attachait à tout ce qui était noble et honnête.

Nous nous arrêtâmes dans la bonne petite ville de Saint-Amour, voisine des propriétés de ma famille. Nous y étions connus; on nous y accueillit avec l'intérêt que devaient naturellement inspirer de pauvres jeunes gens abandonnés, dont les ancêtres avaient eu dans le pays la suprématie du rang et la considération que donne une grande fortune, noblement employée. Mais notre tout petit pécule s'épuisait et notre délicatesse ne pouvait s'arranger d'être à charge à nos amis, peut-être même de les compromettre. Mais où aller? Paris était le foyer des tempêtes; mais c'était aussi le lieu qui pouvait offrir les plus sûrs abris contre leurs coups, si les circonstances devaient nous mettre dans la nécessité d'en chercher, et aussi le plus de chances d'avenir.

Nous nous décidons à aller à Paris.

Notre parti une fois arrêté, nous en fîmes part à notre père, en lui adressant nos adieux pour un temps impossible à déterminer, et lui demandant sa bénédiction au moment de partir pour cet aventureux pélerinage dont nous ne pouvions prévoir ni déterminer le but. Il nous répondit froidement, sans rien rétracter de sa sentence, en accompagnant toutefois son message d'une petite somme, qui nous permettait de voir venir ce que les événements amèneraient pour nous.

Alors la tourmente révolutionnaire se caractérisait de plus en plus. La République avait inauguré son drapeau sur l'échafaud où le roi Louis XVI venait d'être immolé, et promenait la terreur sur toute la France.

Dès notre arrivée à Paris, nous nous mîmes en quête de ce qui pouvait être resté de nos parents, des amis, des obligés de notre famille pour en obtenir protection et conseil. Dans le petit nombre de personnes que nous eûmes le bonheur d'y rencontrer, j'en citerai deux, qui par un de ces revirements de fortune que les révolutions seules peuvent produire, passèrent plus tard de l'état plus que modeste dans lequel elles végétaient alors, au plus éminent degré de la fortune, la vicomtesse de Beauharnais et M. de Fontanes. Nous étions alliés à la première par le mariage de notre sœur avec le comte de Beauharnais, cousin d'Alexandre de Beauharnais, son mari; le second, poète pauvre, honnête homme, esprit supérieur, avait été le commensal et l'hôte reconnaissant de notre père, et pendant les séjours qu'il avait faits dans la maison paternelle, il s'était fait mon maître de poésie française et avait encouragé mes essais.

La vicomtesse de Beauharnais et M. de Fontanes.

Mme de Beauharnais, femme du monde, en tout temps fort répandue, avait passé avec la légèreté de son caractère, de ses relations anciennes à des relations nouvelles, se prêtant sans trop de peine aux exigences du temps; or ce temps voulait que chacun se fît peuple, et même bas peuple; qu'on en affectât le langage et les allures : elle y façonnait ses enfants qu'elle envoyait sur sa porte se familiariser avec ceux de la rue. Je vois encore dans ce lointain du passé et à travers les merveilleux événements qui changèrent si miraculeusement leur fortune, le petit Eugène et sa sœur Hortense offrant aux passants des bagatelles de toutes sortes à acheter et en rapportant triomphalement le prix à leur mère. Je ne sais si, dans leurs grandeurs, ces circonstances se sont quelquefois représentées à leur esprit, mais leurs grandeurs mêmes les avaient empreintes dans le mien d'une manière ineffaçable.

La facilité de mœurs de Mme de Beauharnais, ses habitudes de galanterie et sa bonté naturelle attiraient chez elle sans donner d'ombrage, du moins pour le moment (car plus tard elle ne put échapper à la prison, sort commun à tout ce qui était distingué), et lui donnaient même, par ses nombreuses relations avec plusieurs des hommes influents du temps, des moyens de rendre de nombreux services à des suspects, à des proscrits, et de mériter qu'on adjoignît au nom qui lui fut donné depuis de Notre-Dame-des-Victoires, celui de Notre-Dame-de-Bons-Secours, qu'aux mêmes titres mérita Mme Tallien.

Ce fut encore dans ce temps que se prononça et se développa mon goût pour les arts, source inépuisable des plus charmantes jouissances, et qui ne m'a jamais abandonné, par la connaissance que je fis de M. Alexandre Lenoir, qui se rendit alors justement célèbre par la création du musée des Petits-Augustins, où il avait eu l'heureuse idée de rassembler et de mettre sous la protection de la nation, une prodigieuse quantité d'objets d'art les plus variés et les plus précieux, que, par son ardeur pour la science et par son courage, il était parvenu à sauver de la dévastation des établissements publics, des maisons d'é-

M. Alexandre Lenoir.

migrés envahies par le vandalisme révolutionnaire et des églises livrées à ses abominables profanations.

Les services rendus à la science et aux arts par ce généreux citoyen, bien reconnus alors, ont été trop vite oubliés : ils méritaient les honneurs d'une statue commémorative. En effet, jamais on n'a combattu pour quelque cause que ce soit, avec plus d'énergie et de courage que ne le fit M. Lenoir pour celle des arts. Un jour qu'une troupe de fanatiques ignorants assaillaient un monument précieux, parce qu'il portait des signes de féodalité et le menaçaient de destruction, M. Lenoir, après avoir inutilement employé tous les moyens de persuasion pour le préserver, le couvrit de son corps et eut la main percée d'un coup de baïonnette en cherchant à détourner leurs coups.

Lorsqu'enfin le retour à l'ordre succéda au fanatisme révolutionnaire, les divers monuments rassemblés aux Petits-Augustins furent restitués à leurs primitives destinations. Le musée du Louvre a été enrichi de nombreuses peintures et sculptures sauvées de la destruction par M. Lenoir; l'arc de triomphe du Carrousel lui doit ses belles colonnes de marbre rose; je ne revois jamais ces objets sans qu'un reconnaissant souvenir ne me rappelle M. Lenoir. Il voulait bien me donner des leçons de peinture, et c'est à lui que je dois ce que j'ai pu acquérir de connaissances en ce genre; nous causions d'arts, nous formions mille projets qui s'y rapportaient, et je me rappelle que nous avions imaginé celui qui a été si merveilleusement réalisé depuis, de sauver le palais de Versailles de la destruction dont l'abandon et le temps le menaçaient en en faisant le palais des arts et des illustrations nationales, et en destinant les vastes établissements qui en dépendaient aux artistes qui auraient trouvé dans les superbes modèles en tous genres qu'ils auraient eu sous les yeux, dans la délicieuse nature qui entoure Versailles, et dans les tranquilles méditations de ce séjour, les inspirations les plus magnifiques et les plus fécondes.

Ainsi nous trouvâmes, dès notre début, au milieu des orgies sanguinaires de ces sauvages de la civilisation, les agréments d'une société charmante, quand la société avait disparu, et les plaisirs de l'intimité avec une femme aimable et galante, en même temps qu'une sauvegarde contre les dangers auxquels notre nom et les circonstances nous exposaient. Quelle bonne et inespérée fortune!

Le commerce enfantin que faisaient les enfants de notre amie, lui suggéra l'idée d'en entreprendre un sur une plus grande échelle. Il lui était revenu que certains articles du commerce de Paris étaient fort recherchés en Belgique, et pouvaient s'y vendre avec beaucoup d'avantages. Il n'en fallut pas plus pour électriser de jeunes têtes peu familiarisées d'ailleurs avec les combinaisons réfléchies du commerce. Nos imaginations, accessibles à tout ce qui pouvait les flatter, accueillirent ardemment ce projet. Nous nous persuadâmes aisément que si nous pouvions composer une petite pacotille des objets en faveur en Belgique, nous doublerions bien vite notre capital, qu'un premier succès serait bientôt suivi d'un autre, etc., etc. : c'était justement le calcul de la *Laitière avec son pot au lait*. Mais, pour nous procurer les objets sur lesquels se fondaient nos espérances de fortune, il fallait un capital que nous n'avions pas. Cependant, à force de nous industrier, nous parvînmes à faire un fonds spécial de 12 louis, dont Mme de Beauharnais avait fourni la plus grosse part, et auquel le futur grand-maître de l'Université de France, le futur président du Corps-Législatif, enfin le pauvre hère qui devait devenir l'un des plus importants personnages d'un grand empire, parvint, en réunissant toutes ses ressources, à contribuer pour un douzième; 12 louis en numéraire, à cette époque, n'étaient pas un médiocre avoir. Mme de Beauharnais fut chargée de l'employer à l'acquisition des objets sur lesquels se fondait notre spéculation, et moi de la délicate mission d'aller les faire valoir en Belgique. On ne pouvait la confier à un plus ignorant de tout ce qu'il fallait savoir pour s'en bien acquitter. Néanmoins, je partis pour Bruxelles avec mon inexpérience et mon honnête simplicité, et calculant avec l'ardeur d'une jeunesse enthousiaste tous les moyens de justifier la confiance qu'on avait mise en moi, et l'espoir de rapporter à mes commettants notre petit trésor doublé.

Après m'être enquis à Bruxelles des agents d'affaires les mieux faits pour me diriger, les plus dignes de ma confiance, quel ne fut pas mon bonheur en apprenant que parmi eux se trouvait un émigré, ancien officier au régiment du roi, qui y avait été camarade de mon frère, et forcé, comme tant d'autres, par les circonstances impérieuses du temps, à chercher dans son industrie des moyens d'existence. Je le vis, je lui exposai ma mission, lui exprimant tout ce que je devais à ma bonne fortune d'avoir favorisé mon inexpérience des conseils et de l'assistance d'un compatriote, homme d'honneur, versé dans les affaires, ami de mon frère : il m'encouragea, me donna l'espérance que, dans peu de jours, il placerait avantageusement ma petite pacotille. Ces quelques jours passés, j'allai, plein de confiance, m'informer de l'état de mes affaires, et j'appris, avec une confusion facile à comprendre, que, la veille, il était parti avec une actrice et tous les objets que moi et d'autres lui avions confiés.

On peut juger de mon désespoir en me voyant ainsi traîtreusement dévalisé, et de ma confusion d'avoir à rendre ce triste compte de ma mission. A mon retour, à peine en fut-il question, le désappointement produit par ce mécompte s'était effacé au moment même devant les événements qui se pressaient d'une manière si rapide et si terrible. Quelqu'innocentes que fussent ces réunions intimes de parents et d'amis, elles étaient devenues suspectes, et je trouvai la nôtre à peu près dispersée, chacun s'éloignant, soit pour n'être pas compromis, soit pour ne pas compromettre. C'était le moment de la grande lutte de la Gironde et de la Montagne, et on approchait de ce fatal 31 mai dont les suites devaient être si terribles.

Journée du 31 mai 1793.

J'étais fort assidu aux séances de la Convention; je suivais avidement ces grands débats entre ces hommes montagnards et girondins qui, après avoir rivalisé d'ardeur pour détruire la monarchie, s'en disputaient les lambeaux et aspiraient à la domination par l'anarchie. Je fus témoin de la lutte des Robespierre, des Danton, des Marat, etc., contre les Vergniaud, les Guadet, les Brissot, etc., lutte d'une immense audace contre d'immenses talents : ceux-ci devaient succomber, car à leur ambition se joignait quelques sentiments humains; ils succombèrent en effet, et s'ils honorèrent leur défaite par un héroïque courage, la gloire de leur mort n'effacera pas aux yeux de l'équitable postérité le crime d'avoir sacrifié à leurs ambitieuses utopies les principes sur lesquels reposent les sociétés humaines et la paix du monde.

Mon frère et moi habitions cette partie de la rue de Richelieu appartenant à la section de la Butte-des-Moulins; nous figurions au premier rang de la garde nationale, connue par son esprit d'ordre et par sa répugnance pour les excès révolutionnaires, par conséquent en butte à la haine de la commune de Paris et de cette partie honteuse du peuple, par laquelle elle exerçait sa domination. La crise s'annonçait par ces attroupements désordonnés de la populace, par ces vociférations menaçantes, précurseurs des tempêtes politiques. Dans la nuit du 30 au 31 mai, le tocsin retentissait de tous les coins de Paris, appelant le peuple à une grande manifestation. Dès le matin, toutes les sections étaient en marche vers la Convention avec leur hideux cortége de sans-culottes, de femmes furies, d'enfants plus hideux encore élevés à cette école. La garde nationale de la Butte-des-Moulins s'était concentrée dans les cours du Palais-Royal sous les ordres de son brave commandant Raffet, résolue à se défendre si elle était attaquée. Les grilles en avaient été hermétiquement fermées et gardées contre l'irruption des bandes qui, furieuses, menaçantes, canons pointés contre nous de la place où elles se grossissaient incessamment, nous sommaient de nous joindre à elles pour marcher à la Convention et en exiger la mise en jugement des traîtres girondins dont elles nous disaient les complices. Ce que cette position, qui se prolongea pendant plusieurs heures, avait d'imposant et de terrible, ne peut se rendre: nous étions dans cet état d'angoisse lorsque tout-à-coup nous vîmes notre commandant Raffet chanceler et tomber: on le crut frappé d'une balle, et la fureur des nôtres, surexcitée par cette idée et par le besoin de vengeance, allait engager une lutte désespérée, lorsqu'on reconnut que cet accident était l'effet d'un coup de sang. Il n'eut pas de suites fâcheuses pour lui; il fut même heureux, car le commandant en second crut devoir prévenir l'engagement qui était inévitable, en faisant ouvrir les grilles au peuple. On fraternisa, on hurla dans une effroyable confusion les chants civiques avec un infernal accompagnement de malédiction contre les traîtres, les aristocrates, les modérés, et l'on se porta tous ensemble à la Convention. Les suites de cette fatale journée sont connues; elle assura la victoire à la Montagne et à Robespierre la toute-puissance.

Les vainqueurs prirent aussitôt les mesures de violence qui leur étaient familières pour assurer leur domination. Tout ce qui leur était suspect, c'est-à-dire tout ce qui ne leur ressemblait pas, était arrêté sur la seule dénonciation du premier venu: comme il n'y avait pas assez de prisons, une quantité d'établissements publics reçurent cette destination; pour que personne ne pût échapper à leurs poursuites, des commissaires furent envoyés à toutes les issues de Paris pour examiner les papiers et les personnes de ceux qui en sortaient..

Notre fuite de Paris.

Aussitôt après la défection de notre section, mon frère et moi songeâmes aux moyens d'échapper à la proscription qui ne pouvait manquer de nous atteindre comme anciens nobles, comme grenadiers de la section de la Butte-des-Moulins. Nous étions connus du commandant Raffet qui s'était toujours montré bienveillant à notre égard; nous lui demandâmes, en qualité de gardes nationaux de la section, un permis pour nous rendre à Forges-les-Eaux, pour cause de santé : nous le trouvâmes occupé lui-même à pourvoir à sa sûreté : il n'hésita pas à favoriser aussi notre évasion, et nous partîmes sans différer avec ce permis que nous avions eu soin de faire antidater, pour ne pas paraître nous échapper.

Nous sommes arrêtés et conduits devant les commissaires de la Convention.

A notre arrivée au premier village, nous fûmes arrêtés et conduits devant les commissaires de la Convention. C'étaient des hommes de mauvaise mine, affectant une tenue et des formes analogues aux circonstances et à l'autorité qu'ils représentaient. Au même moment, on vint annoncer d'autres voyageurs qu'on disait d'apparence suspecte. L'un des deux commissaires dit à son collègue : « Vas à ceux-là, moi, je me charge de ceux-ci. » Et ils se séparèrent. Celui qui était resté nous interpella ainsi d'un ton rude et peu rassurant : « Jeunes gens, qui êtes-vous? d'où venez-vous? où allez-vous. » Nous déclinâmes nos noms : Adrien et Albert Lezay, appartenant à la garde nationale de Paris, se rendant à Forges-les-Eaux avec un permis de leur chef, pour cause de santé. « Vous me semblez plus malades de la peur que d'autre chose. Vos papiers. » Mon frère lui remit son portefeuille qui contenait le permis : « Raf- » fet ! s'écria le commissaire d'une voix menaçante, belle recommandation que

Danger auquel nous échappons miraculeusement.

» vous me donnez-là. Raffet, ce Girondin, cet aristocrate, digne chef de cette » section ennemie de la République. » Nous lui dîmes qu'étrangers à Paris, le hasard nous avait logés là, que nous avions cru remplir un devoir de bons citoyens en nous rangeant sous le drapeau national. — Parmi les papiers qui se trouvaient dans le portefeuille de mon frère était une lettre écrite de Suisse dans laquelle son correspondant s'expliquait sur ce qui se passait en France avec une liberté bien imprudente, et que mon frère, plus imprudemment encore, y avait oubliée. En la lisant, le front du commissaire se rembrunissait de plus en plus; il ne put dissimuler un mouvement d'étonnement et d'impatience. Après avoir regardé autour de lui, comme pour s'assurer si l'on pouvait l'entendre, il nous en relut, avec l'accent le plus significatif, les passages les plus compromettants, et réellement bien faits pour attirer sur nous les foudres de la République, et il termina en nous disant avec la plus effrayante sévérité : « Cette lettre démontre assez vos rapports avec l'étranger, avec les ennemis » de la République : elle suffit de reste pour que je vous envoie en prison à » Paris comme des conspirateurs, et vous devez savoir où cela conduit. » Puis il s'assit, se mit en devoir d'écrire, demanda de la lumière comme pour cacheter une dépêche. Nous ne doutions pas que ce ne fût en effet un ordre d'envoi dans les prisons. Qu'on juge de notre anxiété ! Après nous avoir tenus quelques moments sous l'impression de la terreur que nous inspiraient ses paroles : « Malheureux enfants, nous dit-il avec une voix émue, et en passant sa main » sur ses yeux qui se mouillaient de larmes, comment avez-vous pu commettre » l'imprudence insigne de conserver une lettre qui contient bien plus de témoignages qu'il n'en faut, dans le temps où nous sommes, pour vous conduire à l'échafaud ? » Il prit ensuite la lettre, se hâta de la brûler, et au lieu de celle qu'il avait feint d'écrire pour nous dénoncer, il nous remit un laissez-passer pour nous rendre à Forges, accompagné de ces paroles : « Braves jeunes » gens recommandés aux bons patriotes; » puis il ajouta avec un accent qui ébranla tout mon cœur : « Heureux celui qui peut, dans ce temps de proscrip- » tion, protéger des innocents ! J'ai pris ce rôle apparent de proscripteur pour » sauver autant que je pourrai de victimes : Dieu veuille que je ne le sois pas » moi-même; mais, quoi qu'il arrive, je poursuivrai ma mission d'humanité » en expiation des fautes que j'ai pu commettre. Quant à vous, pauvres en- » fants, passagers sur cette terre de tempêtes, félicitez-vous de n'être pas tom- » bés dans les mains de mon atroce collègue qui eût réalisé ce dont je me suis » borné à vous faire la menace, pour vous donner une salutaire leçon. Profitez- » en, hâtez-vous de fuir et gardez un silence absolu sur ce que j'ai fait pour » vous : la moindre indiscrétion de votre reconnaissance me perdrait et per- » drait avec moi d'autres innocents que je veux encore sauver. »

Il nous congédia en recevant nos bénédictions. Nous apprîmes plus tard que son pressentiment ne l'avait pas trompé, et qu'en se dévouant, comme il l'avait fait si heureusement pour nous, au salut d'autres proscrits, il avait péri victime de son généreux dévouement. Ne calomnions pas notre pauvre nature humaine : si elle est capable des plus criminels excès, elle l'est aussi des plus admirables actions. Les annales de la vertu n'offrent rien de plus sublime que ce dévouement à la fois si humble et si généreux de notre honnête commissaire, déguisant sa charité sous le masque hideux d'un proscripteur pour mieux en assurer les effets, et se sacrifiant lui-même obscurément pour le salut de ses semblables : c'est la plus noble imitation du Christ se faisant homme et s'immolant pour la rédemption des hommes.

Nous nous rendons à Forges.

Nous continuâmes notre route sans autre incident, vers une maison de campagne, située près de Beauvais, où résidait une famille avec laquelle nous étions dans des rapports d'amitié intime. Quoiqu'il ne fît pas encore nuit, quand nous y arrivâmes, les grilles, les portes, les persiennes en étaient hermétiquement fermées, et tout y avait l'aspect d'une habitation abandonnée. Nous sonnâmes plusieurs fois sans que personne répondit. Enfin, un homme parut, cherchant à reconnaître, avec un air inquiet, ce que cela pouvait être ; car, dès-lors, une visite inaccoutumée pouvait faire craindre une mesure inquisitoriale et un danger. Nous déclinâmes nos noms, bien connus du domestique, qui ne crut pas pourtant devoir nous ouvrir sans en avoir préalablement demandé l'autorisation à ses maîtres. On nous introduisit enfin : nous retrouvâmes nos amis, bons, affectueux, mais tels que les temps de proscription les font toujours : inquiets, circonspects, et se montrant plus empressés de nous voir partir que satisfaits de notre arrivée. Ils se rassurèrent pourtant un peu à la vue du laissez-passer du commissaire de la Convention, où nous étions qualifiés de manière à faire de nous des protecteurs au besoin plutôt que des hôtes dangereux.

Nous arrivons à Forges.

Nous partîmes dès le grand matin du lendemain pour Forges, sous la conduite d'un guide sûr. Notre premier soin fut de nous présenter à la municipalité. La recommandation du commissaire nous fit accueillir par ses membres en frères et amis : puis nous allâmes prendre possession du logement modeste comme notre fortune que notre ami Livron nous avait retenu chez une veuve Perrier, bonne bourgeoise, excellente femme, qui, avec ses deux jolies et aimables filles, nous rendirent ce séjour plein d'agréments.

Livron, jeune homme élégant, aimable, formé à l'école du grand monde, beau danseur aux bals de la cour, brave, fécond en ressources, avait une de ces natures qui rendent propre à tous les rôles, à toutes les circonstances. Il nous avait précédés à Forges, autant pour chercher un asile contre la persécution, que pour y accompagner sa femme dont la santé avait besoin de ces eaux. Livron, par la souplesse de son esprit, par l'insinuant de ses manières, s'était mis en fort bons rapports avec les patriotes influents du lieu. Sa femme, par sa supériorité, par son charme, par son affabilité pour tous, y avait l'ascendant que prend toujours, quand elle le veut, une femme bonne, aimable, spirituelle.

La réputation de ses eaux attirait à Forges de nombreux étrangers de toutes les classes : les habitants et les patriotes, même les plus exaltés, qui avaient une large part dans l'argent qu'ils y apportaient et dans le bien qu'ils y faisaient, se montraient pleins de ménagements et d'égards pour eux, que ceux-ci avaient soin d'entretenir par des concessions au moins apparentes, mais indispensables aux opinions régnantes, par leur participation aux réunions populaires, etc., etc. Ainsi, pour la seconde fois, le lieu de notre exil était devenu un centre où se retrouvaient, par une exception peut-être unique alors, les agréments d'une société choisie, une aimable réunion d'amis, et plus de sûreté qu'on ne pouvait en espérer dans ce temps. De plus, nous avions notre jeunesse, âge heureux qui fait braver les maux présents quand il n'y rend pas insouciant; qui s'en distrait par les plaisirs qu'il se fait, soit par l'imagination, soit par le cœur, et qui a l'inappréciable privilége de l'imprévoyance de l'avenir.

Nous fréquentons le club et nous en devenons les poètes.

Pour justifier, aux yeux des autorités patriotes, le témoignage du commissaire de la Convention, nous fréquentions le club; nous n'en étions pas les orateurs, mais les poètes; nous composions des chants patriotiques, qu'on y chantait avec enthousiasme, et qui, bien que parfaitement assortis aux circonstances, étaient de nature à être avoués dans tous les temps, tels que celui-ci, dont le souvenir m'est en partie resté, et que je ne cite que comme preuve de cette assertion. C'était à l'occasion du départ des volontaires de l'armée :

1.

Français, volons aux frontières,
Plus de pleurs, plus de regrets;
Allons rejoindre nos frères,
Et partager leurs succès.
La Gloire, toujours fidèle
A sa sœur la Liberté,
Sous ses drapeaux nous appelle,
Soldats de l'Égalité!

2.

Si je meurs pour ma patrie,
Je mourrai fier et content;
Qui sait illustrer sa vie,

Vit bien assez d'un moment.
Les Français, nouveaux Achilles,
S'ils pouvaient choisir leur sort,
Changeraient des jours tranquilles
Contre une héroïque mort.

3.

Couronnés par la Victoire,
Nous reviendrons quelque jour
Cueillir le prix de la Gloire
Entre les bras de l'Amour.
Fidèles à nos promesses,
Nous viendrons dans nos foyers,
Sur le sein de nos maîtresses
Mêler le myrte aux lauriers.

La citoyenne Livron faisait la musique de nos paroles, et je crois pouvoir dire, maintenant que tant d'années m'ont rendu fort indépendant de la petite vanité d'auteur que je pouvais avoir alors, que nos compositions valaient bien, sous ce double rapport, celles des chantres de la liberté de l'époque.

Nous composons un opéra patriotique.

Encouragés par le succès, nous montâmes notre lyre sur un plus haut ton, et nous entreprîmes de composer un opéra de circonstance. Le sujet en était *le Siége de Maubeuge*. Après un long blocus, la ville, héroïquement défendue, se trouve aux dernières extrémités. A une sommation du général ennemi de la rendre, le gouverneur français répond par un refus plein d'un énergique dédain. Cependant, les vivres commençaient à manquer : il prend la résolution de faire sortir de la ville les femmes, les vieillards, consommateurs inutiles, pour réserver tout ce qui restait de vivres pour les défenseurs de la place. — Scène de désolation que produit cet ordre. — La femme du gouverneur, digne émule de son mari par son énergie patriotique, se dévoue héroïquement. Elle harangue cette troupe d'infortunés condamnés à l'exil et peut-être à la captivité; elle s'offre elle-même en sacrifice, et veut donner l'exemple du dévouement à la patrie en partageant leur sort. — Scène d'attendrissement, etc. — Ces diverses circonstances amènent des situations pathétiques, etc. — Hymne à la Liberté, etc., etc.

On prépare une vigoureuse sortie pour protéger la retraite des malheureux exilés. — Après des actes d'une héroïque valeur, il faut céder au nombre et rentrer dans la place, en laissant la femme du gouverneur et ses compagnes au pouvoir de l'ennemi. — Nouvelle scène de désolation. — Attitude héroïque du gouverneur, qui oppose une patriotique résignation et le sentiment du devoir à celui de son malheur. Il harangue sa troupe; il lui fait jurer de tirer une éclatante vengeance de leur échec et de mourir jusqu'au dernier plutôt que de se rendre, etc., etc.

Sur ces entrefaites, un nouveau message du général ennemi vient annoncer que la femme du gouverneur et tout ce qui l'accompagnait sont en son pouvoir; il offre de les rendre, si la place lui est remise, sinon la mort les attend tous. — Combat chez le gouverneur entre ce sentiment du devoir et celui de son amour. Le devoir l'emporte; il renvoie le porteur du message avec un refus énergique.

Le troisième acte s'ouvre par une réunion des chefs militaires; on délibère sur les mesures à prendre. Sur ces entrefaites, on annonce qu'une sortie partielle ramène quelques prisonniers; parmi eux, s'en trouve un qui demande instamment à parler au gouverneur: c'est un envoyé du général de l'armée française qui, sous le déguisement d'un soldat ennemi, s'est fait prendre. Il apporte une dépêche par laquelle le général français annonce que l'armée est en pleine marche pour délivrer Maubeuge; il recommande de tenir, quoi qu'il puisse arriver, et de faire les dispositions pour seconder l'attaque et la délivrance de la ville.

La scène représente une partie des remparts, du haut desquels on voit le camp ennemi. On y fait des dispositions pour le supplice des prisonniers français; on les voit ensuite s'avancer enchaînés, escortés par un détachement ennemi, vers un échafaud qu'on aperçoit dans le lointain. Dans ce moment, on entend le canon tonner, l'armée française arrive, engage le combat, met l'ennemi en déroute avec le secours de la garnison, qui rentre triomphante en ramenant les prisonniers aux acclamations générales. — Scène touchante amenée par la réunion du général et de sa femme, des pères, des enfants confondant leur bonheur dans leurs embrassements, etc., etc.

Ce sujet, d'un républicanisme tout romain, prêtait certainement à des effets touchants et pathétiques. Nous y avions mis toute l'ardeur de notre jeunesse et de notre enthousiasme pour la gloire de la patrie. — La pièce fut lue au club et accueillie avec transport. Le bruit s'en étendit jusqu'à la petite ville de Gournay, peu distante de Forges. Nous y fûmes appelés et invités à en faire la lecture à la Société populaire; le succès n'y fut pas moins complet. On jugea qu'elle devait être mise en musique, et qu'elle méritait les honneurs de la représentation; et comme nous ne doutions pas, d'après ces témoignages et d'après celui de notre conscience d'auteurs, qu'elle ne fût digne d'être confiée au musicien le plus éminent, nous résolûmes d'en charger Méhul, le plus célèbre compositeur de l'époque. Je partis donc pour Paris avec les attestations les plus emphatiques de nos patriotes provinciaux, dans la confiance qu'il accueillerait notre œuvre comme une bonne fortune. J'allai trouver le maëstro; je lui

Succès de notre œuvre au club de la ville de Gournay.

laissai mon manuscrit; il me promit de le lire: il le lut en effet. Mais, hélas! il me dit, en me le rendant, d'un ton moitié bienveillant, moitié goguenard, que les sentiments patriotiques exprimés dans cet ouvrage étaient certainement dignes d'éloges; mais qu'il ne se harsarderait pas à traiter un sujet aussi héroïque; que, d'ailleurs, il pensait que, même dans le temps où nous vivions, des échafauds mis en scène ne seraient pas du goût du public qui, bien qu'il ne se montrât que trop avide de ces spectacles en réalité, n'en approuverait pas l'introduction au théâtre. Je me retirai un peu honteux du peu de succès de cette nouvelle mission, et je revins avec mon opéra et la conviction que j'acquérais, pour la seconde fois, que j'étais peu propre au rôle de négociateur. Toutefois, nous n'eûmes pas à regretter de l'avoir fait, car il nous valut un surcroit de popularité fort utile et qui ne pesait en rien sur notre conscience.

Autrement jugé par le compositeur Méhul.

Ce temps de terreur s'écoulait donc pour nous aussi doucement et avec autant de sécurité qu'on pouvait en espérer alors, lorsque la loi appela aux armées toute la jeunesse française de dix-huit à vingt-cinq ans. Nous appartenions à cette catégorie; mon frère, atteint d'une maladie du larynx, que le docteur Portal avait qualifiée de phthisie pulmonaire, présenta ce motif d'exemption: il fut admis. Je n'en avais point à donner; je fus donc inscrit sur les contrôles de l'armée, et il fallut partir. On me composa un petit trousseau, et, le sac militaire sur le dos, je m'acheminai pour Rouen, lieu de ma première destination. La nature m'a fait un cœur accessible aux plus tendres émotions. Il se serra cruellement en me séparant d'Adrien, doublement mon frère par la nature et par le cœur, de cette douce intimité d'amis de jeunesse, de ma bonne hôtesse et de ses charmantes filles; enfin de cet ensemble d'affections qui retenaient tout mon cœur aux lieux que je quittais pour entrer dans cette nouvelle vie aventureuse qui s'ouvrait devant moi, à travers l'obscurité d'un impénétrable avenir; et quand, après avoir échangé aussi longtemps que possible, de longs regards avec le cortége d'amis qui m'avaient accompagné, s'en retournant en sens contraire de moi, je les eus perdus de vue, que je me trouvai seul, cheminant à pied, sous un soleil ardent, n'ayant pour compagnons que mon ombre et mes souvenirs, ombres eux-mêmes, j'aurais béni la bonté du Ciel s'il eût terminé là ma carrière.

Première réquisition. — La loi appelle sous les drapeaux les jeunes Français de 18 à 25 ans.

Je pars pour l'armée.

Préoccupé de ces tristes pensées, j'arrivai à Rouen où les jeunes gens, appelés comme moi, se réunissaient pour être répartis ensuite dans les divers corps de l'armée. Je savais monter à cheval; j'étais grand et fort, je fus destiné à être incorporé dans le 2e régiment de carabiniers. Plusieurs jeunes gens de Forges reçurent la même destination, et cette fraternité d'armes fut pour tous une douce consolation: nous fûmes immédiatement envoyés à Caen,

Je suis incorporé dans le 2e régiment de carabiniers à cheval.

où se trouvait le dépôt du régiment. Je fus inscrit sur ses contrôles sous mon nom patronymique d'Albert, dont l'obscurité devait couvrir mon nom de famille qui alors pouvait être mon arrêt de mort. Après avoir été montés et équipés, le général annonça qu'il passerait la revue de départ. Nous étions sous les armes lorsqu'arriva en effet le général Beaufort, escorté d'un brillant état-major. Quel ne fut pas mon étonnement en reconnaissant en lui un dragon d'Orléans, maître d'armes dans la compagnie dans laquelle j'avais servi, nommé Cœur-de-Lion, et l'un des plus mauvais sujets du régiment. Je n'aurais cependant pas dû être étonné, car la révolution nous avait mis chacun à notre place selon la justice des révolutions; celui qui avait été en haut était en bas, et celui qui avait été en bas était élevé; par cette même raison, il ne me reconnut pas; les parvenus révolutionnaires, qui ne se reconnaissent plus eux-mêmes, ne portent pas leur attention si bas; je me dissimulai pourtant le plus que je pus à ses regards afin de lui éviter l'embarras qu'il eût pu éprouver en se voyant reconnu par son ancien chef, et qu'il m'eût peut-être fait expier désagréablement.

Reconnaissance que je fais à Caen.

Je rejoins l'armée.

Le détachement destiné au 2e de carabiniers se mit en route pour rejoindre le corps à Lille. Nous arrivions sur la place d'Armes, lorsque du côté opposé arrivaient en même temps et se rangeaient en bataille environ cent cinquante hommes du régiment, présentant à la population qui se pressait à sa rencontre et à nous, l'effrayant spectacle des suites d'un combat qu'il venait de livrer; tous en revenaient couverts de blessures; c'étaient des bras pendants, des cuisses, des jambes, des têtes enveloppées de linges couverts de sang, des nez coupés, des visages balafrés, etc., etc. Il y avait bien là, malgré les chants de victoire que proféraient ces braves, de quoi émouvoir de pauvres jeunes gens qui ne connaissaient de la vie que les douceurs du foyer domestique, et les tendres sollicitudes de la famille, et qui voyaient, dans les terribles effets de la guerre dont ils allaient aussi courir les chances, le sort qui les attendait.

Nous rejoignîmes l'armée que le général Pichegru venait de quitter pour aller prendre le commandement de celle du Rhin. Le général Moreau l'avait remplacé dans celui de l'armée du Nord. Nous faisions partie de la brigade sous les ordres du général Mac-Donald, avec lequel je me suis retrouvé depuis dans de tout autres conditions.

Le régiment prit part aux siéges d'Ypres, de l'Ecluse, d'Anvers, de Breda.

Cependant la persécution contre tout ce qui était suspect aux farouches dominateurs de la France, et par conséquent contre les ci-devant nobles devenait de plus en plus acharnée; ils poursuivaient leurs proscriptions jusque dans les armées; des commissaires y furent envoyés chargés de cette mission. Le 2e de carabiniers était commandé par le ci-devant comte d'Anglar; il n'avait cherché à dissimuler ni son nom, ni ce qu'il avait été, dédaignant toute autre protection que celle de l'amour et de la confiance de ses soldats qui, sous sa conduite, étaient devenus la terreur de l'ennemi et avaient mérité par le carnage qu'ils en faisaient le nom terrible de bouchers de l'armée. Le comte d'Anglar reçut dans cette circonstance un noble prix de sa bravoure et de ses mérites; le corps entier ayant appris qu'il était menacé de perdre son chef, le réclama au nom de la Victoire, et déclara qu'il n'en suivrait point d'autre que celui qui les avait familiarisés avec elle. Il continua en effet de les y conduire.

Commissaires de la République aux armées.

Je reçus, dans cette même circonstance, un précieux témoignage de l'amitié de mes camarades; ceux qui m'avaient bien connu à Forges pour ce que j'étais avaient gardé à cet égard un si profond secret, que j'échappai aux investigations du commissaire et que je pus continuer à mettre ma vie sous la protection de la Guerre.

Je suivis avec le régiment, sans interruption, les chances plus ou moins variées de l'invasion de la Belgique et d'une partie de la Hollande. Au printemps de 1795, l'armée poursuivait sa marche victorieuse dans le duché de Clèves. Je retracerai ici un événement dans le souvenir duquel je me complais, et parce qu'il rend un compte assez exact des mœurs du soldat français en campagne.

L'armée victorieuse pénètre en Hollande.

Depuis quelque temps, les vivres n'arrivaient que difficilement à l'armée; les distributions se faisaient très irrégulièrement. Le soldat murmurait, et les plaintes étaient d'autant plus animées que la ressource du maraudage, si chère au plus grand nombre, n'était plus guère praticable. L'abus énorme qu'on en avait fait avait appelé la sévérité des chefs. Outre la déconsidération que tant d'excès commis faisaient rejaillir sur l'armée, ils aggravaient encore l'exaspération si naturelle que l'invasion excitait dans les populations. Ils faisaient de chaque habitant menacé dans sa personne, dans sa propriété, souvent même dans l'honneur de sa famille, un ennemi personnel acharné; et en ruinant le pays, ils détruisaient les ressources précieuses que l'administration de l'armée pouvait en tirer. Des ordres du jour, publiés dans chaque régiment, faisaient connaître que toute voie de fait, en dehors des ordres supérieurs militaires, contre les habitants et contre la propriété, serait punie des peines les plus sévères. Le voleur d'un objet quelconque devait être passé par les armes, et plusieurs exemples avaient déjà prouvé que l'effet suivait la menace.

Épisode de la campagne de 1794.

Cependant, les vivres vinrent à manquer tout-à-fait, et dans la détresse où se trouvait l'armée, force fut de se relâcher de cette rigueur: il fallait bien que le soldat vécût; et ne pouvant y pourvoir par des mesures régulières, on fut réduit à la nécessité de le laisser chercher sa vie comme il pourrait.

Quand, après des circonstances contraires à ses penchants, une meute a été longtemps renfermée dans son étroite enceinte et qu'arrive un beau jour qui rappelle enfin les chasseurs à leur plaisir favori, impatiente, elle s'anime, elle s'agite; ses cent voix répondent, par de joyeux hurlements, aux préludes de la chasse, aux fanfares des cors, aux hennissements des chevaux, et se précipitant par la barrière que leur ouvre le piqueur, se répand dans la plaine et porte la terreur parmi les habitants des forêts. Tel fut l'effet que produisit sur nos braves la liberté qui leur fut donnée après une si dure contrainte.

Cependant, tout en donnant cette liberté, on prit toutes les précautions pour empêcher, autant que faire se pouvait, qu'elle dégénérât en licence. On défendit de requérir des habitants autre chose que des aliments, et on recommanda de le faire avec tous les ménagements possibles. On rappela avec une nouvelle énergie les peines portées contre le vol; on exigea que les réquisitions fussent faites avec ordre et régularité, par escouades commandées par des sous-officiers. Les généraux furent chargés de faire exercer et d'exercer par eux-mêmes une exacte surveillance.

La marche de la division fut suspendue et les différents corps répartis dans des cantonnements. Notre compagnie fut placée à Cranenbourg, gros bourg de la principauté de Clèves.

Nous n'eûmes pas plus tôt pris possession de nos logements que toute la campagne fut battue par des nuées de soldats qui faisaient rafle dans les villages, dans les fermes, de tout ce qu'il y avait de vivres, de provisions; moutons, porcs, veaux, volailles, étaient chassés, poursuivis, assaillis, enlevés. On détruisait en un jour ce qui aurait suffi pendant quinze à la consommation d'un régiment. Les premiers moments se passèrent dans ces expéditions culinaires plus ou moins abusives que pourtant l'impérieuse nécessité légitimait en quelque sorte. Mais le soldat passe vite de la liberté à la licence. Sous prétexte de chercher des vivres, les habitations furent envahies; tous les recoins des maisons, des cours, des granges, des étables, étaient visités, fouillés, sondés, avec une avidité et un savoir-faire égal à celui du plus exercé dans ce genre d'industrie. On pense bien que tout ce qui tombait sous la main était de bonne prise, et malheur au paysan, au pékin qui aurait eu la hardiesse de vouloir défendre son bien, ou qui aurait été surpris à en dissimuler quelque chose.

Il y en avait sans doute dans le nombre qui, retenus, soit par le frein de la discipline, soit par la crainte du châtiment, soit enfin par un sentiment honnête, s'arrêtaient à ce qui était permis. Ces pauvres jeunes gens, surtout ceux que l'on désignait sous le nom de conscrits, que la loi avait, ainsi que moi, violemment transportés du foyer domestique sous les drapeaux, timides encore et peu aguerris à ces scènes de pillage et de désolation, à ces cris de désespoir de tant de malheureuses familles dépouillées, éperdues, souvent deshonorées, ne pouvaient manquer de se sentir émus et le cœur brisé, en reportant en idée ces mêmes scènes de désolation sur leurs propres villages, sur leurs propres familles, si, par un de ces retours si fréquents dans les affaires humaines, l'ennemi venait à les envahir à son tour.

Il y a, dans tous les régiments, une espèce d'hommes qui se distinguent par une certaine bravoure téméraire, désordonnée, par ce qu'on appelle vulgairement crânerie, dont ils se font un moyen d'autorité sur leurs camarades; buveurs, querelleurs, entreprenants, ils sont les premiers à tout, et surtout à exciter au désordre toutes les fois que l'occasion s'en présente; se faisant gloire de tous les genres d'excès et d'y pousser les autres.

La dispersion des troupes, l'éloignement des chefs, le défaut de surveillance, et par suite le relâchement de la discipline, conséquence inévitable des circonstances où se trouvait l'armée, favorisaient trop bien ces dispositions pour qu'ils ne se hâtassent pas de les mettre à profit. Il se trouvait dans notre compagnie un de ces crânes qui s'y faisait remarquer entre tous. Il s'appelait Vasseur. Une large blessure qui lui avait enlevé la moitié du nez lui donnait un aspect hideux. Il s'en faisait un trophée, et en quelque sorte un titre de suprématie. Il n'en pouvait déjà plus de la fatigue qu'il éprouvait d'un jour de repos. « Eh bien! se prit-il à dire à la réunion de la chambrée, dès le lendemain de » notre prise de possession du cantonnement, n'avons-nous donc rien de » mieux à faire qu'à donner la chasse aux moutons et aux poulets? Il me semble que nous pouvons mieux employer nos loisirs; nous sommes en pays » que nous avons conquis par notre courage, par conséquent chez nous; » n'avons-nous pas assez souffert et n'est-il pas temps que nous cherchions » quelque adoucissement à nos peines et à nos privations? C'est notre droit, » c'est le prix de notre sang. Eh! morbleu, malheur à qui s'aviserait d'y trouver à redire! Est-ce votre avis, camarades? Bien parlé, s'écrièrent-ils tous, » nous sommes prêts au premier signal. »

« J'approuve, dix Trexler; mais nous ne pouvons pas aller ainsi à l'aventure; » que chacun se mette au fait de la carte du pays; qu'on s'informe où nous » pourrons diriger fructueusement notre expédition, trouver bon vin, bon » gîte, bonne chance et le reste. »

Tous applaudirent: avant de se séparer, on régla l'ordre du service pour le lendemain; les uns furent désignés pour la garde du poste, les autres pour faire partie de l'expédition. « Tu seras des nôtres, Albert, dit Vasseur; quoi-

» que conscrit, tu es un brave; tu as fait tes preuves devant l'ennemi; on » peut compter sur toi; et puis tu as étudié, toi; tu es savant et cela peut » être utile dans l'occasion. — Soit, répondis-je; mais que voulez-vous aller » chercher que nous ne trouvions ici sous la main; le pays nous offre abon- » dance de toutes choses; tout nous vient sans même avoir besoin de le de- » mander. — Bah! bah! dit Strube, pour moi, je suis rassasié de dindons, » de poulets, de jambons, de la cuisine de la gamelle, du vin du cabaret; il » m'en faut du plus fin; je veux tâter de la cuisine du seigneur; et je pré- » tends pousser jusqu'à ce que je trouve de l'un et de l'autre à discrétion. A » demain donc, camarades, et que chacun soit prêt. »

Les observations morales eussent été ici hors de propos. Il est des situations où il faut, comme on dit, hurler avec les loups, et la sagesse en pareil cas est de ménager l'ascendant que l'on peut avoir pour empêcher ou modérer du moins les excès que l'on peut craindre.

Le lendemain, après le service obligé, huit d'entre nous se mirent en campagne sous la conduite de Vasseur. Nous marchions d'abord sans autre but apparent que celui de rapporter des provisions; mais nos maraudeurs avaient d'autres vues et il me fut bientôt facile de reconnaître que la recommandation de Trexler n'avait pas été négligée, qu'ils s'étaient mis au fait de l'état et des ressources du pays, et qu'ils avaient un but déterminé.

Nous avions déjà chevauché pendant plusieurs lieues sans que les habitations, les fermes qui s'étaient présentées sur notre passage eussent fixé leur attention. « Où donc nous mènes-tu? dis-je à Vasseur, et que diable al- » lons-nous chercher au loin que nous n'ayons pu trouver déjà dix fois dans » l'espace que nous venons de parcourir. Sont-ce des aventures? Nous pour- » rions bien en rencontrer que nous aurions à regretter; si par exemple nous » tombions dans une de ces fréquentes reconnaissances que nos généraux font » en personne et en force, pour observer, au moins autant que l'ennemi, ceux » des nôtres qui dépassent les limites permises, comme nous le faisons, sans » but raisonnable. »

« Nous allons en bonne fortune, répondit Vasseur, il faut bien un peu va- » rier la vie: puisque la retraite des ennemis nous prive des plaisirs de la ba- » taille, il faut nous donner ceux de la conquête, berner le pékin, boire son » vin, faire connaissance avec ses filles; mener joyeuse vie, si l'occasion s'en » présente, et advienne que pourra. »

Nous marchions toujours, conversant à la manière des soldats, lorsque tout-à-coup un riche paysage se développa devant nous : la guerre n'y avait pas encore porté ses ravages. D'un côté s'étalait un beau village dont les maisons, élégantes de propreté, annonçant l'aisance, étaient disséminées à travers de riants vergers ; de grasses prairies ombragées par des massifs d'arbres se mêlaient agréablement à des cultures riches et variées. Une vaste avenue, plantée d'un double rang de platanes séculaires, liait le village à un beau château qui s'élevait sur notre droite, à environ un mille de distance.

A notre vue, tous les habitants qui étaient dans la campagne s'étaient hâtés de regagner le village, effarés, poussant devant eux leurs enfants, leurs troupeaux, comme à l'approche d'un orage.

« Eh bien ! camarades, s'écria Vasseur, vous ai-je bien conduits ? Voilà la » terre promise. *Vive la France et en avant !* » Et tous ensemble nous nous lançâmes au galop vers le château.

Nous y fûmes bientôt arrivés. Une haute grille en fermait l'entrée. Nous essayâmes d'y pénétrer, mais en vain ; nous sonnâmes, sans que personne se présentât pour ouvrir. On ne répondit pas davantage aux sommations que nous faisions de la voix. Nous avions beau protester qu'on n'avait rien à craindre de nous, que nous venions en amis, que nous ne demandions qu'à faire rafraîchir nos chevaux épuisés par une longue course ; rien, toujours même profond silence. Si les croisées ouvertes, si la fumée des cheminées, si des traces toutes récentes d'allées et de venues n'avaient pas attesté la présence d'habitants, on aurait dû croire le château abandonné, désert. — Nous allions, nous venions, cherchant dans tous les sens quelque moyen d'accès ; mais partout des murs circonscrits par un fossé plein d'eau, nous opposaient un insurmontable obstacle.

Le désespoir gagnait mes camarades ; les jurements, les menaces succédaient aux protestations pacifiques, et nous ne voyions plus d'autre parti à prendre que celui d'une honteuse retraite. J'y poussais de toutes mes forces, heureux de voir les habitants du château échapper à des scènes à peu près inévitables de désordres et de violences, et d'échapper moi-même à la complicité, sinon réelle, du moins apparente de ces excès, que tout en les détestant il n'eût pas été en mon pouvoir d'empêcher.

Découragés, nous étions déjà à peu près réunis et prêts à monter à cheval, lorsque nous entendîmes crier : « Eh ! eh ! à moi. . . arrivez ; une découverte : » la brèche est ouverte ; à l'assaut ! » C'était Manette, l'un de nos carabiniers, alerte, fureteur, audacieux, qui venait de découvrir dans un retour du fossé une petite porte entre-baillée qu'un arbre touffu recouvrait de ses épais rameaux. Cette porte servait sans doute à donner passage aux gens de l'intérieur pour puiser dans le fossé l'eau nécessaire à divers services, et comme elle n'était accessible que du côté de la cour, on avait négligé de la fermer.

Mais comment arriver ? Le fossé était large, plein d'eau, et, quand bien même les hommes y seraient parvenus, le passage était impossible pour les chevaux que l'on ne pouvait abandonner au dehors; car il fallait être sur ses gardes contre une surprise, et ne pas diviser notre petite force. Cette lueur d'espoir semblait donc dissipée aussitôt qu'aperçue.

Cependant, notre furet n'était pas si facile à décourager, et, en effet, son esprit inventif lui suggéra une idée qui eut un succès aussi complet qu'inattendu. — Justement, près du lieu où nous étions, gisait un vieux madrier; il s'en empara, le plaça en travers du fossé en en faisant porter une des extrémités sur le seuil de la petite porte, et il s'en fit ainsi un pont, au moyen duquel il y arriva. Traverser la cour, courir à la grille d'entrée, en soulever les ferrements qui ne pouvaient être atteints du dehors, mais qui, de l'intérieur, s'ouvraient aisément, fut l'affaire d'un moment. Nous suivions ses mouvements et nous nous étions approchés de la grille de manière à la franchir dès qu'elle fut ouverte.

On ne nous vit pas plus tôt maîtres de la place, qu'un homme envoyé par le châtelain se présenta, nous offrant des rafraîchissements et tout ce dont nous pouvions avoir besoin pour nous et pour nos chevaux. Ils furent conduits dans de belles écuries, en compagnie de plusieurs autres qui s'y trouvaient, recommandés aux soins d'un palefrenier, et quand nous fûmes assurés qu'ils ne manquaient de rien, nous les abandonnâmes à sa garde, comme si nous devions compter sur son parfait dévouement. L'imprévoyance fut poussée au point que je fus le seul qui eus la précaution de prendre mes pistolets, que tous les autres laissèrent dans les fontes, tant le succès et le calme parfait qui régnait autour de nous inspirait de sécurité.

En effet, notre invasion semblait n'avoir produit aucun effet; on ne remarquait aucune agitation, aucun mouvement extraordinaire: toutes choses restaient dans la même situation, calme, paisible, comme si de rien n'était; il en était de même au dehors. Un homme qui conduisait tranquillement une barque sur un canal qui allait du château au village, et dont les intentions nous furent révélées plus tard, ne parut pas mériter notre attention.

L'envoyé de notre hôte nous conduisit par un beau perron et un élégant vestibule dans une vaste salle à manger, qui avait une issue sur le parc, nous répétant qu'il avait ordre de son maître de nous traiter de son mieux; qu'il serait venu lui-même nous faire les honneurs, si son état de souffrance le lui eût permis.

« Ah! bien, oui, dit rudement Vasseur, il nous en conte de belles là, le
» bourgeois: il s'y prend un peu tard pour être poli; il ne l'était pas tant
» quand il nous laissait droguer, bisquer, nous égosiller pendant une heure,
» hors des murs. Il n'a pas grand mérite à capituler quand la place est prise...
» Allons, allons, réparations, et vite à la cave, à la cuisine et feu partout.

» — Je vais y pourvoir, dit l'homme d'affaires. » Une femme de charge s'occupait déjà du soin de préparer la table. Elle fut bientôt couverte de pâtés, de jambons, de saucissons, de vins de plusieurs sortes et des plus fins : rien n'était épargné ; et pourtant, ce n'était là qu'un prélude, disait-on, pour nous mettre en appétit et nous faire prendre patience, en attendant un service plus convenable qu'on nous préparait.

Il fallait voir comme à cet appétissant étalage les yeux s'enflammaient, les visages s'épanouissaient. Toutes les fatigues, toutes les inquiétudes avaient disparu. Nous nous précipitâmes à table. Le faucon n'est pas plus prompt à fondre sur sa proie que nous sur ces mets d'une saveur, d'un parfum si nouveaux pour nous. Le peu de paroles que nos bouches, si bien occupées, pouvaient prononcer étaient toutes à la louange du bourgeois. « A la bonne » heure! disait l'un, il sait vivre celui-là, et faire bien vivre; s'il nous a fait » un peu languir, c'était pour aiguiser notre appétit. — On dirait, reprenait » l'autre, qu'il a reçu, par ordonnance, l'avis de faire préparer les logements » et les vivres pour nous mieux recevoir. — Voilà notre cantonnement tout » trouvé quand l'armée passera par ici, proclamait un troisième. — A la santé » du bourgeois! dit Manette en remplissant son verre. » Tous répondirent à cet appel en criant à tue-tête : Vive le bourgeois!

Le service ne tarissait pas; à mesure que les plats se déblayaient, ils étaient remplacés par d'autres; les bouteilles pleines succédaient sans interruption aux bouteilles vides : loin de chercher à se débarrasser de nous, il semblait qu'on voulût mieux nous retenir et faire durer cette étrange scène.

Cependant, les têtes s'échauffaient; je sentais l'importance de garder mon sang-froid, en voyant que les autres perdaient le leur, et j'y mettais tous mes soins. Cette conduite, de la part des habitants du château, ne me semblait pas naturelle; je craignais un piége : c'en était un en effet, que nous reconnûmes plus tard. Les propos devenaient bruyants, grossiers, licencieux; des propos on commençait à en venir aux actes: j'en voyais qui mettaient sans façon les couverts d'argent dans leurs poches; d'autres qui se mettaient en devoir de reconnaître ce que les buffets pouvaient contenir à leur convenance. — La femme qui nous avait servis, bien qu'elle parût, par son âge et sa laideur, devoir être à l'abri de tout danger, devenait l'objet des galantes ardeurs du hardi Manette. Il était plus que temps d'arrêter ces licences, qui allaient dégénérer en violences.

« Allons, allons, camarades, m'écriai-je, il se fait tard, nous sommes bien » éloignés; le temps menace et voilà le tonnerre qui sonne le boute-selle. A » cheval, à cheval. — Mille bombes! que viens-tu nous chanter avec ton » tonnerre? j'ai bien autres choses à faire, par ma foi. Ne me vois-tu pas en

» train d'un galant assaut? Je n'en aurai jamais tenté de si glorieux. Il y aurait » de quoi faire reculer les plus braves; mais, morbleu! Manette ne sait pas re- » culer. . . Allons, ma vieille, je prétends te donner un souvenir de tes beaux » jours! » J'allais engager une lutte pour soustraire cette pauvre créature à moitié morte de frayeur à cet enragé, lorsqu'un incident inattendu changea tout-à-coup la scène. La porte de la salle où nous étions donnant sur le parc s'ouvrit, et soudain apparut une jeune, élégante et belle personne, accompagnée de sa suivante, que l'orage faisait sans doute rentrer au château. Au spectacle inattendu de cette invasion par des soldats étrangers, criant, jurant, à moitié ivres, elles jetèrent un cri d'effroi désespéré en cherchant à fuir.... « Halte-là, » les belles, s'écrièrent plusieurs voix; prisonnières de guerre!—Vive Dieu! dit » Vasseur, vive notre hôte! Il veut que rien ne manque à nos plaisirs: bon vin, » bonne chair, jolies filles! » Déjà il s'empressait brutalement vers elles; je me jetai au-devant, et saisissant mes deux pistolets que je dirigeai sur lui: « Brigand, lui dis-je, oserais-tu bien souiller cette pure innocence de ton » odieuse approche! un pas de plus et je t'étends mort à mes pieds. » Puis, m'adressant à la jeune fille: « Mademoiselle, rassurez-vous, vous êtes sous la » protection d'un homme d'honneur. Je réponds de vous sur ma vie; et je » vous conduirai où vous voudrez aller. Ordonnez. — A mon père, à mon » père, s'écria-t-elle en s'attachant convulsivement à moi! Tout ce que nous » possédons sera le prix de ce service. » Nous avançâmes dans cette attitude vers la porte opposée, mes pistolets braqués et tenant tout le monde en respect. Furieux, mais contenu, Vasseur nous suivait en m'accablant de ses imprécations et de ses menaces: « Vas, chien de conscrit, vas déposer ta pou- » pée; mais par le sang, par la mort, tu me rendras raison de ton insolence, » et nos sabres décideront à qui elle restera. »

Nous avions franchi la porte, toujours groupés de la même manière. En traversant le vestibule, nous arrivâmes à l'escalier, et les jeunes filles le montèrent précipitamment, me suppliant de ne pas les abandonner, me protestant de leur reconnaissance. J'en gardai l'entrée, protégeant leur retraite jusqu'à ce qu'elles eussent disparu, et que le bruit d'une porte qui s'ouvrit et que j'entendis se refermer tout-à-coup avec violence, m'eût fait connaître qu'elles étaient, au moins pour le moment, hors de danger.

Tranquille de ce côté, je marchai droit à Vasseur. « Maintenant, lui dis-je, » me voilà libre et prêt à te rendre raison. J'ai fait le devoir d'un vrai soldat » français en sauvant une jeune fille de tes infâmes mains. J'en ai un autre » à remplir, en effaçant dans ton sang le déshonneur dont tes crimes enta- » chent notre nom.

» Viens, viens, reprit-il, écumant de colère; tu veux du sang? Mon fer a

» soif du tien; jamais il ne se sera trempé avec autant de joie dans celui d'un » ennemi. » Nous sortîmes et, sans aller plus loin que le perron, nous mîmes le sabre à la main et le combat s'engagea, de la part de Vasseur, avec l'impétuosité d'une fureur aveugle, de la mienne avec l'avantage que donne le sang-froid; lui multipliant, précipitant ses coups, moi m'appliquant à les parer en portant la pointe au corps, et à chercher un point pour l'enferrer. Tous deux également animés, également pressants, le combat se soutenait sans avantage marqué. Tout-à-coup, de part et d'autre, nos sabres restèrent suspendus, nos bras et nos corps immobiles comme si nous avions été soudainement changés en statues, à l'aspect d'une troupe nombreuse d'hommes armés de fusils, de pistolets, de faux, de fourches, qui envahissaient la cour. « A nous, à nous, s'écria Vasseur, c'est l'ennemi. » A cet appel nos gens accourent et se rangent en bataille sur le perron, le sabre à la main. Mais que faire? quel parti prendre? Nous avions en face de nous au moins deux cents hommes qu'avait été chercher l'homme au bateau; les uns gardaient la grille qu'ils avaient soigneusement refermée; d'autres interceptaient le passage des écuries; le reste bordait tout le pourtour de la cour; point de retraite possible, point d'espoir de salut. « Trahison! trahison! hurla Vasseur. Eh bien! si nous » ne pouvons échapper, tombons sur ces misérables pékins et vendons chère- » ment notre vie. — Silence, m'écriai-je avec autorité, rien n'est perdu, » pourvu qu'on m'obéisse. Camarades, y consentez-vous? » Commande, dirent-ils tous d'une voix. Sans perdre un moment, j'ordonne la retraite en dedans de la porte, sept hommes déterminés pouvaient en défendre l'entrée, au moins pendant quelques moments. Ce mouvement opéré, je me portai seul en dehors, et du haut du perron, appelant le silence de la main, je m'adressai à cette troupe : « Messieurs, m'écriai-je, votre seigneur me fait appeler auprès » de lui pour entrer en pourparler. Je m'y rends; respectez sa volonté et atten- » dez ses ordres. Si quelqu'un, malgré sa défense, tentait de forcer l'entrée de » cette porte, il y trouverait la mort. » A ces mots, sans rien entendre, je rentrai; je fermai la porte, je renouvelai l'ordre à nos gens de défendre le passage à outrance si on essayait de la forcer.

Ces dispositions étant prises, j'ordonnai à Manette de me suivre, et tous deux nous escaladâmes l'escalier. Un bruit confus de voix nous révéla la réunion des habitants du château dans un appartement voisin. Je l'ouvre brusquement et j'entre, mes pistolets à la main, suivi de Manette. Quel spectacle! Un homme à la figure vénérable, souffrant, courroucé, étendu sur une chaise longue, se redressant péniblement à notre aspect; sa femme en pleurs, l'enlaçant de ses bras pour le contenir; la jeune fille que j'avais protégée, à genoux, poussant des cris lamentables; d'autres femmes terrifiées; l'homme qui nous avait servis s'interposant avec un geste menaçant entre son maître et nous; Manette arrêtant sa généreuse imprudence, en lui opposant la pointe de son sabre. « Pas un mot, pas un mouvement, m'écriai-je, en dirigeant mes deux » pistolets sur le chef de la famille, ou vous êtes mort! » A ce mouvement, prompt comme la pensée, la jeune fille avait quitté les genoux de son père pour se précipiter aux miens. « O vous, mon protecteur, mon sauveur, » arrêtez! Grace, pitié! c'est mon père; c'est encore ma vie! — Silence à » tous! m'écriai-je avec autorité; nous n'avons pas ici de temps à perdre. » Et m'adressant au père de famille, mes pistolets toujours dirigés sur lui : « Monsieur, une foule d'hommes armés est là-bas qui nous assiége, qui nous » ôte tous moyens de leur échapper; tous nos efforts, tout notre courage ne » pourraient rien contre leur nombre. En les appelant pour vous protéger » contre nos folles témérités, vous avez agi en homme avisé et prudent. A » mon tour, j'agis également en homme avisé et prudent, en arrachant mes » compagnons au danger qui les menace. Donnez à l'instant même, et par » écrit, à cette troupe armée l'ordre de se retirer sans violence et sans bruit; » dites-leur qu'il y va de votre vie; que nos chevaux bridés, prêts à être mon- » tés, soient amenés devant le perron. »

Il n'y avait pas à hésiter; l'ordre fut immédiatement écrit et remis dans nos mains. « Ce n'est pas tout, repris-je, un bon général doit assurer sa retraite: » si nous sortions d'ici sans escorte, nous retomberions au dehors dans les » mains de vos paysans, et le danger pour nous n'aurait que changé de place. » Il faut que mademoiselle nous en serve. Elle nous accompagnera à cheval » jusqu'à la sortie du village, suivie de votre homme de confiance; elle mar- » chera à mes côtés, sous ma garde, comme nous serons sous la sienne: elle » sait si l'on peut compter sur ma parole. — Oui, j'ai lieu d'y compter, et j'y » compte, s'écria la jeune fille avec exaltation; heureuse de vous protéger à » mon tour, et que ma vie réponde de la vôtre. »

« Voilà qui est bien, » repris-je, à peine maître de mon émotion; puis me retournant vers Manette ébahi: « Vas porter cet ordre; qu'il soit exécuté à » l'instant, et que nos gens attendent les miens sans bouger. »

Le châtelain, prenant la parole à son tour: « Toi, Burman, dit-il à son » homme de confiance, accompagne cet homme; fais retirer nos gens : dis- » leur que c'est un nouveau service que je réclame de leur attachement. »

« Faites aussi préparer ma monture et un cheval pour vous, lui dit la jeune » fille, afin de remplir l'un et l'autre le devoir qui nous est imposé. »

Ils ne sont pas plus tôt sortis, que je remets mes pistolets à ma ceinture; puis je me découvre respectueusement, et par un mouvement inspiré, me prosternant devant ce vieillard et cette famille éperdue : « Monsieur, dis-je

» avec un accent qui révélait ma profonde émotion, pardonnez le mal que » nous vous avons fait. Autant que vous, j'ai souffert de ces actes de brigan- » dage, et si j'y ai été fatalement associé, je n'y ai participé que pour en mo- » dérer, autant que possible, les excès. Victime des fureurs révolutionnaires » qui dévorent mon pays, proscrit comme toutes les nobles familles de France, » j'ai dû me couvrir d'un faux nom, et je suis venu chercher à la guerre un » refuge contre la mort. Tout coupables que sont mes compagnons, j'ai dû les » sauver. — Encore une fois, daignez pardonner tant d'alarmes que nous » vous avons causées, et puisse mon vrai nom, que je confie à votre loyauté, » laisser dans cette maison un autre souvenir que celui du mal que l'on y a » fait. »

J'inscrivis aussitôt mon nom sur un album qui se trouvait là. En écrivant, quelques gouttes de sang s'échappèrent de dessous la manche de mon habit. « Vous êtes blessé! s'écria la jeune fille, se portant vers moi avec un curieux » empressement; et vous l'avez été à cause de moi! Mon Dieu! mon » Dieu!... » L'agitation, l'émotion que m'avaient causées toutes ces scènes, ne m'avaient pas permis de m'en apercevoir; et le peu de mal que j'en ressentais prouvait assez que ce n'était qu'une légère égratignure que j'avais reçue dans mon combat avec Vasseur.

« Ce n'est rien, moins que rien, dis-je, heureux, trop heureux que la Pro- » vidence ait daigné se servir de moi à ce prix, pour empêcher ici de grands » malheurs. »

Toute cette famille, naguère saisie de terreur, l'était en ce moment de surprise et d'une sorte d'admiration pour moi.

« Allez, me dit le vénérable père avec émotion, allez, noble jeune homme ; » tout le monde ici vous est redevable : nous, de ce que vous nous avez » sauvés par votre généreux courage, des violences de vos compagnons; eux, » de ce que vous les avez soustraits au juste châtiment auquel, sans vous, ils » ne pouvaient échapper. Vous emportez notre estime et notre reconnaissance. » Nos bénédictions et nos vœux vous accompagneront. Puisse le Ciel vous » remettre au sein de votre famille, de votre patrie, et la délivrer d'une révo- » lution qui la déchire et menace d'envahir le monde! »

Le mouvement qui s'opérait dans la cour, le bruit des pas de nos chevaux, annonçaient que l'ordre donné avait été exécuté. Manette qui rentra nous en donna l'assurance. Il resta stupéfait à la vue de toute cette famille qu'il avait laissée sous la terreur de mes menaces, s'empressant autour de moi avec les démonstrations de la plus affectueuse reconnaissance.

Nous sortîmes de l'appartement. La jeune fille et sa mère, qui avait voulu l'accompagner, nous suivaient, non sans quelques démonstrations d'inquiétudes.

Je trouvai nos gens au poste où je les avais placés. A leur vue, ces dames se rapprochèrent de moi, comme pour se couvrir de ma protection. Pour les rassurer, j'ordonnai qu'on se mît en bataille et qu'on présentât les armes. Tous obéirent respectueusement, dominés par l'ascendant de mon commandement et par la fascination qu'ils éprouvaient du prodige qui les avait sauvés d'une position si désespérée.

La troupe qui avait envahi la cour s'était écoulée; il n'était resté que les hommes qui avaient été chargés d'amener nos chevaux. Avant de permettre qu'on les reprît, j'exigeai que tout ce qui avait été dérobé fût restitué, et, après cette exécution, chacun, sur l'ordre que j'en donnai, reprit et monta son cheval. Je posai respectueusement la jeune fille sur sa monture, et la plaçai entre l'homme de confiance de son père et moi; puis je donnai l'ordre de se mettre en marche régulièrement et au pas, mes carabiniers en tête.

Nous cheminâmes ainsi jusqu'à la sortie du village; là je m'arrêtai, je descendis de cheval, puis, m'approchant respectueusement de la jeune personne : « Recevez mes adieux, Mademoiselle, et daignez garder un souvenir bienveil- » lant d'un homme qui n'en est pas indigne. N'attendez pas ici le retour d'une » pareille scène; l'armée française, dont la marche a été suspendue par des » circonstances fortuites, ne tardera pas à envahir cette contrée. Fuyez donc, » vous et votre famille, et retirez-vous dans quelque grande ville. Peut-être y se- » rez-vous poursuivis par nos armes victorieuses; mais une grande ville con- » quise n'a guère à souffrir que par des levées de contributions; il y a toujours » sûreté pour les personnes; hâtez-vous donc. »

Le sourire le plus bienveillant répondit à cet adieu; et sortant un anneau de son doigt: « Gardez-le, me dit-elle, en mémoire de moi: que le Ciel exauce » vos vœux et vous fasse aussi heureux que je le souhaite. »

Je remontai à cheval et rejoignis mes compagnons, non sans jeter quelques regards en arrière.

Nous étions fort éloignés de notre cantonnement que nous regagnâmes à une heure fort avancée de la nuit, sans autre aventure.

L'armée marcha sur Nimègue, en fit le siége et s'en empara. Ce fut la fin de la campagne pour notre régiment; il eut ordre de rétrograder sur Gand.

Passage de la vie active de campagne à la vie de caserne.

Ici commença une ère nouvelle dans ma vie de soldat. Jusque là le constant mouvement, l'agitation de cette vie active, pleine d'incidents et d'émotions, ce progrès rapide de nos armes devant lesquelles l'ennemi fuyait, ne leur opposant plus qu'une insignifiante résistance, cet enivrement de la victoire, tout cela avait bien son intérêt et je m'y étais accoutumé sans trop de peine; mais quand il fallut passer de cette vie animée, en plein air, à la vie sédentaire du soldat;

quand aux souffrances physiques provenant des habitudes infectes de la caserne et du cabaret, de ce partage horrible qui se faisait alors du même lit avec le premier venu, se joignit cet autre inexprimable supplice moral du contact incessant d'une nature honnête et délicate avec des natures grossières et dépravées, se livrant par goût et par passe-temps aux débordements les plus révoltants, alors commença pour moi une vie d'autant plus douloureuse qu'il fallait dissimuler mon dégoût. Cependant telle est l'inconséquence des sociétés humaines que c'est de ces mêmes hommes qui dégradent ainsi leur noble nature que les nations attendent leur gloire. Je ne veux pas m'arrêter plus longtemps à ces tristes souvenirs.

Ici pourtant s'en représente un qui doit trouver place dans ce récit.

Quoique nous fussions casernés et soumis plus sévèrement qu'en campagne aux règles de la discipline militaire, il arrivait encore que de mauvais sujets, accoutumés à la vie indépendante des camps, parvenaient à se soustraire à la surveillance des chefs et continuaient, autant qu'ils le pouvaient, leurs habitudes de maraude sur les jardins, les basses-cours, etc., des environs de la ville: un jour, me promenant sans but avec quelques camarades, l'un d'eux proposa d'aller visiter un paysan de sa connaissance dont l'habitation était sur notre chemin. Nous y entrâmes; les maîtres de la maison nous reçurent cordialement, nous régalèrent de leur mieux, et nous nous quittâmes fort contents les uns des autres. Cependant, le lendemain, sans motif apparent, la compagnie fut assemblée; le capitaine annonça qu'un vol d'argenterie avait été commis la veille chez un homme de la campagne, que ce vol était attribué à des carabiniers qu'il avait reçus chez lui; qu'il importait que ceux qui déshonoraient leur uniforme par de semblables actes fussent connus. Il ordonna à notre hôte qui avait porté plainte de le suivre dans les rangs et de désigner les visiteurs. Il nous reconnut en effet, et l'ordre fut donné de nous conduire dans la prison de la ville. Nous nous interrogeâmes mutuellement: chacun repoussa l'imputation: les interrogatoires qu'on nous fit subir séparément n'ayant pas produit plus de résultat, il nous fut signifié que, tant que nous n'aurions pas fait connaître le coupable, nous resterions tous en prison. Il ne manquait à ma triste jeunesse que ce complément de misère. Je suis mis en prison.

C'était pendant le mémorable hiver de 1794 à 1795 qui fit de l'aquatique Hollande une terre ferme, consolida ses canaux, ses moyens d'inondations, ses rivières, jusqu'à ses bras de mer, où ses flottes immobilisées par les glaces furent prises par des charges de cavalerie.

J'étais donc en prison! C'était une nouvelle phase de mon étrange vie et, de toutes, la plus cruelle et la plus inattendue. Je m'y trouvais confondu avec des malfaiteurs, sous l'intolérable suspicion d'avoir volé! Témoin forcé de leurs abominations de tout genre et de la dégoûtante émulation avec laquelle chacun racontait l'histoire de ses coupables prouesses et se faisait professeur de crimes. Non, je n'aurais pas résisté à la souffrance dont cette humiliation oppressait mon âme honnête, souffrance aggravée par la température glaciale et par l'insurmontable dégoût de la nourriture de ce séjour infect au physique comme au moral : heureusement les recherches faites chez les marchands de la ville amenèrent la découverte des objets volés et du coupable. C'était un mauvais sujet dont les méfaits antérieurs avaient, dès le principe, fait porter les soupçons sur lui. Traduit devant un conseil de guerre et convaincu, il fut condamné à être fusillé. Quoique déclarés innocents, quelques jours se passèrent avant que mes camarades et moi fussions rendus à la liberté. Le coupable ne fut nullement ému de cette sentence ; le soldat, incessamment en face de la mort, se familiarise vite avec elle, et ceux de la trempe dont était celui-ci, vaurien, sans foi, sans loi, sans croyance, à défaut d'autre honneur s'en font un de la braver.

Le coupable est reconnu.

Il est condamné à être fusillé.

Nous cherchâmes inutilement, mes camarades et moi, à remonter son âme à des sentiments honnêtes, à honorer les derniers moments qui lui restaient par un retour sur lui-même ; il nous répondait par des sarcasmes et des bravades en buvant à notre santé et à sa dernière camarade, la mort. Nous lui rappelâmes sa famille : « Ah ! oui, dit-il, pour cela vous avez raison. J'ai ma » mère, ma pauvre mère ; il convient que je lui fasse mes adieux. » Et il me chargea d'écrire sous sa dictée la lettre suivante :

J'écris sous sa dictée ses adieux à sa mère.

« Ma mère, je vais mourir, et je m'en soucie peu ; un peu plus tôt ou un peu
» plus tard, il faut bien mourir, les uns d'une manière, les autres d'une autre.
» Ne vous informez pas de celle par laquelle je vais finir : vous en seriez affli-
» gée. En me perdant, vous perdez peu de chose, un mauvais sujet dont la
» mort vous épargnera du moins désormais les chagrins que vous a donnés
» ma vie. Elle est donc un bien pour tous deux. Adieu, ma mère. »

Dans l'intérêt de la discipline et de la moralité du soldat, on tenait à donner à ces exécutions, heureusement rares, une grande solennité. Le régiment entier, en grande tenue, y fut convoqué, et la compagnie à laquelle le condamné appartenait, qui était la mienne, désignée pour l'escorter au lieu du supplice. Cet imposant appareil, le morne et religieux silence de la marche, les armes abaissées vers la terre, les tambours voilés de crêpes rendant, par intervalles mesurés, des sons lents, lourds, isolés ; le malheureux condamné les yeux bandés, s'agenouillant et désignant avec fermeté la place où il doit être frappé, et enfin la soudaine détonation sous laquelle il tombe, tous ces apprêts imposants de la justice des hommes produisent une impression qui ne s'efface jamais.

Exécution.

Cependant Robespierre était mort, non par le fait de la justice depuis longtemps perdue, mais par les mains de ses propres complices qui, devenus ses rivaux après avoir été les instruments de sa criminelle dictature, l'avaient tué pour n'être pas tués par lui. Si la terreur n'avait pas entièrement cessé par cette immolation, il y avait relâche: les prisons s'ouvraient; les nouveaux dominateurs se rendaient mutuellement leurs amis, leurs protégés et les protégés de leurs protégés, comme auparavant ils se livraient réciproquement leurs ennemis et tous ceux qu'ils voulaient perdre.

Mort de Robespierre.

Mon frère, qui avait été chercher en Suisse un asile contre la terreur, obtint l'autorisation de rentrer en France. La supériorité de son esprit, qui se révéla dès-lors par des écrits politiques pleins de talent, d'un noble patriotisme et de courage, le mit bientôt en relations avec plusieurs des hommes influents de l'époque. Il se ressouvint de moi et de ma condition de soldat que je subissais depuis près de deux ans; il parvint à m'y soustraire en me faisant entrer dans l'administration des vivres de l'armée.

Je quitte le régiment pour entrer dans l'administration des vivres de l'armée.

Cette nouvelle position me plaçait à la suite de l'armée; mes fonctions consistaient à recevoir les animaux que les entrepreneurs, sous les ordres desquels j'étais, achetaient pour son service, d'en vérifier le nombre et la qualité, de les diriger sur les divers corps selon les besoins, etc., etc. Ainsi de soldat, j'étais devenu à peu près bouvier. J'avais encore descendu un cran de l'échelle sociale! Je souffrais de cet abaissement pour lequel je ne me sentais pas fait: je regrettais mon état de soldat dont les peines offrent au moins cette noble compensation qu'on y sert utilement son pays et qu'on s'y associe à sa gloire. A ce sentiment d'humiliation se joignait le triste retour que je faisais incessamment sur moi-même, pauvre enfant perdu de ma patrie et de ma famille, jeté hors de ma sphère, dans un monde où mon cœur et mon esprit ne se sentaient vivre que par la douleur qu'ils ressentaient de leur isolement, de la privation de toutes les jouissances pour lesquelles ils se sentaient faits et de leur répugnance pour un genre de vie antipathique à leur nature. Un profond découragement me gagna. Je pris la vie en dégoût. Les misères de mon passé, la dégradation de mon état présent, le vide de mon avenir et les réflexions qui venaient incessamment assombrir mon âme m'en rendaient le poids insupportable. En effet j'avais vingt-trois ans, et dans mes vingt-trois ans de jeunesse, j'avais épuisé en peines et en malheurs l'expérience de la plus longue vie; jeté dès l'enfance dans des circonstances extraordinaires j'avais passé par toutes les chances de la mauvaise fortune; j'avais parcouru beaucoup de pays où j'avais vu ce qui sera toujours, les abus de la force, les succès de l'audace, la bassesse de la faiblesse, le pauvre dévoré par le riche, les hommes prosternés devant des idoles malfaisantes ou stupides, partout des esclaves rampants de-

Mes fonctions.

Découragé, je prends la vie en dégoût.

vant des maitres qui avaient rampé: j'avais vu des gouvernements de toutes les formes, sans voir jamais les peuples contents : j'avais été témoin de grandes révolutions faites, disait-on, pour le bien, et qui n'avaient produit que de grands crimes et de grands malheurs ; j'avais vu des hommes de tous les états parce que j'avais passé par tous les états des hommes: destiné par l'ordre de choses qui m'avait vu naître à la richesse et aux honneurs, je n'avais cessé d'être pauvre, fugitif et proscrit; de chef que j'avais été, j'étais devenu soldat; au lieu des brillants cercles du grand monde auxquels j'étais naturellement appelé, j'avais été jeté errant parmi les sauvages dans les solitudes de l'Amérique. Fatigué de cette existence où je n'avais vu qu'incertitude de bien-être et certitude de malheur, j'avais le mal de la vie; mais, avant d'en venir au remède de la mort, je voulus essayer de celui de la philosophie. Je lus donc les ouvrages des philosophes. Sur la foi de leurs grands noms, je croyais pouvoir fonder l'espérance d'une vie plus résignée; mais ils ne firent que me promener dans le pays des chimères; ils ne m'apprirent rien que je ne susse déjà. Tout ce qu'ils disaient des peines et des privations de la vie, des inconstances de la fortune, je l'avais éprouvé; ce que d'autres avaient lu ou entendu dire, je l'avais vu; des événements plus merveilleux que tout ce qu'avait recueilli l'histoire des temps s'étaient passés sous mes yeux; mieux qu'eux je connaissais la réalité du mal; pas plus que moi ils n'en connaissaient le remède: leurs grands mots ne me persuadèrent jamais que j'avais été libre dans les fers, riche dans la misère, tranquille quand la douleur m'arrachait des larmes; ils me parurent des charlatans qui, en nous montrant le bonheur hors de notre nature, ne nous font courir qu'après une ombre.

Et ces philosophes eux-mêmes, vus de près, que sont-ils? Presque toujours menteurs à leurs principes, comme leurs principes le sont à la nature, quelle confiance peuvent-ils inspirer? La plupart, dominés par les faiblesses qu'ils prétendent réformer dans les autres, ont de plus l'orgueil de vouloir paraitre ce qu'ils ne sont pas; aussi funestes aux hommes que le médecin qui, appelé pour guérir un léger mal, apporterait à son malade la contagion de la peste et la mort.

Ces misanthropiques pensées dont mon esprit malade se nourrissait entretenaient mes funestes dispositions. J'étais découragé par le passé; car, pour le malheureux, le passé est toujours présent, et rien dans le présent ne me présageait un meilleur avenir; et quand j'essayais de lever un coin du rideau qui me le dérobait, ma vue se perdait dans un chaos impénétrable d'événements; l'épaisseur de ces ténèbres finit par éteindre la faible lueur qui échauffait encore mon cœur, et je me dis : « Vivre ainsi, c'est trop péniblement achever de mourir; » et je voulais mourir.

Cependant, une amélioration inespérée s'opérait alors même dans mon sort : mes fonctions, heureusement modifiées d'après des recommandations adressées de Paris, m'appelaient en Hollande, à la résidence d'Amsterdam, auprès des munitionnaires généraux. Elles consistaient dans la tenue d'écritures faciles et dans quelques voyages; elles me donnaient un traitement honnête, m'établissaient dans leurs rapports de monde avec les étrangers et les Français que leurs affaires appelaient en Hollande. J'étais logé avec eux, comme eux, à l'excellent hôtel des *Armes d'Amsterdam*. D'autres recommandations pour les chefs des maisons les plus honorables de la ville, m'initiaient dans les meilleures sociétés, dans leurs plaisirs, dans leurs fêtes, et me procurèrent des liaisons avec les jeunes gens les mieux posés. J'entrais ainsi dans un monde nouveau ; je renaissais à la vie ; je sentais avec délices tous mes sens, tous mes instincts, toutes mes facultés intellectuelles et morales se réveiller comme d'un long et pénible sommeil. Il me semblait que je voyais, pour la première fois, la beauté du ciel, l'éclat du soleil, les charmes de la nature, des femmes, des arts, dont le sentiment s'était assoupi dans mes sombres préoccupations, tant j'étais redevenu avide de leur contemplation !

Mon sort s'améliore. Des fonctions plus élevées m'appellent à Amsterdam.

Je reprends courage.

La Hollande est à tous égards un des pays du monde les plus curieux. Conquise en partie sur la mer par l'industrie humaine, ces deux forces rivales y sont en présence, luttant incessamment : l'une pour reprendre ce qu'elle a perdu, l'autre pour conserver sa conquête. Sur plusieurs points, la mer plus élevée que les terres n'est contenue que par des digues dont la rupture entraînerait la submersion de vastes contrées, comme cela a eu lieu, à ce qu'on assure, de celles que couvrent aujourd'hui la grande masse d'eau appelée Mordick. Certains vents poussent sur les basses terres une surabondance d'eaux que de nombreux moulins à vent épuisent en les reversant dans des canaux supérieurs qui les reportent à la mer. On peut se faire par là une idée de l'extrême vigilance que la conservation d'un tel pays nécessite.

La Hollande.

Cette lutte de l'homme contre la nature y est incessante et s'étend à tout : la stagnation des eaux, occasionnée par la planimétrie du sol, produit une humidité générale dont il lui faut combattre les pernicieuses influences par une extrême recherche de propreté dont, dans aucun pays, on ne peut se faire une idée, par un lavage incessant de toutes choses, des rues, des pavés, des maisons, à l'intérieur jusque dans ses plus minutieux détails, à l'extérieur jusqu'à leurs sommets, au moyen de pompes qui donnent à l'eau un mouvement factice qui supplée salutairement à son inaction naturelle.

Ce besoin d'observation attentive et continuelle de toutes choses pour sa propre conservation, a donné au peuple hollandais des habitudes de prudence et de réserve qui font le fond de son caractère. Invariablement fidèle aux

7

usages et à l'esprit de sagesse traditionnelle auxquels il a dû sa sécurité physique et sa prospérité commerciale, il a l'heureux bon sens de s'y tenir et le bonheur d'échapper ainsi à l'influence de cet esprit novateur qui, sous l'enseigne du progrès, pousse à la ruine.

La société y reçoit naturellement l'empreinte de la régularité, du calme, de la prudence de l'esprit hollandais. Les hommes, exclusivement occupés des affaires, et les femmes des soins intérieurs, ont peu de temps à donner aux agitations de la vie du monde. Ce n'est qu'avec circonspection qu'ils accueillent les étrangers : avant de les admettre dans la famille, ils veulent prendre le temps d'observer s'ils en sont dignes : une fois jugés tels, on est comme de la maison. Cette réserve allait bien à ma timidité et à mon caractère naturellement sérieux, qui leur convenait également.

J'entre dans une vie nouvelle.

Je fréquentais donc plusieurs maisons où je trouvais une société parfaitement assortie à mes goûts, des hommes honnêtement occupés, des femmes au maintien modeste, aux doux regards, éblouissantes au premier aspect par l'éclat de leur teint, qu'on peut dire avec vérité de lys et de roses. Mon cœur, qui s'était refroidi et presque oublié dans le monde dans lequel j'avais végété jusqu'alors, se ranima à cette existence toute pleine de bien-être, de douces impressions, de charmantes contemplations. Il s'exalta, il adora avec toute son ardeur primitive, avec toute sa naïve pureté; il fut compris. J'osai en offrir l'hommage; il fut agréé. Délicieux aveu qui fit sur moi l'effet du soleil du printemps, qui fait naître les fleurs où reposaient les glaces. Cette glace épaisse dont le malheur avait environné et resserré mon âme, se fondit sous la douce influence de l'astre bienfaisant qui venait l'échauffer et la rouvrit au plaisir, à l'espérance, à l'idée presque éteinte du bonheur.

Ici je m'arrête. L'amour a des secrets dont le cœur doit être seul dépositaire. Il est le sanctuaire dont la personne aimée est la divinité; objet d'adoration dans le présent, de respect et des plus chers souvenirs de toute la vie, et ainsi, pour une âme honnête, une source incessante d'intimes jouissances.

Mœurs hollandaises.

L'usage en Hollande permet aux jeunes hommes et aux jeunes filles de s'aimer, de se le dire, de se le témoigner en toute liberté. Une fois que le jeune homme a fait la déclaration de ses sentiments et qu'ils sont agréés, ils peuvent se voir, se fréquenter, même sans témoins, même hors de la présence des parents de la jeune fille, sans que ceux-ci s'en inquiètent, sans que la susceptibilité publique en soit offensée. Un sentiment général de moralité ne permet pas de supposer d'autres intentions aux assiduités du jeune homme que celle d'obtenir la main de la jeune fille. On voit quelquefois cette tendre intimité de quasi-fiancés, se prolonger pendant des années sans solution et sans inconvénient, et je ne crois pas avoir entendu citer, pendant les quatre années que j'ai passées en Hollande, un seul fait résultant de cet usage, qui fût de nature à appeler la réprobation publique.

Ce que j'ai dit de la Hollande, se rapporte à un temps bien éloigné : heureux ce peuple, s'il a su conserver ses vieilles traditions et cette antique innocence de mœurs au milieu du mouvement général de démoralisation qui s'étend progressivement avec ce qu'on honore du nom de civilisation.

Mes fonctions qui m'appelaient dans les différentes parties de la Hollande et de la Belgique m'avaient fait connaître dans tous leurs détails ces pays, si diversement intéressants. J'avais parcouru leurs campagnes si brillantes, si riches, les unes par leur belle nature, fécondée par les trésors de l'agriculture la plus avancée; les autres par ce que l'art et l'industrie ont de plus perfectionné. J'avais vu toutes leurs villes et tout ce qu'elles renferment de curiosités industrielles, monumentales, artistiques. J'avais visité cette Nort-Hollande, pays unique par l'étrangeté de ses habitudes et de ses mœurs, dont les habitants, presque tous commerçants retirés, après avoir poursuivi avec avidité la fortune dans les tourmentes de la vie et du commerce de mer, semblent avoir voulu, par un singulier contraste, se faire des jouissances de leur isolement du reste du monde, de la privation, au milieu des tonnes d'or qu'ils ont amassées, de tout ce dont les autres hommes se font des plaisirs, et se sont fait en réalité une existence dont le mouvement ne diffère guère de celui de l'aiguille qui marque uniformément sur l'horloge la marche du temps.

Des recommandations qui n'ont pas toujours cette efficacité m'avaient obtenu la permission d'entrer dans une des principales maisons du village de Bruck, la merveille du pays en ce genre, faveur que l'empereur Joseph II, lorsqu'il était venu visiter ces contrées, n'avait pu obtenir qu'après des sollicitations longtemps infructueuses et avec la condition expresse qu'il laisserait les bottes dont il était chaussé en dehors de la maison. La manie ou plutôt le ridicule de la propreté y est porté à un tel excès de recherche, qu'on ne rentre dans la maison qu'après avoir déposé à la porte la chaussure avec laquelle on était sorti, pour en prendre une spéciale destinée à l'intérieur. Au reste, cette précaution est bien surabondante à Bruck, car les rues, toutes pavées de briques sur champ, faïencées et posées de manière à ce que l'eau ne peut y séjourner, sont toujours parfaitement nettes. Le village de Bruck.

Toutes les rues sont fermées à leurs extrémités par des barrières qui n'en permettent l'entrée à aucun animal dont le passage pourrait souiller l'émail des rues; pas un chien, pas un de ces fidèles compagnons et amis de l'homme qui partagent si sensiblement ses joies et ses tristesses, n'est admis dans ces mornes intérieurs où le cœur aussi semble faire partie du mobilier.

Les jardins alignés, compassés, sont plantés symétriquement d'ifs et de buis taillés en vases, en boules, en pyramides, en dragons, en animaux de toutes les formes. Les allées sont incrustées de coquillages de toutes les variétés, de toutes les couleurs. Aucun bruit, aucun mouvement extérieur ne trouble la paix sépulcrale de ce séjour de l'homme fait automate, qui ne montre pour ainsi dire de vie que par l'aspiration et l'expulsion à peu près continuelles de bouffées de tabac.

Parmi les singuliers usages de ce pays, on remarque celui-ci : outre l'entrée principale de la maison qui sert à l'usage habituel de ceux qui l'habitent, il en est ménagé deux autres qui ont une destination spécialement réservée ; l'une qui ne s'ouvre que pour introduire l'enfant qui vient de naître, l'autre que pour laisser sortir celui des habitants que la mort va rendre à la terre.

Plaisirs de l'hiver en Hollande.

Les plaisirs d'hiver de la Hollande sont pleins de charmes. Ce sont tantôt des parties où de nombreuses et brillantes sociétés se rendent dans d'élégants traîneaux traînés par des chevaux de cette race célèbre de trotteurs appelés *Hart-Dravers*, à des rendez-vous où des jeux et des fêtes les attendent. Chaque traîneau, conduit par un homme de la société, porte une ou plusieurs dames enveloppées dans de riches fourrures. De jeunes patineurs leur forment une élégante escorte. Souvent ces parties rendues plus piquantes encore, se font la nuit à la lueur de torches flamboyantes. Tantôt c'est l'exercice du patin, de tous le plus attrayant, qui appelle des populations entières sur les vastes plaines de glace dont le pays se couvre. Rien de plus animé, de plus varié, de plus amusant que le spectacle que présente cette foule d'hommes, de femmes, d'enfants, se confondant, se croisant dans tous les sens, avec la vélocité du vent sur ce cristal poli, s'animant, s'excitant, se défiant mutuellement à la course ou à de gracieuses évolutions, luttant de vigueur, de vitesse, de souplesse ; les uns, attirant la foule des spectateurs et leurs applaudissements par la hardiesse et la grâce de leurs poses artistiques ; les autres excitant les rires et les moqueries par la gaucherie de leurs malencontreux essais et par leurs chutes grotesques. Cependant, là comme dans toutes les circonstances de la vie, il arrive trop souvent que les joies sont troublées par de soudains malheurs, et que des patineurs imprudents, se hasardant sur un fond trop peu consolidé, se perdent sous la glace qui cède sous leur poids. Il m'est arrivé d'être témoin de l'affreux spectacle de treize personnes qui, lancées les unes après les autres dans un défi de vitesse, s'engloutirent successivement dans l'abîme que la première avait ouvert.

Des dames de la société se mêlaient parfois à ces jeux auxquels elles s'étaient exercées dès l'enfance et s'y faisaient remarquer par l'élégance et les grâces de leurs personnes et de leurs moelleux balancements. Elles étaient les objets de la soigneuse surveillance des plus expérimentés patineurs, qui, comme dans les tournois de la chevalerie, luttaient devant elles de force et d'adresse pour en obtenir un regard approbateur.

Nouvelle phase dans ma vie.

Ma vie se partageait ainsi depuis environ quinze mois entre les plus aimables relations de société et les plus douces béatitudes du cœur; mais, hélas! ici vient encore se placer cette triste réflexion qui se représente si souvent dans la vie de l'homme, que la peine touche de bien près au bonheur. En effet le mien était à son terme. La fin des entreprises des munitionnaires généraux mit aussi fin à mes fonctions. Mais ce ne fut pas là la plus pénible atteinte qui lui fut portée; celle-là ne compromettait que mon existence et j'avais dans ma jeunesse les moyens d'y pourvoir; au même moment, je fus aussi frappé au cœur. La fréquence et l'intimité de mes relations amoureuses avaient donné de l'ombrage au père de la jeune personne, objet de mes empressements; j'étais à elle sans réserve: sa possession légitime faisait toute l'ambition de mon cœur honnête, mais, dans la position que m'avait faite la tourmente qui détruisait tout en France, pouvais-je demander de l'associer à mon sort? et mon offre, si je l'avais faite, pouvait-elle être agréée, moi exilé de ma famille et de mon pays qui m'était de nouveau fermé par l'inscription qui avait été faite de mon nom sur la liste des émigrés, pendant que je les combattais sous le drapeau de la patrie; moi isolé, sans existence, sans fortune, sans avoir même le pressentiment de l'avenir qui pouvait m'être réservé. Sans doute il eût été mieux de faire ces raisonnements avant que nos cœurs s'abandonnassent au sentiment qui les liait si intimement; mais l'amour, comme chacun sait, s'insinue sans qu'on s'en doute, et quand il serait temps de s'en défendre, il est déjà maître; on est esclave; on se complaît dans sa chaîne qui ne peut plus être rompue sans déchirer le cœur et briser douloureusement l'existence. Tel fut en effet le sort de nos amours. La jeune fille fut plus étroitement surveillée, resserrée: il lui fut enjoint de cesser avec moi tout rapport, de se soustraire à ma vue, et d'exiger, dans l'intérêt de son repos, que je m'éloignasse. Il fallut me résigner à ce cruel effort et jobéis, errant, l'âme en peine, dans cette ville, dans ces campagnes, dans tous ces lieux qui avaient été témoins de mon bonheur, n'en ayant plus d'autre que celui de chercher en m'abritant de quelque coin de rue, d'où je ne pouvais être aperçu, à reposer ma vue sur cette demeure vers laquelle gravitait mon cœur.

Parmi les jeunes gens que je fréquentais se trouvait un jeune Anglais nommé Charles Higgins, chef d'une maison de commerce à Amsterdam; il était mon ami le plus intime et le dépositaire de toutes mes pensées; son amitié épanchait son baume sur les tristesses de mon cœur. Il avait alors dans le port un vaisseau prêt à mettre à la voile. Un jour il me proposa, comme but de promenade, d'aller le visiter. Il avait des intérêts à Madère, aux Açores, en Portugal, et il hésitait s'il irait les traiter lui-même ou s'il en laisserait le soin à ses correspondants. Chemin faisant il m'exprimait ses incertitudes, disant que la crainte de quitter ses amis, les ennuis de l'isolement dans un long voyage l'emporteraient probablement sur ses vrais intérêts et le décideraient à rester. Cependant il lui vint tout-à-coup à l'idée que je pourrais l'accompagner et de me le proposer : « Vous êtes libre, me dit-il, trop libre : le moment » ne vous offre encore aucune chance d'avenir dans votre France ; vous êtes » avide de voir et de vous instruire ; un voyage convient merveilleusement à » la situation de votre cœur qui a besoin de distractions et des épanchements » de l'amitié ; nous ne nous quitterons pas ; qui pourrait vous retenir ? » Rien en effet ne me retenait et tout m'attirait à lui. Je saisis avidement cette idée : notre parti fut bientôt pris et le surlendemain nous étions à bord.

Je quitte la Hollande. Voyage à Madère. 1797.

J'allais donc quitter cette terre hospitalière où j'avais retouvé la vie, qui était devenue la patrie de mon cœur. Mais je ne pouvais me résoudre à accomplir le douloureux sacrifice sans déposer encore une fois dans celui qui s'était identifié avec le mien le sentiment qui le remplissait.

Judith avait une sœur aimable, charmante comme elle ; les femmes sont généralement indulgentes pour les faiblesses du cœur ; cette sœur sympathisait d'autant plus avec les nôtres qu'elle se trouvait dans la même position que nous et que nous avions été mutuellement les confidents complaisants de nos secrets. Ce fut à elle que j'adressai la lettre par laquelle je faisais mes adieux à sa sœur, adieux pour un temps indéfini, infini peut-être, lancé comme j'allais l'être dans les obscurités d'un avenir impénétrable ; ne sachant désormais sur quelle terre le hasard me conduirait, quelle vie nouvelle allait s'ouvrir devant moi. Mon cœur se mourait et cette lettre exhalait pour ainsi dire ses derniers soupirs. L'émotion que j'éprouvai dans ce moment fatal ne s'est pas effacée, et ce souvenir, après les cinquante années qui se sont écoulées depuis et les siècles d'événements qu'elles renferment le remue encore.

Nous partîmes : après avoir relâché à Falmouth pour réparer quelques avaries survenues à notre bâtiment nous fîmes route pour Madère.

La poésie est la confidente et le grâcieux interprète du sentiment. Je lui confiai, pendant la traversée, le soin d'exprimer mes regrets dans les vers que voici :

Regrets d'amour.

Larmes d'amour, fleurs de veuvage,
Tendres filles de mes regrets ;
Triste et précieux héritage
De moments si remplis d'attraits ;

Coulez, mes larmes solitaires,
Au souvenir de jours si doux;
Pour compagnes de mes misères,
Le Ciel hélas! ne m'a laissé que vous.

Vivez dans ma triste pensée,
Vivez, éternels souvenirs
De ma félicité passée;
Venez encore occuper mes loisirs.

J'errais, je consumais ma vie;
Vieux de malheur dès mon printemps,
Enfant perdu de ma patrie,
Enfant laissé de mes parents;
J'appelais la nuit éternelle:
Je te vis: Dieu! sauvez mes jours.
Dieu! quand on peut vivre pour elle,
Peut-on vouloir ne pas vivre toujours.

Tu croissais, semblable à la rose,
Rose toi-même, objet d'amour,
Qui n'attend plus pour être éclose
Qu'un doux regard du dieu du jour.
O fleurs d'amour, belles chéries,
Source ineffable de plaisir,
Faut-il qu'à peine épanouies,
Le sort cruel nous condamne à souffrir.

Je vivais d'amour, d'espérance,
Quand ton cœur se fixa sur moi;
Il s'ouvrit à la confiance,
Je t'offris; tu reçus ma foi.
T'en souvient-il, fille adorée,
De ce jour de divin bonheur?
Jour éternel, fête sacrée,
Jour à jamais la fête de mon cœur.

Dès-lors, mon âme fut captive;
Je ne vécus que pour t'aimer,
Et te priais, pour que je vive,
D'aimer comme tu sais charmer.
Un an d'une si douce chaîne,
Du Ciel épuisa la faveur.
Ah! l'on devrait prévoir la peine,
Au plaisir même, à l'excès du bonheur.

Ton père en découvrit la trace;
La colère rida son front;
Sa bouche dit avec menace:
« Fuis, étranger; fuis ma maison. »
C'était ton père, ô ma maîtresse;
Il fallut fuir; affreux effort.

Cette preuve de ma tendresse
Me coûta plus, cent fois plus que la mort.

Pour ton repos, soigne ce père
Qui te fait perdre ton amant.
Heureux si, loin de sa colère,
A ton cœur je reste présent.
Je sais trop combien fait de peine
L'oubli de qui doit nous chérir.
Sois heureuse et qu'il soit sans haine,
J'aurai trouvé quelque charme à te fuir.

Adieu, bocages solitaires,
Où j'ai recueilli ses soupirs;
Adieu, sacrés dépositaires
De nos larmes, de nos plaisirs;
Et vous, lieux saints, lieux de silence
Où j'ai vu languir ses beaux yeux,
Que paradisait sa présence,
Lieux consacrés, recevez mes adieux.

Errant de contrée en contrée,
Sans jamais jouir de mon cœur,
Ma vie, à l'étude livrée,
Saura féconder le malheur;
Et si ma prière stérile
N'obtient le bien seul souhaité,
Je veux, en me rendant utile,
Qu'on dise : Au moins, il l'avait mérité.

Noble feu, remplis ma pensée,
Mais sans nuire à mes souvenirs :
De ma félicité passée,
Ce qui me reste a droit à mes soupirs.

C'en est fait : la mer en furie
Remplit l'espace autour de moi;
L'ami n'est plus près de l'amie;
Mon cœur reste seul avec toi :
Au lieu des regards pleins de grâce
Qui doucement chauffaient mon sein,
Je sens sous cet aride espace
Mon front brûlé du soleil africain.

Douce image de mon amie,
Je t'emporte au fond de mon cœur;
C'est toi qui ranime sa vie,
C'est toi qui nourris sa chaleur :
Pour moi, tu décores le monde
Maintenant même que mes yeux
N'ont d'objets que le ciel et l'onde,
Je te contemple et mon âme est aux cieux.

En cent lieux, j'ai vu la nature
Offrir à mes yeux enchantés
Tout ce que sa riche parure
A de grâces et de beautés :
Dans tout ce qui charmait en elle,
J'ai vu quelque chose de toi;
Mais rien de si beau que ma belle
Dans aucun lieu ne s'est offert à moi.

J'ai vu des beautés éclatantes
Fixer les amants sur leurs pas;
J'ai vu leurs grâces si piquantes,
Et qui pour moi n'en étaient pas;
On m'en montrait mille agréables,
Dont on disait : « Rien au-dessus. »
J'en vis cent qu'on disait aimables,
J'eus cent raisons de t'aimer encore plus

Fier artiste, dont le génie
Rassembla sous les mêmes traits
Ce que la nature embellie
Peut offrir de beautés, d'attraits;
Pour composer tant d'élégance
Qui nous enchante et nous ravit,
Ton âme de divine essence
Toucha ton marbre et Vénus en naquit.

J'admire; oui, c'est la beauté même;
C'est Vénus, l'ornement des cieux;
Mais ce n'est pas celle que j'aime,
Vénus n'enchante que mes yeux;
Judith est l'heureux assemblage
Et des charmes et des vertus;
L'œil, le cœur, tout lui rend hommage :
Voilà Judith, et ce n'est pas Vénus.

L'amour, dis-tu, trompe la vue;
L'amour m'a rendu clairvoyant;
Judith, pour être bien connue,
Veut l'être par le sentiment :
Mais si ta Judith infidèle!....
S'il se pouvait, sans ses vertus,
Judith aurait cessé d'être elle :
Judith pourtant serait encore Vénus.

Oui, Judith, t'aimer est ma vie;
Mon ambition d'être à toi;
Où tu vis, c'est là ma patrie,
Mon paradis où je te vois;
Mais si ma Judith inconstante

M'oublie : ah! je n'ai qu'à mourir !
Que l'amitié compatissante
Creuse ma tombe et me donne un soupir.

Vivez dans ma triste pensée,
Vivez, éternels souvenirs ;
De ma félicité passée
Gardez l'amour, l'espoir et mes soupirs.

L'île de Madère.

Après une heureuse navigation, nous prîmes terre à Madère. L'île offre l'aspect d'une montagne escarpée qui s'élève du sein même de la mer à une grande hauteur et au pied de laquelle s'étale la petite ville de Funchal. Les sommités en sont couronnées de rochers et de bois de châtaigniers d'où s'échappent des sources abondantes dont les eaux dirigées avec beaucoup d'art et une intelligente économie par des agents spéciaux, pour l'irrigation des précieuses vignes qui en occupent la région méridionale intermédiaire, en humectent le sol, préservent le plant des ardeurs d'un soleil brûlant et produisent l'abondance et la qualité supérieure de ses vins justement célèbres, heureux fruits de ce mariage de l'eau et du feu, principe de toute fécondité.

L'aspect général de Madère est triste et monotone comme celui de tous les grands vignobles où toutes les autres végétations qui pourraient parer le pays sont sacrifiées à la vigne. Cet effet est encore plus sensible à Madère, où l'extrême chaleur du climat porte l'aridité partout où le sol n'est pas propre à la culture.

L'île ne présente guère d'autre intérêt que celui du commerce considérable de ses vins. Rien d'ailleurs n'y attire la curiosité des étrangers; la ville de Funchal offre peu de plaisirs. La société y est monotone; les hommes y savent peu de choses en dehors de leurs affaires, et les femmes, isolées du reste du monde, et dont, par là même, l'éducation est peu perfectionnée, n'y apportent guère que les agréments personnels qu'elles ont reçus de la nature, qui les fait paraitre toutes belles au premier aspect, par la réunion qui y est générale de beautés de détail éminemment appréciables partout; de beaux yeux, de belles dents, de beaux cheveux, et par le doux éclat de cette peau fine et transparente particulière aux dames des élégantes sociétés méridionales qui vivent à l'ombre, et sous laquelle l'amour semble circuler avec le sang dans ses canaux d'azur.

Les jeunes personnes animaient nos réunions de société en nous chantant des mondignas, airs nationaux de la plus piquante originalité et de la mélodie la plus tendre et la plus expressive.

Voyage aux Açores.

Après deux mois de séjour à Madère où les affaires de mon ami nous avaient retenus, nous projetâmes d'aller visiter les Açores. La curiosité, plus que toute autre chose, nous y attirait. Nous voulions voir si leur si doux nom ancien d'îles fortunées leur était justement acquis. Le peu d'éloignement où nous en étions nous y décida. Une heureuse navigation nous y porta bientôt, et, après avoir passé en vue de l'île Sainte-Marie et de celle du Pic, colossale montagne conique qui surgit abrupte du sein des flots, nous abordâmes à Ponta-del-Gada, chef-lieu de l'île Saint-Michel, la plus importante et la plus curieuse de cet archipel.

L'île Saint-Michel.

Son aspect ne ressemble en rien à celui de Madère; elle se présente au contraire riante, gracieusement ondulée de cotaux et de vallons, riche d'une végétation abondante, agréablement variée, entretenue dans sa brillante fraîcheur par de nombreux cours d'eau. Nous étions au mois d'août, sans pourtant ressentir péniblement les chaleurs de cette saison et de cette latitude incessamment rafraîchies par les brises de mer qui imprègnent la température d'une délicieuse mollesse. Les orangers, les citronniers y charment les yeux par le ravissant spectacle de leurs fleurs, de leurs fruits, à la fois mûrs et mûrissants, appendus à leur beau feuillage d'une éternelle verdure, et l'odorat par leurs délicieux parfums. Les myrtes, les jasmins, broussailles de ces contrées, embaument l'air de leurs suaves émanations; les lauriers, les jambereros, suspendent aux rochers et aux ruisseaux qui s'en échappent leurs fleurs roses, blanches, écarlates. C'est dans ces lieux enchantés, où la volupté pénètre tous les sens, que l'antiquité, si elle les eût connus, eût placé le culte et les fêtes de Vénus; mais, au lieu de la déesse, de ses temples, de ses nymphes, de ses grâces, l'île est peuplée de couvents remplis de nones et de moines qui y règnent souverainement, tandis que le reste de la population végète dans l'ignorance, la pauvreté et une honteuse dépendance.

Ici, comme dans tous les états portugais, l'ordre monacal est le premier, le plus riche, et par conséquent dominant; il en résulte ce qu'on voit partout, c'est que la foule des hommes se porte là où elle trouve le plus d'intérêts: aussi y a-t-il une prodigieuse affluence de moines et de religieuses; il s'en faut peu que la moitié de la population ne soit dans les couvents, ce qui fait dire assez conséquemment que l'autre moitié en sort; et ce qui pourrait paraître un propos blâmable, si l'on en déplace l'application, est jusqu'à un certain point vrai pour le pays dont je parle. Que ceci ne scandalise pas. J'ai pu remarquer d'autres détails curieux des mœurs des couvents portugais; je ne les dis pas par égard pour certaines illusions respectables. J'ajouterai seulement qu'on se tromperait beaucoup si l'on jugeait de ce qui se passe dans les couvents portugais par ce qu'on voyait dans ceux de France: la glace des cloîtres se fond dans ces régions méridionales, et l'ardeur du climat pénètre à travers les grilles et l'épaisseur des murs.

Ce nombre infini de moines tout-puissants donne lieu à deux graves inconvénients, l'abus de leur influence sur les familles, et l'abus de l'autorité des parents sur leurs enfants qu'ils relèguent souvent dans des cloîtres contre leur inclination.

Narcissa. Dès le lendemain de notre arrivée à Ponta-del-Gada, notre intérêt fut vivement excité par un événement fort ordinaire dans ce pays, mais tout nouveau pour nous; on parlait d'une jeune fille qui, après avoir longtemps résisté aux sollicitations de ses parents, avait enfin cédé à leur volonté, et allait s'engager dans des vœux éternels. C'était une fête solennelle dans le couvent : à l'heure de la cérémonie, nous nous empressâmes de nous rendre à l'église. Tout ce que la religion catholique a de pompes, tout ce que le culte a d'imposant y fut déployé. On fit de longues prières pour la jeune fille ; on ne l'avait point encore vue. Enfin, la grille qui sépare le sanctuaire de la foule s'ouvrit, et elle parut pompeusement parée. Elle marchait appuyée sur deux des principales du couvent qui la conduisaient à pas lents vers l'autel où le prêtre l'attendait. Sa démarche faible, abandonnée, pleine de grâces, semblait céder sous la pression de douloureuses pensées.

La fraîcheur et l'innocence de ses dix-sept ans attiraient irrésistiblement les regards sur son charmant visage. La majesté du lieu, l'importance de l'œuvre qu'elle allait consommer semblait occuper toute son âme. Des religieuses de tout âge, rangées dans l'intérieur du chœur, étaient en prières; les vieilles d'un côté souriaient à leur conquête; les jeunes de l'autre méditaient : nos cœurs étaient serrés comme à l'aspect de l'innocence qu'on conduit au supplice.

Arrivée au pied de l'autel, elle s'agenouilla, inclina sa tête entre les mains du prêtre. Il la dépouilla successivement de tous ses ornements mondains, abattit sa chevelure d'ébène qui ondoyait sur son beau col, en signe de la renonciation qu'elle faisait des vanités du siècle; puis il ceignit son front du bandeau virginal, emblème de la vie de pureté à laquelle elle se consacrait. Il restait, pour accomplir la lugubre cérémonie, à lui faire subir la représentation du tombeau : elle se coucha sur le pavé du sanctuaire et le prêtre étendit sur elle le linceuil funéraire, vêtement de la Mort, pour lui dire que, dès ce moment, elle était morte au monde.

Elle se releva, se recueillit quelque temps; puis s'étant prosternée, elle pria à haute voix et jura entre les mains du prêtre de vivre éternellement chaste, obéissante et pauvre dans cette retraite où Dieu l'avait appelée.

Ce fut de tout temps l'usage de parer les victimes; on lui apporta des fleurs, des rubans, des bambins de cire : elle embrassa toutes ses compagnes, et le sacrifice fut consommé.

Le peuple édifié sortit de l'église : les parents et les amis de la jeune fille se réunirent à la porte d'entrée du couvent; deux jeunes étrangers et nous fûmes invités à les y accompagner. Bientôt la porte s'ouvrit et Narcissa parut. Pour la dernière fois, ses yeux virent sans entraves la lumière du jour; pour la dernière fois, elle respira un air libre et pressa sur son cœur les auteurs de ses jours.

La superstition a imaginé que ceux qui embrassent la nouvelle initiée obtiennent des indulgences : on nous en fit les honneurs. Tous quatre, nous lui fûmes présentés; tous quatre, nous l'embrassâmes et nous gagnâmes, sinon des indulgences, du moins le plus tendre intérêt pour la jeune infortunée....... et la porte se ferma.

Nous la quittâmes comme des jeunes gens chez lesquels les sensations se succèdent rapidement, plaisantant sur les indulgences que nous venions de recevoir, et chacun de nous se rappelant que ce n'était pas la première fois qu'un baiser et une novice lui avaient ouvert le chemin du Ciel.

Et la pauvre Narcissa, que faisait-elle? Comme la feuille détachée de l'arbre et desséchée par la privation de la sève nourricière, prend feu à la première étincelle que le vent porte vers elle, le tendre cœur de Narcissa s'était enflammé au toucher des lèvres de mon ami; l'âme sensible du beau jeune homme s'était remplie de pitié à la vue de la jeunesse ensevelie vivante; et cette pitié qui la chargeait s'était épanchée dans ce baiser trop tendre, et avait coulé dans le cœur de Narcissa où il avait éveillé l'amour.

Son flambeau jeta sur tout son avenir une lueur rapide et effrayante, et déjà la nature, dans le fond de son âme, murmure sourdement contre les vœux que venait de prononcer sa bouche. Que faisais-tu, malheureuse fille? Il n'y avait pas une heure que tu avais juré devant Dieu de renoncer au monde, et déjà tu l'oubliais! N'entendais-tu plus le cri aigu de cette porte de fer qui te rappelait le souvenir de ton serment, porte inflexible qui s'était fermée pour ne se rouvrir jamais.

Dès le lendemain, nous reçûmes de dona Narcissa l'invitation de passer l'après-dîner au couvent. C'est l'usage dans ce pays; car il n'y a point d'assemblées, point de sociétés, point de visites, et, si l'on veut aller dans le monde, on va au couvent. La curiosité nous fit accepter. Une foule de femmes plus curieuses encore de voir des étrangers, des jeunes gens, nous y attendaient : à leur nombre, à leur empressement, à leurs avides regards, il était aisé de deviner combien le perpétuel et monotone spectacle de la virginité les fatiguait. Que de bénédictions, que de mielleuses paroles sortaient de leurs bouches! Que de questions sur les femmes de France, d'Angleterre, sur l'état de nos cœurs..... Il y avait une si grande confusion de demandes, une si grande activité de langues, que ceux de nous qui parlaient le portugais ne pouvaint répondre à tout. Bientôt cette activité se communiqua à leurs mains qui brûlaient de toucher des mains d'hommes; chaque interstice des grilles du parloir était occupé par une main qui en provoquait une autre, si bien que nos mains charitables ne pouvaient suffire à toutes ces mains mendiantes.

Mais les yeux, la main et le cœur de Narcissa étaient fixés au même endroit: elle faisait mille questions. « Combien de temps resterez-vous dans notre île? » demandait-elle à Charles. N'est-ce pas pour long-temps? N'est-ce pas pour » toujours? Ne viendrez-vous pas me voir chaque jour? » Puis elle s'informait d'où il venait, si son cœur n'était pas occupé de regrets. Il répondait à ces questions de manière à en amener d'autres, et en faisait à son tour. Elle y répondait avec toute sa naïveté et sa bouche ne démentait pas son cœur : son amour naissant n'alarmait pas son innocence, et des grilles sont si rassurantes. Les moments avaient volé : le temps de se retirer approchait. Elle courut chercher des fleurs qu'elle nous distribua.

L'amour a une langue universelle qui se parle et s'entend partout; mais, dans ce pays, il a une langue particulière qui n'est pas connue ailleurs. Ses caractères sont des fleurs; chacune a son sens qui lui est propre; chaque fleur offerte ou envoyée porte avec elle son expression ou son billet. Charmant alphabet qui offre à l'œil un délicieux tableau, à l'odorat les plus doux parfums, et fait descendre l'amour au cœur par une ivresse chaste et anticipée de tous les sens! Quelques fleurs choisies disent à l'heureux amant, et à lui seul: « Soyons » amis... Que notre amour dure éternellement... Déjà vous me quittez!... » Ah! ne me quittez pas... etc. » Si deux amants sont obligés de se séparer, ce que nous appelons une scabieuse exprime pour eux tous les regrets d'amour; si, devant d'importuns témoins, ou des yeux surveillants, il faut contenir ses soupirs, la jeune fille donne un......... et cette fleur est un soupir. Combien un regard, un mouvement de sein ajoutent d'éloquence à ce muet et expressif langage! Qu'il est doux pour une amante de porter discrètement sur son cœur, quoiqu'à la face du monde, le témoignage d'un amour partagé! Que la vie des fleurs doit être chère et leur culture attrayante pour les amants! Narcissa en donna une à Charles qui se nomme *Suspiro*. Ensuite, elle lui fit promettre de revenir le lendemain matin, et le lendemain matin, de revenir l'après-midi; puis encore le lendemain, puis enfin tous les jours.

Ainsi, un seul regard, un seul baiser avaient consacré à l'amour une âme qui devait l'être à l'insensibilité! Qui n'a pas vu la jeune fleur privée de l'influence vivifiante du soleil, s'épanouir au premier de ses rayons qui vient la caresser! Ainsi le jeune cœur de Narcissa avait tressailli à la sensation inconnue de ce premier baiser et s'était ouvert à l'influence de l'amour ! Pauvre Narcissa, l'amour était entré dans ta retraite et en avait troublé le repos ; ni les portes épaisses de ton cloître, ni ses doubles grilles n'avaient pu t'en garantir ! Pauvre enfant, tu vivais tranquille, dans l'ignorance des biens qui t'étaient interdits; la paix, du moins, la paix, premier bien de l'âme et l'espérance d'une meilleure vie, te menaient tranquillement au terme de celle-ci; pourquoi le nom d'amour vint-il frapper ton oreille? pourquoi tes yeux l'attirèrent-ils vers ton cœur?

Que devins-tu, pauvre Narcissa, quand, montant au haut du belvédère de ton couvent, et regardant cette mer dont l'immensité n'offre pas plus de terme à la vue que l'absence à l'imagination en deuil, tu vis ce vaisseau dont les voiles étaient à moitié déployées? C'était le signal du départ ; il n'attendait que celui que tu aurais voulu fixer éternellement auprès de toi. Déjà les vents favorables l'appelaient; il allait s'éloigner, et son image était pour toujours attachée à ton cœur, et tes grilles devaient t'isoler pour toujours.

Le jour de notre départ était arrêté et Narcissa l'ignorait. Que pouvait faire Charles? le lui taire, c'eût été lui préparer une affreuse surprise; le lui dire eût été devancer péniblement la douleur du moment fatal. Il se tut jusqu'à la veille du jour où nous devions mettre à la voile. Alors il écrivit à la pauvre fille, et tout ce qu'il écrivait était pitié, regrets, tendres consolations; mais en est-il qui puissent remplir le vide immense que laisse au cœur une absence éternelle? Dieu fut témoin de son état à cette fatale lecture.

A peine étions-nous à bord, que nous vîmes arriver un bateau : il portait un messager envoyé par Narcissa. Il remit à Charles une lettre et un petit paquet. Voici ce qu'elle écrivait :

« J'ai été trompée, mon cher Charles, non par vous, Dieu me garde de le » soupçonner, mais par un sort fatal qui, plus fort que ma raison, plus fort » que mon devoir, est venu m'aveugler, et, au moment où je faisais vœu de » renoncer à tout mortel et d'isoler mon cœur sous la froide température de » cette muette enceinte, y a placé votre image et avec elle je ne sais quel in- » concevable et chimérique espoir.

» Vous me quittez, Charles, et je savais que vous deviez me quitter : vous » partez, pour toujours sans doute, et moi je reste et je savais que je devais » rester ici pour toujours. Je lis ce terrible toujours, écrit sur tous les objets qui » m'environnent. Ces murs, ces grilles insurmontables, mon serment plus in- » surmontable encore, répètent à chaque instant à la pauvre Narcissa qu'elle » ne sortira d'ici que le jour, prochain peut-être, où la terre s'ouvrira pour la » recevoir. Que Dieu soutienne mon faible cœur dans cette difficile épreuve, » qu'il lui donne cette force de patience dont il a besoin pour supporter une

» vie dont il ne me reste que l'existence! Dieu et vous, mon cher Charles, serez
» désormais mes seules pensées en ce monde, mon seul espoir dans l'autre.
» Oui, et déjà je le sens, mon Charles me rappellera plus souvent à mon Dieu.

» Vous n'êtes pas encore éloigné et déjà j'éprouve tout l'effet de votre ab-
» sence. Mes yeux se sont changés en larmes, mon haleine en soupirs: tout
» ce que je vois me reflète votre image; toutes mes paroles sont votre nom.
» Que pourrais-je demander à Dieu après vous avoir aimé? que pourrait il
» me rendre après m'avoir privée de vous? Je ne lui demanderai pas de vous
» oublier, Charles: je n'aurais plus le seul plaisir qui me restera, celui de le
» prier chaque jour de se souvenir de vous. Je prierai et il recevra ma prière,
» et, en priant pour vous, je me rendrai du moins utile dans cet asile où, sans
» l'amour, j'aurais été condamnée à une éternelle nullité. Cet amour est-il donc
» coupable? Non sans doute, et quand Dieu au jour de ses jugements nous
» demandera compte de nos actions, qu'il nous interrogera sur ce que nous
» avons fait pour le mériter, au lieu de lui répondre, comme tant d'autres:
» rien, je lui dirai, dans toute la sincérité de mon cœur, comme je le dis à
» vous, Charles: J'ai suivi ta loi, j'ai aimé. Et il nous recevra dans son sein.

» Adieu, Charles, puisqu'il le faut. Adieu, vaisseau dépositaire des éternel-
» les affections de mon cœur. Puissent les constellations brillantes éclairer ta
» marche. Puisse mon haleine se joindre aux vents qui te sont favorables,
» remplir tes voiles et écarter tous ceux qui, sans te rapprocher de moi, te
» seraient contraires.

» Charles, je vous envoie un cœur qui reposait sur mon cœur; qu'il serve
» à me conserver dans le vôtre! Je vous donne aussi le cordon qui a ceint
» mon corps; qu'il vous rappelle les souffrances de mon état, qu'il vous rap-
» pelle surtout que ce ne sont pas les plus cuisantes. Le mouchoir qui renfer-
» me ces tristes gages d'un amour sans espoir, a été trempé de mes larmes;
» si jamais vous éprouvez des malheurs, qu'il serve à essuyer les vôtres. Par-
» tez, Charles, suivez la carrière de bonheur qui vous est ouverte; mais, dans
» vos prospérités, pensez quelquefois que vous en devrez quelque chose aux
» vœux et aux prières de la triste Narcissa. »

Nous partîmes, le cœur oppressé et adressant des vœux au Ciel pour qu'il rendit à cette pauvre fille le seul bien auquel elle pût prétendre en ce monde, la paix de l'âme.

Plusieurs mois se passèrent avant que nous fussions de retour en Hollande. A notre arrivée, nous trouvâmes des lettres de l'île Saint-Michel. A cette vue, mon pauvre ami sembla prêt à succomber sous l'affreux pressentiment qui vint glacer son âme. Ont eût dit que l'enveloppe de cette lettre lui avait révélé tous les malheurs qu'elle contenait. Voici ce qu'on lui écrivait:

« Quand Narcissa fut instruite de votre départ, elle monta sur le belvédère
» qui domine le couvent, les yeux constamment fixés sur le port, et balbu-
» tiant sans cesse votre nom; elle y resta ainsi absorbée jusqu'à ce qu'elle eût
» perdu de vue le vaisseau qui vous portait. A mesure qu'il s'éloignait, elle
» se sentait défaillir, comme si le fil de sa vie eût été attaché à ce fatal vais-
» seau: enfin elle tomba privée de tout sentiment. A force de soins et de se-
» cours, on parvint à la ramener à la vie; mais c'en était fait de sa raison: il
» ne lui en restait que pour prononcer votre nom, vous bénir et faire des
» vœux pour vous. Son délire était calme, mais sinistre. A la nouvelle qu'on
» donna à son père de son état, il était accouru pour la voir; il avait supplié
» qu'on la lui amenât au parloir. Quand on lui parla au nom de son père, elle
» posa la main sur son cœur avec une expression d'extrême douleur, comme
» si elle venait d'y recevoir un nouveau coup. Sa voix et ses gestes annon-
» çaient une affreuse répugnance. Cependant on crut devoir l'y entraîner,
» dans l'espoir que la nature retrouvant ses droits opérerait quelque crise heu-
» reuse : mais l'amour régnait seul dans ce cœur déchiré, et la vue de son père
» réveillant le souvenir de l'abus cruel qu'il avait fait contre elle de son auto-
» rité, elle jeta un cri douloureux en montrant les grilles qui s'opposaient
» même aux empressements paternels, et tomba évanouie. Dès-lors on perdit
» tout espoir : la fièvre s'empara d'elle plus violemment; chaque jour elle de-
» vint plus dévorante, et, un mois après votre départ de l'île, la pauvre
» Narcissa soupira pour la dernière fois votre nom en rendant son âme à
» Dieu. »

Rien ne ressemble moins à la partie occidentale de l'île que la partie orientale; tandis que, dans la première, la nature gracieuse, riante, parée de ses plus brillants ornements, parfumée par les plus délicieuses émanations d'une végétation luxuriante et variée, par les haleines embaumées des fleurs les plus odorantes, étale ses charmes comme une coquette qui veut séduire et fixer; l'autre, au contraire, âpre, sauvage, convulsive, infectée de vapeurs de soufre et de bitume, gémissante sous les violentes secousses d'un volcan souterrain impatient de faire explosion et de briser les entraves qui le contiennent encore, ne présente qu'une terre désolée, incessamment menacée d'un immense bouleversement. L'île Saint-Michel.

On désigne cette partie de l'île du nom portugais *Das Furnas*, les Fournaises. Mon ami et moi allâmes la visiter. Nous cheminâmes pendant environ 5 lieues sans que l'aspect du pays nous donnât le pressentiment du phénomène qui nous attendait. Alors cet aspect commença à changer graduellement; la végétation devenait maigre, rachitique : ses teintes ternes, jaunes, pâles, révélaient un Voyage aux Fournaises (Das Furnas).

mal intérieur dont la terre était en souffrance et qui semblait s'exprimer par de sourds gémissements, par des frémissements du sol. Dès-lors on ne voit plus d'oiseaux, plus d'insectes, plus rien de ce qui a vie. A mesure que nous avancions, les bruits souterrains, les secousses redoublaient et se caractérisaient en violent tremblement de terre, au point de détacher les rochers et les arbres de leurs bases. Le sol devenait brûlant; des vapeurs sulfureuses s'en échappaient de toutes parts; enfin, nous atteignîmes les fournaises. Des collines circulaires hérissées de rochers, se découpant bizarrement sur le ciel, enveloppaient de trois côtés une vallée d'environ un quart de lieue de diamètre; de nombreuses sources d'eaux chaudes et froides s'en échappaient pêle-mêle. Le milieu de la vallée était occupé par un vaste goufre ou cratère, d'environ quarante pieds de diamètre, duquel jaillissait, à plusieurs pieds de hauteur, un énorme jet d'eau bouillante; tout son pourtour se composait d'une croûte de soufre calciné, au-dessous de laquelle le volcan mugissait et que les énormes masses d'eau qu'il mettait en ébullition battaient avec une telle violence, que nous en étions soulevés. Des torrents bouillants se précipitaient furieux des brèches du cratère en dévorant leurs rives et en obscurcissant l'air de nuages de fumée. Ce n'était pas encore la destruction, mais c'était son effrayant prélude et l'annonce infaillible qu'elle allait enfanter le chaos.

En effet, quelques années après, le volcan fit explosion en détruisant toute cette partie extrême de l'île. De ses débris, il se forma dans le voisinage une petite île nouvelle qui, sans base et sans consistance, disparut bientôt : image de ces systèmes éphémères que le volcan des révolutions fait surgir des ruines de la société, et qui doivent disparaître devant les lois éternelles sur lesquelles reposent l'ordre social et le monde moral.

Départ pour Lisbonne.

Nous partîmes pour Lisbonne, le cœur attristé et l'imagination pleine des souvenirs de cette nature que nous quittions si féconde en contrastes. Pourvus de bonnes recommandations, nous trouvâmes, dans les maisons les plus notables de cette ville, un accueil qui nous en rendit le séjour parfaitement agréable pendant les deux mois que nous y passâmes. Celle de M. Guillot occupait le premier rang dans la factorerie française. Elle était le rendez-vous de tout ce que Lisbonne avait de bonne compagnie parmi les nationaux et parmi les étrangers. Centre de grandes affaires commerciales, elle était en même temps un centre de plaisirs. J'ai conservé le plus reconnaissant souvenir des bontés de cette excellente famille, et je me plais d'autant plus à le consigner ici, que le hasard, qui a une si grande part dans le mouvement des destinées humaines, nous a rapprochés dans des temps bien éloignés de ceux dont je parle.

Rencontre.

Un jour que je me trouvais à Paris, à un de ces grands diners au moyen desquels le maitre de la maison s'acquitte de certains devoirs de convenance envers ses connaissances, souvent les plus étrangères les unes aux autres, j'étais assis à côté d'une dame avec laquelle j'échangeais de ces banalités qu'on se dit quand on ne se connaît pas. La conversation tomba, je ne sais à quel propos, sur le Portugal; c'était un texte qui me mettait à l'aise par les souvenirs que j'avais conservés de ce pays; ma voisine en parlait aussi avec une parfaite connaissance et la conversation prenait de l'intérêt de ce sujet familier aux deux interlocuteurs. En parlant de Lisbonne, je lui racontais comme quoi en telle année j'y avais séjourné, l'accueil plein de grâce et de bonté que j'avais reçu dans la charmante famille de M. Guillot, qui y jouissait d'une grande considération : j'énumérais avec beaucoup de détails les plaisirs que j'y avais trouvés, lorsque cette dame me dit : « Mais, dans tout ce que vous me » racontez-là, vous ne me parlez pas de Mme D........; l'auriez-vous ou» bliée? » Confondu d'une interpellation si directe et si inattendue, je la regardai avec une muette et curieuse surprise et en cherchant à m'expliquer comment ce détail de ma vie avait pu être révélé à une personne qui, évidemment, me connaissait et que je croyais voir pour la première fois. « L'étonne» ment que je vous cause, me dit-elle, me prouve bien mieux encore que » mon miroir, les ravages que le temps a faits sur moi, puisqu'ils ont rendu » méconnaissable à vos yeux cette Mme Guillot, dont je vois avec plaisir que » vous avez conservé le souvenir. » Puis elle me raconta que, par suite des événements successifs qui avaient bouleversé le monde politique et le monde commercial, sa famille avait quitté le Portugal; qu'elle cherchait une propriété dans une des provinces centrales de la France où elle pourrait reposer ses vieux jours. Je lui racontai à mon tour comment, après bien des vicissitudes, j'étais alors préfet du département du Rhône. Vingt-cinq ans s'étaient écoulés depuis notre première rencontre. Nous fîmes des vœux pour que d'heureuses circonstances nous permissent encore de nous retrouver. Ce vœu s'est accompli par un autre hasard qui, huit ans plus tard, nous réunit à Blois où cette respectable famille s'était fixée, et où je devins alors préfet. J'y ai vécu dans leur douce intimité pendant quelques années, après lesquelles les deux époux, qui n'avaient jamais été séparés, le furent par la mort, mais pour huit jours seulement, après lesquels elle les réunit dans la même tombe. Leur mémoire reste toujours dans ce pays vénérée et chérie.

Théâtres à Lisbonne. Singulier usage.

Je retrouvai à Lisbonne ces femmes attrayantes, aux beaux yeux, aux belles dents, aux beaux cheveux, au teint chaud et transparent, telles qu'elles m'avaient apparu à Madère.

Les théâtres de Lisbonne offraient alors une particularité des plus singulières, et qui n'était pas faite pour prêter à l'illusion : les femmes n'étaient pas admises à y jouer; les rôles étaient remplis par des hommes qui en prenaient les vêtements. Les susceptibilités religieuses, singulièrement entendues, l'exigeaient ainsi. Qu'on se figure la tendre Zaïre, par exemple, représentée par un homme aux formes athlétiques, aux bras velus, à la barbe bleue, épanchant avec sa grosse voix ses tendres aveux dans le sein de son Orosmane, avec lequel elle pourrait rivaliser de vigueur, et l'on se fera une idée de l'effet qu'une si étrange parodie produisit sur moi. Ce singulier anachronisme était moins révoltant sur le théâtre italien, dont les chanteurs étaient de ces espèces d'hommes à la façon de Crescentini qui y faisait alors ses débuts.

Singulière histoire d'un moine et d'un officier.

J'ai dit que les susceptibilités religieuses exigeaient ces étranges transformations. Cependant, le relâchement des mœurs monacales était extrême en Portugal : nous en eûmes, pour nouvelle preuve, un événement qui venait de se passer et qui faisait le sujet de toutes les conversations. On racontait qu'un officier de la garnison étant entré inopinément chez une fille avec laquelle il entretenait des relations habituelles, y trouva un vigoureux moine établi, non en directeur, mais très évidemment en rival. L'officier, furieux, en exhalant sa colère, tira son épée et la portant à la poitrine du moine, lui enjoignit, sous peine de la vie, de sortir à l'instant même, non par où il était entré, mais par la fenêtre qui donnait sur la rue, à une assez grande hauteur, afin, disait-il, de donner un spectacle édifiant au public et une utile leçon à ses pareils. Le pauvre moine, pris au dépourvu, demandait grâce dans les termes les plus humbles, dans les attitudes les plus suppliantes. L'officier, impitoyable, le poussait incessamment vers la fenêtre, la pointe au corps, avec redoublement d'injures et de menaces Le moine, à bout de ressources, et voyant ses supplications inutiles, lui demanda en grâce de lui permettre au moins, avant de mourir, de recommander son âme à Dieu. Il se prosterna donc dans l'attitude de la prière, puis se relevant tout-à-coup, et tenant à chaque main un pistolet armé que, pendant sa prosternation, il avait tirés de dessous sa robe et qu'il dirigea à bout portant sur l'officier : « C'est vous, lui dit-il d'un ton qui ne » permettait pas d'hésitation, qui sauterez; vous avez été impitoyable, je ne » le serai pas moins; allons, et vite! » Et n'écoutant rien, il poussa l'officier vers la fenêtre par laquelle il fallut bien qu'il sautât. A cet étrange spectacle d'un homme tombant d'une fenêtre, les passants l'entourèrent; il fut relevé tout brisé, et ce fut ainsi que cette histoire devint publique.

Lisbonne.

La ville de Lisbonne domine le Tage, dont les eaux peuvent recevoir les vaisseaux de la plus grande dimension. J'y en vis quatre à trois ponts, dont l'un, le *Saint-Joseph*, de cent trente canons, trophées de la victoire que les Anglais avaient récemment remportée sur les Espagnols au cap Saint-Vincent.

Le fort Saint-Julien, situé au milieu du fleuve, en face de la résidence royale de Belem, en défend l'entrée. La ville n'avait guère d'autre monument digne de remarque que la statue équestre du marquis de Pombal. Les immenses ruines que le tremblement de terre de 1755 y avait faites, encombraient encore tout un quartier de la ville, après quarante-deux ans. Les eaux sont amenées à Lisbonne par un aqueduc qui peut rivaliser de magnificence avec tout ce que les Romains ont laissé de plus grandiose en ce genre.

Le Portugal végétait alors sous la double influence de l'Angleterre et des moines, également intéressés à entretenir soit dans le peuple, soit dans le gouvernement, l'ignorance et l'apathie au moyen desquels ils y perpétuaient leur domination. — Voici un fait incroyable, mais vrai, qui donnera une idée de l'éducation qu'on avait faite au prince alors régnant : pour avoir sa signature, il fallait la lui tracer au crayon, et il la recouvrait à l'encre. J'ai vu de ses signatures ainsi faites.

Voici un autre fait non moins caractéristique de l'état de la civilisation en Portugal à cette époque. Saint-Georges en était le patron et en même temps lieutenant-général des armées du roi. A ce titre, il en recevait le traitement par les mains d'un représentant, et tous les honneurs : douze nègres et douze chevaux entretenus aux frais de l'État étaient attachés à son service. Je l'ai vu représenté dans les cérémonies publiques par un mannequin porté sur un cheval, revêtu de l'uniforme de lieutenant-général et des ordres du royaume, suivi d'un nombreux état-major, de ses douze nègres, de ses douze chevaux et de la garnison portugaise de Lisbonne.

La position de Lisbonne serait une des plus belles qu'on puisse voir, et le pays qui l'entoure un des plus agréables, si l'homme, presque inculte, et une administration de tout temps détestable, n'y avaient, comme à plaisir, défiguré la nature et détruit tout ce qu'elle lui avait prodigué d'avantages : elle y a été dépouillée, et comme mise à nu, de telle sorte que, sous ce soleil ardent, c'est à peine si, dans un rayon considérable autour de la ville, à l'exception de quelques jardins, on trouve un ombrage. Telle était du moins la campagne de Lisbonne à cette époque.

Mais franchissez un espace de quatre lieues, et vous trouverez à Cintra, après ce désert, une délicieuse oasis où la nature s'est plu à réunir ses scènes les plus charmantes, les plus pittoresques et les plus variées. Cintra est situé sur une hauteur qui est la première marche de la Sierra ou chaîne de montagnes de ce nom. On y arrive par des pentes gracieuses, tapissées d'arbres et de fraîches verdures. Un vieux château féodal, autrefois résidence royale, abandonnée, on ne sait pourquoi, pour celle de Caylus, la domine. Il a pour point de vue d'un côté la mer, de l'autre la belle plaine de Maffra avec la magnifi- Cintra.

que abbaye de ce nom. Des ruines mauresques se dessinent de la manière la plus pittoresque sur les rochers diversement découpés dont plusieurs sommités sont couronnées. Des eaux s'en échappent en cascades et en torrents qui, concurremment avec les brises de mer, rafraîchissent l'air et fécondent la végétation. Au milieu de cette nature où les scènes sauvages et les scènes riantes forment les plus heureux contrastes, s'étend épars le village de Cintra. Il se compose des habitations de campagnes de tout ce que Lisbonne a de personnages considérables en nationaux et en étrangers qui, séduits par les enchantements de ce lieu, s'y sont fait de délicieuses retraites, rivalisant d'élégance, entourées de jardins plus ou moins vastes où les arbres forestiers et exotiques, heureusement mariés aux orangers, aux citronniers, aux lauriers, aux figuiers, offrent aux promeneurs les plus frais ombrages et embaument l'air des parfums de leurs fleurs et de leurs fruits. Une excellente auberge, tenue à l'anglaise et disposée pour des réunions et des fêtes, offre aux visiteurs tout le confortable de la vie. En un mot, Cintra m'a laissé le souvenir d'un des lieux du monde les plus agréables.

Départ pour Madrid.

Nous avions projeté de poursuivre notre voyage en visitant ces belles provinces du midi de l'Espagne, l'Andalousie, Grenade, Valence, etc., que le plus beau ciel et la terre la plus féconde, par un rare accord, se sont plu à doter de toutes les beautés, de toutes les richesses de la nature, et leurs principales villes, Séville, Cordoue, Grenade où l'antiquité, les Maures et la peinture ont laissé de si magnifiques souvenirs : mais, en France, le 18 fructidor an v (3 août 1797), nouvelle crise révolutionnaire que les journaux nous apprirent à Lisbonne, nous fit changer de projet et nous nous décidâmes à nous rendre directement à Madrid où nous pourrions arrêter avec plus de connaissance le parti que nous aurions à prendre.

Nous traitâmes avec un muletier pour nous y conduire, en faisant, en moyenne, huit lieues par jour : la distance est d'environ cent trente lieues. Nous allâmes prendre notre voiture, immense machine du moyen-âge, attelée de huit mules, sur l'autre rive du Tage, à Aldea Gallega. Nous vîmes en passant les villes d'Estremos, d'Elvas, dernière ville du Portugal, de Badajos, première de l'Espagne, de Mérida où l'on voit de nombreux et curieux restes de monuments romains dont plusieurs d'une belle conservation. Là nous fûmes informés que la contrée était infestée par des brigands, que chaque jour on apprenait que des voyageurs avaient péri, que nous ne pourrions plus avancer sur cette route sans de grands dangers, à moins de nous faire escorter. Force fut donc de nous faire accompagner par une escorte de six dragons que nous fûmes obligés de payer fort cher, de défrayer et de garder jusqu'à Talavera de la Reina, pendant un trajet d'environ vingt lieues, et bien nous en prit, car, chemin faisant, nous trouvâmes assassiné sur la route un pauvre homme que les brigands avaient dévalisé. Gravement blessé, il vivait encore, et nous le transportâmes avec tous les soins possibles à la première station. Nous apprîmes que c'était un courrier que le prince de la Paix envoyait au gouverneur de Badajos.

Entre Merida et Talavera est la ville de Truxillo. Là habitait un descendant de Fernand Cortez: nous le vîmes promenant superbement la gloire de son nom dans un carrosse attelé de six mules. C'était ainsi, nous dit-on, qu'il la soutenait en s'étalant chaque jour dans cet équipage pendant deux heures à la contemplation du peuple.

Notre voyage dura seize jours sans autre distraction que les tendres agaceries que notre muletier adressait, selon l'usage, à ses mules qu'il appelait tour à tour des noms les plus doux, et la rencontre dans la traversée de la triste Estramadure, des innombrables troupeaux de moutons qu'on y envoyait paître pendant un certain temps de l'année. C'était alors un privilége de certaines grandes familles, propriétaires de ces troupeaux, de faire dévaster et stériliser par eux cette province. Nous stationnions pendant plusieurs heures au milieu de la journée et pendant les nuits dans des gites qu'on appelle ventas ou auberges, réceptacles infects de misères, d'insectes et d'ordures. Nous couchions dans notre vaste voiture enveloppés de couvertures que nous avions eu la sage précaution d'apporter avec nous; nous nous nourrissions des provisions dont nous nous étions également munis, et de volailles auxquelles notre domestique donnait la chasse et qu'il faisait rôtir au feu du foyer, suspendues à une ficelle, comme nous le pratiquions dans nos chasses dans les forêts primitives de l'Amérique.

État de la France après le 18 fructidor.

Arrivés à Madrid, notre premier soin fut d'aller à la légation française pour prendre une connaissance exacte des derniers événements qui avaient eu lieu en France, et de leurs conséquences: ils avaient amené le retour du gouvernement révolutionnaire avec tous ses excès moins l'échafaud: les nobles, les prêtres, avaient été mis de nouveau hors de la société; les hommes considérables du parti vaincu avaient été déportés à Sinnamary où ils devaient se retrouver dans l'égalité de la proscription avec les grands proscripteurs de la terreur, les Collot-d'Herbois, les Billaud-Varenne et autres, vaincus du 9 thermidor; tout ce qui restait d'hommes qui avaient occupé des fonctions publiques dans le gouvernement des Bourbons, tous ceux qui avaient appartenu à des ordres nobiliaires, tous ceux qui pouvaient donner de l'ombrage à la nouvelle dictature révolutionnaire, avaient été expulsés de France; il fut interdit à ceux qui en étaient dehors d'y entrer.

Il m'est interdit de rentrer en France. Je retourne en Hollande.

Mon projet avait été de profiter du calme apparent qui pouvait faire croire à un commencement de retour à l'ordre, pour rejoindre mon frère et me préparer, s'il était possible, un avenir. Mais cet événement me rejeta dans la vie aventureuse de l'exil, et il fallut me résigner à aller chercher de nouveau en Hollande un refuge en passant par l'Angleterre. Nous nous arrêtâmes à l'Escurial, monastère situé dans les montagnes arides de la Vieille-Castille, immense et bizarre construction de Philippe II, où la cour venait chaque année passer un certain temps. Nous visitâmes les trésors de peinture qu'il renferme. Je revis depuis, à Paris, la *Vierge au poisson*, le *Portement de croix*, une Vierge dite la *Perle*, œuvres admirables de Raphaël, et plusieurs autres tableaux capitaux qui y avaient été apportés par l'ex-roi Joseph Bonaparte, non triomphalement comme des trophées de victoires, ainsi que l'avait fait glorieusement l'empereur, son frère, d'une foule de chefs-d'œuvres des arts conquis sur l'ennemi, mais en les dérobant lorsqu'il fut obligé de quitter l'Espagne. Le gouvernement de la Restauration les restitua au légitime propriétaire.

L'Escurial.

Nous visitâmes aussi la chapelle sépulcrale des rois d'Espagne. Leurs tombes y sont rangées dans des cases que la mort remplit successivement. Le dernier mort attend au bas de l'escalier qu'il en soit déplacé par un nouveau-venu qui, à son tour, y attend son successeur; monument de la vanité des hommes où la mort constate inexorablement l'égalité de leur misère.

La cour était alors à l'Escurial, ce qui nous valut de payer le coucher d'une nuit à l'auberge et un mauvais déjeûner trente-deux piastres fortes (172 fr. 16 c.). Révoltés de l'énormité de cet abus, nous allâmes, mon ami et moi, en porter nos plaintes à nos ambassadeurs respectifs, lui à celui d'Angleterre, moi à celui de Suède (je voyageais comme Suédois), et leur demander de nous faire rendre justice. Ils nous dirent qu'ils pourraient peut-être l'obtenir si nous voulions nous résigner à l'attendre six mois; que c'était ainsi qu'elle se rendait en Espagne, quand elle s'y rend. Il fallut bien prendre son parti et nous nous hâtâmes de nous éloigner de ce coupe-gorge.

Nous prîmes notre route par Ségovie où l'on voit un aqueduc magnifique, ouvrage des Romains. Burgos dont il faut visiter la belle cathédrale gothique, Miranda et enfin Bilbao. Nous y attendîmes une occasion pour passer en Angleterre. Elle se présenta au bout de quinze jours, et nous nous embarquâmes à Portalègre en compagnie d'une vingtaine de passagers.

Je m'embarque à Bilbao pour l'Angleterre.

Si je voulais me laisser aller à la tentation de raconter une tempête, ses dangers, les émotions diverses des passagers, les cris désespérés des femmes, les invocations suppliantes des matelots espagnols à la Vierge Marie, etc., l'occasion en serait belle, car une bourrasque d'une épouvantable violence et telle que je n'en avais point encore éprouvé dans mes nombreux voyages de mer, nous assaillit à notre entrée dans la Manche en vue des côtes de France où nous courûmes le risque d'être jetés; terre inhospitalière alors, qui nous eût offert la prison, si nous avions échappé au naufrage.

Nous nous rendîmes immédiatement à Londres. Pendant le court séjour qu'il me fut permis d'y faire, je vis quelques Français qui, comme ma mère, étaient venus y chercher un asile. De ce nombre était le respectable M. Malhouet, ancien membre de l'Assemblée constituante et ami de mon père. Il vivait à Londres dans des relations d'amitié avec ma mère. J'appris par lui qu'elle y était morte.

Elle était un de ces êtres que la nature a privilégiés de ses plus beaux dons et la société de ses plus honorables distinctions. Elle s'était fait de nombreux amis dans la haute société anglaise. Privée de tous secours de la France, un talent de peinture tel que je puis affirmer qu'aucun des plus célèbres peintres en miniature ne l'a élevé plus haut, lui avait procuré une honorable existence. Je n'ai malheureusement en ma possession qu'un très petit nombre de ses ouvrages de peu d'importance, qui, bien que d'une époque où son talent n'avait pas acquis toute sa supériorité, peuvent néanmoins confirmer mon assertion.

Ma mère était décorée de la croix étoilée de Marie-Thérèse.

La nouvelle crise survenue en France avait donné de l'inquiétude au gouvernement anglais, et la police exerçait la surveillance la plus sévère envers les étrangers. Je n'obtins la permission de sortir d'Angleterre que sous la garantie de personnes connues; encore ne me fut-il pas permis de passer directement en Hollande. Je laissai mon ami à Londres et je m'embarquai pour le port danois de Cuxhaven : je me hâtai d'en partir sans même m'arrêter à Hambourg. J'étais fort à court d'argent : on était au mois de décembre et je fus réduit à faire mon long voyage sur de mauvais chars découverts qui servaient de transports aux dépêches, d'ailleurs fort mal précautionné contre la rigoureuse température de ce moment de l'année dans ces froides régions, dont j'eus beaucoup à souffrir.

Mon retour à Amsterdam. Embarras où je me trouve.

Enfin, j'arrivai à Amsterdam. Je m'y établis comme je l'avais fait pendant mon premier séjour à l'hôtel des Armes d'Amsterdam. Mais qu'allais-je devenir? Les événements avaient encore une fois trompé toutes mes espérances; mes ressources étaient épuisées ; l'administration au service de laquelle j'avais trouvé une honnête existence, avait disparu, et mon emploi avec elle ; je n'avais pas plus qu'auparavant à attendre des secours de mon père qui lui-même avait passé les jours de la terreur ou dans les prisons ou à l'étranger, et la vie de l'exil se rouvrait devant moi avec tout son dénûment, toutes ses tristesses, toutes ses privations et ses impénétrables obscurités.

Cependant j'avais laissé à Amsterdam des amis, des protecteurs que, dans ce pays-là, une bonne conduite et une bonne réputation assurent toujours : les maisons où j'avais été reçu se rouvrirent pour moi : j'y retrouvai le même

J'entre comme commis dans une maison de commerce.

accueil, la même bienveillance, mais il fallait retrouver aussi des moyens d'existence : je ne pouvais les chercher que dans un travail honnête : je me présentai donc à M. Couderc, chef d'une des plus honorables maisons de la ville, dans la famille duquel j'avais vécu familièrement, pour travailler dans ses bureaux ; il voulut bien m'agréer. J'étais fort novice en connaissances commerciales ; mais j'étais animé par le besoin de justifier la généreuse bonté de mon patron, et mon assiduité et mon zèle me mirent bientôt en état de lui rendre en utile travail ce qu'il me donnait en émoluments. Je fus assez heureux pour gagner sa confiance au point qu'au bout de huit mois, il me proposa d'aller prendre la gestion d'une propriété considérable qu'il avait à Démerary. C'était renoncer trop absolument à ma famille, à ma patrie, aux chances que l'avenir, quelque obscur qu'il fût alors, pouvait me permettre d'y espérer. Je préferai attendre, en continuant mon modeste travail, ce que des circonstances plus favorables pourraient amener pour moi. Je repris donc à Amsterdam la vie humblement douce que j'y avais eue pendant mon premier séjour.

Je n'avais pas revu sans émotion les lieux où j'en avais éprouvé de si vives ; mais ma conscience dut imposer à mon cœur ; elle me commandait, au nom même de mon amour, de ne rien faire qui pût compromettre le repos de celle que j'avais tant aimée, et ce devoir devint d'autant plus impérieux pour moi que sa famille me fit donner avis qu'un mariage se négociait et qu'on comptait sur ma délicatesse et ma loyauté pour régler ma conduite sur cette circonstance. Je remplis scrupuleusement ce devoir ; mais, soit qu'on eût imaginé ce mariage pour éviter que le rapprochement des personnes ne ramenât le rapprochement des cœurs, soit qu'en effet devant avoir lieu, il eût manqué, il ne s'accomplit pas pendant les deux années et demie que je passai encore en Hollande.

Madame de Beauharnais, devenue madame Bonaparte.

L'année précédente, le 8 mars 1796, le général Bonaparte avait épousé madame de Beauharnais, notre amie et notre alliée. Ce mariage était pour tous d'un heureux augure, car il réalisait l'union de la grâce et de la bonté à la force et à la gloire. En octobre 1799 (17 vendémiaire an VIII), le général Bonaparte, sous la conduite de sa miraculeuse étoile, était revenu d'Egypte, et, tandis qu'il remplissait le monde de la gloire de nos armes et de son nom, il avait trouvé la France humiliée, livrée à tous les genres de vices et de corruption sous le joug honteux du Directoire. Ce scandaleux état des mœurs publiques révolta mon âme honnête ; l'indignation ranima ma verve poétique, et l'idée me vint de flétrir les scandales de cette époque dans une comédie en cinq actes et en vers, que j'intitulai audacieusement : *Le Nouveau Misanthrope.*

Comédie.

On citait entre autres scandales : celui que donnaient certains hommes que les bouleversements révolutionnaires avaient fait monter des classes les plus infimes de la société au plus haut de la fortune et des honneurs; généraux, représentants, fournisseurs, parvenus de toutes sortes qui, oubliant dans ces hauteurs leur ancienne et misérable condition, oubliant aussi qu'ils s'y étaient mariés à des femmes leurs pareilles et méconnaissant dans l'enivrement de leur transformation et leurs femmes et eux-mêmes, n'hésitaient pas à les abandonner pour s'engager dans des liens plus dignes de leurs nouvelles existences.

Ce fut un fait de cette nature que je pris pour sujet de ma comédie, texte fécond d'indignation et d'exaspération pour mon Alceste contre les vices du temps. Je l'ai conservée et je viens de la relire avec le calme, la maturité, le dégagement de toute partialité, de tout prestige de paternité que quarante-huit ans qui se sont écoulés depuis sa composition ont dû donner à mon jugement, et je crois pouvoir dire que, bien qu'on y reconnaisse les imperfections inséparables d'une œuvre de grande jeunesse, j'y ai trouvé de l'élévation dans la pensée, de la verve et de la hauteur dans le style, des situations comiques et originales. J'en citerai seulement une dernière boutade d'Alceste qui terminait la pièce, lorsqu'on apprit l'événement du 18 brumaire; j'en pris l'occasion de le consacrer, par l'addition d'une scène dans laquelle j'exprimai ce que la France devait au général Bonaparte pour l'avoir affranchie de la domination du Directoire, et ce qu'elle était encore en droit d'attendre de lui. Cette attente, le Consulat l'a réalisée, l'Empire l'a détruite.

Voici comment finit la comédie :

ALCESTE.

Amis, éloignons-nous de ce monde pervers,
Cherchons la liberté, trouvons quelques déserts,
Où sans crainte de mort, on puisse être honnête homme,
Où le vol ne soit pas la vertu qu'on renomme,
Où nous vivions pour nous ; car c'est perdre son temps
Que de prétendre au bien ramener les méchants.
Que pourrait notre amour pour ma triste patrie?
Opposer un obstacle au torrent en furie,
C'est augmenter sa force et doubler le danger :
Pour le jour de justice il faut se ménager :
Plus qu'audace souvent patience est courage ;
Agir selon le temps, c'est le secret du sage.
Tout s'altère ici-bas. Si la vertu, l'honneur
Conservent constamment leur réelle valeur,
Dans le monde ils n'ont pas toujours même puissance.
Souvent on voit l'audace usurper l'influence.
Ainsi, dans notre France, on a vu de nos jours,
Que, lorsqu'un vil papier pouvait seul avoir cours,
L'or était enfoui ; mais la fraude honorée
N'a jamais un succès de bien longue durée.

Telle est de la vertu la consolante loi.
Le papier s'envola : l'or reprit tout son droit.
Pour les hommes bientôt il en sera de même ;
Le fripon doit céder à cette loi suprême :
L'intrigue est le papier et le mérite est l'or :
C'est un bon capital qui pour quelque temps dort,
Mais qui rendra bientôt son produit uniforme ;
Je laisse donc le temps amener la réforme,
Et fuis, en attendant, le spectacle odieux
Des excès dont la vue épouvante mes yeux.

Nota. Au moment où cette pièce venait d'être terminée par la scène précédente, on apprit les événements du 18 brumaire et on ajouta la scène dixième qui termine la pièce.

SCÈNE DIXIÈME.

Les précédents, un Officier.

L'Officier.

Arrêtez : le plaisir près de vous me rappelle ;
D'un grand événement apprenez la nouvelle ;
Soyez heureux : Paris offre dans ce moment
D'un peuple délivré le spectacle imposant ;
Un instant a fait voir, à la voix du génie,
De son trône sanglant s'écrouler l'anarchie ;
Déjà des oppresseurs les chefs sont dispersés ;
Nos maux par de beaux jours vont être remplacés.
Un homme, dont le nom présage des miracles,
Dont la seule présence aplanit les obstacles,
De l'Orient enfin l'heureux libérateur,
De la France opprimée est aussi le sauveur.

Alceste.

Oui : grand homme vraiment, si c'est pour la patrie
Que, par tant de hauts faits, il illustre sa vie,
Sa gloire est en suspens devant notre avenir.
Espérons qu'un grand cœur n'aura d'autre désir
Que celui d'affranchir d'un honteux esclavage
Un peuple si fameux par ses maux, son courage,
De garantir ses droits et de rendre à jamais
Sa grandeur chère au monde en lui donnant la paix.
Puisse enfin sur sa tête une plus noble gloire,
Que celle qu'à son nom a fixé la victoire,
Joindre à tous ses lauriers le titre mérité
D'ami de son pays et de l'humanité !
Qu'il soit l'homme du peuple et n'en soit point le maître :
Le grand homme à ces traits se fera reconnaître :
Alors soumise enfin au seul pouvoir des lois,
La France sera libre, et, plus grand que les rois,
Le Français, de ses droits s'assurant la conquête,
Ne verra que Dieu seul au-dessus de sa tête.

Il se trouvait habituellement à Amsterdam beaucoup de Français. De ce nombre était M. Talon, chef de la famille parlementaire de ce nom et père de mademoiselle Zoé Talon qui devint plus tard madame Ducayla et eut aussi sa célébrité. Il était homme de beaucoup d'esprit, d'une société charmante : il avait été lieutenant civil, place qui l'avait mis au courant de tous les mystères de Paris et avait porté à sa connaissance une foule d'anecdotes et d'intrigues recueillies dans toutes les classes de la population, dont le récit donnait à sa conversation le plus piquant intérêt. La cause de sa présence à Amsterdam était inconnue : il y avait dans ses relations et ses allures quelque chose de mystérieux. Outre notre société habituelle, il s'en faisait une plus intime, en quelque sorte secrète. Il avait des agents qu'il envoyait en mission ; lui-même faisait de fréquents voyages à Hambourg et à Londres, disparaissant et reparaissant incessamment jusqu'à ce que, devenu l'objet de l'attention de la police, le séjour de la Hollande lui fut interdit.

M. Talon.

Un jour il me dit : « Je suis à la tête d'une grande entreprise qui, si le succès répond à mes espérances, donnera d'immenses bénéfices ; mais j'ai besoin » d'hommes sur lesquels je puisse compter. Déjà, plusieurs de nos amis communs s'y sont adjoints ; vous végétez ici dans une situation pour laquelle » vous n'êtes pas fait. L'état de la France ne vous offre aucune chance d'y » rentrer avec avantages ; vous connaissez mon amitié pour vous ; c'est à ce » titre et dans la conviction que vous y avez confiance que je vous propose de » vous associer à mon entreprise, et si un voyage à Surinam ne vous effraie » pas, je crois pouvoir vous garantir que vous en reviendrez grandement payé » de vos peines. » Je voulus pénétrer plus avant dans la connaissance de cette affaire. Je lui fis des questions : il n'y répondit qu'en me reproduisant les plus belles promesses et en me demandant d'avoir confiance, que je serais instruit de tout si j'acceptais la mission. J'ai toujours eu une répugnance invincible pour tout ce qui a eu un caractère ou même une apparence d'intrigue : le mystère dont on couvrait cette affaire me parut suspect. Je refusai.

Quelque temps après, on apprit que la colonie de Surinam avait été livrée aux Anglais par les intrigues d'émigrés français qui avaient reçu des sommes considérables pour prix de cette trahison : on nomma M. Talon comme en étant le chef.

La colonie de Surinam livrée aux Anglais.

Je me félicitai d'avoir si justement pressenti la nature de la mission qu'on me proposait et de l'avoir repoussée ; mais il ne suffit pas toujours d'être parfaitement pur pour n'être pas compromis. Je vais dire quelles furent pour moi les suites de cette affaire et l'influence qu'elle eut sur mon sort.

L'avénement du général Bonaparte, comme premier consul, présageait comme une nouvelle ère pour la France. On pressentait que, sous sa main puissante, un ordre de choses régulier allait s'établir. Ses premiers actes confirmaient cette espérance : un grand nombre de Français portés sur la liste des émigrés furent autorisés à rentrer en France; j'étais de ce nombre. Je me hâtai de partir pour Paris en chaise de poste, de compagnie avec M. Boucherot, négociant français, établi à Amsterdam. J'ai su depuis qu'il avait été l'un des agents les plus actifs de M. Talon, qui en fit le chef d'une maison de banque qu'il établit à Paris, et dont le prix considérable qu'il avait reçu de la vente de Surinam fit les fonds.

Je suis rayé de la liste des émigrés. — Mon retour à Paris.

Le gouvernement français avait resssenti un violent dépit de cette livraison de Surinam et, par suite, M. Talon était devenu l'objet des poursuites les plus actives de sa police, ainsi que ceux qu'on pouvait supposer avoir pris part à cette coupable intrigue. J'étais à peine arrivé à Paris que mon frère fut arrêté et mis au Temple. En allant aux renseignements sur cette étrange arrestation, on apprit qu'elle était motivée sur les rapports qu'il avait eus, disait-on, en Hollande avec MM. Talon et Boucherot, comme prévenu de complicité avec eux dans un fait de trahison. Il était évident qu'il y avait eu méprise, et que c'était à moi que le mandat d'arrêt avait été destiné. Je me rendis donc chez le ministre de la police, Fouché, pour lui faire connaître l'erreur et lui demander la liberté de mon frère, en me constituant prisonnier à sa place. Pendant que j'étais chez lui, il envoya saisir mes papiers à ma demeure que je lui indiquai, puis il me questionna sur les rapports que j'avais eus avec MM. Talon et Boucherot qui, outre la trahison dont ils s'étaient rendus coupables en livrant Surinam aux Anglais, se trouvaient, dit-il, impliqués dans un complot contre les jours du premier consul; car on avait ajouté méchamment cette accusation, dont ils étaient assurément bien innocents, à celle dont ils étaient justement prévenus. Je lui expliquai comment j'avais été appelé à résider à Amsterdam, après avoir servi activement dans les armées de la République : mes rapports de société fort naturels avec les Français qui s'y trouvaient et dont ces messieurs faisaient partie, et combien j'avais été éloigné de participer à l'intrigue dont on les accusait, etc., etc. Puis il me congédia en me donnant quelques avertissements sur la nécessité d'une conduite prudente dont j'avais besoin, dit-il, pour dissiper les préventions que mes relations avaient fait naître contre moi. Mes papiers, qui consistaient en certificats de services militaires, quelques notes sur mes voyages et ma comédie, me furent restitués au bout de quelque temps : celle-ci avec des annotations de la police, et mon frère fut rendu à la liberté.

Mon frère arrêté est mis au Temple par erreur, à ma place.

Cependant, cette sotte supposition de connivence de ma part dans l'affaire de Surinam avait tellement pris racine dans l'esprit soupçonneux de Bonaparte, que je n'ai point cessé d'être pour lui un objet de répulsion, quoique

Impression que cette affaire laissa dans l'esprit de Bonaparte contre moi.

ma position sociale et mes relations de famille dussent naturellement m'appeler au premier rang de ceux qu'il associait à sa fortune, comme on le verra plus tard.

Mon frère et Mme de Staël.

Mon frère, qui s'était fait une réputation par ses écrits politiques, était très lié avec Mme de Staël; elle professait des opinions fort libérales; elle voyait dans l'avénement du général Bonaparte des dangers pour la liberté, et elle ne dissimulait pas ses craintes: il ne lui pardonnait pas cette opposition, non plus qu'aux hommes que la supériorité de son esprit attirait à elle et qui partageaient ses idées : mon frère était de ce nombre. On sait combien cette rancune de Bonaparte envers Mme de Staël fut violente et persistante; elle alla jusqu'à la persécution la plus indigne. Elle fut aussi très prononcée contre mon frère. Cependant, elle finit par s'apaiser lorsque Bonaparte fut empereur, grâce à l'instante et persévérante intervention de Mme Bonaparte, qui avait gardé, dans ses grandeurs, le souvenir de ses anciens rapports avec lui. Il fut fait ministre à Saltzbourg, puis préfet de Rhin-et-Moselle, et ensuite du Bas-Rhin, où, après une administration qui y a laissé d'immortels souvenirs, il périt, en 1814, victime d'un fatal accident.

Pour moi, dont la liaison avec Mme Bonaparte n'avait pas été de nature à lui laisser les mêmes souvenirs, je n'en obtins pas la même protection, et ma disgrâce dura autant que le règne de l'empereur.

Mort de mon père.

Mon frère, sa femme et moi nous nous réunissons à Saint-Julien, dans la vue d'y former un établissement agricole.

Mon père était mort à Besançon, en nous laissant pour tout héritage le petit domaine de Saint-Julien et des dettes. Dans le vide de notre existence et dans le découragement que nous donnait la défaveur dont nous étions les objets auprès du maître de la France, nous fîmes le projet, mon frère, sa femme et moi, de nous y réunir et d'y former un établissement agricole au moyen duquel, en nous faisant une existence honnête, nous nous rendrions les bienfaiteurs du pays, berceau de notre enfance, en y introduisant de bonnes méthodes de culture et en y donnant d'utiles exemples. C'était le rêve de jeunes gens honnêtes et inoccupés qui avaient le besoin de se créer un intérêt. Nous commençâmes à le réaliser, et nous nous mîmes à l'œuvre avec ardeur; mais l'illusion ne fut pas de longue durée : cette vie de retraite et de privations ne convenait pas à la femme de mon frère, qui avait toujours vécu et brillé dans un monde élégant et dissipé et qui en avait les goûts, non plus qu'à lui dont l'esprit et les talents étaient faits pour un autre théâtre. Aussi ne tardèrent-ils pas à reconnaître à quel point ils s'étaient abusés. Sur ces entrefaites, le premier consul se rendait à Lyon pour régler, concurremment avec la consulte italienne, les destinées de l'Italie supérieure; mon frère saisit cette occasion pour aller lui offrir ses services. Grâce à la bienveillante influence de Mme Bonaparte, il s'était radouci à son égard; son offre fut agréée, et ce fut peu de

Mon frère est nommé ministre à Saltzbourg.

temps après qu'il fut nommé ministre à Saltzbourg. Je restai seul à Saint-Julien, encore une fois abandonné des miens.

A partir de 1802 jusqu'à 1807, ma vie se partagea entre la solitude de Saint-Julien, où je m'occupai de l'arrangement de mes affaires que mon père avait laissées dans le plus grand désordre, quelques voyages à Paris et des excursions en Suisse où j'étais attiré par le voisinage et par le plaisir que j'ai toujours pris et que mes voyages antérieurs n'avaient fait qu'augmenter, à la contemplation des grandes scènes de la nature. Je visitai successivement Chamousi, le Vallais, les bases, jusqu'à de grandes hauteurs, du Mont-Rose, inconnues aux touristes, et qui ne sont pourtant pas moins dignes de leur attention que celles du Mont-Blanc, tant par leurs richesses botaniques et minéralogiques que par les grandes scènes qu'elles présentent — C'est à Viége, petite ville du Vallais, que l'on prend la route qui y conduit. Après sept heures de marche, s'ouvre devant le voyageur une vaste vallée circulaire encadrée par des montagnes sur lesquelles semble être assis le Mont-Rose : de son centre, s'élève abrupte, isolée du milieu d'un vaste glacier circulaire, une aiguille de granit de 1,300 pieds de hauteur, qui offre le spectacle le plus étonnant et le plus varié, soit que le soleil en dore les contours, soit que sa cime, s'élevant du milieu des nuages qui enveloppent sa base, elle semble suspendue magiquement entre la terre et le ciel. C'est certainement, entre toutes les merveilles de la Suisse, une de ses plus merveilleuses curiosités.

Excursion en Suisse.

En 1806, dans une de mes excursions en Suisse avec une société d'amis, après avoir visité Fribourg, Berne, l'Oberland, Thunn, Brientz et leurs gracieux lacs, celui des quatre cantons, si riche en grands effets naturels et en grands souvenirs historiques, nous étions arrivés au bourg d'Arth, situé à l'extrémité du lac de Zug. Là une pluie torrentielle et incessante nous retint pendant quarante-huit heures, après lesquelles le plus beau soleil dissipant les nuages et colorant des plus resplendissantes couleurs la nature rafraîchie, semblait donner une fête à la terre pour la consoler de ses deux jours d'absence. Nous nous remîmes en route passant de surprise en surprise, d'extase en extase à la vue de ces tableaux si gracieux, si riches, si variés qui se développaient à chaque pas devant nous. Nous nous arrêtâmes au délicieux lac de Lowertz, cité en Suisse par le charme de ses sites, comme la Suisse l'est en Europe. Nous admirions le magnifique encadrement que faisaient à son paysage les montagnes de formes et d'aspects si divers qui l'entouraient, se reflétant dans ses eaux limpides. Cette charmante nature se présentait à nous calme et riante comme un beau jour ; calme trompeur, image de la vie dont les plus poignantes douleurs se préparent souvent au milieu de ses plus grands enchantements.

En continuant notre route, nous nous entretenions du charme de ces beaux lieux, du bonheur de leurs habitants jouissant en paix et en toute sécurité, à l'abri de leurs montagnes et dans l'éloignement des agitations du monde, des beautés de cette délicieuse nature.

Nous avions atteint les bases du Saint-Gothard, lorsque la nouvelle de la plus effroyable catastrophe vint jeter la consternation dans tout le pays. On racontait que la montagne du Rossberg s'était écroulée, qu'elle avait couvert de ses ruines la vallée de Goldau, ses villages, ses habitants, ses animaux, tout ce qui y avait vie, une partie de celle de Lowertz, dont douze heures avant nous parcourions avec ravissement les sites enchantés, la moitié de son lac dont les eaux refoulées à une prodigieuse hauteur par l'amoncellement des rochers et des terres qui ne leur laissaient plus d'issue, aggravaient encore le désastre par celui de l'inondation. C'était le chaos où, quelques moments avant, était l'Élysée. Une société, composée de quatorze personnes, presque toutes de la famille de Diesbach, de Berne, nous suivait à quelque distance: elle s'était arrêtée comme nous au bourg d'Arth; une partie, qui avait pris les devants, cheminait tranquillement pendant que l'autre était restée en arrière pour payer la dépense, lorsque la montagne, s'affaissant sur elle-même, couvrit, en même temps que toute la contrée, de ses immenses débris, ceux qui s'étaient mis en marche les premiers, et rendit ceux qui les suivaient témoins de l'ensevelissement de leur famille. Plusieurs d'entre nous avaient le curieux désir de retourner sur leurs pas pour contempler le terrible changement de scène que cette immense catastrophe avait opéré; les plus sages s'y opposèrent dans la crainte que le grand ébranlement qu'avait occasionné la chute du Rossberg ne produisit d'autres éboulements et de nouveaux dangers.

Nous continuâmes donc notre voyage sous la douloureuse impression inséparable d'un aussi grand malheur. Nous traversâmes le Saint-Gothard, et, après avoir stationné à Bellinzône, à Lugano, etc., nous atteignîmes le lac Majeur. Nous visitâmes ces îles enchantées et cette magnifique nature qui reproduit tout ce que la Suisse a de plus pittoresque, de plus grandiose, de plus riant, coloré, échauffé par le soleil d'Italie.

Nous reprîmes le chemin de la Suisse par le Simplon. Alors s'accomplissait cette grande pensée de Napoléon de s'ouvrir une communication avec l'Italie, par une route semblable à celle qui le conduisait de Saint-Cloud à Paris, à travers les plus hautes Alpes qu'il forçait à s'aplanir sous son génie, qui ne tenait pas plus de compte des obstacles que lui opposait la nature que de ceux que ses ennemis prétendaient opposer à ses armes.

Nous ne pouvions terminer notre voyage pittoresque par des scènes plus grandioses, plus inattendues que celles que nous offraient ces travaux de géants, ces milliers d'ouvriers disséminés, suspendus sur ces abîmes, tantôt faisant tomber sous leurs cognées les sapins et les mélèzes séculaires, tantôt faisant sauter d'immenses rochers de granit sous les coups incessants des mines dont les explosions retentissaient dans les vastes solitudes étonnées et se répétaient d'écho en écho; la nuit, les feux des innombrables bivouacs illuminant ces âpres sommités, les chants harmonieux des ouvriers italiens qui en charmaient le silence, enfin tout cet ensemble attestant la victoire de l'art sur cette nature sauvage, offrait un spectacle dont on a été d'autant plus heureux d'être le témoin qu'il est unique.

Mon retour à Paris.

Dans un voyage que je fis à Paris, en 1803, je continuai à voir madame Bonaparte, à qui il faut rendre cette justice que les grandeurs ne lui firent rien perdre de sa bonté, de sa simplicité, de sa grâce: mais quand son élévation au rang de femme du chef de l'État l'eût entourée d'une cour et d'un peuple de flatteurs et d'idolâtres dont toutes les cours se composent, je me retirai peu à peu de ce monde antipathique à ma nature simple et vraie, à la fois timide et fière, dans lequel je me sentais contraint, gêné, hors de mon élément: aussi bien la distance que la fortune avait mise entre elle et moi changeait nécessairement nos rapports qui avaient été ceux d'une amitié facile et à l'aise: en effet l'amitié veut des conditions égales: il y a toujours dans l'inégalité des rangs quelque chose qui, de la part du supérieur, sent la protection, et, de la part de l'inférieur, la dépendance. Aussi, par un tour de caractère qui m'est propre, je me suis toujours tenu éloigné des hommes au pouvoir avec autant de soin qu'on en met généralement à les rechercher. J'ai vu de mes amis particuliers y monter et leur élévation être un temps de suspension dans nos liaisons qui ne reprenaient leur libre cours que quand ils étaient revenus à mon niveau. Et lorsque les circonstances m'eurent placé moi-même à une certaine hauteur dans la vie publique, mes rapports avec les princes et les ministres ne dépassèrent jamais ce que les convenances et les devoirs rigoureux de ma position exigeaient, toujours homme de gouvernement, jamais ministériel, redoutant, par-dessus tout, que plus d'assiduité me donnât l'apparence d'un courtisan ou d'un solliciteur, rôles auxquels j'ai toujours répugné au point que je puis affirmer que toutes les positions politiques qui m'ont été faites me sont venues par l'intervention d'amis, sans aucune participation directe de moi. Aussi ne me suis-je pas élevé à des hauteurs auxquelles, avec plus d'ambition et plus de ce qu'on appelle savoir-faire, ou même en réclamant ce qui était en quelque sorte le droit de ma situation, j'aurais pu parvenir. C'est ainsi que j'ai été successivement préfet du Lot, de la Somme, du Rhône, pendant dix-huit mois, député, sans avoir la croix de la Légion-d'Honneur, quand ma rapide élévation à ces diverses classes de préfectures et les éloges publics donnés à mon administration témoignaient assez de la satisfaction qu'on en avait. C'est encore ainsi qu'appelé à la préfecture du Rhône, à laquelle était attachée, en quelque sorte comme un droit, la place de conseiller d'état, je ne la demandai pas, ayant eu constamment pour système de chercher à mériter les récompenses et de les attendre, ce que je savais pourtant très bien n'être pas le moyen le plus sûr de les obtenir.

Madame Bonaparte et Stéphanie Beauharnais, ma nièce.

Un jour, je crus devoir rappeler à madame Bonaparte qu'elle avait une petite cousine portant le nom qu'elle-même avait porté, fille de ma sœur, qui se trouvait reléguée dans une province du midi de la France où elle vivait dans une obscurité et un manque d'éducation peu dignes de son nom, du revenu d'un capital que cette noble étrangère, miss Pultney, devenue milady Bath, amie intime et dévouée de ma sœur, avait constitué à la mort de celle-ci pour sauver la pauvre enfant du naufrage où s'engloutissaient alors toutes les existences en France. Je me permis d'observer qu'à la hauteur où était placé le premier consul, il ne lui conviendrait peut-être pas qu'une cousine de sa femme, portant le nom de Beauharnais, restât à la charge et presqu'à la charité d'une étrangère; que moi, quoique son oncle, pauvre d'ailleurs, je ne pouvais rien pour elle, puisqu'elle avait son père, etc., etc. Elle me remercia de cet utile avis; me dit qu'en effet cette enfant ne pouvait rester dans cet état, livrée à une femme mercenaire, sans rapports avec sa famille, sans éducation, etc. « Je vais, ajouta-t-elle, en parler à Bonaparte, dont la décision à cet égard » n'est pas douteuse. Il est dans les convenances que ce soit vous qui soyez » chargé d'aller chercher votre nièce et de nous la ramener; faites vos dispo» sitions en conséquence. »

Décision du premier consul à l'égard de Stéphanie.

En effet, toutes les convenances me désignaient pour remplir cette mission et madame Bonaparte l'avait parfaitement compris; elle n'avait pas même supposé qu'il pût en être autrement: lui n'en jugea pas ainsi: quelques jours après mon entretien à ce sujet avec madame Bonaparte, elle me fit dire que le premier consul avait décidé que Stéphanie Beauharnais serait retirée des mains de la personne qui en avait eu la garde jusqu'alors; qu'il se chargeait de son éducation et de son sort; qu'il avait donné des ordres au préfet de Montauban, de la remettre à la personne qu'il avait désignée pour la recevoir et la lui amener. L'ordre fut en effet donné et exécuté. Elle fut conduite à Paris; puis confiée aux soins de madame Campan avec la jeune Hortense Beauharnais, fille de madame Bonaparte et d'autres jeunes personnes de ses parentes ou alliées, ou appartenant à des hommes que le premier consul avait attachés à sa fortune. Mais on la laissa complètement étrangère à sa famille maternelle. . . . .

. . Cependant le premier consul cherchait avec beaucoup de soin à attacher, soit à sa personne, soit à son gouvernement des nobles familles de l'ancienne monarchie. Il était en effet de bon goût et de bonne politique de rehausser l'éclat de sa nouvelle fortune par la fusion de l'ancienne noblesse avec celle qu'il créait et qui recevait sa glorieuse investiture des mains de la victoire. Il mettait le même soin à appeler à lui tout ce qui portait le nom de Beauharnais, tout ce qui appartenait, de près ou de loin, à la famille de sa femme. A ces divers titres, mon nom était incontestablement un des premiers qu'il eût dû distinguer, et avec d'autant plus de raison, que les anciennes familles, comme la mienne, se montraient alors peu diposées à répondre à son appel. J'ai su qu'en effet mon nom figurait des premiers sur la liste qu'il avait chargé de lui soumettre et qu'il le raya.

Adoption de Stéphanie par l'empereur. — 1805.

Cependant, plus tard, il adopta ma nièce et, en 1806, quand il imposait les personnes de sa famille comme des gages de sa faveur impériale, aux souverains de l'Europe, il la maria au prince électoral de Bade.

Ce fut alors qu'on crut devoir lui faire connaître qu'elle avait une famille maternelle, et qu'il était dans les convenances qu'elle la vît. Ses plus proches parents présents étaient le comte de Marnésia, ancien comte de Lyon, et moi : mon frère, alors relevé de sa disgrâce, était ministre à Saltzbourg. On nous fit donner avis que la princesse Stéphanie nous recevrait, car on ne jugeait pas que la fille adoptive de l'empereur pût convenablement aller visiter l'oncle et le frère de sa mère. Un jour que nous étions chez elle, son grand-oncle, homme de l'ancien monde, juste appréciateur des convenances de la société et de la famille, crut, à ce titre, pouvoir donner quelques avis tout paternels à sa petite-nièce, lui faisant sentir tout ce qu'il y avait d'honorable pour elle dans l'immense alliance à laquelle elle était appelée, ce qu'elle devait d'égards à sa nouvelle famille, etc., lorsque la jeune personne, avec un air incomparable de dignité blessée, l'arrêta et lui dit : « Mais, mon oncle, lequel donc » fait le plus d'honneur à l'autre, de la fille de l'empereur, épousant le prince » de Bade, ou du prince de Bade, épousant la fille de l'empereur ? » A quoi le noble comte lui répondit, en se levant et lui faisant de son plus grand air la plus profonde révérence : « A ce compte, Madame, je dois croire que la fille » de l'empereur s'oublie en daignant m'appeler son oncle, et que je m'oublie » moi-même en acceptant ce titre. »

La pauvre enfant, qui avait passé si subitement de l'obscurité de sa première vie aux éblouissements de toutes les grandeurs, de tout ce retentissement de la gloire, élevée dans l'une et l'autre fortune dans l'oubli des sentiments de la famille, ne voyant que princes et rois aux pieds de l'empereur, qui en avait fait sa fille, et par suite aux siens, enivrée, la tête perdue, ne vit plus rien en dehors de ce nouveau monde. Cette famille qu'on venait de lui révéler et dont, assurément, elle pouvait s'honorer, disparut de sa mémoire, comme si elle n'avait pas existé, aussi bien que ce noble grand-oncle qui vivait dans un état approchant de la pauvreté, et dont, avec un seul mot en sa faveur qu'elle eût dit à l'empereur, qui n'avait aucun grief contre lui, elle eût adouci la fin bien amère de sa vie et donné à la sienne propre le souvenir toujours doux d'une bonne action.

Cependant, elle avait eu droit, comme représentant sa mère, dans un tiers de la pauvre succession que mon père avait laissée. Cette part consistait en une rente 5 p. 100 de 2,012 fr. On décida qu'elle en ferait l'abandon à ses deux oncles; ce qui eut lieu en effet.

Je n'ai pas su ce qui fut fait à l'égard de cette noble milady Bath, sœur de cœur de sa mère, et généreuse bienfaitrice de son enfance. Il faut croire que Stéphanie lui adressa un hommage bien juste de reconnaissance, et que le capital qui avait été constitué pour sa première éducation fut restitué.

La jeune cour impériale, outre l'éclat que le nouvel empereur cherchait à lui donner par la reproduction de l'étiquette, du luxe, des magnificences de tous genres qu'il empruntait à la cour des rois de France et, autant qu'il le pouvait, à celle de Louis XIV, en recevait un égal à tout ce que celles-ci avaient offert en célèbres beautés par la réunion de celles qui composaient la cour de l'impératrice. On y admirait Mmes Cazani, Duchâtel, de Montebello, Augereau, et tant d'autres, et plus qu'elles toutes, les deux sœurs de l'empereur : l'une, Mme Leclerc, qui fut depuis princesse Borghèse; l'autre, Mme Murat, devenue duchesse de Clèves, puis reine de Naples. La jeune grande-duchesse de Bade y figurait aussi avec honneur par son charme, sa grâce, son élégance et sa piquante physionomie; mais, entre toutes et par-dessus toutes, brillait et dominait incomparable Mme de Canizy, qui fut depuis duchesse de Vicence : c'était la Diane avec toute sa noblesse, sa simplicité, son élégance, la perfection de ses traits et de ses formes : sa démarche révélait la déesse; l'*Incessa patuit dea* semblait avoir été dit pour elle. Cet hommage d'admiration générale était confirmé par les artistes les plus éminents; Canova disait d'elle qu'il n'avait rien vu vivant d'aussi beau. — Je ne puis résister au plaisir de reproduire ici un témoignage plus flatteur encore d'un juge non moins compétent :

J'assistais avec elle à une séance solennelle de l'Institut : l'assemblée était brillante et nombreuse. Nous étions placés sur les siéges du second rang des spectateurs. Quelque attentifs que nous fussions aux discours qui se prononçaient, notre attention en fut bientôt distraite par les regards admiratifs que dirigeait incessamment sur ma belle voisine un petit membre de l'Institut, qui siégeait en face de nous sur les bancs les plus élevés, et qu'il accompagnait de la gesticulation la plus expressive. Chaque fois qu'une pause dans les discours le lui permettait, on le voyait descendre de ses hauteurs, se rapprocher graduellement comme attiré par une irrésistible puissance, comme l'oiseau l'est, dit-on, par la fascination des regards du serpent, jusqu'à ce que, arrivé en face de Mme de Canisy, il s'arrêta immobile, la contemplant avec une indiscrétion d'autant plus embarrassante qu'elle fixait l'attention de toute l'assemblée. La fin de la séance vint heureusement mettre un terme à cette scène.

Mme de Canisy, croyant échapper à son importun admirateur, nous passâmes dans un salon voisin avec M. le comte de Ségur, qui avait présidé la séance; mais elle avait compté sans son petit poursuivant, membre de l'Institut : il ne l'avait pas perdue de vue, et s'approchant d'elle dans l'attitude la plus humblement respectueuse : « Madame, lui dit-il, vous me voyez confus, sans cependant pouvoir me dire repentant de l'indiscrétion de ma conduite et de l'inconvenante obsession de mes regards; mais vous me pardonnerez, j'ose l'espérer, quand vous saurez que je suis Houdon. » (Houdon, comme on sait, était notre plus célèbre sculpteur); il était impossible de s'excuser plus galamment de son indiscrétion et de rendre un hommage plus flatteur à la beauté qui en avait été l'objet.

Voici comment peut se compléter ce portrait de Mme de Canisy : esprit supérieur comme sa beauté, noble caractère, noble cœur.

L'enivrement de la fille adoptive de l'empereur était tel, qu'elle traitait son mari, prince de la plus grande maison de l'Allemagne, beau-frère de l'empereur de Russie, comme si, en l'épousant, on lui avait fait faire une mésalliance. De là une mésintelligence prononcée entre les deux époux, qui se prolongea assez longtemps. Cependant, la patiente résignation du jeune prince, sa parfaite conduite, ses soins attentifs et persévérants, de sages conseils donnés sans doute à la princesse et la réflexion qui commençait à se faire entendre à elle, la ramenèrent à de meilleurs sentiments et enfin à un sincère rapprochement, si bien que ce ménage, si désuni d'abord, finit par devenir un ménage modèle.

Le noble caractère du jeune prince et sa généreuse bonté se manifestèrent surtout lorsque l'adversité qui avait frappé l'empereur menaça toute sa famille du même sort : la grande-duchesse de Bade ne fut pas sans en ressentir les redoutables contre-coups, et toute l'énergique autorité de son mari, assistée de la toute-puissante intervention de l'empereur Alexandre, ne fut pas de trop pour protéger son existence politique contre les intrigues incessantes qui la menaçaient. Elle n'a cessé d'attirer les hommages et les respects de tous par une conduite exemplaire, par un entier dévouement à son mari, jusqu'à la mort prématurée de celui-ci. Cinq enfants ont été les fruits de leur union, deux fils et trois filles. On a toujours été tenté d'attribuer à des causes peu naturelles la mort anticipée des princes dont l'existence aurait fait obstacle à d'autres ambitions. Quoi qu'il en ait pu être, les deux princes moururent enfants; les trois filles ont survécu et ont contracté des mariages dignes de leur haute naissance : l'aînée a épousé le prince de Waza, la seconde le prince de Hohenzollern-Zigmaringen, et la troisième le marquis de Douglas.

La princesse Stéphanie, par le charme de ses manières, par la rare alliance de la dignité et de la grâce, est l'objet des respects et de l'affection des Allemands et des étrangers que la résidence de Bade attire de toutes les parties de l'Europe (1).

La défaveur de l'empereur à mon égard se manifesta encore dans deux autres circonstances. Mon mariage avec la fille du comte Marescalchi, ministre du royaume d'Italie, était convenu, et la conclusion ne tenait qu'à ma nomination en qualité de ministre de France à La Haye, place qui lui avait été promise pour son gendre; comme elle tardait à se faire, le comte insista ; mais la place fut refusée et le mariage manqué.

Une autre fois, voulant m'assurer par moi-même des dispositions de l'empereur à mon égard, je me fis présenter à une de ses audiences; quand le chambellan lui prononça mon nom, il me demanda si j'étais le frère de son préfet de Strasbourg Sur ma réponse affirmative, il tourna brusquement les talons, sans ajouter un mot de plus. C'était une défaveur bien opiniâtre, fondée sur un motif bien léger. Il y aurait un chapitre bien curieux à faire sur les petitesses des grands hommes dans l'histoire de leur vie; mais celui-ci y manque toujours.

Enfin arriva le moment où mon mariage allait fixer irrévocablement mon sort : c'est mon bonheur que je dois dire. Je me plais à le constater ici. — Le 16 mars 1808, j'épousai mademoiselle Clémentine Delaage. M. Delaage de Bellefaye, son père, et sa mère, Mlle Duruey, étaient destinés à recueillir de leurs auteurs, l'un fermier-général, l'autre banquier de la cour, une des plus Mon Mariage.

(1) Stéphanie Beauharnais, Louise-Adrienne, grande-duchesse de Bade, était née le 28 août 1789, à Versailles.

Mariée le 7 avril 1806 à Charles-Louis-Frédéric, grand-duc de Bade, né le 8 juin 1786. De ce mariage sont issus :

1° Louise-Amélie-Stéphanie, née le 5 juin 1811, devenue princesse de Wasa ;

2° Joséphine-Frédérique-Louise, née le 21 octobre 1813, devenue princesse de Hohenzollern-Sigmaringen ;

3° Alexandre-Maximilien-Charles, prince héréditaire, né le 1er mai 1816 ;

4° Marie-Caroline-Elisabeth-Amélie, née le 11 octobre 1817, mariée au marquis de Douglas ;

Le grand-duc, mort le 8 décembre 1818.

Le grand-duc avait pour sœur la princesse Louise-Marie-Auguste-Elisabeth Alexiewna, née le 24 janvier 1779, mariée le 9 octobre 1793 à Alexandre Ier Paulowitsch, né le 23 décembre 1777, empereur de toutes les Russies.

grandes fortunes de France. Mais la révolution, qui choisissait de préférence ses victimes dans ce qu'il y avait de plus considérable par le rang, par la considération, par la fortune, ne pouvait laisser échapper une si riche proie. M. Delaage et M. Duruey périrent sur l'échafaud révolutionnaire : leurs enfants furent sauvés, mais il ne leur resta que de pauvres débris des grandes richesses de leurs parents. La simple et vertueuse résignation avec laquelle ce respectable ménage passa des jouissances d'une immense fortune à la plus modeste existence, a toujours été pour moi un sujet d'admiration.

Je n'ai pas à rappeler ici la beauté pleine de noblesse et d'élégance, de charmes et de grâces qui faisait remarquer Mlle Delaage parmi les jeunes personnes les plus remarquables de cette époque; je ne veux parler que de ses mérites plus essentiels, de l'élévation et de la délicatesse de son âme, de son exquise bonté, de sa piété modeste et sincère, de son intelligente et inquiète bienfaisance, allant toujours à la recherche des honnêtes infortunes pour leur porter ses consolations, et, enfin, du rare assemblage de toutes les vertus qui honorent une femme et qui en ont fait, partout où elle a été, l'objet des respects publics et de l'amour de ce qui l'approchait. Il y a maintenant quarante-trois ans que nous sommes mariés, et pendant ce long temps, il n'y a pas eu un seul instant de ralentissement dans le parfait accomplissement de tous ses devoirs de religion, de société, d'intérieur, de bienfaisance, de tendres soins pour son mari et pour ses enfants; pas un instant qui ne me l'ai fait de plus en plus honorer et chérir. C'est avec bonheur que je dépose ici ce sincère hommage de mon affection et de ma reconnaissance.

Tout a été bonheur pour moi dans ce mariage; heureux époux je n'ai pas été moins heureux père. Deux fils, doués des plus précieux dons de la nature, ont honoré et charmé ma vie par une conduite toujours digne de leur nom, toujours conforme aux bons exemples que leur mère et moi nous nous sommes appliqués à leur donner; par une tendre et respectueuse déférence pour leurs parents que le progrès, tel que le siècle l'entend, a trop généralement changé en froide indépendance. Le bonheur dont eux-mêmes jouissent pleinement par des mariages selon leurs cœurs et selon toutes les convenances ne laisserait rien à désirer au mien s'ils me donnaient la jouissance qui me manque de me voir entouré de petits enfants qui leur ressemblent.

Dès-lors mon existence s'écoula calme et paisible, dans les douceurs de la vie de famille, spectateur désintéressé du grand spectacle que donnait au monde l'empereur conquérant l'Europe, déposant et faisant des rois selon son bon plaisir; démentant l'œuvre du Consulat, qui avait été toute nationale, par l'œuvre toute personnelle de l'empire; élevant sa renommée et celle de nos armes au plus haut degré de la gloire que lui et la France devaient payer si cher, et préparant, par un retour inévitable, au peuple conquérant, plus de calamités et d'humiliations qu'il n'en avait infligé aux peuples conquis. Mon temps se partageait entre le séjour de Paris et la douce occupation que je m'étais faite d'arrondir, d'améliorer, d'embellir le petit domaine de Saint-Julien, qui était devenu le mien propre et qui, par son voisinage de la Suisse, nous donnait la facilité d'y faire d'intéressantes excursions. Lorsqu'enfin les folies de la gloire amenèrent, en 1814, la grande débâcle impériale et la première restauration des Bourbons, qui elle-même s'abîma si vite à la seule apparition d'un revenant.

Ce fut à cette époque que mon frère périt malheureusement. Préfet du Bas-Rhin, il accompagnait Mgr le duc de Berry dans la visite qu'il faisait de ce département. Les populations, enthousiastes du nouvel ordre de choses qui les délivrait de l'intolérable oppression du régime impérial qui leur arrachait, pour la satisfaction d'une folle ambition, jusqu'à leur dernier homme et leur dernier écu, et de l'espoir d'un avenir de paix et d'ordre constitutionnel, célébraient ce retour par les manifestations les plus expansives, s'empressant sur le passage du prince dans leurs habits de fêtes; on n'entendait de toutes parts que détonations de boîtes et de fusils; des feux de joie illuminaient toutes les hauteurs; des fusées étaient lancées incessamment dans les airs. Le préfet, dont la voiture était conduite par des paysans qui avaient brigué cette faveur, revenait d'accompagner le prince; une de ces fusées vint tomber devant les chevaux qui s'en effrayèrent, s'emportèrent et précipitèrent la voiture dans un escarpement qui bordait la route. La violence de la commotion fut telle qu'il y succomba au bout de quelques jours. Mort de mon frère.

Le deuil fut général comme dans une calamité publique. Sa mémoire est restée en vénération dans toutes les classes de la population du département, et principalement dans le peuple des campagnes au bien-être duquel il s'était particulièrement dévoué et qui l'avait surnommé le préfet des paysans. Son portrait fut gravé et tiré à un grand nombre d'exemplaires. Tous les habitants des campagnes voulurent l'avoir pour le placer dans leurs demeures et jusques dans les chaumières, comme l'image vénérée du patron de la famille. Il s'y voit encore entouré des mêmes respects.

DEUXIÈME PARTIE

VIE ADMINISTRATIVE

Je n'avais encore rempli aucune fonction publique, si ce n'est celle de maire de mon village. Les temps qui venaient de s'écouler et qui avaient donné l'essor à tant d'ambitions, m'avaient tenu en dehors des affaires publiques; mais alors je sentis le désir de m'associer à un ordre de choses que j'envisageais comme devant amener les plus désirables résultats et qui semblait les promettre.

En effet, je crus voir dans le changement qui s'opérait une ère de restauration, non-seulement pour la famille des Bourbons, mais aussi pour le peuple français. Dans mon honnête simplicité, je voyais un monarque et une nation réunis par des circonstances d'une nature merveilleuse, également instruits par de longues infortunes; également revenus (du moins on pouvait le croire) des illusions qui les avaient égarés, travaillant d'accord à s'élever au plus haut dégré du bonheur social par l'accord de leurs intérêts et de leurs forces, et par la noble et féconde alliance de la liberté et du pouvoir.

L'épreuve ne pouvait être douteuse ou, pour mieux dire, elle n'était plus à faire; car elle avait été consommée en Angleterre pour la plus grande gloire et le plus grand bien du peuple et de la couronne, et pour approprier à la France les mêmes résultats, il suffisait d'employer les mêmes moyens.

Le roi le pouvait aisément. Les circonstances étaient semblables, et ce qui s'était passé en Angleterre lui traçait la conduite qu'il avait à suivre. L'exemple des Stuarts qui, rétablis sur leur trône après une violente usurpation, en furent précipités une seconde fois pour s'être obstinés dans un système contraire au sentiment comme à l'esprit de la nation qu'ils avaient à gouverner, lui montrait clairement ce qu'il avait à éviter, et l'exemple de Guillaume qui créa à la fois le plus solide pouvoir et le plus beau monument de l'ordre social en les fondant sur la liberté publique et en prenant son appui dans les intérêts généraux, vraie force des gouvernements, lui enseignait ce qu'il avait à faire.

La sagesse du roi avait compris que la révolution ne pouvait se clore que par l'établissement de la liberté. La charte qu'il donna à la France était comme le sceau de la nouvelle alliance entre sa dynastie et le peuple français; il ne fallait, pour accomplir l'œuvre, que faire concorder les actes avec le principe, c'est-à-dire entrer, soi et les siens, sans détour et sans arrière-pensée, dans les voies constitutionnelles qu'elle avait ouvertes.

Tout plein de ces idées, je fis des démarches pour obtenir une préfecture, place que l'empereur avait faite grande et forte, et qui, sous le gouvernement du roi, comme je le concevais, pouvait être la plus noble comme la plus désirable des fonctions.

Je suis destiné à une préfecture.

Mgr le duc de Berry, affecté de la mort de mon frère, dont il avait été l'occasion, s'était informé de sa famille. Il demanda que je lui fusse présenté; il m'exprima avec bonté la part qu'il prenait à une perte si vivement et si généralement sentie. Il daigna m'offrir son appui dans le cas où j'aurais quelque chose à désirer du gouvernement du roi. L'abbé de Montesquiou était alors ministre de l'intérieur; Mgr de Bausset, évêque d'Alais, et depuis cardinal, était son intime ami: il l'était aussi de madame de Bassompierre, cousine germaine de ma femme. Par ce concours de protections, la préfecture d'Arras me fut destinée. Une négociation avec le préfet qu'on voulait remplacer et qui mettait des conditions à sa retraite, n'était pas encore terminée, lorsque le débarquement de Bonaparte à Cannes changea la face des affaires. Les dispositions au moyen desquelles je devais être mis en possession de ma place prirent plus de temps qu'il ne lui en avait fallu pour venir de son exil reprendre possession du trône de France et renvoyer dans le leur ceux qui l'en avaient dépossédé. Bien entendu, le même événement me dépossédа de ma préfecture.

Retour en France de Napoléon et les cent jours. (20 mars 1815)

Une préfecture m'est offerte. Je la refuse.

Cependant Napoléon reconstituait son gouvernement. Alors il me fit offrir une préfecture par l'intermédiaire du duc de Vicence qu'il avait fait son ministre des affaires étrangères. Je refusai et je me décidai à aller en Suisse avec ma femme chercher le calme et l'air de la liberté qui avait de nouveau fui de la France, et voir passer l'orage dont cet immense évènement menaçait de nouveau le monde.

Seconde Restauration.

Ce fut là que j'appris la catastrophe de Waterloo, la chute et l'exil de Bonaparte à Sainte-Hélène, et la seconde restauration des Bourbons. Ce fut là aussi que j'appris par la *Gazette de Lauzanne* ma nomination à la préfecture du Lot.

Je suis nommé préfet du Lot.

Considérations politiques.

Ce souvenir d'un absent me causa une grande surprise et fit naître en moi de sérieuses réflexions. Quel contraste en effet entre la France de la première restauration et la France de la seconde! La révolution, qui avait rétabli le roi en 1814, bien qu'opérée par l'invasion des étrangers, n'avait eu rien que d'honorable pour le pays: la population avait gardé une noble attitude: l'armée, quoique forcée de céder au nombre, avait encore eu les honneurs de la gloire dans cette dernière lutte: les vainqueurs avaient tempéré la mortification que le peuple français éprouvait de la conquête, par une générosité sans exemple: la lassitude était universelle dans la nation et même dans l'armée de ce terrible génie qui avait fait payer si cher à l'une la grandeur d'un moment, et à l'autre la gloire immortelle qu'il leur avait acquise. Le roi apparaissait alors avec l'appui de sa légitimité, avec ses dispositions pacifiques, mais bien plus fort encore par le gage inestimable qu'il apportait aux Français de ses lumières et de la liberté sage qu'il leur destinait. Rien enfin n'était perdu pour l'honneur et il y avait tout à espérer pour le bonheur de l'avenir.

Maintenant, quel changement de scène! La France était de nouveau envahie par les étrangers qui, cette fois, en usaient comme d'une proie. Ils ne semblaient lui rendre les Bourbons que pour se venger d'elle et la punir, tant ce don était accompagné de leur part d'humiliations, d'oppression, de charges exorbitantes dont ils forçaient le roi lui-même à être le répartiteur.

Cette terrible crise avait mis en dehors tous les sentiments secrets, toutes les récriminations, toutes les ambitions rivales; elle avait divisé la France en deux partis qui ne pouvaient plus se rapprocher que pour se combattre; la confiance même dans le gouvernement du roi était perdue chez le plus grand nombre; les uns, accusant sa faiblesse et son impéritie, se demandaient comment il pourrait se maintenir et protéger le pays dans une position devenue si difficile, quand, dans des circonstances toutes favorables, il n'avait su ni se soutenir, ni honorer sa chute; quand tout avait fui à la seule apparition d'un revenant, sans oser même l'attendre, sans oser le regarder en face. D'autres, plus animés, contestaient sa bonne foi, ne voyant dans l'apparente concession de la charte qu'un mensonge intéressé, inspiré par le besoin du moment; les partisans mêmes les plus sincères des Bourbons, dont le jugement n'était pas égaré par la passion, étaient effrayés par des témoignages de l'histoire qui n'offre point d'exemples de restaurations durables; et, par cette réflexion si simple qui se présente aux moins clairvoyants, que rien n'ébranle comme les chutes, et qu'une dynastie qui, deux fois, s'était laissée tomber du trône, pourrait bien n'avoir pas la force de s'y maintenir une troisième.

Cependant, après ce qui s'était passé, le repos de la France, celui même de l'Europe, était attaché à l'existence politique des Bourbons; toutes les légitimités étaient engagées dans leur cause; toutes les couronnes étaient devenues solidaires de la leur; enfin tous les principes d'ordre, toutes les existences sociales, menacées par la dernière irruption de l'anarchie militaire et de l'anarchie populaire coalisées, devaient, dans l'intérêt de la sûreté commune, se liguer pour les soutenir et les consolider.

Il y avait certainement encore une grande puissance dans un tel accord, s'il était bien entendu. La lassitude générale, après tant d'agitations, lui donnait une nouvelle force; ceux qui pouvaient vouloir encore des troubles, dans l'intérêt de leurs passions et de leurs vengeances, étaient contenus par la surveillance des armées alliées et par le parti royaliste, qui, avec de la sagesse, avec une direction conforme aux intérêts nationaux, en faisant, pour se réhabiliter, l'opposé de ce qu'il avait si bien fait pour se perdre, serait redevenu le parti national, puisque la nation voulait la monarchie avec les Bourbons, mais aussi avec la liberté.

D'ailleurs le roi avait solennellement avoué les fautes de son gouvernement, ce qui supposait qu'il les avait reconnues et qu'il était résolu de les éviter à l'avenir. On pouvait donc se flatter (si toutefois on peut se flatter que l'expérience profite aux princes), qu'averti par la sévère leçon qu'il venait de recevoir, lui et sa famille s'étudieraient à en profiter et à se rattacher à elle. Or, pour l'avoir toute à lui, le roi avait encore un moyen sûr, mais unique, c'était de lui prouver qu'il était tout à elle.

Toutefois, après ce qui s'était passé, il ne fallait plus s'attendre à faire admettre comme preuve des promesses, des protestations d'amour pour le peuple, protestations qui, de la part des rois, ne signifient guère autre chose que leur amour d'eux-mêmes et de leurs couronnes. Il les faisait solennelles, irrécusables, surtout sincères, et cette sincérité devait se montrer en reniant hautement et sans retour les habitudes abusives de l'ancienne monarchie, incompatibles avec l'ordre de choses nouveau, en abjurant toute idée de faire renaître ce qui était mort à jamais, en identifiant ses pensées, ses intérêts, son existence, son avenir avec les pensées, les intérêts, l'existence et l'avenir de la France, en opérant d'une manière franche et indissoluble l'union de la légitimité et de la charte...

Et quand j'ai dit que le roi devait s'identifier pleinement avec la France, il fallait entendre par la France non pas une partie de la population française, non pas telle ou telle classe, tel ou tel parti, pensant de telle ou telle manière, car alors le roi n'eût été que le roi d'une classe, le roi d'une opinion, ce qui supposerait un autre parti, d'autres classes, d'autres portions de Français qu'il n'aurait pas voulu reconnaître ou dont il n'aurait pas été reconnu ; mais il fallait entendre la France entière, telle que les événements l'avaient faite, avec ses idées, ses habitudes, ses besoins présents. Il ne s'agissait plus de ce qui s'était passé, ni de savoir si elle était telle qu'il eût été désirable qu'elle fût, si elle pensait comme il eût convenu qu'elle pensât ; le roi n'avait pas à régner sur la France d'un autre temps, mais sur la France actuelle. Il fallait donc la voir et la prendre telle qu'elle était, puisqu'elle ne pouvait être autre, sauf à la rendre avec le temps ce qu'elle avait été, ce qu'elle peut et doit être, glorieuse, puissante, influente et respectée.

Je ne me dissimulais pas combien les fonctions de préfet étaient devenues délicates; mais, plein du désir de contribuer à une noble entreprise, je me décidai à accepter la place qui m'y associait, et je m'acheminai vers le département dont l'administration m'était confiée, la tête et le cœur pleins d'ardeur, pleins d'espérances, en véritable chevalier du devoir, et peut-être trop disposé, pour ma sûreté, à en chercher les honorables, mais périlleuses aventures.

Et en effet, jamais homme, j'ose le dire, n'avait été plus profondément pénétré du sentiment de ses devoirs, plus fermement résolu à se dévouer tout entier avec une abnégation de soi qui allait jusqu'à l'innocence, aux intérêts du pays et du prince, à apporter dans l'accomplissement de ses fonctions une ferveur plus consciencieuse, plus dégagée de toute ambition personnelle. Je ne rêvais que le bonheur des peuples confiés à mes soins : je jouissais, par avance, de l'amour, du dévouement, de la confiance que je me promettais de conquérir au roi par la droiture de mon zèle, par une ferme et impartiale distribution de la justice, par un emploi de mon autorité toujours conforme à la loi, à l'équité, à l'intérêt du roi et de mon département ; enfin, dans mon ardeur du bien, je me faisais le fondateur réel de la Salante imaginaire, ne me proposant rien moins, dans la simplicité de mon âme, que d'amener les partis à déposer leurs fureurs au pied du trône, de les rattacher au bien commun du roi et du pays pas l'ascendant du désintéressement, de la raison et du dévouement. Avec de telles dispositions, je n'avais rien à dissimuler; je résolus donc de les publier hautement, et de me montrer à mes administrés tel que j'étais.

Mais comme personne n'ignore aujourd'hui que le plus grand bien du peuple est l'enseigne banale du pouvoir, et que, pour l'autorité, promettre n'est presque jamais s'engager, je voulus prouver qu'il y avait des exceptions à cette règle, et que tel je me montrais, tel j'étais en effet.

J'appelai donc franchement sur mon administration l'attention du public; je me présentai à découvert: je publiai mes principes et le système que j'avais résolu de suivre; j'invoquai sans crainte mes actes à venir en garantie de mes déclarations présentes; je voulus enfin ne laisser personne en doute de ce que, comme administrateur, j'attendais de chacun, et de ce que chacun avait à attendre de moi.

Je voyais tout à gagner à cette méthode; ma confiance devait naturellement appeler celle de mes administrés. En provoquant l'œil observateur du public, j'étais tenu à m'observer moi-même avec plus de vigilance, à me mettre plus en garde contre les séductions du pouvoir dont l'homme, même le plus fort, n'est pas toujours à l'abri; j'étais moins exposé à faire des fautes, étant plus aidé et mieux averti, et celles que je pourrais faire devaient être par là même plus réparables; je simplifiais beaucoup ma tâche, car j'étais dispensé de feindre, préférant d'ailleurs par caractère cette franche allure à cette prétendue habileté qui n'agit que par ruses, où souvent elle se perd et où le succès même honore rarement, et surtout parce qu'elle me paraissait plus favorable à la considération et au bien de mon administration.

Ce fut dans c s sentiments que j'écrivis la circulaire par laquelle j'annonçais aux habitants du Lot ma prise de possession. Je la transcris ici comme ma profession de foi administrative.

CIRCULAIRE.

« *Cahors, le* 20 *septembre* 1815.

» Messieurs,

» Le roi, en daignant me charger de l'administration de ce département, m'a donné une marque de confiance dont j'apprécie tout l'honneur, et m'a imposé des devoirs dont je sens toute l'étendue. Ces devoirs sont d'autant plus imposants pour moi, que le nom que je porte a reçu dans les mêmes fonctions une illustration difficile à soutenir. Toutefois, si un ardent amour du bien, si un dévouement sans borne peuvent produire quelques bons résultats, j'ose ne pas désespérer de moi, et mon nom laissera peut-être, dans la mémoire des habitants du Lot, quelques souvenirs honorables.

» Ce département s'est distingué entre tous par ce qui est le plus fait pour être distingué, par un excellent esprit, par son zèle pour la cause royale, et par son attitude calme et pleine de sagesse au milieu de tant d'effervescence. Quand un préfet est assez heureux pour trouver dans ses administrés de tels éléments, et dans les fonctionnaires d'aussi dignes secours que ceux qui me sont annoncés, il est difficile de ne pas compter sur quelque bien.

» Agissons donc tous ensemble d'un commun accord pour le bien commun; restons unis dans les mêmes principes; marchons dans les mêmes voies; tremblons à la seule idée de nouvelles divisions, en nous rappelant les malheurs des peuples qui, ayant méconnu l'autorité légitime, seul lien et seule garantie de tous les intérêts, se divisent en autant de parties, et deviennent autant de proies qu'il y a d'ambitions.

» La cause du mal est passée ; mais il est de la nature du mal de survivre à sa cause ; des plaies si profondes sont lentes à guérir ; cependant que de réparations dès le début ! Sans doute nous avons encore à souffrir ; mais où il y avait tant de mal et si peu de ressources, accuser le gouvernement de n'avoir pas plus fait, ce serait calomnier la nature même du bien qui est de se reproduire lentement,

» Qui donc pourrait se refuser à de si douces espérances ou regretter un passé que l'histoire signalera comme l'époque de la plus outrageante oppression. S'il est encore de ces mécontents opiniâtres, que peut-on en penser si ce n'est que l'ordre n'est pas si favorable à leurs vues que la licence, ou que la liberté publique ne vaut pas pour eux la part de tyrannie qu'ils exerçaient ? De tels hommes et de tels regrets sont peu faits pour intéresser. Il est des pertes plus sensibles, il est des situations plus touchantes sur lesquelles il faut pourtant s'endurcir et prendre franchement son parti puisque le bien de l'État l'exige. Déposons donc tous ensemble les douloureux souvenirs aux pieds du trône redevenu enfin l'autel de la patrie ; ne disputons point au passé nos erreurs ; laissons-lui le mal irréparable, n'en retenons que les leçons salutaires, propres à nous diriger dans un meilleur avenir, et employons à réparer nos pertes le temps que nous perdrions à nous en plaindre.

» Quant à moi, Messieurs, tant que ce département sera confié à mes soins, son bonheur sera le but de toutes mes pensées. J'aime à en prendre l'engagement public, sans m'en dissimuler l'étendue. Je ne suis plus à moi, mais à vous ; c'est pour vous, non pour moi, que j'ai reçu cette place ; non pour mon bien, mais pour le vôtre, ou plutôt pour m'en composer un inestimable de celui que je pourrai vous faire : là sont en effet mon ambition, ma gloire, mes honneurs, mes récompenses. Heureux d'avoir à dater mon administration de cette époque mémorable, où les instructions du prince à ses délégués sont toutes dictées par la bienfaisance et l'amour du bien.

» Un préfet ne vient plus aujourd'hui précédé par la terreur, armé d'ordres sanguinaires, investi de pouvoirs illimités pour le mal ; il vient comme l'appui du peuple auprès du prince, porteur de bienfaits, de consolations, d'espérances. Sa règle lui est tracée dans la charte constitutionnelle, donnée par une libéralité vraiment royale, non pour être prostituée aux passions des agitateurs, comme toutes celles qui ont été données par les factions, mais pour fixer les droits de l'autorité et ceux des sujets et servir de ralliement à tous les intérêts.

» Le roi veut qu'un préfet, secondant ses vues paternelles, fasse respecter et exécuter les lois ; qu'il maintienne la sûreté de toutes les propriétés, l'ordre et la tranquillité par tous les moyens qui lui sont confiés, contre toutes les conspirations de l'intérêt personnel. Il veut qu'un préfet fasse connaître tous les besoins, tous les maux à réparer, tous les biens à faire ; qu'il sache discerner les bons des méchants pour que chacun soit traité selon ses mérites. Il veut qu'une sage impartialité dirige toutes ses décisions, que toutes les dénominations qui rappellent les divisions et les partis disparaissent pour ne plus voir dans la nation que des Français unis de cœur et d'action pour le roi et pour la France, dont les intérêts ne sont qu'une seule et même chose. Il veut enfin que, cuirassé du sentiment de ses devoirs, inébranlable au poste qui lui est confié, inaccessible à tout esprit de parti, comme à tout intérêt qui ne serait pas celui de l'État, il ait pour le bien toute l'énergie qu'on a eu pour le mal, et qu'il compose sa conduite sur ce principe fondamental de toute bonne administration, qu'il faut de la force à la justice comme de la justice à la force.

» J'ai voulu, Messieurs, en arrivant parmi vous, signaler les principes sur lesquels je prétends diriger mon administration, afin que tout le monde sache la route qu'on a à suivre et celle que je me suis tracée ; ce que j'attends de chacun, et ce que chacun a à attendre de moi. Je ne sens que trop l'insuffisance de mes forces pour d'aussi grands devoirs ; mais, ce dont je puis répondre, c'est qu'elles y seront toutes employées, et que le roi et le département auront en moi, sinon un serviteur suffisamment capable, du moins un serviteur zélé.

Instructions à mes sous-préfets.

Ce fut le texte de mes instructions aux autorités locales. Je les intimai de manière à ce que chacun comprît que j'entendais qu'on s'y conformât.

Je mandai mes sous-préfets : tous deux étaient jeunes ; j'en augurai bien : la jeunesse est susceptible de généreux élans, de courage, et rarement elle est dominée par des habitudes et par de lâches considérations. Ils offraient l'un et l'autre toutes les garanties que le gouvernement pouvait souhaiter. L'un, M. le comte de Campagne, sous-préfet à Figeac depuis plusieurs années, avait été se ranger sous les ordres de Mgr le duc d'Angoulême lors de la rébellion des cent jours ; l'autre, M. Courpon, qui venait d'être nommé à Gourdon, avait suivi le roi à Gand et y avait fait preuve de zèle. Je leur exposai nettement mes vues d'administration : gagner les cœurs et les respects au gouvernement du roi, encourager ses amis, réconcilier tout ce qui pouvait l'être, réduire les ennemis à l'impuissance, c'était là le sommaire des devoirs. Les moyens étaient : marche franche dans les voies constitutionnelles, légalité dans tous les actes de l'administration : justice à tous, discernement, fermeté, impartialité. Je leur signifiai que telle étant ma règle de conduite, telle devait être la leur : que, résolu d'honorer mon administration, je les appelais au partage de l'honneur que j'en espérais, mais aussi au partage des efforts, des traverses et même des dangers auxquels doit s'attendre tout homme public qui, fidèle au devoir, refuse de le sacrifier aux prétentions des partis : ils me le promirent et tinrent parole. De mon côté, je leur promis appui, solidarité d'intérêts, amitié, et plus tard ils eurent occasion de se convaincre qu'ils n'avaient pas affaire à un ingrat ni à un lâche complaisant du pouvoir.

Nature du pays.

Il est peu de pays qui offrent un aspect en général aussi triste, aussi âpre, aussi pauvre que le département du Lot. Le sol sec, rocailleux, inégal, semble manquer de terre tant la roche nue en perce presque partout la surface. Le pays, sillonné en tous sens par des ravins profonds et singulièrement multipliés, présente une agglomération d'aspérités plus ou moins escarpées, plus ou moins arides, rapprochées par leurs bases, mais toujours sans grandeur, en sorte qu'on peut dire de ce pays, tout composé d'éminences et d'enfoncements, qu'il n'a ni montagnes ni vallées. La partie du département qu'arrose la Dordogne et quelques-unes de celles que baigne le Lot, font d'heureuses exceptions à cette vérité générale.

Non, je n'oublierai jamais l'impression de profonde tristesse dont je fus saisi à l'aspect de misère, de malpropreté dans les habitations et dans les hommes; à cet idiôme inintelligible et barbare, à la vue de ces aridités rebutantes qui devenaient ma patrie adoptive. Je venais de quitter les rives enchantées du lac de Genève, ce théâtre admirable où la nature la plus variée en magnificences et en charmes, où la propreté la plus séduisante, l'ordre le plus parfait de chaque chose, l'industrie la plus prospère, où le bonheur général composent le plus ravissant spectacle dont il soit donné à l'homme de jouir. Je fus frappé de ce contraste jusqu'aux larmes.

État de la civilisation dans ce pays.

A cette époque, la civilisation était étrangement arriérée dans ce département: les hommes, âpres, incultes, participaient de la nature du sol et du climat. Il n'y existait point de grandes fortunes; l'aisance même y était rare; la misère générale. L'ignorance y était extrême, l'industrie nulle. De là une grande oisiveté dans la partie de la population qui n'était pas nécessairement vouée au travail, et, dans le reste, des habitudes de mendicité et de vagabondage.

Toutes ces circonstances combinées avec l'influence de la température méridionale expliquent en grande partie les désordres et l'immoralité qui y régnaient.

Ces dispositions, bien que générales, se modifiaient selon certaines circonstances locales.

Des trois arrondissements qui composent le département du Lot, celui de Cahors était le moins arriéré: les relations que lui donnaient, d'une part la grande route de Paris à Toulouse, et de l'autre la navigation ouverte pendant quelques mois avec Bordeaux par le Lot, procuraient à cet arrondissement des occupations plus actives, plus de rapports sociaux, plus de ressources.

Les arrondissements de Gourdon et de Figeac, tout-à-fait à l'écart, sans communications, présentaient une population qui dépassait peut-être en rudesse tout ce que le reste de la France fournit en ce genre: celle d'une partie de l'arrondissement de Figeac surtout, se faisait remarquer par un caractère heureusement rare, s'il n'est unique.

C'est en effet un phénomène digne de l'attention de l'administration supérieure, qu'au centre de la France, au milieu de sa haute civilisation, il se trouvait des pays qui, bien que régis par les mêmes institutions, par les mêmes lois, par le même système d'administration, par les mêmes influences religieuses, restaient aussi extraordinairement étrangers à ses lumières, à son industrie, à ses arts, à ses habitudes sociales, et dont quelques parties tenaient encore de si près à l'état sauvage. La première partie de cette remarque s'appliquait à la totalité du département du Lot; la seconde plus particulièrement à l'arrondissement de Figeac.

Ce qu'on dit du caractère des peuples de la Corse était vrai de ceux de cet arrondissement: c'était la même indépendance rude et audacieuse. Irritables à l'excès, leurs haines étaient implacables; leurs vengeances cruelles, infatigables. L'incendie et le meurtre étaient leurs moyens familiers, presque toujours accompagnés d'une grande recherche d'atrocités. Une offense, même légère, ou une justice qui les atteignait, restait rarement impunies : un coup de fusil ou de couteau leur en faisait raison. Et ce caractère féroce n'appartenait pas seulement aux classes inférieures, il se retrouvait dans toutes. Il est arrivé sous mon administration que trois jeunes gens de bonne famille, dont le père était maire, ayant eu quelques démêlés avec un gentilhomme, maire aussi d'une commune voisine de celle qu'ils habitaient, s'y rendirent un jour de foire, attendirent dans une auberge le moment où le maire devait en faire la visite, et l'assaillirent publiquement à coups de couteaux.

Voici quelques faits relevés des registres des tribunaux et de l'administration, qui donneront à cet égard une idée plus exacte que tout ce qu'on pourrait dire.

Un huissier de juge de paix, celui du canton de Gorses, a fait 1,400 significations dans une seule année.

Sur vingt-sept individus qui ont subi la peine capitale, dans l'espace de deux années (l'an IX et l'an X), vingt-trois appartenaient à un seul canton.

Enfin, dans le mois de mai 1816, il m'a été fait l'effrayant rapport de dix crimes capitaux, et il était rare que chaque mois n'en présentât plusieurs.

Tel était l'état où je trouvai le département du Lot.

Quelques vues administratives à opposer aux habitudes de licence et d'immoralité.

On comprend aisément qu'avec une telle population, l'ordre public soit souvent troublé par des rixes qui sont presque toujours sanglantes. Les moyens que l'administration pouvait opposer à ces habitudes invétérées de licence sauvage étaient de beaucoup insuffisants. On ne pouvait espérer en imposer à de tels caractères que par le développement rapide et énergique d'une force redoutable et d'une police active qui n'existaient pas.

Voici, en sommaire, les moyens que je demandais au gouvernement, et ceux qui, dépendant de mon autorité, furent employés :

Doublement de la gendarmerie.

1° Le doublement de la gendarmerie, ce qui ne faisait, à quelques hommes près, que la porter à son grand complet; lequel devait être de 114 hommes, réduits de fait à 66. — Avec ce renfort, on devait distribuer de nouvelles brigades dans les localités le plus à surveiller, et qui, par leur nature, offraient aux délinquants des facilités nombreuses d'échapper aux poursuites;

Établissement d'un commissaire de police par canton.

2° Je demandais, en attendant une organisation nouvelle et indispensable, de l'administration municipale, l'établissement dans les cantons les plus exposés, d'un commissaire de police avec les mêmes attributions que ceux institués dans les villes. Je présentais des motifs qui me semblaient sans réplique. Pourquoi a-t-on donné aux villes des commissaires de police? Parce que les délits y étant plus multipliés et plus menaçants pour l'ordre public, on a jugé nécessaire de donner cet auxiliaire à l'autorité et ce nouveau gage de sécurité à la société.

Si les mêmes motifs et de plus graves encore existent dans certains arrondissements ruraux, les mêmes secours doivent leur être donnés, parce qu'ils ont droit à la même protection, et avec d'autant plus de raison, que les hommes et les habitations étant plus disséminés offrent à la population moins de moyens d'assistance mutuelle, et par conséquent au crime plus de facilité de les atteindre.

Cependant, toute la police des campagnes, toute la direction de l'esprit public y sont abandonnés à des maires et à des adjoints, pour la plupart ignorants, sans éducation, souvent même malintentionnés, et bien plus disposés à prendre en considération les désagréments personnels, les animosités, les vengeances qu'ils craignent d'attirer sur eux par la révélation ou la poursuite des délits, que les conséquences qui résultent de leur impunité pour l'ordre général et le bien de l'État.

On conçoit, en effet, qu'avec de tels éléments d'administration et de tels administrés, il doit être difficile de trouver des maires d'un certain ordre; aussi, ceux qui en acceptaient les fonctions, le faisaient-ils avec la réserve mentale de ne rien révéler, de ne rien punir.

Il n'y avait donc rien à attendre sous ce rapport de l'administration communale.

La mesure proposée avait l'avantage d'établir sur tous les points des hommes à l'autorité, investis de sa confiance, lui offrant des garanties capables de donner une direction aux autorités rurales chargées d'assurer la connaissance et la poursuite immédiate des délits. Ces fonctionnaires étant placés ainsi en observation sur tous, chacun se serait senti obligé à une plus grande surveillance de soi-même; enfin, en pourvoyant à beaucoup de besoins, cette mesure suppléait à beaucoup d'insuffisance.

Comme ces agents devaient être salariés, ils eussent été sujets à une responsabilité qu'on ne peut exiger que fictivement d'hommes qui n'ont que des fonctions gratuites, qui ne leur offrent que des dangers sans honneur, et auxquels on ne peut imposer d'autres punitions de leurs négligences ou de leurs fautes, que celle de leur révocation, après laquelle le plus souvent ils soupirent; enfin, l'autorité, réduite presque toujours à la ressource misérable, et le plus souvent trompeuse, d'un honteux espionnage, se donnerait des moyens plus sûrs, qu'elle pourrait avouer et qu'avouerait la légalité.

Je proposais de pourvoir à leur traitement, sans obérer l'État ni le pays, en le prélevant :

1° Sur le produit des amendes de police ; — 2° Sur celui des ports d'armes et des passeports.

Exécution des criminels aux lieux où les crimes ont été commis.

Je proposais encore d'ordonner que les jugements criminels fussent exécutés sur les lieux mêmes où ont été commis les délits, moyen dont la disposition est bien laissée à l'arbitre des cours d'assises, mais dont elles usent trop peu, et cependant le plus sûr pour imprimer, surtout aux habitants des campagnes, cette terreur salutaire, principal but de l'institution des peines. Or, ce but est manqué doublement par l'exécution des criminels sur les places des grandes villes, d'abord parce que la vue habituelle des supplices en rend l'effet familier, par conséquent nul sur la populace, qui s'en fait bien plus un spectacle qu'une leçon; et parce que, pour le peuple des campagnes qui a été témoin du crime, la punition tardive qu'il ne voit pas, qui souvent même lui reste inconnue, n'est guère que l'équivalent de l'impunité.

Je sais bien qu'on allègue une augmentation de frais de justice; mais je sais aussi que l'institution des peines a moins eu pour objet une spéculation économique que celui d'intimider le crime et conséquemment d'en diminuer le nombre.

Les désordres publics résultaient naturellement des réunions nombreuses du peuple et des occasions offertes à l'oisiveté. Il importait donc d'en diminuer les causes le plus possible.

Réduction du nombre des foires.

Le grand nombre des foires en était une principale; j'insistais pour qu'elles fussent réduites au nombre qu'exige réellement l'intérêt du commerce, ce qui en suppose peu : il est évident qu'en les multipliant, elles se nuisent, elles ne sont plus des réunions qui ont pour objet les affaires, mais des occasions de dépenses ruineuses et de pertes de temps plus ruineuses encore; d'ivresses, de rixes et de désordres.

Ces observations, particulièrement applicables à ce pays, le sont du plus ou moins à toute la France.

Exécution du concordat relativement aux fêtes

Le concordat avait rendu un important service à l'agriculture, à l'industrie, à l'ordre public, à la morale et par suite à la religion, en supprimant un grand nombre de fêtes qui avaient les mêmes inconvénients que les foires, ces autres fêtes de l'oisiveté populaire; mais les ministres du culte en jugeant autrement, ou trouvant à leur conservation des motifs d'un intérêt plus direct que ceux qui avaient déterminé le gouvernement à en demander et le chef de l'Église à en prononcer la suppression, ont continué à les célébrer, et ont entretenu ainsi le peuple dans l'habitude de les chômer.

Je remontrais au gouvernement l'importance d'exiger à ce sujet l'accomplissement du concordat; mais, en France, le clergé est totalement indépendant de l'autorité civile, et il se plaît à le montrer. Ce n'est pas la seule fois que j'ai eu occasion de reconnaître combien cette indépendance absolue est abusive.

On loua mon zèle, on applaudit à mes vues, on m'engagea d'une manière pressante à ramener cette population à la morale et à l'ordre ; ce fut tout ce que j'obtins.

Le gouvernement français a cela de commun avec tous les gouvernements du monde, qu'il veut bien la fin qui lui convient; mais il a cela de particulier, qu'il se borne à en exprimer la volonté, sans en donner les moyens à l'administration. J'ai été cent fois dans le cas de faire cette remarque. Il l'accable de questions, d'instructions, d'injonctions de toute espèce; il veut savoir jusqu'au nombre d'œufs et de salades que la population consomme. Un étranger qui jugerait de l'administration française par ce qui s'écrit, serait émerveillé de cette prodigieuse activité; mais les grands résultats manquent précisément parce que les détails surabondent : il n'y a point de voie tracée, certaine, commune à tous pour se diriger vers le grand but du bien du pays, objet de toute administration. Comme il n'y a de stabilité ni dans les systèmes, ni dans les plans, ni dans les lois, ni dans la politique, chacun gérant pour le temps de son passage, selon la convenance du jour ou du parti qui domine, les moyens qui devraient être largement répartis pour accomplir l'administration réelle du pays, sont prodigués aux intérêts du moment; le devoir se fait en écritures, et le vrai zèle se perd en inutiles représentations et en impuissants désirs du bien.

J'avais fait connaître le mal au gouvernement et les remèdes qui ne pouvaient venir que de lui. Ce premier devoir rempli, je m'attachai à faire l'application de ceux qui dépendaient de moi.

On avait réorganisé dans toute la France les gardes nationales, institution admirable qui, réalisée selon son principe, peut être pour le pays une source inépuisable de force en temps de paix, pour protéger la tranquillité intérieure et dispenser l'État de l'entretien d'une grande partie des troupes soldées; en temps de guerre, pour laisser libre et entière la disposition de celles-ci contre l'ennemi extérieur; en tout temps, pour former les citoyens à devenir soldats et les soldats à rester citoyens. Réorganisation des gardes nationales.

Alors on était dans toute la ferveur d'un premier enthousiasme; le moment était favorable pour lui donner une utile direction: j'en tirai en effet un très bon parti pour en imposer aux malintentionnés qui, sur différents points, cherchaient à agiter la population; contre quelques partis de l'armée de la Loire récemment licenciée, qui montraient à leur passage des dispositions menaçantes, et aussi pour assurer les routes contre des brigands qui commençaient à les infester.

Le zèle fut tel que le lieutenant-général commandant la division ayant eu des craintes assez sérieuses de révolte de la part des troupes qui tenaient garnison à Agen, pour se croire obligé de demander aux préfets des départements composant sa division tous les secours en hommes dévoués dont ils pourraient disposer, deux mille hommes s'offrirent à marcher partout où leur assistance serait jugée utile.

Mais ce zèle qui exige le sacrifice de tant d'intérêts ne peut se soutenir longtemps; c'est un feu vif de patriotisme et d'enthousiasme qui, saisi et employé à propos, peut être éminemment utile; toutefois il doit être ménagé.

Garde nationale à cheval et compagnies d'élite cantonales.

Il fallait d'autres ressources pour les besoins habituels; je les trouvai dans la formation de gardes nationales à cheval et dans la composition de compagnies d'élite cantonales à pied. J'y appelai le choix des propriétaires des villes et des campagnes, comme étant plus spécialement intéressés au maintien de l'ordre public et à l'honneur du pays. Quelques personnages influents donnèrent l'exemple; ils parurent montés et équipés brillamment; cette nouveauté qui flattait l'amour-propre attira la jeunesse, et bientôt le corps se trouva fort de plus de 250 cavaliers, résultat superbe et inespéré dans un département où les fourrages et les chevaux sont très rares et où la médiocrité des fortunes permet peu de sacrifices.

Cette troupe a été employée utilement à un service de police locale, au maintien du bon ordre dans les communes rurales où des apparitions inattendues annonçaient une surveillance toujours active qui en imposait aux malintentionnés et donnait un appui encourageant à l'autorité; on a dû à cette garde plusieurs arrestations importantes et des services réels.

Mes idées sur le désarmement.

Dans les circonstances où l'on était alors, et dans un pays où il se fait un si terrible abus des armes, un désarmement parut à plusieurs une mesure nécessaire. Après en avoir balancé l'avantage et le danger, je m'y refusai. Il fallait que le désarmement fût général ou seulement partiel; dans le premier cas, comment priver de leurs armes une quantité de propriétaires honorables, habitant des campagnes isolées, exposées, qui d'ailleurs eussent été offensés avec raison d'une mesure qui les confondait avec des hommes justement suspects. Dans l'autre cas, comment préciser avec équité ceux qui devraient être désarmés? Comment prendre sur soi de désigner publiquement une partie de la population à la défiance de l'autre? Je me bornai à prescrire aux maires de chaque commune d'exiger de chaque individu une déclaration signée des armes qu'il avait en sa possession : les armuriers furent assujétis à tenir un registre de toutes les armes qu'ils débitaient avec les dates des ventes et les noms des acheteurs. Je sentais l'insuffisance de ces moyens; mais de plus rigoureux, sans être beaucoup plus efficaces, auraient excité d'innombrables réclamations; il aurait fallu en venir à des perquisitions domiciliaires, mesure toujours odieuse, toujours nuisible quand elle n'est pas indispensable, et qui tourne au détriment de l'autorité quand elle ne produit pas des résultats positifs et complets.

Je me bornai donc à m'assurer quels étaient les hommes dangereux et signalés comme tels, soit par des actes, soit par la voix publique. Je les faisais désarmer individuellement, sans éclat, sans opposition, et toujours à la satisfaction de la population paisible qui se voyait protégée et délivrée d'un sujet de craintes qu'elle n'eût pas osé manifester.

J'eus lieu de m'applaudir de cette méthode, surtout en apprenant l'exaspération générale et qui pensa avoir des suites funestes, qu'excita un désarmement effectué dans un département voisin (Montauban).

La loi du 29 octobre 1815 avait donné aux préfets une immense extension de pouvoirs; elle les autorisait à faire arrêter arbitrairement, à déporter hors du département quiconque leur paraîtrait dangereux. J'en pris texte pour m'imposer une plus grande modération : la modération étant à mes yeux le vrai caractère de la force, puisqu'elle reste supérieure à toute passion comme à toute crainte. La faiblesse, au contraire, se laisse emporter; elle sévit par peur et par conséquent sans discernement. C'est ainsi que cette loi, dont on avait armé l'autorité pour le salut de l'État, est devenue l'arme des passions et la source des exaspérations dont nous voyons encore aujourd'hui le développement porté à un si haut point.

Comment j'usai de la loi du 29 octobre 1815.

La rigueur avec laquelle cette loi fut appliquée par d'autres préfets, amena plusieurs des exilés de leurs départements dans celui du Lot. Ceux qui n'avaient d'autre tort que celui de ne pas partager les exagérations du parti exclusif et qui méritaient des égards, trouvèrent en moi un protecteur. De ce nombre étaient les frères Champollion, tous deux savants distingués, dont le plus jeune, prématurément enlevé à la science, a laissé un nom illustre. Ils occupaient dignement la place de bibliothécaire de la bibliothèque de Grenoble : la persécution des temps les en dépossédа et les força de quitter le département.

Je voulus profiter de leur présence dans le mien et de leur savoir pour chercher à fixer une question historique intéressante et jusqu'alors sans solution, je veux dire le siége de l'antique Uxelludanum, dont plusieurs ville du Quercy réclamaient l'honneur. Je les accompagnai dans leurs recherches et nous crûmes en retrouver l'incontestable position dans la petite ville de Capdenac. En effet, nous reconnûmes, les commentaires à la main, dans la configuration minutieusement étudiée des lieux, une parfaite analogie avec la description qu'en fait César, et quelques débris d'antiquités qu'on trouva dans les fouilles que j'ordonnai, nous confirmèrent dans cette opinion. M. Champollion aîné fit à ce sujet une dissertation savante qu'il me dédia, et qui paraît lever toutes les incertitudes.

Cependant, puisque cette loi existait, je voulus qu'elle me servît : je montrai l'arme suspendue et prête à frapper quiconque se montrerait menaçant. Un seul individu mérita le châtiment : il le reçut; on vit que la modération n'arrêtait point la justice. Tout le reste fut contenu, et le département n'eut à souffrir ni des factieux, ni du pouvoir.

Cette conduite donna du relief à mon administration; mais elle me perdit dans une fraction de royalistes, qui ne voyaient dans une justice rendue au peuple, et dans une sage et utile modération, qu'une atteinte portée à leurs jouissances et une usurpation de leurs droits.

Il n'est pas au pouvoir de l'administration de corriger immédiatement cette rudesse de mœurs et de ramener une telle population à des habitudes plus sociables: on ne pouvait l'espérer que du temps et de l'emploi de moyens dont l'effet est nécessairement lent, et que, par cette raison même, il fallait se hâter d'appliquer. Ils consistaient à généraliser l'instruction relative dans le peuple, à familiariser les habitants des campagnes avec les idées et les sentiments de sociabilité et de patrie, en les initiant aux événements et aux intérêts qui la touchent; à se rendre plus difficile sur le choix des ministres du culte; à ouvrir des communications et des débouchés favorables aux connaissances utiles et à l'industrie, etc.

Instruction élémentaire.

Les écoles élémentaires d'enseignement mutuel, récemment introduites en France, donnaient de précieuses facilités pour y rendre l'instruction populaire, comme elle l'est devenue en Angleterre et dans les États-Unis d'Amérique. Le gouvernement français, selon ses différentes phases, l'a tour-à-tour encouragée et discréditée. Pour moi, qui ai toujours considéré l'instruction du peuple, sagement dirigée, comme un des plus puissants moyens de bien public et de force pour le gouvernement, j'ai constamment donné mon appui à la propagation de cette méthode.

Journal gratuit à l'usage des campagnes.

L'établissement d'un journal à l'usage des campagnes, dans chaque département, ne pourrait manquer d'avoir d'utiles résultats, si ce journal, rédigé sous la direction immédiate et sous la responsabilité du préfet, gratuitement distribué, retraçait au peuple les événements politiques qui honorent et intéressent la France, les principales dispositions des lois, les avantages des institutions constitutionnelles; s'il contenait des avis utiles sur les moyens d'améliorer l'agriculture, l'industrie, de faire valoir les ressources locales, etc., etc., et enfin des instructions sages, mises à la portée du peuple, et propres à ramener peu à peu les esprits au respect trop effacé de la religion, des lois, de l'autorité, à l'amour de nos institutions, de l'ordre, de la patrie, de la famille. L'ignorance absolue où on laisse les habitants des campagnes, des événements, des intérêts qui touchent le plus immédiatement la France, les rend en effet indifférents à tout sentiment de patrie et étrangers au gouvernement qui semble ne se souvenir d'eux que lorsqu'il a besoin de leur argent ou de leur sang. Ce n'est pas ainsi que l'on s'attache les peuples, qu'on fait des citoyens, que se forme l'esprit public.

Curés.

Les plus honorables, comme les plus touchantes fonctions de l'ordre social, sont celles de curé. Mais c'est quand un curé est ce qu'il doit être, sait ce qu'il doit savoir, agit comme il doit agir; c'est alors seulement qu'il inspire ce haut respect attaché à ce saint ministère, et qu'il peut conduire les hommes au devoir par l'ascendant que donnent la dignité de soi-même, la supériorité des lumières, l'exemple des vertus. Mais, il faut en convenir, il y a une immense distance entre ce que sont les curés en France et ce qu'ils devraient être.

C'est moins à eux qu'il faut s'en prendre qu'au gouvernement, qui ne fait rien pour les honorer et les relever aux yeux du peuple. La dignité, la considération, les lumières sont incompatibles avec l'état de privations, on pourrait dire de misère où il les laisse végéter.

Il est une règle d'administration certaine, mais généralement méconnue en France, qui s'applique à tous les fonctionnaires, grands et petits, aux curés comme aux maires, aux préfets comme aux gardes-champêtres; elle consiste à donner tout ce qu'il faut pour que les fonctions soient accomplies et à exiger de chacun tout ce qu'il doit; la condition est réciproque. Car de quel droit le gouvernement demanderait-il à un homme tout son temps, toutes ses peines, toute son existence, s'il ne lui donne en échange qu'une partie de ce qu'en vaut l'emploi? Il est évident qu'il ne recevra que dans la proportion de ce qu'il aura donné : il ne peut exiger ni espérer plus.

Ce qu'on doit exiger d'un curé, tel que je le conçois, c'est une éducation soignée qui lui inspire ce respect de soi-même, première condition pour obtenir le respect d'autrui; ce sont des lumières et une raison supérieure à celle des hommes qu'il est appelé à conduire, non-seulement dans les voies spirituelles, mais aussi dans la ligne des devoirs sociaux; c'est la pratique des vertus chrétiennes, non telles que les gouvernements les entendent, mais telles que l'Évangile les enseigne.

Le gouvernement doit donc commencer la réforme des peuples par la réforme de ceux qui sont chargés de les diriger. Pour être en droit d'exiger d'un curé tout ce que nous avons dit qu'il doit être, il doit rendre l'état de curé désirable et honorable, il doit le placer non-seulement au-dessus du besoin et hors de la dépendance avilissante de ses paroissiens, mais le mettre en état d'être leur bienfaiteur temporel et spirituel.

Dans l'ordre de choses actuel, au contraire, peu d'avantages étant attachés à cet état, il n'attire personne ou n'attire que les gens qui n'ont pas d'autres ressources: c'est en général celle des paysans qui ont plus d'enfants qu'ils n'en peuvent nourrir, et ils y poussent de préférence ceux qui sont les moins propres à les aider dans leurs travaux. Les curés, presque tous sortis de cette classe, ne s'en distinguent guères que par l'habit, et, comme les gouvernements cherchent surtout dans les prêtres des instruments de pouvoir, on leur demande moins un zèle éclairé qu'un zèle ardent. C'est ainsi qu'au lieu de missionnaires de la religion, des doctrines de paix et de tolérance de l'Évangile, on fait des missionnaires de parti. Ce ne sont pas ceux-là qui adouciront les mœurs et calmeront les passions.

Chemins.

Le nombre et l'état des chemins dans un pays sont les indicateurs les plus sûrs du degré de sa civilisation. En effet, les progrès de la civilisation résultant de l'extension des rapports de société, d'intérêts, d'industrie entre les hommes, les moyens qui peuvent les faciliter et les multiplier sont les plus propres à favoriser ces progrès. Cette analogie était frappante dans le département du Lot. Une seule route royale le traversait parce qu'il se trouvait heureusement sur le passage de Paris à Toulouse. Croirait-on qu'il n'y avait pas possibilité de communiquer par le roulage entre le chef-lieu du département et les chefs-lieux d'arrondissement! qu'il n'existait pour ainsi dire aucuns chemins vicinaux praticables entre les communes rurales? que, dans plusieurs directions, des routes importantes, anciennement achevées, sur les départements voisins, venaient se perdre et finir aux limites de celui-ci qui, sous ce rapport comme sous beaucoup d'autres, semblaient être celles de la civilisation.

Cependant ce n'était pas faute de nombreuses et puissantes protections que l'administration avait laissé ce département dans un tel dénûment; car, dans les exaltations de fortunes nouvelles et prodigieuses dont les derniers temps avaient multiplié les exemples, aucun n'en comptait autant et d'aussi colossales: les familles de Murat, de Bessières, celle à qui le maréchal Ney s'était allié et dont il s'était fait le chef, appartenaient à ce département. Quel parti n'eût pas tiré de tant de hautes influences une administration qui aurait su leur donner une direction favorable au bien du pays, honorable pour elles et qui les eût non-seulement justifiées, mais encore rendues chères à tous.

Elle aurait attiré l'industrie en ouvrant de nombreuses communications : un pont eût été jeté dès longtemps à Souillac, sur la Dordogne, qui n'offrait qu'un bac à une des communications les plus importantes de France. Ce pont à la vérité était projeté et même commencé depuis longtemps ; mais il était facile de reconnaître à la lenteur des travaux que la nécessité seule et non la protection l'avait fait entreprendre : il ne manque jamais de fonds pour les ouvrages de luxe qui peuvent flatter la vanité des hommes puissants. Ceux-là s'élèvent comme par enchantement ; il doit naturellement en résulter que ceux que le besoin seul commande se traînent.

Les deux pentes rapides et dangereuses qui servaient d'abords à ce passage de la Dordogne, et que les voitures de poste ne gravissaient qu'à l'aide de bœufs, eussent été rectifiées.

Le Lot eût été rendu navigable et aurait ouvert un débouché inappréciable aux vins précieux de ce département, aux mines de houille qu'il recèle sans aucun avantage. Que sais-je enfin ! Il eût fait tout ce qui peut faire d'un pays misérable un pays prospère, tout ce qui peut faire bénir l'administration et la fortune. Mais, au lieu de faire profiter ces hautes puissances au département, on ne mit de zèle qu'à faire profiter le département aux puissants, marche commune à tous les administrateurs qui ne songent qu'à faire profiter toutes choses à eux-mêmes. On rechercha tous les parents à tous les degrés d'infimité pour en peupler les administrations ; ils y apportèrent pour la plupart les inconvénients d'une éducation morale vicieuse, d'une éducation administrative nulle, une cupidité excitée par leur pauvreté originaire, par l'exemple et par la confiance qu'ils avaient et qu'on ne pouvait leur contester, d'être soutenus d'en haut dans leurs malversations, et de manière à se rendre dangereux à l'autorité quelle qu'elle fût qui aurait prétendu les réprimer. Au reste il ne fut que trop remarquable que l'autorité locale supérieure de cette époque ne s'exposa jamais à ce danger.

Je m'occupai avec ardeur des moyens de réparer l'inconcevable négligence de l'administration antérieure sur cet intérêt de première importance : le bien qui devait en résulter pour le pays stimulait vivement mon zèle, et cette manière grande et monumentale d'y appliquer le sceau de mon administration flattait mon amour-propre.

Je classai avec soin les communications les plus utiles à ouvrir, d'abord dans l'intérêt général du département, ensuite dans celui des villes et des principales communes rurales. Je visitai moi-même les lieux accompagné des sous-préfets, des ingénieurs, des hommes de chaque localité les plus capables de me bien diriger, ayant pour principe que l'autorité administrative doit, toutes les fois que faire se peut, se mettre personnellement en présence des hommes et des lieux, quand il s'agit de prendre une décision dans l'un ou l'autre de ces intérêts.

Ces données une fois arrêtées, je fis dresser conformément une carte routière du département; j'y joignis une notice raisonnée des avantages généraux et spéciaux que chacune de ces communications devait produire.

Je savais bien que j'aurais à lutter contre la ligue de l'ignorance, de la routine, de l'envie, éternelles ennemies des idées généreuses que, sous le nom d'innovations et d'idéologie, elles poursuivent de ridicule et de blâme; mal encore général en France et qui prouve le peu de progrès que le peuple a faits dans la connaissance de ses propres intérêts. Je n'en fus que plus résolu à surmonter les résistances. Il fallait vaincre le préjugé et suppléer à la nullité des moyens administratifs; cela n'était possible qu'en exaltant les têtes et en intéressant la population à ces travaux par quelque résultat prompt et d'une utilité palpable.

Route départementale de Gourdon.

Depuis quarante ans, une route départementale avait été projetée qui, partant de la route royale, ouvrait une communication importante et facile entre Cahors et Gourdon, et ensuite avec Sarlat et la Dordogne qui à ce point est navigable. Les avantages de cette route étaient inappréciables: elle avait été tracée et commencée, mais tous les efforts s'étaient bornés à en exécuter deux cents toises, et depuis elle avait été abandonnée.

J'annonçai la résolution de reprendre ces travaux. L'arrondissement et la ville de Gourdon le désiraient vivement: c'était en effet donner la vie à un pays mort. Je leur promis de faire mettre immédiatement la main à l'œuvre et d'activer les travaux de manière à leur en donner la jouissance dans le délai d'une année, s'ils m'aidaient franchement et vigoureusement à pousser à bout l'entreprise. Le sous-préfet entrait dans mes vues avec chaleur: il les seconda avec efficacité. On s'assura des habitants qui avaient de l'ascendant: leur intérêt et leur amour-propre furent habilement excités, et toute la population s'y associa avec une sorte d'enthousiasme quand elle vit que je confirmais mes promesses par l'exécution du tracé et par l'établissement immédiat d'ateliers nombreux aidés de tous les secours de l'art.

J'ai dit que tous les habitants du Lot, ardents, passionnés, se laissaient emporter facilement à des excès blâmables: c'est une partie de la vérité. Pour qu'elle soit entière, il faut ajouter qu'ils s'enflamment passionnément pour le bien. Mauvais ou bons, ils le sont à l'extrême; jamais modérément. Ennemis, ils sont redoutables parce que tous les moyens leur sont bons; amis, leur dévouement est capable de tout. J'ai moi-même été la preuve de cette vérité dans ce qu'elle a de condamnable comme dans ce qu'elle a d'honorable. Dans cette occasion leur zèle fut remarquable; car, sur de simples appels de prestations volontaires, on vit accourir jusqu'à 1,500 personnes à la fois avec tout ce que le pays pouvait fournir d'animaux de travail, s'employer non-seulement avec zèle, mais, ce qui est plus rare, avec un zèle soutenu.

Aussi, j'obtins de ce concours d'efforts des résultats dont je n'aurais pas osé me flatter; huit mois suffirent pour terminer la route jusqu'à Gourdon, sur une étendue de près de quatre lieues, sauf quelques perfectionnements d'ouvrages d'art. Il en coûta au département dix mille francs. Il fut pourvu au surplus de la dépense par une somme de vingt mille francs que j'obtins du ministère et par quelques fonds d'ateliers de charité. Le dévouement des habitants fit le reste.

Quête pour les grêlés.

Un affreux désastre qu'avait récemment éprouvé cette partie du département fut favorable à l'accomplissement de cette entreprise. Cinquante-deux communes avaient été ravagées de fond en comble par une grêle peut-être sans exemple.

Une foule de malheureux ruinés, sans ressources, sans pain, ne demandaient que du travail; je ne demandais qu'à leur en donner. J'occupai tous ceux qui se présentèrent moyennant douze sols par jour et j'usai de toute mon autorité pour contraindre à profiter de cette ressource tous ceux que l'oisiveté, la faim, ou des inclinations vicieuses pouvaient rendre dangereux. Ainsi je donnai à peu de frais une forte impulsion aux travaux. L'humanité fut soulagée et la sûreté publique garantie. Ce fut l'emploi des 20,000 francs que j'avais obtenus du ministère.

Ce n'était pas assez. Les malheurs qu'avait occasionnés le fléau exigeaient d'autres secours; mais où les trouver? Le département était sans moyens; le gouvernement obéré plus par les charges de la paix que par la guerre; les fortunes particulières, d'ailleurs rares et mesquines dans ce département, se ressentaient de la détresse générale; cependant je me décidai à faire un appel à la générosité publique; je cherchai à l'exciter par la persuasion, par l'amour-propre, par l'exemple. J'adressai à ce sujet une circulaire pressante aux fonctionnaires publics et aux habitants (n° 4 du Recueil des Actes). Cette circulaire était accompagnée d'un arrêté qui ordonnait la création d'un bureau de dames dans les trois chefs-lieux d'arrondissement, dans les villes et bourgs du département. Ces dames étaient appelées à faire la quête pour les grêlés; les maires, les adjoints et notables de chaque localité étaient formellement invités à les accompagner. Dans les communes rurales, ils devaient, conjointement avec MM. les curés, solliciter les secours. Le sous-préfet fut chargé de nommer une commission de bienfaisance composée de notables civils et ecclésiastiques;

ses fonctions furent d'acheter des grains et de les distribuer en nature aux habitants les plus nécessiteux des communes ravagées. Les noms des donateurs et la quotité des dons insérés au Recueil des Actes administratifs. Je me mis en tête pour 500 fr.

L'heureux accord de la charité et de l'honorable amour-propre des dames produisit des merveilles : on recueillit 19,623 fr., résultat énorme, eu égard au pays et aux circonstances. Il est vrai que, dans cette somme, il faut comprendre 5,000 fr. obtenus de la libéralité de Mgr le duc d'Angoulême.

État de la culture et de l'industrie.

Je vais donner sommairement une idée de l'état de la culture et de l'industrie dans le département du Lot à cette époque. Ce que j'ai déjà dit prouve assez que j'ai bien moins à parler de ce qui était que de ce qui manquait.

La culture y était telle qu'on pouvait l'attendre des éléments qui existent et du peu de soins que l'administration avait pris de l'améliorer. Les céréales qu'il produit sont le froment, le seigle et l'orge, l'avoine, le maïs, le blé noir. Les pratiques de la culture étaient conformes à l'état général d'ignorance. Les récoltes étaient loin de suffire à la consommation. Le déficit se comblait principalement par des importations venant des départements de la Gironde, de la Haute-Garonne, de Tarn-et-Garonne. Il est facile de comprendre combien la difficulté des communications rend les importations ruineuses. La nourriture du peuple se composait exclusivement de pâte faite avec du maïs et d'un pain grossier de méteil qu'il imprègne fortement d'ail. On peut dire que l'air en était infecté.

Les prairies naturelles et les pâturages y étaient rares à cause de la sécheresse générale du sol ; les prairies artificielles à peu près inconnues, quoique beaucoup de terres soient susceptibles de produire du sainfoin : il en résultait rareté de chevaux et de bétail.

La culture se faisait avec des bœufs : la seule industrie agricole consistait à engraisser des cochons qui se débitaient dans le midi de la France.

Les bois étaient d'une grande rareté dans la presque totalité du département. Ceux que possèdent les propriétaires étaient généralement livrés à leurs moutons. On peut juger de leur état.

Les sommités, qui jadis étaient peuplées de bois, avaient été défrichées par l'appât que présentait la culture de la vigne. Partout où elle pouvait être pratiquée, elle le fut. La terre, naturellement sèche sous ce soleil ardent, n'étant plus rafraîchie par l'ombrage des bois, ni retenue par leurs racines, fut bientôt délavée et entraînée par les eaux, en sorte que les pentes rapides, successivement dépouillées de bois, de vignes, de terre, n'offraient plus qu'un aspect misérable de nudité.

Cet état de choses dut attirer l'attention de l'administration sous deux rapports : celui de la restauration des bois, celui de la conservation des vignes.

Vues pour l'établissement des bois.

Je publiai une circulaire sur chacun de ces intérêts (voir le Recueil des Actes, n° 11). Je démontrai leur haute importance; je stimulai, par des motifs d'intérêt et d'honneur, le zèle des maires et des principaux propriétaires, les sommant au nom du bien public et du leur, de seconder les vues de l'administration. Pour les engager dans ce premier pas, je cherchai à lui donner un motif qui eût de l'attrait. J'invitai d'une manière pressante les maires à affecter à des plantations d'agrément les places, les terrains vagues, situés soit dans l'intérieur, soit à la portée des communes, invoquant l'exemple donné par Sully, et prenant à témoin de l'utilité de cette mesure, ces arbres antiques et vénérés qu'on voit encore dans un grand nombre de villages de France, et dont l'ombrage tutélaire réveille la mémoire de la bienfaisante sollicitude d'un grand prince et d'un grand ministre pour les habitants des campagnes.

Je joignis aux raisons de persuasion des encouragements efficaces.

Une pépinière départementale existait à Cahors; j'offris plusieurs milliers de beaux arbres d'alignement aux maires des communes qui voudraient les employer à cette destination; j'établis pour toute condition qu'il ne pourrait être délivré moins de cinquante arbres à chaque commune; que les plantations seraient faites conformément aux instructions que je transmettais. J'ordonnai des visites pour en constater la fidèle exécution; j'en fis moi-même pour faire preuve de l'intérêt que j'y mettais.

Beaucoup de maires répondirent à mon appel, et je ne doute pas que si j'avais fait un plus long séjour dans le département, je n'eusse obtenu d'intéressants résultats. Quant aux plantations en grand, il y avait peu de succès à en espérer sans l'assistance de la législation, car les difficultés se montraient grandes et présentes, et la jouissance douteuse et éloignée. Aussi bien ce pays offrira des moyens de suppléer à l'imprévoyance qui a amené la destruction des bois, dans les mines de houille que renferme la partie orientale de l'arrondissement de Figeac, quand l'administration ou la nécessité appelleront l'industrie à les exploiter.

Mines de houille.

C'est ici le lieu de donner un exemple de l'état où je trouvai l'industrie dans cette contrée. Je le trouve entre mille, dans le procédé usité pour l'extraction de la houille. Je tire ce fait d'une notice pleine d'intérêt sur le département du Lot, par M. Delpon, procureur du roi à Figeac. Voici, dit-il, comme on procède :

« A l'endroit où la montagne laisse apercevoir quelques couches de houille,
» on fait une ouverture qui a tout au plus deux pieds et demi de haut et

» deux de large. Un homme, dans la position la plus pénible, commence à » extraire la houille appuyé sur ses genoux : le dos courbé, il poursuit son » travail. Bientôt il est dans une profonde obscurité; alors il attache une » chandelle ou une espèce de lampe à son bonnet; éclairé par une pâle lueur, » il détache la houille, la place dans une petite corbeille qu'il va vider à » l'extérieur lorsqu'elle est remplie, en marchant sur les mains; puis il » rentre pour reprendre le même travail, dans la même position. »

Quelle distance de l'état de la civilisation du pays où l'on procédait ainsi à celui où le même intérêt a produit le canal du duc de Bridgewater (1).

En remontant vers le nord-est, à peu de distance de Bretenoux, il existe une roche en grande masse de la plus belle serpentine. Un atelier établi sur les lieux mêmes par d'habiles ouvriers en aurait tiré infailliblement un grand parti. Tout favorisait cette entreprise: la facilité de l'extraction de la roche qui se trouve à découvert sur l'escarpement de la montagne; un ruisseau propre à faire mouvoir des scies, qui coule au pied; la beauté et la grandeur des blocs; enfin le voisinage de la Dordogne, qui n'en est qu'à trois ou quatre mille mètres. Jusqu'à cette époque, on s'était borné à faire quelques devants de cheminée, de petits ouvrages. J'en ai fait faire une table superbe, qui portait trois pieds de diamètre.

Conservation des vignes.

L'intérêt de la conservation des vignes était encore plus pressant que la restauration des bois. Les vins du Lot sont en effet très estimés et d'un débit sûr. Je recommandai un usage adopté dans les pays vignobles montueux, où la culture est bien entendue, qui consiste à soutenir les terres dans les pentes par des terrassements. Par ce moyen, la culture devient plus facile, plus productive; le propriétaire est sûr de conserver sa terre, c'est-à-dire son capital dont l'existence, sans cette précaution, dépend d'un orage, et est aussi incertain que l'état mobile de l'atmosphère. La construction des murs de soutènement est peu dispendieuse dans un pays où la pierre se trouve partout éparse sur le terrain qui gagne à en être débarrassé. Ils peuvent aussi offrir un nouveau moyen de produire en les revêtissant d'espaliers.

Cette idée, si conforme à l'intérêt de la localité, prit faveur au-delà de mon attente. J'eus la satisfaction de la voir mettre à exécution par plusieurs propriétaires, et même par de pauvres vignerons. J'indemnisai ceux-ci de leurs frais pour récompenser le bon exemple et pour engager à le suivre. Mais, pour porter leurs fruits, toutes ces vues exigeaient de la suite, et comme les préfets ne font que passer, le bien qu'ils ont commencé passe avec eux.

(1) Depuis, une compagnie, dont M. le duc de Cazes est le chef, a exploité ces mines et y a formé de vastes établissements de fonderie de fer, sous le nom de Cazeville.

Culture du tabac.

La culture du tabac était, avec celle de la vigne, la plus importante pour le département du Lot; elle était aussi d'un haut intérêt pour le gouvernement par la qualité supérieure des tabacs qu'elle produit et qui n'ont point d'égaux parmi les tabacs indigènes; aussi la régie les payait-elle un prix fort supérieur à tous ceux de notre sol. Ils ont été célèbres sous le nom de tabacs de la vicomté de Turenne. Cependant, chose remarquable, cette culture avait été entièrement abandonnée dans la vicomté où elle florissait, pour se porter sur les rives du Lot où elle était inusitée. Ces tabacs n'ont sans doute pas la qualité de ceux de Virginie ni du Maryland; mais il se pourrait qu'en employant des graines d'Amérique de choix, et avec des soins persévérants et bien dirigés, on parvînt à les en faire approcher. La chose méritait d'être tentée: je m'en occupai sérieusement. Le résultat ne pouvait qu'être avantageux, même quand il n'eût pas été complet, et devait, en cas de succès, que je regardais comme très probable, dispenser le gouvernement d'une exportation de numéraire considérable, et ouvrir au pays une plus large source de prospérités.

La culture du tabac fut donc un des objets qui fixa le plus mon attention.

J'obtins de l'administration supérieure une autorisation d'augmentation de culture considérable avec la promesse de concessions plus étendues, une augmentation dans le prix des feuilles et des facilités pour les planteurs. J'instituai des primes et des honneurs pour les cultivateurs qui produiraient des qualités de tabacs supérieures. Je rendrai compte ailleurs de la cérémonie de la distribution des primes et de l'effet qu'elle produisit.

Mon système relativement aux épurations.

J'ai maintenant à exposer mes principes et ma conduite administrative dans la partie la plus délicate et la plus pénible des fonctions d'un préfet à cette époque. Je veux parler des épurations.

Il était naturel que le renversement de l'usurpation qui avait remplacé momentanément le gouvernement du roi entraînât de nombreuses réformes dans l'ordre des fonctionnaires. C'était le droit du vainqueur de déposséder les vaincus et une nécessité pour le roi d'écarter ses ennemis pour s'entourer de ses fidèles.

Mais si le droit, si l'intérêt de la cause royale commandaient ces justices, l'un et l'autre ne commandaient pas moins beaucoup de discernement et une grande impartialité dans leur exécution: car s'il importait à la sûreté d'ôter aux ennemis les moyens de nuire, il ne lui importait pas moins d'éviter de les multiplier en livrant les places et indistinctement ceux qui les occupaient à la délation, à la cupidité, aux vengeances, à toutes les fureurs de l'esprit de parti.

On sait assez avec quels encouragements toutes ces passions se déchaînèrent alors sous les couleurs du royalisme le plus pur. Au nom de l'intérêt du roi on mettait une inconcevable ardeur à pousser au désespoir ceux qui ne désiraient que l'oubli, à rejeter avec humiliation ceux qui ne demandaient qu'à se rallier, à jeter de la méfiance sur les dévouements les plus désintéressés, du ridicule et du blâme sur les services qui avaient le plus illustré la nation, et enfin, chose inconcevable, à réduire au plus petit nombre possible le parti royaliste qui devait être le parti de toute la France, tant on était difficile sur les preuves d'intolérance et de folle exaltation qu'on exigeait pour être admis dans cette singulière élite.

Les conséquences d'une telle conduite étaient effrayantes pour le gouvernement du roi qui, pour affermir son autorité à peine relevée d'une nouvelle et terrible chute, avait autant besoin d'user de prévenances pour se rattacher la nation que de fermeté pour réduire ses ennemis à l'impuissance. Et comme le peuple ne connaît le gouvernement que par le fait de l'administration, qu'elle est le seul point de contact par lequel il le sent, le juge bon ou mauvais, s'attache ou s'aliène, l'intérêt de la cause royale aussi bien que ma conscience me disait que le rôle d'un administrateur ne doit pas être le rôle d'un homme de parti.

Je me fis donc un devoir de rester dans les bornes d'une juste impartialité, d'une ferme modération. Je m'attachai à calmer les haines, à réconcilier tout ce qui pouvait l'être, à échauffer les tièdes, à encourager les fidèles, à modérer les emportés, à protéger les hommes irréprochables, enfin à tranquilliser tous les intérêts.

C'était certainement bien servir le gouvernement du roi ; car c'était le moyen de lui donner la force qui lui manquait : tout le secret de la force d'un gouvernement consistant à rallier à lui la plus grande masse possible d'intérêts. Cependant cette manière d'agir qui me donnait de la faveur dans l'opinion publique, me perdit dans le parti de l'exagération royaliste ; pour avoir réconcilié des haines, on m'accusa de m'entendre avec les ennemis : pour n'avoir pas voulu trouver plus de coupables qu'il n'y en avait (comme si le nombre n'en était pas assez grand), je fus réputé complice : enfin, je fus persécuté pour n'avoir pas voulu être persécuteur.

Mais on demande comment, où, et à quels signes reconnaître cette opinion, véritable expression des sentiments et des intérêts généraux ? Était-ce aux démonstrations du mécontentement de quelques amis, soit de la révolution, soit de l'usurpation vaincus ? Était-ce à la fermentation des classes subalternes séduites par les flatteries de quelques ambitieux qui leur montraient sans cesse la position des classes élevées comme une usurpation injuste, contraire aux droits de l'homme, et qu'ils pouvaient enlever à leur gré, etc., etc. Enfin, fallait-il donc rendre les armes et déposer la couronne devant ses ennemis? Non, sans doute : ces ennemis-là, il fallait les vaincre, non-seulement parce qu'ils étaient les ennemis du roi et de la royauté, mais parce qu'ils étaient les ennemis de l'ordre et de la France; il fallait les vaincre parce qu'ils étaient des hommes de parti, et par conséquent des porteurs de troubles et de licence qu'il était du devoir du gouvernement de dominer et de soumettre.

Mais je ne veux pas anticiper sur les temps.

J'annonçai aux ministres ma résolution de procéder d'après les principes d'une sévère équité aux épurations qui, alors, étaient le principal objet du gouvernement. Rien n'est plus propre que la correspondance ministérielle d'un préfet à faire connaître le caractère de son administration. Là se produisent au vrai sa pensée, sa manière de la dire, et enfin sa manière d'agir et d'être, soit vis-à-vis des ministres, soit à l'égard de ses subordonnés. Comme je me suis proposé dans cet écrit d'exposer mon administration à découvert, je reproduirai mes lettres toutes les fois qu'elles pourront en donner une idée plus juste et mieux éclaircir le sujet.

Voici comme je m'expliquai avec les ministres sur l'article des épurations.

« D'après les ordres de votre excellence, mon premier soin, en prenant les » rênes de l'administration de ce département, doit être de reconnaître ceux » des agents et préposés dépendant de votre ministère, dont la conduite et » les principes peuvent avoir une influence utile ou funeste sur l'ordre actuel, » et de vous mettre à même de rendre à chacun la justice qui lui revient.

» En effet, aujourd'hui, l'espoir et la sûreté de l'État se trouvent dans le » choix des hommes qu'il investit de sa confiance. De la loyauté et de la fer» meté qu'ils auront dépendront la stabilité et la force du gouvernement.

» Quand les institutions ont une force acquise par de longues habitudes, ce » sont elles qui font la règle et l'appui des sujets comme de l'autorité; mais » quand tous les liens de l'union sociale ont été rompus, les institutions qu'on » met à la place de celles qui étaient, faibles comme tout ce qui vient de naître, » incertaines comme tout ce qui n'a pas été éprouvé, ne peuvent s'élever et » prendre racine que sous l'appui d'hommes d'un choix sûr.

» Toutefois, plus le besoin de changer ce qui est mal est urgent, plus il » importe d'y procéder avec prudence. Dans la nouveauté d'un début, dans » un pays qui m'est étranger, sans guide à qui je puisse encore me fier, au » milieu de passions, de rivalités, de vues intéressées qui cherchent à me » surprendre, et voulant toujours, autant que possible, me porter garant de » tout ce qui émanera de moi, j'ai besoin, pour remplir les vues du gouverne» ment comme je le désire, de me méfier beaucoup de moi-même et beau-

» coup des autres, jusqu'à ce qu'ayant bien vu, bien connu, je sois en état » de porter un jugement sûr.

» Et une grande circonspection est d'autant plus nécessaire, que, outre la » difficulté de discerner les hommes qu'il convient de déplacer, il y a celle, » tout aussi grande, de bien choisir ceux qu'il convient de mettre à la place ; » car, de toutes les erreurs de l'administration, la plus funeste, aujourd'hui » qu'elle a besoin de se fortifier par la confiance, serait de la perdre, soit en » faisant des révocations injustes, soit en faisant des choix peu dignes.

» C'est d'après ces principes que je crois devoir régler ma conduite. Votre » excellence ne s'étonnera donc pas si je mets quelque lenteur à lui envoyer » les informations qu'elle attend, puisqu'elles doivent être certaines et que » leur certitude dépendra de la circonspection que je mettrai à les pren- » dre, etc., etc. »

Voici les instructions que je donnais à mes sous-préfets.

« Vous savez l'importance que le gouvernement attache à connaître à fond » et avec certitude la conduite et les principes de tous les fonctionnaires, en » un mot tout ce qui peut appeller sur eux la confiance ou la réprobation.

» Le gouvernement estime avec raison que c'est de ce qu'ils seront que dé- » pendra ce qu'il sera lui-même ; car dans la nouveauté de notre état de » choses, c'est encore moins de la qualité des lois et des mesures que peut » résulter le bien ou le mal, que de la qualité des hommes chargés de leur exé- » cution. Le repos des familles, la sûreté des propriétés, celle de l'État, tout » est là. C'est donc à les bien apprécier que doit s'appliquer toute votre atten- » tion, toute votre vigilance. Vous n'y parviendrez que par une grande suite » dans vos observations, par un choix attentif des sources où vous puiserez » vos renseignements, et, ce qui est plus difficile, en sachant discerner avec » sagacité le vrai, de ce qui vous sera présenté comme tel par la passion, ou » par l'esprit de parti.

» Il ne suffira pas non plus, suivant la routine généralement usitée, de de- » mander et de transmettre les renseignements d'un supérieur sur son subor- » donné ; car ces malheureux temps n'ont que trop rendu les plus honteuses » fautes communes à tous les rangs ; de cette manière on s'acquitte de la » forme et non du devoir.

» Plusieurs avis me sont déjà parvenus sur divers fonctionnaires, sans être » en aucune façon motivés ; on se borne à nommer celui qu'on juge indigne de » confiance et à mettre à côté le nom d'un candidat, sans dire comment l'un » a mérité de la perdre et l'autre de l'obtenir. Quelquefois ces rapports sont » accompagnés de notes, mais où je ne vois, le plus souvent, que des dépo- » sitions d'individus contre d'autres, plus ou moins vagues, plus ou moins

» contradictoires, plus faites en un mot pour embarrasser l'administrateur que
» pour l'éclairer. Ce n'est pas là ce qui peut fixer mon jugement et la déci-
» sion de l'autorité supérieure. C'est votre opinion arrêtée qu'il me faut, avec
» les observations, les faits sur lesquels elle se fonde.

» Je dois rendre compte à chacun des ministres du roi de tous les fonction-
» naires et employés dépendant de leurs ministères. Je mets un grand inté-
» rêt à ce que ce travail soit clair, lumineux, irréprochable. La responsabilité
» est grande; d'une part il y va de la sécurité de l'État, de l'autre du sort de
» beaucoup de familles. Pesez donc bien la gravité de ce double intérêt, et
» agissez comme si vous deviez répondre devant Dieu, etc., etc. »

Effets que produisit ce système. Ma correspondance avec les députés sur ce sujet.

Déjà le mécontentement qu'excitait parmi les ardents royalistes ce système d'administration me revenait de toutes parts; ceux du département s'en plaignaient avec autant d'amertume que si on les eût dépouillés de leurs droits. Les députés m'écrivaient: « Que ma lenteur à opérer les épurations deman-
» dées par la Chambre, promises par le roi, était remarquée; que la députa-
» tion recevait journellement des reproches sur le retard où se trouvait, sous
» ce rapport, le département du Lot; qu'ils désiraient que je pusse être pé-
» nétré aussi bien qu'eux-mêmes de la nécessité de n'employer que des
» hommes sûrs, fidèles: les choses, disaient-ils, en étaient venues au point
» que les hommes faibles, les parjures, les caméléons politiques étaient pré-
» sentés comme les seuls vrais royalistes; que les vrais fidèles, les victimes
» des cent jours étaient signalés comme des hommes dangereux, etc.; que
» voilà ce qu'ils entendaient tous les jours et ce qui leur était rapporté de
» toutes les parties du département. Ils ajoutaient que la députation allait
» demander des destitutions, des changements; que les députations des pro-
» vinces voisines donnaient l'exemple et accusaient leur lenteur. »

Je leur répondais avec tous les égards que demandaient nos positions respectives et mon désir sincère de maintenir avec la députion de bons rapports et de ménager la paix: « Qu'avec le même sentiment, la même volonté du
» bien, il était très rare qu'on fût parfaitement d'accord sur la manière de
» l'opérer; qu'il y avait peu de justice à supposer de mauvaises intentions à
» celui qui, cherchant le même but, suivait pour l'atteindre des voies diffé-
» rentes que celles que nous apercevions; que je pouvais assurer à MM. les
» députés que je n'étais pas moins qu'eux pénétré de la nécessité d'employer
» des hommes sûrs et fidèles; que je serais peut-être sur ce point plus rigou-
» reux qu'eux-mêmes, ne voulant, s'il était possible, admettre aux places
» que des hommes d'une probité sévère, désintéressés pour eux, intéressés
» pour le bien public; mais que, quoiqu'il ne manquât pas de gens qui s'en
» vantent, il n'était pourtant que trop vrai que, de toutes les choses rares, la

» plus rare sans doute était cette espèce d'hommes ; qu'il fallait donc les cher-
» cher avec d'autant plus de soins et de circonspection que l'on se sentait
» bien encore des passions qui nous avaient si violemment agités.

» Que, dans les circonstances où nous étions, il y avait deux sortes d'hom-
» mes à connaître : ceux qu'il fallait écarter et ceux qu'il fallait mettre à leur
» place ; que, par cela même que cette connaissance était délicate et d'une
» haute importance, il me paraissait indispensable d'y apporter une grande
» attention, par conséquent tout le temps nécessaire. Que, d'après ce prin-
» cipe incontestable, aller vite en fait d'épurations n'était pas le moyen d'aller
» bien ; qu'en brusquant, on risquait de se tromper, de faire des victimes au
» lieu de faire des justices, de multiplier les ennemis de la cause royale, déjà
» trop nombreux ; que j'aurais pu, sans doute, comme tant d'autres, faire ap-
» parat de zèle en faisant mes épurations à grands coups et à grand bruit ; que
» cette méthode, quoique fort en usage, et réussissant fort bien à ceux qui
» l'employaient, ne m'avait pas paru digne d'un fonctionnaire honoré de la
» confiance du roi, croyant la mienne plus conforme à ses intérêts et à ceux du
» département.

» Qu'au surplus, j'avais fait part aux ministres de mon plan de conduite ;
» qu'ils l'avaient approuvé ; qu'enfin, MM. les députés pouvaient répondre à
» quiconque ferait des reproches à l'administration du département du Lot,
» qu'il se trouvait en avance sur le plus grand nombre en bon esprit, en par-
» faite tranquillité, en preuves de dévouement, en exactitude à acquitter tous
» les genres de charges publiques, etc., etc. »

Tel est le sommaire de ma correspondance de cette époque avec MM. les députés. Si la bonne foi, si la force des raisons suffisaient pour convaincre, il semble que ces messieurs auraient dû être convaincus. Mais quand les hommes sont possédés de l'esprit de parti, la raison ne fait que les irriter, parce qu'elle blesse les passions qui les animent. C'est ce qui arriva.

Voyage de Mgr le duc d'Angoulême. — Mes idées à ce sujet.

Monseigneur le duc d'Angoulême visitait alors les départements méridionaux. Cette visite avait pour objet d'étudier l'esprit public, de lui donner un élan favorable à la cause royale.

L'idée était heureuse : bien compris et bien accompli, le rôle du prince voyageur pouvait être éminemment honorable, éminemment profitable.

Or, pour bien comprendre et bien remplir ce rôle, il fallait avoir une juste idée de l'esprit et des besoins de la France. De toutes les erreurs auxquelles sont sujets les princes, la plus grave et pourtant la plus commune est celle qui les porte à faire du passé la règle invariable du présent, à se croire toujours forts de ce qui, dans d'autres temps, a fait leur force. Cette erreur appartient plus spécialement aux restaurations, parce que les princes qui reviennent au pouvoir après une chute, dominés par la plus puissante des lois, celle de l'habitude, et par la plus grande des séductions, celle de la flatterie, tendent toujours à revenir à l'état de choses qui les a fait jouir, sans s'apercevoir que ce qui les a fait jouir est précisément ce qui les a fait tomber, et c'est pour cela que les restaurations, qui ne sont le plus souvent que des restaurations d'abus, sont, de toutes les sortes de révolutions, les plus chanceuses.

Cependant, par la raison que tout change avec le temps, il est assez palpable que ce qui était bon pour une époque peut n'être pas bon pour une autre; que ce qui était force dans un temps peut être devenu faiblesse; que les moyens dont on use depuis longtemps s'usent comme tout le reste, et qu'on risque de périr par trop de confiance dans les causes qui, dans d'autres circonstances, ont fait nos succès.

Cette erreur était entretenue par un parti qui croyait que le mieux était de rendre au temps présent le plus possible de ce qui était autrefois. Et pourtant il était assez clairement prouvé que ce qui était autrefois était usé et insoutenable, puisque la monarchie n'avait pu être préservée de sa ruine. Cet ancien ordre de choses ne pouvait donc être bon que pour quelques intérêts particuliers, mais non pour l'intérêt de la France, ni pour celui de la dynastie des Bourbons; et c'est la cause principale qui attachait si fortement au système constitutionnel tous les hommes qui étaient sincèrement dévoués à la France et à cette dynastie à laquelle d'anciennes habitudes dissimulaient encore trop cette vérité.

Il est dans tous les pays et à toutes les époques une force dominante propre à cette époque. C'est cette force qu'il importe aux gouvernements de savoir discerner et de s'approprier, pour s'en faire un solide appui. Elle est de sa nature variable : elle s'est trouvée tantôt dans l'aristocratie, tantôt dans le peuple, tantôt dans l'armée, tantôt dans les prêtres. Aujourd'hui elle est dans l'opinion de la masse de la nation éclairée sur ses vrais intérêts et à qui la justice et la raison ont signalé une sage liberté et l'égalité devant la loi comme ses droits imprescriptibles.

La première chose à faire était donc d'oublier le prince de l'ancienne monarchie pour se faire le prince de la nouvelle, le prince des institutions nationales données par le roi; il fallait s'entourer d'hommes populaires, connaissant la France du moment, ayant sa confiance, habiles à manier les esprits, à concilier les intérêts.

Puisque le but était d'attacher la population à la famille royale, il fallait la populariser en se popularisant soi-même, en s'identifiant avec les besoins, les idées, les intérêts du peuple.

Il y avait à la fois profit et convenance à avoir cette condescendance pour l'égalité constitutionnelle qui, dans le fait, ne reconnait entre un prince et un simple citoyen d'autre différence légale que celle du rang et de la fortune, qui ne voit dans l'héritier même de la couronne qu'un point de perspective élevé vers lequel se portent tous les regards, parce que de cette hauteur doivent venir un jour pour tous les biens ou les maux, et où il importe par conséquent à celui qui en est l'objet de se montrer tout à son avantage : loin de perdre à de telles concessions, le prince, en les faisant, se rehausse de toute la force réelle dont l'entoure l'enthousiasme qu'il excite.

Il n'y avait plus moyen d'abuser l'opinion sur l'homme extraordinaire qu'on venait de déposséder; on ne pouvait se flatter d'effacer ses traces profondément empreintes dans les fastes de la nation et du monde entier; il restait donc à soutenir honorablement la comparaison. Pour cela, que fallait-il? Opposer au génie de la force, le génie de l'âme; aux prestiges de la gloire et des conquêtes, les bienfaisantes réalités de la liberté et de la paix; il fallait pousser fortement l'administration dans cette même voie; il fallait retremper la noblesse au feu du patriotisme, source du véritable honneur, laissant dans l'oubli du vieux temps ceux qui s'obstinaient à y croupir; il fallait rehausser, amplifier son existence d'état et son influence politique, en l'obligeant à ajouter la noblesse personnelle à la noblesse d'extraction, la considération de l'opinion à la considération du rang; en la mettant à sa vraie place éminente, honorable et profitable, c'est-à-dire à la tête des intérêts nationaux, sous peine de perdre tout accès auprès du trône, etc., etc. C'est ainsi qu'il convenait à la légitimité de vaincre et de discréditer l'usurpation; ainsi elle eût conquis la généralité des affections, marchant dans sa force, accablant le passé de l'ascendant du bonheur présent, et le peu d'intérêts blessés et de réputations flétries qui se seraient obstinés à se montrer ennemis, sous la masse des intérêts qui se seraient ralliés à elle; ainsi elle eût aplani toutes les difficultés et créé pour elle et pour la France les plus belles destinées.

Mgr le duc d'Angoulême avait droit à de justes hommages par des qualités personnelles très élevées. Ses intentions étaient droites; son caractère franc et loyal. Il était fidèle à ses promesses; son désir du bien était sincère, il le cherchait consciencieusement; mais Mgr le duc d'Angoulême ne connaissait pas encore la France nouvelle : la trop courte durée de la première restauration et sa mauvaise direction ne lui avaient pas laissé le temps ni les moyens de faire son éducation constitutionnelle; il n'avait pas assez profité de son long séjour sur la terre natale des gouvernements représentatifs pour se dégager des anciens prestiges; pour comprendre le mérite des institutions qui fondent l'autorité sur la force et les intérêts des peuples, et l'avantage pour le pouvoir d'y chercher son appui. La seconde chute de la famille royale avait produit en elle plutôt de l'irritation qu'un retour réfléchi sur elle-même et sur les causes qui l'avaient entraînée; elle revenait aigrie, moins encore de sa propre humeur que de celle de son entourage. C'était toujours les mêmes hommes que n'avaient instruits ni l'expérience ni le malheur; ils formaient autour des princes une sorte de barrière opaque qui empêchait toute lumière de pénétrer jusqu'à eux; ils ne leur montraient les causes de leurs derniers malheurs que dans la bonté abusive dont ils avaient usé envers leurs ennemis; ils disaient que la même faiblesse amènerait les mêmes résultats; qu'avertis par les funestes effets d'une coupable indulgence, il était temps de sévir avec vigueur contre des ennemis irréconciliables, d'écarter des emplois tous les hommes douteux ou froids; de n'accorder de confiance qu'à ceux d'un zèle et d'une fidélité éprouvés, et fondés sur des intérêts communs.

Cependant ces hommes qui se disaient les seuls sûrs, les seuls forts, les seuls dignes de confiance, les seuls appuis du trône, étaient ceux-là mêmes qui, appelés à sa défense, l'avaient déjà laissé tomber deux fois : ils revenaient au pouvoir avec les mêmes idées, les mêmes passions, le même aveuglement, et de plus avec l'irritation que donnent les revers. Et, chose étrange! pour rehausser la légitimité aux yeux de la nation, on prenait le singulier moyen de calomnier avec acharnement cette même nation, de flétrir ses lauriers, d'avilir les hauts faits par lesquels elle s'était mise à la tête des peuples modernes et au niveau des plus hautes gloires des temps héroïques: pour la rendre intéressante, on l'isolait de tous les intérêts présents et positifs du peuple qu'elle avait à gouverner; on prétendait qu'il eût honte de sa gloire, qu'il la désavouât comme une erreur pour s'honorer exclusivement d'un passé sans rapport avec le présent, inconnu à la plus grande partie de la génération, ou qui ne lui laissait pour derniers souvenirs que des chutes; réduisant ainsi la légitimité qu'on voulait honorer au seul titre de la naissance, et rehaussant l'usurpation qu'on voulait dégrader, en lui laissant à elle seule tous les titres d'honneur, tous les titres de gloire, tout ce qui attache et enorgueillit les peuples.

Ces moyens étaient-ils donc si efficaces, ces garanties si solides?

Cependant on s'y livrait aveuglément.

A cette première faute, on ajoutait celle de repousser avec aussi peu de discernement quiconque ne s'associait pas à ces folies ruineuses; la sagesse, la justice, la modération, véritables et seuls appuis du bon droit, étaient réputées froideur, indifférence, et proscrites comme telles; toute la politique, toute la science de cette sorte de royalisme se réduisaient à ce seul mot : légitimité. Il semblait que la magie de ce mot dût dispenser le trône de prudence, de raison, de force.

Quelles sont les meilleures garanties de la légitimité.

La légitimité sans doute est un droit, un droit sacré, puisqu'elle est le seul gage de stabilité et d'ordre dans la société; mais ce droit, comme tous les droits du monde, a besoin de points d'appui pour se soutenir, de moyens de force pour se défendre.

Aussi bien le temps est venu où la vraie, on peut même dire la seule garantie de la légitimité des rois est celle qui se fonde sur le bien-être des peuples.

Elle ne serait pas la seule qu'elle serait encore préférable à toute autre, comme étant la plus sûre; car le bien-être social étant incontestablement l'objet de tout gouvernement, cette masse de peuple en qui est la force qui conserve, et la force qui détruit, doit naturellement s'attacher à maintenir de préférence le pouvoir par lequel elle sera rendue heureuse, ce qui ne veut dire autre chose que gouvernée selon ses vrais intérêts.

Tout autre titre de légitimité est précaire.

Celui qu'on fait dériver du droit divin peut durer autant que la crédulité qui l'admet; mais il doit tomber devant les lumières que les esprits reçoivent de l'observation et des progrès de la civilisation.

Je sais bien qu'on dit que ces lumières sont trompeuses et cette civilisation corruptrice; quoi qu'il en soit, elles sont, et leur effet est incontestable.

Si c'est dans le droit de naissance qu'on cherche la garantie et la légitimité, combien elle devient incertaine! L'histoire ne montre-t-elle pas à chaque page le droit de naissance succombant sous le droit, ou plutôt sous le pouvoir de la force.

Si c'est dans la force, il faudra bien qu'elle reconnaisse, à son tour, le droit ou le pouvoir du plus fort.

Si c'est dans la possession, qui déterminera le temps où il y aura prescription? où l'usurpation d'un maire du palais deviendra légitimité?

On ne saurait donc trop le redire : quand les peuples ont acquis la connaissance, je ne dis pas de leurs droits, mais de leurs intérêts et le sentiment de leur force, c'est leur affection seule qui donne au pouvoir le sceau de la fixité : alors il ne peut plus y avoir pour les rois bien avisés d'autre sceptre que la loi.

Et cependant c'est un malheur qui semble lié à la condition des princes que de s'attacher plus fortement à leurs préjugés à mesure que les peuples se défont des leurs, et d'être frappés d'aveuglement par la lumière qui éclaire leurs sujets.

Ce système était évidemment celui que recommandait la raison, la politique, l'expérience et l'intérêt bien entendu de la dynastie qui ne faisait que de se relever d'une seconde chute où l'avait entraînée une marche contraire, aussi bien que celui de la France qui, pour la seconde fois, venait d'être victime des fautes du gouvernement royal; mais ce ne pouvait être celui des passions, ni d'un parti qui sentait ses prétentions soutenues par la coalition de l'Europe une seconde fois victorieuse et aigrie.

Monseigneur le duc d'Angoulême avait parcouru plusieurs départements du Midi, suivant partout la même marche, interrogeant les autorités sur l'état du pays, sur les hommes, sur les influences des partis et les hommes d'un parti sur les autorités. C'était le plus sûr moyen d'être mal instruit et de compromettre l'autorité en encourageant la délation. Je répondis aux questions du prince avec une parfaite sincérité, avec une connaissance positive, et ce que je disais était l'exacte vérité. Mais la vérité n'est jamais ce que les hommes qui circonviennent les princes veulent leur laisser entendre. Tout ce qu'il y avait de plus obstiné dans les habitudes et dans les principes de l'ancien régime, de plus outré en intolérance et en exagération royaliste était accouru; le prince en fut comme enlacé; les dénonciations pleuvaient; tout ce qui montrait quelque sagesse, du désintéressement, tout ce qui tendait à modérer les exaspérations, à réconcilier les intérêts et les esprits, était l'objet des plus vives accusations. Ce fut naturellement contre moi, premier moteur de ce système proscrit, et contre mes sous-préfets, qui en étaient les propagateurs, qu'elles furent dirigées.

Si le prince ne fit pas preuve de discernement en les accueillant, il montra du moins de la loyauté en m'en donnant communication; il me manda chez lui, et avec une sincérité touchante, il me dit :

« Notre dynastie est à peine rétablie; nous sommes entourés d'ennemis : » il m'importe donc de les connaître et de m'assurer du zèle que mettent » les fonctionnaires à annuler les mauvais desseins. Vous pensez bien que » de nombreux renseignements me sont adressés; en voici qui accusent vous » et vos sous-préfets de favoriser le parti de l'usurpation, de manquer d'énergie pour réprimer les ennemis de notre famille, de vous montrer contraire à la noblesse et aux royalistes. Il est juste que vous en soyez instruit, » et que vous le soyez par moi. Comme premier magistrat de ce département, » et investi de la confiance du roi, je vous dois cette preuve de la mienne, » comme vous me devez la vérité. Je la cherche de bonne foi. »

Je lui répondis : « Un prince qui demande la vérité avec cette noble loyauté » est d'une trempe trop précieuse et trop peu commune pour qu'un homme » en place, aussi sincèrement dévoué que je le suis, ne saisisse pas une si » rare occasion de la faire entendre. Je répondrai donc au noble appel de » votre altesse royale avec la franchise qu'elle mérite. »

Alors je lui exposai : que sa justice comprendrait aisément que les attaques dirigées contre mes sous-préfets ne devaient point les atteindre; que, s'il y avait à reprendre au système d'administration qu'ils suivaient, la responsabilité en était à moi seul, puisque de moi seul venait l'impulsion. Cette première règle de justice une fois rétablie, je représentai que l'imputation qui m'était faite de favoriser le parti de l'usurpateur se réfutait d'elle-même; qu'on pouvait comprendre que ceux qui avaient appartenu aux succès de Napoléon, dont la fortune était liée à la sienne, qui perdaient tout en le perdant, regrettassent son gouvernement et fissent des vœux en sa faveur et contre le gouvernement qui l'avait dépossédé; mais que ma position était tout autre, et méritait peut-être quelque distinction de la part de son altesse royale, puisque nul homme en France ne s'était montré plus désintéressé dans sa cause, ni moins ambitieux de ses grâces. Que, lorsque toute la noblesse française, et ceux-là mêmes qui, depuis la chute de Napoléon, affectaient le plus de zèle royaliste étaient à ses pieds; moi, qu'on accusait d'être son partisan quand sa cause était perdue, j'avais dédaigné sa faveur qui serait venue naturellement me chercher si, comme tant d'autres, j'avais voulu lui faire le sacrifice de mes convictions; moi l'ami de jeunesse et l'allié de sa femme, moi l'oncle propre de sa fille d'adoption; que personne plus que moi n'était arrivé sous le gouvernement royal pur et vierge de tout autre intérêt, de toute autre affection politique; ayant reçu ma place du roi; n'ayant jamais servi, n'ayant voulu servir que lui, ayant refusé les places qui m'avaient été offertes dans les cent jours.

Que, quant à mon système d'administration, il avait pour but de rallier à la cause royale les intérêts et les affections, de réduire, autant que possible, le nombre des opposants, et d'augmenter, dans la même proportion, celui de ses partisans; et, pour moyens, une exacte distribution de la justice, une égale protection de tous les droits, une répression sévère de tous les abus, de tout ce qui tendait à compromettre l'ordre, la sûreté de l'État et les intérêts de la dynastie royale; en un mot, une marche légale, équitable, conforme aux institutions données à la France par la sagesse et la bonté du roi.

Qu'il y avait bien quelque absurdité à me supposer ennemi de la noblesse, puisque moi-même j'avais l'honneur d'en faire partie; ma famille y tenant un rang fort ancien, et qu'un homme ayant son bon sens ne devenait pas ainsi ennemi de lui-même.

Que si, par là, on entendait que je n'approuvais pas l'attitude qu'avait prise et le système qu'avait adopté à la Restauration cette partie de la noblesse qui se qualifie exclusivement de royaliste, en s'obstinant à faire revivre le passé dans un présent avec lequel il n'a plus de rapport, en ne voulant rien céder des anciennes idées aux idées nouvelles, des anciens intérêts aux intérêts nouveaux, en se comptant pour tout et la nation pour rien ; je convenais qu'en effet, je ne pouvais me ranger de ce parti, parce qu'il était à la fois injuste, impolitique, ruineux pour les intérêts de la monarchie, pour ceux de la France, pour ceux mêmes de la noblesse; que le rôle honorable et profitable de cette même noblesse était de se placer à la tête des intérêts nationaux, de se constituer par cette alliance et par cette solidarité en aristocratie puissante, respectée, protectrice de tous les intérêts, de tous les droits; que la couronne ayant à se faire un appui sûr et solide, elle devait le chercher là où est la force réelle, c'est-à-dire dans la nation et non dans un parti qui tendait à s'en isoler, et qui, en semant les humiliations et des prétentions inconciliables avec le temps et les lois, ne pouvait qu'engendrer l'irritation et la révolte.

Qu'au surplus, dans tout état constitué, l'existence des partis était une preuve de désordre et de faiblesse; que le rôle du gouvernement était de les dominer et non de se mettre à leur suite, puisqu'alors le gouvernement du roi ne serait que l'instrument d'un parti; que je ne pouvais mieux servir le roi et justifier sa confiance qu'en exigeant que chacun fût soumis à l'autorité et à la loi, puisque autrement il n'y avait que licence et anarchie.

Je finissais par invoquer le témoignage de l'histoire sur deux faits qui méritaient de fixer l'attention de son altesse royale; le premier, qu'elle n'offre que très peu d'exemples de restaurations durables, parce qu'elles ont toujours péri par la même obstination de ceux qu'elles avaient relevés, à faire du passé la règle du présent, et à vouloir se soutenir par ce qui les avait fait tomber; le second, que les temps marqués par la délation ont toujours été les plus malheureux pour les peuples et les moins honorables pour les princes.

Son altesse royale écouta mes respectueuses représentations avec bonté, mais il est à croire qu'elles ne laissèrent pas de profondes traces; car, de cette époque, les dénonciations devinrent plus acharnées, plus efficaces, et j'ai eu plus tard la preuve qu'elles firent sur les princes de la famille royale une impression qui ne s'est jamais effacée.

Après deux jours de séjour, le prince quitta Cahors pour retourner à Toulouse (1).

(1) Comme j'écris pour me rendre compte à moi-même et pour l'instruction de ma famille, je ne veux rien passer de ce qui peut servir à montrer les hommes et les temps tels qu'ils sont. Je ne quitterai donc pas Mgr le duc d'Angoulême sans rapporter quelques traits qui aideront à connaître lui et cette époque.

Le prince se montra satisfait de l'accueil qu'on lui avait fait dans le département : il avait lieu de l'être. Il daigna également me témoigner sa satisfaction de celui qu'il avait reçu dans ma maison. En m'en remerciant, il ajouta : « qu'ayant fait pour lui une grande dépense, il était juste » qu'il me la payât, » et il m'en demanda le compte. A cette question inattendue, je lui répondis

Ici éclata ma rupture avec MM. les députés. Comme elle fit beaucoup de

que l'honneur de recevoir un fils de France était d'un prix inestimable, et que si S. A. R. m'autorisait à le regarder comme une récompense de mon zèle à bien servir le roi, aucune ne me serait plus précieuse. J'ai cité ce trait parce qu'il prouve, qu'à cette époque, monseigneur avait encore peu l'habitude du rôle de prince.

En voici un autre :

Sous le règne de Napoléon, l'évêque de Cahors s'était montré son admirateur exalté, et, comme il était arrivé à tant d'autres, ses prédications et ses mandements semblaient plutôt ceux d'un aumônier du dieu Mars que d'un apôtre de l'Eglise. Le prince ne l'ignorait pas. L'évêque vint à la tête de son clergé pour lui rendre ses hommages. Il se présente, veut parler, le duc l'arrête, et l'interpellant avec véhémence : « Vous êtes bien hardi, lui dit-il, de vous présenter devant » moi ! Pouvez-vous ignorer que je vous connais? Retirez-vous et que je ne vous revoie de ma » vie. » Cette humiliation donnée à un évêque, en présence de tout son clergé et d'un public nombreux, fit une douloureuse impression sur tous les esprits. J'en fus mortifié pour le prélat et plus encore pour le prince. En livrant ainsi l'autorité d'un évêque au mépris de ses subordonnés, c'était manquer à la prudence, à sa propre dignité, à la politique. Rien n'est plus imprudent pour un prince que de livrer ainsi l'autorité, surtout lorsque, comme celle d'un évêque, elle est hors de la juridiction du gouvernement. C'est menacer sans avoir les moyens de se faire craindre. On chercha à atténuer cette faute autant qu'elle pouvait l'être ; on pria le prince de permettre que l'évêque fût invité à lui dire la messe le lendemain matin. Il y consentit ; mais celui-ci s'y refusa, en disant que, s'il avait mérité le traitement qu'il avait reçu, il était de la dignité du prince de ne pas le revoir; que, s'il ne l'avait pas mérité, il était de sa propre dignité de ne pas reparaître devant lui. Cependant on obtint qu'il y serait comme assistant.

Monseigneur le duc d'Angoulême était parti depuis plusieurs heures, lorsqu'un courrier de sa part me fut annoncé et m'apporta une lettre de S. A. R. par laquelle il me demandait de répondre catégoriquement à cette question : M. Marmiesse de Lussan, sous-préfet de Cahors, est-il, oui ou non, prêtre marié? Je l'ignorais. Je l'avais trouvé en place à mon arrivée dans le département ; je ne m'étais point enquis d'antécédents dont le ministère qui l'avait placé était seul responsable ; mes fonctions m'appelaient seulement à juger si sa conduite et ses sentiments politiques étaient ce qu'ils devaient être, et, à cet égard, il ne méritait aucun reproche. Je mandai le sous-préfet, je lui fis, sans autre préambule, au nom du prince, la question à laquelle il me sommait de répondre. Sa réponse fut affirmative ; mais il produisit en même temps les dispenses qu'il avait obtenues du pape. Il était dans la même position que M. de Talleyrand ; mais celui-ci était puissant et les jugements de cour l'avaient rendu blanc, tandis que la misère du pauvre Lussan le fit paraître tout noir. J'envoyai l'aveu de sa faute avec toutes les circonstances qui pouvaient l'atténuer et toucher le prince. Je lui présentai le tableau de cinq enfants, de leur mère, de leur père âgé, n'ayant de moyens d'existence que sa place, sans aucune autre ressource soit d'industrie, soit de talent. A cette même époque, les sous-préfets de chefs-lieux furent supprimés, ce qui sauva M. de Lussan de la destitution, mais non de la misère où la privation de sa place le réduisait. On demanda le secrétariat général vacant ; le ministre le portait ; on répondit que la tache ineffaçable de prêtre marié l'excluait. On demanda une petite place de finances ; même réponse au prêtre marié. On demanda au nom de Dieu et de l'humanité du pain pour ses enfants ; on n'avait rien à entendre d'un prêtre marié. Réduit aux extrémités, il remit ses deux fils à deux curés qui s'en chargèrent par pitié. Le père désespéré vendit le peu qu'il avait ; il s'embarqua pour le Brésil avec sa femme et ses trois filles ; le malheureux n'y arriva pas : il périt de chagrin et de misère ; sa pauvre famille fut jetée sur cette terre étrangère, sans ressource, sans appui ; elle arriva à Rio-Janeiro. La Providence, moins implacable, vint à son aide ; après quelque séjour dans cette ville, où elle se soutint par son travail, la fille aînée fit un heureux et riche mariage qui répara ses malheurs autant qu'ils pouvaient l'être.

bruit dans le public et dans la Chambre, j'en parlerai avec quelque détail. C'était l'époque de la plus grande incandescence de cette fameuse Chambre de 1815 : nos députés s'y faisaient remarquer parmi les plus ardents. Fougueux et violents par tempérament, par ambition, par ignorance, ils étaient de ces hommes tels qu'en présentent tous les temps de parti qui, se servant de leurs emportements, de leur rudesse, de leurs clameurs comme de talents, poussant toutes les exigences à l'extrême, indociles à toutes directions, comme à toute règle, se créent une puissance à charge et redoutable même à leur parti.

Jusques-là, ces messieurs avaient gardé quelque mesure ; ils s'étaient bornés à demander des épurations plus sommaires, plus étendues, à indiquer les remplacements qu'ils souhaitaient ; mais dès-lors ils parlèrent en maîtres ; ils exigèrent que le préfet destituât à leur gré et sans ménagements, que leurs créatures fussent portées aux places sans examen ; ils le menaçèrent personnellement de leur anathème s'il leur résistait. Je n'étais pas homme à sacrifier mon autorité et moins encore ma conscience à la peur, et ces messieurs n'étaient pas plus disposés à me pardonner ma résistance. L'occasion d'éclater se présenta bientôt. Un des députés (M. d'Héliot) voulait la perception de Gourdon pour un de ses amis ; le titulaire, d'ailleurs fort bon comptable, avait mérité des reproches par sa conduite pendant les cent jours. Sur les rapports qui m'avaient été faits, j'avais demandé sa révocation, peine énorme puisqu'il y va des moyens d'existence d'un homme et souvent de toute une famille, et que je ne me décidais à provoquer que quand des torts impardonnables en imposaient la dure nécessité. Cependant, mieux informé, j'acquis la certitude qu'on avait beaucoup exagéré ses fautes. Je me hâtai donc de réclamer contre ma première décision, et je priai le ministre de commuer la peine en un simple changement de résidence. La punition devenait ainsi plus proportionnée à la faute.

A cette nouvelle, la députation éclata et voici la correspondance à laquelle cette circonstance donna lieu :

« Paris, ce 6 décembre 1815.

» *M. Lachèse-Murel, député, à M. le préfet du Lot.* M. Lachèse-Murel député.

» Monsieur le préfet,

» Je ne veux pas négliger une occasion de vous donner une preuve de la vérité de mon caractère. On nous a écrit que votre intention actuelle était de proposer seulement le déplacement de M. Miltait, percepteur de Gourdon. Déjà le ministre a nommé, à cette perception, M. Daumont, parent et protégé de M. d'Héliot ; mais je crois devoir vous prévenir que si M. Miltait était présenté pour toute autre perception dans le département, je me croirais obligé de vous contredire, et de signaler cet individu comme un des plus effrénés partisans de l'usurpateur, et celui que les gens de biens redoutaient le plus à Gourdon.

» La révolte serait-elle toujours récompensée ? Serait-il même prudent de confier à un pareil homme des fonctions qui donnent des relations habituelles avec le peuple ?

» Je suis plus informé que tout autre de ce qui s'est passé dans l'arrondissement de Gourdon, et il m'appartient par conséquent plus qu'à tout autre de m'expliquer comme je le fais. D'ailleurs, mes collègues de députation se joindraient à moi.

» Au surplus, quand mes collègues et moi vous avons proposé des sujets, c'est parce que nous avons une connaissance certaine de leurs principes et de leur moralité, et nous désirons que vous veuillez les porter. Mais si vous en avez de meilleurs et de plus affectionnés au service du roi, nous verrons sans aucun regret que vous leur donniez la préférence. Vous pouvez être persuadé que nous n'avons pour objet que d'écarter ceux qui ne méritent pas d'être maintenus et de faire placer ceux qui peuvent le mériter, et préférons toujours ceux qui ont le plus de droits. Notre peine est de voir que notre département est en retard sur cela. L'entière députation aura l'honneur de vous écrire incessamment.

» Agréez, etc. »

« 11 décembre 1815.

Réponse à M. Lachèse-Murel, député.

» *Le préfet à M. Lachèse-Murel, député.*

» MONSIEUR,

» Ce n'est point dans la lettre que vous m'avez fait l'honneur de m'écrire que je chercherai à prendre une idée de votre caractère. Je craindrais de le juger sur un mouvement d'humeur qui lui serait peu favorable, et qui l'a emporté hors de toute convenance.

» Sans doute, Monsieur, il appartient à chacun, et à plus forte raison à un député, de signaler à l'autorité et les hommes dont la conduite a pu les rendre indignes de la confiance du gouvernement, et ceux que leur dévouement au roi recommande. Mais il n'appartient à personne, et moins à un député qu'à tout autre, de s'arroger des attributions hors de sa compétence, et de prétendre dicter impérieusement au préfet la liste des hommes que celui-ci a seul le droit de présenter.

» Je serai toujours parfaitement disposé à accueillir les représentations qui pourront m'être faites convenablement, et à me concerter avec MM. les députés pour le bien du service du roi; mais quiconque prétendra agir d'autorité envers moi, s'il n'y a droit, manquera son but.

» Il est possible, Monsieur, qu'il m'arrive d'être trompé. Un préfet, circonvenu par tant de vues intéressées et de passions peu dignes, n'y est que trop exposé; mais, si j'avais ce malheur, ce serait en conscience et prêt à revenir, dès qu'on m'aurait convaincu de mon erreur.

» Ce qui est certain, et déjà bien connu dans le département, c'est que si je deviens (ce qui est presque inévitable) l'objet de quelques animosités, ce sera plutôt pour m'être rendu inaccessible comme tout homme public devrait l'être, aux sollicitations de parents, d'amis, de protégés, que pour y avoir cédé.

» Je n'ai de compte à rendre de mon administration qu'au ministre et point à vous, Monsieur; ce sera à lui à ordonner, et à moi à me conformer respectueusement à ses ordres.

» J'attendrai avec empressement la lettre que vous m'annoncez de la part de la députation réunie. Je serai fort reconnaissant si elle me présente des vues utiles au service du roi, et telles que je dois les attendre de ses lumières, de son zèle, de son désintéressement. Dans ce cas, elle me trouvera toujours empressé de joindre mes efforts aux siens.

» En attendant, et pour vous faire connaître à mon tour combien je désire que toute ma conduite soit connue de ceux qui sont appelés à la juger, j'adresse, par le courrier de ce jour, au ministre de l'intérieur et à celui des finances, la lettre que vous m'avez fait l'honneur de m'écrire et ma réponse.

» Agréez, etc. »

« 11 décembre 1815.

» *Le préfet à S. Exc. le ministre des finances.*

» MONSEIGNEUR,

» J'ai l'honneur de communiquer à votre excellence une lettre que m'a écrite M. Lachèse-Murel, député de ce département, et ma réponse. C'est à vous, Monseigneur, à décider s'il appartient à un député de s'ingérer avec cette autorité dans les fonctions d'un préfet. Même sujet.

» Je crois de mon devoir de défendre les attributions de ma place, et de ne point souffrir que qui que ce soit usurpe sur mon administration une influence à laquelle il n'a point de droit. C'est le préfet que l'on rend responsable, rien n'est plus juste ; mais il ne peut l'être que de ses œuvres et de ses choix, et non des œuvres et des choix des autres. Si chacun pouvait intervenir ainsi dans l'administration, elle ne serait plus que confusion.

» Les députés ont leurs devoirs et les préfets les leurs. C'est assez pour chacun de s'y tenir et de les remplir. Je prends la liberté de répéter à vous, Monseigneur, ce que j'ai dit à M. Lachèse : en fait de propositions aux places, les considérations de parents, d'amis, de protégés ou toute autre de cette nature, n'auront point sur moi d'influence : ceux qui me connaissent le savent, la suite de mon administration vous en convaincra.

» Votre excellence n'ignore pas qu'on fait beaucoup la guerre aux places pour s'en emparer pour soi et les siens. A Dieu ne plaise qu'en ceci j'aie en vue qui que ce soit. Mais la chose n'est que trop commune, et tout administrateur doit se tenir en garde. Sur ce point, j'ai au moins autant de droit à me fier à moi qu'aux autres ; je chercherai toujours le mérite, et j'aurai un double plaisir à le recommander quand il se présentera sous l'appui de protections honorables : à ce titre MM. les députés ont les premiers droits.

» Il entre dans mes vues administratives, et j'en ai fait part à MM. les députés, de faire des perceptions un objet d'émulation pour les maires. Il me semble en effet qu'on ne peut donner une plus utile destination à ces places qui rapportent qu'en les donnant pour récompenses à des hommes qui se seront distingués dans des fonctions gratuites. Je désire que cette vue reçoive l'approbation de votre excellence.

» Quant à M. Miltait, percepteur de Gourdon, j'avais entendu dire de lui ce qu'en dit M. Lachèse, et c'est d'après ces données que j'ai crues suffisantes, que j'avais demandé sa révocation à votre excellence. Depuis j'ai été informé par des autorités fort respectables que ses torts étaient infiniment moins grands qu'on les avait faits d'abord, et qu'une cabale peu estimable les avait fort aggravés; c'est dans cette conviction nouvelle que je l'ai priée de commuer la peine en un changement de perception. Ma lettre du 11 novembre lui rappellera tous ces détails. Votre excellence peut avoir des informations qui la décident; elle prononcera comme elle le jugera convenable, mais j'aurai fait mon devoir en réclamant contre ma propre décision quand il m'a été prouvé qu'elle était erronée, au risque même d'être accusé d'avoir jugé légèrement.

» En tout, Monseigneur, je me conformerai autant qu'il sera en moi à la marche tracée par le roi aux administrateurs qui consiste à réconcilier ce qui peut l'être, à faire peser une justice sévère sur tous ceux qui s'étant montrés dangereux, pourraient le devenir encore, à appliquer les rigueurs de l'autorité selon les intérêts de l'État, et non selon les intérêts de la passion ou de la cupidité, en un mot à distribuer avec discernement la justice sous l'appui de la force; système sage, équitable, qui peut seul faire des amis au gouvernement du roi, et réduire ses ennemis à l'impuissance.

» Agréez, etc. »

« 11 décembre 1815.

» *Le préfet à S. Exc. le ministre de l'intérieur.*

» MONSEIGNEUR,

Même sujet.

» Vous êtes le juge et le protecteur naturel des préfets, vous ne permettrez pas sans doute que qui que ce soit se permette d'usurper leurs attributions. J'ai cru de mon devoir de défendre celles de ma place, et de remettre à la sienne le député qui s'en était écarté. Votre excellence en jugera par la correspondance ci-jointe que j'ai l'honneur de lui transmettre. Je ne mets pas plus de chaleur ni moins de justice dans cette circonstance que je n'en ai mis et que je n'en mettrai à seconder les vues de MM. les deputés quand elles auront le bien du service du Roi pour objet.

» Agréez, etc. »

« 14 décembre 1815.

» *Le préfet à S. Exc. le ministre de l'intérieur.*

» MONSEIGNEUR,

Même sujet.

» J'ai eu l'honneur d'adresser à votre excellence, par le dernier courrier, ma correspondance avec M. Lachèse-Murel, l'un de MM. les députés du Lot, et la lettre que j'ai cru devoir écrire à ce sujet à son excellence le ministre des finances.

» Cette dernière, Monseigneur, s'adresse également à vous, puisqu'elle est destinée à expliquer en partie le système de conduite que j'ai adopté, et les rapports dans lesquels je pense devoir me tenir vis-à-vis de MM. les députés.

» Une autre lettre que je reçois aujourd'hui d'un de ces messieurs me répète *qu'on leur reproche journellement que leur département est le plus arriéré à l'égard des épurations.*

» Si ce reproche a été fait par l'un des ministres de sa majesté, je prierai votre excellence de me permettre de lui rendre compte de ma conduite à cet égard. Je suis cependant fort rassuré puisqu'il est probable que, si le ministre avait eu quelques observations de ce genre à faire, c'est à moi qu'il les eût adressées; mais comme j'ai tout lieu de penser que ce reproche lui est étranger, je ne le prendrai que pour le cri de la passion qui n'est jamais satisfaite que quand tout lui est sacrifié; ou d'un zèle bien intentionné peut-être, mais sans discernement, ce qui n'est que trop commun; et je m'en tiendrai au parti que j'ai pris d'une ferme et sévère impartialité, et d'une circonspection d'autant plus nécessaire, qu'étant neuf dans ce département, j'ai beaucoup à me méfier des suggestions intéressées qui, toutes, prennent nécessairement le ton et le masque du zèle pour amener l'autorité à leur but.

» En fait de dévouement, de sévérité de principes et de désintéressement, j'ai au moins autant de raisons de m'en rapporter à moi qu'aux autres. Du reste, la situation de mon département qui, sous le rapport de l'esprit public, de la tranquillité, du recouvrement des impôts, peut figurer avec avantage, j'ose m'en dire sûr, au rang de ceux qui se distinguent le plus, aussi bien que l'approbation dont les ministres daignent honorer mon administration, me donnent la confiance que la ligne que je suis est bonne et que je dois m'y tenir.

» Il n'est peut-être pas hors de propos, Monseigneur, de noter ici les inconvénients graves qui résulteraient pour l'administration de l'influence que semblent vouloir prendre les députations des départements aux dépens de l'autorité départementale, et je dirais même de l'autorité ministérielle, si on n'arrêtait promptement cette disposition déjà très marquée. La connaissance qu'ont ces messieurs des intérêts de localités et du personnel de leur département, et la confiance dont ils sont investis peuvent leur donner sans doute des titres pour être consultés, mais non pour prendre l'initiative sur les avis qu'on ne leur demande pas, ou sur la disposition des places, tout-à-fait hors de leurs attributions et même de leur dignité; car on peut être également fondé à craindre que les intérêts de toute espèce qu'ils ont dans leurs départements, et dont plusieurs au moins ne perdent pas le souvenir au milieu des plus grands intérêts du pays, n'influent par suite sur l'impartialité de leurs jugements, et sur l'équité de leurs recommandations.

» Le roi a donné un grand relief aux fonctions législatives en les rendant gratuites; ce serait méconnaître une telle distinction et éluder la disposition de la loi que de chercher une compensation au traitement pécuniaire qu'on leur a ôté, dans le monopole des places. Votre excellence sait infiniment mieux que qui que ce soit ce qu'il peut être convenable ou dangereux d'admettre à cet égard. Mais ce qu'on peut préjuger à coup sûr, c'est que si une autorité incompétente venait à s'interposer entre le ministère et l'administration; si les préfets qu'on rend avec raison responsables de leurs actes et de leurs choix, devaient encore le devenir des actes et des choix d'autrui; si, enfin, MM. les députés, dont la mission est spéciale pour des intérêts généraux résultant de la législation, en faisaient un patronage d'intérêts particuliers, il s'ensuivrait des conflits perpétuels, des résistances ou des condescendances pernicieuses, et pour le gouvernement même une incertitude de résultats dans les informations dont il a besoin, qui ne pourrait que nuire infiniment au bien des départements et au bien de l'État.

» Ces observations étant en rapport direct avec les intérêts qui sont confiés aux préfets, j'ai cru devoir les soumettre à votre excellence.

» Agréez, etc. »

Dénonciations et vengeances. Ma conduite est approuvée.

Cette affaire se termina à ma satisfaction ; mais elle devint le signal des vengeances ; elles éclatèrent à la fois contre les principaux fonctionnaires administratifs, judiciaires, militaires, qui ne servaient pas aveuglément les passions de MM. les députés. Tous les ministères furent assaillis à la fois des accusations les plus odieuses, d'où elles m'étaient renvoyées avec des menaces de destitution contre les accusés. C'était le préfet qui s'entendait avec les factieux qui avaient favorisé le retour de Napoléon ; il prêtait les mains à l'évasion des généraux Gilly, Mouton-Duvernay et autres qui étaient sous le poids de condamnations et de mise hors la loi, etc.

Les sous-préfets étaient naturellement ses complices : celui de Figeac qui, à l'apparition de Napoléon sur le territoire français, avait été se ranger sous les drapeaux de monseigneur le duc d'Angoulême, était accusé d'avoir des rapports et des connivences avec les ennemis de la maison de Bourbon ; on faisait de celui de Gourdon, qui avait suivi le roi à Gand, et y avait fait preuve de zèle, un agent et un espion de l'ex-ministre Fouché. On imputait au commandant du département je ne sais quels faits imaginaires; au colonel de la légion du Lot, brave militaire qui avait gagné tous ses grades à la pointe de son épée, toujours étranger à la faveur de Napoléon, d'avoir favorisé sa cause dans la Vendée, d'y avoir fait fusiller une quantité de royalistes pour avoir crié vive le roi, sous le gouvernement du roi ; le président et le procureur du roi près le tribunal de Figeac, les deux hommes les plus distingués peut-être du département par leurs lumières et leur droiture, avaient, disait-on, appelé l'usurpateur, etc., etc. Que sais-je enfin? Tous les hommes en place, petits et grands, les plus honnêtes gens, les plus distingués, les plus honorables, dont la conduite et la sagesse servaient le plus utilement la cause royale, et à la conservation desquels elle devait mettre le plus de prix, étaient dénoncés, poursuivis le plus souvent sur la parole des hommes les plus tarés, les plus méprisables, avec cet acharnement, cette persécution qui caractérisent l'esprit de parti.

Je m'étais dévoué à la cause de la justice et de la vérité, d'abord pour elle-même et aussi parce que je la regardais comme le plus ferme appui, la meilleure alliée de la cause royale; j'en pris donc ardemment la défense comme je me l'étais promis, en vrai chevalier du devoir, sans m'inquiéter de ce qui pourrait advenir pour ma propre conservation de la lutte dans laquelle je m'engageais pour le bon droit et le salut d'honnêtes fonctionnaires qui n'avaient de torts que celui de posséder des places qu'on voulait s'approprier.

Le même soin que j'avais pris pour reconnaître les hommes dont les sentiments et la conduite hostiles avaient mérité une juste réprobation, je l'apportai à recueillir les preuves de l'injustice des accusations. Armé de pièces, de faits,

Mes observations à ce sujet aux divers ministres.

de témoignages irrécusables, je les adressai hardiment à chacun des ministres desquels ressortissaient les fonctionnaires accusés, en leur annonçant que je prenais sous ma responsabilité personnelle toutes mes assertions et toutes leurs conséquences. J'ajoutais que, quel que fût le rang et l'importance des accusateurs, ils pouvaient se tromper et être trompés; qu'aussi bien, le préfet d'un département était bien aussi quelque chose, puisqu'il était l'homme du choix et de la confiance du gouvernement, et que son témoignage méritait bien aussi quelque considération; qu'ayant d'ailleurs plus spécialement que personne la mission et l'intérêt d'observer, de surveiller la conduite de ses inférieurs, il était plus que personne aussi en position de les bien juger; que je convenais que le préfet pouvait aussi se tromper, mais moins que tout autre, et que, comme il n'avait dans le département aucun intérêt de fortune, de famille, de clientelle, il était moins que tout autre dirigé par des intérêts passionnés, et par conséquent moins suspect de partialité.

Qu'en ce qui me concernait personnellement, je ne me faisais point illusion sur les conséquences du système de justice que je m'étais fait; que je n'étais pas assez dupe de la moralité et du désintéressement des partis pour croire qu'on me pardonnerait une impartialité sourde à leurs convoitises, et qu'une conduite consciencieuse et toujours honorable me mettrait à l'abri des accusations; que je m'y étais attendu, mais que, préparé à tout événement, je ne continuerais pas moins à marcher droit au but dans l'intérêt vrai et bien entendu de la cause royale, sans bas intérêt, sans partialité, et autant que je pourrais sans faiblesse. Que, si mes intentions et ma conduite n'étaient pas comprises et ne suffisaient pas pour me défendre, je n'avais rien à ajouter, que je serais toujours prêt à céder ma place à quiconque serait jugé plus capable de la remplir, etc.

Que je croyais pourtant de mon devoir de répéter à son excellence combien il importait de réprimer enfin ce déplorable système de délations contre lequel toutes les administrations et toute la France se récriaient si justement, qui répandait partout l'alarme, la division, le découragement, qui était le plus grand, peut-être même le seul obstacle à la réunion de tous les partis autour du trône légitime, etc.

Ce langage mesuré, mais ferme, développé dans une correspondance fort suivie et dont la respectueuse franchise frappait peut-être pour la première fois l'attention ministérielle, avait fini par avoir son effet; le ministre m'annonça qu'il se rendait à mes raisons; qu'il regardait mes sous-préfets comme pleinement justifiés et qu'ils étaient conservés dans leurs fonctions: c'était un beau succès. Mais ce répit ne fut pas de longue durée; les accusations se renouvelèrent avec une nouvelle ardeur, avec de nouveaux organes et avec des combinaisons mieux calculées pour faire retomber le ministre dans le piége.

M. de Vaublanc, Ministre de l'Intérieur.

C'était alors M. de Vaublanc, faible, léger, suffisant et livré aux députés du parti, dont il craignait et ménageait l'influence. Il revint donc promptement sur sa dernière décision et m'écrivit que de nouvelles preuves lui ayant été données par des personnes dont le témoignage méritait toute confiance, que mes sous-préfets étaient indignes de celle du gouvernement, ils allaient être révoqués; mais que, pour me donner une preuve de la déférence qu'il avait pour moi, il m'autorisait à lui désigner parmi les sous-préfets supprimés, ceux qui me paraîtraient les plus propres à les remplacer.

Dès les premiers temps de ce débat, j'avais prié le ministre de me permettre d'aller en personne lui présenter la justification de mes sous-préfets et de lui donner toutes les explications qu'il pouvait souhaiter, faisant observer l'avantage de ce moyen bref et tranché sur celui d'une correspondance toujours lente et incomplète; qu'ainsi je pourrais répondre instantanément à toutes les accusations et à tous les accusateurs, et éclairer le ministre tout de suite et sur tous les points. Un malheur domestique qui réclamait ma présence à Paris, étant survenu sur ces entrefaites, m'avait fait insister pour obtenir un congé; quoiqu'il ne me fût pas encore parvenu, je pris mon parti et je me mis en route pour Paris le 28 février 1816.

Mon départ pour Paris pour la défense des fonctionnaires injustement attaqués.

Entrevue avec M. de Vaublanc.

Mon premier soin fut de me présenter au ministre. Sa manière de traiter les affaires était fort suffisante; hautain envers ses subordonnés autant que souple envers ceux dont il avait à ménager l'influence, il me reçut fort lestement, m'observant qu'il ne comprenait pas ce que je pouvais avoir à lui dire, après les dernières significations qu'il m'avait faites. Je répondis que, chargé par le roi de l'administration d'un des départements de la France, mon devoir était de faire connaître sa véritable situation au ministre qui certainement en avait été mal informé, et de rectifier son jugement qu'on avait évidemment égaré sur un certain nombre de fonctionnaires, que je regardais l'accomplissement de ce devoir comme une des plus nobles attributions de ma place, à laquelle je tenais le plus, et que je ne pouvais lui donner une meilleure preuve de ma conviction à cet égard que par la démarche que j'avais faite au risque de lui déplaire. Je lui offris de fixer un moment où il me serait permis de répondre en sa présence à toutes les accusations. Son excellence ne jugea pas à propos de déférer à cette demande, elle me congédia sous prétexte d'affaires plus pressantes, et sans qu'il me fût possible de me dissimuler que ma franchise lui avait été peu agréable.

Une affaire à laquelle le ministre de l'intérieur mettait une haute importance, et où il se complaisait infiniment, était de monter, dans son jardin, un fort beau cheval blanc qui lui avait été donné en présent par S. A. R. Monsieur, et de poser ainsi devant le sculpteur Lemot, qui s'occupait alors du modèle de la statue d'Henri IV. Son excellence me quitta pour aller vaquer à cet important devoir.

Le ministre me traitait avec une défaveur marquée; il reculait de jour en jour à entendre mes explications. Je ne me décourageai pas; je me rendais avec mes papiers à ses audiences, à ses soirées, attendant le dernier pour obtenir un mot, et insistant pour être entendu. Je ne l'aurais probablement jamais été sans la bienveillante intervention de Mgr le duc d'Angoulême, à qui j'avais pris la liberté de la demander. Un jour donc, à une de ses audiences, M. de Vaublanc m'interpella en ces termes : « Eh bien! donc, Monsieur le préfet, puisque je ne puis me débarrasser de vous sans voir vos paperasses, apportez-les, je les verrai. » Je répondis : « Je remercie votre excellence, sinon de sa bonne grâce, du moins de sa justice; puisqu'elle se résigne à voir mes paperasses, je suis sûr de lui ménager un plaisir fort doux, dont elle me saura gré, puisqu'elle y trouvera des preuves convaincantes, irrécusables, de l'erreur dans laquelle elle a été induite à l'égard d'honnêtes fonctionnaires capables, dévoués, excellents serviteurs du roi, et une justification complète des faits et de calomnies, méchamment suscités par de bas intérêts, au moyen desquels on a été au moment d'amener votre excellence à les priver de leur état et de leur honneur. »

J'entrai, en effet, en explications en présence de plusieurs personnes qui se trouvaient là. Elles furent si claires, si décisives que le ministre ne put s'empêcher de révoquer sa décision contre mes sous-préfets. L'ordre de leur confirmation fut donné, signé par lui, et remis entre mes mains.

J'eus à me féliciter que cela se fût passé devant témoins; car on m'a assuré qu'au lieu du plaisir qu'il devait avoir de reconnaître une erreur, il avait eu beaucoup d'humeur et avait dit : « Eh bien, soit! ses sous-préfets resteront; mais s'ils n'ont point tort, c'est lui qui l'a, et c'est lui qui sautera. »

Son excellence n'eut pas le temps de tenir parole : elle sauta elle-même avant de pouvoir accomplir son projet.

J'eus le même succès auprès des autres ministères : le président et le procureur du roi près le tribunal de Figeac furent maintenus. Le colonel Danlion qui, dans les catégories inventées alors par M. le duc de Bellune ou par le duc de Feltre (je ne me rappelle pas bien), avait été placé dans celle qui excluait du service du roi, fut conservé à son régiment; enfin, je sortis de cette lutte pleinement triomphant et vraiment heureux de ce bonheur si doux à l'âme, qui résulte de l'accomplissement d'une bonne action. En effet, j'avais sauvé plusieurs fonctionnaires estimables du coup qui allait frapper leur existence de dégradation et de ruine; j'avais confondu la calomnie, non sans quelque danger pour moi-même; j'avais conservé au roi de bons et dévoués serviteurs et des affections qu'une injustice faite en son nom allait aliéner.

Mon retour à Cahors.

Je fus accueilli à mon retour par les bénédictions des familles que j'avais sauvées, et par celles de tous les hommes honnêtes et paisibles qui reconnaissaient dans le premier magistrat du département un protecteur sincère et courageux de l'innocence, de la justice, des véritables intérêts de la cause royale, contre les fureurs de l'esprit de parti et les erreurs du pouvoir. Ce n'était point là de la popularité de bas peuple, bassement acquise, mais un témoignage honorable de l'estime publique. Ce souvenir est certainement un des plus satisfaisants de ma vie.

Ce fut au mois de mai 1816 que M. de Vaublanc fut remplacé au ministère de l'intérieur par M. Lainé.

Avénement de M. Lainé au ministère de l'intérieur.

M. Lainé avait jeté un grand éclat par l'énergie de son opposition aux violences de l'empereur en 1813, et par la fière indépendance de son attitude pendant les cent jours. Esprit supérieur, orateur éloquent, de cette éloquence qui s'inspire à la fois aux deux grandes sources du beau, un noble cœur et un sens droit; antique par ses vertus publiques et privées, simple, consciencieux, désintéressé de toute ambition personnelle, son avénement à la direction des affaires annonçait que le gouvernement allait enfin entrer dans un système de justice, d'impartialité, de sage et ferme modération, seul capable de ramener la confiance et les affections et de fonder le trône de la Restauration sur une base solide. Son administration fut en effet dirigée dans ces voies de sagesse, et elle eût atteint le but si le parti de l'exagération, momentanément écarté, mais constamment soutenu et rallié par de hautes influences, ne fût parvenu plus tard à ressaisir le pouvoir.

Révolte de Grenoble.

Sur ces entrefaites, en mai 1816, éclata la révolte des habitants de Grenoble, événement si singulier, d'une origine si suspecte, si étrangement présenté par les autorités civiles et militaires, qui en furent encore plus étrangement récompensées. Je n'en fais mention ici que parce qu'une circonstance qui fut assez marquante dans mon administration se rapporte à cet événement, et pour faire observer, en passant, combien cette préoccupation perpétuelle de conspirations fut funeste au gouvernement de la Restauration. Le parti de l'exagération royaliste qui, comme tous les partis, n'a en vue que la domination, poussait à ce système de toutes ses forces, parce que c'était pour lui un moyen de retenir ou d'obtenir le pouvoir. Il calculait qu'en tenant ainsi le gouvernement et la famille royale dans de continuelles inquiétudes sur ces prétendues conspirations, il se montrait le seul attentif aux dangers et aux piéges que lui tendait le parti contraire, le seul dévoué aux intérêts monarchiques, le seul capable de les défendre et de les consolider. Mais cette crédulité du gouvernement sur parole si suspecte, était une erreur qui pouvait devenir féconde en fâcheuses conséquences. En effet, quand on vit que, pour obtenir les honneurs et les récompenses, il suffisait d'avoir sévi contre des émeutes, il ne dut pas manquer d'hommes qui, pour se recommander et se faire des titres, voulurent faire preuve de zèle, et qui, à défaut de conspirations vraies, imaginèrent d'en faire naître : c'est ce qui arriva, et les populations virent avec un juste dépit que la disgrâce était le prix réservé aux fonctionnaires consciencieux, qui avaient su prévenir les émeutes et maintenir l'ordre public, tandis que ceux des départements qui se faisaient remarquer par la fréquence des désordres étaient comblés de faveurs et de distinctions.

Je saisis l'occasion des troubles de Grenoble pour en imposer aux factieux de mon département; je proclamai la victoire; mais j'en pris également texte pour prémunir le public contre ce système de délation et d'associations secrètes, mis en œuvre par le parti de l'exagération royaliste si contraire à l'action légale et régulière du gouvernement. La circulaire que je publiai à cette occasion, inspirée par un sentiment incontestable d'équité et d'ordre public, calme et modérée dans son expression, réprouvait justement les intrigues et les menées qui, se cachant sous l'apparence d'un excès de zèle, faisaient tant de mécontents, éloignaient tant d'affections. Elle eut de la célébrité et reçut l'approbation des hommes sincèrement attachés au roi et à sa cause; mais elle envenima la haine que m'avait déjà value de la part des fanatiques du parti mon dévouement indépendant. C'est ce qu'on verra par la suite.

Distribution de primes aux cultivateurs du tabac.

Ce fut vers cette époque qu'eut lieu le mariage de S. A. R. Mgr le duc de Berry avec la princesse Caroline de Naples. J'avais annoncé que des prix seraient distribués aux cultivateurs du département qui auraient produit les tabacs les plus supérieurs. Pour donner plus d'intérêt à cette solennité qui avait pour objet d'encourager cette culture faite pour devenir l'une des sources les plus fécondes de prospérité pour ce département, je voulus la faire coïncider avec les fêtes du mariage, et populariser ce grand intérêt de la dynastie et de la France en l'identifiant à des intérêts locaux de bien public vraiment populaires, moyen bien autrement efficace que ces fêtes stériles, que ces discours d'apparat en usage en pareilles circonstances, qui inspirent toujours de la méfiance à ceux qui les lisent à cause des adulations intéressées dont ils sont pleins, et qui ne disent rien au peuple qui s'en méfie ou ne les lit pas.

Je m'appliquai donc à donner à cette fête populaire tout le mouvement, tout l'intérêt dont elle était susceptible. Les autorités, les notabilités du pays, les dames brillamment parées, les cultivateurs de tabac de tout le département, la garde nationale, la troupe de ligne en grande tenue furent invités à se réunir dans une vaste salle, ornée avec recherches et d'une manière analogue à la circonstance. Les sous-préfets avaient été appelés pour faire les honneurs de la fête. Des discours analogues à la circonstance et à la portée des cultivateurs y furent prononcés, traduits dans l'idiôme vulgaire et lus publiquement dans toutes les parties du département. Les cinq cultivateurs dont les tabacs furent jugés les plus parfaits reçurent chacun un prix de 340 fr. en pièces d'or nouvellement frappées à l'effigie du roi, renfermées dans d'élégantes bourses tissues d'or et de soie de la main des dames les plus distinguées de la ville : on y joignit des couronnes de chêne : leurs noms furent proclamés au bruit du canon, publiés par affiches dans tout le département. Les vainqueurs eurent les places d'honneur au repas qui suivit la cérémonie et furent gaiement entraînés par les dames les plus remarquables par leurs charmes à la danse qui couronna la journée.

Ces braves gens s'en allèrent comblés, glorieux, flattés : flattés de la seule manière dont il est bien que le peuple le soit, par des honneurs et des encouragements donnés à son travail et aux bons exemples. Ils rentrèrent dans leurs communes montrant les récompenses qu'ils avaient reçues et racontant les égards dont ils avaient été les objets. L'émulation fut vivement excitée, et de toutes parts on se disposa à mériter pour l'année suivante de semblables distinctions. Mais la fête de la culture du tabac n'eut pas lieu cette autre année ; car, peu de mois après celle qu'on venait de célébrer, je reçus une autre destination, et l'on sait que rarement le successeur continue l'œuvre du prédécesseur, même la plus utile.

Le récit de cette fête, qui fit époque dans le pays, inséré au Recueil des Actes de la préfecture sous le n° 53, fut envoyé dans toutes les communes du département avec ordre aux maires d'en faire publiquement la lecture au peuple ; mais l'ignorance générale de celui des campagnes y était telle que, dans plusieurs communes, les desservants étaient obligés, pour être compris de leurs paroissiens, de faire leurs prédications en idiôme vulgaire ou patois du pays, et que, pour leur rendre intelligible le récit de la fête, je dus le faire traduire dans ce langage par une commission spéciale, sorte d'académie patoise.

Réunion du conseil général du Lot.

Dans le même temps eut lieu la première réunion du conseil général du Lot, depuis la seconde restauration des Bourbons. Je saisis cette circonstance solennelle pour lui adresser un rapport dans lequel je lui exposais les principes d'après lesquels j'entendais diriger mon administration, mes vues de bien public, d'améliorations, etc., etc. Je transcris ici ce rapport ainsi que la délibération à laquelle il donna lieu. C'est un titre d'honneur trop précieux pour qu'il ne trouve pas place dans les annales de ma vie.

« Messieurs,

Rapport au conseil général.

» C'est avec une vive impatience que j'attendais le moment où il plairait à sa majesté de convoquer le conseil général; il me tardait de renouveler entre ses mains l'engagement que j'ai publiquement contracté en prenant l'administration de ce département, d'un dévouement sans bornes à ses intérêts, d'une équitable impartialité dans l'emploi des pouvoirs qui me sont confiés et d'une rigoureuse impassibilité à toutes les passions, à tous les intérêts qui ne seraient pas ceux de l'État et du roi.

» L'épreuve que ce département a déjà faite de mon administration ne m'a que trop convaincu combien je suis au-dessous de ce qu'il a droit de prétendre et de ce que je voudrais être; mais j'ose avoir la confiance que du moins on ne se sera pas mépris sur la droiture de mes intentions, et que les hommes, s'il en est, qui ont pu m'en supposer d'autres ont moins prouvé contre moi que contre eux-mêmes.

» Il ne me tardait pas moins de rendre hommage au conseil général dont la conduite noble, loyale et énergique dans les dernières crises a été un des plus beaux exemples qu'a produits cette époque. Quand tant de fidélités étaient chancelantes, que tant de serments se démentaient lâchement, que tant de zèles, qui alors et depuis se sont dits exclusifs, fléchissaient devant le danger, il est resté ferme au poste où le roi l'avait placé, faisant victorieusement tête à l'orage.

» Ce qu'il fit alors répond de ce qu'il fera toutes les fois qu'on aura besoin de sa fermeté et de sa prudence. Un tel appui, Messieurs, est, pour un département et pour le préfet qui a eu le bonheur de le rencontrer, un point de sécurité bien rassurant.

» Je ne compte pas moins sur le secours de vos lumières et de votre expérience, Messieurs, pour donner un plus vif essort aux améliorations de tout genre que ce pays réclame: sous ce rapport, il est encore, il faut l'avouer, en arrière de presque tous les autres; et, malgré les facilités immenses que lui donnaient à certaines époques de hautes protections, qui lui étaient particulières, tout reste encore à faire. Cet héritage administratif n'est pas sans difficultés; mais je ne reculerai pas devant elles : mon zèle se fortifiera de votre zèle, et quelques heureux résultats couronneront peut-être nos communs efforts.

» Ce besoin d'activité que vingt-cinq ans d'agitations ont jeté dans toutes les têtes, ne trouvant plus d'emploi ni dans les révolutions intérieures, ni dans les conquêtes, peut aisément être dirigé vers des entreprises utiles; l'orage est passé; reprenons la bonne route dont il nous avait écartés, et profitons du bon vent pour aller au but, sans nous endormir, mais aussi sans nous étonner si quelques murmures impuissants viennent encore troubler parfois la tranquillité de l'atmosphère.

» La paix, fruit heureux de la légitimité, en ouvrant à la France un vaste champ de prospérités, lui ouvre aussi une nouvelle carrière de gloire. Montrons que notre activité et notre génie peuvent s'exercer autrement que par la guerre, et que notre ambition ne se borne pas à celle des conquêtes. Si la guerre et les conquêtes ont donné un grand lustre au nom français, la France n'a pu résister à leur résultat inévitable, celui de rendre à la fin le peuple conquérant plus malheureux que les malheureux qu'il a faits. Ne perdons rien de nos honneurs; ne renions pas nos lauriers; mais reconnaissons nos fautes et sachons en profiter.

» La réputation militaire de la France est faite et ne s'est point démentie, même dans les revers, et il ne nous manque que de l'accord pour être encore assez forts contre quiconque oserait se déclarer notre ennemi; mais sa réputation morale est toute à refaire. Rendre au peuple le sentiment et l'amour de ses devoirs; ramener les esprits à la subordination et au respect dus à l'autorité; réprimer les licencieuses prétentions dont les temps de révolution ont empoisonné toutes les classes ; déshonorer toutes les ambitions qui n'ont pas pour objet la gloire de l'Etat et du roi ; rasseoir la morale, rétablir la bonne foi ; refaire l'éducation, ranimer l'esprit public : voilà où doivent tendre tous nos efforts, et le but vers lequel nous devons marcher unis.

» Cette réparation est difficile et ne peut s'opérer que lentement et par le moyen d'un accord dont les esprits sont malheureusement encore loin ; mais le calme ne succède pas à l'orage sans que cette transition ne se sente encore de la tourmente. A la suite de ces révolutions, les allures de la société restent encore longtemps comme interverties par le grand nombre de changements qui ont eu lieu dans les conditions, dans les fortunes, dans les espérances ; aucune ambition ne veut s'arrêter ; personne ne veut trouver sa place bonne : les enrichis ne savent pas encore être riches, les appauvris ne savent pas encore être pauvres, les ambitieux n'ont encore appris ni à tomber ni à se soutenir, ni à être ce qu'il faudrait, ni à renoncer à être quelque chose ; il n'y a pas jusqu'aux coupables qui se refusent à la clémence, ne pouvant renoncer aux pompes ni aux priviléges dont leurs crimes avaient été si longtemps honorés.

» Par malheur, le gouvernement qui survient ne peut, en un moment, réparer tous les maux : en butte à tant de passions, il est obligé lui-même de défendre sa propre sagesse contre la révolte des folles prétentions qu'il ne favorise pas. Mais, enfin, la sagesse aura son effet inévitable et dissipera tous ces nuages.

» S'il est un moyen de ramener aux mœurs un peuple qui a achevé sa corruption dans une révolution populaire et dans les conquêtes, c'est par le retour au travail, à l'agriculture, à l'industrie. Ces travaux de la paix succèdent dignement aux travaux des camps, et le peuple industrieux et aimable au peuple héros. Tout nous favorise aujourd'hui sous un gouvernement paternel et réparateur. Que des entreprises, que des spéculations utiles donnent du mouvement à vos capitaux ; que l'industrie se ranime ; que vos montagnes dépouillées se repeuplent de bois ; que des prairies artificielles couvrent vos sols maigres qui en sont susceptibles ; que les terres croulantes des pentes soient retenues par des terrassements conservateurs des trésors de vos vignes ; que la culture du tabac, cette autre source de fortune, se multiplie et soit mise par un intérêt bien entendu sous la protection des cultivateurs de bonne foi, contre la fraude qui finirait par la faire interdire ; enfin, et c'est le point essentiel, que des communications faciles s'ouvrent de toutes parts et donnent le mouvement et la vie à ce pauvre département qui, dans quelques-unes de ses parties, présente encore une âpreté de mœurs voisine de l'état sauvage et, dans toutes, un retard d'industrie peu en rapport avec l'état général de la civilisation en France.

» Au reste, il s'agit moins de prouver l'utilité des chemins que tout le monde reconnaît, que de persuader à chacun de concourir à les faire. On est assez d'accord sur les améliorations que l'intérêt public commande ; mais l'intérêt particulier, bien que mauvais calculateur quand il s'isole, est fécond en objections et ne manque pas de trouver impossible ce qui lui coûte quelque chose.

» Je sais, comme d'autres, ce qu'il y a à dire du malheur des temps ; mais je ne sais pas moins que, plus ils sont réels, plus il importe de se hâter de les réparer, de suppléer à l'insuffisance des ressources de l'Etat par des efforts sur nous-mêmes et de tirer de nous ce que nous ne pouvons attendre de lui. Nous nous plaignons de notre misère et nous ne saurions rien faire pour y échapper ! N'imitons pas ces êtres avilis plus encore par la lâcheté que par la pauvreté, qui mendient de la pitié d'autrui leur honteuse existence, et qui mourraient plutôt que de vivre honorablement au prix de quelques efforts. Nos moyens de fortune sont dans l'ouverture des communications qui donnent à ce département des débouchés faciles. Si on assurait que, pour les obtenir, il n'en coûterait que cinq centimes par franc d'augmentation à chaque contribuable, qui se refuserait à faire cet insignifiant sacrifice ou plutôt cette légère avance pour d'aussi graves résultats? Je n'en demande pas davantage : il suffira, pour le surplus, de l'emploi actif et judicieux de nos bras en temps perdu.

» La population de ce pays est laborieuse, vive et susceptible de mouvement ; il ne faut que lui donner une meilleure direction. Ce caractère ardent qu'une extrême rudesse de mœurs pousse à des délits dont le nombre et l'énormité sont effrayants dans quelques parties de ce département, pourrait, par une salutaire influence, être dirigé vers des entreprises utiles. C'est à vous, Messieurs, qui, outre un grand intérêt particulier, avez éminemment celui du bien public, à vous, qui avez tout l'ascendant de votre considération et de vos lumières, à lui imprimer ce mouvement.

» Après avoir eu l'honneur de m'entendre avec le conseil général réuni, sur les intérêts du département, je me propose de le parcourir et de m'entendre encore avec chacun de ses membres pour aviser aux moyens de faire à son profit la meilleure application de leurs vues. Heureux si je puis laisser quelques traces et m'acquérir à votre estime les titres que vous avez à la mienne. »

Le Conseil général termina sa session par la délibération suivante. Séance du 18 juin 1816.

« Le Conseil général, après avoir épuisé toutes les matières soumises à son examen et à sa délibération, se fait un devoir de terminer sa session en rendant, comme organe immédiat des habitants du département du Lot, un hommage éclatant à l'administration de M. le Préfet.

» Il arrête en conséquence :

» 1° Que le discours de cet intègre et zélé magistrat, prononcé à l'ouverture de la session du conseil, sera imprimé comme un monument de la sagesse de ses principes, de son entier dévouement au monarque que le Ciel a rendu aux vœux de la France, de son amour pour ce département, de sa sollicitude paternelle pour tout ce qui touche aux intérêts de ses administrés, des grandes vues de bien public dont il est animé, de la pureté enfin, comme du désintéressement de ses intentions.

» 2° Que le conseil lui vote, par acclamation, des remerciements pour tout le bien qu'il a fait à ce département, pour celui qu'il promet de lui faire encore, pour les soins qu'il ne cesse de mettre, soit à maintenir la tranquillité publique, soit à ranimer, à fortifier de plus en plus les sentiments qui attachent le département du Lot à la cause du roi et à celle de la patrie.

» 3° Qu'extrait de la présente délibération qui sera imprimée en tête du discours, lui sera transmis par les soins de M. le président comme un tribut bien mérité d'une reconnaissance sans bornes et de la plus profonde affection.

» Signé : Séguy, président,
» Saint-Priest, secrétaire. »

Je visite toutes les parties du département.

Je ne connaissais encore l'esprit, les hommes, les intérêts du département que par mes rapports avec les fonctionnaires publics : je voulus en prendre connaissance par moi-même en le visitant dans toutes ses parties. J'annonçai officiellement cette visite. Il fut enjoint aux maires et autres fonctionnaires de se trouver réunis en même temps que le préfet aux chefs-lieux de leurs cantons. Je leur avais adressé une série de questions qui devaient me faire connaître avec détail les intérêts, les besoins, les ressources des communes : ils devaient m'apporter leurs réponses écrites. Je les invitais, ainsi que toutes les personnes dont je pouvais espérer d'utiles renseignements, à me présenter leurs propres vues sur les améliorations à faire : je flattais ainsi beaucoup d'amours-propres, et je me composais un précieux document administratif.

Ces précautions prises, je commençai ma tournée en interdisant scrupuleusement ces moyens, trop souvent employés pour exciter des démonstrations factices, par conséquent trompeuses, ne voulant chercher que la vérité, la réalité des choses et des sentiments.

Je n'en eus que plus de satisfaction de l'accueil empressé, je pourrais dire enthousiaste, qui me fut fait partout sur mon passage. C'était l'expression spontanée du sentiment qu'avait inspiré l'ardeur de mon zèle pour le bien du département, mon amour de la justice, l'énergie que j'avais mise à défendre, non sans danger pour moi, les honnêtes gens contre la délation et l'intrigue : je jouissais, dans toute la simplicité de mon cœur, de cette manifestation éclatante de l'estime publique qui ne ressemblait en rien à cette popularité éphémère si facile à obtenir quand on s'abaisse à flatter les passions populaires, comme de la plus douce récompense, comme de la plus belle fête que le département pouvait donner à son préfet, étonné de ce que peut le simple et franc accomplissement du devoir. Mais dans les temps de partis, la faveur de l'un excite l'irritation du parti opposé, et en étant juste, on blesse une quantité de prétentions injustes qui deviennent ennemies.

J'en acquis une nouvelle preuve à l'occasion de démonstrations dont je fus l'objet dans la ville de Saint-Céré. Des arcs de triomphe, décorés de guirlandes de fleurs, avaient été élevés sur mon passage. Parmi ces fleurs, il s'en trouvait fort naturellement de toutes couleurs, de blanches, de bleues, de rouges, etc., ce qui, au dire de certains royalistes, représentait les couleurs révolutionnaires, sous lesquelles les ennemis du roi avaient fait une ovation au préfet qui l'avait acceptée, ce qui expliquait assez ses tendances. Cela devint un texte d'accusation et souleva une affaire qui eut un grand retentissement et dont je rendrai compte.

Ordonnance du 5 septembre 1816.

Sur ces entrefaites, parut l'ordonnance royale du 5 septembre qui prononçait la dissolution de la Chambre des députés. Le but que le gouvernement s'était proposé par cette énergique mesure était de raffermir sur ses bases la charte, loi suprême de l'État, gage d'alliance entre la nation et le roi, incessamment menacée par les prétentions du parti ultra-royaliste, de garantir tous les droits, de ramener la confiance, de rallier à la cause royale tout ce qui hésitait encore.

Mais tandis que cet acte de haute politique et de justice était accueilli avec reconnaissance par la généralité de la nation, il avait excité au dernier degré l'exaspération de ce parti qui n'avait cherché dans la Restauration que celle des abus dont la révolution l'avait dépossédé.

Les nouvelles élections confirmèrent ces dispositions du pays : tous les anciens députés, moins un, furent écartés, et je fus nommé à une immense majorité, témoignage d'autant plus flatteur qu'il n'avait été recherché par aucune démarche, et que j'avais cessé d'être préfet du Lot par ma nomination à la préfecture de la Somme.

Je suis nommé Préfet de la Somme et député du Lot.

Alors, la députation n'était pas incompatible avec les fonctions de préfet.

J'insère ici les adieux que j'adressai aux habitants du département.

« Messieurs,

» L'ordre du roi m'éloigne de ce département et m'appelle à la préfecture de la Somme.

» Quelque grande que soit une faveur qui me place plus éminemment et selon toutes mes convenances, je n'en sens pas moins vivement ce que je perds et ce que j'ai à regretter.

» Je regrette tout le bien que ce département présente à faire et l'honneur qu'il y a à recueillir; je regrette de le quitter avant d'avoir pu y laisser des traces de mon passage dignes de fixer, comme je l'aurais voulu, et comme j'osais même m'en flatter, mon souvenir dans la mémoire et dans le cœur de ses habitants; je regrette enfin des administrateurs dévoués et des hommes zélés pour le bien public que je trouvais parmi vous.

» Je laisse à mon successeur une noble tâche : il finira ce que je n'ai fait qu'ébaucher. Plus heureux que moi, il vient dans un temps moins difficile, où la délation a cessé d'être à craindre pour l'honnête homme en place, où le cri de la passion et de l'intérêt ne prévaudra plus contre la modération et l'impartiale justice, où tous les partis devront enfin plier et se taire sous la volonté royale bien prononcée, et sous l'autorité des lois.

» La réputation de sagesse du nouveau préfet présage à ce département ce qu'il doit en attendre de bien, et, sous ce double rapport, je jouis d'avance de ses succès.

» Moi j'emporte du moins la flatteuse conviction que les habitants du Lot ont daigné apprécier mon zèle et la droiture de mes intentions. Ils ont payé d'un inestimable prix le bien que j'ai voulu leur faire, et m'ont donné le plus superbe témoignage de leur estime en faisant de moi l'élu du département.

» J'accepte avec orgueil cette honorable adoption et les devoirs auxquels elle m'engage.

» Placé si haut dans votre confiance, croyez que rien de ce qui m'est personnel n'arrêtera jamais ma pensée. Je soutiendrai fidèlement, comme la première condition de mon mandat, comme le premier sentiment de ma conscience, les lois de l'État, les droits sacrés du trône et de la légitimité, nos institutions constitutionnelles. Je servirai le roi loyalement, selon la charte et non selon les vues des partis, plein d'admiration pour ses lumières, de respect pour ses volontés, de confiance en sa sagesse.

» C'est dans ce moment, Messieurs, plus que jamais, que je vous appartiens ; c'est en vous quittant que je suis plus particulièrement à vous; ce que je dois à mes nouveaux administrés n'affaiblira en rien mes devoirs envers vous : vos intérêts ne seront pas moins mes intérêts propres, et le bien que je pourrai vous faire mon bien le plus précieux. Je servirai les uns et les autres avec le même zèle, sans nuire à aucun, bien convaincu qu'un bon cœur peut suffire à beaucoup d'amour, et un honnête homme à beaucoup de devoirs.

» Heureux si, pour justifier la confiance du roi et celle du département, je pouvais offrir à l'un et à l'autre en force de tête et en talent, ce que je me sens capable de leur donner en chaleur de cœur et en sincérité de dévouement. »

Mon élection excita dans le parti un redoublement d'irritation qui alla jusqu'à la fureur. MM. les anciens députés adressèrent à la Chambre un mémoire rempli des plus absurdes imputations que puisse imaginer l'esprit de parti blessé. Ils y reproduisirent avec amplification l'ovation faite au préfet sous des arcs de triomphe surmontés de couronnes tricolores. Mes sous-préfets n'y furent pas plus épargnés, et les offenses y étaient telles qu'elles donnèrent lieu de leur part à un procès en diffamation.

Notre victoire fut complète devant le tribunal comme à la Chambre, où je reçus les témoignages d'estime les plus signalés de la part de ses hommes les plus éminents. A cette occasion, il s'établit entre M. de Châteaubriand et moi une polémique dans laquelle la passion égara sa raison et rapetissa son esprit.

M. Royer-Collard.

C'est de là que datent mes premières relations avec M. Royer-Collard, relations qui devinrent une amitié parfaite et intime qui a honoré ma vie et qui n'a fini qu'avec lui.

La Chambre n'était pas un théâtre approprié à ma nature et à mes habitudes. Il faut, pour s'y faire remarquer, une grande connaissance des hommes, des affaires, des intrigues qui y jouent un si grand rôle, si ce n'est pour y participer, du moins pour les démêler et s'en défendre ; il faut le talent de la parole qui ne peut s'acquérir que par une longue habitude, par une grande assurance, par une mémoire sûre, par un esprit toujours présent, prompt à la répartie. Toutes ces conditions me manquaient. Né avec une extrême timidité, les défectuosités de mon éducation et mon isolement presque continuel de tous rapports avec la société l'avaient entretenue et augmentée. Je me trouvais silencieux, emprunté, mal à l'aise dans ce monde si imposant et si nouveau pour moi. On ne s'y expliquait pas le timide embarras de ce même homme qui, par sa ferme indépendance et la hardiesse de son langage, avait fixé sur lui l'attention publique, dans la lutte qu'il venait de soutenir contre un parti puissant et contre le pouvoir lui-même pour la défense de la justice et des opprimés. J'y restai donc obscur, apprécié seulement par les hommes avec lesquels je me trouvais en rapports plus directs et plus intimes. Je pris ma place dans les rangs du parti constitutionnel modéré, à côté de M. Lainé, dont j'eus aussi l'honneur et le bonheur d'obtenir la constante amitié.

Disette dans la presque totalité de la France.

L'année 1816 avait été frappée de désolations : des pluies incessantes avaient perdu les récoltes ; les blés moissonnés n'avaient pu être rentrés ; ceux qui n'avaient pas été coupés avaient germé sur pied : il en était résulté une disette telle que, dans la Picardie, l'un des greniers de la France, l'hectolitre de blé s'était vendu jusqu'à 80 fr. La profonde misère à laquelle le peuple fut réduit excita de violents désordres dans presque toutes les parties de la France : les sages mesures prises par les autorités, l'exemple qu'elles donnèrent de sacrifices proportionnés, autant que possible, aux misères de la situation, le concours empressé et intelligent des établissements charitables, du clergé, de toutes les classes de la société dans la proportion de leur aisance, enfin l'emploi de toutes ces ressources, habilement dirigé, en préservèrent heureusement le département de la Somme.

Ce déplorable état de choses, qui absorbait tout le temps et tous les soins de l'administration, et ma courte apparition dans ce département ne me permirent pas de porter mes vues sur les améliorations qui m'eussent préoccupé dans des temps plus tranquilles.

Les mêmes principes de modération, d'impartiale justice, de constitutionnalité qui avaient dirigé l'administration du préfet du Lot continuèrent à être la règle de conduite du préfet de la Somme, et, par ce même motif, les mêmes animosités de parti qu'il avait trouvées dans le Lot le poursuivirent dans la Somme avec le même acharnement.

Fatigué jusqu'au dégoût de ces luttes incessantes qui entravaient autant mon administration qu'elles rendaient ma vie pénible, je résolus de chercher à la consacrer au service du pays de ma naissance, à utiliser pour lui mon zèle de bien public, sans autre ambition que celle d'y continuer le bien que, de tout temps, ma famille y avait fait, et de lui donner un titre de plus à la considération publique.

Je demande à passer du département de la Somme dans celui du Jura.

Je demandai donc avec instances à M. Lainé, alors ministre de l'intérieur, à titre de faveur, de me faire descendre de la préfecture de la Somme à celle du Jura; alléguant qu'en donnant ainsi satisfaction à mon ambition rétrograde, le gouvernement trouverait moyen de récompenser d'autres services par la disposition que je lui laissais d'une des plus belles et des plus désirables préfectures de France, en échange d'une des moins convoitées.

Je suis nommé préfet du Rhône.

A mes pressantes sollicitations, le ministre répondit en m'appelant à la préfecture du Rhône. Ainsi, en deux ans, à dater du mois d'octobre 1815, au mois correspondant de 1817, je montai de la préfecture du Lot à celle de la Somme, et de là à celle du Rhône.

Je dois consigner ici une importante solennité à laquelle je présidai pendant mon administration dans la Somme.

Le 23 septembre 1817, je posai la première pierre du pont de Saint-Valery-sur-Somme.

Voici l'inscription qui en consacra le souvenir :

D. O. M.
ANNO DOMINI MDCCCXVII
DIE 23ᵉ SEPTEMBRIS
LUDOVICO XVIII EXOPTATO
INTERIORUM MINISTRO
LAINÉ
VIARUM PONTIUMQ. SUPREMO CURATORE
MOLÉ
HAEC FUNDAMENTA
LEZAY-MARNÉSIA
PROVINCIAE PRÆFECTUS JECIT.

OPUS REGEBANT
BELU
VIIS PONTIBUSQ. SOMNÆ PRÆPOSITUS
MAGDELAINE
EJUSDEM VICARIUS.

Troubles dans le département du Rhône en 1817.

Le département du Rhône venait d'être agité par des troubles de la nature la plus grave. Ils avaient éclaté dans vingt-deux communes importantes des environs de Lyon et dans la ville même, avec toute l'exaltation, toute la fureur des luttes de partis. Le sang avait abondamment coulé dans la lutte même, et par suite sur l'échafaud. Les autorités départementales s'y étaient trouvées compromises : les unes gravement soupçonnées de les avoir fomentées, les autres de n'avoir su ni les prévenir, ni les réprimer.

La première de ces accusations s'appliquait au lieutenant-général Cannuel, commandant la division, et à M. Deshutes, grand-prévôt de la cour prévôtale de Lyon (cours fatalement instituées dans tous les départements pour le malheur des populations et pour celui de la cause royale), tous deux réputés des plus fougueux de ce parti; la seconde au préfet, M. de Chabrol, honnête homme, faiseur prétentieux de petites choses, imprévoyant et faible, qu'on disait uniquement préoccupé de la pensée qu'il devait être ministre (ce qu'il fut en effet plus tard), à tel point que sa première occupation de chaque jour était de voir si le *Moniteur* ne contenait pas sa nomination, et de s'étonner, pendant le reste de la journée, qu'elle ne s'y trouvât pas; et au lieutenant de police, M. de Sainneville, homme d'intrigue, dont les tendances étaient favorables au parti libéral.

La situation agitée du pays, par suite de ces événements, parut assez inquiétante au gouvernement pour nécessiter l'envoi d'un maréchal de France, avec le titre de lieutenant du roi et les pleins pouvoirs civils et militaires que comportait cette haute dignité. Le maréchal Marmont fut chargé de cette mission, ayant le colonel Fabvier pour chef d'état-major.

On a vu, dans le compte-rendu de mon administration du Lot, jusqu'où allait l'absolutisme du parti ultra-royaliste, et comment il comprenait la modération et la justice dans la proscription dont il frappait tout ce qui ne partageait pas ses exagérations. L'ardeur du parti, loin d'avoir été amortie par le coup d'état du 5 septembre, n'en avait été que plus surexcitée. Il prenait sa confiance dans les membres de la famille royale qui tous, moins le roi, ne voyaient de fidèles et dévoués que dans ceux qui les égaraient dans ces funestes voies, et de moyens de consolider le trône que dans la répression impitoyable des agitations que ce déplorable système provoquait dans les populations. Les habiles du parti, forts de cet appui et de l'espérance de l'avénement au trône du prince qui s'en avouait le chef, avénement que l'état d'impotence du roi leur faisait regarder comme imminent, entretenaient soigneusement ces dispositions. Ils provoquaient des troubles pour se faire un titre de les avoir réprimés et sans s'inquiéter si, en se prétendant ainsi les seuls vrais amis du roi, ils ne multipliaient pas ses ennemis; ils ne pensaient qu'à se ménager les honneurs et le pouvoir, qu'ils se promettaient du gouvernement à venir.

La mission qui m'était donnée dans de telles circonstances supposait de la part du gouvernement une grande confiance. Il m'appelait au poste d'honneur. Je ne pouvais le refuser, et toute considération de convenance personnelle devait s'effacer devant le devoir: j'acceptai donc, mais je fis mes conditions.

Ces conditions furent que le gouvernement mettrait une somme de 150,000 fr. à ma disposition pour être distribuée en secours, selon que je le jugerais le plus conforme à l'amélioration de la position et au bien de l'administration.

J'accepte ces fonctions. A quelles conditions.

J'exposai qu'après tant d'agitations dont les populations étaient encore frémissantes, après une si grande part de rigueurs faite à la justice, il convenait que le chef de la nouvelle administration se présentât en modérateur, les mains pleines d'indulgences, de grâces, de secours pour soulager les misères, pour cicatriser les plaies, pour raviver l'industrie; qu'il apparût enfin comme l'arc-en-ciel, promettant de meilleurs jours après l'orage, bien résolu toutefois qu'il était à en prévenir le retour, de quelque part qu'on pût le tenter.

Je m'abstins de tout ce qui pouvait m'être personnel, même de réclamer le titre de conseiller d'état qui, jusques-là et depuis, ne fut jamais séparé de celui de Préfet du Rhône, voulant qu'on ne pût douter que j'entendais être préfet pour le bien du pays, et non pour le mien, me réservant de chercher à obtenir cette récompense après l'avoir méritée.

Cela convenu, je partis pour Lyon. Je trouvai le pays sinon calmé, du moins soumis sous l'autorité du maréchal qui s'était montré sévère envers le parti auquel il faisait remonter les causes des derniers troubles et plein de faveurs pour le parti opposé. Il en résulta, ce qui est inévitable en pareille circonstance, abus de la victoire d'un côté et surexcitation d'irritation de l'autre.

Le maréchal Marmont me remet l'administration du département.

Ces difficultés s'étaient encore compliquées de l'embarras que suscitaient douze mille ouvriers chapeliers qui s'étaient mis en grève et inquiétaient de nouveau la tranquillité publique. Ce fut dans cet état de choses et des esprits que le maréchal me remit l'administration.

Le général Maurice Mathieu de la Redorte.

Toutes les autorités civiles et militaires avaient été renouvelées. Le général Cannuel avait été remplacé, dans le commandement de la sixième division militaire, par le lieutenant-général Maurice Mathieu. Aucun choix ne pouvait être mieux approprié à la localité et aux circonstances. Glorieux services militaires, caractère à la fois simple et digne, ferme et conciliant, opinions franchement constitutionnelles, il réunissait toutes les qualités, tous les mérites les mieux faits pour donner confiance aux hommes d'ordre, pour imposer aux agitateurs et lui concilier l'estime et la considération de tous. — On avait cru devoir adoucir la disgrâce de M. de Chabrol par la place de sous-secrétaire d'état de l'intérieur. — M. de Permon, qui avait rempli à Marseille les fonctions de lieutenant-général de police, fut appelé en cette même qualité à Lyon. — M. de Bastard, premier président de la cour royale, donnait également de la force à notre faisceau. — M. de Fargues, maire de Lyon, avait suivi l'impulsion que lui avait imprimée le parti ultra-royaliste ; on lui reprochait, non sans fondements, des actes arbitraires, des visites domiciliaires, des emprisonnements illégaux, de subir l'influence d'hommes dangereux : il eût succombé sous les imputations dont il était l'objet, si je n'eusse pris chaudement sa défense. Je jugeais que, doux, inoffensif, déférant pour le pouvoir, il suivrait le mouvement des autorités supérieures, et que, tel qu'il était, il y avait moins d'inconvénient à le garder qu'à risquer de lui donner un successeur, choix toujours difficile à Lyon et qui aurait pu susciter de graves embarras à l'administration, s'il n'eût point marché uni avec elle, par l'abus qu'il eût pu faire de l'influence si puissante du maire de Lyon qu'on avait vu rivaliser avec celle du préfet. Ainsi constitué, l'autorité acquérait une grande force.

M. de Permon, lieutenant de police.

M. de Bastard, premier président de la Cour Royale.

M. de Fargues, maire de Lyon.

J'annonçai ma prise de possession par une circulaire dans laquelle j'exposais les principes d'après lesquels je me proposais de régler ma conduite : respect à la loi, fidélité invariable à la charte ; protection à tous les droits, à tous les intérêts légitimes, impartiale distribution de la justice qui consiste à appliquer à chacun, selon ses œuvres, les bienfaits ou la sévérité du pouvoir. Je flétrissais toutes les exagérations qui fomentent les discordes et ces dénominations de partis qui perpétuent le passé, retardent l'avenir, éternisent les haines; je promettais un accueil bienveillant à tous les dévouements, à tous les mérites, à tous les services, à tous les repentirs : j'invoquais mon passé administratif en garantie de la sincérité de mes promesses, etc. (1).

J'accompagnai ces déclarations qui étaient de nature à rassurer l'opinion publique, de l'annonce du secours de 150,000 fr. que j'avais obtenu du gouvernement. Je convoquai les administrations des bureaux de bienfaisance, en les chargeant d'en faire la répartition dans leurs circonscriptions respectives. L'effet de cette annonce fut immense, tant par l'importance et la nouveauté de ce secours que par son à-propos. Je voulus le compléter par un secours personnel aux pauvres de ma paroisse dont je donnai avis au curé par la lettre que je transcris ici. De son côté, madame de Marnésia se chargea d'en vêtir un certain nombre.

« *A M. le curé de Saint-François.*

» Je vous prie d'agréer pour les pauvres de votre paroisse une somme de 50 fr. par mois, dont je souhaite que la distribution se fasse en pain, ce qui, à raison de 5 sols la livre de pain blanc, fera deux cents livres que le boulanger délivrera sur des bons signés de vous, lesquels me seront représentés et acquittés à la fin de chaque mois.

» Si ce secours, malheureusement trop léger, doit me valoir quelques remerciements, je souhaite qu'on me les fasse en prières efficaces qui attirent sur mon administration la bénédiction du Ciel et en obtiennent des effets qui répondent à mon ardeur du bien et à la droiture de mes intentions. »

Cependant la position de la nouvelle administration, ainsi placée entre deux partis qui s'exaltaient des discussions passionnées de leurs représentants respectifs dans la Chambre des députés, encore surexcités par les luttes sanglantes dont le département du Rhône venait d'être le théâtre et par les récriminations incessantes qu'elles faisaient naître, était des plus difficiles; elle avait à prévenir le retour de toutes les coupables tentatives, à éviter soigneusement le danger de se jeter imprudemment dans un parti par crainte de l'autre. Cette juste balance était difficile à tenir. Le moyen s'en trouva heureusement dans l'accord parfait et trop rare des nouvelles autorités marchant unies vers un seul et même but, avec une confiance réciproque, sans autre rivalité que le bien du service du roi, que de faire aimer et respecter son gouvernement, de faire exécuter les lois sans arbitraire, sans partialité, sans faiblesse, et de rendre à ce beau pays la tranquillité et la prospérité perdues.

(1) Voir cette circulaire au Recueil des Actes administratifs du Rhône, 1817.

Je m'appliquai à étudier la nature et le caractère de la population, ses intérêts, ses tendances, les influences qui pouvaient agir le plus efficacement sur elles, afin de m'en emparer et de les faire tourner au profit de l'administration.

Lyon est une ville tout industrielle et commercante. Elle se divisait en deux parties ou plutôt en deux camps, Bellecourt et les Terreaux; la première habitée par l'aristocratie ou se disant telle, qui n'est pourtant qu'un composé de commerçants enrichis et anoblis par l'échevinage et qui n'en sont que plus vains; la seconde par le commerce; c'était Rome et Carthage dans la même enceinte, avec les mêmes jalousies, les mêmes rivalités, les mêmes haines.

Les tendances de la population commerçante, de beaucoup la plus nombreuse et la plus puissante, étaient toutes libérales; elle occupait 80,000 individus, population nomade, turbulente, dangereuse, vivant du travail du jour, facilement accessible à toutes les mauvaises impressions, et dans laquelle les agitateurs se flattaient de trouver des auxiliaires à leur service; de plus, Lyon, par sa position topographique, voisine de la Suisse, du Piémont, de l'Isère, était le foyer ou l'aboutissant de toutes les intrigues politiques du dehors et de l'intérieur qui s'ourdissaient de ce côté.

Il était donc d'une sage politique de chercher à s'affectionner les chefs de manufactures et d'ateliers qui tenaient dans leurs mains ces masses menaçantes et qui, selon qu'ils auraient été favorablement disposés ou malveillants, eussent été en quelque sorte maîtres de faire l'ordre en les occupant, ou le désordre en jetant dans la rue quelques milliers de ces ouvriers sans travail. Ce fut le but constant de mes efforts, et la confiance que nous sûmes leur inspirer fut certainement une des principales causes auxquelles nous dûmes la tranquillité dont nous eûmes le bonheur de faire jouir, pendant toute la durée de notre administration, le département du Rhône et la ville de Lyon, qui avaient été avant et qui furent depuis un foyer d'orages politiques.

Les troubles dont le département du Rhône venait d'être agité, l'obscurité dont étaient encore enveloppées les causes qui les avaient produits, les récriminations réciproques dont le ministre était assailli à ce sujet, avaient donné lieu à l'envoi dans le département d'agents secrets chargés d'explorer ces mystères. Ces missionnaires de basse police, généralement de moralité plus que douteuse, portaient l'inquiétude dans les populations, irritaient les esprits, éveillaient les méfiances par l'abus qu'ils faisaient de la confiance dont ils étaient investis, selon leurs intérêts ou leurs tendances, et compromettaient l'autorité à laquelle on faisait remonter la responsabilité des actes de ses agents.

L'emploi de ces moyens qui, pour un utile résultat qu'on peut en obtenir, en produisent tant de mauvais, m'a toujours répugné, et pour écarter jusqu'au soupçon de participation de mon administration à ces manœuvres, j'adressai aux habitants la circulaire suivante :

Aux habitants du département du Rhône.

« Je suis informé que des hommes circulent dans la ville de Lyon, courent les campagnes, pénètrent jusque dans les prisons, se prévalent de prétendues missions qu'ils disent avoir du préfet et d'autres hommes en place. Sous ce titre, ils accréditent de faux bruits, annoncent des dispositions prochaines de la part du gouvernement, en imposent soit par des promesses, soit par des menaces, et cherchent à surprendre la confiance pour en abuser.

» Il est de mon devoir de prémunir le public contre ces agents d'intrigues et contre les piéges qu'ils tendent à la crédulité.

» Ces hommes ne sont point ceux de l'administration et je désavoue formellement quiconque parlera et agira en son nom sans avoir un caractère légal ou une mission spéciale.

» Je veux qu'on sache bien que l'administration veille et ne négligera rien pour suivre et déjouer les manœuvres de la malveillance, mais qu'elle n'adopte au nombre de ses moyens ni l'arbitraire ni les embûches. »

Je donne des fêtes, moyen d'influence pour l'administration.

Je recherchai soigneusement tout ce qui était de nature à accroître l'influence de l'administration. J'en trouvai un moyen qui ne manque jamais son effet quand il est employé avec goût et discernement, dans les plaisirs et dans les fêtes. Les habitudes parcimonieuses du commerce les y avaient toujours rendus rares, et les dissentiments de partis qui divisaient la ville de Lyon les en avaient fait disparaitre complètement. Je me fis une affaire d'en faire naître le goût et d'en donner l'exemple. Outre que les fêtes multiplient les moyens de travail pour les classes ouvrières, elles devaient servir dans la circonstance à abattre les murs de séparation que l'esprit de parti avait élevés entre les différentes sociétés et familiariser entre eux des hommes qui, faits pour vivre ensemble, ne se seraient rapprochés que pour se déchirer.

La modicité du traitement du préfet d'un département de l'importance de celui du Rhône, sur lequel on opérait une retenue considérable, était bien un obstacle à l'accomplissement de ce système, qui pourtant eût mieux profité au gouvernement que celui d'une économie qui, pour concentrer dans ses coffres quelques cent mille francs, repoussait ou retardait le rapprochement de quelques cent mille cœurs, dont la possession était d'une tout autre importance.

Je ne fus pas arrêté par ces considérations; je m'entendis avec le maire de Lyon pour poursuivre vivement cette idée. Il y abonda de fort bonne grâce. Nous nous concertâmes pour donner alternativement des fêtes où les sociétés des différentes opinions se trouvaient réunies et presque unies, et dont la magnificence est restée dans les souvenirs du pays.

Lyon présenta dès-lors un aspect tout nouveau, et d'une ville où depuis longtemps tout était inquiétudes, alarmes, agitations, nous avions fait, au grand étonnement de tous, une ville où les fêtes qui se succédaient, avaient ranimé le mouvement, la circulation de l'argent et la confiance.

Mes amis me grondaient; ils me disaient que c'était duperie que de dépenser pour le gouvernement plus qu'on n'en recevait; que, dans l'état encore si mobile des choses, il fallait songer à soi et à son avenir, etc., etc. Je savais tout cela comme eux, mais je ne savais pas résister au besoin d'honorer mon administration en faisant, autant que cela était en mon pouvoir, ce qui était bon et bien; et ma pauvre bourse et mon avenir incertain avaient beau me le défendre, je cédais à mon sentiment dominant.

Mort de M. de Fargues.

La mort prématurée de M. de Fargues changea pendant quelque temps en deuil ce mouvement de fêtes et vint ajouter aux embarrras de la situation celui de lui trouver un successeur capable, populaire, uni d'intentions et de principes aux autres autorités, tel enfin que l'importance de la place et la gravité des circonstances l'exigeaient. C'était là pour moi un sujet de grave préoccupation. L'idée de subdiviser l'administration municipale de Lyon en plusieurs mairies à l'instar de celle de Paris, sous la direction supérieure du préfet, me vint à l'esprit. C'était là une question de haute administration et des plus dignes, par son importance, de mon attention. Je me demandais si, dans des circonstances aussi graves, il était prudent de laisser entre les mains d'un seul homme en quelque sorte indépendant du gouvernement dans son action, une magistrature qui réunit tant de pouvoirs, tant de moyens d'influence, qui peut en quelque sorte diriger à volonté une population nombreuse, facile à émouvoir; une magistrature qui, bien que secondaire, peut devenir, selon le caractère et l'esprit de celui qui en est le dépositaire, la rivale redoutable de l'autorité supérieure dont elle peut, pour ainsi dire à son gré, dérouter la marche, contrarier les vues, annuler l'action. Sous l'Empire, où l'autorité était si absolue, on avait vu un maire de Lyon, hostile au préfet, lui susciter des embarras tels que l'empereur même se crut obligé de reculer devant ce maire et de retirer son préfet. C'était là un dangereux précédent, et aucune considération ne me semblait de nature à prévaloir sur l'utilité de raffermir le principe de l'autorité déjà si ébranlé, comme cette mesure me semblait devoir le faire. J'en soumis donc l'idée au ministre; elle n'en fut pas accueillie. Peut-être craignit-on de blesser l'amour-propre municipal des Lyonnais qui, de tout temps, avaient attaché beaucoup d'importance et une certaine gloire à la conservation de cette magistrature d'un maire unique, reste d'anciennes prérogatives chères à la population.

M. Rambaud, maire de Lyon.

Après bien des hésitations, M. Rambaud, ex-procureur-général près la cour royale, accepta la mairie. Il était, sans contredit, l'homme qui réunissait le plus à la capacité nécessaire les principes que le gouvernement pouvait dériser. L'excellence de son administration a parfaitement justifié ce choix.

Projet de rétablissement de la statue équestre de Louis-le-Grand.

Les dévastations dont les sauvages exécuteurs des vengeances de la Convention avaient frappé la ville de Lyon étaient à peu près réparées : les traces apparentes de cette désastreuse époque avaient disparu : la place Bellecourt était rétablie dans sa splendeur, mais elle n'avait pas retrouvé ses honneurs ; elle restait encore vide de la statue équestre de Louis-le-Grand qui la décorait autrefois et que la barbarie révolutionnaire avait détruite. Le rétablissement de ce monument se présenta à mon esprit comme une œuvre à la fois monarchique et politique, comme un hommage du plus heureux à-propos à rendre à la mémoire du grand roi et à la récente restauration de la monarchie ; c'était aussi un moyen de faire diversion aux discussions politiques, aux récriminations et à la guerre de plumes que les événements de 1817 avaient suscitées, et pour l'administrateur qui aurait le bonheur de l'accomplir un beau et durable souvenir à laisser de son passage.

Je poursuivis cette idée avec résolution : elle devait plaire au roi, à la famille royale et au gouvernement ; je la leur soumis ; elle en fut accueillie comme je devais m'y attendre. Fort de cet appui, je la présentai au conseil municipal de Lyon avec tout l'entourage de séduction qui pouvait la faire agréer. Elle fut reçue froidement. On objectait la misère publique, la surcharge occasionnée par la contribution de guerre qui devait peser encore longtemps sur la ville ; plusieurs, sous l'impression de sinistres pressentiments que les révolutions, qui se sont succédé depuis, n'ont que trop justifiés, demandaient si l'ordre dans le pays, le calme dans les esprits, la moralité dans le peuple, étaient assez raffermis pour garantir cette statue, une fois relevée, contre le retour d'actes de vandalisme semblables à ceux qui, une fois déjà, l'avaient renversée et si, dans une telle éventualité, il était bien sage d'engager la ville dans l'énorme dépense qu'entraînerait l'exécution de ce projet. Toutes ces objections trouvaient encore de l'appui dans l'esprit de parcimonie dominant dans les populations industrielles qui ont peu de goût pour les dépenses d'arts et d'embellissements, et n'admettent guères que celles qui produisent un intérêt matériel.

Il est résolu.

Cependant, à force de soins et de persistance de ma part, le rétablissement de la statue fut résolu plus magnifique, plus grandiose, plus parfaite que celle qu'elle devait remplacer. Le département du Rhône et la ville de Lyon se chargèrent d'en faire conjointement la dépense ; une commission mixte, composée de membres du conseil général et du conseil municipal, fut instituée pour régler tout ce qui aurait rapport à l'exécution du projet ; le statuaire Lemot, artiste lyonnais, auteur de la statue équestre d'Henri IV à Paris, et de plusieurs autres œuvres monumentales de ce genre, fut chargé de l'exécution de la statue. J'obtins du gouvernement qu'il fournirait une partie du bronze et les marbres de Carare nécessaires à la construction du piédestal.

Cette statue fut, ainsi que la commission mixte en avait exprimé le vœu, plus grandiose, d'un travail plus parfait que celle de Desjardins, qu'elle a remplacée; l'artiste, en lui conservant les mérites de celle d'Henri IV, a évité, dans celle de Louis XIV, le quelque peu de lourdeur qu'on reproche à la première. Le cheval est plein de vie, sa pose et ses mouvements sont justes et gracieux; le cavalier représente bien le beau, le noble, le grand roi : l'ensemble du monument est d'un beau style et certainement un des plus beaux qui existe en ce genre. Son inauguration eut lieu le 4 novembre 1825, sous l'administration de M. le comte Debrosse; j'en parlerai en son temps. Il a coûté 510,000 fr., dont 340,000 à la charge du département et 170,000 à celle de la ville. J'ai vu cette belle statue complétant dignement la restauration de la place Bellecourt; je l'ai vue, en me disant avec un sentiment de juste orgueil, que c'est à moi que la ville de Lyon la doit. Les révolutions qui se sont succédé l'ont, à plusieurs reprises, sérieusement menacée de destruction. Échappera-t-elle à celles dont l'horizon politique de la France est encore chargé?

Fabrique de soie.

Des diverses branches d'industrie qui honorent et enrichissent la ville de Lyon, celle qui a le plus d'importance par la beauté et la grandeur de ses produits, comme par le nombre et l'habileté des ouvriers qu'elle emploie, c'est la fabrication des étoffes de soie. Par différentes causes, son activité s'était ralentie. Cette précieuse industrie, qui avait été pour ainsi dire exclusive à la France, s'était répandue dans toute l'Europe, quand toute l'Europe en quelque sorte était la France; mais, lorsqu'après ce débordement, elle fut rentrée dans ses anciennes limites, ces colonies de notre industrie nationale restèrent étrangères, et les pays qui en étaient en possession en comprirent tellement l'importance, qu'ils ne négligèrent rien pour donner une grande activité aux établissements qu'ils possédaient, et pour contrarier autant que possible le mouvement ascensionnel des nôtres.

Les sanglants désordres dont le département du Rhône avait été le théâtre en 1817, avaient aussi concouru à ralentir cette industrie au point d'avoir réduit à environ sept mille le nombre des métiers battants, chiffre inférieur à ce qu'on avait vu dans les moments de la plus grande détresse de la fabrique. Tel était l'état de choses dans lequel j'avais trouvé cette principale branche de l'industrie lyonnaise.

Je m'appliquai à rechercher les moyens les plus propres à réparer les pertes et à en raviver les sources. Nous n'avions pas beaucoup à craindre dans les temps ordinaires, de la concurrence des étrangers; ils ne pouvaient approcher de nous dans la fabrication des étoffes riches que le bon goût et la magnificence réunis rendaient inimitables et dont certains chefs ouvriers avaient seuls le secret. Notre supériorité pour l'élégance et le gracieux des formes, pour la finesse et la variété des dessins dans les tissus légers n'était pas plus contestable, et, tandis que l'industrie étrangère essayait péniblement de suivre la mode dans la variété infinie de ses caprices en imitant nos productions, la nôtre, vive, féconde, magique comme l'imagination, douée en quelque sorte de l'heureux privilége d'enfanter dans le temps qu'on met ailleurs à concevoir, assure par la rapide succession de ses merveilles son infaillible prééminence.

On pouvait donc se flatter que l'ordre et la paix revenant avec la confiance, raviveraient le mouvement des affaires et la prospérité. Déjà même l'épreuve en était faite, car un an ne s'était pas écoulé que le nombre des métiers battants s'était élevé de sept à treize mille, progression qui ne tarda pas à s'accroître de la manière la plus prodigieuse, comme je le dirai en son temps.

Toute la protection, tous les encouragements dont il fut en mon pouvoir de préfet de favoriser cette industrie, je les prodiguai; je lui cherchai de toutes parts protection et appui; je demandai et j'obtins la promesse par la liste civile de commandes annuelles, pour une valeur de 500,000 francs en étoffes riches, destinées à l'ameublement des palais royaux; j'obtins des réductions sur les droits d'entrée des soies du Piémont, de l'Italie, etc., etc.

Mais là ne se bornèrent pas mes vues pour donner à cette féconde industrie toute l'extension dont elle me parut susceptible.

Encouragement à la propagation de la culture du mûrier et de l'éducation des vers à soie.

Du premier coup-d'œil que j'avais jeté sur le département du Rhône, j'avais été saisi de ce fait que, tandis qu'elle répandait ses superbes produits dans toutes les parties du monde, elle était encore réduite à aller chercher chez les étrangers la plus grande partie de la matière première nécessaire à ses besoins. Les hommes les plus versés dans cette fabrication n'estimaient pas à moins de 18 à 20 millions par an la valeur des soies étrangères qu'employait la seule fabrique de Lyon. Frappé de cet état de choses, je pensai que l'œuvre d'administration la plus féconde serait celle qui affranchirait la France de ce tribut.

Je crus voir que cet affranchissement ne dépendait que de notre volonté, et que nous pouvions tirer de notre propre fonds toutes les soies nécessaires à la fabrication française par l'extension de la culture du mûrier et l'éducation en grand des vers à soie; le sol et le climat de la France s'y prêtaient en général. Déjà l'épreuve en avait été faite dans dix départements; il ne s'agissait que de l'étendre à ceux qui en étaient susceptibles. De vieux mûriers, disséminés sur plusieurs points du département du Rhône, attestaient que cette culture y avait déjà été pratiquée et qu'elle pouvait s'y reproduire avec la même certitude de réussite. Deux établissements qui prenaient de l'importance, ceux de MM. Poidebard et Bonnard, à la Guillotière, justifiaient cette confiance. Fort de ces données, je vis dans l'application de cette idée une mine féconde d'où l'on pouvait tirer ce grand résultat, d'exonérer l'industrie française de l'énorme tribut qu'elle payait à l'étranger. Je m'y attachai donc avec ardeur et je mis tous mes soins à diriger vers ce but, d'une si haute utilité nationale, les efforts des propriétaires, des administrations locales, du gouvernement.

En effet, l'agriculture, les manufactures et le gouvernement y étaient également intéressés : l'agriculture par l'augmentation notable de revenu qu'une propriété peut recevoir par l'addition à sa culture ordinaire de celle du mûrier, soit en l'entourant de haies, soit en plantations espacées qui, en en laissant la libre disposition pour toute autre culture, enrichit le propriétaire de tout le produit de ses mûriers ; en occupant des terrains improductifs, par des arbres utiles qui ont l'avantage de réussir dans presque toutes les qualités de sol ; en fournissant du travail aux gens de la campagne à une époque où la terre peut se passer de leurs bras, et en occupant indistinctement les personnes de tout âge et de tout sexe.

Les manufactures y trouveraient l'inappréciable avantage d'être affranchies des droits qu'elles ont à payer, soit à la sortie des pays où elles vont chercher les matières premières nécessaires à leurs besoins, soit à leur entrée en France : elles échapperaient au danger de se trouver dans la nécessité de suspendre leurs fabrications, de laisser par suite une quantité d'ouvriers sans travail, et d'exposer le pays aux dangereuses conséquences de cet état de choses, dans le cas qui peut se présenter où les soies manqueraient à l'étranger, ou bien dans celui où, dans la vue de favoriser leurs propres manufactures aux dépens des nôtres, les gouvernements étrangers en prohiberaient la sortie ou les frapperaient de droits équivalents à une prohibition.

Enfin, l'intérêt du gouvernement devait aussi se trouver dans l'accroissement que la propagation du mûrier et de l'éducation des vers à soie procurerait à nos richesses territoriales, dans les suppléments de moyens qu'elle fournirait à nos manufactures pour conserver leur supériorité, dans le poids que cette supériorité apporterait en faveur de la France dans la balance générale du commerce, et dans la facilité avec laquelle se feraient les recouvrements de l'impôt dans les départements enrichis par cette culture.

Quand j'eus bien mûri mon idée, je l'exposai avec tous les développements dont elle me parut susceptible, au conseil général, à la chambre de commerce, à la société d'agriculture. Ces divers corps réunissaient trop de lumières pour ne pas apprécier ce qu'elle renfermait de germes de prospérité pour le département et pour la France : ils me prodiguèrent les éloges, me pomirent leur concours pour l'accomplissement de mon œuvre et s'y associèrent avec tout le zèle que je pouvais en espérer, et par tous les encouragements qu'il était en leur pouvoir de donner. Chacun, dans ses rapports, s'en fit le propagandiste et s'appliqua à faire ressortir tout ce qu'elle avait de fécond. De mon côté, je fis appel au patriotisme et à l'intérêt des propriétaires, des administrations locales, de tous les hommes dévoués au bien public ; je multipliai les instructions sur la culture du mûrier et l'éducation des vers à soie ; j'instituai des primes en faveur des particuliers et des communes qui auraient effectué avec succès le plus grand nombre de plantations ; celles-ci furent appelées à les propager sur tous les terrains vagues qui en étaient susceptibles ; à bord des chemins communaux, etc., etc. Des inspecteurs furent préposés à la direction des plantations et à en constater le plus ou le moins de succès. J'achetai des plants que je fis distribuer aux communes qui se montraient les plus disposées à seconder mes vues ; je fis faire d'immenses semis dans la pépinière départementale dont les plants devaient être distribués à des prix insignifiants.

Aux puissants concours dont j'ai parlé se joignit très utilement celui d'agronomes éclairés qui se firent les apologistes de cette entreprise, en proclamèrent les avantages, présentèrent à l'imitation du reste de la France l'exemple de plusieurs départements où l'éducation du ver à soie se pratiquait à peu près sans dépense et avec profit jusque dans les plus modestes habitations des paysans, où ce ver est en quelque sorte à l'état d'animal domestique.

Grâce à tant d'efforts réunis, les yeux s'ouvrirent à la lumière ; on commença à comprendre tout ce que cette pensée renfermait d'utile ; on s'étonna d'avoir négligé une mine si féconde et d'avoir livré à l'étranger des trésors qu'il dépendait de nous de conserver ; peu à peu une louable émulation s'éveilla entre les particuliers ; des terrains incultes se couvrirent de mûriers ; on en entoura les champs ; on en planta le bord des chemins ; des magnaneries, des filatures s'établirent : tout cela sinon aussi rapidement qu'il eût été désirable, ni aussi généralement qu'il l'eût fallu pour produire la totalité des soies nécessaires aux besoins des fabriques françaises, du moins successivement, de proche en proche, comme il est de la nature du bien de se produire, et de manière à réaliser une bonne partie des résultats que je m'étais promis.

Cependant, tandis que j'étais secondé dans mon département avec une si louable émulation, la société d'encouragement pour l'industrie nationale, dont je devais le plus naturellement attendre le concours, me le refusait. Cette société comptait au nombre de ses membres MM. Chaptal, Bosch, Mirbel et autres savants distingués dont je croyais d'autant plus devoir espérer l'appui que j'avais personnellement à me louer de leur bienveillance. Je ne comprenais pas la froideur avec laquelle ils accueillaient mes demandes de secours. Un jour que je m'entretenais de ce sujet avec M. Chaptal, avec lequel j'étais en rapports d'amitié, et que je lui exprimais mon étonnement du froid accueil fait à une entreprise dont il y avait tant de biens à attendre, il me dit : « Eh bien ! » je vais vous en donner l'explication. Rien sans doute n'est plus louable de » la part d'un préfet que de se livrer à la recherche de ce qui peut être utile » à son département ; c'est un zèle dont on doit lui tenir compte ; mais, quant » aux brillants résultats que vous vous êtes flatté d'obtenir de l'éducation des » vers à soie dans votre département, il faut bien que je vous le dise, vous » vous faites illusion, et les encouragements que vous nous demandez seraient » en pure perte ; je vais vous en donner la preuve : elle résulte d'observations » qui constatent que cette éducation ne peut être appropriée avec avantage » que dans dix de nos départements, dont le vôtre ne fait pas partie ; vous » pourrez y élever des mûriers, y faire éclore des vers, mais vous n'y obtien- » drez jamais de bonnes soies. » Puis, il me déroula à l'appui de cette assertion une carte de France sur laquelle était tracée une ligne qui, selon messieurs les savants, déterminait la limite séparative des dix départements où l'éducation des vers à soie pouvait être faite utilement, de ceux où elle serait tentée sans succès. La science est, comme on sait, quelque peu suffisante et ne se reconnaît pas facilement sujette à erreur ; prétendre la ramener par le raisonnement, quand elle se trompe, serait peine perdue. Je ne l'essayai donc pas ; je me bornai à demander à ces messieurs de m'accorder quinze jours pour répondre à leur assertion. J'écrivis à M. Poidebard de m'envoyer un échantillon de la plus belle soie fabriquée dans son établissement. Il ne tarda pas à m'adresser un superbe écheveau de soie produit de cocons filés chez lui, provenant de vers éclos dans sa magnanerie, nourris des feuilles de ses plantations. Armé de cet irrésistible argument, je demandai à être admis devant la société d'encouragement réunie ; je lui présentai ma soie sans en dire la provenance : elle fut jugée égale à ce que la Provence et le Piémont avaient de plus beau. Messieurs les savants étaient loin de se douter qu'ils prononçaient leur propre condamnation ; enfin je leur présentai le certificat d'origine de ma soie, et ils eurent le bon goût, je dois le dire, de convenir de l'erreur où ils avaient été. Mais ce triomphe ne me suffit pas ; je voulus qu'elle fût soumise à une nouvelle épreuve ; la première exposition des produits de l'industrie française, dont l'heureuse idée appartient au gouvernement de cette époque, allait s'ouvrir ; j'y fis donner place à la soie provenant de l'établissement de M. Poidebard, à la Guillotière, et l'on peut se faire une idée de ma joie en apprenant que, jugée des plus belles, elle avait obtenu la médaille. La société d'encouragement convertie donna des éloges à mon zèle et me promit son concours. En effet, elle a depuis contribué pour beaucoup à la propagation de l'industrie séricicole.

On comprendra que je me sois autant étendu sur ce sujet et on me le pardonnera en considération de l'importance du service rendu à mon pays en lui ouvrant une nouvelle source de richesses et dont je puis, sans jactance, m'attribuer l'honneur. Aussi bien c'est une justice qui m'a été rendue par plusieurs écrivains qui ont écrit sur ces matières.

La ville de Lyon, située entre le Rhône et la Saône, manque d'eau.

La ville de Lyon, située entre le Rhône et la Saône, manque pour ainsi dire d'eau pour les besoins domestiques de ses deux cent mille âmes de population et de ses industries si nombreuses et si variées. A part quelques rares et pauvres fontaines qui ont l'air de nayades épuisées, toutes les ressources consistent dans des citernes qui, dans des temps de sécheresse, sont bientôt taries, et dans des puits qui, dans les mêmes circonstances, se pénètrent d'infiltrations infectes et deviennent des causes d'insalubrité, et enfin dans les deux rivières où il faut aller péniblement et dispendieusement chercher les eaux dont on a besoin.

Nulle part la privation de cet élément de si indispensable nécessité ne se fait sentir aussi péniblement qu'à Lyon, dont les rues, généralement étroites, resserrées entre des maisons d'une excessive hauteur, habitées dans plusieurs quartiers par une population misérable entassée pêle-mêle, hommes, femmes, enfants dans des cénacles infects, auraient besoin de torrents d'eau pour les laver, les assainir et suppléer autant que possible au manque d'air et de soleil qui n'y pénètrent jamais.

On a peine à comprendre comment la ville de Lyon, avec tant et de si pressants besoins et tant de richesses pour y satisfaire, s'est condamnée jusqu'à présent à de si dures privations et à leurs funestes conséquences, et comment il ne s'est pas trouvé dans des temps où rien ne semblait devoir s'y opposer, parmi ses administrateurs, un homme de cœur et de résolution qui se soit mis en tête de rendre à cette nombreuse population l'immense service de conduire de grandes masses d'eau sur les hauteurs qui la dominent, pour les en faire redescendre en torrents aussi féconds en facilités pour ses différentes industries qu'en salubrité, soit en détournant à la distance nécessaire une partie des eaux du Rhône, soit par des moyens hydrauliques aujourd'hui si perfectionnés et si puissants, et d'immortaliser son administration par l'œuvre la plus utile et la mieux faite pour se recommander à la reconnaissance du pays.

Tous les lieux où les Romains ont fondé des établissements témoignent de l'immense importance qu'ils mettaient à leur procurer d'abondantes eaux au moyen d'aqueducs dont ils firent souvent de magnifiques monuments et d'autres ouvrages d'art plus ou moins considérables. Les environs de Lyon en présentent de toutes parts de remarquables vestiges : on estime que ces conduits extérieurs ou souterrains, destinés à amener les eaux à Lyon de différents points, mis à la suite les uns des autres, auraient occupé une étendue de cinquante lieues. J'ai vu à Lyon même un vaste aqueduc souterrain partant des hauteurs de Saint-Just et descendant jusqu'à la basse ville à laquelle il était destiné à apporter les eaux. Mon ambition eût bien été d'être cet administrateur à qui il eût été donné de réaliser cette utile pensée de restituer à la ville de Lyon ces masses d'eau perdues que les progrès de l'industrie et ses branches si variées lui rendent plus nécessaires qu'elles ne l'étaient à la ville antique ; mais les énormes charges de guerre dont elle était encore grevée, la ruineuse suspension de son commerce, la dépense considérable que je lui demandais pour le rétablissement de la statue de Louis-le-Grand, et tant d'autres réparations à faire, ne permettaient pas d'y penser pour le moment. Cependant je développai cette pensée dans une lettre que j'écrivis au maire, l'y déposant comme un germe qu'on pourrait faire fructifier dans des temps meilleurs. Trente ans se sont écoulés depuis, et ce projet d'élévation des eaux sur les hauteurs qui dominent la ville, soumis depuis à de nombreuses études, et qui a été l'objet des controverses les plus animées, est encore à recevoir son exécution. Combien de temps sera-t-elle encore attendue? Personne ne peut le dire. De telles entreprises ne peuvent s'accomplir que dans un pays en état de richesse et de prospérité qui ne peut se produire qu'à la condition de l'ordre, de l'exercice libre, paisible, régulier du travail et qui ne soit pas incessamment troublé par l'émeute, le désordre, la révolte dont Lyon a été si souvent le théâtre et dont les égarements progressifs de l'esprit du peuple le menaçent encore.

Amélioration des communications.

Je donnai mes soins dans le département du Rhône, comme je l'ai fait dans tous ceux que j'ai administrés, à l'amélioration des communications. Je fus parfaitement secondé par M. Cavenne, ingénieur en chef de ce département. M. Cavenne joignait à une haute capacité, à un dévouement simple et désintéressé pour le bien, un caractère droit et franc qui s'accordait à merveille avec le mien. Il était exempt de cette suffisance d'état, trop habituelle à MM. les ingénieurs, nuisible à l'accord si nécessaire entre les fonctionnaires, à l'action de l'autorité et par conséquent au bien du service. M. Cavenne et M. Kermengant, l'un des ingénieurs ordinaires sous ses ordres, sont devenus les deux lumières des ponts et chaussées.

Ce fut sous mon administration que fut exécutée la route actuelle de Tarare. Celle qu'elle a remplacée était extrêmement dangereuse, à cause de la raideur de ses pentes et de ses brusques contours à travers des montagnes escarpées; les voitures ne pouvaient les gravir qu'à l'aide de bœufs : elle était un véritable monument de barbarie dans notre état de civilisation. Celle actuelle, par la douceur de ses pentes, par la hardiesse de ses développements, est la plus remarquable de celles que possède la France, depuis que le Simplon et le Mont-Cenis n'en font plus partie.

Tarare et Villefranche, les deux villes les plus importantes du département du Rhône, après Lyon, ne pouvaient communiquer entre elles qu'en passant par cette dernière et en parcourant un trajet de dix-huit lieues. Je les mis en communication directe au moyen d'une bonne route qui, à l'avantage d'abréger le trajet de neuf lieues, joignit celui d'ouvrir des communications à toute la région intermédiaire des montagnes du Bois-Doing et de Thisy, pays intéressant par ses vignobles et ses tissus, qui en était entièrement privé.

J'adresse au ministre un projet de loi pour l'amélioration des chemins vicinaux.

Les communications vicinales, cette partie des services publics si importante et si négligée, avaient fixé mon attention. J'en fis une étude particulière, et aidé de l'expérience de M. Cavenne, je rédigeai un projet de loi précédé d'un exposé de motifs pour en régler l'organisation, le mode d'entretien, etc. Je l'adressai au ministre de l'intérieur. Il en reçut les honneurs de l'impression aux frais de l'État, de l'envoi aux conseils généraux de tous les départements, et, de la part de beaucoup d'entre eux, celui plus flatteur encore d'être l'objet d'un vote par lequel le gouvernement était invité à le présenter à la Chambre des députés pour être converti en loi. Il renfermait à peu près les mêmes dispositions que la loi du 21 mai 1836, aujourd'hui en vigueur.

Naissance de mon second fils le 28 décembre 1818.

Le 28 décembre de cette année 1818, naquit, à Lyon, mon second fils. J'en ai célébré trente fois l'heureux anniversaire avec cette rare satisfaction d'en avoir reçu pendant ce long temps toutes les joies de la paternité, sans qu'elle m'ait coûté une seule larme. Combien, de notre temps, il y a-t-il de pères qui puissent en dire autant?

M. de Cazes remplace M. Lainé au ministère de l'intérieur.

A la fin de 1818, le ministère avait été renouvelé; M. de Cazes avait remplacé M. Lainé à l'intérieur. Les mouvements qui s'opèrent dans les hautes régions gouvernementales ont toujours leurs contre-coups dans les régions inférieures : alors toutes les ambitions secondaires s'agitent et donnent naissance à mille intrigues. Que ceux qui envient le sort des hommes en place, qui supposent que pour eux tout est bonheur, plaisir, douceurs, savent peu ce qu'ils envient. Ils ne se doutent pas des perfidies, des calomnies, des embûches auxquelles ils sont incessamment exposés. Dans ces hautes positions, les hommes même les plus droits, les plus irréprochables, les plus désintéressés de toute ambition autre que celle de remplir loyalement et honorablement leur devoir, n'en sont pas à l'abri, car, en étant juste, on provoque les mécontentements et les irritations vindicatives d'innombrables prétentions injustes.

On a déjà vu dans les souvenirs de ma vie à quelles persécutions j'avais été en butte pour avoir suivi les voies droites de la justice, de la légalité, des vrais intérêts de la France et du roi plutôt que de me faire le complice des passions intéressées d'un parti : je devais appeler également sur moi les animosités du parti contraire en ne m'écartant pas de cette droite ligne que je m'étais tracée ; car si les partis diffèrent d'intérêts et de but, leurs passions et les moyens dont ils font usage sont les mêmes.

Intrigue ourdie contre moi.

Le parti libéral crut trouver dans le changement de ministère une occasion favorable pour me perdre dans l'esprit du nouveau ministre. Il employa, pour y parvenir, une odieuse diffamation : ma correspondance à ce sujet, que je reproduis ici, fera voir en même temps la perfidie de l'attaque, l'honneur de ma défense et mon attitude vis-à-vis du pouvoir.

Une personne de mes amies, fort initiée dans le monde politique, m'écrivait que des bruits fâcheux, qui ne pouvaient être que calomnieux, circulaient sur mon compte ; qu'elle craignait qu'ils n'eussent fait quelque impression sur l'esprit du ministre ; que, dans cette occurrence, il serait peut-être prudent de ma part de laisser passer le nuage en ne venant pas à Paris, comme je me proposais de le faire ; qu'en restant à ma préfecture et en louvoyant, je concilierais tout, etc., etc.

Voici ce que je répondis :

« Mon amie, je reconnais votre tendre et bienveillante amitié aux témoignages que m'en donne votre dernière lettre. Vos conseils sont ceux d'une amie qui veut ménager à la fois mes intérêts et mes devoirs, et vous pensez que je concilierais tout en restant à ma préfecture et en louvoyant, etc., etc. Je ne sais pas louvoyer, chère amie, et je ne me sens pas de nature à suivre cette allure. Je me suis toujours prononcé sous la seule inspiration de ma conscience et de mon bon sens naturel, indépendamment de toute ambition personnelle et de tout esprit de parti. Quand je me suis élevé contre les exagérations d'un parti, je dirai même contre les excès d'hommes qui se couvraient de ses couleurs, c'est que j'en voyais l'injustice, l'imprudence et le danger. Je pressentais dès-lors que ces provocations devaient avoir pour conséquence d'exaspérer un parti contraire, injustement et maladroitement réveillé de l'assoupissement où il était et où il fallait le laisser, et de susciter de dangereuses réactions. Ce qui s'est passé et ce qu'on voit aujourd'hui ne prouve que trop que j'avais raison, et j'accuse encore maintenant et en parfaite connaissance de cause les excès de 1815 des excès contraires dont nous menaçent les tendances de 1819 ; mais si, comme c'est à craindre, il devient nécessaire de se montrer, de faire effort avec les amis de l'ordre et de la monarchie constitutionnelle légitime, notre unique refuge contre ceux qui voudraient nous entraîner dans de nouvelles révolutions ou nous livrer à une nouvelle dynastie, n'en doutez pas, chère amie, on me verra figurer des premiers parmi les plus zélés défenseurs sans autre considération que ma fidélité à mes devoirs et à mon serment. Je laisse ceux qui ne savent faire preuve de zèle qu'en calomniant ou en servant d'écho à la calomnie, jouer ce rôle facile et trop souvent profitable. Celui que je m'impose est plus noble et plus rare, et je le remplirai dans l'occasion comme je l'ai toujours fait.

» Vous ne vous expliquez pas assez clairement sur les bruits qui ont éveillé votre sollicitude pour que je puisse vous rien dire à ce sujet. Quels qu'ils puissent être, il me paraît difficile que je ne me rende pas à la Chambre : on reconnaîtrait facilement le motif de mon éloignement et j'aurais, je vous l'avoue, quelque honte de cet excès de prudence : j'irai donc remplir mes devoirs de député fidèlement, loyalement, en évitant toute exagération, en fortifiant ma raison contre toute influence de parti. Je ne sais ce qu'on a pu suggérer au ministre à mon sujet, ni l'impression qu'il a pu en recevoir : je me présenterai à lui en homme sûr de lui-même, prêt à répondre de sa conduite et tout résigné à perdre sa place si, pour la conserver, il fallait faire quelque chose de contraire à mes convictions et à mon caractère : ma chère et digne femme n'hésiterait pas plus que moi, et, bien qu'une place nous soit nécessaire pour vivre, nous préférerions le risque de mourir de faim au risque d'avoir à mourir de honte, etc., etc. »

Cependant, des lettres arrivant de Paris ne tardèrent pas à faire connaître à Lyon les bruits qui circulaient sur mon compte. Voici ce qui y avait donné lieu.

La *Minerve*, écrit périodique, organe des opinions libérales, en opposition au *Conservateur*, organe des opinions royalistes, avait raconté qu'un préfet, informé du mouvement qui s'opérait dans le ministère, et croyant certain le triomphe de son parti, écrivait au ministre pour le féliciter de la victoire qu'il avait remportée sur son adversaire, et s'exprimait sur celui-ci en termes les plus inconvenants; que, par un hasard singulier, cette lettre avait été la première qu'eût ouverte le nouveau ministre, etc., etc. La *Minerve* ne nommait pas le préfet, mais c'était moi que ses commentateurs désignaient. A cette occasion, j'écrivis à M. de Cazes qui remplaçait M. Lainé et qui était le ministre qu'on disait offensé. Après avoir rapporté le récit de la *Minerve* et la désignation qu'on faisait de moi comme étant l'auteur de la prétendue lettre, je continuais ainsi :

« On conçoit les commentaires qu'a pu fournir un pareil texte : mais personne mieux que vous, Monseigneur, ne peut en attester l'imposture puisque vous ne pouvez avoir lu une lettre que je n'ai pas écrite ni pu écrire. S'il était vrai qu'une semblable lettre fût tombée dans vos mains (car de quoi n'est pas capable le besoin de nuire et de calomnier), je la déclare fausse et l'œuvre de la plus détestable intrigue. C'est donc à vous, Monseigneur, que je m'adresse pour démentir cette imputation injurieuse à mon honneur en rendant publique ma déclaration. Le vôtre me répond du mien et votre justice de celle que vous me rendrez.

» Je savais, par une première expérience, qu'une loyale et noble conduite peut être l'objet de la plus noire calomnie : cette nouvelle épreuve prouvera une seconde fois que je puis la braver de quelque part qu'elle vienne et la faire tourner à mon honneur.

» Il est assez évident que c'est à ma place qu'on en veut : si l'on a cru ce moyen nécessaire pour me la faire perdre, c'est que sans doute on a désespéré d'en trouver dans mon administration : c'est du moins une satisfaction à ajouter aux éloges que vous avez daigné lui donner.

» Comme il est juste que vous sachiez que je suis incapable de perdre ma place par de pareils procédés, il ne l'est pas moins que le ministre connaisse ceux qu'on emploie pour le tromper. Certes, si l'ambition des places est telle qu'elle expose ceux qui les possèdent à de telles horreurs, il ne reste aux hommes de bien d'autre parti que de les abandonner à ceux qui en veulent à ce prix.

» Vous avez pu juger, Monseigneur, si je me suis rendu digne de ma place, et vous savez mieux que qui que ce soit si j'ai fait autre chose pour l'obtenir que de chercher à la mériter. Ceux qui les convoitent si avidement ne savent sûrement pas combien parfois elles pèsent à un honnête homme, ou savent probablement mieux que moi comment on les rend profitables.

» J'ose donc insister, Monseigneur, pour que vous donniez à l'imposture dont j'ai été l'objet le démenti que j'ai droit de réclamer : vous sentirez que je ne puis garder ma place qu'en recevant cette justice ; autrement, il paraîtrait qu'on m'a fait grâce ; et vous ne pourriez accepter l'honneur d'une générosité dont vous n'auriez pas le mérite et moi je ne pourrais la recevoir.

» J'ai l'honneur de vous adresser ci-jointe la seule lettre que j'ai écrite à M. Lainé, non quand il paraissait devoir rester au ministère, mais quand il en a été déchu. C'est moins vis-à-vis de vous, Monseigneur, que vis-à-vis de personne que je renierai l'honneur que je reçois de son amitié et la fidélité de la mienne.

» J'attends ici votre réponse : j'espère la recevoir prochainement.

» J'ai l'honneur, etc. »

Copie de la lettre que j'avais écrite à M. Lainé, député.

« Mon bien cher et honoré collègue,

» Quel que soit mon regret de voir mes rapports avec vous réduits à ce titre, je m'en trouve pourtant en quelque façon dédommagé, en ce qu'il laisse plus de liberté à l'épanchement du tendre attachement et de la vénération que je vous ai voués.

» Les hommes comme vous s'élèvent en descendant, parce que leur hauteur vient d'eux-mêmes : les places ne sont pour eux qu'un piédestal qui met plus en vue leur mérite, et, en les quittant, ils perdent moins que l'Etat qui les perd.

» J'ai lu à ma femme le billet charmant que vous avez eu la bonté de lui écrire, etc., etc. »

M. de Cazes répondit dignement à ma lettre et je crois devoir à son caractère la justice de consigner ici cette réponse.

Dépêche télégraphique du 19 janvier 1819.

« *Au préfet du Rhône, le ministre de l'intérieur.*

» Je me suis inscrit en faux avec vous. Une calomnie contre vous ne pourra jamais être accueillie par moi..... etc.

» L'état de l'atmosphère avait retardé la fin de la dépêche commencée avant-hier.

» Signé J. Deiroy. »

M. de Cazes y suppléa par une lettre postérieure ainsi conçue :

« *Le comte de Cazes, ministre de l'intérieur, à M. le comte de Lezay-Marnésia.*

» J'ai en effet à me plaindre de vous, Monsieur, mais ce n'est que parce que vous avez pu croire à des bruits ridicules et à la possibilité que je méconnusse à ce point votre caractère et votre loyauté. Je ne crois pas qu'un démenti dans les journaux soit une chose utile : la calomnie dont vous avez été l'objet est un de ces bruits qui se détruisent d'eux-mêmes et qui n'ont de consistance que celle qu'on leur donne en les réfutant. Celui-ci n'a pas été seulement appliqué à vous, et plusieurs autres fonctionnaires en ont été aussi faussement l'objet. La continuation de la confiance du roi, celle de mon amitié, permettez-moi de le dire, seront, en ce qui vous touche, la meilleure réponse, etc., etc. »

Cependant la confiance se rétablissait de plus en plus dans le département du Rhône : l'industrie y avait repris son ancienne activité : les bras étaient occupés, et cet état de bien-être général, joint à la modération de l'administration, y tempérait l'exaltation des partis, tandis qu'à Paris la surexcitation résultant de leur lutte acharnée et les doctrines subversives par lesquelles leurs journaux égaraient l'esprit du peuple, menaçaient incessamment l'ordre public et la société tout entière, et armaient la main de Louvel du fer assassin dont il frappa à mort l'infortuné duc de Berry.

Assassinat du duc de Berry.

Ce fut le 13 février 1820 : le maréchal Suchet donnait un grand bal : j'y assistais. A onze heures du soir de sourdes rumeurs, une sombre inquiétude, se manifestèrent, lorsque tout-à-coup ces sinistres paroles se font entendre : « Le duc de Berry vient d'être assassiné. » On peut se faire une idée de l'émotion que produisit cette affreuse nouvelle. L'hôtel fut à l'instant déserté ; chacun, pressé par le besoin d'aller s'informer des détails de ce terrible événement et de se communiquer les impressions dont toutes les âmes honnêtes étaient oppressées. Qui eût pu penser que ce malheur, qui semblait devoir confondre tous les intérêts, tous les sentiments dans l'intérêt commun du trône et de la patrie, deviendrait un nouveau foyer d'irritations et de haines, à tel point que les passions et l'esprit de parti semblaient s'être retrempés dans le sang de ce malheureux prince.

Quoiqu'il fût prouvé jusqu'à l'évidence que ce crime était l'œuvre isolée d'un misérable fanatique, les partis s'en renvoyèrent mutuellement l'accusation : les ultra-royalistes, qui ne pardonnaient pas à M. de Cazes la fameuse ordonnance du 5 septembre 1816, saisirent avidement cette occasion pour le poursuivre de si violentes imputations, que le roi, malgré la faveur toute particulière dont le comte jouissait auprès de lui, ne put se dispenser de dissoudre le ministère dont il faisait partie et d'en composer un nouveau. Le loyal duc de Richelieu en fut le président.

Changement de ministère.

Le département de l'intérieur fut offert à M. Lainé avec les plus vives instances de la part du roi et du duc son ami. Je l'ai vu pendant trois jours résister à leurs supplications, à celles de tout ce qu'il y avait de plus considérable, de plus dévoué au bien du pays et du trône, pleurant amèrement sur leur avenir dont sa prévoyante pénétration avait le triste pressentiment, et refusant de s'associer à un pouvoir qu'il croyait désormais hors d'état de les défendre contre les attaques incessantes auxquelles ils étaient en butte, et de les sauver du naufrage plus ou moins prochain dont ils étaient menacés. Le ministère de l'intérieur fut donné au vieux comte Siméon, avec l'assistance du baron Mounier, homme de loyauté et de mérite qui avait toute la confiance et l'amitié du duc et qui prit possession de ses fonctions avec le titre de directeur général de l'administration départementale et de la police.

Cependant la confiance dans l'administration départementale s'établissait de plus en plus : j'en reçus un remarquable témoignage dans une circonstance bien faite pour inquiéter le gouvernement et les administrations locales, et qui devint, pour celle du département du Rhône, une précieuse garantie de tranquillité. La loi du 26 mars 1820 sur la liberté individuelle avait excité dans la Chambre des députés de violents débats; l'opposition s'en était fortement émue : une adresse virulente avait été lancée à cette occasion par MM. de Lafayette, Lafitte et d'Argenson, dans le but de faire ouvrir une souscription en faveur des personnes qui seraient détenues en vertu de cette même loi. Des exemplaires imprimés en avaient été envoyés à profusion dans les départements : la souscription avait été annoncée à Lyon. Des registres avaient été ouverts chez des notaires et chez les chefs de l'opposition pour les recevoir : le procureur-général avait appelé l'attention de l'administration sur cette entreprise : il était à craindre que l'agitation des esprits n'amenât un conflit fâcheux.

Loi du 26 mars 1820, sur la liberté individuelle. Effet qu'elle produisit à Paris.

Et à Lyon.

Je pensai qu'il convenait à l'autorité d'intervenir par des voies de persuasion pour faire cesser le scandale de la souscription. J'en réunis donc les principaux promoteurs, au nombre desquels se trouvaient des hommes distingués du commerce, considérables par leurs relations et leur influence. Je leur parlai le langage de la raison, celui de l'intérêt public, de leur propre intérêt qui leur commandait de ne pas confirmer par d'imprudentes démarches les imputations d'hostilités systématiques et de provocations au désordre dont on ne manquerait pas de les accuser, et de ne point démentir, par ces mêmes démarches, les témoignages que les autorités s'étaient plu à rendre du bon esprit de la population et des dispositions pacifiques des hommes qui sont censés le diriger, etc.

Cette négociation eut tout le succès que j'en avais espéré : je trouvai dans les personnes auxquelles je m'étais adressé un langage modéré et la déférence que je pouvais en attendre. Il fut convenu que la souscription serait fermée immédiatement, que les registres qui la constataient seraient supprimés, et que le produit en serait appliqué à une œuvre de bienfaisance, sous la condition d'une part que le ministère public renoncerait aux poursuites commencées contre quelques-uns des souscripteurs, et de l'autre du consentement du garde des sceaux. Le télégraphe en porta la demande et rapporta immédiatement la ratification.

C'était là certainement un beau succès pour l'administration, et un heureux présage pour la réception de Mgr le duc d'Angoulême, dont on annonçait la prochaine visite à Lyon.

Voyage de monseigneur le duc d'Angoulême.

En effet, dans cet état de crise le gouvernement jugea opportun de faire voyager Mgr le duc d'Angoulême dans plusieurs départements, dans le double but de le distraire de la sinistre impression que le meurtre de son frère avait laissée dans son esprit, et de dissuader les populations des idées de réaction et de rigueurs dont la malveillance attribuait l'intention au gouvernement, en faisant le prince porteur de paroles de modération et de bienfaits.

Le 4 mai 1820, Mgr le duc d'Angoulême fit son entrée à Lyon. Toutes les mesures avaient été prises pour veiller à la sûreté de ce précieux dépôt.

Cependant, poursuivi par ses douloureux souvenirs et par les mille bruits qui lui avaient représenté Lyon comme le siége de l'esprit révolutionnaire, il n'y venait point sans prévention, même sans quelque inquiétude, qu'il ne sut pas assez dissimuler pour que je ne m'en aperçusse pas.

Il était important que ces sombres préoccupations, qui étaient de nature à offenser la population lyonnaise, ne fussent pas remarquées. J'avais eu soin de faire répandre, par toutes les voix amies et subissant mon influence, la loyauté très réelle du prince, l'esprit de modération dont il était animé et dont il avait donné des preuves dans les départements qu'il avait visités. Je me crus fondé à annoncer au gouvernement que le prince ne trouverait à Lyon que des sujets de satisfaction. J'eus le bonheur de le persuader à lui-même et de remplacer les craintes qu'il avait pu concevoir sur les dispositions de la population, par une confiance sinon complète, du moins apparente, et qui le devint.

Mgr le duc d'Angoulême avait déjà pu reconnaître la franchise de mon dévouement lors de la visite qu'il avait faite au département du Lot, lorsque j'y étais préfet. Je lui en devais une nouvelle preuve : je lui persuadai donc de ne pas se borner, comme c'est l'usage des princes, à la réception officielle des autorités, mais de les beaucoup étendre ; de recevoir en audience particulière des personnes de tous les partis : royalistes, modérés, libéraux, des exagérés même de toutes les opinions ; de les questionner tous, de leur exprimer au nom du roi, au nom de sa famille, la ferme résolution de marcher invariablement dans les voies constitutionnelles et de la modération. Outre l'avantage qu'il devait recueillir pour sa propre instruction de cette équitable et très politique impartialité, il devait en résulter un très réel pour l'esprit public. En effet, les libéraux, c'est-à-dire la majorité de la population lyonnaise, qui, loin d'être repoussés, comme on le leur avait fait croire, se voyant au contraire appelés, écoutés, reçus avec bienveillance, furent sensibles à cet accueil inattendu, reportèrent dans leurs familles et dans toutes les classes du peuple, ce qu'ils avaient reconnu des dispositions bienveillantes du prince, et rendirent générale leur propre satisfaction.

Mais ce n'était pas assez : il fallait soutenir cet heureux début par une manifestation d'entière confiance. A cet effet j'engageai le prince à se montrer partout et à tous, en opposition avec les timides conseils de son entourage qui lui recommandait la prudence, lui faisant craindre des piéges, lui rappelant tout ce que trop de confiance avait coûté de larmes à la famille royale et à la France : je lui représentais que la prudence des princes ne devait pas être celle des particuliers obscurs : que, chez eux, la hardiesse les rehaussait dans l'opinion publique et en imposait à la malveillance. J'eus la satisfaction de voir mon avis prévaloir et combien le prince avait été heureusement inspiré en le suivant. En effet, à la revue qu'il passa des troupes de la garnison et de la garde nationale, dans les visites qu'il fit dans toutes les parties de la ville, dans les faubourgs, dans les ateliers, il ne cessa de se voir l'objet des acclamations dont toutes les classes de cette immense population l'accompagnaient.

Il avait accepté à dîner chez les principales autorités : le jour où il dînait chez le maire, la même affluence l'attendait dans cette partie de la ville et les Terreaux ne le cédaient pas en démonstrations enthousiastes à celles dont il avait été témoin à Bellecourt. Le peuple remplissait la place : le prince voulut le saluer du haut de la terrasse de la mairie qui la domine : les acclamations se renouvelèrent avec une plus vive ardeur. Ce fut alors que, touché de ce spectacle d'heureuse agitation si contraire aux scènes de désordre dont on avait fait craindre au prince d'être le témoin à Lyon, le lieutenant-général Maurice Mathieu lui dit avec un heureux à-propos : « Vous le voyez, Monseigneur, voilà nos émeutes. »

Le jour où le prince passa en revue les troupes de la garnison, un accident, qui heureusement n'eut pas de suite, donna un instant de vive alarme. Au moment où il mettait le pied à l'étrier pour monter le cheval qui lui était destiné, tous les tambours à la fois battirent imprudemment : ce bruit inattendu fit faire un mouvement de peur au cheval qui se jeta brusquement du côté du prince : celui-ci, légèrement heurté, perdit l'aplomb et tomba à la renverse, mais il se releva à l'instant sans aucun mal et partit pour la revue.

Le cœur du prince avait été d'autant plus ému de tant de bienveillantes manifestations qu'elles avaient été plus inattendues : celui des autorités supérieures qui avaient été assez heureuses pour lui offrir cet hommage, ne l'avait pas été moins. Je pensai qu'un acte de munificence de la part du prince serait du plus heureux à-propos, et comme expression de sa gratitude envers la population lyonnaise, et comme devant engager celle de la ville envers lui.

Résolu de lui en suggérer l'idée, je m'évertuai à chercher le moyen qui pouvait le mieux atteindre ce double but.

L'hôpital-général de Lyon est un établissement dont l'origine remonte aux premiers temps de la monarchie. Doté successivement par les dons de la charité publique et particulière, il est devenu un des plus magnifiques monuments élevés à l'humanité souffrante. Il est l'objet de l'orgueil et de l'intérêt de toutes les classes de la population. Sa magnifique façade sur le quai du Rhône était restée inachevée faute de fonds, ceux provenant d'une souscription ouverte depuis longues années pour son achèvement étaient insuffisants. Je pensai que rien ne flatterait davantage la population et ne serait mieux fait pour compléter l'honorable popularité du prince que le don qui serait fait par lui d'une somme de 50,000 fr. qu'il affecterait à cette destination spéciale. Je soumis cette idée aux principaux officiers du prince en leur faisant l'honneur de leur en laisser l'initiative : mais elle ne trouva auprès d'eux qu'un froid accueil et des objections. J'avais beau mettre en avant l'honneur et la popularité que le prince se ferait par cette générosité que je considérais comme un léger sacrifice dans son éminente position, ils ne me répondaient que par la considération d'argent et par l'assurance du peu de succès qu'aurait auprès lui une pareille demande.

Je résolus donc de la lui faire moi-même : je lui représentai avec toute la sincérité de ma conviction et toute la chaleur que m'inspirait mon zèle pour sa gloire et l'immense intérêt de rattacher à ce prix une population de l'importance de celle de Lyon : mais je reconnus bientôt que son entourage l'avait mieux jugé que moi : à mes représentations, il répondit en m'exprimant son étonnement que je pusse lui faire une pareille proposition, alléguant son peu de moyens, l'énormité de ses charges, et enfin un refus formel.

Je n'insistai pas pour le moment, mais je ne me tins pas pour battu : je pensai que ce que je n'avais pu obtenir à moi seul je l'obtiendrais peut-être en associant à ma demande le lieutenant-général Maurice Mathieu, homme d'une grande autorité, animé comme moi de la volonté de bien servir la cause royale, et qui comprendrait qu'on ne pouvait le mieux faire qu'en assurant au prince l'affection du peuple lyonnais, et qu'aucun sacrifice ne devait coûter

pour obtenir un si important résultat. Il applaudit à mon idée et nous allâmes ensemble tenter un nouvel effort pour amener le duc à nos vues. Nous lui représentâmes, avec toute la chaleur de serviteurs dévoués, l'immense service qu'il rendrait à la cause du roi par ce léger sacrifice d'argent : il ne nous laissa pas en dire davantage. A ce mot il s'irrita en s'étonnant qu'on pût traiter de léger sacrifice le don de 50,000 fr. « Où les prendrais-je ? ajouta-t-il.
» Pensez-vous que parce que je suis prince j'aie 50,000 fr. à jeter ainsi à
» toutes les villes de France qui ne manqueraient pas de me demander aussi
» ce léger sacrifice? Croyez-vous que l'argent sorte de dessous les pas des
» princes? Je vous l'ai déjà dit, et je vous le répète, je ne les ai pas, je ne
» puis donc les donner. »

Il était fort animé : mais mon zèle n'en fut pas ébranlé, et s'exaltant aussi par la résistance même du prince et par son aveuglement sur ses propres intérêts : « Eh bien ! Monseigneur, lui répondis-je, si vous n'avez pas cette
» somme, qu'à cela ne tienne. Je me fais fort de la trouver dans une heure,
» et, si la fortune de votre altesse royale ne peut en répondre, quelque petite
» que soit la mienne, je l'offre en cautionnement, trop heureux de faire ce
» sacrifice pour le bien de son service. »

Je laissai échapper ces paroles dans la chaleur de mon zèle, sans réfléchir à ce qu'elles avaient de téméraire; mais loin de l'offenser, elles produisirent sur lui l'effet que produisent presque toujours les hardiesses du cœur, et il ne trouva plus d'autres paroles que celles-ci, qu'il laissa échapper avec quelque peu de confusion : « Eh bien ! à la bonne heure, n'en parlons plus ; je ferai ce
» que vous voulez. »

Je le remerciai en mon nom, en celui de la ville et même au nom du roi, et je me hâtai d'aller annoncer la noble libéralité du prince au président de l'administration de l'hôpital qui, à son tour, ne perdit pas un moment pour venir, à la tête de tous les membres de sa compagnie qu'il put réunir, lui en rendre grâce.

La nouvelle en fut immédiatement répandue par mes soins dans toutes les classes de la population dont toutes les voix célébrèrent la bonté du prince.

Il fut décidé qu'on travaillerait immédiatement à l'achèvement de la façade de l'hôpital, en le priant d'envoyer un délégué pour en poser la première pierre en son nom, en même temps que celle de la statue équestre de Louis-le-Grand. Il promit de remplir ce vœu.

Mgr le duc d'Angoulême partit pour Grenoble. Un accueil bien différent l'y attendait : les meneurs de l'opposition, irrités de celui qui lui avait été fait à Lyon, s'étaient concertés pour le lui faire expier par des manifestations contraires; elles allèrent jusqu'à l'offense. Il trouva, à son retour à Lyon, les mêmes bienveillantes manifestations que pendant le séjour qu'il y avait fait. Il en exprima son contentement avec la plus vive expansion, ne cessant de répéter qu'il rendrait bon compte au roi de ce qu'il avait vu à Lyon, et combien il fallait se mettre en garde contre les faux rapports.

Calomnie dont mon secrétaire particulier est l'objet.

Le prince me rappela un avis qu'il m'avait déjà donné à Cahors, dont mon secrétaire particulier était l'objet, et me demanda si je l'avais toujours. Sur ma réponse affirmative, il me dit que, par intérêt pour moi, il ne pouvait que me répéter qu'il me faisait le plus grand tort, et qu'il croyait devoir m'engager à m'en séparer. Je lui représentai que, s'il savait sur le compte de mon secrétaire des choses qui le rendissent indigne de ma confiance, j'attendais de sa justice qu'il voulût bien me les faire connaître; que, si elles étaient fondées, j'en ferais immédiatement justice. Que, quant à moi, je l'avais toujours vu sincèrement associé à la cause que je servais et doué d'une intelligence et d'une capacité en affaires qui m'étaient fort utiles; que je me croirais indigne de l'estime de son altesse royale et digne de son juste blâme si, sur de vagues imputations, et sans motifs connus de moi, j'enlevais à un honnête homme duquel je n'avais eu que de la satisfaction, une position qui faisait toute son existence; qu'en le renvoyant, je le signalerais comme ayant perdu ma confiance; que, par là, je le mettrais en état de suspicion vis-à-vis du public, et dans l'impuissance de trouver une autre place, etc.

Quelle que fût mon insistance, je ne pus obtenir une explication plus explicite. Le prince se borna à me dire que j'en ferais ce que je voudrais, mais que je devrais me souvenir qu'il m'avait averti.

Quelque danger pour moi que couvrît cet avertissement, mon sentiment intime se révoltait contre la lâcheté qu'il y aurait de ma part à sacrifier, par cette considération, l'existence et tout l'avenir d'un homme dont je n'avais qu'à me louer; et, à tout risque, je le gardai.

Ce ne fut que plus tard, et après ma dépossession de la préfecture du Rhône, que le mot de cette énigme me fut révélé. J'étais dans le cabinet de M. de Chabrol, que j'avais remplacé à Lyon, et alors directeur des contributions indirectes. En causant avec lui de ma révocation : « Une des choses, me » dit-il, qui vous a le plus nui, c'est votre secrétaire particulier. Comment, » en effet, n'avez-vous pas compris quelles armes vous donniez contre vous, » appelé par la confiance du roi à de hautes fonctions, en associant à la vôtre » le fils d'un régicide. — Le fils d'un régicide! m'écriai-je confondu. — Mais » oui, le fils du conventionnel Voidel, qui a voté la mort du roi. » A ce mot, tout ce mystère d'iniquités me fut éclairci : le nom de mon secrétaire était *Voidet*, et la méchanceté avait fait de ce rapprochement de noms, qu'elle avait falsifiés, le texte d'une abominable accusation.

Effet de cette calomnie.

Ce secrétaire était fils d'un pauvre tailleur de la ville de Lons-le-Saulnier, qui n'avait de bien que son intelligence, que le baron Janet, son compatriote et le mien, avait su discerner et mettre à profit dans les hautes fonctions auxquelles l'empereur l'avait appelé à Rome. Lors de ma nomination à la préfecture du Lot, il me le donna comme un homme dont la capacité et l'expérience des affaires pourraient m'être d'une grande utilité; ce qu'il justifia pleinement. Il me suivit dans le département de la Somme et du Rhône. Dépossédé de sa place en même temps que moi de cette dernière préfecture, je mis tous mes soins à lui en trouver une; mais la tache que la calomnie avait attachée à son nom, et la défaveur qui l'accompagnait le faisait repousser de partout, malgré son mérite. Il végéta pendant quelque temps à Paris, lorsqu'enfin il trouva à s'attacher à un négociant qui se rendait aux Antilles. Mais le malheur le poursuivait comme l'avait fait la calomnie : le vaisseau sur lequel il s'était embarqué fut poussé par la tempête sur les côtes du Portugal; il périt dans le naufrage, et son corps fut jeté sur la plage. La calomnie ne lui avait laissé d'autres ressources que l'exil. Ce n'était pas assez : il fallut que la mort achevât son œuvre.

Mgr le duc d'Angoulême quitta Lyon pénétré de l'accueil qu'il y avait reçu, et d'un sentiment tout particulier pour cette ville qu'il daigna m'exprimer à Paris, où je dus me rendre bientôt après, en présence de toute son audience.

Agitations à Paris à l'occasion de la loi sur les élections.

Cependant, le parti libéral poursuivait son système de provocations au désordre : elles étaient secondées par des tentatives faites dans le même but par des fanatiques du régime impérial, qui mettaient tout en œuvre pour pervertir l'armée. Le gouvernement avait des indices certains de ces projets coupables. Des émissaires de ces divers partis parcouraient les départements. Les désordres qui venaient de troubler Paris n'indiquaient que trop la détermination de certains hommes à opinions extrêmes de pousser les choses aux derniers excès. La loi sur les élections qui se discutait à la Chambre des députés avec une extrême violence de la part de l'opposition ne contribuait pas peu à encourager ces coupables entreprises par l'irritation que ces débats portaient dans les esprits. Ils attiraient aux abords de la Chambre de nombreux rassemblements d'hommes de partis opposés. Le 31 mai 1820, à l'issue de la séance, ils s'étaient considérablement animés à l'occasion d'une sorte d'ovation dont M. de Chauvelin, l'un des membres les plus ardents de l'opposition, avait été l'objet de la part des libéraux. Les partis opposés s'y montraient en forces. Ils se composaient, d'une part, de jeunes gens des écoles de droit et de médecine, d'officiers en habits bourgeois, etc.; et, de l'autre, des gardes-du-corps également en bourgeois, et de jeunes gens du même bord se provoquant mutuellement. Des provocations, on en vint aux coups, au point que la gendarmerie étant insuffisante pour réprimer le désordre, il fallut appeler le secours de la garde royale pour dissiper les bandes qui se répandaient menaçantes dans les rues et jusqu'aux portes de l'habitation royale dont on dut fermer les grilles et défendre les abords.

J'étais à Paris, témoin de ces scènes si fécondes en tristesses et en sombres pressentiments et dont je craignais que le contre-coup se communiquât à Lyon. On peut juger de l'immense satisfaction que j'éprouvai de l'attitude paisible de cette ville pendant les agitations qui avaient troublé Paris et en voyant que le mauvais exemple, les excitations de tous genres employées pour enflammer les têtes, étaient restés sans effet sur la jeunesse des écoles, sur ses ouvriers, sur toutes les classes de cette nombreuse population qu'une malveillance active et opiniâtre se plaisait à représenter comme un foyer de conspirations et de révoltes.

A cette épreuve si rassurante se joignit un nouveau motif de sécurité dont les autorités purent, à juste titre, se réjouir, se glorifier même, et que je me plais à rapporter ici.

Tranquillité de Lyon à cette époque.

Pendant que Paris était dans ces dangereuses agitations, voici ce qui se passait à Lyon.

Plusieurs chefs des maisons de commerce les plus considérables connus par leurs opinions libérales, adressaient un message formel à l'autorité pour « lui » offrir, à tout événement, leur concours en tant qu'elle le croirait utile au » maintien de l'ordre et de la tranquillité, pour la prévenir qu'ils désavoueraient par principe, par sentiment comme par intérêt, toute espèce de clameurs et de scènes populaires, et qu'ils avaient intimé à leurs commis, à » leurs ouvriers et à toutes les personnes dans leur dépendance qu'ils eussent » à s'abstenir de toute participation à des attroupements, à des groupes, à » toutes discussions ou incidents qui pourraient avoir lieu au spectacle ou » dans d'autres lieux publics. »

Destitution de Camille Jordan, conseiller d'état.

Cependant la propagande libérale devenait de plus en plus active; elle portait l'agitation jusque dans les pays étrangers: la fermentation des esprits était visible en Piémont : la Sicile, Naples, l'Espagne, venaient d'être en proie à de violentes secousses: c'était pour les révolutionnaires de France de nouveaux motifs d'encouragements et d'espérances. Une faute que le gouvernement français venait de commettre ranima en eux l'espoir de reprendre à Lyon l'ascendant qu'ils avaient perdu et faillit faire perdre à l'administration tout le terrain qu'elle y avait conquis. Il est assez habituel aux gouvernements faibles de vouloir faire les forts : ainsi ils font retourner contre eux les coups que frappent leurs mains débiles. Le gouvernement, mécontent de Camille

Jordan, le destitua de ses fonctions de conseiller d'état: c'était une grande imprudence dans les circonstances où il se trouvait. Il crut en imposer, il ne fit qu'irriter. Camille Jordan s'était fait une haute position politique par quelques écrits et par un beau talent de tribune. Eminemment homme de bien, loyal, d'un caractère aimable et conciliant, on l'aimait, on le considérait. Il était l'ami de Royer-Collard, comme lui dévoué par principe à la monarchie constitutionnelle, et, par sentiment, au roi et à sa famille. Tous deux croyaient les servir par l'opposition qu'ils faisaient aux exigences inconstitutionnelles de l'exagération royaliste et aux influences abusives du pouvoir. Ils étaient devenus par là les idoles de l'opposition qui se prévalait de l'appui qu'elle recevait de noms aussi respectés pour accréditer dans le peuple ses doctrines subversives. Camille Jordan était lyonnais; la population de la ville se rattachait à lui comme à une de ses gloires; elle se regardait personnellement offensée de l'offense qu'il avait reçue par sa destitution et disposée à l'en venger par tous les moyens en son pouvoir. M. de Corcelles, député du Rhône, agitateur subalterne, qui n'avait dû sa popularité et son élection qu'à la véhémence de son opposition au gouvernement, était venu à Lyon dans la vue d'exploiter cette circonstance au profit de ses rancunes; mais les autorités avaient plus d'empire que lui sur les hautes influences commerciales, qui comprenaient toute l'importance de ne pas les compromettre vis-à-vis du gouvernement et de ne pas livrer aux chances des agitations populaires les intérêts et le repos des familles et la prospérité de la fabrique qui était alors en grande progression. L'administration préfectorale en reçut une nouvelle et éclatante preuve dans cette circonstance: les partisans de M. de Corcelles avaient résolu de lui faire une solennelle réception: un dîner devait lui être offert avec tous les accessoires qui étaient dans les usages de l'opposition en pareille occasion: tout était convenu et préparé à cet effet: cependant le haut commerce appartenant à l'opposition ayant pensé qu'il était à propos de se réunir pour délibérer sur la convenance de ce projet, voici la lettre que m'adressa à ce sujet le président de la chambre de commerce.

« *A M. le comte de Lezay-Marnésia.*

» MONSIEUR LE COMTE,

» Ne pouvant avoir l'honneur de vous voir aujourd'hui, je m'empresse de vous prévenir que Billiet (1) vient de me donner à l'instant l'assurance la plus positive qu'il ne serait point donné de dîner à M. de Corcelles, la chose ayant été définitivement arrêtée hier et les adieux ont été faits, etc.

(1) *N. B.* Les frères Billiet étaient des négociants considérables, figurant à la tête de l'opinion libérale à Lyon, mais sages et voulant l'ordre.

» C'est une belle victoire que les autorités de Lyon remportent encore, c'est pour elles seules, dans la crainte de leur déplaire et de leur nuire, que ce parti a été adopté. C'est un beau triomphe en voyant ce qui se passe à Brest, à Rouen, etc., et un nouveau gage de ces hommes sur lesquels vous conserverez toujours le même empire en leur parlant le même langage.

» Recevez mes félicitations et l'assurance, etc., etc.

» 1er *septembre* 1820.

» Signé : Mottet-Dégérando. »

En effet, M. de Corcelles se remit immédiatement en route pour Paris, sans qu'aucune des démonstrations extérieures qui devaient lui être prodiguées par les hommes les plus ardents de son parti ait eu lieu. De nombreuses souscriptions avaient été reçues d'abord pour le fêter : l'argent versé fut rendu aux souscripteurs. Ce résultat, peut-être sans exemple, fut pour les autorités un remarquable succès et un gage précieux de tranquillité et de bon ordre pour l'avenir. J'en rendis compte en ce sens au gouvernement.

Cependant la propagande révolutionnaire portait ses fruits ; les ferments qu'elle avait communiqués aux peuples voisins de la France faisaient explosion. Le 11 mars 1821, une révolution éclatait en Piémont, d'une nature d'autant plus redoutable qu'elle s'opérait par la force instituée pour en défendre le gouvernement et la société. L'initiative fut prise à Alexandrie par la garnison, qui s'empara révolutionnairement de la ville et de la citadelle. Le mouvement se communiqua immédiatement à Turin où il s'accomplit par la réunion du peuple aux soldats auxquels se joignirent les étudiants ; car, là comme en France, comme en Allemagne, comme partout de nos jours, on voit cette jeunesse dont les gouvernements protégent et secourent les familles, à laquelle ils assurent, à grands frais, dans leurs écoles, les trésors de toutes les connaissances humaines, et par là des carrières honorables et même toutes les voies qui conduisent à la fortune et aux honneurs, reconnaître ces bienfaits en se tournant contre eux et en s'associant à la révolte pour les renverser. Aucune résistance ne fut opposée à celle-ci. Elle eut pour effet l'abdication du roi et son départ pour Nice avec la reine et ses filles, laissant le gouvernement bien plus nominalement que de fait au prince Félix, son frère, tandis que le prince de Carignan (Charles-Albert) était proclamé chef constitutionnel de l'État. Révolution du Piémont.

Ces événements avaient été accueillis à Lyon avec de grandes démonstrations de joie par les libéraux. Ils se flattaient qu'ils amèneraient inévitablement des modifications favorables à leur cause ; que peut-être même le gouvernement, bien avisé, comprendrait la nécessité de les opérer lui-même pour éviter qu'elles lui soient arrachées.

Une telle complication de circonstances en apportait nécessairement une très grande dans les devoirs des autorités. Néanmoins, malgré la sorte d'enthousiasme avec laquelle ces nouvelles avaient été reçues par les libéraux, malgré les avantages qu'ils s'en promettaient, malgré les suggestions des agitateurs du dedans et du dehors, et le voisinage presque immédiat où Lyon se trouvait du théâtre de ces événements, rien ne faisait présager que la tranquillité dont la ville jouissait dût en être troublée : l'activité toujours croissante de la fabrique était un puissant préservatif; la classe la plus influente, celle du haut commerce, les chefs de manufactures et d'ateliers, éminemment intéressés au maintien de la prospérité dont ils jouissaient, comprenaient très bien qu'aux premiers troubles elle disparaîtrait ; elle offrait cet immense avantage qu'elle occupait chacun à ses propres affaires : elle tenait le manufacturier à son établissement, le marchand à son comptoir, l'ouvrier à son métier, et la satisfaction de l'intérêt personnel écartait et annulait les intérêts de faction. Aussi ces nouvelles, accueillies avec joie, n'avaient occasionné aucune démonstration hostile sérieuse, aucun propos menaçant.

Un incident inattendu répandit pourtant une inquiétude générale, et fit craindre un moment que notre tranquillité fût troublée. La faction ennemie du gouvernement, qui ne négligeait aucun moyen pour agiter le peuple et provoquer au désordre, ne pouvait laisser échapper une occasion aussi favorable à ses desseins. La révolution piémontaise n'avait pas été plus tôt connue, que, simultanément, sur divers points, le bruit se répandit que le roi avait abdiqué, que le drapeau tricolore flottait à Paris, que le duc d'Orléans avait été nommé chef du gouvernement, etc., etc. Le dimanche 18 mars, jour que la cessation du travail rend plus favorable aux combinaisons de la malveillance, cette nouvelle fut publiée à Lyon avec des circonstances qui pouvaient imposer à la multitude : elle se répandit avec rapidité ; des groupes se formèrent ; elle y fut commentée, amplifiée, etc. C'était l'heure du spectacle : quelques têtes ardentes se proposaient de profiter de cette circonstance pour exalter les esprits et faire chanter sur le théâtre des couplets analogues à ces circonstances. Les autorités prévenues se portèrent spontanément au spectacle : leur présence y produisit l'effet qu'elles s'en étaient promis. La nouvelle fut solennellement démentie, le public désabusé, les malveillants déjoués ; tout resta dans la plus parfaite tranquillité, et cet incident, dont quelques agitateurs espéraient un autre résultat, n'eut d'autre effet que de donner une nouvelle et précieuse preuve des dispositions calmes et pacifiques de la généralité de la population lyonnaise, et de confirmer l'autorité dans la sécurité dont elle n'avait cessé de recevoir les garanties les plus formelles. Un médecin démagogue, qui s'était permis de publier la fausse nouvelle, fut arrêté et livré aux tribunaux, sans que cet acte d'autorité produisit la plus légère émotion. Cet incident, qui ne fit pas perdre à la ville son calme habituel, fut cependant celui qui donna le plus de craintes de le voir troublé pendant tout le cours de mon administration.

Mission de M. le maréchal duc de Bellune.

Sur ces entrefaites, le gouvernement donna à M. le maréchal duc de Bellune le commandement supérieur des 6ᵉ, 7ᵉ, 8ᵉ et 9ᵉ divisions militaires avec des pouvoirs extraordinaires. Quand les troubles du midi, de l'Italie et du Piémont se préparaient d'une manière menaçante, surtout pour les départements exposés par leur voisinage à la contagion révolutionnaire, cette concentration des pouvoirs dans les mains d'un personnage de l'importance d'un maréchal de France était naturellement indiquée: mais cette mesure, prise tardivement et quand aux circonstances qui avaient pu la motiver avaient succédé des motifs de sécurité, que tous les renseignements attestaient que les populations des villes et des campagnes étaient restées insensibles aux bruits méchamment répandus et aux récits des événements qui avaient porté le trouble chez les peuples voisins, que le lieutenant-général commandant à Lyon, qui avait et méritait à si juste titre la confiance des troupes, de la population et du gouvernement, était à son poste, cette mesure, dis-je, était sans objet et pouvait devenir fâcheuse par les conflits qu'elle pouvait susciter entre les autorités.

Les inconvénients qu'elle portait en elle-même s'aggravaient encore par le choix du personnage auquel elle était confiée. Le duc de Bellune, qui avait eu cette valeur guerrière suffisante sous l'empire pour élever ceux qui la possédaient à la plus haute fortune militaire, n'avait ni les formes, ni l'usage du monde, ni la connaissance des hommes et des affaires que l'éducation et la pratique peuvent seules donner, si nécessaires pourtant pour les conduire, et qu'une grande supériorité d'esprit et de caractère qu'il était loin d'avoir peut à peine remplacer. Accoutumé au commandement absolu et à une obéissance passive et sous l'éblouissement de sa haute position, toute résistance à sa volonté, toute opinion qui n'était pas la sienne étaient, à ses yeux, de l'insubordination. Maltraité, dit-on, jusqu'à l'offense par l'empereur, mécontent de sa conduite à l'affaire de Montereau, il s'était fait un des instruments aveugles et passionnés de l'exagération royaliste. Ce fut sous l'influence de ce parti qu'il obtint cette mission.

On a vu à quel point l'esprit de justice, de modération, de constitutionnalité, qui avait dirigé mon administration dès ses débuts et mon indépendance de tout esprit de parti m'avaient attiré les persécutions de ces royalistes à courte vue ou intéressés. Dépréciant systématiquement mon administration, même dans ce qu'elle avait de plus louable, ils attribuaient l'ascendant qu'avait l'autorité sur la population lyonnaise et sa popularité aux concessions qu'elle faisait au parti libéral aux dépens des intérêts monarchiques. En effet, elle recherchait cette popularité honnête et désirable que devait lui donner le retour à l'ordre, à la légalité, au travail, à la prospérité du pays confié à ses soins et qui avant en avaient disparu. Des concessions, elle en recevait et n'en faisait pas, à moins qu'on n'appelle concessions une équitable distribution de la justice, une ferme modération, l'égalité pour tous devant l'administration comme elle existe devant la loi, que je considérais comme les plus sûres garanties de tranquillité et de stabilité pour le gouvernement.

Ce fut avec ces préventions contre la population lyonnaise et contre le préfet, que M. le maréchal arriva à Lyon.

Dès ma première entrevue avec lui, il la manifesta sans détour. Je lui avais fait un tableau fidèle de l'heureuse situation du département du Rhône, jouissant de la plus parfaite tranquillité, de l'accroissement progressif du travail et d'une prospérité sans exemple. Tous les fonctionnaires supérieurs lui en attestaient la fidélité: ils lui offraient l'appui de leur expérience, de leur influence, de la force de leur union pour le bien du service du roi: il n'y répondait que par des paroles de récriminations, de répressions, de menaces, n'admettant à sa confiance que les hommes les plus discrédités dans celle de la population, s'arrogeant des pouvoirs que ne lui donnait pas sa mission, prenant des mesures qui n'appartenaient qu'à l'autorité du préfet, ordonnant des arrestations arbitraires de ce qu'il appelait des factieux, à tel point que la population, deshabituée de ces abus, n'en dissimulait pas son irritation qui n'eût pas tardé à se manifester par des actes si le gouvernement n'eût rappelé le maréchal.

Pose de la première pierre de la statue de Louis-le-Grand et de la façade de l'Hôtel-Dieu.

Cependant, il avait été délégué par Mgr le duc d'Angoulême pour poser en son nom les premières pierres du monument de la statue équestre de Louis-le-Grand sur la place Bellecourt et de la partie de la façade de l'Hôtel-Dieu à la construction de laquelle le prince avait concouru pour une somme de 50,000 fr. Le 1er mai 1821, jour de la célébration du baptême de Mgr le duc de Bordeaux, avait été choisi pour cette double cérémonie: elle fut célébrée avec la plus grande pompe. Le maréchal y assista comme représentant du prince, entouré de toutes les autorités et d'une immense population empressée. Je le haranguai en cette qualité. Cette occasion de rendre une solennelle justice à la population lyonnaise et de la venger publiquement des odieuses imputations qu'on s'obstinait à diriger contre elle était trop belle pour n'en pas profiter. Je la saisis avec empressement. J'étais sûr de déplaire au maréchal; mais c'était rendre hommage à la vérité; je n'hésitai pas. (Voir au registre contenant les discours, etc., page 129.)

Cette soirée fut terminée par une fête que je donnai dont on parle encore à

Lyon comme de la plus brillante qu'on y ait vue. En effet, rien n'avait été épargné pour en rehausser l'éclat. Le maréchal manifesta son dépit en ne daignant pas l'honorer de sa présence et en choisissant ce soir-là même pour quitter Lyon.

Le départ du maréchal rassura les esprits. Sa retraite, jointe à la hardiesse avec laquelle j'avais rendu justice à la population lyonnaise en face d'un de ses plus puissants détracteurs, me plaça encore plus haut dans sa faveur. J'en reçus un témoignage d'autant plus flatteur qu'il était parfaitement désintéressé et qu'il venait d'un homme dont le suffrage ne pouvait qu'honorer celui qui en était l'objet. Le comte de Lally-Tollendal passait à Lyon. Voici ce qu'il m'écrivit :

M. de Lally-Tollendal à Lyon.

« Il m'est d'autant plus impossible de quitter Lyon sans avoir eu l'honneur de voir M. le comte de Marnésia, qu'allant aux eaux d'Aix, en Savoie, pour y laisser le dernier levain de trois ou quatre fièvres tierces, j'ai choisi de préférence la route de Lyon à cause de son préfet. J'entendais tout à l'heure chanter ses louanges au musée, à la bibliothèque, dans un magasin de soieries, pendant qu'il me faisait l'honneur de passer chez moi, et si j'étais rentré à mon auberge trois minutes plus tôt, je lui aurais reporté tout chaud le concert de bénédictions dont je me regardais comme le dépositaire, et dont je ne manquerai pas de porter le témoignage à Paris.

» A lundi donc, s'il veut bien me permettre de porter, même à sa table, l'exacte observation du vœu de sobriété que j'ai fait entre les mains de mes docteurs. J'ose prier Mme la comtesse de Marnésia d'agréer l'hommage de mon respect, et je renouvelle à M. le préfet l'hommage de ma haute considération, et l'ancien attachement qui me lie à la mémoire du père et à la personne du fils.

» *Hôtel de l'Europe, le 20 juin 1821.*

Signé : Lally-Tollendal. »

Réunion du Conseil général en 1821.

Le conseil général du Rhône, dont la session était prochaine, m'offrait une nouvelle et solennelle occasion d'y exposer la véritable situation du département et de la ville de Lyon, et de faire justice des calomnieuses imputations dont on les avait si obstinément poursuivis. Je la saisis avec empressement. Je crois devoir transcrire ici le discours dans lequel je lui en fis le magnifique tableau.

Discours par lequel j'ouvris la session.

« Messieurs,

» S'il est une satisfaction vive, pleine, digne d'un cœur d'homme, c'est celle que doit ressentir un administrateur qui voit prospérer le pays confié à ses soins et le bonheur public répondre à ses vœux.

» Telle est celle que j'éprouve, Messieurs ; elle a pour moi d'autant plus de charmes que vous êtes appelés à la partager ; vous, dont la noble mission est d'ouvrir en quelque sorte les voies du bien public au gouvernement et à l'administration, de les éclairer, de leur servir d'indicateurs et d'appui. Oui, Messieurs, j'ai le bonheur de n'avoir à vous présenter que des résultats satisfaisants, un bien-être toujours croissant, des chances favorables pour l'avenir, un état de choses enfin dont les vœux les plus ambitieux peuvent être pleinement satisfaits.

» Trois fois déjà, j'ai eu l'honneur de mettre sous vos yeux la situation de ce département, et, à chaque session, j'ai été assez heureux pour avoir à vous la présenter sensiblement améliorée, tant sous les rapports politiques et d'ordre public que sous ceux de prospérité industrielle.

» En effet, Messieurs, à l'esprit de révolte et de sédition qui avait couvert ces belles contrées de désolation et de deuil, ont succédé le calme, l'ordre, la paix ; ce pays qu'on redoutait comme un foyer d'orages est devenu un point de sécurité et de garantie : il en a donné de nouvelles preuves dans une crise récente. Nous n'avons pas eu les douloureux honneurs du triomphe sur la révolte; car la malveillance, si elle a existé, n'a osé se montrer, bien sûre que l'autorité, qui sait apprécier la soumission, saurait aussi réprimer les criminelles tentatives, et nous avons eu l'inestimable joie de voir cette grande population s'honorer et honorer ses magistrats, en ne cessant de se montrer exemplaire et inaccessible à la séduction.

» Le retour de la paix a produit son effet; il a ranimé la confiance, et, avec elle, l'essor de l'industrie. Le nombre des métiers qui, dès 1818, s'était élevé de 9 à 13 mille, s'est trouvé porté, en 1820, à plus de 18 mille, lesquels ont produit pour environ 100 millions de valeur : chose jusqu'alors sans exemple.

» Aujourd'hui, Messieurs, la scène est encore agrandie, et le tableau de la prospérité que j'ai à vous exposer est plus brillant : 26 mille métiers sont maintenant en activité et promettent pour environ 130 millions de produits, dont on peut évaluer à 80 ce qui en reviendra à la France de l'étranger. Prodigieux résultat d'une seule branche d'industrie dans une seule ville, et qui, mieux que tous les raisonnements, prouve l'immense importance de Lyon, et ce qu'on doit d'égards à une population aussi productive pour l'État.

» A la satisfaction que vous éprouverez de cet état de choses, Messieurs, je me plais à ajouter celle que fait naître la certitude presque acquise par les commandes faites et par celles sur lesquelles on peut compter, d'un travail à peu près semblable assuré pour l'hiver.

» Je n'entreprendrai pas d'expliquer cette étonnante extension des besoins du luxe dans l'état actuel de conflagration où se trouve une grande partie des deux mondes, et qui confond les calculs ordinaires; il suffit que ces besoins existent et que nous ayons la sagesse d'en profiter.

» L'accroissement de la population et celui de l'aisance générale devaient être la conséquence de cette progression de richesses industrielles, et, en effet, partout il se fait sentir : dans la cité, dans les faubourgs, dans la campagne où le bien-être, les métiers, les constructions se multiplient dans une égale proportion. Vous en aurez une idée, Messieurs, en apprenant que, dans la seule ville de Lyon, il y a environ deux cents maisons en construction qui n'ont pas attendu d'être achevées pour avoir leurs locataires.

» Quand on cherche à se rendre compte de ces rapides et superbes améliorations survenues dans notre situation politique et industrielle, améliorations qu'on peut remarquer dans toute la France, c'est encore un bonheur d'en trouver la cause dans la sagesse et la libéralité du gouvernement.

» Que l'esprit de parti se déchaîne; que les ambitions s'irritent et l'accusent, il n'y a pas à s'en étonner, c'est dans leur nature de le faire. Un fait concluant, irrécusable existe, répond à tout et reste sans réplique.

» Tous les maux dont l'anarchie, le despotisme, les divisions intérieures, l'oppression de la conquête et de l'usurpation pouvaient accabler un peuple, pesaient sur la France, et la menaçaient de ruine ; son existence politique était mise en question ; six ans se sont à peine écoulés, et la France est la seule terre tranquille et paisible au milieu de l'ébranlement général de l'Europe ; sa prospérité est telle qu'elle n'en connut jamais une si grande, ni si généralement répandue dans toutes les classes ; elle jouit de plus de liberté qu'il n'a été donné à aucun peuple d'en avoir ; ses finances sont les plus florissantes de l'Europe ; son crédit est le mieux établi; son industrie, qui ne reconnaît déjà plus de supérieure, se trouve dans plusieurs branches n'avoir point d'égale. Si elle n'a plus la prétention de se rendre redoutable aux autres, elle a la conscience qu'elle a assez de forces en elle-même pour n'avoir à craindre l'agression de personne. Voilà la France d'aujourd'hui, telle que le gouvernement l'a faite en six ans. Les passions peuvent bien vouloir autre chose et s'agiter pour d'autres intérêts ; mais leur effervescence ne remue que la sphère étroite où elles se débattent et ne pénètre plus dans la masse du peuple qui, satisfait de son bien-être, heureux de sa liberté, se contente d'en jouir et s'attache de plus en plus à la main qui les dispense.

» Sans doute, il reste encore à désirer et à faire ; car la carrière des vœux et du bien est infinie. Mais quel est l'homme, tant exigeant fût-il du bien de son pays, qui, lorsque tout périssait, eût osé se flatter que tant de réparations seraient faites, que tant de biens seraient acquis en si peu de temps et malgré tant d'oppositions.

» Cependant, la France en jouit et elle le doit au respect du gouvernement pour nos institutions, à leur religieuse observation, à sa fidélité scrupuleuse à remplir ses engagements, à l'usage équitable et tempéré du pouvoir, à cette modération que les passions insultent parce qu'elle leur fait obstacle ; mais que la sagesse des siècles a mis en première ligne des vertus politiques, et qui, pour être toujours victorieuse, n'a besoin que d'avoir confiance dans sa propre force.

» C'est dans cette voie que l'administration de ce département a cherché à assurer sa marche ; toutes les autorités s'y sont ralliées dans une franche et fidèle union, parce qu'elles ont pensé que c'était le moyen le plus efficace de répondre à la confiance de sa majesté, et de servir elle et le département selon leurs véritables intérêts ; elles ont eu pour but constant d'apaiser les irritations qu'allument toujours les commotions politiques, d'annuler les influences malveillantes, de rallier au roi les hommes, les intérêts, par une exacte justice, par d'équitables égards pour quiconque se rattache à l'ordre, par une impartiale sévérité contre quiconque tendrait à le troubler ; elles ont cherché à rendre le gouvernement du roi bon, profitable, cher à tous, préférable à tout autre, en faisant que chacun y trouve son bien, son intérêt, sa sûreté. C'est ainsi qu'elles sont, qu'elles ont cru devoir se montrer royalistes, et qu'elles ont appelé tout le monde à l'être, pensant que rien n'attire et n'attache les peuples au gouvernement comme le bonheur et la justice, sans d'ailleurs chercher les applaudissements des partis, si faciles à obtenir quand on consent à leur servir d'instrument, et sans trop s'inquiéter de leur dénigrement impossible à éviter quand on se refuse à se rendre solidaire de leurs passions.

» J'ai mis sous vos yeux, Messieurs, l'état de prospérité remarquable du département du Rhône. Dans ce moment, tous les départements de France expriment par la voix de l'élite de leur population, ce sentiment général de bonheur et leur reconnaissance envers le prince dispensateur de tant de biens. Le ciel y a mis le comble ; il a montré encore une fois sa prédilection pour la France, en lui donnant ce royal enfant réparateur de tant d'infortunes, conciliateur de tant d'intérêts, objet de tant d'espérances, enfin lui-même le plus grand et le plus cher de tous les biens, puisque c'est lui qui les assure tous, et que sur lui reposent nos destinées. »

Le *Moniteur* rendit compte de ce discours dans les termes suivants :

« *Paris, le* 29 *août* 1821.

» Le conseil général du département du Rhône a ouvert sa session le 22 août. Voici le discours, très digne de remarque, prononcé dans cette circonstance solennelle, par M. le comte de Lezay-Marnésia, préfet. Il a produit la sensation la plus vive, et il n'y a pas un Lyonnais qui n'y ait reconnu des vérités positives sur la prospérité toujours croissante de l'industrie lyonnaise, et des vérités politiques qui, de jour en jour, rallient davantage les esprits de ceux qui sont sincèrement animés de l'amour de leur pays. Voici les termes dans lesquels s'est exprimé M. le préfet :

(Suit le discours entier.)

Il semble qu'une ville de l'importance de celle de Lyon, dont une seule de ses nombreuses industries produisait, dans une seule année, pour *cent trente millions* de valeur, centre vers lequel convergeaient les hommes et les affaires de dix départements, qui pesait par là même d'un poids si considérable dans la balance des intérêts politiques et matériels de la France, était bien digne de quelques ménagements, de quelques égards.

Il semblait aussi que l'administration qui, de l'état de sanglants désordres, de guerre civile, d'anarchie dans les choses et dans les esprits, et de la ruine où elle avait trouvé ce pays l'avait ramené sans secousses par le seul ascendant de la justice, d'une exacte probité, d'une modération éclairée à un état d'ordre, de calme, de soumission aux lois, de respect pour l'autorité et d'une miraculeuse prospérité, si bien fait pour réjouir les cœurs vraiment français et celui du monarque, méritait autre chose que les persécutions de l'esprit de parti, la disgrâce du ministère qu'on voyait déjà prête à surgir, et enfin la destitution de cette même administration qui devait signaler la prochaine entrée au pouvoir de ce ministère.

Mais de telles considérations ne sont pas celles qui touchent les partis : l'ordre public, la liberté, le bien du peuple, ne leur sont rien : leur unique religion, leur unique patriotisme, c'est l'intérêt de leur cause : les hommes, les principes, les existences, tout, jusqu'à leur conscience et leur honneur, leur est sacrifié. L'association des hommes, même les plus dégradés, l'emploi des moyens, même les plus honteux, leur sont bons pour arriver à leurs fins. Ce fut ainsi que les deux partis extrêmes de la Chambre des députés, si antipathiques par leurs natures et par le but qu'ils se proposaient, s'unirent dans une ligue commune pour renverser le ministère qui leur faisait obstacle, sauf à se combattre ensuite pour s'en disputer les dépouilles, et que le ministère Villèle arriva au pouvoir. De là date le premier exemple de ces honteuses coalitions, de ces monstrueuses alliances qui déshonorèrent les partis, déconsidérèrent le pouvoir, anéantirent tout ce qui restait de respect pour l'autorité, rompirent tous les liens de la subordination et ouvrirent un libre champ aux détestables doctrines de ces missionnaires de destruction qui menacent de ruine l'ordre public et la société.

Avénement du ministère Villèle.

A la fin de décembre 1821 fut inauguré le ministère Villèle qui, pendant ses sept ans de durée, prépara l'agonie de la branche aînée des Bourbons dont la sagesse de M. de Martignac ne put la relever, et à l'existence de laquelle les folies Polignac portèrent le dernier coup.

Dès qu'on vit se préparer ces mouvements dans les hautes régions du gouvernement, on prévit ma chute inévitable : elle l'était en effet, car je n'étais pas homme à renier mes convictions, ni à faire amende honorable d'une conduite par laquelle j'avais obtenu de si beaux résultats et une considération qui avait toujours été le but de mon ambition : il me convenait mieux d'en être le martyr que le déserteur.

Cependant des amis dévoués, parmi lesquels je comptais MM. de Bastard, premier président de la cour royale de Lyon, et Courvoisier, procureur-général, s'évertuaient à démontrer aux ministres l'injustice de ma révocation si elle devait avoir lieu et le mauvais effet qu'elle ne pourrait manquer de produire. M. Courvoisier crut un instant les avoir persuadés : il m'écrivit que M. de Villèle avait paru se rendre et lui avait demandé si l'on pouvait compter que je ne serais pas ennemi, etc. Je crois devoir insérer ici la réponse que je fis à cette lettre, parce qu'elle montre mon caractère et mon langage sous une menace de disgrâce. La voici :

« Lyon, le 11 janvier 1822.

» *A M. Courvoisier.*

» Monsieur,

» M. de Gatelier m'a fait tenir votre lettre du 3 ; celle du 4, qui l'a précédée, m'avait annoncé votre visite à M. de Villèle : tout, dans cette affaire, a été pour moi satisfaction et source des plus douces émotions ; elle m'a valu des témoignages de votre amitié et de votre intérêt qui m'ont vivement touché, et de la part de la population entière de cette grande cité, une explosion de démonstrations les moins équivoques et les plus honorables dont peut-être jamais administrateur ait été l'objet. On ne pouvait mieux s'y prendre pour me faire grand honneur et grand plaisir. Les royalistes n'ont été ni les moins empressés, ni les moins expressifs, et, entre mille autres témoignages, la députation que m'a envoyée l'administration des hôpitaux, à laquelle on ne contestera pas la pureté des principes, pour *m'exprimer ou ses craintes ou ses regrets et pour me festoyer dans un repas auquel elle m'invitait, soit comme préfet, si on avait le bonheur de me conserver, soit comme ex-préfet auquel on devait tant de reconnaissance et de si justes regrets, si on avait le malheur de me perdre*, est une démarche assez concluante.

De pareils dédommagements pour un fonctionnaire menacé de disgrâce, sont trop doux pour que je ne prenne pas plaisir à m'en applaudir avec vous.

J'avoue que je ne me suis pas expliqué ce qu'entendait M. de Villèle en demandant si l'on pourrait compter que *je ne serais pas ennemi!* Ennemi, de quoi? Je ne pense pas qu'il suppose que je le suis plus que lui, du roi et de sa cause : je n'ai jamais servi que lui et je l'ai fait avec zèle et quelques résultats. Serait-ce du ministère? Je suis fonctionnaire subordonné à ses ordres et je dois obéir. Je ne suis ennemi que des excès qui seraient funestes à la monarchie et à mon pays, auxquels il est vrai je ne me prêterais pas, s'il arrivait qu'on pût s'aveugler au point de s'y laisser entraîner. Si je n'étais que l'ennemi de quelques hommes pour avoir fait obstacle à leurs folles et ruineuses prétentions, c'est au ministère à voir s'il lui convient et s'il est bien dans l'intérêt du roi de subir leur influence et de leur sacrifier des fonctionnaires qui reçoivent des témoignages si éclatants de l'estime publique. Le fait est qu'au bruit qui s'est répandu du remplacement des autorités de Lyon, le cri général s'est élevé de toutes les classes de la population : *Si l'on n'est pas content de ce qui est ici, qu'est-ce donc que l'on veut?* etc.

Maintenant on m'annonce que la résolution de me remplacer est suspendue pour six semaines et qu'on verra pendant ce temps si l'on trouve dans les fonctionnaires qui ont été menacés de cette mesure, le zèle et le dévouement qu'on a droit d'en attendre. Je demande encore ce que cela signifie et à quoi cela peut mener. Si j'ai bien fait, si j'ai obtenu d'heureux résultats, faut-il agir en sens contraire, faut-il démentir cette conduite ainsi que les principes qui m'ont dirigé? faut-il me montrer royaliste par des déclamations, par des violences, par des mesures arbitraires et ruineuses de la confiance que nous avons été assez heureux pour obtenir. Ces messieurs nous trouvent tièdes, ils disent que nous ne royalisons pas assez! Il est vrai que nous ne faisons pas mousser nos actes et notre dévouement, nous ne royalisons pas par de l'intolérance, mais nous royalisons en faisant égale justice à tous, en prévenant le mal, en faisant trouver bon le gouvernement du roi. N'est-ce pas ainsi qu'on peut y parvenir?

» Je vous demande pardon de m'étendre autant sur ce qui nous touche ; mais l'occasion y prête tant que je ne puis m'en défendre avec vous surtout qui me témoignez tant de bonté.

» Agréez, etc. »

Ma révocation de la préfecture du Rhône.

Je reçus, en date du 9 janvier 1822, la lettre suivante du nouveau ministre de l'intérieur, M. de Corbière :

« Paris, le 9 janvier 1822.

» *M. Corbière, ministre de l'intérieur, à M. le comte de Lezay-Marnésia, préfet du Rhône.*

» Monsieur le Comte,

» J'ai l'honneur de vous prévenir que sa majesté vient de vous remplacer dans la préfecture du Rhône.

» Le gouvernement a cru qu'il ne vous était plus possible de seconder ses vues dans ce département aussi efficacement qu'il a droit de l'attendre et que vous pourriez le désirer. Cette mesure n'ote rien à la justice qu'il se plaît à rendre à vos intentions et à vos services, et je vous témoigne mes regrets de voir aussitôt finir des relations que j'eusse souhaité pouvoir conserver.

» M. de Tournon, votre successeur, ne tardera pas à se rendre à Lyon : toutefois, dans le cas où il ne vous conviendrait pas de l'attendre, vous remettrez vos fonctions au doyen du conseil de préfecture.

» Recevez, Monsieur le Comte, l'assurance de ma considération distinguée.

» *Le ministre de l'intérieur*,

» Signé : Corbière. »

Voici quelle fut ma réponse :

« Lyon, le 12 janvier 1822.

» *Le préfet à son excellence le ministre de l'intérieur.*

» Monseigneur,

» J'ai reçu la lettre que vous m'avez fait l'honneur de m'écrire, en date du 9, par laquelle vous m'annoncez que sa majesté m'a remplacé dans la préfecture du Rhône. Je remets immédiatement mes fonctions au doyen du conseil de préfecture.

» Tout en regrettant que le gouvernement *juge*, comme vous le dites, *qu'il ne m'est plus possible de seconder ses vues aussi efficacement qu'il a le droit de l'attendre*, je me félicite du moins d'avoir à lui rendre ce département que j'ai reçu agité, menaçant, appauvri, dans un état de haute prospérité, de tranquillité, de bon ordre qui a toujours été croissant et qui n'a pas éprouvé la plus légère altération dans les temps même les plus difficiles et quand tant d'autres villes moins exposées étaient en proie aux agitations.

» Je dois à cette population, si digne d'égards à tant de titres, de rendre témoignage de son attitude constamment paisible et exemplaire depuis qu'elle m'a été confiée.

» Quant à moi, Monseigneur, je serai dans ma vie privée ce que j'ai été dans ma vie politique, sujet fidèle, dévoué, ennemi de tous les excès.

» Mon successeur trouvera l'administration, en ce qui me concerne, en règle, à jour, et sans embarras. Il me verra parfaitement disposé à répondre, selon ma conscience, à tout ce qu'il jugera utile de me demander pour le bien du service du roi.

» Agréez, etc. »

La même mesure frappa les préfets du Nord et du Bas-Rhin qui avaient marché dans les mêmes voies.

A la nouvelle de ma révocation, toutes les autorités, toutes les corporations de la ville, toutes les notabilités civiles, militaires, ecclésiastiques, la magistrature, vinrent, par un mouvement spontané, m'exprimer leurs regrets, la reconnaissance qu'on me devait pour le bien que j'avais fait, pour l'esprit de justice et de conciliation qui avait dirigé mon administration, pour l'ordre, la paix, la prospérité qu'elle avait fait succéder aux sanglants désordres, à l'état de ruine où j'avais trouvé le pays : on eût dit un haut fonctionnaire venant prendre possession de ses pouvoirs avec les plus grandes faveurs du gouvernement. C'était un fait bien rare, sinon unique, que ces hommages si unanimes, si solennels, rendus par toute une population, par toutes les autorités, à un administrateur sous le coup d'une destitution. Je ne connais pas de faveurs de gouvernement aussi flatteuses qu'une pareille disgrâce.

Retraite volontaire du général Maurice Mathieu.

Mais, parmi tant d'honorables démonstrations, il y en eut une qui, très probablement, n'avait pas eu de précédent et qui, non moins probablement, restera sans imitateurs. Le général Maurice Mathieu, dont j'ai eu occasion de citer le haut mérite, en apprenant ma révocation, envoya sa démission en disant que, si tel était le prix dont on payait d'aussi bons services, un homme qui se respectait ne devait pas s'y exposer. Il partit immédiatement. On peut juger de l'effet que produisit sur la population lyonnaise cette retraite du général qui y était en grande vénération. Le nouveau préfet, qui venait d'arriver, expédia en toute hâte un courrier à sa poursuite, porteur d'une lettre par laquelle il sollicitait le général avec les plus vives instances de renoncer à sa résolution et de revenir à son poste. Celui-ci y répondit en la confirmant et en la motivant comme il l'avait fait avant son départ et il continua sa route.

M. de Tournon est nommé Préfet du Rhône.

M. de Tournon, préfet de la Gironde, me remplaça : il avait été préfet de Rome sous l'empire : il s'était acquis l'affection et l'estime des Bordelais. Le gouvernement avait une grande confiance dans sa capacité administrative : il l'avait choisi entre tous comme le plus capable de me faire oublier, ou tout au moins d'atténuer les regrets qui accompagnaient ma retraite : mais ni le nouveau vaisseau dont la conduite lui était confiée, ni l'élément sur lequel il avait à le piloter n'étaient les mêmes : il se mit à l'œuvre avec la confiance que lui donnaient les succès qu'il avait eus ailleurs, sans s'être assez rendu compte de la nature des populations auxquelles il avait affaire, de leurs habitudes, de leurs susceptibilités. Il ne tarda pas à reconnaitre combien il s'était fait illusion.

L'époque des élections approchait ; soit que le préfet se fût permis, comme cela n'arrivait que trop souvent, des abus d'influence sur les électeurs en donnant aux uns des droits qu'ils n'avaient pas et en privant d'autres de ceux qu'ils avaient, soit à cause d'imprudences d'une autre sorte, il mécontenta la population déjà aigrie par ma révocation et par la retraite du lieutenant-général ; le parti libéral s'exalta, les agents de désordres reprirent leur audace et leur fatal ascendant : une violente émeute éclata avec imprécations contre le préfet. Le terrible cri, familier au peuple de Lyon dans ces redoutables crises « *au Rhône! au Rhône!* » retentissait de toutes parts. Le préfet assistait à un diner officiel que donnait le général Dijon, président du collége électoral ; il dut à la prudence d'un domestique que je lui avais laissé d'échapper aux poursuites de la populace sous un déguisement dont il l'affubla ; la préfecture fut assaillie ; Mme de Tournon, effrayée et grosse, subit les fâcheuses conséquences des violentes émotions en pareille circonstance.

Ces événements se passaient deux mois après mon départ.

Projet de souscription pour une médaille commémorative.

Sous le coup de ces troubles, dont depuis cinq ans la ville de Lyon était déshabituée, le souvenir de la dernière administration et du calme dont elle l'avait fait jouir se réveilla dans l'esprit des Lyonnais. Il fut résolu qu'une souscription serait ouverte pour faire frapper une médaille en témoignage de reconnaissance pour les autorités que le nouveau ministère leur avait enlevées. En voici le prospectus :

PROSPECTUS.

Ce n'est peut-être qu'alors qu'on le perd, que l'on sent mieux le prix du bien dont on a joui. La tranquillité publique nous fuit : tous les bons citoyens gémissent.

Pendant cinq années, la ville de Lyon a pu être citée comme l'une des plus heureuses de la France. L'industrie y développait en paix son activité ; les haines de parti s'assoupissaient : les relations sociales qu'avaient rompues des divergences d'opinions politiques se rétablissaient de nouveau : en un mot tout semblait tendre à cet heureux résultat d'union et d'oubli tant recommandé et si perfidement entravé.

Quatre fois, pendant cette période de temps, les colléges électoraux ont été convoqués : des opinions différentes ont tour-à-tour obtenu des succès. Jamais la victoire ou la défaite n'ont été une occasion de troubles ou d'excès. Ce fait imposant, irrécusable, est là pour confondre l'imposture et la calomnie. Quel génie malfaisant est donc venu détruire cette heureuse harmonie ! Redisons-le avec l'autorité elle-même. « Considérant qu'il nous est démontré que les désordres que nous avons à déplorer ne sont l'ouvrage que d'un petit nombre d'individus malintentionnés, la plupart étrangers à la ville. » (Ordonnance du maire.)

Mais puisque cette paix, heureusement entretenue, nous échappe, rendons à ceux qui la rétablirent dans nos murs, après une douloureuse époque, et qui la conservèrent sans altération, le tribut de reconnaissance que nous leur devons. Que leurs noms soient gravés sur le bronze et conservent à nos enfants le souvenir de ces hommes honorables, dont la probité politique obtint facilement la paix parce qu'ils la voulurent sincèrement.

On propose de faire frapper une médaille portant cette inscription :

Aux fonctionnaires publics qui, durant cinq années, ont entretenu la tranquillité publique dans le département du Rhône, les Lyonnais reconnaissants. Mai 1822.

Sur le revers, dans une couronne de chêne, seront les noms de :

MAURICE MATHIEU, commandant la division.
LEZAY-MARNÉSIA, préfet.
PERMON, lieutenant-général de police.
RAMBAUD, maire.

La médaille sera en bronze de 18 lignes de diamètre.

Les anciens fonctionnaires refusent leur assentiment.

L'assentiment des anciens fonctionnaires, objets de cet hommage, leur fut demandé et unanimement refusé; ils comprirent que l'accepter en pareilles circonstances pourrait prêter à des interprétations injurieuses à leur caractère et faire supposer une adhésion, au moins tacite de leur part, à la coupable manifestation à laquelle leur souvenir avait été mêlé. Une satisfaction d'amour-propre ne pouvait être mise en balance avec leur loyal dévouement et leur sentiment de réprobation pour toutes menées séditieuses.

M. de Tournon, justement dégoûté, ne resta pas un an préfet du Rhône. Il fut récompensé de son dévouement par la pairie et remplacé à Lyon par le comte Debrosse.

Peu de jours après l'arrivée de M. de Tournon, je quittai Lyon. Voici les adieux que j'adressai aux habitants du département.

« *Lyon, le 13 janvier 1822.*

Les adieux aux habitants du Rhône.

» MESSIEURS,

» La volonté du roi me retire de ce département; daignez recevoir mes adieux et les remerciements que je dois à votre utile coopération.

» Une administration de quatre ans et trois mois m'a trop identifié avec vous et avec vos intérêts les plus chers, pour que de tels rapports ne me lient pas à vous pour la vie. En vous quittant, je cède au besoin de vous le dire. Puisse ce sentiment profond trouver quelque retour.

» En reportant mes regards sur mon administration, je n'y trouve rien qui puisse exciter un reproche de ma conscience, ou un repentir. Ennemi constant et franchement avoué de toutes prétentions passionnées, de tous les genres d'excès, parce qu'ils sont destructeurs du bon ordre, objet de toute administration, j'ai pensé que c'était bien et utilement servir le roi que de rendre son gouvernement cher et profitable aux peuples qu'il avait daigné confier à mes soins : j'ai cherché à faire passer dans tous les cœurs l'amour et le dévouement qui sont dans le mien. J'ai désiré prouver que, même au milieu de l'ardeur des partis, l'assentiment public et la majorité des suffrages peuvent s'obtenir, et doivent se rallier infailliblement sous l'autorité d'un système fermement et invariablement soutenu d'impartialité et de justice.

Le Ciel a béni mes efforts ; j'ai vu renaître dans ces belles contrées et se maintenir sans altération, la tranquillité, l'ordre, la paix ; l'industrie se relever plus florissante et plus féconde que jamais, et une prospérité sans exemple répondre à mes vœux.

» Je pars, Messieurs, heureux du moins de votre bonheur : je pars avec la confiance, qui fait ma consolation, d'y avoir contribué pour quelque chose, et tout ému de l'explosion de bienveillance et d'intérêt dont la population de ce pays daigne accompagner ma retraite.

» Toutefois, avant de quitter ce département, je lui dois un dernier acte de justice : celui de témoigner à la face de la France, si souvent induite en erreur sur sa véritable situation, de la tranquillité, du respect aux lois, de la déférence à l'autorité, de l'attitude constamment digne d'éloges dont j'ai vu cette importante population donner l'exemple.

» Le choix que sa majesté a fait de mon successeur garantit que ce qui a pu être fait de bien sera maintenu; que ce qui peut être mieux, le deviendra; que ce qui n'est qu'ébauché sera accompli. Il achèvera surtout ce monument de royalisme et de splendeur qu'à ma voix vous faites relever en témoignage de votre patriotisme et de votre dévouement à la monarchie.

» Tels sont mes vœux; tel est mon espoir; et croyez bien que votre bonheur est désormais inséparable du mien.

» Lezay-Marnésia. »

Je me retirai immédiatement dans ma propriété de Saint-Julien, où je repris ma vie champêtre, sans rancune, sans amertume. Ce fut alors que me vint la pensée de passer en revue mon administration. Ce travail, comme je l'ai dit, se borna au préambule que je transcris ici, parce qu'il rend fidèlement l'état de mon âme. Je me retire à Saint-Julien.

A ma Femme.

Saint-Julien, décembre 1822.

L'hiver se prononce; les vents, la neige, le froid qui s'aiguise suspendent les travaux du dehors et me repoussent au coin du feu; j'y suis seul : tu n'es pas là pour animer et charmer ma solitude. Je n'ai de ressources que dans notre petit homme de quatre ans, dont je fais la partie avec un grand plaisir; mais, pour lui comme pour moi, et par la raison également valable de nos âges, elle ne peut se soutenir longtemps de suite, et bien que nous ne puissions nous passer l'un de l'autre, nous ne pouvons nous suffire.

Pour occuper ce temps de loisir, il m'est venu dans l'idée de passer en revue mon administration, et de m'en retracer par écrit les principales circonstances. Ce ne sera point temps perdu pour mon instruction, car il y a toujours à gagner à s'étudier soi-même; il ne le sera pas non plus pour mon bonheur; car, tout tombé que je suis, j'en ai, chère amie, et du plus pur qu'il n'est au pouvoir d'aucun ministre, d'aucun roi de m'ôter.

En effet, c'en est un réel et pleinement satisfaisant que celui qu'éprouve un homme qui, ayant rempli de hautes fonctions dans ces temps de troubles et de factions, peut se dire en face de sa conscience : « Je suis content avec » moi-même. » Comme il peut répondre avec assurance à la voix publique : « J'ai fait ce que j'ai dû. »

Celui-là n'a point été troublé par les tourments de l'ambition, car la seule dont il fut possédé, celle du bien, est pleine de douceurs, et s'il s'y mêle quelque amertume, c'est d'éprouver trop souvent des résistances invincibles au bien qu'il veut faire. Il a vu s'agiter autour de lui les manœuvres de l'intrigue, sans trop s'en inquiéter et sans employer d'autres armes pour s'en défendre que sa droiture, son désintéressement et la fixité de ses principes, armes trop faibles sans doute pour repousser avec un succès constant les attaques dirigées contre sa place,mais à l'abri desquelles l'honneur reste intact et l'âme inébranlable.

C'est dans ces principes que j'ai fourni ma carrière administrative au milieu de la lutte des partis. Aucun ne m'a vu attaché à son char : j'étais l'homme du roi, l'homme de nos institutions, l'homme des peuples confiés à mes soins, l'homme de mes devoirs; je ne pouvais donc, sans manquer à tous, me faire l'homme d'un parti pour mes intérêts propres et au détriment de ceux qui m'étaient confiés.

Aussi bien, le rôle de l'autorité qui se sent est de dominer les partis et non de les suivre. Dans ma sphère, ce rôle fut le mien, bien que j'en connusse tout le danger pour un fonctionnaire secondaire, quand l'autorité supérieure n'agit pas avec le même sentiment de sa force. Aussi, j'ai été sacrifié; cela devait être, et j'y étais préparé. Je n'étais pas assez dupe de la moralité du temps, pour croire qu'on m'absoudrait d'une impartialité sourde à toutes les convoitises de l'esprit de parti. Il était impossible en effet qu'un parti venant à prendre l'ascendant ne brisât pas l'homme qui lui avait fait obstacle ; car les partis qui ne souffrent pas qu'on soit neutre, souffrent encore bien moins qu'on leur soit contraire, et ils ne le pardonnent jamais, si ce n'est aux déserteurs et aux parjures, espèces d'hommes toujours bien venus dans leurs rangs. Il ne me convenait pas d'y entrer à ce prix.

Sans doute il m'eût été facile de conserver ma place, si ma place eût été pour moi d'un plus haut prix que le sentiment de mon devoir et de ma propre estime : le moyen de s'y maintenir est simple et bien connu ; tourner à tous les vents, hurler avec tous les loups (et l'on sait qu'il en est de plus d'une couleur). Voilà tout le secret; mais ce moyen de conservation n'est pas dans ma nature.

Cependant que de gens se maintiennent dans leurs places et même avec orgueil par ce seul talent ! Comme, tout gonflés de la confiance qu'ils prennent de leur immutabilité, ils se trouvent capables! Avec quelle dédaigneuse pitié ils nous regardent, nous autres pauvres esprits, assez dupes pour préférer le devoir à la faveur, assez inhabiles pour prétendre faire tête à l'orage, quand on peut suivre le vent avec tant de profit! Ils plient eux quand nous rompons ; voilà leur mérite et leurs moyens de succès. Qu'ils jouissent donc à leur aise du bonheur de vivre ainsi, ces roseaux si habiles à plier, puisque pour eux vivre est tout, n'importe comment. Le chêne, qui fut longtemps l'honneur de la contrée, qui prêta à toute une population son abri contre l'orage en s'y exposant lui-même, le chêne généreux, même brisé, ne leur enviera pas leur souple et végétative existence.

Je suis donc tombé, mais avec honneur, j'ose le dire, et comme un noble athlète avec les applaudissements publics. Je n'ai point eu la vaine jactance de paraître insensible à ce revers. Comment aurais-je pu l'être, puisqu'il a réduit notre aisance presque au nécessaire, puisqu'il t'a privée d'une noble et douce existence où je te voyais l'objet des hommages et des adorations publics, puisqu'il a frappé nos pauvres enfants dans leur avenir? Mais mon courage n'en a point été ébranlé: je savais assez que je n'étais pas né homme pour n'avoir que des prospérités sans mélange: il n'aurait pu l'être qu'en voyant le tien défaillir; mais tu t'es montrée supérieure à cette épreuve et je lui dois de m'avoir révélé en toi une vertu de plus.

Ce n'est donc qu'une place que nous avons perdue; mais notre bonheur est resté entier: car ce n'est pas sur une base aussi fragile que la faveur que nous l'avons placé: notre bonheur est en nous-mêmes; il se fonde sur notre inaltérable union, sur la paix intérieure, premier des biens, sur les honorables traces que nous avons laissées de notre passage, sur la modération de nos désirs. Si nous n'avons pas des richesses à transmettre à nos enfants, du moins ils n'auront pas à rougir de leur médiocrité, comme tant d'autres de leurs fortunes. Ils se présenteront dans la carrière sous la recommandation d'un nom sans tache, de quelques bons exemples et avec une preuve nouvelle, qui leur servira de leçon, que les hommes honnêtes et désintéressés doivent chercher la récompense de leurs services ailleurs que dans la reconnaissance des princes. Si je n'ai plus à soigner le bien et les intérêts du roi, eh bien, je soignerai notre propre bien. Si j'ai perdu à cet échange des honneurs, une supériorité de rang, des hommages, j'y ai gagné d'échapper aux tribulations attachées de notre temps à un rang élevé; je n'ai à m'inquiéter ni des clameurs des envieux, ni de l'humeur capricieuse d'un ministre, ni des influences du jour, ni des intrigues des partis. Je n'appartiens qu'à moi-même, j'en puis disposer à ma volonté; enfin j'y ai gagné ma liberté et de doux loisirs que j'emploie avec une activité pleine de charmes aux douces occupations de la campagne, à te rendre plus agréable notre modeste mais gracieuse retraite.

N'est-ce pas avoir trouvé le bonheur réservé aux sages? Oui, sans doute; et il est d'autant plus réel qu'il n'est troublé par aucun dépit, par aucune irritation, par aucune disposition hostile. Un honnête homme doit être pour le roi dont il a éprouvé la disgrâce comme pour la femme à laquelle il a cessé de plaire; il respecte toujours ce qu'une fois il a aimé; il n'oublie pas qu'il a été heureux de leurs faveurs et regarde leur changement comme un fruit passagèrement amer de leur capricieuse nature.

Mon temps se passait ainsi doucement, non sans intérêt ni sans charmes, à améliorer mon petit domaine et à en embellir l'habitation avec la simple élégance compatible avec mon humble fortune, lorsque, le 22 juillet 1825, je reçus officiellement l'extrait suivant d'une délibération que le conseil général du Rhône venait de prendre.

Le Conseil général du Rhône me décerne une médaille d'or à l'occasion de l'érection de la statue de Louis-le-Grand.

Extrait des registres des délibérations du conseil général.

Session de 1825.

« Le conseil général du département du Rhône,

» Se rappelant que c'est sous la préfecture et sur la proposition de M. le comte de Lezay-Marnésia que la restauration de la statue équestre de Louis XIV a été votée, et désirant en consacrer le souvenir par un témoignage honorable pour cet ancien magistrat;

» ARRÊTE : qu'une des médailles d'or qui doivent être frappées pour le jour de l'érection de la statue sera remise à M. le comte de Lezay-Marnésia, ex-préfet du Rhône.

» Signé : le Vte BELLET DE SAINT-TRIVIER, RABOIN DE LA BAROLLIÈRE, DE BARBANTANE, DE PRUNELLE, DE LA ROCHE LA CARELLE, LE Mis DE MONTAIGU, L^is DE MONPEY, DE SAVARON, J. PAVY, D'ALBON, ORSEL, DESPREZ, NOLHAC, MOTTET ET DESARBRES.

» Pour copie conforme :

» *Le secrétaire-général de la préfecture du Rhône*,

» Signé : LAMBERT. »

Commission de la statue (1825).

MM. Le baron de Lhorme;
Vicomte de Saint-Trivier, place de la Charité, n° 1 ;
Mottet de Gerando, maison Tolosan, port Saint-Clair ;
Desprez, rue du Bœuf;
Courbon de Montviol, place Saint-Jean, n° 1 ;
De Saint-Try, rue du Plat, n° 12;
Marquis de Barbantane, rue du Plat, n° 6 ;
Marquis de Ruolz, rue du Pérat, n° 4 ;
De Lacroix-Laval, rue de la Charité, n° 30 ;
Frère-Jean, place Leviste;

Liste des membres du conseil général du Rhône. — Session de 1825.

MM. De Varax, à Vaise;
Marquis de Montaigu, hôtel de Provence ;
De Savaron, rue du Pérat, 12;
Comte d'Albon, hôtel de Provence ;
Baron de Lhorme, à Caen;
Desarbres, rue Pizay, n° 26 ;
La Roche de la Carelle, hôtel du Commerce ;
Vicomte de Saint-Trivier, place de la Charité, n° 1 ;
De la Barollière, façade du Rhône, n° 9 ;
Desprez, rue du Bœuf;
De Prunelle, Palais-Royal ;
Baron Rambaud, Hôtel-de-Ville ;
De Saint-Try, rue du Plat, n° 12;
Mottet de Gerando, maison Tolosan ;

De l'Ecluse, rue de la Sphère ;
Comte de Monspey, rue Boissac ;
Orsel, façade du Rhône, n° 9 ;
Pavy, montée de la Glacière ;
De Nolhac, place de la Charité, n° 3 ;
Marquis de Barbantane, rue du Plat, n° 6.

Ce souvenir, en effet si honorable, de la représentation officielle de tout ce département, donné à un homme en disgrâce, à la face du pouvoir qui l'avait brisé, et venant le chercher, après un éloignement de près de quatre années, dans l'obscure retraite où il vivait étranger aux affaires et au monde, avait bien de quoi le surprendre et le flatter.

Vers le même temps, le sculpteur Lemot m'écrivait :

« *Paris, le 18 août 1825.*

» Monsieur le Comte,

» La statue équestre de Louis XIV sera terminée dans les premiers jours de septembre, et elle doit partir pour Lyon à cette époque ; j'aurais bien désiré qu'avant son départ, vous puissiez la voir et juger si mes efforts ont atteint le but que vous vous êtes proposé lorsque vous avez eu le noble projet de réédifier ce monument que les Lyonnais doivent à votre sollicitude et à votre goût éclairé pour les arts. Votre satisfaction serait pour moi le dédommagement et la récompense des peines que je me suis données pour perfectionner cet ouvrage.

» Je vous prie, Monsieur le Comte, d'avoir la bonté de me faire connaître si je puis espérer l'honneur de votre visite, et d'agréer l'assurance, etc.

» Signé : Lemot. »

Enfin, le 20 du mois d'octobre, je reçus une lettre du secrétaire de la commission mixte pour le rétablissement de la statue équestre de Louis XIV, accompagnée de l'extrait suivant des délibérations.

Lettre du secrétaire de la commission mixte chargée de la restauration de la statue équestre de Louis XIV, au nom du département du Rhône, de la ville de de Lyon et de ladite commission.

Je suis invité à me rendre à l'inauguration de la statue de Louis-le-Grand.

« *Lyon, le 20 octobre 1825.*

» Monsieur le Comte,

» Le conseil général du département du Rhône a, dans sa dernière session, arrêté qu'il vous serait offert une des médailles d'or qui doivent être frappées à l'occasion de la restauration de la statue équestre de Louis XIV, sur la place de Bellecourt, en témoignage de la part active que vous y avez eue comme préfet du Rhône, à l'époque où elle fut votée. J'ai l'honneur de vous adresser une expédition de la délibération du conseil général qui m'a été transmise par M. le préfet.

» Le monument, transporté par terre et parti de Paris le 2 courant, est entré ici le 16, à deux heures de l'après-midi, aux acclamations générales. L'inauguration en sera faite le 4 novembre, jour de la fête du roi. La commission mixte, composée des membres du conseil général du département et des membres du conseil municipal de la ville de Lyon, qui fut organisée sous vos auspices, pour suivre les détails d'exécution de cette belle entreprise, m'a chargé de vous exprimer combien elle adhère de cœur au vœu émis par le conseil général du département, et à vous inviter à assister à la cérémonie de l'inauguration. Il lui serait très agréable de pouvoir vous remettre, ici en personne, la médaille qui vous a été décernée à si juste titre.

» J'ai l'honneur, etc.

» Signé : MOTTET. »

Extrait du registre des délibérations de la commission mixte pour le rétablissement de la statue équestre de Louis XIV.

Cette commission était composée de membres choisis dans le conseil général du département du Rhône et dans le conseil municipal de Lyon, représentant les deux corps.

Séance du 15 octobre 1825. Une séance extraordinaire avait été convoquée ce jour par M. le comte DE BROSSES, préfet, à l'hôtel de la préfecture.

Se sont trouvés présents : MM. le vicomte *Bellet de Saint-Trivier*, *Giraud de Saint-Try*, *Desprez*, *de Lacroix*, *de Ruolz*, *Mottet de Gerando*, secrétaire.

Un membre rappelle que le conseil général a, dans sa dernière session, arrêté qu'une des médailles d'or frappées à l'occasion de l'inauguration, serait offerte à M. le comte de Lezay-Marnésia, ancien préfet du Rhône, sur la proposition et sous l'administration duquel le vœu de cette restauration fut émis dans le conseil général, vœu auquel s'associa immédiatement le conseil municipal de Lyon. L'opinant pense que la commission s'associerait au témoignage si justement rendu par le conseil général au zèle de M. le comte de Lezay-Marnésia en l'invitant à assister à la cérémonie de l'inauguration. Il en fait en conséquence la proposition. Elle est adoptée par la commission, et M. le secrétaire est chargé d'écrire à M. le comte de Lezay-Marnésia pour lui adresser la délibération du conseil général dont il se fera remettre une expédition à la préfecture, et lui exprimer le vœu particulier de la commission pour qu'il soit présent à l'inauguration de la statue, le 4 novembre prochain.

La séance est levée et ajournée jusqu'à une nouvelle et prochaine convocation de M. le préfet.

Signé : le vicomte DE SAINT-TRIVIER, SAINT-TRY, DESPREZ, ROBIN, BEAUREGARD, BARBANTANE, le marquis de RUOLZ et MOTTET, secrétaire.

Pour extrait certifié conforme :

Le secrétaire-général de la préfecture du Rhône,

Signé : ALEXANDRE.

Sur ces honorables instances, je me rendis à Lyon quelques jours avant celui où devait se faire l'inauguration de la statue. L'accueil que j'y reçus répondit aux flatteuses prévenances dont j'avais été l'objet. Les dispositions pour la cérémonie avaient été faites fort grandement. Une vaste et élégante estrade formant un arc de cercle et destinée à recevoir la commission mixte, le conseil général, le conseil municipal, les autorités et les invités, œuvre de l'architecte

Chenavard, et décorée avec autant de goût que de magnificence, circonvenait la statue recouverte d'un voile : les vingt-deux hommes qui avaient été attachés aux vingt-deux chevaux qui avaient conduit le fardier sur lequel la statue avait été amenée de Paris à Lyon, revêtus de leur costume élégant et pittoresque, étaient placés en avant d'elle, comme le jour où elle entrait triomphalement dans la ville. Au moment de la cérémonie annoncée par les feux de l'artillerie, une députation de la commission vint m'inviter à m'y rendre et m'y accompagna. Un fauteuil avait été placé pour moi à côté de celui du préfet. Au signal donné par les détonations du canon et par le son de toutes les cloches de la ville, le voile qui enveloppait la statue tomba et découvrit aux yeux de l'immense population qui couvrait la place et ses abords et des dames les plus distinguées, en habits de fête, qui en garnissaient toutes les fenêtres, la noble figure du grand roi qui réapparut, aux acclamations publiques, dignement et grandement représentée sur cette même place d'où trente-deux ans auparavant elle avait disparu sous les outrages du vandalisme révolutionnaire. Des discours furent prononcés dans lesquels mon administration et la part que j'avais eue à la résurrection de ce monument de gloire nationale furent rappelées avec honneur. Mon cœur se gonfla, je dois l'avouer, d'un sentiment de joie un peu orgueilleuse en me retrouvant en quelque sorte triomphant en présence de cette population lyonnaise dont j'avais reçu tant de témoignages de bienveillance et de regrets, et en voyant le préfet de ce même ministère qui m'avait dépossédé devenir l'organe obligé des hommages publics et, en quelquel sorte, le proclamateur de l'injustice qui m'avait été faite.

L'une des vingt médailles d'or qui avaient été frappées à cette occasion me fut remise solennellement par le président de la commission mixte.

L'une des faces représente les deux figures accolées des rois Louis XVIII et Charles X, avec cet exergue :

INCHOAVIT LUDOVICUS XVIII. CAROLUS X ABSOLVIT.

Sur l'autre face est figurée la statue équestre, avec cette inscription :

SIGNUM LUDOVICI MAGNI AB SOLO INCHOATUM LUGDUNENSIUM SUMPTU.

Sur le cordon :

OB STATUAM LUDOVICI M. REST : CIV : LUGDUNENSIS RHODANI QUE PROV.: COMITI DE LEZAY-MARNÉSIA. D : D.

Sur le socle qui supporte la statue, on lit :

DATUM DIE IV NOV : M.D.CCC.XXV.

De son côté, le statuaire Lemot m'adressa en hommage le pied colossal, en bronze, du roi, modelé sur celui de la statue.

En quittant Lyon, cédant au besoin d'exprimer ma reconnaissance, j'écrivis au président du conseil général la lettre suivante. Je la transcris ici avec la réponse qui me fut adressée, comme témoignages confirmatifs des honorables souvenirs que j'avais laissés dans ce pays, qu'il m'est doux de me retracer et de transmettre à mes enfants.

A M. le vicomte de Saint-Trivier, président du conseil général du département du Rhône

« Saint-Try, le 13 novembre 1825.

» MONSIEUR LE VICOMTE,

» Au moment de quitter Lyon, j'éprouve le besoin de vous exprimer les sentiments dont m'ont pénétré les honorables témoignages que j'ai reçus du conseil général et de la commission mixte sous votre présidence. Un souvenir si bienveillant, après un éloignement de près de quatre années, et les nouvelles preuves d'estime dont ils m'ont honoré, sont une bien précieuse récompense des efforts que je n'ai cessé de faire, pendant mon administration, pour la rendre profitable au service du roi, en même temps qu'utile et chère aux habitants du Rhône. Oui, Monsieur, les témoignages si pleins de bonté et si nombreux dont j'ai été l'objet, pendant mon séjour à Lyon, s'accordent avec mon sentiment intime pour me persuader que mon nom restera attaché à ce pays par d'honorables souvenirs. En se rappelant les innombrables difficultés de l'époque où l'administration m'en fut confiée, on me tiendra compte des résultats que j'ai obtenus; on reconnaîtra que jamais mon intérêt personnel n'a pu être mis en balance avec les intérêts de mes administrés, et que, si j'ai succombé, ce n'a été ni en faible, ni en aveugle, mais en martyr consciencieux du devoir.

» Vous excuserez cet épanchement d'un cœur qui sent vivement et qui cherche ses plus douces satisfactions dans d'honorables suffrages, vous, Monsieur, dont la raison parfaite, l'impartiale équité, la modération éclairée ont attiré tous les hommages, et vous ont placé à la tête de ce que le département du Rhône a de plus distingué. Aussi, Monsieur, suis-je fier de l'intérêt que vous avez daigné me témoigner, et que vous avez exprimé avec une franchise dont je suis profondément touché.

» Permettez-moi, Monsieur, de vous en exprimer ici ma vive et respectueuse reconnaissance, et veuillez agréer les sentiments de haute considération avec lesquels j'ai l'honneur d'être, etc.

» LEZAY-MARNÉSIA. »

A Monsieur le comte de Lezay-Marnésia.

« Lyon, le 28 novembre 1825.

» MONSIEUR LE COMTE,

» Je n'aurais pas autant tardé à répondre à la lettre, si pleine de choses flatteuses et agréables, que vous m'avez fait l'honneur de m'écrire de Saint-Try, et qui m'a été un peu tard renvoyée à la campagne, où j'ai prolongé jusqu'à présent mon séjour, si j'avais su où vous adresser ma réponse.

» Je désire mériter tous les éloges que vous voulez bien faire de mes sentiments et de mon discours; mais vous avez eu la bonté de me juger, je crois, trop favorablement dans tous les temps. Vous m'en avez donné, pendant votre administration, des preuves répétées que je n'oublierai jamais, quoiqu'elles m'aient mis en évidence, moi qui ai toujours cherché à m'éloigner des affaires et des places. Outre que je m'y crois peu propre, je sais que dans les temps où les opinions sont si fort opposées, même dans la bonne cause, on doit s'attendre à bien des désagréments, lorsque l'on suit les inspirations de sa conscience. Vous l'avez malheureusement éprouvé, Monsieur le Comte, mais les bons citoyens n'y ont point été indifférents. Vous venez de voir que tout le bien que vous avez fait n'y est point oublié, et qu'on en conserve un souvenir précieux. Le conseil général, qui a été plus à même d'apprécier votre administration, a été bien aise de trouver une occasion de vous témoigner de nouveau ses sentiments, et je me suis trouvé heureux de pouvoir, en vous les exprimant, vous renouveler aussi ceux que vous m'aviez personnellement inspirés et dont je vous prie d'agréer encore l'hommage et ceux de la haute considération avec lesquels j'ai l'honneur d'être, etc.

» Signé : Vicomte de SAINT-TRIVIER. »

Chute du ministère Villèle.

Le 8 janvier 1828, M. de Villèle et son ministère qui, pendant six ans, avaient tenu la France sous la pression de l'exagération royaliste et de la congrégation, tombèrent devant les manifestations expressives de l'opinion publique.

M. de Martignac au ministère, 30 janvier 1828.

M. de Villèle fut remplacé au pouvoir par M. de Martignac. Celui-ci s'était fait remarquer à la Chambre des députés par un esprit brillant et facile, par une éloquence abondante et pleine de séductions, par la sagesse de ses principes et la modération de son caractère. Il était lié d'intime amitié avec M. Lainé; leurs opinions, leurs tendances, leur politique étaient les mêmes. Ce retour à la conciliation et au sentiment public dans la direction des affaires ranima la confiance et les espérances de la saine partie des populations, de celle qui étant en dehors des partis comprenait et servait les véritables intérêts du trône et du pays.

Je suis nommé préfet de Loir-et-Cher.

Mon administration dans les trois départements dont j'avais été préfet avait eu quelque éclat par la résolution avec laquelle je l'avais dirigée dans ces voies jusqu'alors inusitées de la modération et de la charte, par la lutte que j'avais courageusement soutenue contre les partis et contre leurs exigences. On s'en souvint; je fus rappelé aux affaires, et le 18 octobre 1828, nommé préfet de Loir-et-Cher.

Si j'avais été ambitieux, comme on l'est communément, j'aurais pu, après avoir été préfet du Rhône avec quelque succès, prétendre à un département d'une plus haute importance; cette idée ne me vint pas; ce n'était pas à la hauteur de la position que je croyais devoir mesurer l'étendue de mes devoirs et l'honneur de ma place, convaincu que les devoirs sont toujours assez grands pour qui veut les remplir consciencieusement, et que partout où l'on peut servir son pays il y a honneur et satisfaction à recueillir. Aussi bien, c'était déjà un fait assez satisfaisant pour mon amour-propre que celui d'être rappelé, après six ans d'éloignement absolu, aux affaires d'un pays où le mouvement si rapide, si varié dans les choses, dans les intérêts, dans les positions, dans le pouvoir, porte par la force des choses aux fonctions publiques les hommes qui ont été acteurs dans les divers changements de scènes qui s'y sont succédé, et en ferment l'accès à ceux des temps passés.

Je pris possession de mon département le 2 février 1829. Quoique d'une classe inférieure, son rapprochement de Paris, les belles rives de la Loire qui le traverse de l'est à l'ouest, la douceur de son climat et des mœurs de ses habitants, les grands souvenirs qui se rattachent à la ville de Blois, à son château, à ceux de Chambord, de Chaumont, et à ceux immédiatement limitrophes d'Amboise, de Chenonceau, etc.; les agréments qu'il reçoit d'une multitude d'autres maisons de campagne plus ou moins remarquables, toutes parfaitement habitées, le font rechercher plus que bien d'autres plus importants.

Les populations de ce pays, calmes, modérées par tempérament, manquent de ressort et d'énergie comme toutes celles des régions centrales où le froid du nord et la chaleur du midi se fondant ensemble font le tiède.

Ce département est généralement peu favorisé de la nature; hors le littoral immédiat de la Loire et ceux du Cher et du Loir, elle présente peu d'agréments. Quelques-uns de ses cantons, qui font partie de la contrée connue sous le nom de Beauce, participent de sa fécondité; une autre partie est misérablement célèbre sous le nom de Sologne; l'agriculture y est généralement arriérée; l'industrie presque nulle, si l'on excepte des fabriques de drap qui emploient de 1,800 à 2,000 ouvriers dans la petite ville de Romorantin. De belles forêts occupent sur plusieurs points de vastes étendues de terrains.

Les principes de modération, de constitutionnalité, d'impartiale justice dont le nouveau ministère faisait sa règle de conduite, étaient précisément ceux d'après lesquels j'avais constamment dirigé mon administration. Je n'allais plus avoir à lutter contre l'autorité même à laquelle j'étais subordonné, comme ma conscience et mon dévouement à la cause royale m'en avaient fait un devoir dans d'autres circonstances. Ma tâche se trouvait donc fort simplifiée; mais ce retour de Charles X à la modération n'était pas sincère; M. de Martignac n'était pas l'homme selon ses inclinations et selon son cœur. Il ne voyait dans sa modération que faiblesse et concessions qui, selon lui, ne faisaient que fortifier la faction hostile à la monarchie et abaisser le pouvoir: en l'acceptant, il avait cédé, malgré lui, à une imposante manifestation de l'opinion publique, bien résolu d'en secouer le joug importun dès qu'il le croirait possible. En effet il ne le supporta pas longtemps et ses véritables tendances se révélèrent bientôt. Quinze mois après son avénement au ministère M. de Martignac y fut remplacé par M. de la Bourdonnaye, le plus exalté, le plus âpre des ultra-royalistes dont il était le chef dans la Chambre des députés.

M. de Polignac eut le portefeuille des affaires étrangères; M. de Bourmont celui de la guerre, ce qui était la glorification de la désertion à l'ennemi en temps de guerre, et par conséquent la plus grave insulte qu'on pût faire à l'armée.

Ce fut sans doute pour atténuer le mauvais effet que ces noms menaçants devaient produire dans le public, qu'on crut devoir leur adjoindre MM. de Chabrol et Courvoisier; le premier doux, sage, inoffensif; le second jurisconsulte éclairé, libéral d'opinion, modéré de caractère, homme d'esprit, mais nouveau venu aux affaires du fond de sa province, et qui, comme tous les ministres improvisés qui ont apparu depuis au pouvoir dans les diverses phases politiques qui se sont succédé, manquait d'expérience et de la connaissance du monde et des choses qu'il était appelé à diriger comme aussi des hommes et de la politique des gouvernements étrangers.

Cependant, ce ministère, composé d'éléments aussi peu homogènes, n'était pas encore celui qui convenait au roi : il ne pouvait être qu'un acheminement à un autre plus complètement conforme à ses convictions, et sur l'entier dévouement duquel il pût compter pour l'accomplissement de ses secrets desseins. Aussi des dissentiments ne tardèrent pas à se manifester dans le conseil, dissentiments qui amenèrent la retraite de MM. de Chabrol et Courvoisier.

Enfin, après avoir subi encore diverses modifications, le ministère fut définitivement constitué en mai 1830, par l'introduction dans le conseil de MM. de Peyronnet et de Chantelauze; le premier capable, énergique, d'un dévouement exalté; le second, d'extraction plus qu'obscure, que j'avais laissé simple avocat-général à Lyon, d'où il n'était jamais sorti; homme d'esprit, mais sans aucune expérience de la politique, et peu fait pour une aussi haute position et d'aussi graves circonstances.

MM. de Peyronnet et de Chantelauze ministres. — Mai 1830.

Le ministère ainsi composé éveillait la méfiance du pays dans la même proportion qu'il inspirait de la confiance au roi. Il pouvait en effet compter de sa part sur un dévouement absolu et sur une soumission à ses volontés qui ne fut que trop entière et trop aveugle.

Cependant, les esprits, déjà trop excités par les hostilités flagrantes de l'opposition et par les menées des sociétés secrètes, s'inquiétaient et s'exaltaient de plus en plus par le choix significatif des hommes qu'on élevait au pouvoir et par l'intention peu dissimulée de la part de la cour de réprimer par tous les moyens, même les plus extra-constitutionnels, l'esprit et les tendances révolutionnaires. Ce fut cet état de choses qui donna lieu à ce mot prophétique de M. Salvandy, qui assistait à une fête que M. le duc d'Orléans donnait vers cette époque au roi de Naples : « Nous dansons sur un volcan. » En effet, le volcan ne tarda pas à faire explosion.

Le roi, la reine de Naples et Mme la duchesse de Berry à Blois.

Visite de M. de Talleyrand au roi.

Sur ces entrefaites (à la fin de mai 1830), le roi et la reine de Naples, avec une nombreuse suite, traversaient la France, revenant d'Espagne et se rendant à Paris. Ils devaient s'arrêter à Blois. Le prince de Talleyrand était alors à sa terre de Valençay. Courtisan, exact observateur de l'étiquette et des convenances du grand monde, il ne pouvait manquer cette occasion de venir faire sa cour à leurs majestés. Il me donna avis de cette intention et me chargea de l'annoncer. Il arriva, en effet, et vint loger chez moi. Son nom, son rang, son âge, son importance, la peine qu'il prenait de faire un voyage de quatorze lieues par de mauvais chemins, qui alors n'étaient qu'ébauchés, tout enfin devait lui promettre un gracieux et reconnaissant accueil. Voici celui qui lui fut fait :

M. de Blacas remplissait auprès du roi les fonctions de gentilhomme d'honneur; c'était par son intermédiaire que tout ce qui s'adressait au roi devait passer. Je lui annonçai donc que M. le prince de Talleyrand venait tout exprès de Valençay pour présenter ses hommages à leurs majestés, qu'il m'avait chargé de le faire savoir, et de demander le moment où il pourrait être admis à cet honneur. « Nous n'avons pas de goût ici pour les prêtres défroqués » fut la réponse que j'en obtins.

Accueil qui lui est fait.

A cette impertinence, je répondis : « Monsieur le duc, c'est le préfet du » roi de France qui vient officiellement demander à M. le gentilhomme d'hon- » neur en service auprès de sa majesté napolitaine, de lui porter la de- » mande que lui fait, par son organe, Mgr le prince de Talleyrand, l'un des » grands dignitaires de la couronne, d'être admis à l'honneur de lui faire sa » cour; le préfet attendra la réponse. » Le message fut porté, et le roi fit dire qu'il recevrait le prince le lendemain, à sept heures du soir. Je me hâtai de lui porter cette dernière partie des réponses qui m'avaient été faites; l'autre, bonne à garder pour moi, me faisait assez présager que le prince aurait peu à se louer de la réception qui l'attendait.

Le lendemain, à l'heure indiquée, M. de Talleyrand monta en voiture pour se rendre aux ordres du roi. Quelques minutes s'étaient à peine écoulées que nous entendîmes sa voiture qui le ramenait. Je courus à sa rencontre pour demander l'explication de la précipitation de ce retour : le prince revenait portant l'expression marquée d'un dédaigneux dépit qui altérait visiblement son visage, habituellement impassible, et, répondant à ma question :

« Je viens, dit-il, d'avoir l'audience que j'étais venu chercher de quatorze » lieues ; sa majesté napolitaine a daigné me recevoir : elle l'a fait d'une

» manière toute particulière, qui n'appartient certainement qu'à elle et in-
» connue aux nombreux souverains que j'ai eu l'honneur d'approcher. Voici
» comment : après m'avoir fait monter le sale escalier de la sale auberge où
» il a plu à sa majesté de se loger, M. le gentilhomme d'honneur m'a fait
» attendre sur le palier, dont il a fait pour moi une salle d'attente, me disant
» qu'il allait m'annoncer au roi, qui ne tarderait pas à paraître. En effet, peu
» de moments après, une porte qui donnait sur ce même palier s'ouvrit, et
» une personne qu'on dit être le roi apparut à cette porte entrebaillée. Le
» gentilhomme d'honneur lui nomma le prince de Talleyrand. Le roi fit un
» signe de tête en manière de salut, puis rentra en refermant la porte sur lui,
» me laissant à mon ébahissement, sans que j'aie su de quelle couleur sont
» ses paroles, mais ayant pu me convaincre, par ce que j'ai vu de sa per-
» sonne, que ce n'est pas de ce prince-là qu'on peut dire :

« Le monde, en le voyant, eût reconnu son maître. »

» Vous voyez, ajouta le prince, que, pour une pareille réception, il ne fallait
» pas plus de temps que je n'en ai mis. »

Si un mouvement d'humeur assurément bien justifié avait inspiré cette boutade à M. de Talleyrand, il faut convenir que l'application qu'il avait faite du vers de Racine ne pouvait l'être plus judicieusement. En effet, jamais royauté n'avait été moins imposante, moins rayonnante de cette auréole de grandeur dont elle devait toujours être entourée; en un mot, moins faite pour la relever aux yeux du peuple de l'abaissement où l'esprit révolutionnaire, si généralement répandu, l'avait fait tomber.

Le roi, de basse stature, courbé, sans noblesse, ni dans son air, ni dans son port, ni dans ses manières, ne se faisait remarquer que par ce qu'il y avait de contrastant entre ce qu'il était et ce qu'il aurait du être. Toute sa cour, y compris la reine, semblait avoir été faite à son image, et l'entassement de la foule qui la composait dans cette ignoble auberge qu'on avait préférée à la préfecture que je m'étais empressé d'offrir, l'abaissait encore aux yeux du public.

On alla visiter Chambord : le cortége royal, augmenté de Mme la duchesse de Berry, qui était venue à la rencontre de son père, était nombreux. La foule, toujours avide de nouveautés, était accourue de grandes distances: plus de dix mille personnes de tous rangs, de toutes classes, animées de sentiments bien divers, s'étaient rendues à Chambord pour jouir, chacune à sa manière, de ce spectacle. Un superbe déjeûner, servi par Chevet, avait été préparé pour les augustes voyageurs. On permit au public, selon un ancien usage princier, de circuler autour de la table et de se donner le singulier plaisir de convoiter des yeux et de humer les vapeurs des mets savoureux dont les convives se repaissaient très substantiellement.

A voir l'empressement de cette multitude, cet air de fête, cette explosion d'apparente joie autour de ce château, monument de folie royale, on eût dit qu'un peuple entier, heureux, satisfait, fêtait l'avénement d'un prince bien aimé, tandis que, hélas! par un de ces coups de fortune si communs de nos jours, quelques semaines ne s'étaient pas écoulées que sur cette même route, alors parée d'arcs de triomphe, jonchée de feuillages et de fleurs, se pressaient d'autres flots de peuple qui, l'injure et la malédiction à la bouche, menaçaient de destruction ce même château de Chambord parce qu'il portait sur ses murs des emblèmes de la royauté qui l'avait construit. Il fallut, pour le sauver de cette tempête populaire, donner l'ordre d'abattre les deux fleurons latéraux de l'immense fleur-de-lis qui couronne le point culminant de l'édifice, de manière à dénaturer la forme de ce noble symbole que les siècles avaient révéré, et désormais réprouvé par une abjecte multitude qu'on appelle abusivement et calomnieusement le peuple. Elle a été rétablie depuis.

Imprudences du parti royaliste.

Cependant le parti de l'exagération royaliste dans les départements ne secondait que trop les vues du roi et poussait les ministres avec toute l'ardeur de son zèle à des mesures extrêmes dont ceux-ci ne se dissimulaient peut-être pas les dangers, mais auxquelles ils n'avaient pas la force de s'opposer. — Les préfets étaient sollicités, circonvenus, pressés de dénoncer tous les fonctionnaires qui ne s'associaient pas, au gré de leur impatience, à leurs folles exigences et de demander leur révocation, menacés eux-mêmes de perdre leurs places s'ils hésitaient.

Ce fut ainsi que M. de Salaberry, célébrité grotesque de ce parti, vint m'apporter une nombreuse liste de fonctionnaires dont il me somma de demander la destitution, ajoutant qu'il allait partir pour l'exiger lui-même des ministres au nom de tous les bons royalistes.

C'était, de toutes les imprudences, la plus insigne dans la circonstance; c'était compromettre infailliblement le succès déjà trop douteux des élections qui se préparaient et desquelles pouvait dépendre le sort de la monarchie, en fortifiant l'opposition des mécontentements que ne pourraient manquer d'exciter ces mesures extrêmes prises contre des hommes influents par leurs positions sociales, occupant pour la plupart des places non rétribuées qu'ils quitteraient sans peine, mais non sans irritation; qui prendraient prétexte de leur révocation pour se donner un nouveau relief auprès de leurs partisans et pour intéresser à eux les électeurs dont l'opinion était encore flottante.

M. de Salaberry, qui n'avait jamais entendu le langage de la raison, y fut moins accessible encore dans cette circonstance. Voyant mes représentations inutiles, je lui déclarai nettement que mon dévouement à la cause royale, mieux inspiré que le sien, me faisait un devoir non-seulement de ne pas entrer dans ses vues, mais de prier le ministre de ne rien faire de ce que lui demanderait M. de Salaberry. En effet, réduit à reprendre encore une fois mon rôle de défenseur de la cause royale contre les égarements de ceux qui s'en disaient les plus dévoués serviteurs et du roi lui-même, j'exposai au ministre, avec toute la sincérité de ma conscience et toute la chaleur de mon dévouement, les dangers qu'il y aurait à donner, au moins en ce moment, satisfaction aux exigences de M. de Salaberry, dominé bien plus par sa passion et son faux jugement, que par un dévouement intelligent aux intérêts du trône, et j'insistai pour qu'il y répondît par un refus formel.

Cette fois, la raison fut entendue et les efforts de M. de Salaberry ne purent prévaloir contre elle : ils se perdirent en menaces contre moi et contre le ministre lui-même. Ce débat entre M. de Salaberry et moi avait eu du retentissement. La fermeté que j'avais mise à défendre à mes risques et périls la justice et les vrais intérêts du trône m'éleva encore dans l'opinion et contribua sans doute à l'explosion des honorables manifestations dont, peu de temps après, je fus l'objet.

Sur ces entrefaites se préparait la grande expédition contre Alger, dont la conquête, souvent tentée sans succès par de puissants souverains, était réservée à la supériorité de nos armes: conquête glorieuse sans doute, mais fatalement conservée, qui ne rendra jamais l'intérêt du capital qu'elle a coûté et qu'elle coûtera encore en sacrifices de tous genres, en supposant même que, contre toute vraisemblance, la possession nous en soit assurée. Et comment s'en flatter? Quelle sera en effet la position de cette colonie à la première guerre maritime que la France aura à soutenir, enserrée d'une part par la ligue puissamment renouée de toutes les tribus arabes, impatientes de notre joug, excitées, armées, soudoyées par l'Angleterre; de l'autre par les flottes ennemies qu'il faut bien reconnaître supérieures aux nôtres, fermant toute communication avec la métropole, arrêtant les convois, les approvisionnements nécessaires aux besoins des colons et de l'armée? Et cette armée elle-même, si résolue, si héroïque qu'elle soit, comment résistera-t-elle à l'impérieuse détresse résultant de tous les genres de privations? Heureux encore si, sous l'empire de ces fatalités, affamée, sans moyens de retraite possible offerts à son courage, elle n'était pas réduite à l'affreuse nécessité, qui, en pareille circonstance, n'aurait pourtant rien d'humiliant, de mettre bas les armes.

Ce fut le 9 juillet 1830 que l'armée française se rendit maîtresse d'Alger. Prise d'Alger.
Dans des circonstances ordinaires, cette mémorable conquête eût exalté au plus

haut degré l'orgueil national; elle eût justement popularisé le gouvernement qui l'avait entreprise si résolûment, envers et contre tous et malgré la jalouse rivalité de l'Angleterre, et qui l'avait accomplie avec une vigueur d'action qui rappelle les temps de nos plus beaux triomphes.

Le roi crut qu'il en serait ainsi; que, sous l'égide de ce glorieux fait d'armes, il pourrait mettre à exécution les mesures de vigueur qu'il méditait depuis longtemps pour mettre un frein aux excès de la presse et terrasser l'esprit révolutionnaire. Ce fut dans cette confiance et pour profiter d'une circonstance aussi favorable qu'il se décida à rendre les fameuses ordonnances du 25 juillet. On sait quelles en furent les conséquences.

J'avais promis aux dames de Blois, dans le cas où Alger tomberait en notre pouvoir, d'en célébrer la conquête par une fête digne de l'événement. En effet, dans la soirée du 26 juillet toutes les notabilités de la ville et des environs étaient réunies à un bal dans les salons de la préfecture, lorsqu'à minuit entre bruyamment dans la cour une estafette chargée de dépêches pressées.

Ordonnances de juillet.

J'allai les recevoir; c'étaient les fatales ordonnances. Je rentrai dans le bal l'âme contristée, mais sans rien laisser paraître des sinistres pressentiments dont j'étais oppressé.

Le bal continua: mais mon calme apparent ne put empêcher que l'inquiétude ne se répandît parmi les assistants: on se communiquait des conjectures, on me questionnait, et mon silence confirmait les craintes.

L'incertitude ne fut pas de longue durée. Dès le lendemain matin, les courriers, les diligences les portaient dans les départements. Mon devoir aussi m'imposait de les proclamer: je le fis en recommandant la prudence, le calme, l'attente paisible des événements. Les courriers qui se succédaient incessamment annonçaient la protestation menaçante de l'opposition et de la presse contre les ordonnances, la prise d'armes de la population, la lutte sanglante

Révolution de juillet 1830.

qui s'était engagée entre elle et les troupes royales, la défaite de celles-ci, enfin l'abdication et la retraite du roi.

Mon attitude dans cette circonstance.

Dans cet état de crise, je crus devoir rester ferme à mon poste, afin de ne pas laisser le pays sans une représentation de l'autorité, et afin d'aviser autant que faire se pouvait aux besoins et aux éventualités du moment. Dès les premières nouvelles des troubles qui agitaient Paris, j'avais pris toutes les mesures compatibles avec les circonstances pour assurer le maintien de l'ordre dans le département: j'ordonnai partout la reprise du service de la garde nationale, dès longtemps tombé en désuétude, seul moyen qui restât à l'autorité de suppléer pour la continuation des services publics à la garnison qui avait été retirée.

Je donne ma démission.

Ces devoirs remplis, je pensai que c'en était un de donner ma démission de préfet. Je l'annonçai en effet par la circulaire suivante que j'adressai au maire de Blois pour être affichée.

Aux habitants du département de Loir-et-Cher.

« Tant qu'au milieu de circonstances graves et impérieuses j'ai pu faire respecter le gouvernement de qui je tiens mes pouvoirs, j'ai dû ne point me séparer d'une population qui répondait à mes sentiments pour elle par la plus honorable confiance, et me dévouer sans réserve au maintien de la tranquillité ; mais le moment est venu où je dois abandonner des fonctions que je ne puis plus remplir avec l'indépendance qu'elles réclament ni au nom du monarque qui m'en avait investi.

» En conséquence, je résigne mes fonctions de préfet de Loir-et-Cher entre les mains de M. le doyen du conseil de préfecture.

» En me retirant, je soumets avec confiance les actes de mon administration aux habitants de ce département.

» Lezay-Marnésia. »

A la réception de ce message, le maire se transporta à la préfecture, accompagné des adjoints, du conseil municipal et d'un grand nombre de notabilités qui venaient, au nom du bien public, me supplier de renoncer à ma résolution. Sur le refus que je crus devoir leur opposer : ils me demandèrent instamment de différer au moins jusqu'au soir ma détermination, afin de laisser le temps à la population entière, animée des mêmes sentiments, de m'apporter l'expression du vœu public, témoignage assez rare et assez flatteur pour laisser l'espoir que je n'y résisterais pas.

En effet, à huit heures du soir, le maire, à la tête d'un cortége immense composé de personnes de toutes les classes et de toutes les opinions, revint à la préfecture, dont les salons étaient déjà encombrés par un grand nombre de dames, et m'adressa l'allocution suivante :

Adresse des habitants de Blois au préfet.

« Monsieur le Préfet,

» Les habitants de la ville de Blois, justement alarmés d'une résolution que votre délicatesse vous a, dit-on, suggérée, se sont unanimement réunis pour vous supplier de continuer des fonctions qu'ils regardent comme indispensables au maintien de l'ordre et de la tranquillité publique ; ils insistent avec d'autant plus de force et de confiance que votre retraite pourrait entraîner celle d'un grand nombre de fonctionnaires, qu'elle laisserait la population livrée à elle-même et qu'il pourrait en résulter des conséquences incalculables. Votre présence contient les partis, modère les passions.

» Qui pourrait, Monsieur le Comte, vous déterminer à repousser nos instances ? L'honneur, la fidélité peuvent-ils souffrir des soins que vous donnerez au salut d'un département entier ?

» Nous vous avons été confiés dans un temps calme, nous abandonnerez-vous au moment de l'orage ?

» Il y a de l'honneur à rester à son poste, alors qu'il s'y trouve du danger, alors qu'on peut prévenir tant de maux.

» Entendez notre voix !..... c'est celle de pères de famille tremblants sur le sort de tout ce qui leur est cher ; c'est au nom de vos propres enfants que nous vous demandons de rester pour veiller à la conservation des nôtres.

» Nous avons l'honneur d'être, etc. »

(Suivent un grand nombre de signatures.)

Je ne résistai pas à de si touchantes démonstrations. Ému jusqu'aux larmes, je pus à peine faire entendre ces paroles : que je me rendais à un vœu si général ; qu'en échange de la glorieuse adoption que faisait de moi la ville de Blois, mon ambition serait désormais d'en rester le préfet et de lui consacrer ma vie. Puis j'adressai au maire la réponse suivante au vœu qu'il m'avait exprimé au nom de ses habitants.

« *Blois, le 2 août 1830, au soir.*

» *Le Préfet à M. le Maire de Blois.*

» MONSIEUR LE MAIRE,

» En résignant mes fonctions, je cédais à l'impérieux sentiment du devoir ; en les continuant, je cède aux touchants témoignages de votre estime et de celle de votre population ; je cède encore à l'intime conviction que la confiance entre le magistrat et les citoyens est la meilleure garantie des intérêts de tous. Que cette confiance mutuelle ne s'affaiblisse donc jamais, quel que soit l'empire des circonstances, et nous parviendrons à maintenir le calme parmi nous, malgré les agitateurs qui pourraient nous environner.

» Agréez, etc.

» P. S. Si vous pensez que ma nouvelle résolution doive être rendue publique, veuillez envoyer à l'impression la présente lettre. »

Le *Journal de Loir-et-Cher*, après avoir raconté cette scène, à peu près dans les mêmes termes, ajoutait :

« Qu'ils sont heureux les magistrats qui se trouvent ainsi spontanément environnés de l'amour » et de la confiance de leurs concitoyens ! Qu'ils sont heureux les administrés gouvernés par » des hommes dont la sagesse et les lumières font naître de tels sentiments de vénération ! »

Des adresses de toutes les parties du département m'exprimèrent les mêmes sentiments.

Un tel hommage, si unanime, si nouveau, si inattendu, qui, en toute circonstance, eût été pour l'administrateur qui en eût été l'objet un beau titre d'honneur, recevait de celles où l'on se trouvait un immense accroissement de valeur et d'importance ; car, tandis que les préfets de quatre-vingt-trois départements avaient été indistinctement emportés par la tempête révolutionnaire, je fus le seul qui fut maintenu dans sa place par la confiance et les suffrages de ses administrés. Les deux autres qui avaient échappé à la proscription générale furent envoyés dans d'autres départements.

L'occasion de prouver à celui de Loir-et-Cher et à la ville de Blois la sincérité de la résolution que je leur avais annoncée de ne pas me séparer d'eux ne tarda pas à se présenter. Voici ce que m'écrivait, en date du 9 août, mon ami M. Royer-Collard :

« *Paris, ce lundi* 9 *août* 1830.

La préfecture du nord m'est offerte.

» Que préférez-vous, mon cher collègue, de rester à Blois ou d'en sortir pour une grande ou du moins une plus grande préfecture (1). Je pressens votre réponse ; mais c'est à vous seul de la faire : sachez seulement que vous êtes apprécié tout ce que vous valez.

» Je me suis abstenu jusqu'ici de prendre part, je n'ai pas cru pouvoir ni devoir mettre la main au nouvel établissement. Une fois formé, et il l'est en ce moment, nous devons revenir tous au service de la chose publique qui n'a pas mérité de périr. C'est la pensée de mes amis affligés et la mienne.....

» Vous savez quels sont mes sentiments pour vous.

» Signé Royer-Collard.

» *P. S.* Répondez-moi le plus tôt possible. »

Voici ma réponse :

« *Blois, le* 10 *août* 1830.

» *Le Préfet à M. Royer-Collard.*

» Monsieur et cher Collègue,

Je la refuse.

» En venant prendre possession de ce département, j'annonçai à ses habitants que la stabilité étant une condition nécessaire pour faire le bien, que faire le bien étant toute mon ambition, je n'aurais désormais d'autre faveur à désirer que celle de rester parmi eux et de mériter que ce vœu fût aussi le leur. C'était l'expression d'un sentiment consciencieux de devoir et de bien public.

» Déjà une fois j'ai eu occasion de faire preuve de fidélité à cet engagement en refusant la belle préfecture de l'Isère qu'on m'avait fait offrir. Ce sacrifice est resté ignoré.

» De son côté, dans ces dernières circonstances si critiques pour les préfets, et lorsque j'avais cru devoir donner ma démission de préfet de Loir-et-Cher, la population de ce pays m'a exprimé le vœu que je ne l'abandonne pas avec une unanimité, avec une effusion à la fois si touchante et si honorable pour moi, que je tiens à honneur et à devoir de reconnaissance de sacrifier à ce sentiment mon avancement et mes convenances personnelles.

» Mon désir est donc de ne point quitter cette préfecture pour une autre............ »

Vers ce même temps, je recevais un témoignage d'estime bien autrement flatteur encore, car ce n'était plus seulement un ministre qui m'offrait la préfecture du Nord, c'était un député de ce département (M. de Brigode) qui m'écrivait en me faisant entendre qu'il était l'organe de ses confrères de députation en m'exprimant le désir de m'avoir pour préfet et en me demandant si je consentirais à me rendre à leur vœu. Les mêmes motifs dictèrent la même réponse.

Je consigne tout de suite ici le même honneur qui me fut fait plus tard par les députés du Doubs.

(1) Il s'agissait de la préfecture du Nord.

Cependant, en acceptant cette position, je ne me faisais pas illusion sur les embarras qu'elle me préparait; je ne me dissimulais pas que les mérites mêmes qui, dans l'ordre de choses régulier dont on sortait, la ferme modération, l'équitable distribution de la justice, la fixité des principes qui m'avaient valu la faveur générale si énergiquement prononcée, deviendraient pour un grand nombre des causes de mécontentement et de réprobation : car, dans ces grandes catastrophes qui détruisent tant d'existences, qui déplacent tant d'intérêts, qui donnent l'essor à tant de basses ambitions, l'administrateur intègre, qui veut rester fidèle à ses convictions et indépendant des passions intéressées, placé entre l'irritation des vaincus et les insatiables prétentions des vainqueurs, qui, à ce titre, veulent être satisfaites, doit s'attendre à rencontrer des difficultés, des mécomptes, des revirements de conscience d'autant plus difficiles à vaincre que l'autorité lui manque.

J'étais plus qu'aucun autre exposé aux inconvénients de la position. En effet, le préfet de la monarchie déchue, resté préfet de la monarchie nouvelle, était un déserteur aux yeux des exagérés de la première et suspect à ceux de celle-ci qui, d'ailleurs, le voyaient avec dépit possesseur d'une place qu'ils croyaient leur appartenir par droit de conquête, conséquemment en butte aux persécutions des uns et des autres, à leurs incessantes dénonciations.

En effet, comme il arrive toujours dans les temps d'égarement des esprits et de fermentation des passions populaires, les bruits les plus absurdes étaient répandus, accrédités, accueillis avec la plus aveugle crédulité : les faits les plus simples, les plus innocents, étaient dénaturés, faussés, transformés en trames et en conspirations; les parents, les amis les plus intimes ne pouvaient se voir sans éveiller les soupçons. Je citerai à ce sujet un fait, moins pour le fait en lui-même qui se reproduisait chaque jour, que pour montrer que, fidèle à ma nature et adversaire constant de l'injustice et de l'oppression, je ne fléchissais pas plus devant les violences révolutionnaires que je ne l'avais fait devant les violences de la restauration.

Ce fait, le voici :

M. le vicomte de Courtarvel, qui habitait les confins de l'arrondissement de Vendôme, était dans l'usage de réunir chaque année chez lui, au moment où l'arrière-saison rappelle les habitants de la campagne à la ville, quelques parents et voisins en une petite fête de famille. La révolution qui s'était opérée ne lui avait pas semblé un motif pour déroger à cet usage. La réunion eut donc lieu : elle se composait de trois de ses frères, d'une famille de son plus intime voisinage et d'un vieux chanoine de Saint-Denis, infirme, tous généralement aimés, estimés dans le pays et dignes de l'être.

A la connaissance que les patriotes de la petite ville voisine eurent de cette réunion, ils se rassemblent, la commentent, l'amplifient : le bruit s'en répand ; il se grossit au point d'en faire un conciliabule de nobles, d'émigrés, de prêtres, de conspirateurs, présidé par M. l'évêque de Chartres, connu par son hostilité au nouvel ordre de choses. A ce danger, la générale bat, la garde nationale s'assemble et la ville est mise sur le pied de guerre comme si elle avait en face une force ennemie prête à lui donner l'assaut. En même temps on écrit à M. le député de l'arrondissement pour lui dénoncer le complot et la coupable inertie de l'autorité en présence des dangers de la patrie. On comprend mon étonnement en recevant de ce député une lettre qui, sur ce seul témoignage, relatait à peu près les mêmes faits et m'adressait les mêmes reproches.

Voici ma réponse à cette lettre :

« *Blois, le novembre* 1830.

» *Le Préfet, à M. Crignon-Bonvalet, député de Loir-et-Cher.*

» Monsieur,

» Je ne puis être d'accord avec vous sur aucun des points de la lettre que vous m'avez fait l'honneur de m'écrire. Je n'entrerai à ce sujet dans aucun détail ; seulement je dirai qu'autant il est juste et nécessaire de concéder au véritable sentiment public tout ce qui peut être profitable à l'ordre et à la consolidation du gouvernement, autant il faut résister à toutes les exigences des passions et des prétentions personnelles auxquelles l'autorité ne cède qu'au détriment de sa force et de sa considération, et accueillir avec méfiance les délations presque toujours dictées par quelque vil motif. Je pense que toutes ces clameurs que font entendre certains individus qui se proclament insolemment les organes du peuple, ne sont presque toujours que celles de brouillons que l'immense majorité des citoyens désavouerait, si elle n'était comprimée par la peur que dans les temps d'agitations ils inspirent aux hommes paisibles.

» Vous trouvez, Monsieur, que je vais trop lentement, vous dites qu'il faut aller, etc. Où donc aller ? Est-ce à une nouvelle révolution ? Non, Monsieur, pour ma part je ne m'y prêterai pas. J'ai accepté celle qui a placé Louis-Philippe sur le trône parce que c'était, à mon sens, le seul moyen de réparer les désastres où le précédent gouvernement a précipité la France. Aller plus loin serait la pousser à sa perte. Eh ! ne voyez-vous pas où vous en êtes déjà, Messieurs des 221, traités d'aristocrates, de congréganistes, etc, par ceux que vous avez laissés au-dessous de vous et qui aspirent à vous déposséder ?

» Cette facilité d'accueillir tous les bruits, toutes les délations et les vœux d'un petit nombre de brouillons comme s'ils étaient en effet l'expression du vœu public, cette faveur si facilement accordée à des prétentions presque toujours injustes, cet appui donné si hasardeusement et sans examen aux réclamations des premiers venus contre l'autorité, et enfin ce parti pris de leur donner toujours raison contre elle, encourage le désordre, l'insubordination, et ruine à l'avance l'édifice qu'on est appelé à reconstruire.

» Vous me parlez de complots, Monsieur, comme si vous en connaissiez de réels ! et sur quelles données, je vous prie ? Et pourquoi, s'il en existe en effet, ceux qui en ont connaissance n'en révèlent-ils pas les circonstances à l'autorité, pourquoi se borner sur des données si vagues à répandre des inquiétudes, à exciter l'irritation populaire contre telles et telles familles? Ne voyez-vous pas que c'est déjà procéder par des moyens de terreur, dont vous avez certainement horreur, que d'en agir ainsi?

» Vous avez accusé MM. de Courtarvel d'avoir chez eux des réunions coupables de malintentionnés, vous m'avez presque accusé de connivence, et sur quels motifs? Sur ce qu'on vous a dit? Mais si l'on vous a dit autre chose que la vérité, comment, sans avoir rien constaté, avez-vous pu vous permettre d'accréditer de tels bruits faits pour compromettre la sûreté d'honnêtes gens? Eh bien! Monsieur, vous avez été complètement trompé sur les faits imputés à M. de Courtarvel. Il n'a eu chez lui ni évêque de Chartres, ni réunions d'ennemis de l'ordre actuel. Ses trois frères, un honorable ménage du voisinage et un vieux chanoine infirme se sont réunis à Souday, au moment où le propriétaire allait quitter sa campagne, réunion d'amitié et de voisinage qui se répète depuis longtemps chaque année à pareille époque. Voilà tout le complot. Où en sommes-nous donc, Monsieur, et où prétendez-vous nous mener si déjà des frères ne peuvent plus se visiter sans s'exposer à être accusés de complots?

» L'administration sage et prudente qui sert bien le gouvernement ne procède pas ainsi: son devoir est de veiller à ce que rien ne porte atteinte au nouvel ordre, à ce que toute résistance, toute trame, tout projet hostile soit dévoilé, confondu; mais ce même devoir ne lui commande pas moins de protéger indistinctement et sans acception de noms ni de classes quiconque se soumet aux lois, de repousser les déclamations calomnieuses et de ramener tout ce qui peut l'être par une justice exacte et impartiale. C'est ainsi et non en accueillant aveuglément les délations passionnées et intéressées, qu'on fera des amis au gouvernement et qu'on affermira le nouvel édifice.

» Recevez, etc. »

Quelque absurdes que fussent ces dénonciations, quelque impure qu'en fût la source, elles ne finirent pas moins, à force d'obsessions, par obtenir des lâches complaisances de MM. les députés pour les dénonciateurs, et de MM. les ministres pour les députés l'immolation de ceux qu'elles poursuivaient. L'estime dont je jouissais auprès du gouvernement ne m'en préserva pas. J'en acquis la preuve par la lettre suivante de M. Royer-Collard.

« 16 *décembre* 1830.

Le ministre veut m'envoyer à Chartres.

» Le ministre de l'intérieur m'a fait hier soir seulement, mon cher collègue, la confidence que je vais vous rendre avec sa permission. Dans un travail arrêté en conseil et qui est entre les mains du roi, vous êtes transféré à Chartres. Les motifs de cette translation vous sont honorables. Le département d'Eure-et-Loir est désorganisé par la négligence ou l'impéritie du préfet actuel: vous êtes appelé à réparer le mal; les difficultés, à ce qu'on m'assure, ne sont point politiques, mais administratives: j'ai à grand'peine obtenu le temps de vous écrire et de recevoir votre réponse, en donnant ma parole que je ne vous détournerais point d'accepter. Loin de là, je vous y engage, à moins que vous n'ayez résolu de rompre tout-à-fait, ce qui ne serait pas appuyé en ce moment sur des motifs assez forts. Je sais ce que je perds, je vous pleure et cependant je n'hésite point à vous dire: Allez à Chartres. L'intention dans laquelle on vous y envoie est bonne pour vous. M. Lepelletier-d'Aunay, la seule personne à laquelle je me sois ouvert de ce que je vous écris, est de même avis que moi et vous promet de plus l'appui très puissant de M. Delaistre, ancien préfet de votre nouveau département. Vous serez remplaçé à Blois par M. Rouillé d'Orfeuil, qui quitte le Finistère; ce qui n'est un triomphe pour personne.

» Adieu, mon très cher collègue. Répondez-moi courrier par courrier. Je suis tout à vous.

» Signé Royer-Collard. »

La flatterie assez gauche dont M. le ministre cherchait à colorer ma translation à Chartres, dissimulait mal la concession qu'il faisait aux exigences démagogiques et la honte qu'il en avait. Je ne pouvais m'y laisser prendre, et voici en quels termes je crus devoir lui écrire en réponse à la communication que M. Royer-Collard m'avait faite de ses itentions.

« *Blois, le 23 décembre 1830.*

» *Le Préfet à M. le comte de Montalivet, ministre de l'intérieur.*

» Monsieur le Ministre,

Mes observations au ministre à ce sujet.

» M. Royer-Collard m'a fait part, avec votre permission, de la résolution que vous paraissez avoir prise de me transférer de la préfecture de Blois à celle de Chartres.

» Daignez me permettre quelques observations. J'ai naturellement cherché à me rendre compte des motifs de cette disposition. L'obligeante amitié de M. Royer-Collard a voulu supposer que le département d'Eure-et-Loir, souffrant d'une administration négligente, avait besoin d'un réparateur et qu'on m'y envoyait à ce titre. Ma vanité n'a pu se laisser prendre à un pareil motif, ni me laisser croire que j'étais seul appelé à réparer les dommages que ce département a pu encourir. Certainement le gouvernement ne veut que des préfets capables, et celui qu'il nommerait pour me remplacer ne serait sûrement pas moins propre à administrer le département d'Eure-et-Loir que celui de Loir-et-Cher, car tous les départements ont les mêmes droits à une bonne administration.

» L'administration elle-même souffrira de ce déplacement. A Chartres tout sera nouveau pour moi; ce sera un nouvel apprentissage des hommes, des affaires, des intérêts, de tout ce qui m'est devenu familier dans le département de Loir-et-Cher.

» Je ne puis considérer ce changement comme une faveur puisque la préfecture de Chartres est d'une classe aussi inférieure que celle de Blois, et que je ne l'ai pas demandée. Sous le ministère de votre prédécesseur, le gouvernement m'avait donné une preuve de haute confiance à laquelle je n'ai pu me méprendre en m'offrant la préfecture de France la plus importante, celle du Nord. Il y a joint la faveur de me laisser à Blois, sur la demande que je lui en ai faite.

» Je ne puis m'expliquer les motifs de cette résolution qu'en admettant que mon éloignement vous aura été demandé par quelques personnes dont vous aurez pris les voix pour l'expression de la voix publique. Ici, Monsieur le Comte, je crois pouvoir dire hardiment que, s'il en est ainsi, vous vous y êtes laissé tromper, et cette confiance n'est point de la vanité, mais le résultat des témoignages éclatants que mon administration, mes principes, ma conduite politique, ont reçus et reçoivent encore de l'immense majorité de la population de ce département, de tous les amis de l'ordre et d'une liberté sage, qui attendent de notre gouvernement une efficace protection. Je ne me flatte sûrement pas de plaire à tout le monde; je sais que cela ne se peut pas, je dirai même que cela ne se doit pas dans les temps où nous sommes, où un administrateur, pénétré de ses devoirs, a beaucoup d'ambitions secrètes à combattre, beaucoup de mauvais desseins à réprimer. Des détracteurs de cette espèce, j'en ai sans doute, mais je ne pense pas que ceux-là doivent prévaloir. Aussi bien les motifs qui me font éloigner de Blois se retrouveront à Chartres. Là, comme ici, il y aura de pareils hommes, de pareilles exigences: pas plus là qu'ici je ne leur céderai, persuadé que je suis que l'administration ne pourra établir l'ordre, le respect des lois, l'affermissement du gouvernement que par une énergique résistance à ces ambitions déréglées qui ne peuvent espérer de succès que dans le désordre et en poussant notre révolution hors de ses justes limites. Si ces hommes (ce que je suis loin de croire) devaient être écoutés ici, ils ne le seraient pas moins à Chartres, et ni l'administration ni moi n'aurions rien à gagner à ce changement.

» Je vous prie, Monsieur le Comte, de vouloir bien peser ces respectueuses observations.

» J'ai l'honneur de vous adresser ci-joint un exemplaire d'une circulaire où j'ai exprimé hautement mes principes politiques. Daignez la lire; ce ne sera pas temps perdu. Il est bon que le ministre de l'intérieur connaisse bien les sentiments de son préfet et puisse les apprécier.

» Je crois devoir également vous prier de lire la supplique qui m'a été apportée par toute la population de Blois, à une époque où j'avais cru devoir résigner mes fonctions. Il est également bon que le ministre sache comment le préfet est apprécié par d'autres témoignages que le sien propre.

» Daignez me pardonner, Monsieur le Comte, de vous avoir occupé si longtemps de moi.

» J'ai l'honneur d'être, etc. »

Cette lettre produisit l'effet que j'en désirais : M. Royer-Collard, qui avait été chargé de m'annoncer mon changement, le fut de m'apprendre que le ministre s'était décidé à me laisser à Blois, que ma lettre l'avait frappé, etc..... Il ajoutait : « Vous avez été, vous serez encore travaillé; mais l'opinion du » ministre est faite, et il me semble qu'elle diffère peu de la mienne, etc. »

M. Péan. Ces menées avaient pour principal instigateur un M. Péan, avocat à Blois, que la révolution en avait fait maire. A un certain talent, il joignait une nature bilieuse, beaucoup d'audace, une ambition démesurée qui, pour se satisfaire, n'hésitait sur l'emploi d'aucun des moyens à l'usage des hommes de révolution. La ferme résistance que j'avais opposée au système qui avait amené les ordonnances et aux exigences du parti qui les avait provoquées avait fait de M. Péan l'un de mes plus ardents prôneurs : mais quand la révolution victorieuse eut abattu tout ce qui pouvait lui résister, qu'elle laissa un champ libre aux ambitions qu'elle avait soulevées; lorsqu'il vit qu'au lieu de le suivre dans cette voie, ferme dans mes principes d'ordre et de conservation, je faisais obstacle à ses vues ambitieuses, il devint mon implacable ennemi. Dès-lors s'éleva entre lui et moi une lutte incessante d'attaques et de dénonciations de sa part, de haut dédain et de ferme répression de la mienne, qui finit pourtant par me devenir d'autant plus fatigante et obsessive que les fonctions de maire, puis celles de député qu'il finit par obtenir, ajoutaient à son audace, et lui donnaient plus d'importance et plus d'ascendant sur le parti agitateur.

Je demande et j'obtiens la préfecture du Doubs.

Dégoûté, à la longue, de ces ignobles tracasseries, la pensée me vint de changer de préfecture. Celle de Besançon était vacante; je savais qu'on m'y désirait : elle me plaçait dans la province, berceau de ma famille, où elle avait joui de tout temps d'une haute et juste considération ; elle me rapprochait de mes propriétés : toutes ces considérations me décidèrent à la demander. M. Casimir Périer était alors ministre de l'intérieur : il ne fit aucune difficulté d'accéder à ma demande. Je fus bientôt informé que l'ordonnance qui me nommait était rendue, et qu'elle allait être présentée à la signature du roi.

Je me ravise et j'obtiens que l'ordonnance soit retirée.

A ce moment décisif, une nouvelle lumière vint frapper mon esprit. Ma conscience s'alarma; je me sentis rougir en pensant à la honte qui rejaillirait sur moi quand on verrait que je fuyais devant un aussi misérable adversaire, que j'abandonnais à ses persécutions tout ce que le pays renfermait d'hommes honnêtes qui avaient compté sur moi pour les défendre et les protéger; enfin, que je livrais ce département, qui m'avait si généreusement adopté, à la merci du parti de la désorganisation.

Dominé par ce remords, mon parti fut bientôt pris; et, au risque d'être accusé de légèreté et d'inconséquence, j'écrivis à M. Périer pour le prier d'agréer ma rétractation, lui exposant naïvement et le moment de faiblesse qui m'avait porté à lui demander ce changement, et l'inspiration plus noble, plus digne de moi qui m'y faisait renoncer, espérant de sa bonté qu'il ne verrait dans ce changement de résolution que la preuve de mon dévoûment au devoir bien plus qu'à mes intérêts personnels.

M. Périer était un homme de caractère et à sentiments élevés : tout irritable qu'il était, il ne s'offensa pas de mes incertitudes. Au contraire, il se rendit à mes raisons, et quoique l'ordonnance pour Besançon eût été signée par le roi, elle fut retirée, chose sans exemple. Il loua même la générosité de ma dernière résolution, m'encouragea à persister dans la répression énergique de toutes les tendances au désordre, en m'assurant que son appui ne me manquerait pas.

M. Péan, député.

Dès-lors, la lutte devint plus vive : j'attaquai de front mon adversaire, et pour faire connaître au gouvernement la position respective du préfet et du député, ce qu'il devait attendre de celui-ci, et le mettre à même d'apprécier l'un et l'autre, je saisis le moment où il venait d'être élevé à la députation pour écrire la lettre suivante à MM. les ministres du roi, en conseil.

« *Blois, le 4 juin 1832.*

» *Le Préfet à MM. les Ministres du Roi en conseil.*

Ma lettre à cette occasion aux ministres du roi en conseil.

» Messieurs,

» M. Péan, maire de Blois, a été élu député par l'arrondissement de Vendôme. M. Péan s'est fait un titre auprès des électeurs de son opposition au gouvernement; il a proclamé à l'avance qu'il lui serait contraire; il a mission et volonté de l'être et le ministère doit s'attendre à trouver en lui un adversaire actif et remuant. Je dois l'en instruire et je le fais sans hésitation parce qu'il doit connaître ses amis et ses ennemis, pour soutenir les uns, pour combattre les autres.

» Cependant M. Péan, tout en se déclarant hautement contraire au ministère, n'hésite pas à s'annoncer à la population avec la même assurance comme intermédiaire entre elle et lui, comme devant être le dispensateur des justices, des grâces, des places du gouvernement, et, dans la confiance qu'il a dans son pouvoir, il va jusqu'à se croire le droit de demander à l'administration des mémoires, des informations, etc. La correspondance qu'il a eue à ce sujet avec le préfet et le sous-préfet de Vendôme, dont je joins ici l'extrait, fera voir jusqu'où il porte ses prétentions et comment j'ai cru devoir y répondre.

» Cet état de choses m'a paru nécessiter de ma part une explication franche sur la manière dont je comprends les rapports de l'administration et du député, et de la part du ministère, qu'il fixe la limite des droits respectifs de l'un et de l'autre, et ce que chacun doit attendre de lui.

» La conviction générale est que l'intervention de MM. les députés dans les affaires et le personnel de l'administration, est une des principales causes de la déconsidération où elle est tombée. Quand un député peut dire aux populations: « C'est moi qui ai le pouvoir d'attirer sur vous les » grâces du gouvernement, c'est moi qui ferai avoir ses places à mes amis, qui en déposséderai » mes adversaires, » et qu'elles peuvent le croire, alors c'est le député qui est tout, c'est lui qui a en réalité la prépondérance que donne le pouvoir: alors l'administration n'est plus rien. Elle tombe dans le ridicule et le mépris qu'encourt l'impuissance.

» Par une conséquence naturelle, ce discrédit retourne au gouvernement qui, en résultat, tire sa plus grande force et sa plus grande considération d'une administration forte et considérée.

» Dans un tel système de concessions, tout lui devient contraire: ce qu'il accorde à l'opposition est imputé à la faiblesse et à la peur qu'il en a; ce qu'il donne à ses amis est réputé corruption: d'une ou d'autre manière il en résulte déconsidération; par conséquent cause de ruine.

» La considération de la Chambre élective n'en est pas moins atteinte, car quand on voit que des députés se font solliciteurs de places, on peut croire qu'ils font la guerre à ceux qui les ont pour les livrer à ceux à qui ils ont intérêt de les faire avoir: on peut supposer des transactions dans lesquelles le pouvoir échange des concessions de places contre des concessions de votes.

» Pour que l'autorité soit forte, il faut qu'elle soit le centre où aboutissent tous les intérêts: il importe donc au gouvernement, en ce qui concerne l'administration départementale, de concentrer tous ses moyens d'influence, toutes ses faveurs dans les mains de l'autorité qui l'y représente, et qu'elle en soit seule dispensatrice. Quand on saura bien que c'est par l'intervention du préfet seul qu'on peut obtenir, c'est à lui qu'on viendra, parce que l'on va où l'on trouve son intérêt. Dans ce système, le gouvernement n'aura plus autre chose à faire qu'à choisir des dépositaires de son pouvoir dignes de sa confiance et de la confiance publique. Aujourd'hui, on délaisse l'administration, on la dédaigne parce qu'on n'a rien à en craindre ni à en espérer, et on s'attache au député de qui l'on sait qu'on a tout à attendre.

» Sans doute, il est naturel, il est juste que le gouvernement ait des égards pour MM. les députés ; mais, je le répète, en ce qui concerne les affaires et le personnel de l'administration départementale, il me paraît abusif et dangereux qu'ils en traitent directement avec lui : c'est par l'intermédiaire du préfet, qui est l'homme du gouvernement, qui n'a d'intérêt que le sien, qu'ils doivent s'en faire entendre, et, d'après son avis, que leurs demandes doivent être appréciées; autrement, ce serait imposer à l'administration la responsabilité d'actes et de choix qui ne seraient pas les siens. Le gouvernement a assez d'autres moyens de reconnaître les services que peuvent lui rendre les députés.

» J'ai cru devoir soumettre ces observations à MM. les ministres : quel que soit le parti qu'ils prennent, ils apprécieront l'intention qui les a dictées.

» Maintenant, laissant la question générale, je reviens à ce qui se rapporte particulièrement à M. Péan, député.

» Comme je l'ai dit en commençant, M. Péan a fait profession d'hostilité contre le ministère, contre son système ; le gouvernement ne peut donc que l'envisager et le traiter comme un député hostile. Dans cette position, j'ose insister auprès de MM. les ministres pour que, dans leurs départements respectifs, aucun accueil ne soit fait aux demandes de M. Péan, qu'aucun crédit ne soit accordé aux informations qui viendront de lui. S'il y a du bien à faire, ce n'est pas par ses mains qu'il doit passer, ce n'est pas à lui que la reconnaissance doit en revenir : il ne doit point obtenir de faveurs qu'il dirigerait sur des hommes qui seraient à l'égard du ministère dans les dispositions où il est lui-même : donner des armes à son ennemi, c'est s'exposer à ce qu'il les tourne contre vous.

» Le préfet est l'homme du gouvernement; il doit avoir sa confiance, et il se flatte qu'il l'a tout entière, comme il ose dire qu'il la mérite. C'est donc au préfet qu'il doit créance ; autrement, l'administration de ce département lui deviendrait impossible.

» M. Péan m'est personnellement hostile ; je ne m'en inquiète pas, cette hostilité n'influe en rien sur les rapports administratifs du préfet avec le maire de Blois. Elle ne m'a point empêché de rendre justice à l'habileté de son administration, et de seconder sincèrement le bien qu'à plusieurs égards il a fait ; toute la ville en témoignera, car, pour moi, le bien est toujours le bien, de quelque source qu'il provienne.

» Je sais très bien aussi qu'un administrateur fermement résolu à s'opposer aux excès d'un parti doit s'attendre à être accusé de favoriser le parti contraire, et je m'y attends. Ce moyen a déjà été employé contre moi par M. Péan, et il le sera encore ; mais il ne peut prévaloir contre l'honneur de ma conduite et de ma réputation, ni ébranler ma résolution de résister de toutes mes forces à toute tendance au désordre.

» J'ai l'honneur, etc. »

« Paris, le 3 novembre 1832.

» *Le Ministre du commerce et des travaux publics, à M. de Lezay-Marnésia.*

» Monsieur le Préfet,

» M. le président du conseil m'a renvoyé la lettre que vous lui aviez adressée pour rappeler à son attention celle écrite par vous, lors de l'élection de M. Péan, à MM. les ministres en conseil, et dans laquelle vous exposiez votre situation vis-à-vis cet honorable député.

» Je ne puis, Monsieur le Préfet, qu'approuver les sentiments et la manière de voir que vous exprimez dans cette lettre. Elle m'a prouvé que vous saviez apprécier les convenances et la dignité de votre position, aussi bien que vous en savez remplir les devoirs; vous pouvez continuer avec confiance à suivre la ligne de conduite que vous vous êtes tracée : l'appui du gouvernement ne vous manquera pas.

» Agréez, etc.

» *Le pair de France, Ministre du commerce et des travaux publics,*

» Signé : D'ARGOUT. »

Il est rare que les hommes de cette espèce ne finissent pas par perdre l'importance et la présomption que l'effervescence révolutionnaire a pu leur donner, quand à leurs attaques on peut opposer de la résolution, de la droiture, de la considération : c'est ce qui arriva à M. Péan. Son crédit et son importance déclinèrent à tel point que, déchu successivement des fonctions de député et de celles de conseiller général, il ne put même trouver une légère compensation à ses échecs multipliés et un refuge à sa vanité dans celles si humbles de conseiller d'arrondissement. Cet homme qui, comme tous les flatteurs du peuple, s'était proclamé exclusivement dévoué à ses intérêts, désintéressé pour lui-même, dédaigneux des faveurs du pouvoir et de ses places, se hâta de profiter de l'avénement d'un ministère d'opposition pour solliciter une place de juge au tribunal civil de Blois, qu'il se trouva trop heureux d'obtenir, malgré la répugnance avec laquelle il y fut accueilli. Autant il s'était montré hautain et menaçant dans son orgueil révolutionnaire envers le préfet, autant dès-lors il se fit souple et humble devant ce même préfet. C'est ainsi qu'ils sont tous. *Ab uno disce omnes.*

J'ai rendu compte de cette lutte qui s'est prolongée pendant plusieurs années, quoique peu importante par elle-même, parce qu'elle a été pour moi l'occasion des plus honorables témoignages, notamment de la part de M. Royer-Collard, des plus touchantes expressions de regrets quand j'ai dû quitter le département, de la plus affectueuse satisfaction quand je lui ai été rendu et d'une amitié d'autant plus flatteuse qu'il était loin de la prodiguer, et parce que je ne veux rien laisser ignorer à mes enfants pour qui j'écris, de ce qui a pu honorer leur père. Ces témoignages ont été conservés précieusement dans ma correspondance particulière.

A son avénement au ministère, en avril 1831, M. Casimir Périer adressa aux préfets une circulaire par laquelle, après avoir fait l'exposé du système d'administration qu'il se proposait de suivre, il les invitait à lui adresser les observations qu'ils pouvaient croire utiles sur l'état et les besoins de l'administration. Je saisis cette occasion trop rarement offerte aux préfets pour lui soumettre mes vues à ce sujet. J'insère ici ce rapport, parce qu'il présente des idées bonnes pour tous les temps et qui, mises en pratique, ajouteraient à la force et à la considération du gouvernement et de l'administration. Elles furent favorablement accueillies. On le verra par la réponse du ministre.

« Blois, le 16 avril 1831.

» *Le Préfet à M. le Président du conseil des Ministres, Ministre de l'intérieur.*

» Monsieur le Ministre,

Quelques réflexions sur l'état et les besoins de l'administration.

» Dans le noble exposé que vous avez fait du système d'administration que vous vous proposez de suivre, comme dans vos circulaires aux préfets, vous leur promettez votre appui, et vous les invitez à ajouter aux informations que vous leur demandez les observations qu'ils peuvent croire utiles. Je vous demande la permission de vous en soumettre quelques-unes sur l'état et les besoins de l'administration. Je le ferai avec sincérité, et sans autre vue que le désir consciencieux de seconder, autant qu'il est en moi, par mes actes et par ma pensée, la généreuse entreprise à laquelle vous vous êtes dévoué de reconstituer l'ordre public et la société ébranlée.

» Vous voulez que le gouvernement soit fort. Tout gouvernement, quel qu'il soit, doit l'être, c'est-à-dire qu'il doit être armé de moyens de conservation et d'action suffisants pour atteindre le but de son institution, et assurer à la société la protection qu'elle réclame.

Pour que le gouvernement puisse être fort, il doit prendre sa force dans une administration forte.

» Pour que le gouvernement soit fort, il faut qu'il prenne sa force dans une bonne et forte administration. Donner de la force à l'administration est donc une des conditions nécessaires pour se donner à lui-même cette force dont il a besoin.

» En effet, l'administration a pour objet la conservation et l'amélioration des intérêts de tous. Faites que l'administration puisse remplir sa destination et chacun se ralliera à elle ; parce que chacun y trouvera son intérêt.

Institution des Préfectures.

» Quand Bonaparte arriva à la direction des affaires, il trouva le pouvoir avili et déchu. Il comprit la nécessité de lui rendre l'unité, la considération, et par suite la puissance. Il comprit aussi qu'un gouvernement ne peut se faire fort qu'en prenant son point d'appui sur une administration forte. Ce fut dans cette vue qu'il créa les préfectures, institution qui, en préposant à chaque département une magistrature investie de grands pouvoirs, de laquelle tout ressortissait, à laquelle toutes les branches de l'administration devaient aboutir, remit en vigueur le principe d'autorité qui est le vrai principe de l'ordre.

» Je sais bien qu'il a abusé de cette force au profit de son despotisme ; et bien des gens en concluent que, comme on ne peut vouloir de cette fin, on ne peut trop en éviter les moyens. Mais l'abus que Bonaparte a fait de cette force contre la liberté, ne prouve rien contre la nécessité d'être fort ; car ce n'est pas la force qui est mauvaise, mais le mauvais emploi qu'on en fait. Comme lui, donnez-vous la force, mais usez-en autrement ; faites pour la liberté ce qu'il a fait pour le despotisme, faites pour le bien ce qu'il a fait pour le mal.

» Or, pour donner à l'administration cette force qui fait celle du gouvernement, la première condition est de la relever du dénûment, de la déconsidération, de l'impuissance avilissante où elle est tombée.

Comment l'administration recevra un appui efficace.

» Recherchons-en les moyens.

» Vous promettez de l'appui aux préfets : tous les ministres qui se sont succédé, à partir de la Restauration jusqu'à ce jour, leur ont fait les mêmes promesses ; cependant, ils ont été successivement et de plus en plus dépouillés d'autorité, de considération et d'influence. Que votre appui soit donc pour eux autre chose qu'une vaine promesse, qu'il soit efficace, patent, incontestable ; que ni eux ni personne n'en puisse douter, que l'administration supérieure se rende hautement solidaire de l'administration secondaire quand celle-ci suivra les directions qu'elle lui aura prescrites. Je regrette qu'à la promesse d'appui que vous avez faite aux préfets, et après leur avoir signifié avec raison que le gouvernement voulait être obéi, vous n'ayez pas ajouté solennellement les paroles suivantes ou équivalentes :

« Comme chef suprême de l'administration, c'est moi qui suis votre juge, vous ne devez » point en reconnaître d'autres. J'observerai donc attentivement si vous marchez dans les voies » que je vous ai tracées et selon les institutions du pays, avec la fermeté, avec la capacité, avec » la légalité consciencieuse que le gouvernement a le droit d'exiger de tout fonctionnaire investi » de sa confiance : vous serez responsable de vos actes, mais je vous donnerai les moyens de » l'être. Que les dénonciations, que les calomnies dont vous pourrez être l'objet, soit par lettres, » soit par la presse, soit par pétitions, ne vous inquiètent donc point, c'est moi qui me chargerai » de votre défense quand vous serez injustement accusé, comme de proclamer l'éloge ou le blâme » de votre administration, selon qu'elle aura mérité l'un ou l'autre. Laissez donc dire et faire, » et allez droit votre chemin. »

» Une semblable déclaration, bien hautement, bien publiquement faite, aurait le double effet de rendre aux fonctionnaires la confiance qui leur est nécessaire, et d'ôter aux diffamateurs celle qu'ils n'ont été que trop fondés à espérer de leurs diffamations par le succès qu'elles en ont obtenu.

» Le gouvernement nouveau a jugé utile de conserver l'administration préfectorale ; je pense qu'il ne pouvait mieux faire pour se donner de l'appui ; et en effet, cette institution des préfectures, telle que son auteur l'avait faite, fut un élément de force si efficace, qu'on peut dire que c'est à elle que, toute déchue, toute démolie que les gouvernements ultérieurs l'ont rendue, l'administration a dû de se soutenir et de marcher. Mais s'il veut obtenir de cette institution tout ce qu'elle peut produire, qu'il en remonte les ressorts et leur rende toute leur force d'impulsion ; qu'il rende aux préfets les moyens de remplir dignement leurs nobles fonctions de premiers magistrats des départements, qui consistent à protéger les droits, les intérêts généraux et particuliers, à faire respecter les institutions, l'ordre public, à soulager les infortunes, à répandre des bienfaits, à faire bénir le gouvernement qu'ils représentent.

» Or, pour accomplir de tels devoirs, je le demande, de quelles ressources dans l'état de choses actuel l'administration peut-elle disposer ? Attaquée de partout, dans les journaux, dans les Chambres, percée à jour comme une cible contre laquelle de haut et de bas chacun tire à l'envi, sans être défendue par personne, sans disposition aucune, soit de grâces, soit de places, soit d'argent même dans les besoins les plus pressants, n'ayant rien qui puisse donner à craindre ni à espérer, elle n'impose à personne, ne rattache rien ; son autorité reste purement nominale et ne se fait remarquer que par son impuissance.

» Cependant si des troubles, des désordres, des violences viennent à éclater dans un département, à qui s'en prend-on ? au préfet, sans doute, qu'on rend responsable de tout le mal qui peut se faire, et qu'on ne lui donne pas les moyens d'empêcher.

» Que quelques administrateurs aient abusé, qu'ils aient mal employé le pouvoir qu'on leur avait donné pour faire le bien, qui songe à le nier ? L'abus est la tendance naturelle du pouvoir, mais alors c'est l'homme qui abuse qu'il faut châtier et non l'administration qu'il faut annuler.

» Il est juste qu'on exige des administrateurs tout ce qu'ils doivent ; mais si on leur demande de marcher et d'agir, il est juste aussi qu'on élargisse les entraves dont ils sont garottés ; et c'est aussi une condition nécessaire de la responsabilité qu'on leur impose ; car il n'y a de responsabilité que là où il y a liberté d'action.

» Il serait donc prudent de ne pas perdre plus longtemps de vue que l'administration étant le seul point de contact entre le gouvernement et le peuple, le seul par où il le sent, le comprend, le juge, c'est de la force et de la considération de l'administration que dépend la force et la considération du gouvernement ; que si elle est sans pouvoir, faible, dédaignée, cette déconsidération, ce dédain retomberont sur lui ; qu'il est donc dans son intérêt, dans celui de l'ordre public si profondément ébranlé, que l'administration qui en est le principal gardien soit rétablie dans sa force, dans sa considération, dans son action puissante, bienveillante et protectrice.

Réduction des traitements.

» Ici se présente naturellement l'occasion de dire un mot de cette singulière émulation qui existe dans les Chambres et dans les divers ministères qui se succèdent et qui tend à réduire progressivement les traitements des fonctionnaires, système mesquin, sans résultat efficace, triste et pauvre moyen de popularité de ceux qui n'en ont point de plus élevés, et d'autant plus singulièrement conçu qu'on peut toujours conclure qu'une réduction de traitement est l'annonce d'une augmentation de charges.

» Assurément chacun doit des sacrifices à l'État. Mais en toutes choses les devoirs doivent être relatifs aux moyens de les remplir. Qu'on désire une administration moins chère que celle qui existe, qu'on cherche à lui en substituer une aussi efficace et en même temps moins onéreuse, rien de mieux ; je partage ce vœu et je comprends qu'il soit possible d'y parvenir ; mais qu'en conservant l'administration préfectorale telle qu'elle a été instituée avec ses charges de tous genres, avec ses palais, sa représentation obligée et toutes les habitudes qu'on en a, avec son immense correspondance, ses ruineuses impressions, sa responsabilité, etc., enfin avec les innombrables devoirs de ce qu'on appelle le premier magistrat du département et qu'on lui ôte les moyens d'y faire face, il y a là inconséquence, contradiction et injustice réelle qu'il eût été facile, je dirai même juste de la part des organes du gouvernement de démontrer. On sait qu'il est des dépenses économiques comme des économies dispendieuses. Le cultivateur qui retiendrait à son champ, pour moins dépenser, la moitié de la semence qu'il comporte, ferait sûrement une mauvaise économie ; celle qu'on se propose en retirant aux fonctionnaires utiles une partie des moyens producteurs de leurs fonctions n'est pas mieux calculée. En un mot, si l'on veut des préfets qu'on les traite en préfets, si l'on veut des commis qu'on les traite en commis.

» On avait compris l'inconvénient et on avait proposé pour remède de n'admettre aux préfectures que des préfets riches qui suppléeraient par leur propre fortune à l'insuffisance des émoluments de la place. Le moyen pourrait être bon dans d'autres temps et avec d'autres conditions de gouvernement. Et en effet on a vu un temps où les hommes les plus honorables recherchaient des places, peu ou point rétribuées, où l'on payait même fort cher pour les obtenir. Alors ces emplois étaient stables ; ils assuraient une existence d'état, de considération à celui qui les possédait, à la famille, aux enfants : ils garantissaient le présent et l'avenir. Mais aujourd'hui que les existences sont emportées par les événements comme les feuilles le sont par l'orage, que tout est en question, le présent comme l'avenir ; que l'existence d'un fonctionnaire, quelle que soit sa valeur, dépend du caprice d'un ministre aussi passager que lui ou de l'exigence d'un député, quel homme serait assez insensé pour sacrifier à de telles chances sa fortune et l'avenir de sa famille.

» On observe qu'il ne manque pourtant pas de préfets aux préfectures même réduites. J'en suis d'accord et je pousserai même ce raisonnement jusqu'à affirmer qu'il s'en présenterait, dussent ces places être mises au rabais, dussent-elles être gratuites. Mais laissez venir ces honnêtes et désintéressés fonctionnaires, et vous reconnaîtrez bientôt que l'administration gratuite serait de toutes et de beaucoup la plus dispendieuse.

» Je me crois en droit de parler ainsi : ce n'est pas moi qui reculerais devant les sacrifices que pourraient réclamer le service du roi et l'empire des circonstances. Plus de 30,000 fr. de moins dans ma fortune dépensés pour faire honneur aux fonctions qui m'ont été confiées le prouvent de reste, et c'est le seul prix que j'aie obtenu des services les plus consciencieux, si ce n'est toutefois l'honneur d'une destitution de hautes fonctions pour avoir anticipé avec courage, sous le dernier gouvernement, l'application des principes de justice, de légalité, de constitutionnalité, qu'il eut le malheur de méconnaître et qui seuls pouvaient prévenir sa perte.

De l'intervention des députés dans les affaires et le personnel de l'administration.

» Il existe un grave abus que tout le monde sent, que chacun reconnaît, contre lequel cependant personne que je sache n'a encore réclamé, c'est l'intervention presque souveraine de MM. les députés dans les affaires et dans le personnel de l'administration. Cet abus, moi je le signale comme étant la principale cause de sa déconsidération et de sa ruine.

» La considération de la Chambre élective n'en a pas été moins atteinte : car quand on a vu que les députés se faisaient solliciteurs de places, on a pu croire qu'ils faisaient la guerre à ceux qui les ont, pour les livrer à ceux à qui ils veulent les faire avoir ; on a pu supposer des transactions dans lesquelles le pouvoir échangeait la concession d'intérêts, de places, de faveurs contre la concession d'un vote.

» Cet abus avait pris naissance en 1815 : tout alors fut abandonné aux députés du parti dominant : tous les intérêts des départements, tous les emplois leur furent livrés, rien n'était refusé à leurs recommandés quels qu'ils fussent ; quiconque leur déplaisait, quelque mérite qu'on eût, leur était sacrifié ; les préfets n'étaient plus que les exécuteurs des capricieuses et souveraines volontés des députés. Il fallait opter entre une servile obéissance ou une destitution inévitable. Tout le monde sait combien cet état de choses porta d'irritation dans les esprits et jeta de défaveur sur le gouvernement de cette époque. Préfet alors, je n'hésitai point à prendre le seul parti compatible avec mon devoir et mon sentiment intime : je réclamai hautement contre l'abus. Depuis il ne s'est que trop perpétué, et plus que jamais, il faut le dire, il s'est reproduit à la suite de la dernière révolution ; les conséquences n'en seraient pas moins funestes au gouvernement du roi qu'elle a élevé, si l'on n'y portait remède. En appelant aujourd'hui son attention sur ce grave abus, comme je le fis à une autre époque, je crois agir dans l'intérêt de la justice, dans celui de l'administration, par conséquent dans celui du gouvernement.

» Quand les pouvoirs sont déplacés, quand l'autorité de qui on doit dépendre devient elle-même dépendante, quand l'influence qui résulte des attributions qui lui sont propres, passe dans des mains à qui elles sont étrangères, cette autorité perd nécessairement toute considération ; elle est déchue.

» La connaissance qu'ont MM. les députés des intérêts de localités et du personnel de leur département, la confiance dont ils sont investis peuvent sans doute leur donner des titres pour être consultés, mais non pour décider en ce qui concerne les intérêts et les emplois administratifs qui ressortissent des attributions spéciales du préfet, lequel est en position de savoir avec plus de connaissance de cause, et de juger avec plus d'impartialité ; car on peut être fondé à supposer que nonobstant les grands intérêts de législation auxquels ils sont spécialement appelés, MM. les députés ne restent pas étrangers à d'autres intérêts qui leur sont personnels dans leurs départements, tels qu'intérêt de parenté, intérêt d'amitié, intérêt de ménager les influences qui peuvent être utiles à leur réélection, et qui doivent naturellement influer sur l'impartialité de leurs jugements et de leurs recommandations.

» Les fonctions législatives reçoivent un grand relief de ce qu'elles sont gratuites ; ce serait méconnaître une telle distinction et éluder le désintéressement qu'on doit supposer aux hautes fonctions de député que de s'assurer une compensation au traitement pécuniaire qu'ils n'ont pas en s'attribuant la disposition des intérêts et des emplois de leurs départements.

» Ce qu'on peut reconnaître à coup sûr, c'est que si une autorité incompétente vient s'interposer entre le ministère et l'administration ; si les préfets qu'on rend avec raison responsables de leurs actes et de leurs choix, doivent encore l'être des actes et des choix d'autrui ; si MM. les députés, dont la mission est spéciale pour les intérêts généraux, résultant de la législation, en font un patronage d'intérêts particuliers, il en résultera des conflits perpétuels, des résistances et des condescendances pernicieuses ; de l'inquiétude et du découragement parmi les agents de l'administration qui verront leurs existences et leurs services sacrifiés à des influences de faveur : il en résultera pour le gouvernement lui-même une incertitude dans les informations dont il a besoin qui ne peuvent que tourner au préjudice du département, à celui de l'administration et à celui de l'État.

» Je pense donc, tout en reconnaissant ce qu'il est dû de déférence aux avis et aux recommandations de MM. les députés, qu'ils ne doivent jamais être accueillis par le gouvernement que par l'intermédiaire et avec l'avis des préfets, en ce qui concerne les intérêts et les emplois des départements.

» C'est aussi une conséquence de la responsabilité imposée au gouvernement en général et à ses agents en particulier. Le préfet est l'homme du gouvernement, il est son représentant responsable dans son département; c'est par lui qu'il voit, qu'il sait, qu'il agit; c'est enfin une partie de lui-même dont il ne peut se séparer sans s'affaiblir. C'est donc lui qui doit être consulté, qui doit être cru en tout ce qui a rapport à son administration, c'est à lui que le gouvernement doit sa confiance jusqu'à preuve qu'il ne la mérite plus, par la raison que c'est lui qui l'a choisi, et qu'il n'a dû le faire qu'après s'être assuré qu'il en était digne.

Du choix des fonctionnaires.

» Il ne faut pas s'y tromper, le choix des hommes est dans notre situation la plus importante affaire : je ne sais si le gouvernement sorti des événements de juillet s'en est assez pénétré. Cette révolution peut être définie : le pouvoir pris d'assaut par le peuple. Il était juste que la victoire tournât au profit du vainqueur, mais dans l'intérêt même de ce vainqueur, il ne fallait pas livrer sa conquête au pillage. Le ministère actuel, si noblement, si fermement réparateur, ne perdra pas de vue que le retour à l'ordre et au respect des lois, que la réhabilitation de l'administration s'opéreront bien moins par la qualité des lois rendues et des mesures ordonnées que par la qualité des hommes préposés à leur exécution ; que de la considération qu'ils auront, on ne saurait trop le rappeler, dépendra la considération des choses et du gouvernement, car dans de faibles mains les meilleures lois restent inertes, tandis que la force relève la faiblesse même.

» Il est donc de la plus grande importance que les ministres prennent une connaissance positive des hauts fonctionnaires sur lesquels reposent de si grands intérêts; de leur capacité administrative, de leur caractère, de leur considération sociale, connaissance à laquelle on ne s'est peut-être pas assez attaché et rendue difficile par l'intervention de tant d'influences, de tant de solliciteurs de tous genres qui ont des intérêts tout autres que ceux de l'État.

Moyen de s'assurer de la valeur des Préfets.

» Voulez-vous, Monsieur le Président, que je vous indique un moyen certain de vous assurer ce que valent les préfets ? Appelez chaque année le quart d'entr'eux à un conseil auquel assisteront les ministres sous la présidence de sa majesté elle-même, que là, en présence du monarque, interrogé par lui ou par les membres de son conseil, chacun d'eux soit tenu de faire l'exposé de son administration, des intérêts, des besoins de son département et de ses vues d'améliorations, qu'il réponde aux questions d'intérêt public ou local qui lui seront faites, alors les ministres, le roi lui-même pourront discerner par eux-mêmes les capacités, les valeurs pour ce qu'elles sont réellement. Ils apprendront directement l'état de l'opinion des populations, leurs intérêts, leurs vœux. Les fonctionnaires, toujours avertis qu'ils peuvent avoir à répondre personnellement au roi et à son gouvernement, s'y tiendront toujours préparés, et de ce contact immédiat de l'administration supérieure et de l'administration départementale, jaillira pour tous une lumière vraiment profitable.

» Je m'arrête, Monsieur le Président; peut-être ai-je étendu le développement de ces idées jusqu'à l'indiscrétion. J'ai cru devoir vous les soumettre parce que je les ai crues bonnes, justes, utiles. Sont-elles applicables aux temps, aux mœurs? N'est-il pas trop tard ? L'ordre et la société peuvent-ils être sauvés sans traverser encore une fois le chaos ? Je l'ignore et je n'ai pas ici à l'examiner. Dans mon sentiment d'homme du devoir, d'honnête homme, j'ai voulu m'associer, par ma pensée comme par mes actions, au gouvernement qui se dévoue si noblement à la cause de l'ordre au risque d'y périr. Je l'ai fait pour l'acquit de ma conscience et pour accomplir cette devise qui a été celle de toute ma vie : *Le devoir avant tout.*

» J'ai l'honneur d'être, etc. »

« *Paris, 25 avril* 1831.

» *Le Ministre de l'intérieur à Monsieur le Préfet de Loir-et-Cher.*

» Monsieur le Préfet, j'ai reçu les réflexions que vous me faites l'honneur de m'adresser sur l'état et les besoins de l'administration du royaume.

» Votre habitude consommée des affaires, votre zèle éclairé du bien public me font attacher la plus grande importance aux communications de cette nature : je ne puis que vous en remercier et vous inviter à continuer de me faire connaître ce que vous jugerez utile aux intérêts du gouvernement du roi.

» Agréez, Monsieur le Préfet, l'assurance de ma considération très distinguée.

» Le Président du Conseil,

» *Ministre secrétaire d'état de l'intérieur*,

» Signé : Casimir Périer. »

Première réunion du conseil général après la révolution de juillet.

Le 10 mai 1831, le conseil général fut convoqué pour la première fois depuis la révolution de 1830. Ces assemblées qui, dans tous les temps, ont une grande importance par la haute mission qu'elles ont à remplir de présenter au gouvernement les besoins, les intérêts et les vœux du pays, de surveiller les actes de l'administration, en recevaient une nouvelle des circonstances. Le conseil général se composait bien encore des mêmes hommes, mais avait-il le même esprit, les mêmes dispositions ? Donnerait-il la même direction aux affaires ? La révolution n'avait-elle pas accru l'audace et les prétentions de l'opposition victorieuse ? Bien des consciences n'avaient-elles pas fléchi devant elle ? Quoi qu'il en pût être, je n'avais pas à m'en inquiéter, car tel j'avais toujours été, tel j'étais resté, invariablement fidèle au principe d'ordre, de moralité politique et tel je me présenterais encore devant lui. Voici en effet la profession de principes par laquelle j'ouvris la session.

« MESSIEURS,

» Par suite des événements politiques, le conseil général ne s'est point réuni depuis le mois d'août 1829. Dans cet intervalle de temps, une dynastie royale a disparu, une autre a été élevée à sa place; un nouveau trône, une nouvelle charte, une nouvelle France, de nouveaux serments, de nouveaux devoirs, de nouveaux intérêts, de nouveaux fonctionnaires, tel est le sommaire de la grande histoire qui a rempli les vingt mois qui séparent la dernière session du conseil de celle qui s'ouvre aujourd'hui.

Changements survenus dans la situation politique de la France depuis la dernière session du conseil général.

» Et c'est à un conseil général qui lui-même a subi d'importantes modifications que j'ai à rendre compte de la situation de ce département, de ses intérêts, de ses besoins, et enfin de mon administration.

Modifications dans le personnel du conseil général.

» Par une rare exception, Messieurs, au milieu de tant de changements, ma position politique n'a pas changé. Le préfet du gouvernement de Charles X est resté le préfet du gouvernement de Louis-Philippe. Retenu par le devoir de céder au vœu si hautement exprimé par la population de ce pays, dans des circonstances critiques, pour que je reprisse mes fonctions qu'un autre devoir m'avait porté à résigner, cette preuve d'estime est trop flatteuse, elle m'attache à ce département par des liens trop puissants d'affection et de reconnaissance, pour que je ne mette pas quelqu'orgueil à me parer de ce titre d'honneur devant vous, Messieurs, dont le suffrage est pour moi d'un si haut prix.

Le Préfet reste en place.

» Messieurs, les professions de principes sont aujourd'hui fort en usage. Je crois cet usage bon; car bien qu'on n'en soit pas toujours lié comme on devrait l'être, ces professions publiques ont du moins cet avantage que ceux qui les font sont tenus à s'observer plus attentivement eux-mêmes, et que tout le monde est en état d'apprécier si les actes répondent au langage. Ami de la publicité, j'ai suivi cette méthode ici comme partout où j'ai eu à remplir des fonctions administratives, sous la seule inspiration de mon sentiment intime, sans d'ailleurs m'occuper de ce qu'était le pouvoir, sans rechercher les applaudissements des partis si faciles à obtenir quand on consent à leur servir d'instrument, et sans trop m'inquiéter de leur dénigrement, impossible à éviter quand on se refuse à se rendre solidaire de leurs emportements.

Principes qui ont dirigé l'administration du Préfet.

» Peut-être, Messieurs, dans cette circonstance où j'ai à vous soumettre le compte de mon administration, ne trouverez-vous pas hors de propos que je vous expose les principes qui l'ont dirigée.

» La conduite et les principes administratifs du préfet de Louis-Philippe ne sont point autres que ceux du préfet de Charles X, convaincu qu'il est que l'administration ne peut avoir qu'une règle bonne pour tous les temps, profitable à tous les gouvernements, toujours honorable pour l'homme en place, qui consiste dans une égale protection de tous les droits, dans une consciencieuse distribution de la justice, dans l'emploi de l'autorité pour maintenir l'accord entre l'ordre et la liberté. C'est ainsi qu'il a compris ses devoirs, qu'il a cherché à les remplir de son mieux, y mettant son temps, sa peine, sa conscience, tous les moyens qui sont en lui, tous ceux, beaucoup trop réduits, laissés à l'administration. Il s'est appliqué à faire justice à tous, aux pauvres comme aux riches, aux bûcherons comme aux nobles, comme aux prêtres, aux vaincus comme aux vainqueurs sans distinction, parce que tous doivent être égaux devant l'administration comme ils le sont devant la loi; cherchant ainsi à apaiser les irritations inséparables des commotions politiques, à écarter les réactions qui amènent toujours des réactions contraires, à réconcilier au gouvernement tout ce qui peut l'être, à le faire estimer et respecter de ceux qui ne pourraient encore consentir à l'aimer.

» En agissant ainsi, Messieurs, je ne me suis point fait illusion, et n'ai point eu la folle prétention de plaire à tout le monde; je sais bien que cela ne se peut pas, je dirai même que cela se pût-il, cela ne se devrait pas dans le temps où nous sommes, de la part d'un administrateur honnête homme, moins empressé d'une vaine popularité que de l'accomplissement de ses devoirs, qui a avant tout celui de protéger la société contre les fausses théories, contre les ambitions impatientes, contre les suffisances juvéniles qui, pour se satisfaire, ne regardent pas à la bouleverser.

Effet des révolutions populaires sur la société.

» Et en effet, toute révolution populaire, quelque grande, quelque généreuse, quelque légitime qu'elle puisse être, porte avec elle des éléments de désordre et de destruction. Ces grandes commotions politiques n'éclatent pas sans ébranler la société jusque dans ses fondements; elles produisent sur les populations l'effet de l'ébullition sur les liquides qui porte l'écume à la surface; elles mettent en fermentation les éléments les plus viciés, les plus impurs de la société; elles font apparaître ces hommes des émeutes, ces hommes funestes, pour qui le désordre est l'ordre, et qui ne trouvent leur bien que dans les malheurs publics. Alors il devient si facile de faire du patriotisme, de faire passer pour tel ce qui ne l'est pas, de donner à de vaines paroles l'apparence du dévouement au pays, et de couvrir des grandes images de la patrie et de la liberté le petit dieu domestique des ambitions et des intérêts personnels, qu'il y a bien de quoi exciter les inquiétudes des hommes sincèrement et judicieusement dévoués à l'ordre et les défiances d'un gouvernement conservateur, pénétré de sa haute mission et qui veut l'accomplir.

Sentiment personnel du Préfet sur la marche du gouvernement et son adhésion.

» C'est parce que je crois fermement que l'ordre public, que la monarchie telle que l'a faite la charte de 1830, que le principe de la révolution de juillet sont menacés de subversion que j'appelle de tous mes vœux un gouvernement fort, juste, légalement sévère, qui rétablisse le principe de l'autorité qui est le vrai principe de l'ordre; et c'est également parce que j'ai la conviction profonde que le gouvernement actuel marche consciencieusement dans cette voie de salut, que les hommes qui le composent offrent à la liberté toutes les garanties que la France peut attendre, qu'ils ont compris ses véritables intérêts, que je m'associe hautement et sincèrement à son système.

Revue succincte des principales circonstances et des principaux intérêts administratifs qui ont eu lieu dans le département depuis la session de 1829.

» Espérons que bientôt les vertus royales, que la confiance du peuple français dans le roi qu'il s'est donné, que son indissoluble union avec cette puissante association des gardes nationales, véritable palladium du trône, de la liberté, de l'ordre public, feront encore une fois sortir la France victorieuse de cette lutte, et qu'après lui avoir assuré une glorieuse paix au-dehors, elles ramèneront aussi la paix au-dedans et avec elle tout son brillant cortége de prospérités.

» Après cet exposé qui ne m'a pas paru hors de propos dans les circonstances présentes, peut-être approuverez-vous, Messieurs, que je remplisse la lacune qui a séparé votre dernière session de celle qui s'ouvre aujourd'hui, en passant succinctement en revue les principales circonstances qui ont eu lieu dans ce département pendant cet intervalle, ainsi que les intérêts administratifs les plus dignes de fixer votre attention et autres que ceux sur lesquels je me propose de vous faire des rapports spéciaux.

Effet de l'effervescence produite par les événements de juillet.

» L'effervescence que devaient naturellement faire naître les mémorables événements de juillet, s'est plus ou moins fait sentir sur quelques points du département; mais les désordres qu'elle y a produits n'ont été que passagers, de peu de gravité et en rien semblables aux troubles que d'autres départements ont eu à déplorer. La justice n'a pas cessé d'y avoir son cours, et ses arrêts, qui n'ont épargné aucun genre de coupables, ont constamment été respectés.

» Ce résultat doit être attribué à la fois au caractère paisible des habitants de Loir-et-Cher, à leurs habitudes de soumission aux lois, à l'activité et au zèle que les fonctionnaires administratifs mettent dans l'accomplissement de leurs devoirs, et peut-être aussi à la confiance qu'ils accordent à l'autorité de laquelle ils reçoivent leurs instructions.

» Dans de telles circonstances, il était du devoir de l'autorité d'observer avec une vigilance particulière la conduite et l'attitude des personnes dont la position antérieure ou les opinions connues motivent cette mesure.

Observations sur l'attitude des personnes dont on pourrait croire l'opinion contraire au nouveau gouvernement.

» Je dois à celles qui se sont trouvées dans ce cas la justice de dire que, d'après tous les rapports qui m'ont été faits, la conduite de ces personnes a été prudente, circonspecte, et n'a donné lieu à aucun reproche. Si des bruits populaires les ont accusées, ces accusations sont tombées devant l'examen.

» A ce sujet, mon principe est qu'autant il est nécessaire de réprimer avec sévérité tout ce qui se montrerait contraire à la sûreté de l'État et à l'ordre public, autant il est juste et politique d'éviter tout ce qui pourrait avoir un caractère de réaction. Si je rends ce témoignage, Messieurs, c'est que j'ai pensé qu'il vous serait agréable de l'entendre, puisqu'il est un nouveau gage de tranquillité pour le département et qu'il est réellement dû. Il ne faut pas être avare de justice, et c'est bien la moindre qu'on puisse faire que de ne pas colomnier des vaincus. »

Manière de voir du Préfet à cet égard.

. . . .

Je consigne ici comme un de mes titres d'honneur la délibération par laquelle le Conseil général termina sa session.

Séance du 10 mai 1831.

« Le Conseil a entendu avec une vive satisfaction le rapport que M. le préfet lui a fait sur la situation du département. Il se félicite avec lui du calme et de la tranquillité dont tous les habitants de Loir-et-Cher ont joui dans un temps où tant d'autres départements ont eu à gémir des éléments de trouble qui ont agité notre belle patrie.

» De si heureux résultats étaient bien dus à une administration qui s'est montrée aussi habile que ferme et sage.

» Arrivant des différents points du département, les membres du Conseil partagent le sentiment dont étaient animés les habitants du chef-lieu, lorsque, dans le moment le plus critique, appréciant le bonheur de posséder un bon administrateur, ils prièrent M. de Lezay-Marnésia de ne pas résigner ses fonctions.

» Dans l'exposé de la marche administrative qu'il a suivie et qu'il suivra, M. le préfet promet à tous ses administrés la justice la plus impartiale. Le Conseil se plaît à l'encourager dans ces nobles sentiments, et en lui rendant la justice qu'il mérite, il lui offre l'expression de sa reconnaissance pour son dévouement aux intérêts du département, et le zèle infatigable avec lequel il s'occupe de tous les détails de l'administration.

» Ont signé : De la Giraudière, président ; Raguet-Lépine; Salvat ; Mesnard, comte de Chouzy ; Besnier; de Saumery ; Vallois fils; Gaullier; Crignon-Bonvallet, Dessaignes; A. Roussel ; Séb. Péan ; le comte de Marolles ; le baron d'Oberlin ; le baron d'Etchegoyen et S. Maigreau, secrétaire. »

Choléra.

Ce fut au commencement de 1832 que le choléra s'abattit sur la France. Ce terrible fléau, inconnu jusqu'alors, avait décimé avec une effrayante soudaineté les populations de la moitié du monde qu'il avait successivement parcouru. Ses foudroyantes destructions troublaient les esprits, confondaient la science. La terreur le devançait. Il apparut dans le département de Loir-et-

Cher au mois d'avril. Toutes les précautions indiquées par la plus active prévoyance, par l'observation des faits, par les hommes de l'art les plus habiles avaient été prises. Des commissions sanitaires départementales et cantonales avaient été instituées, des instructions sur les moyens présumés préservatifs et curatifs avaient été multipliées ; des dépôts de médicaments appropriés au traitement avaient été faits dans toutes les communes, chez tous les médecins, chirurgiens, officiers de santé, avec ordre de porter leurs soins partout où ils seraient appelés. Il y avait un fonds destiné à pourvoir aux plus pressants besoins.

L'administration, dans ces graves circonstances, avait un grand devoir à remplir, celui de porter partout les secours, les consolations, de donner l'exemple du courage et du dévouement. L'administration municipale, je lui dois cette justice, seconda parfaitement l'administration supérieure dans l'accomplissement de ce devoir.

Une habileté profitable pour chacun et que doit avoir surtout l'administration, c'est de tirer du mal tout le bien possible. C'est ce que nous nous évertuâmes à faire. Pour prévenir autant que faire se pouvait l'invasion de la maladie, des mesures de salubrité, de propreté avaient été recommandées, ordonnées dans les rues, dans les maisons, sur les personnes ; des inspecteurs avaient été chargés d'en surveiller l'exécution, et, si cet usage de propreté, trop peu dans les habitudes du peuple en France, qu'on avait obtenu jusqu'à un certain point pendant la présence du fléau, se ralentit quand on n'eut plus à le craindre, il en resta du moins quelque chose. Mais partout où l'autorité put commander et agir comme dans les établissements publics, d'importantes et durables améliorations furent introduites : les hôpitaux, surtout, dont les administrations routinières se traînaient dans des habitudes séculaires, furent aérés, assainis, purifiés, débarrassés de tout ce qui les obstruait, complétés par des agrandissements, par des distributions nouvelles appropriées aux besoins des divers services. Aux objections qu'on faisait à nos vues, à celle même du manque d'argent pour les accomplir, nous opposions les dangers du choléra. La terreur qu'il imprimait répondait à tout et faisait trouver des ressources là où elles semblaient épuisées. Ce que le temps ou le défaut de moyens présents ne permettait pas de terminer immédiatement se commençait de manière à en nécessiter impérieusement la continuation ultérieure ; enfin la transformation de ces établissements fut si complète et si bien entendue, que plusieurs d'entre eux, d'incommodes, d'insuffisants, d'insalubres qu'ils étaient, sont devenus les objets de l'admiration publique et des modèles en ce genre.

Comparativement aux ravages que le choléra avait faits dans d'autres localités, le département de Loir-et-Cher fut ménagé. Les secours aux familles que le fléau avait privées de leurs appuis furent abondants. Le département, la ville de Blois, plusieurs autres communes firent les fonds pour placer en apprentissage un certain nombre d'enfants pauvres que le choléra avait faits orphelins. Sur ma demande, vingt de ces enfants furent admis au prytanée de Menars par la libéralité du prince Joseph de Chimay, son fondateur.

Le conseil général, dans sa session de 1833, crut me devoir le témoignage qu'on va lire, témoignages qui se sont trop souvent reproduits pour les consigner tous dans ce recueil. Témoignage du conseil général dans sa session de 1833.

Séance du 2 février 1833.

« Arrivé aux termes de ses travaux, le conseil général ne se séparera pas sans consigner dans sa dernière délibération les nouveaux titres que M. le préfet s'est acquis à la reconnaissance du département par la sagesse et l'activité de son administration, par l'accueil qu'il fait et l'appui qu'il accorde à tous les projets qui tendent à accroître et à assurer le bonheur et la prospérité de Loir-et-Cher; enfin par la sollicitude, la prévoyance et la fermeté qu'il a montrées l'année dernière aux approches du choléra, et lorsque le département, déjà en proie à cet horrible fléau, se voyait menacé par les incendies qui ont ravagé tant d'autres parties du territoire de la France. »

(Suivent les signatures du conseil général.)

Troubles de la Vendée. 1832.

Dans cette année 1832, des troubles, suscités par madame la duchesse de Berry, éclatèrent dans les départements de l'ouest. On en connaît la misérable issue. De nombreuses arrestations en furent la suite. Les accusés qui avaient fait partie des bandes insurgées furent transférés à Blois pour y être jugés. Cette circonstance y ranima les animosités des partis; l'autorité dut exercer une active surveillance pour en prévenir les effets; chaque jour semblait devoir amener des collisions et de la part des légitimistes des tentatives pour favoriser l'évasion des détenus.

M. Berryer, qui avait été aussi arrêté sous la prévention de participation à ces troubles, fut également transféré dans la maison d'arrêt de Blois. Sa qualité de député, son importance personnelle lui donnaient des droits à tous les égards compatibles avec la sûreté de la prison : des adoucissements à sa détention qu'il fut en mon pouvoir de lui offrir, il n'accepta que le strict nécessaire. Traduit aux assises, il fut acquitté. Le ministère mettait beaucoup d'importance à sa condamnation et il le faisait trop voir. Parmi les témoins à charge se trouvaient des hommes tellement déconsidérés, tellement flétris par l'opinion publique, si évidemment vendus qu'ils l'auraient fait acquitter, eût-il même été coupable. L'irritation que la méprisable conduite de ces témoins excita dans le public et à laquelle il fallut les soustraire, et l'acquittement de M. Berryer donnèrent beaucoup de mécontentement à MM. les ministres. Ne pouvant s'en prendre au jury, ni au magistrat inamovible qui avait dirigé les débats avec une remarquable impartialité, ils s'en prirent au préfet, qui pourtant avait bien rempli son devoir en prévenant tout désordre, tout conflit entre les partis irrités et en présence. MM. les ministres ne veulent jamais avoir tort, et c'en est presque toujours un à leurs yeux que d'avoir trop raison contre eux. Le préfet fut blâmé, et pour le punir de la faute que le gouvernement avait faite, on ajourna son élévation à la pairie qui lui avait été annoncée. Ce ne fut qu'en 1835 que j'y fus promu.

La considération du parti légitimiste reçut une grave atteinte de cette malencontreuse levée de boucliers de Mme la duchesse de Berry, et par sa ridicule issue et par la déconsidération personnelle avec laquelle la princesse en sortit. Ce peut être une noble et glorieuse entreprise que celle de reconquérir un trône ou de soustraire une nation à une injuste domination, dût-on même y succomber; mais pour cela, il faut que la grandeur des moyens dont on peut disposer ou la grandeur personnelle du chef de l'entreprise soit proportionnée à la grandeur du but. C'est ainsi que Bonaparte seul, sans autre force que son grand nom, a fait tomber à ses pieds les populations et les armées qu'on prétendait opposer à son retour, qu'il a reconquis son empire et a ajouté à sa merveilleuse histoire sa page la plus merveilleuse.

Mais ici, quels étaient les moyens? Où était le prestige qui devait fasciner les populations et les enchaîner à la cause? Ce n'était plus cette Vendée qui avait enfanté des armées de héros combattant au nom de Dieu, de la patrie, de l'honneur, la sauvage domination de l'irréligion et de l'anarchie : aux héroïques chefs qui les commandaient avaient succédé des héritiers qui ne l'étaient que de leurs noms. D'ailleurs, les désastres, les ruines dont la guerre civile avait désolé ces malheureuses contrées avaient été réparés; et leurs habitants, si l'on en excepte quelques fanatiques obscurs, n'étaient plus tentés d'échanger le calme et le bien-être dont ils jouissaient contre les chances plus que hasardeuses d'une nouvelle lutte; et puis, il faut bien le reconnaître, la princesse qui avait suscité cette échauffourée se présentait plutôt en poursuivante d'aventures qu'en héroïne soutenant la grandeur de son nom et celle de sa cause par sa propre grandeur, et imposant à ses amis et à ses ennemis par l'ascendant de sa dignité, de sa considération, de ses mérites.

Le parti royaliste a toujours gâté sa cause qui pouvait être si belle! Si, sous les rois de la Restauration, les hautes notabilités du parti, au lieu de donner le funeste exemple de déserter leurs provinces pour venir se faire courtisans intéressés, et manger obscurément et souvent scandaleusement à Paris les revenus et même le fonds de leurs terres; si, sous le roi Louis-Philippe, au lieu de s'associer à d'ignobles complots et de contracter de honteuses alliances avec des hommes d'oppositions, qu'ils méprisaient, pour renverser son gouvernement et avec lui la prospérité qu'il donnait au pays, ils avaient donné celui d'habiter leurs terres dans la noble attitude qui convenait à leurs noms, à leurs illustrations, en se mettant à la tête de toutes les œuvres de bienfaisance et de bien public, des utiles industries, en introduisant et en encourageant les bonnes méthodes de culture, en opposant aux pernicieuses doctrines des novateurs de bons exemples et une sage direction à l'éducation des enfants du peuple sous leur patronage protecteur, ils eussent bientôt effacé les préjugés haineux dont les doctrines révolutionnaires ont imbu contre eux l'esprit du peuple, ils eussent reconquis une honorable popularité au moyen de laquelle ils se seraient emparés des positions importantes dans les conseils des communes, des départements et de la nation, et par suite de l'influence qui appartient de droit à la grande propriété, aux grands noms qui sont devenus les gloires de la patrie, aux grands services. C'est ainsi que l'aristocratie anglaise, mieux avisée, s'est faite l'honneur, la force et la sauvegarde de la nation.

L'année 1833 a été pour moi une heureuse année, par le mariage de mon fils Étienne, à Nancy, avec Mlle Viallet d'Eslianes. On m'avait vanté la beauté et la distinction de cette jeune personne, l'ascendant de son charme, l'amabilité de son caractère, ses rares qualités, son beau talent de chant, etc. Il est bien rare qu'en pareille circonstance il n'y ait pas de l'exagération dans les éloges; eh bien! ici les éloges sont restés au-dessous de la vérité : je l'ai vue plus belle, plus distinguée, son caractère plus aimable, son charme plus dominant, sa bonté plus attirante, son talent plus beau que ce qui m'en avait été dit. Tout ce que l'homme le plus ambitieux peut souhaiter dans une femme pour faire son bonheur et flatter son amour-propre, mon fils l'a trouvé dans la sienne. Mariage de mon fils aîné.

Les dix-sept ans qui se sont écoulés depuis ce mariage, n'ont fait que confirmer de plus en plus ce jugement et me rendre l'heureux témoin du constant bonheur de mon fils, et des hommages unanimes dont celle à qui il le doit est l'objet.

Mais le bonheur en ce monde n'est pas sans mélange; tandis que je jouissais de celui de mon fils, j'étais atteint de la goutte. N'est-ce donc pas assez que la vieillesse vienne dégrader l'homme, pourquoi faut-il encore que la goutte, l'ignoble goutte, vienne dégrader la vieillesse?

Les années 1833 et les suivantes, jusqu'en. . . . , n'ont guère présenté de particularités assez saillantes pour mériter une mention spéciale dans ce recueil; elles ont été remplies par des correspondances, par des rapports, par des études sur des questions d'administration plus ou moins importantes, par différentes améliorations réalisées ou projetées, par des élections sans cesse renaissantes, qui mettaient l'administration, même la plus équitable, en lutte avec une partie des populations progressivement perverties par la presse, et par cette queue bavarde et suffisante de la société qui aspire à en prendre la tête; par d'incessantes, mais inutiles réclamations sur l'impuissance toujours croissante de l'administration, quand il lui eût fallu un énorme surcroît de force pour combattre efficacement les partis qui, bien que divisés entre eux d'intérêts et de but, se liguaient dans un honteux accord pour attaquer par tous les moyens, même les plus condamnables, le pouvoir protecteur du droit, de l'ordre, de la vraie liberté, et qui, retranché dans les trop faibles barrières de la légalité, et n'ayant pour se défendre que ses armes émoussées, devait finir par tomber, comme il l'a fait plus tard avec le pays, dans les mains les plus indignes.

ÉTUDES ADMINISTRATIVES.

De toutes ces améliorations réalisées ou projetées, je ne consignerai ici que celles d'une certaine importance. Les autres détails d'administration, d'un moindre intérêt, se trouvent dans ma correspondance particulière.

Parmi les questions d'intérêt général les plus dignes d'occuper les méditations d'un administrateur, l'amélioration des voies de communication, l'extinction de la mendicité, la police des campagnes, et, comme moyen, l'organisation des gardes-champêtres en gendarmerie rurale, l'amélioration du sort des enfants trouvés dans leur intérêt combiné avec celui de l'État, la destruction des matrones dans les campagnes, l'un des plus grands fléaux qui puissent les affliger, fixèrent plus particulièrement mon attention.

Voies de communication.

On a déjà vu avec quelle persévérance je m'étais attaché à ouvrir, à multiplier, à perfectionner les voies de communication dans les départements que j'avais administrés. En effet, la facilité des rapports des hommes entre eux, des mouvements du commerce, de l'industrie, des intérêts agricoles, est l'indicateur le plus sûr du degré de la civilisation et de la prospérité d'un peuple. Je poursuivis donc cette idée dans le département de Loir-et-Cher avec la même ardeur que je l'avais fait ailleurs. Les routes départementales existantes furent améliorées, leurs pentes toutes réduites à un maximum de cinq centimètres par mètre; celles qui n'avaient été qu'ébauchées furent terminées. Il en fut ouvert de nouvelles que réclamaient les intérêts combinés du département et des départements voisins : tout un arrondissement faisant partie de la pauvre Sologne n'avait que des routes en sablage; il était passé en chose irrévocablement jugée que ce pays était à jamais condamné à rester dans cette misérable condition faute de pierres qui, affirmait-on, manquaient absolument dans ce pays. De telles croyances ne s'accréditent souvent que par l'indolence soit des habitants, soit de l'administration, qui n'ont pas pris la peine de faire les recherches nécessaires. Des fouilles faites sur différents points donnèrent le plus éclatant démenti à la croyance générale et firent découvrir presque partout, à des profondeurs peu considérables, de vastes amas de pierrailles de la meilleure qualité qui, pour être utilement employées, ne donnaient d'autre peine que celle de leur facile extraction, et étaient toutes prêtes à être mises en œuvre. Bientôt après cette découverte, tout cet arrondissement fut sillonné de routes solides et excellentes, du plus économique entretien, qui ouvrirent à ce pauvre pays des moyens faciles de communication et tous les avantages qui en résultent.

Un vaste système de routes cantonales et communales, calculé sur les données les plus économiques, dont l'exécution et l'entretien furent confiés à des voyers spéciaux, mit en relations directes entre elles toutes les localités d'une certaine importance. Ce système, fruit de nouvelles études et de la recherche de ce qui avait été fait d'utile dans d'autres départements et dont la loi du 21 mai 1836 a été en grande partie la reproduction, reçut du Conseil général l'approbation la plus flatteuse. Je transcris ici la délibération qu'il prit à cette occasion, qui résume les avantages de ce système.

Témoignage du conseil général à ce sujet. Séance du 8 mars 1835.

« Le conseil général a entendu avec un vif intérêt la lecture du rapport de M. le préfet sur les routes départementales : ce travail, fruit d'une longue expérience et d'une étude approfondie de la matière ainsi que des ressources du département, est un nouveau titre que M. le préfet s'est acquis à la reconnaissance du conseil général. Au vote émis dans sa dernière session du classement de 13 nouvelles routes départementales, était attachée une grande charge pour le département : M. le préfet s'est empressé de rechercher les moyens de la rendre, le plus promptement possible, profitable au plus grand nombre de ses habitants.

» Son rapport est rédigé avec un ordre et une clarté remarquables.

» La première partie offre un tableau succinct mais complet de l'état actuel des routes départementales classées à l'époque de la session dernière, des sommes qui ont été affectées à leur construction ainsi qu'à leur entretien, et de celles qu'elles exigeront encore. Il est démontré, dans cet exposé, qu'en ajoutant aux ressources ordinaires qui ont été jusqu'ici employées à cette branche du service public, les cinq centimes extraordinaires votés dans la dernière session, ces routes, au nombre de douze, ne sauraient être achevées avant sept ou huit ans au plus tôt; il s'ensuit que celles, au nombre de treize, dont le conseil a voté le classement dans sa session de 1834, et dont, par aperçu, les frais de construction devront s'élever à la somme de 1,607,110 fr., ne pourraient être commencées qu'à cette époque. Si donc le même système était suivi pour leur construction, et que les allocations annuelles fussent continuées, de longues années s'écouleraient avant que le commerce et l'agriculture pussent être mis en jouissance de ces communications.

» Frappé des graves inconvénients qui résulteraient d'une marche si lente, M. le préfet en a recherché une qui fût à la fois plus prompte et plus économique; celle qu'il soumet au conseil est employée depuis quelques années dans Indre-et-Loire, sauf quelques modifications que M. le préfet propose d'y apporter.

» Les avantages qui résultent de ce nouveau système tiennent à celui de conserver au conseil général et à l'administration départementale l'entière disposition de tous les moyens d'exécution.

» Dans le système des routes départementales, les attributions du conseil général se bornent en quelque sorte au vœu du classement et de l'allocation des fonds. Le vote émis, la route nouvellement créée passe, si l'on peut s'exprimer ainsi, dans les mains de l'administration des ponts et chaussées. C'est elle d'abord qui fait le travail préparatoire qui doit accompagner le travail de classement. Le classement obtenu, c'est bien le conseil général qui allouera les fonds, mais quand ? Quel que puisse être son désir de voir une communication promptement établie, il ne pourra y affecter des fonds qu'après que l'administration des ponts et chaussées aura présenté tous les plans nécessaires ; et le conseil n'a pas perdu le souvenir que, dans plus d'une occasion, ces plans qu'il demandait avec instances ont été retardés de quatre ou cinq années, tant sont multipliées les occupations de MM. les ingénieurs qui d'ailleurs, comme M. le préfet le fait très bien observer, se doivent avant tout au service de l'État.

» De pareilles entraves ne sont point à craindre dans le système que propose M. le préfet : le département, conservant à sa disposition tous les moyens d'action, agit dans cette hypothèse comme un propriétaire qui fait des chemins. Il les fait construire comme il l'entend, au prix qu'il veut, et par des hommes qui sont uniquement sous ses ordres. Il ne peut qu'en résulter une très grande économie, le département d'Indre-et-Loire la porte à 3 fr. 83 c. le mètre.

» Les développements dans lesquels M. le préfet est entré, font très bien comprendre le système dans toutes ses parties.

» Les routes que M. le préfet propose de construire, d'après ce nouveau projet, recevraient la dénomination de routes cantonales ou de grande vicinalité, dénomination qui rend parfaitement l'idée des communications qu'il serait désirable d'établir de canton à canton ; tellement que celles des populations qu'elles ne traverseraient pas n'eussent, pour en jouir, à supporter d'autre dépense que celle d'un chemin communal pour y arriver.

» La pensée d'utiliser à la rectification des cours d'eau les agents spéciaux qui seront employés à la construction des routes communales, est une nouvelle preuve de cette constante sollicitude de M. le préfet pour les intérêts du département que l'on retrouve dans les actes de son administration.

» Le conseil général accueille avec une faveur particulière la communication qui lui est faite par M. le préfet du projet de routes cantonales et de grande vicinalité. En attendant qu'il puisse l'adopter définitivement, il autorise M. le préfet, ainsi qu'il l'a proposé, à ne pas donner provisoirement suite aux demandes de classement des routes départementales votées dans sa dernière session. Il invite en outre M. le préfet à soumettre ce projet au conseil d'arrondissement et à présenter au conseil général, à sa prochaine réunion, un plan d'organisation pour ce nouveau système, comprenant le tableau des routes qui devront être ainsi construites, le nombre des agents spéciaux, l'état de leurs salaires, etc., enfin tout ce qui peut être nécessaire pour la mise immédiate en exécution d'un projet qui promet de si grands avantages au département. »

(Suivent les signatures.)

Extinction de la mendicité.

La répression de la mendicité, l'une des plaies les plus profondes de la société, et par conséquent des plus dignes de fixer l'attention du législateur et de l'administration, avait été l'objet constant de mes préoccupations; mais n'ayant fait que passer dans quelques-uns des départements que j'ai administrés, ou détourné par des difficultés de circonstances, je n'avais pu me livrer à l'étude de cette grave question avec la suite et la réflexion qu'elle commande. Je m'y appliquai avec d'autant plus d'ardeur dans le département de Loir-et-Cher, que je l'avais trouvé envahi par la mendicité vagabonde qui en avait pour ainsi dire pris possession.

J'avais rappelé le conseil général dans plusieurs circonstances à l'examen de ce grave sujet; j'avais invité chacun de ses membres à profiter de l'intervalle d'une session à l'autre pour l'étudier et à apporter au conseil réuni le fruit de ses réflexions, de manière à composer de tous les travaux individuels un système propre à résoudre ou du moins à éclairer la question, m'engageant de mon côté à apporter dans le conseil le résultat de mes propres méditations. Je tins ma parole; mais personne ne répondit à mon appel.

Je crois devoir reproduire ici mes idées sur cette question, à cause de sa haute importance et parce qu'elle reste encore sans solution. Cette solution, on l'obtiendrait; je suis d'autant plus fondé à le croire, que l'application que j'ai faite de mon système au département de Loir-et-Cher, sans autre autorité que celle de la persuasion, avait fini par atteindre son but au-delà même de ce que je m'en étais promis.

Mais ces résultats, obtenus par la seule persuasion, sont nécessairement précaires, et l'on ne peut compter sur leur durée : comme ils ne sont acquis que par des libéralités volontaires, que la libéralité est de sa nature capricieuse et se lasse vite, que la persuasion n'opère pas toujours avec le même empire, et qu'un changement d'hommes ou de circonstances amène presque toujours un changement de choses, il est presque inévitable qu'un peu plus tôt ou un peu plus tard le mal ne reprenne son cours. La grande mesure de l'extinction de la mendicité ne pourra s'opérer d'une manière générale et durable que par l'intervention d'une législation spéciale, qui réglemente d'une manière uniforme les dispositions répressives et détermine un mode positif d'assistance à l'indigence qui contraigne les volontés.

« Dès mon début dans l'administration du département de Loir-et-Cher, mon attention avait été vivement éveillée sur ce sujet par l'état où s'y trouvait la mendicité : elle y était telle qu'on voyait habituellement des attroupements considérables de mendiants parcourant les campagnes dans tous les sens, se réunissant à certains jours et dans certaines localités en nombre effrayant, imposant l'aumône plutôt que la demandant. La cause de cette calamité se trouvait moins encore dans l'étendue des besoins et la réalité des misères que dans le vicieux usage établi de faire des distributions de secours aux pauvres à des jours et à des lieux désignés, et dans celui, plus blâmable encore et familier à beaucoup de maires et de curés, de délivrer des certificats d'indigence avec autorisation de mendier. Il est tout naturel qu'étant avertis qu'on leur donnera, les pauvres accourent pour recevoir; mais il est facile aussi de comprendre tout ce que des bandes ainsi composées, conduites par le besoin, l'immoralité, la fainéantise, hors de la surveillance de toute police, offrent de menaçant pour l'ordre public, pour les habitations isolées et pour ceux-là mêmes qui font la charité avec une si dangereuse imprévoyance. Tous les moyens administratifs qui étaient en mon pouvoir, combinés avec ceux du raisonnement et de la persuasion, furent employés pour remédier au mal; un recensement général des pauvres fut ordonné; appel fut fait à la raison et à la charité publiques; des bureaux de bienfaisance furent établis dans tous les cantons et composés des hommes les plus capables d'en distribuer les produits avec régularité et discernement; je multipliai les circulaires; je rappelai les lois répressives et l'ordre à la gendarmerie de les faire respecter. J'obtins d'abord quelques bons effets de ces mesures: les secours se régularisèrent; les mendiants intimidés se dispersèrent; mais ces améliorations ne furent pas de longue durée, chacun reprit bientôt ses premières habitudes; ceux qui donnaient se lassèrent de donner; l'autorité elle-même n'ayant pas les moyens de contraindre, dut reconnaître l'inutilité de ses efforts, et le mal reprit son cours comme auparavant. C'est ce qui arrivera toujours tant qu'une législation spéciale ne réglementera pas d'une manière générale et uniforme la répression de la mendicité, et ne déterminera pas un mode positif d'assistance à l'indigence qui contraigne les volontés. Ni les libéralités volontaires, quelque abondantes qu'elles soient, ni les mesures partielles de répression ne peuvent suffire pour atteindre le but qu'on se propose de détruire la mendicité, parce qu'elles manquent d'ensemble et d'autorité. Les administrations locales ne peuvent ainsi que se renvoyer mutuellement les mendiants; pourchassés dans un département ou dans une commune, ils passent dans une autre, et le mal n'est que momentanément déplacé. Je n'ai donc pas l'intention, Messieurs, de vous soumettre des projets spécialement applicables à ce département, mais de rechercher les éléments d'une législation efficace applicable à toute la France. Votre expérience et vos lumières complèteront, modifieront ou réformeront mes idées.

» Afin de résoudre, s'il se peut, les difficultés que présente ce sujet, je me suis dit: La mendicité a des causes de deux sortes; des causes passagères et des causes permanentes.

» Lorsque ce sont des accidents, des fléaux, des disettes qui multiplient les mendiants, il serait inutile et dangereux de les enfermer dans des dépôts, quand bien même ce serait possible; dans ce cas, on ne peut soulager une partie du mal que par des secours publics, par la générosité et la charité particulières, par des ateliers de travail disséminés selon les localités. Malgré toutes ces précautions, il y aura souffrance parce qu'il n'est au pouvoir ni du gouvernement, ni des sociétés de guérir tout le mal des fléaux.

» Lorsque la mendicité a des causes permanentes, on doit distinguer entre les mendiants infirmes et les mendiants valides. Les hospices sont naturellement ouverts aux premiers quand il est bien constant que les familles ne peuvent les garder, et l'abus, en ce point, ne peut guères s'éviter que par l'esprit de famille qu'on a tant besoin de raviver aujourd'hui dans toutes les classes de la société. Quant aux mendiants valides, tout consiste à leur procurer des moyens de travail, soit par les dépôts, soit par les ateliers de charité.

» Les vues administratives semblent revenir, depuis quelque temps, à des dépôts où l'on veut enfermer les mendiants valides et les assujétir à des travaux; le gouvernement et la presse ont applaudi à la fondation récente d'un établissement de ce genre dans le département du Loiret, et cet exemple a été présenté à l'imitation des autres départements. Les intentions et le zèle du préfet du Loiret méritent des éloges, et je m'associe sincèrement à ceux qui lui ont été donnés; cependant, Messieurs, je ne crois pas devoir vous proposer la création d'un semblable établissement, dans ce département, convaincu que je suis, d'une part, qu'il n'atteindrait pas le but qu'on s'est proposé, et, de l'autre, qu'il ne présenterait pas de garantie de durée.

» On se demande d'abord comment un dépôt qui peut contenir cent cinquante mendiants suffira pour absorber toute cette partie de la population mendiante, que le délit de mendicité mettra dans le cas d'y être placée.

» A cela on répond que le nombre des reclus sera très borné, parce que la crainte du dépôt fera qu'on ne s'exposera plus à mendier.

» Nous demanderons encore pourquoi la crainte du dépôt les arrêterait plus que la crainte de la prison dont le Code pénal punit les mendiants valides et qui pourtant ne les arrête pas. Il semble au contraire que le dépôt serait une punition moins redoutable, puisqu'ils y trouveraient un pain moins noir, moins de rigueurs, et plus de moyens de se procurer quelque adoucissement à leurs misères.

» Et quand le dépôt sera plein, quelle mesure prendra-t-on contre le surplus de la population mendiante? Croit-on qu'il aura suffi d'afficher que la mendicité est interdite? Les embarras seront les mêmes; il n'y aura que cent cinquante mendiants enfermés; ce qui sera assurément un soulagement peu sensible, quoique fort dispendieux.

» Mais en supposant même que la mesure eût tout l'effet qu'on en espérait, cela ne donnera pas du pain à ceux qui en manquent; c'est pourtant ce qu'ils seront en droit d'exiger, si on les empêche d'en chercher.

» En effet, par l'extinction de la mendicité ainsi obtenue, qu'aura-t-on fait? On aura bien délivré l'homme aisé de l'affligeant spectacle de la misère et de l'obsession du mendiant; mais on aura, par le fait, aggravé la condition du pauvre en le privant des moyens d'existence qu'il trouvait dans son état de mendiant, si l'on n'y pourvoit autrement.

» Le but qu'on doit se proposer n'est donc pas seulement l'extinction de la mendicité, mais aussi l'extinction du paupérisme : ces deux grandes réformes doivent marcher de concert. C'est parce que cette double plaie est un mal profond, menaçant pour la société, qu'elle appelle un remède efficace, héroïque, qui, certes, ne se trouve pas dans la détention précaire de quelques mendiants. Je chercherai, selon mes lumières, si le remède existe, et quel il peut être.

» Maintenant, si l'on considère que l'existence du dépôt du Loiret repose sur des libéralités départementales, communales et particulières, dépendantes de volontés incertaines, capricieuses, de circonstances inattendues qui, d'un moment à l'autre, peuvent changer, comment fonder sur des ressources aussi précaires l'espoir d'y détruire à toujours la mendicité.

» Au surplus, l'idée des dépôts de mendicité n'est pas nouvelle; sans parler des essais antérieurs, le gouvernement impérial, si puissant en ressources et en autorité, a dépensé soixante millions à construire des dépôts. Ces maisons ont été bien vite remplies de mendiants, d'abus, de directeurs, d'administrateurs, de contrôleurs, d'entrepreneurs qui y vivaient aux dépens des pauvres. Quand elles furent pleines, il y eut bientôt au dehors autant de mendiants; aussi qu'arriva-t-il? Les conseils généraux, presque partout, demandèrent la suppression des dépôts de mendicité; ce ne fut que sur leurs vœux réitérés que le gouvernement céda. Presque tous les dépôts furent supprimés pour recevoir une autre destination.

» Se flatte-t-on que, par des mesures plus sages, plus économiques, de nouveaux dépôts rempliraient mieux leur objet? A supposer qu'on puisse en bannir les abus et trouver un régime à la fois sévère et humain, il sera toujours à craindre qu'en peu de temps le dépôt ne soit insuffisant. Pour obvier à cet inconvénient, on voudrait que le travail imposé aux mendiants fût si rude, que les détenus désirassent en sortir et que les autres eussent peur d'y entrer ; mais alors les dépôts ne seraient plus que des maisons de correction.

» Que si, au contraire, la vie est douce dans les dépôts, si chaque détenu a un pécule et du bon temps, le désir d'y entrer se propagera et tout deviendra insuffisant; enfin, il est encore à considérer que si, au nombre considérable de maisons centrales, de prisons où l'on fait travailler, on ajoute les dépôts, et si le travail y est productif, ce sera un attrait pour les pauvres, une rivalité pour les manufactures et une concurrence redoutable pour les pauvres familles réduites à vivre de travaux analogues.

» Ce n'est guères que dans les grandes villes qu'on peut essayer d'avoir des maisons pour la répression de la mendicité, parce qu'elles seules peuvent en supporter les abus et les frais ; partout ailleurs il y aurait impossibilité quand il n'y aurait pas danger. Comment pourvoir aux frais de l'établissement, à ceux d'entretien, qui jamais ne pourront être couverts par le produit du travail? Evidemment l'Etat ne le peut pas. Sera-ce par des souscriptions? Je l'ai déjà dit, un premier élan pourra fournir quelques fonds; mais ce ne sera jamais qu'une ressource insuffisante et passagère.

» Des ateliers de charité seraient, sous tous les rapports, bien préférables et d'une application plus facile; ils auraient l'avantage de fournir des ressources pour les causes passagères comme pour les causes permanentes; ils auraient encore celui d'être favorables à la santé et à la moralité des indigents, que leur entassement dans des dépôts achève de corrompre. Moins on renfermera de gens, plus on procurera de travail en plein air, mieux on remédiera aux maux de la mendicité.

» Il y a peu de petites villes, de cantons, de communes qui n'aient à faire des améliorations, à assainir, à embellir, à ouvrir ou à perfectionner des communications; ce sont là des travaux successifs qu'on peut suspendre ou reprendre selon les besoins sans inconvénient. Tout l'art consisterait à les désigner d'avance et à en avoir toujours à offrir aux mendiants valides, qui s'excusent de leur vagabondage sur le manque d'ouvrage.

» Mais ici encore, les difficultés se présentent en foule. Comment réunir les capitaux nécessaires pour entretenir les ateliers de charité qui devraient occuper les mendiants valides de toutes les localités? Car il ne faut pas perdre de vue l'objet qu'on se propose, qui est de détruire la mendicité dans toute l'étendue de la France. On ne peut espérer les trouver dans les produits de la charité publique; ils pourraient suffire, sans doute, car ils sont immenses, si l'on pouvait en régulariser la perception et les centraliser dans une caisse commune; mais qui ne voit que c'est chose impossible? La charité surtout veut être libre; chacun prétend la faire comme il l'entend, à qui bon lui semble, sans direction étrangère, sans contrôle. Vouloir la contraindre, ce serait la paralyser.

» On aurait résolu le problème, autant qu'il peut l'être, si l'on pouvait obliger par une règle constante chaque commune à garder ses mendiants, en les employant aux travaux d'utilité communale de la manière dont je l'ai indiqué plus haut.

» Ici, je dois me hâter de prévenir une objection qui peut paraître sérieuse. Ce que vous proposez, dira-t-on, conduit nécessairement à appliquer à la France la taxe des pauvres, reconnue pour être l'une des plaies les plus profondes et les plus menaçantes de l'Angleterre.

» En effet, la taxe des pauvres, telle qu'elle existe en Angleterre, est une des calamités de ce pays; mais c'est moins la taxe en elle-même qui en fait le mal, que le mode abusif de son application. En Angleterre, est pauvre qui veut, et la paroisse est tenue de prendre à sa charge, et sans condition de travail, toute cette population de pauvres, que cette facilité, qui devient ainsi une prime pour la fainéantise et l'inconduite, et par suite une charge intolérable pour le pays, multiplie indéfiniment. Cela suffit pour faire voir tout de suite le vice radical de ce système.

» Celui que je propose aurait des résultats tout contraires; à la vérité il nécessiterait aussi une taxe; mais cette taxe, qui délivrerait le public de celle si énorme, si inégale, que la mendicité lui impose incessamment, employée à transformer les mendiants valides en ouvriers salariés, en ferait des citoyens utiles, et diminuerait nécessairement le nombre des pauvres; elle rendrait en grande partie, au pays, en travaux productifs, ce qu'elle lui aurait coûté en secours; enfin, elle produirait chez nous en bien ce qu'elle produit en mal en Angleterre.

» Voici un aperçu très succinct de la manière dont ce système pourrait recevoir son application.

» Il serait fait chaque année, dans toutes les communes, un recensement des pauvres valides. On spécifierait le genre de travaux auxquels ils pourraient être propres, à raison de leur sexe, de leur âge, de leur force.

» Le conseil municipal, assisté du voyer, dresserait un état des travaux d'utilité communale auxquels les pauvres pourraient être employés; il en serait fait une évaluation en argent. Si les communes ne trouvaient pas dans leurs ressources ordinaires les moyens de payer les travaux auxquels les pauvres valides devraient être employés, les conseils municipaux voteraient une imposition extraordinaire de la somme nécessaire. Les travaux seraient toujours exécutés sous la direction d'un piqueur et la surveillance d'un voyer.

» La partie des prestations communales, convertie en argent, serait affectée à ces travaux, et viendrait d'autant en déduction de l'imposition extraordinaire. Il est évident que l'emploi des pauvres multiplierait ces conversions.

» On pourrait encore y destiner une partie du centime de non-valeur centralisé au ministère de l'intérieur, comme cela a été à une autre époque.

» Comme il pourrait se trouver un certain nombre de communes hors d'état de suffire, par leurs propres ressources ou même par une imposition extraordinaire, à toute la dépense, le conseil général voterait, chaque année, une somme destinée à faire un fonds commun pour venir en aide à ces communes. Il déterminerait, sur la proposition du préfet, celles qui pourraient y avoir part et la quotité afférente à chacune, au vu du rôle des contributions, de l'état des pauvres et des travaux à faire.

» Nul ne pourrait avoir droit aux secours de la commune, s'il ne justifiait d'une résidence de trois années. Si une commune n'avait pas momentanément de travail pour ses pauvres, ceux-ci pourraient être autorisés, avec les précautions convenables, à en prendre dans une autre commune qui voudrait les occuper, etc., etc.

» Je me borne à cet aperçu ; il suffira, je pense, pour donner une idée de l'ensemble du système et de ses avantages. La mendicité serait de fait détruite ; les hommes qui en vivaient, au lieu d'être menaçants pour l'ordre public, rappelés à la moralité et à une vie honnête par le travail, deviendraient d'utiles citoyens. On comprend aisément que le nombre des pauvres serait réduit autant que possible, parce que les communes, juges des vrais besoins, seraient intéressées à réduire d'autant l'impôt qu'elles devraient supporter à cause d'eux; parce que les pauvres, sachant qu'ils ne pourraient trouver leur existence que dans le travail, seraient bien obligés d'en chercher, comme les communes et les propriétaires de leur en donner.

» Le gouvernement s'occupe en ce moment de la réforme des prisons. Il est prêt à ordonner l'énorme dépense que cette amélioration nécessitera. Cent millions ne suffiront pas peut-être; cependant personne ne fait d'objections, et l'on ne trouve pas que ce soit trop pour le but qu'on a en vue, de moraliser des malfaiteurs, rebut de la société, endurcis dans le crime. Ne serait-il pas d'une philanthropie plus réfléchie, plus en rapport avec l'intérêt et le sentiment public, d'affecter une partie des sommes qu'on destine à cette œuvre, dont le résultat est plus que douteux, à soustraire les populations pauvres à la misère et aux vices inhérents au vagabondage, à les moraliser par un travail profitable à l'agriculture et par suite à la société. Le vagabondage enfante les désordres qui peuplent les prisons; en le rendant impossible on diminuerait le nombre des détenus, et cette réforme serait, je crois, plus efficace et moins ruineuse que celle qu'on projette.

» J'ai exposé le moyen qui me paraît à la fois le plus économique et le plus sûr pour détruire la mendicité; mais pour opérer une réforme aussi vaste et détruire des habitudes invétérées, il faut, comme je l'ai dit, l'autorité de la loi, et à cette loi, l'appui d'une force active, puissante, pour en assurer la complète exécution.

Embrigadement des gardes-champêtres.

» La gendarmerie qui, réduite comme elle l'est, ne peut déjà pas suffire au service si important, si compliqué qui lui est confié, ne pourrait remplir ces nouveaux devoirs, s'ils lui étaient imposés, à moins d'une augmentation dans son personnel, qu'on ne peut guères espérer du gouvernement, limité comme il l'est lui-même dans ses ressources.

» Je crois pouvoir indiquer un moyen de créer cette augmentation de forces sans frais pour l'Etat et sans trop grever les communes; je le trouve dans les lois du 10 octobre 1791, de pluviôse an VIII, et de messidor an XIII, qui imposent à chaque commune l'obligation d'avoir un garde-champêtre, et dans celle du 18 juillet 1837, qui comprend le traitement des gardes-champêtres dans les dépenses obligatoires des communes.

» Chacun sait combien cette institution des gardes-champêtres, si bien conçue dans l'intérêt de la propriété, est pratiquement vaine et sans résultat. D'une part, l'insuffisance de leur salaire, dont la fixation est laissée à la parcimonie généralement inintelligente des conseils municipaux, repousse de ces fonctions les hommes qui seraient capables de les bien remplir. Les salaires les plus élevés ne dépassent guères 400 fr.; il en est de 80 fr., de 50 fr., et de moindres encore. Comment espérer qu'on trouvera dans des hommes ainsi payés pour un service actif, compliqué, qui n'est pas sans danger, qui demande force, intelligence et tout le temps d'un homme, les garanties d'honnêteté et de dévouement qu'il exige? Aussi qu'arrive-t-il? qu'ils donnent des services pour ce qu'on les paie, et c'est tout ce qu'on peut raisonnablement en attendre. D'une autre part, l'action des gardes-champêtres, isolés comme ils le sont, sans direction, sans ensemble, indépendants de toute discipline, est sans efficacité et la propriété sans défense. Les gardes-champêtres ne sont, à vrai dire, le plus souvent, que les serviteurs des maires et les complaisants des conseillers municipaux, bien plus que les serviteurs des intérêts communaux. Deux graves inconvénients résultent de cette dépendance : d'une part, des ménagements et des complaisances inévitables pour ceux de qui les gardes-champêtres tiennent leurs places, de qui il dépend d'augmenter ou de diminuer leur traitement; leur premier soin est donc nécessairement de ne pas s'en faire des ennemis; de l'autre, certitude d'impunité pour les contraventions ou les délits dont ceux-ci pourraient se rendre coupables.

» A ce premier intérêt qu'ont les gardes-champêtres de ne pas se faire d'ennemis se joint naturellement celui de se faire des amis. Or, ces amis, comment se font-ils? En fermant les yeux sur les délits, en transigeant à l'amiable avec ceux qui les commettent; ainsi non-seulement l'institution manque son but et l'argent dépensé pour son exécution l'est en pure perte; mais, pratiquée comme elle l'est, elle devient encore une école de corruption.

» Aussi, il n'y a-t-il pas un garde-champêtre honnête qui, à raison de l'insuffisance de son traitement, ne soit dans la nécessité de se faire un autre état en addition à celui de garde; car enfin il faut vivre. Qu'en résulte-t-il? Qu'ils se livrent à cet autre état et négligent leurs fonctions auxquelles ils se doivent pourtant tout entiers.

» Il n'est même pas rare que des communes, inspirées par cet esprit d'une économie mal entendue qui leur est familier, associent aux fonctions de garde-champêtre celles de cantonnier pour la conservation des chemins vicinaux; moyen infaillible pour que l'un et l'autre service soient mal faits; car pendant que le cantonnier travaille aux chemins, le garde ne surveille pas les propriétés et il laisse toute liberté aux maraudeurs; et au reproche qui pourrait lui être fait de cet abandon, il a cette réponse sans réplique, que quand il est aux chemins il ne peut pas être aux propriétés, et que quand il est aux propriétés il ne peut pas être aux chemins. Un honorable député (1), qui a traité cette question dans la Chambre avec un remarquable discernement, a fait un relevé statistique très curieux et très instructif, des contraventions rurales réprimées par le fait des gardes-champêtres, dans toute l'étendue de la France, et il a complété ce document par une autre statistique des délits constatés par les agents préposés à la garde des forêts, et, comme rien ne peut mieux éclaircir la question, je crois devoir la reproduire ici.

« J'ai compulsé, dit ce député, les statistiques correctionnelles en ce qui » concerne les délits ruraux, et voici le résultat de ce dépouillement : année » commune, il y a 40,000 contraventions rurales réprimées; si vous divisez » le chiffre en 2,800 cantons, vous trouverez que le total des contraventions » réprimées est de quinze par canton chaque année.

» Mais voici des faits qui ne sont pas moins significatifs.

» Vous savez, Messieurs, que les agents forestiers sont soumis à une disci- » pline, à une subordination. Eh bien! j'ai aussi dépouillé la statistique des » délits forestiers et j'ai trouvé que dans le ressort d'une seule cour royale, » celle de Colmar, 12,943 délits forestiers ont été réprimés par les tribunaux » correctionnels; 1,800 amendes ont été prononcées dans le ressort de cette » cour royale seulement; ce chiffre équivaut à peu près au tiers du nombre » des amendes prononcées pour les contraventions rurales dans le ressort de » toutes les cours royales de France.

» Et ce chiffre, Messieurs, ne vient-il pas à l'appui de ce que je disais tout » à l'heure, qu'avec une bonne discipline, une hiérarchie et des encourage- » ments, vous feriez punir bien des contraventions.

» Mais voici des documents bien plus précis encore.

» Il est tel arrondissement très important où dans l'espace d'une année trois » procès-verbaux de gardes-champêtres ont été remis au procureur du roi, et » cet arrondissement renferme 144,032 âmes.

» Il est tel canton rural de 12,000 âmes où, dans une période de douze

(1) M. Félix de Saint-Priest, député du Lot.

» années, le juge de paix n'a pu rendre que trois jugements de simple police
» sur les contraventions constatées par les gardes-champêtres.

» Vous l'entendez, Messieurs, trois jugements dans une période de douze
» années.

» Voici d'autres faits encore : pourrait-on croire que dans le ressort de la
» cour royale de Limoges, qui comprend onze arrondissements et une popula-
» tion de 831,752 âmes, les gardes-champêtres n'ont, en 1834, remis au pro-
» cureur du roi que douze procès-verbaux, et que, dans celui de Rennes, qui
» comprend vingt-cinq arrondissements et 2,620,278 âmes, il n'y a eu, en
» 1834, que vingt-neuf procès-verbaux ; cela ne fait guères qu'un procès-ver-
» bal par cent mille âmes. »

» De ces documents irrécusables, il résulte jusqu'à l'évidence que les propriétés sont maintenant sans défense ; que l'institution des gardes-champêtres, dans son organisation actuelle, est sans effet et manque son but ; que les sommes affectées à leurs traitements sont dépensées en pure perte ; que les communes, dont la part qui leur revient dans le produit des amendes de police est maintenant à peu près nulle, trouveraient, dans une répression plus sévère des contraventions, de précieuses ressources; et enfin qu'il est urgent que le législateur substitue à un système de tous points vicieux, inefficace, immoral, inutilement dispendieux, une organisation vigoureuse et qui offre des garanties réelles aux intérêts qu'elle aurait à défendre.

» Mais la défense des propriétés, si importante qu'elle soit, n'est pas le seul intérêt qui motive la mesure dont je viens de parler ; il faut enfin que, tout en restreignant l'action de l'autorité en ce qu'elle peut avoir d'abusif, on lui restitue la force dont elle a besoin pour l'accomplissement de sa principale mission, celle de protéger la propriété et les personnes, c'est-à-dire la société même contre les attaques si multipliées, si violentes dont elle est l'objet.

» Si la civilisation est en progrès, les criminelles industries qui la menacent incessamment ne le sont pas moins, et quelque pénible qu'il soit de se l'avouer, il faut bien reconnaître que les progrès de la civilisation et ceux de la corruption marchent de pair.

» L'accroissement des richesses dans les classes industrieuses excite l'envie et l'irritation de celles qui souffrent, éveille dans celles-ci de coupables convoitises, d'où naissent ces associations de malfaiteurs, si variées, si savamment organisées, qui portent partout l'effroi et la dévastation. La civilisation dont nous nous honorons si justement, source de tant de jouissances, périrait dans la lutte si l'on hésitait à donner à l'autorité des moyens de défense proportionnés à l'attaque.

» On ne peut nier que la généralité du pays manque de protection et de surveillance; la police des communes rurales est confiée aux adjoints, et tout le monde a pu se convaincre de l'inefficacité de ce moyen; et ce n'est pas à ces fonctionnaires qu'il faut s'en prendre, mais à la loi qui leur attribue une mission que le plus généralement ils n'ont ni le temps, ni la capacité, ni, sous aucun rapport, la possibilité de remplir.

» La gendarmerie, répartie sur le territoire à de grandes distances, surchargée de services divers, si multipliés, est bien forcée, malgré tout son zèle, de négliger la surveillance des campagnes, et c'est encore ici l'occasion de faire une remarque dont l'application n'est que trop habituelle en France, de vouloir la fin sans donner les moyens.

» A la vérité, ce reproche de défaut de protection n'est pas applicable à Paris ni aux grands centres de population où il existe, au contraire, une puissante organisation de police et de force publique, quoique là-même on puisse voir tous les jours combien l'industrie malfaitrice se montre habile à leur échapper; mais ces puissants moyens de protection, prodigués avec raison à Paris et aux grandes villes, deviennent une aggravation de dangers pour les campagnes et les petites villes des départements où les bandes de malfaiteurs, incessamment traquées, poursuivies dans ces grands centres de population, sont refoulées et vont exercer leur criminelle industrie avec d'autant plus d'assurance qu'elles les trouvent à peu près sans défense et qu'elles sont sûres d'y trouver de nombreux et dangereux auxiliaires dans ces condamnés libérés auxquels on accorde la fatale liberté de porter leur résidence et leur science du crime partout où bon leur semble, et dans ces rassemblements d'étrangers, d'hommes inconnus qu'appellent, sur tous les points de la France, les immenses travaux qui s'y exécutent.

» Cependant il faut que la protection soit égale comme les droits sont égaux; et cette égalité de protection s'obtiendra, on est fondé à le croire, par cette simple mesure de l'embrigadement des gardes-champêtres qui, judicieusement combinée, pourvoira tout à la fois à la sûreté des propriétés, à la police des campagnes et à la garantie de l'ordre public sur tous les points du territoire.

» Voici comment je la comprends.

» J'ai fait connaître l'insuffisance des salaires que les communes rurales affectent aux fonctions des gardes-champêtres; cependant ces sommes qui, isolément prises, sont si peu de chose, additionnées pour toute la France, deviennent importantes : ainsi en admettant que, terme moyen, le chiffre des salaires soit de 200 fr., leur réunion, pour ses 40,000 communes, ne constituerait pas une somme moindre de 8 millions qui, dans l'état de choses actuel, peut être considéré comme une charge sans profit.

» J'ai dit que la législation existante veut que chaque commune ait son garde-champêtre ; l'insuffisance générale des ressources des communes rendrait l'application rigoureuse de la loi trop onéreuse pour un grand nombre d'entre elles ; il y aurait donc lieu de la modifier et de limiter le nombre des gardes-champêtres à celui qui serait nécessaire pour assurer, en combinant leur action, la surveillance de tout le territoire. Avec le système d'organisation que je propose, ce nombre, réduit à la moitié de celui des communes, c'est-à-dire à vingt mille au lieu de quarante, me paraîtrait suffire.

» Les gardes-champêtres seraient embrigadés sous la dénomination de gendarmes ruraux, subordonnés à l'autorité des maires en tout ce qui concerne le service intérieur des communes, et à l'autorité militaire de la gendarmerie pour le service extérieur et de sûreté ; et pour ce qui regarde la discipline, des réglements spéciaux détermineraient la nature et les conditions de ce double service. L'administration de cette gendarmerie rurale serait la même que celle de l'arme. Les gendarmes ruraux en porteraient l'uniforme plus ou moins modifié.

» Les brigades de gendarmerie rurale seraient composées de cinq gendarmes au moins et de dix au plus. Elles seraient commandées, les brigades de sept gendarmes au plus, par un brigadier ; celles de huit gendarmes et au-dessus, par un maréchal-des-logis. Les chefs de brigade résideraient aux chefs-lieux de cantons. Ces fonctions seraient, comme celles de la gendarmerie, données de préférence à des militaires libérés du service ; ceux qui en seraient revêtus participeraient, comme les gendarmes, aux bénéfices éventuels de l'arme. Leur solde serait à la charge des communes, qui en cela ne feraient que remplir les conditions de la loi, qui a voulu, non des salaires et des services à peu près fictifs, tels qu'ils le sont généralement dans l'état de choses actuels, mais la protection réelle, efficace de la propriété. Je ferai voir tout à l'heure que, selon le système que je propose, cette charge n'excéderait pas leurs moyens.

» Cette solde devrait être de 500 fr. terme moyen ; seulement, comme toutes les communes n'ont pas un territoire et des intérêts égaux à surveiller, les gendarmes ruraux seraient divisés en trois classes, dont les traitements varieraient de 400 à 600 fr. Cette disposition aurait pour effet de n'imposer aux communes des charges que suivant leurs ressources et dans les conditions de leurs besoins ; de rétribuer les services proportionnellement à leur utilité, et d'établir des degrés d'avancement pour les gendarmes ruraux, moyen puissant d'encouragement, en même temps que juste récompense du zèle, de la bonne conduite et de la capacité.

Le terme moyen des traitements étant de 500 fr., le service de deux communes pourrait être convenablement fait par un gendarme rural. Ainsi, les salaires cumulés pour 20,000 communes, qui sont à peu près la moitié du nombre de celles de toute la France, s'élèveraient à 10 millions et excéderaient par conséquent de 2 millions la somme de 8 millions actuellement dépensée par les communes pour cette destination (1).

Cet excédant de charges leur serait d'autant moins onéreux qu'elles trouveraient dans la surveillance efficace de la propriété, livrée aujourd'hui à des dilapidations de tous genres, dans l'accroissement de la part qui leur est afférente dans les amendes de police qu'une répression plus sévère leur procurerait; dans celle du prix des permis de chasse revenant aux communes d'après la loi nouvelle, une large compensation de cette légère augmentation de charges, et elles comprendraient bientôt tous les avantages de ce nouveau système.

» Resterait à pourvoir à la dépense du premier équipement des gendarmes ruraux : j'ai dit que la gendarmerie rurale serait administrée par les mêmes règles que l'arme de la gendarmerie. Voici, à cet égard, ce qui a eu lieu en ce qui concerne l'équipement des gendarmes. C'est le conseil d'administration qui fait l'avance aux hommes admis, sur le fonds de la masse de la compagnie, de tous les effets, soit d'habillement, soit d'équipement. Il est retenu sur la solde d'un gendarme à pied la somme de 10 fr. par mois lorsqu'il redoit à la masse, et celle de 8 fr. 33 c. par mois jusqu'à ce que sa masse soit portée à 150 fr.; alors la solde n'éprouve aucune retenue.

» Les frais d'équipement s'élèvent à 227 fr., et, comme la solde d'un gendarme rural serait à très peu près la même que celle d'un gendarme à pied, on pourrait à la rigueur procéder de la même manière pour son équipement. Toutefois, comme il importerait d'encourager une institution naissante, d'une aussi haute importance, et de faciliter son recrutement, il serait préférable que le gouvernement fît les premiers frais de l'équipement des gendarmes ruraux, frais qui pour 20,000 hommes constitueraient une dépense de 4,540,000 fr. une fois payée, et certainement il n'hésiterait pas; car, je le répète, il s'agit, dans ma conviction, d'une mesure qui importe essentiellement à l'ordre et à la sûreté publique.

» La raison d'équité ne demande pas moins que l'Etat contribue à l'établissement de la milice champêtre; en effet, l'organisation des gendarmes ruraux, telle que je la propose, constituerait immédiatement un surcroît de force de

(1) Un gendarme par deux communes, soit 20,000 gendarmes ruraux pour toute la France, peuvent paraître insuffisants; le mode d'organisation que je propose serait plus complet et ne serait, je crois, susceptible d'aucune objection sérieuse, si le nombre pouvait en être porté à 30,000. Car avec ce nombre tous les intérêts seraient satisfaits; mais pour être praticable, il nécessiterait une augmentation de charges au budget de l'Etat de 5 millions qu'on ne peut espérer. Toutefois mon projet, tel qu'il est, peut encore suffire à un bon service et produire d'inestimables résultats.

20,000 hommes, force militaire, active, permanente, redoutable seulement aux malfaiteurs et aux spoliateurs de la fortune publique, inoffensive pour la liberté, puisqu'elle ne pourrait agir que localement pour la protection de tous les intérêts, de tous les droits.

» J'ai préféré l'embrigadement sous la forme de gendarmes ruraux, à l'embrigadement des gardes-champêtres actuels, sous le commandement d'un chef civil cantonal, parce qu'on n'obtiendrait guères plus de cette dernière organisation composée d'éléments inhabiles, entièrement étrangers aux habitudes et au service militaire, à l'obéissance comme au commandement, que ce qu'on obtient de celle actuelle, parce que les gendarmes ruraux militairement organisés, composés de vieux soldats, par conséquent exercés au service, façonnés à la discipline, à la subordination, aux habitudes d'ordre, offriraient toutes les garanties aux besoins impérieux de la société et de la sûreté publique, but réel de l'institution.

» Je regarde également comme fort inférieure la création de gardes-champêtres cantonaux dont la concentration au chef-lieu du canton rendrait l'action et le service à peu près inefficaces ou au moins insuffisants pour les parties du territoire qui en seraient éloignées, et parce qu'elle priverait les administrations locales des services des gardes-champêtres.

» On peut se rappeler une époque qui n'est pas éloignée, où des incendiaires organisés (on n'a jamais su sous quelle influence ni dans quel but) portèrent pendant longtemps la terreur et la dévastation dans plusieurs départements, sans qu'il ait été possible d'en saisir aucun, malgré l'active surveillance de l'administration, malgré l'emploi de corps de troupes envoyés à leur poursuite. Eh bien! ce que l'administration ni le gouvernement n'ont pu faire avec l'emploi de toutes leurs ressources, de toutes leurs forces, je ne mets pas en doute qu'avec la gendarmerie rurale, ou ces criminelles tentatives n'auraient pas eu lieu, ou leurs auteurs n'auraient pas longtemps échappé à cette force publique tendue comme un vaste réseau sur toute l'étendue du pays, surveillant et agissant simultanément.

» Les avantages de ce système me semblent donc inappréciables en ce que cette nouvelle force, ainsi répartie, se trouverait partout, exercerait sur tous les points une surveillance et une police dont les communes rurales sont entièrement privées; en ce qu'à la première réquisition de l'autorité, elle pourrait être réunie spontanément, en masse suffisante toutes les fois que le besoin le demanderait. La police des grains, celle du vagabondage, celle de la contrebande, etc., etc., se feraient efficacement. Ainsi l'ordre public y trouverait une nouvelle garantie, l'autorité un appui, l'armée une précieuse ressource qui assurerait à ceux qui auraient bien servi la patrie une retraite profitable, l'Etat l'avantage de pouvoir réduire sans inconvénient l'armée active, au moins en temps de paix, dans la proportion de l'augmentation de force que lui donnerait la création de 20 ou 30,000 gendarmes ruraux, et par suite une économie bien supérieure aux sacrifices qu'il aurait à faire pour l'équipement de cette nouvelle gendarmerie; enfin, cet avertissement n'est pas à dédaigner, le gouvernement trouverait dans cette institution un moyen puissant, le plus puissant peut-être, d'arrêter à leur naissance ces nouvelles jaqueries qui organisent effrontément leurs bandes en face de la force publique pour marcher à la destruction de l'ordre légal et de la civilisation. Ainsi tous les intérêts y trouveraient confiance et sécurité.

» Que deviennent, en présence de ces hautes considérations, les scrupules de quelques personnes qui ont cru voir dans cette mesure une atteinte portée aux droits des communes? Sans doute les communes ont leurs libertés et leurs droits qu'il faut respecter; mais, mineures, et conséquemment sous tutelle, elles n'ont ni ne doivent avoir le droit de se nuire, et ce serait faire une étrange interprétation de ces droits que de leur sacrifier l'intérêt vrai et bien entendu des communes elles-mêmes et le bien, la fortune et la sécurité de tous.

» Maintenant une dernière question se présente : ce système est-il applicable? Les communes et les départements, déjà si obérés, pourraient-ils supporter cette aggravation de charges? Je le crois fermement. D'abord il faut bien se dire qu'aucune grande réforme sociale ne peut s'opérer sans qu'il en coûte des sacrifices. Il s'agit seulement de savoir si le bien qu'on veut faire vaut ce qu'il coûtera. Sans doute la mesure que je propose imposerait de grandes charges; mais le fléau de la mendicité est aussi une charge plus qu'équivalente à ce qu'il en coûterait pour s'en affranchir par les moyens que j'ai indiqués. La charge qui résulterait de mon système, productive de sa nature, qui procurerait à la société et à l'Etat d'inestimables avantages, répartie par la loi proportionnellement aux facultés, pèserait plus spécialement sur les riches, qui sont aussi les plus intéressés, et serait, par là même, moins onéreuse que celle de la mendicité, que la partie la plus dégradée, la partie honteuse et incessamment menaçante de la société lui impose arbitrairement et en pure perte pour elle.

» Aussi bien je n'ai vu dans tout ce qui se fait, dans tout ce que j'ai lu et entendu jusqu'ici sur cette matière, que des moyens palliatifs, plus ou moins ingénieux, plus ou moins secourables, mais rien qui amène à une solution de la véritable question.

» Tout en admettant que des objections peuvent être opposées à mon système, il en est aussi qui ne sont pas sincères et qui ne sont que le cri d'alarme de l'égoïsme et de l'avarice, qui, s'abstenant de toute participation au soulagement des pauvres et ne souffrant en rien du mal de la mendicité, se verraient avec douleur appelés à supporter une part du fardeau. Celles-là méritent peu d'égards.

» Au reste, je le répète, je livre ces idées sans autre prétention que celle de concourir, selon mes lumières, à la solution d'un des problèmes qui intéressent le plus éminemment l'ordre et le bien des sociétés. »

Enfants trouvés.

Un des caractères les plus distinctifs, les plus honorables en même temps de notre époque et surtout de notre France, c'est la bienfaisance. Ne renions pas le temps où nous sommes; si malheureusement il a ses travers, il a aussi ses titres d'honneur, et il lui appartient d'avoir exalté et perfectionné en quelque sorte la plus noble des vertus humaines, la charité.

Au nombre des misères des sociétés dont cet esprit charitable poursuit le soulagement avec le plus de ferveur, est celle des enfants trouvés, et le moyen qui semble le plus généralement accrédité aujourd'hui pour y parvenir, c'est l'établissement de colonies agricoles, où ces enfants, en se formant aux travaux des champs, sont appelés, sous une direction morale et religieuse, à des habitudes régulières et à la pratique des devoirs de l'homme envers lui-même et envers la société.

Colonies Agricoles.

Le conseil général, animé de ces généreux sentiments pour les enfants trouvés du département, et décidé à faire les sacrifices que l'état de ses finances comportait pour y créer un de ces établissements, me chargea d'en rechercher les moyens.

Je crus ne pouvoir mieux répondre à ses vues qu'en appelant à l'examen de cette question les lumières de l'administration des hospices et celles de la société d'agriculture, comme étant, par leur institution, les plus propres à la résoudre. L'une et l'autre s'empressèrent de répondre à mon appel et me présentèrent des projets que je soumis à l'appéciation des conseils d'arrondissement et général.

Il importait que l'étude de cette intéressante question fût approndie et éclairée par tout ce que la théorie et l'expérience pouvaient donner.

Rien ne fut négligé pour les obtenir. Deux membres de la société d'agriculture versés dans ces matières furent chargés d'aller visiter les principaux établissements de ce genre fondés jusqu'alors dans les différents départements, d'examiner avec détail les moyens avec lesquels ils ont été créés, leur constitution, les avantages comparatifs et les garanties de durée qu'ils présentent, les divers modes adoptés pour assurer l'éducation et l'avenir des enfants, etc., etc.

Cette mission, remplie avec un zèle et un discernement dignes d'éloges, donna lieu à un rapport où toutes les circonstances qui peuvent faire apprécier l'état réel de ces établissements furent soigneusement exposées. En suivant ce rapport, et tout en reconnaissant ce que ces institutions offrent de recommandable, il faut bien reconnaître aussi qu'il n'en est aucune qui atteigne le but qu'on se propose. Ainsi, il n'en est point qui trouve dans ses propres ressources des moyens suffisants et assurés pour pourvoir à tous ses besoins qui sont certains, déterminés, permanents, et qui exigent des moyens d'y satisfaire certains, déterminés, permanents comme eux, qui ne soit dépendant des secours de la charité publique, de leur nature incertains, variables, éphémères, et par suite exposé à toutes les éventualités qui peuvent résulter de leur privation ou de leur insuffisance, enfin qui ne présente des vices d'organisation de nature à compromettre plus ou moins prochainement son existence.

Voici, d'après le rapport lui-même et l'examen attentif que j'en fis, ce qui peut justifier cette opinion à l'égard des divers établissements dont il parle.

M. Bazin, fondateur du Ménil-Saint-Firmin, et les autres personnes qui l'ont secondé n'ont pu, avec leurs propres ressources, suffire aux frais annuels de la colonie; et, sous le prétexte de procurer à l'établissement de nouvelles garanties d'avenir, ils l'ont placé sous le patronage de la société d'adoption de Paris. Aujourd'hui la haute direction, la haute administration, les voies et les moyens de la colonie ressortent exclusivement de cette société.

M. Bazin a eu d'autant plus de raison de reconnaître la difficulté d'assurer la perpétuité de semblables institutions, qu'en supposant que la société d'adoption eût les moyens et la volonté d'étendre sa bienfaisance sur tous les établissements de cette nature, l'effet de sa libéralité ne serait assuré qu'autant que la société aurait elle-même acquis toutes les garanties d'une existence durable.

Le Petit-Mettray, lors de sa fondation, était destiné à recevoir de jeunes détenus; il s'est transformé en atelier de femmes indigentes. M. de Renneville, qui en a conservé la direction et le personnel administratif, pouvait se passer de rétribution. Le genre et les résultats de cette institution sont trop peu en relation avec les besoins de notre pays pour qu'il y ait lieu de s'en occuper davantage.

Petit-Bourg pourrait être justement appelé le palais des enfants trouvés. La magnificence de l'habitation et de tout ce qui l'accompagne est, à notre avis, un véritable contre-sens. C'est même un fâcheux spectacle à donner à ces jeunes hommes, que l'on accoutume à des étalages de luxe, et dont la destinée est d'aller vivre dans les plus modestes réduits. On ne saurait raisonnablement invoquer ici les causes de succès de Petit-Bourg, qui ne peut servir de point de comparaison pour aucun autre établissement.

Montbellet est un établissement plus modeste, et qui, suivant le rapport, peut s'harmoniser davantage avec les mœurs agricoles et les besoins réels de notre département.

Les commencements de Montbellet ont été difficiles. La colonie a eu ses inconvénients, que l'intervention du gouvernement a fait disparaître en lui accordant une subvention annuelle. Cette bienveillance s'étendra-t-elle à tous les établissements nouveaux? D'ailleurs, ce secours n'est que temporaire, et pourrait-on affirmer aujourd'hui que lorsqu'il sera retiré la colonie pourra se maintenir. Il est une remarque bien importante à faire pour démontrer le contraire. C'est que, malgré l'aide du gouvernement, la balance des comptes annuels présente un déficit de 6 à 7,000 fr.; encore bien que les pensions payées pour les enfants et les libéralités particulières forment un chiffre annuel de 15,000 fr. Aussi, le rapporteur n'a-t-il pas hésité à dire « qu'il faut encore faire des sacrifices pour soutenir cet établissement qui reçoit chaque année une subvention de 6,000 fr. du conseil général de Saône-et-Loire.

Presque tous les établissements de cette nature sont des propriétés louées, aussi présentent-ils des déficits annuels considérables, parce que l'intérêt des fermages en absorbe les revenus. Le système de location est vicieux sous un autre rapport; en effet, à la fin du bail, c'est le propriétaire qui profitera des augmentations, car on ne doit pas compter sur son dévouement pour recevoir de lui le prix des constructions ou d'autres améliorations qui auraient été faites à grands frais par la société et dont il ne pourrait, par le changement de destination, tirer qu'un bien médiocre avantage. La société n'aura donc qu'un moyen à prendre, si elle persiste dans son projet, celui de renouveler un bail à des conditions plus onéreuses peut-être, ou bien de porter ailleurs son exploitation, et alors que de dépenses n'aura-t-elle pas encore à faire? Et que deviendront ses sujets et son personnel jusqu'à la nouvelle appropriation?

Il ne faut pas se faire illusion, les établissements de ce genre, créés au moyen de secours éventuels de la charité publique, commencent bien et finissent généralement mal; la raison en est simple : c'est que l'esprit de charité, facilement accessible à la commisération qu'inspirent les misères humaines, et prompt à céder au désir de les soulager, ne l'est pas moins à se lasser des sacrifices que les établissements destinés à ces œuvres réclament incessamment.

Un examen attentif des bases sur lesquelles ces établissements étaient fondés m'avait convaincu qu'ils n'offraient pas les garanties de succès et de durée nécessaires. Il était donc évident pour moi que les projets présentés au conseil général auraient les mêmes inconvénients, qu'ils ne pourvoiraient pas suffisamment aux besoins présents et à venir, et que l'essai qu'on en pourrait faire n'aurait d'autre résultat que de compromettre inutilement les fonds qui y seraient employés.

Je cherchai donc s'il n'y aurait pas de moyen plus sûr, plus complet, plus économique, à la fois plus conforme aux intérêts présents et à venir de ces enfants comme à ceux du département et de l'Etat, d'atteindre le but qu'on se propose. J'en imaginai un qui me parut remplir toutes ces conditions aussi complètement que le comporte une question aussi compliquée et qui, sous quelque point de vue qu'on l'envisage, ne peut être résolue d'une manière entièrement satisfaisante.

Ce projet consiste à mettre, par un acte législatif, à la disposition de l'Etat, tous les enfants trouvés valides qui auront atteint l'âge de douze ans, à les inscrire pour le service de la marine, et à les élever pour cette destination.

Voici comment j'expliquai mon système.

Les enfants trouvés sont les enfants de l'Etat. Condamnés dès leur naissance à perdre la vie par l'abandon de ceux qui la leur ont donnée, l'Etat, en les recueillant, en les nourrissant, en pourvoyant à leurs besoins, en a fait ses enfants propres. Il a donc le droit qui appartient à tout père de famille, de les élever, de les façonner, d'en disposer pour le bien et le service de la grande famille qui est la patrie, à la condition qu'il assurera leur bien-être dans le présent et dans l'avenir. C'est en vertu de ce même droit que, dans l'ordre de choses actuel, on les place, quand ils ont atteint l'âge de douze ans, chez des artisans ou chez des cultivateurs, où ils deviennent ce qu'ils peuvent, selon leur aptitude et leur caractère personnel et selon les mains dans lesquelles ils tombent. C'est encore en vertu de ce même droit qu'une philanthropie plus intelligente, plus soigneuse du bien-être de ces enfants, a, dans un but moral et social, imaginé de les placer dans des colonies agricoles. Eh bien! c'est en vertu de ce même droit que nous voulons les mettre à la disposition du gouvernement pour en faire une pépinière de marins et une ressource éminemment profitable à l'Etat.

On sait combien les moyens qu'a l'Etat pour subvenir au service de la marine sont disproportionnés aux besoins. Les débats qui ont eu lieu sur cette question dans les assemblées législatives l'ont prouvé jusqu'à l'évidence. Pour y suppléer, le gouvernement est dans la nécessité d'appeler au service de mer un certain nombre de jeunes gens pris dans les classes de la conscription, et, dans les cas urgents, des soldats extraits des rangs de l'armée de terre, qui n'ayant ni l'aptitude à ce genre de service, aptitude qui ne s'acquiert qu'en s'y vouant de très bonne heure, ni l'habitude de la mer, à laquelle on ne se fait en général que très péniblement, quelquefois même jamais, ne le font qu'avec peine, avec répugnance, par conséquent mal.

Dans notre système comme dans celui des colonies agricoles, on s'emparera de ces enfants dès l'âge de douze ans. Ils seront placés sur les vaisseaux de l'Etat, où ils pourront dès-lors être employés utilement comme mousses ou dans les écoles que le gouvernement a ou établira dans ses ports. Leur éducation, appropriée à la carrière à laquelle ils sont destinés, se continuera sans interruption et sans distraction; elle se fera sous le régime militaire, à l'abri des dangers auxquels le manque de surveillance de la famille ainsi que l'effervescence des passions les exposeraient. Leurs vaisseaux deviendront leur patrie, leur domicile unique. C'est ainsi qu'un grand nombre de familles des bords de la mer s'élèvent de père en fils et donnent à l'Etat ses plus habiles marins; c'est ainsi qu'ont commencé les Jean Bart, les Duperré, et tant d'autres qui figurent parmi les plus nobles illustrations du pays.

Dès le premier âge de ces enfants et avant leur entrée au service, ils seront tenus de fréquenter les écoles pour y acquérir l'instruction à la portée de leur âge, et, de leur côté, les instituteurs devront les y admettre tous gratuitement comme condition de l'augmentation de traitement que réclament pour eux l'équité, la raison, et que la loi à intervenir ne pourra manquer de leur attribuer.

On peut évaluer approximativement à 3 ou 4,000 le nombre d'enfants que, par cette conscription, l'ensemble des départements fournira annuellement à la marine et qui, au bout de quatre ou cinq ans, auront acquis les forces et l'expérience nécessaires pour faire d'excellents marins.

La loi à intervenir déterminerait un temps de service après lequel ceux de ces jeunes marins qui trouveraient à contracter un mariage ou à se faire adopter à tout autre titre par des familles, pourraient être libérés.

J'ai cherché ce qu'on pourrait opposer à ce projet. Le principe que j'ai posé plus haut paraît répondre suffisamment à ceux qui penseraient que l'Etat n'a pas le droit de disposer d'enfants dont le goût, les tendances intellectuelles, les vocations non encore déterminées les porteraient à se choisir plus tard d'autres états que celui qu'on veut forcément leur imposer; qu'il y aurait là abus d'autorité, etc., etc. En effet, l'Etat n'a-t-il pas et n'exerce-t-il pas le droit incontestable, incontesté, et bien autrement rigoureux, de disposer de tous les Français qui ont atteint l'âge de vingt ans, de les enlever à leur famille, à de pauvres parents usés par l'âge et les infirmités et dont ils sont les soutiens; de les arracher à l'existence qu'ils s'étaient déjà faite, dont dépendaient leur fortune et leur avenir, de les soustraire aux plus chères affections de leur cœur, pour en faire forcément aussi des soldats? Et ce droit que la loi donne à l'Etat sur cette jeunesse, élite des populations, chez laquelle se trouvent tous les germes de talents, de mérites, de forces intellectuelles qui doivent faire un jour sa puissance et sa gloire, il ne l'aurait pas sur des enfants perdus, jetés par le vice et la débauche dans la société dont ils sont une des plus lourdes charges et un des plus menaçants dangers!

La loi qui mettrait ces enfants à la disposition de l'Etat ne ferait qu'anticiper à son profit et au leur sur celle qui devra les appeler plus tard sous les drapeaux, et il n'y aurait entre la contrainte qui leur serait imposée par le système des colonies agricoles et celle que leur imposerait le mien, que cette différence, que celui-ci en fait forcément des marins et que l'autre en fait forcément des agriculteurs, et, tandis que le plus bel avenir que les colonies agricoles promettent à ces enfants est de devenir des valets ou des directeurs de ferme, le mien leur ouvre une carrière d'honneur, de gloire, de fortune, et met dans la giberne de chacun d'eux, selon l'ingénieuse expression du roi Louis XVIII, un brevet d'officier, voire même un bâton d'amiral.

En résumé, ce système aurait pour tous d'inappréciables avantages; il assurerait aux enfants trouvés une carrière honorable et profitable; les départements y trouveraient celui d'être affranchis d'une dépense qu'ils auraient à faire, soit pour le placement de ces enfants qui ont atteint l'âge de douze ans, soit pour la fondation de colonies agricoles. Ils profiteraient essentiellement à l'Etat, en utilisant pour l'un de ses services les plus importants qui est en souffrance, l'existence de ces pauvres enfants qui ne sont, comme je l'ai dit, pour lui qu'une charge et qu'un danger.

Quel que soit le système qui prévaudra, il restera encore un vide à combler, car ni l'un ni l'autre ne fait rien pour assurer le sort des filles, enfants trouvés. Espérons que l'humanité active et intelligente de notre époque pourra y pourvoir !

Au nombre des services que j'ai pu rendre à ce département, je compte comme l'un des plus importants celui de l'avoir délivré des matrones, c'est-à-dire de ces femmes qui, sans titres, sans connaissances, contrairement à toutes les prescriptions de l'autorité, se donnent dans les campagnes la mission d'accoucheuses et portent la désolation dans les familles par les accidents que leur ignorance multiplie.

Cours d'accouchements.

Comme tous les abus accrédités par l'aveugle crédulité de ceux mêmes qui en souffrent et par la cupidité de celles qui en spéculent, celui-ci fut difficile à détruire; cependant j'y parvins par la fondation d'un cours d'accouchements dans l'un des hospices de Blois, où de jeunes personnes présentées par les conseils municipaux des communes étaient admises et entretenues gratuitement et recevaient les leçons de professeurs habiles. Les élèves qui en sortaient avec une instruction constatée par le jury médical étaient placées dans les communes où elles ne tardaient pas à supplanter les matrones et à se faire un état honorable et profitable. Dès-lors ces places furent avidement recherchées, et, maintenant, la presque totalité des communes du département est pourvue d'accoucheuses brevetées et délivrée du fléau des matrones.

Maires des communes rurales.

Une des fautes du gouvernement qui m'a toujours frappé, c'est son indifférence pour une classe de fonctionnaires, modeste sans doute et peu en évidence, digne pourtant de toute sa sollicitude; je veux parler des maires des communes rurales. Je ne me suis jamais expliqué comment un gouvernement, fondé sur le principe électoral, n'a pas compris tout à la fois leur importance, les services qu'il pouvait en obtenir et l'influence parfaitement légale et légitime que, par leur intervention, il eût pu acquérir dans les élections. Pour cela, que fallait-il? Relever cette classe de fonctionnaires si utiles et pourtant si négligés, aux yeux des populations qu'ils administrent, par des rémunérations méritées, par de justes égards, en les faisant participer à ses grâces, à ses honneurs dans une équitable proportion.

En effet, les fonctions de maire ne sont pas seulement gratuites, elles sont onéreuses; elles exigent, de la part de ceux qui les remplissent, beaucoup de dévouement, des sacrifices de tout genre, de tous les moments; pour eux, le temps qu'ils donnent aux affaires publiques est autant de pris sur celui qu'ils doivent à l'existence de leurs familles. Et comment en sont-ils payés? Le plus souvent par d'incessantes tracasseries, par des dégoûts, par l'ingratitude. Doit-on s'étonner des répugnances que montrent si souvent pour ces fonctions les hommes que l'administration y appelle, du découragement de ceux qui les remplissent et de l'empressement de ceux-ci à les céder aux hommes qui espèrent en faire une spéculation pour eux ou pour les partis auxquels ils appartiennent, et, par suite, de l'affaiblissement progressif de l'influence et de l'autorité de l'administration? Cependant l'administration est la grande, la principale affaire du pays, puisqu'elle a pour objet la conservation et l'amélioration de tous les intérêts. Il en serait tout autrement s'il y avait pour eux quelque perspective d'encouragements et de distinctions.

Pendant toute ma vie préfectorale, je n'ai cessé d'appeler l'attention du gouvernement sur cet intérêt de premier ordre et digne de tous les égards. Partout où j'ai pu signaler les services de cette magistrature modeste, mais importante, et en demander la récompense au Conseil général, aux ministres, à la Chambre des pairs, je l'ai fait, mu par un sentiment profond d'équité et de devoir. Je demandais que des emplois rétribués fussent donnés, à titre de récompense de leurs services gratuits, aux maires des communes rurales les plus recommandés par l'estime et la considération publiques, et qui auraient le mieux secondé l'administration supérieure; que des bourses dans les établissements d'instruction publique fussent mises en réserve pour leurs fils. Je demandais qu'ils participassent, dans une juste proportion, aux distinctions honorifiques dont le gouvernement dispose, que des croix de la Légion-d'Honneur, d'ailleurs si prodiguées, placées sur la poitrine de ceux qui se seraient le plus distingués attestassent que les utiles et honorables services des maires ne sont pas dédaignés et qu'elles devinssent aussi pour cette classe des serviteurs de l'Etat l'objet d'une noble émulation. Une vingtaine de demi-bourses et quelques décorations de la Légion-d'Honneur mises dans chaque département à la disposition des préfets pour être ainsi distribuées avec discernement, auraient suffi pour rendre l'administration supérieure maitresse des élections, sans que qui que ce fût pût contester la légitimité d'une influence acquise par de justes récompenses données à d'aussi utiles services. C'eût été, à la fois, un acte de justice et de bonne politique; car il ne faut pas se faire illusion : on ne peut attendre une coopération efficace de la part d'une administration secondaire qui sert par pure complaisance. L'administration supérieure doit avoir l'autorité de commander et de se faire obéir; et comment pourrait-elle se flatter d'être obéie, si ceux qui dépendent d'elle n'ont rien à en craindre, ni rien à en espérer? Enfin c'eût été un moyen de remonter un des ressorts les plus nécessaires et pourtant les plus relâchés de l'administration, qui a elle-même tant besoin d'être relevée dans sa considération et dans son autorité. Sans doute c'est dans ses actes et dans sa justice que l'administration doit chercher sa considération; mais, à cette justice il faut aussi de l'autorité. Renier le principe d'autorité, ce serait renier le principe de l'ordre, le principe même du gouvernement.

Cependant, quelque évidents que fussent la justice et les avantages de cette mesure, je prêchai encore cette fois dans le désert et le gouvernement et le conseil général restèrent sourds à mes représentations. Tout en appréciant les motifs qui me les avaient inspirées, comme aussi les titres de ces fonctionnaires à la reconnaissance du pays et de l'administration, on objecta l'insuffisance des moyens et cette raison banale qu'on a toujours prête, qu'on ne peut pas quand on ne veut pas. Il est vrai que, pour obtenir d'aussi grands résultats il eût coûté à l'État et aux départements quelques centaines de mille francs; mais jamais capital n'eût été placé à un plus profitable intérêt pour le gouvernement par le concours d'affections et de dévouements qu'il y eût gagné. Combien il en est prodigué qui sont moins bien placés! Une bonne administration est une œuvre de justice, de libéralité, une œuvre du cœur bien plus que de l'esprit: elle perd bien plus qu'elle ne profite d'une rigoureuse économie. Il eût coûté sans doute quelque chose à l'État pour la création des bourses réclamées; mais il l'eût dépensé comme il lui convient de le faire, à une œuvre utile, équitable, honorable, féconde en bons résultats, en donnant à de bons services la récompense qui leur est due, en ranimant l'émulation et le dévouement trop découragés par l'abandon et l'oubli, en préparant par une éducation meilleure l'élite de la jeunesse des campagnes à devenir de bons citoyens et de bons administrateurs; et cela, n'est-ce rien? Ne sont-ce pas là des intérêts gouvernementaux et départementaux de premier ordre? Je ne pense pas qu'on puisse le contester, et, à mon avis, l'argent qu'on y eût employé ne pouvait être mieux placé.

Le devoir de tout fonctionnaire chargé de faire exécuter les lois, est d'exiger que chacun s'y soumette et d'être le premier à donner l'exemple de cette soumission. L'autorité perdrait, à juste titre, sa considération si elle abusait de son influence pour se soustraire à ce premier devoir de commune obéissance. A ce propos, je me rappelle avec une véritable satisfaction un fait d'ailleurs fort simple, qui fut cité avec des éloges qui prouvent combien une action qui n'est que juste, faite à propos, peut concilier de faveur à l'autorité. Voici ce fait.

Mes fils s'étaient laissés aller à chasser sans être munis de ports-d'armes, c'était de leur part une pure inadvertance. Surpris en contravention par la gendarmerie, il en fut dressé procès-verbal. Quoiqu'il eût été facile de prouver qu'elle était le fait d'un oubli, et de soustraire ainsi mes fils à ses conséquences, je préférai laisser l'affaire avoir son libre cours et j'écrivis la lettre suivante au capitaine de gendarmerie :

« Monsieur, je viens d'être informé que mes fils ayant été rencontrés chassant sans ports-d'armes, il en a été dressé procès-verbal par la gendarmerie. Bien que cette contravention ait eu lieu par irréflexion, elle n'en existe pas moins, et c'est pour moi une nouvelle occasion de remarquer que la gendarmerie remplit ses devoirs exactement, sans distinction, et de l'en louer.

» Recevez, etc. » *Le Préfet*,

» Signé LEZAY-MARNÉSIA. »

L'honneur que me fit cette lettre me dédommagea bien amplement de l'amende que j'eus à payer pour mes fils.

Éloges donnés par le ministre à mon administration.

Mais c'est par le gouvernement lui-même que je veux laisser apprécier mon administration. Voici ce que m'écrivait, en 1843, M. le comte Duchâtel, alors ministre de l'intérieur.

« *Paris*, 19 *janvier* 1843.

» Monsieur le Préfet, votre dernier rapport trimestriel m'a permis d'apprécier dans leur ensemble les changements qui se sont opérés pour votre département dans les tendances de l'opinion et dans la marche des divers services. Ce document m'a paru présenter un intérêt tout particulier.

» La population de Loir-et-Cher continue par son esprit d'ordre et de paix à se distinguer ; elle s'est associée au deuil de la France et au patriotisme des Chambres.

» En présence de ces heureuses manifestations de l'esprit public, votre tâche serait facile ; mais plus l'opinion se montre favorable à la politique conservatrice, plus vous avez voulu qu'elle eût à reconnaître l'action bienveillante du pouvoir. C'était là un devoir que votre administration a su remplir, en secondant de tous ses efforts les progrès de la prospérité matérielle et agricole.

» Vous avez réussi à combattre le fléau de la mendicité, et votre département est l'un de ceux où, sous ce rapport, les meilleurs résultats ont été obtenus. Il m'est d'autant plus agréable d'avoir à vous en féliciter que cet heureux état de choses est dû à des libéralités volontaires, fruits de la persuasion, et que votre influence personnelle aura pour beaucoup contribué à accroître.

» Je vois avec satisfaction s'améliorer la situation agricole de votre département, et particulièrement celle de la Sologne. Vous aurez contribué à donner à ce mouvement une impulsion nouvelle en réorganisant sur de meilleures bases la Société d'agriculture.

» J'aime également à constater l'activité que vous avez imprimée aux grands travaux d'utilité publique, et spécialement à ceux qui avaient pour objet d'établir de nombreuses voies de communication. Le département de Loir-et-Cher a maintenant peu de choses à envier à cet égard à ceux qui l'avoisinent. Vous avez raison de dire qu'il a changé de face.

» Je reconnais avec vous qu'il conviendra d'adopter un surcroît de mesures de précaution pour surveiller les rassemblements d'ouvriers que les travaux des deux chemins de fer vont occasionner dans votre département. Dès que vous m'aurez adressé quelques propositions à cet égard, je m'empresserai d'en faire part à M. le ministre de la guerre; mais j'ignore jusqu'à quel point il sera possible à mon collègue d'y faire droit.

» Continuez, Monsieur le Préfet, à faire tous vos efforts pour seconder la pensée du gouvernement, et pour faciliter, dans la limite de votre influence administrative, les progrès de la prospérité publique.

» Agréez, etc.

» Signé T. DUCHATEL. »

Menace de révocation.

Cependant les éloges si flatteurs donnés par le ministre à mon administration ne m'empêchèrent pas d'être destitué un moment par ce même ministre. Cela ne doit étonner que ceux qui n'ont pas pratiqué les hommes au pouvoir. MM. les ministres sont pleins de caprices comme tout ce qui est puissant, et se font peu de scrupule de leur sacrifier la justice et l'existence de leurs subordonnés. Voici ce qui donna lieu à cette résolution à mon égard.

J'avais écrit à M. le ministre de l'intérieur pour lui demander s'il verrait quelque inconvénient à ce que M. le duc de Bordeaux, à raison de son domaine de Chambord, fût appelé à contribuer à la construction d'un chemin vicinal qui devait nécessairement le traverser, et comme l'un des intéressés à ce chemin. La loi imposait cette obligation à tous les propriétaires et ne faisait pas d'exception pour M. le duc de Bordeaux. Je faisais cette demande par un excès de prudence à raison de la position exceptionnelle du prince.

Mon étonnement fut grand en lisant la réponse du ministre que voici :

« Monsieur le Préfet,

» Je ne comprends pas comment vous avez pu avoir la pensée de vous adresser à M. le duc de Bordeaux, pour l'inviter à contribuer à la construction d'un chemin vicinal : M. le duc de Bordeaux se pose en prétendant, il ne peut pas même être propriétaire en France : vous ne pouvez avoir aucun rapport avec lui sans manquer à tous vos devoirs. Je regrette que vous ayez cru devoir me consulter sur une question aussi simple. Je vous avouerai que j'en ai été surpris. »

A l'étonnement que m'avait causé cette lettre en succéda un plus grand en apprenant, par des avis certains, que ma révocation devait être la conséquence de cette simple question et que même ma place était donnée.

Dans une audience que j'obtins du ministre, je lui exposai que, quelque soin que j'eusse mis à examiner ma conduite dans cette circonstance, je ne pouvais m'expliquer comment il avait pu comprendre que réclamer le concours de M. le duc de Bordeaux pour un fait concernant son domaine, et qui était aussi évidemment de la compétence de ses agents, c'était établir une correspondance directe avec lui; que je le priais de croire que je n'étais ni assez neuf, ni assez oublieux de mes devoirs pour jamais perdre de vue ce qu'est M. le duc de Bordeaux à l'égard de la France et ce que doit être à son égard un préfet du roi; qu'à mon tour je ne comprenais pas la gravité qu'il attachait à un fait aussi simple et si parfaitement conforme à la loi, et encore moins les conséquences extrêmes que ce fait devait avoir pour moi et dont j'étais informé; qu'au surplus je n'avais pas à lui demander compte de ses décisions; qu'ayant le pouvoir il pouvait en user comme bon lui semblait; que je me bornais à lui observer que s'il croyait avoir à produire un motif à ma révocation il ferait bien d'en trouver un autre que celui qui lui servait de prétexte; que c'était aussi l'avis de mon ami M. Royer-Collard à la haute sagesse duquel j'avais cru devoir soumettre ma lettre et la situation qu'elle m'avait faite, etc.

A cette communication que j'avais faite en effet à M. Royer-Collard, il m'avait répondu à sa manière laconique. « Il n'oserait. » A quoi je répartis: « César et le duc de Guise, hommes d'une autre importance que moi chétif, » répondaient aussi aux avertissements qu'on leur donnait des complots tramés » contre leur jour: Ils n'oseraient: ils osèrent pourtant, et vous croyez bon- » nement que l'estime dont un préfet jouit dans son département et dans » l'opinion publique arrêterait un ministre qui veut sa place! Il osera. »

Ce qui m'avait été dit de ma révocation et de mon remplacement était parfaitement exact. Le ministre voulait donner une préfecture au chef de son cabinet: apparemment celle de Loir-et-Cher convenait à celui-ci, et ce motif avait suffi pour lui sacrifier le plus ancien des préfets, qui n'avait pas encore droit à la retraite et dont ce même ministre avait vingt fois cité l'administration comme modèle.

Le ministre revient sur sa décision.

Cependant je ne sais par quel retour sur lui-même le ministre se ravisa, et, soit que la dignité de mes explications lui eût donné à penser et qu'il eût compris que ma révocation prononcée sur un motif aussi vain eût révolté le sentiment public, soit qu'il ait craint les interpellations de M. Royer-Collard qu'il savait mon ami dévoué et dont les paroles avaient une si grande autorité, je conservai ma place.

Autre menace de révocation.

Ce ne fut pas la seule fois que je courus le même risque. Voici le nouveau danger dont je fus menacé dans une autre circonstance et sous un autre ministre.

Il m'avait demandé pour affaires de mon département. Je m'étais exactement rendu à son ordre. Après trois heures d'attente, il me fit dire de repasser le lendemain. Même attente, même ajournement. Après avoir encore attendu une troisième fois aussi inutilement et à bout de patience, je me retirai laissant à l'huissier ce peu de mots pour le ministre : « Je prends la respectueuse » liberté de rappeler à M. le ministre qu'appelé par lui à son audience pour » affaires de mon département, je me suis rendu à ses ordres trois jours de » suite, qu'on m'a fait rester pendant trois heures chaque jour dans son antichambre, sans pouvoir être admis ; j'attendrai donc pour me représenter » qu'il plaise à M. le ministre de me faire savoir d'une manière certaine quand » le préfet du roi, pair de France, pourra avoir son tour d'admission après » l'avoir attendu pendant trois jours consécutifs. »

Ce ministre était M. de Montalivet, homme de plaisir avant tout ; il se gênait peu, comme on le voit, avec les préfets, bien différent en cela du consciencieux ministre M. Lainé, dont la maison était en quelque sorte celle des préfets qu'il recevait toujours les premiers, parce qu'ils étaient, après lui, les plus haut placés dans son administration et qu'il avait à les entendre sur les intérêts de leurs départements, c'est-à-dire du pays.

J'appris par un ami commun de M. de Montalivet et de moi que le ministre avait trouvé mes observations fort déplacées, qu'il en avait été blessé et que ma révocation en serait probablement la conséquence; qu'il me donnait confidentiellement cet avertissement afin de prendre mes mesures pour conjurer l'orage.

Voici quelle fut ma réponse :

« Je vous remercie de l'avertissement obligeant que vous avez bien voulu me donner ; j'ignore ce qui pourrait donner lieu à la mesure violente dont vous me dites menacé. J'ai beau examiner ma conscience administrative et la voix publique, je n'y trouve que témoignages honorables, satisfaisants de la part de ceux qui sont appelés à l'apprécier, et considération générale. Si j'avais à me justifier ce serait à vous, Monsieur, et à M. votre collègue député de l'arrondissement de Blois, ce serait au conseil général et au département tout entier que j'en appellerais avec confiance.

» J'attends avec le calme qu'il m'appartient d'avoir ce qui adviendra, bien que je sache que dans le temps où nous sommes il faut s'attendre à tout. »

Cette affaire n'eut pas de suite.

Je ne quitterai pas ce sujet sans reproduire la réponse que je fis à une lettre brutale qu'un autre ministre encore m'avait écrite en reproches de ne lui avoir pas envoyé un rapport qu'il m'avait demandé. La voici :

« MONSIEUR LE MINISTRE,

» Vous vous êtes plaint du retard qu'avait éprouvé le rapport que vous avez demandé par votre circulaire du............ Votre plainte est fondée. Le transport erroné de cette circulaire du bureau où elle devait être déposée dans un autre me l'a fait perdre de vue. Voilà la faute ; je la reconnais et je la répare aussitôt que possible en vous adressant immédiatement après le rappel que vous m'en faites le travail réclamé.

» Mais vous me permettrez, Monsieur le Ministre, de ne pas accepter les termes plus que sévères de ce rappel, et qui ont dû d'autant plus me surprendre, je dois le dire, que pendant 21 ans de fonctions de préfet, accoutumé aux égards, je puis même dire aux éloges, c'est la première fois qu'il m'en est adressé de semblables. Il n'y a assurément rien d'extraordinaire que quelques affaires soient en retard dans une administration, malgré tout le soin que peut apporter le chef à la tenir au courant ; un grand nombre d'affaires qui restent sans réponse dans votre ministère, malgré mes réclamations et malgré votre volonté, Monsieur le Ministre, en sont la preuve et auraient pu me faire trouver grâce auprès de vous pour une omission de ma part tout exceptionnelle. Et c'est ici le cas d'observer que cela arriverait moins souvent dans les préfectures si l'on avait la juste attention de proportionner plus équitablement les innombrables travaux dont on surcharge leurs bureaux avec les moyens insuffisants qu'on leur donne pour y satisfaire.

» Vous reconnaîtrez, Monsieur le Ministre, dans ces représentations qui sont aussi justes que respectueuses, mon désir bien sincère de seconder votre administration, comme aussi de concilier tout le respect que je vous dois avec les égards également dus à tout préfet, et que je crois personnellement mériter.

» J'ai l'honneur, etc. »

On peut voir par les faits que je viens de rapporter que je prenais moins de soin de la conservation de ma place que de sa dignité et de celle de mon caractère.

Je suis nommé Pair de France.

Ce fut en 1835, comme je l'ai dit, que je fus promu à la dignité de pair de France. C'était sans doute un grand honneur que de faire partie d'un corps réputé le premier de l'État et de s'y voir associé aux principales notabilités du pays; mais cette pairie, telle qu'on l'avait faite, qu'était-elle auprès de celle de l'ancienne monarchie et de ce qu'est la pairie anglaise? Au moins n'eût-il pas fallu appeler du même nom des choses si dissemblables. Qu'était-ce en effet qu'un pair de cette époque? Quelles prérogatives, quel pouvoir avait-il en-dehors de la Chambre où il siégeait?

La première révolution avait détruit l'aristocratie française : il fallait la reconstituer comme étant la base la plus solide d'un gouvernement monarchique et la meilleure garantie de l'ordre public. L'empereur, dans ses grandes vues de reconstruction sociale, l'avait entrepris et y aurait réussi, autant que cela pouvait se faire à défaut du temps, si lui-même avait su se soutenir, en alliant les noms de l'ancienne France aux grands noms de sa propre histoire, réconciliant ainsi toutes les gloires de la patrie, en entourant sa nouvelle noblesse de toutes les grandeurs, en la dotant de grands biens, de grandes prérogatives, en la présentant au respect des peuples sous le baptême de la gloire et sous l'appui de sa force.

La pairie par laquelle le gouvernement de la Restauration voulut reconstituer l'aristocratie en France, bien qu'elle se ressentit de la faiblesse de ce gouvernement, était encore une grande institution par la puissance qu'elle recevait des pouvoirs politiques, des hautes prérogatives, des dotations qui y étaient attachées, par la noble mission et les moyens qui lui étaient donnés de se faire la protectrice de tous les droits, de tous les intérêts légitimes, de modératrice entre le pouvoir populaire et le pouvoir royal, enfin par l'importance qui, à tous ces titres, lui était acquise et qui devait l'éterniser par le principe de l'hérédité.

Cependant cette Chambre des pairs, qu'on appelait la Chambre-Haute, qu'était-elle auprès de la Chambre élective qu'on appelait la seconde Chambre? Le coup de vent révolutionnaire de Juillet 1830 fit bien voir où était la puissance réelle; car alors cette seconde Chambre enjoignit insolemment à la première d'expulser de son sein ceux de ses membres qui y avaient été introduits par le roi Charles X, c'est-à-dire de se mutiler elle-même, et celle-ci n'hésita pas à ratifier humblement cette mutilation commandée par une délibération spéciale. Il est vrai que, si elle ne l'eût pas fait, elle eût été balayée tout entière; mais en résistant noblement et ne cédant qu'à une irrésistible violence, elle se fût constituée en haute considération dans l'opinion publique qui l'eût infailliblement rétablie dans son intégrité, mais qui, au lieu de cela, s'est ressouvenue de cette faute.

Les révolutions populaires dégradent tout ce qu'elles ne détruisent pas, les institutions, les mœurs, les caractères, parce que cette sorte de peuple qui en est l'exécuteur, bas, avili, dépravé, va toujours plus loin que ne le veulent ceux qui l'ont mis à l'œuvre et ne croit sa cause gagnée que quand il a brisé ou réduit à son ignoble niveau tout ce qui lui est supérieur. C'est ce qui explique l'abaissement dans lequel la révolution de juillet avait fait tomber la pairie et tous les éléments de gouvernement: comme il fallait donner satisfaction à la multitude et aux ambitions par lesquelles le nouveau pouvoir avait été constitué, on élevait ce qui était bas et l'on s'abaissait à l'égalité de la bassesse pour se rendre populaire et ne pas porter ombrage. Ce fut ainsi que le roi de cette révolution, qui fut un grand roi pourtant, fut réduit à effacer ses armes de son écusson, à chanter en chœur avec la canaille cette hideuse *Marseillaise* à l'air de laquelle la tête de son père avait été abattue, et à boire au même verre que cette canaille au renversement des aînés de sa maison, sinistre présage du sort qu'elle lui réservait. Et quand ce roi voulut se relever de cet abaissement et reprendre sa dignité, il fut traduit comme renégat au tribunal de cette même canaille et condamné à être tué par ceux d'entre ses sicaires que le sort devait désigner successivement pour l'exécution de cette sentence, jusqu'à son accomplissement tenté huit fois et dont huit fois la Providence détourna de lui les coups.

Pour relever la pairie autant qu'elle pouvait l'être, il eût fallu remplir les vides que la révolution y avait faits par un choix sévère, dégagé de tout autre intérêt que celui de l'institution, de tout ce que les départements avaient d'hommes considérables par le rang, par une fortune honnêtement acquise, par la considération personnelle et de famille; ainsi on eût rattaché les départements et par suite la France à cette institution à laquelle ils étaient à peu près étrangers; on lui eût donné toute l'importance que le temps et les mœurs permettaient. Il n'en fut pas ainsi. Au lieu de cela, on peupla la pairie des parents, des protégés d'une coterie ministérielle, d'hommes pour ainsi dire à l'usage des ministres dont ceux-ci pensaient pouvoir se faire des appuis personnels, et enfin de certaines capacités scientifiques et littéraires dont ce n'était pas là la place et qui, pour la plupart, n'y apportaient que leur suffisance et un renfort à l'opposition. Aussi la pairie et avec elle la monarchie disparurent-elles au souffle impur des bandes qui firent la révolution de 1848.

Je compose une comédie.

Vers ce temps, j'avais occupé mes loisirs à composer une comédie que j'intitulai : *Une Journée d'Élections* ou *l'École des Électeurs*. Ce sujet m'avait paru neuf, de nature à présenter des scènes piquantes, d'un heureux à-propos, à donner à mon sentiment honnête l'occasion de flétrir, comme il le mérite, ce système électoral présenté par les fauteurs des nouvelles doctrines comme un élément de perfectionnement social et dont l'application n'est, en réalité, qu'un grand marché où se vendent et s'achètent les consciences.

Je fis imprimer cette comédie en 1837, par les soins d'un fidèle confident que j'avais mis seul dans mon secret et qui s'acquitta de sa mission avec une discrétion telle et un tel mystère que commandait ma position, qu'il resta impénétrable pour tout le monde, même pour l'imprimeur.

J'aurais bien voulu que ma comédie fût représentée; mais le moyen en voulant conserver l'incognito obligé? D'ailleurs, pour parvenir à faire représenter un ouvrage, fût-il excellent, il faut, ou être déjà auteur accrédité au théâtre et dans la faveur publique, ou se résigner à se prostituer en sollicitations, en basses flatteries, en génuflexions vis-à-vis du directeur, des acteurs, des actrices, de je ne sais quels honteux protecteurs, à s'exposer à leurs insolents dédains, à leurs exigences de tout genre, le plus souvent sans autre résultat que de cruelles humiliations. Ce rôle ne convenait ni à ma position, ni à mon caractère.

Je me bornai donc à envoyer un exemplaire de ma comédie à chacune de ces éminences théâtrales et à quelques journaux, bien que je fusse convaincu que ni les uns ni les autres ne daigneraient y jeter les yeux et que mon pauvre livre anonyme ne ferait qu'aller augmenter les rebuts jetés au panier.

J'en adressai également l'hommage au ministre de l'intérieur avec une belle lettre où j'essayais de lui persuader combien la représentation de pareilles pièces, pourvu qu'elles fussent meilleures que la mienne, pourrait influer utilement sur la moralité des élections, bien entendu sans espoir de le convaincre: car MM. les ministres n'étaient-ils pas les plus grands acheteurs de conscience? Aussi bien quel ministre, de notre temps, aurait osé braver les foudres de toute la presse qu'il n'aurait pas manqué d'attirer sur lui, en permettant la représentation d'une pièce où se trouve la scène suivante qui en fait si bonne justice.

ACTE QUATRIÈME.

SCÈNE II.

BONNARD, LEVÉNAL, Journaliste.

BONNARD.

Serviteur à M. Levénal.

LEVÉNAL.

Serviteur à M. Bonnard.

BONNARD.

Votre air annonce la satisfaction, monsieur Levénal, et votre allure le triomphe.

LEVÉNAL

Si j'ai cet air et cette allure, c'est que j'ai la confiance que l'événement les justifiera. Qu'en pensez-vous, monsieur Bonnard.

BONNARD.

Je conviendrai volontiers qu'il ne serait pas bien extraordinaire que Melcy, qui ne veut pas qu'on le nomme, ne fût pas nommé. Et cependant il pourrait se faire encore que l'estime générale le proclamât malgré lui.

LEVÉNAL.

C'est cela ! ce qu'on n'a pas pu, on dit qu'on ne l'a pas voulu; tactique prudente pour sauver la honte de sa défaite. La victoire est à nous, monsieur Bonnard, et vous et votre protégé, enfoncés !

BONNARD.

Cela se pourrait, car mon protégé n'a pour lui que l'estime publique, et le vôtre a pour lui l'intrigue; la partie n'est pas égale.

LEVÉNAL.

Eh ! sans doute l'intrigue ! c'est de tout temps l'accusation banale des impuissants et des vaincus contre les habiles. Eh ! qu'est-ce donc qu'on se propose en toutes choses ? Le succès sans doute ? Vive donc l'intrigue quand elle en est le moyen ! Elle est le nerf des affaires bien plus encore que l'argent, qui ne vaut que par le bon emploi qu'elle sait en faire. Faites donc des affaires avec de la morale ! Elle peut bien mener à la conquête du ciel ; l'intrigue donne l'empire de la terre. Nous vous cédons l'un et nous nous contentons de l'autre.

BONNARD.

Et dans ces honnêtes moyens de l'obtenir vous comptez sans doute votre honnête journal.

LEVÉNAL.

Assurément ; je compte sur l'heureuse influence de la presse. Vous la redoutez, vous, et moi je l'appelle.

BONNARD.

On peut dire de la presse ce qu'on a dit de la langue, que c'est la meilleure ou la pire des choses, selon l'usage qu'on en fait ; excellente quand, dirigée dans des vues honnêtes, sages, et de bien public, elle accomplit sa mission qui est de protéger le peuple contre les abus du pouvoir, comme aussi de défendre l'autorité contre l'agression des factions, de mettre au grand jour, mais avec vérité, ce qui est bien et ce qui est mal, pour offrir l'un à la reconnaissance et l'autre à la réprobation publique. Voilà la presse vraiment libérale, utile, patriotique ! Mais la presse comme vous et tant d'autres la faites, c'est un atelier de mensonges, de dégradation sociale, de calomnies ; c'est une arme de destruction entre les mains des malfaiteurs.

LEVÉNAL.

Elle est dans des mains patriotes une arme de destruction des vieux et sots préjugés ; elle est le levier qui soulève le monde.

BONNARD.

Oui, pour le bouleverser.

LEVÉNAL.

La lumière qui l'éclaire.

BONNARD.

Comme le feu dans les mains de l'incendiaire.

LEVÉNAL.

Qui appelle les hommes à la liberté.

BONNARD.

A la liberté du désordre, de la révolte, du meurtre, du pillage.

LEVÉNAL.

A l'indépendance.

BONNARD.

De tous les devoirs.

LEVÉNAL.

Elle instruit le peuple.

BONNARD.

Oui, de ce qu'il devrait ignorer, lui laissant ignorer ce qu'il devrait savoir. On peut juger de l'instruction par les instructeurs. Y a-t-il en France un être, si sot, si nul, si ignorant soit-il, qui ne se croie fait pour régenter les gouvernements et morigéner le monde ? Y a-t-il une supériorité sociale qui ne soit exposée par là même à passer par les ridicules et les sarcasmes du premier drôle venu ? La presse, qui a sans doute ses hommes honorables, est surtout une admirable ressource pour les vauriens. Un homme est-il taré, flétri par l'opinion, repoussé par la société ? eh bien ! que cet homme s'arme d'une plume, qu'il se fasse journaliste, et dans cette position inexpugnable, transformé en arrogant censeur qui ne souffre point de censure, il acquiert par cela seul le privilége de l'insolence, de l'outrage de la calomnie, insultant impunément les mœurs, les lois, les institutions, tous les fondements de la société; écho de toutes les déclamations, compère de tous les charlatans, il se charge de faire et de défaire les réputations à tant la ligne; il attaque et démolit tout ce qui lui fait obstacle, et pourvu qu'il revête tous les scandales du nom de patriotisme, il s'en fait un titre pour marcher insolemment à la fortune et au pouvoir.

LEVÉNAL.

D'après ce beau dithyrambe contre la presse, on pourrait supposer que monsieur Bonnard est payé pour la diffamer; peut-être aussi que sa sensibilité a été émue d'un petit article de notre journal, concernant son patron, à qui il aura paru peut-être un peu piquant.

BONNARD.

De Melcy piqué! Allons donc! De pareilles sottises retombent en ignominie sur leurs auteurs. Un journaliste qui calomnie un tel caractère, c'est le serpent qui fait un effort pour ronger la lime, il s'y use les dents et jette son venin en pure perte.

LEVÉNAL.

Et cependant il se tait et n'ose y répondre.

BONNARD.

C'est tirer parti de tout, même du mépris. Vit-on jamais un noble animal s'inquiéter des aboiements du roquet qui s'attaque à lui? il s'arrête un moment, lève la cuisse et passe son chemin.

LEVÉNAL.

Ah! monsieur Bonnard, vous osez braver la presse et vous attaquer à nous! Un bon article nous en fera raison.

BONNARD.

Grand merci! Votre blâme manquait à ma réputation d'homme de bien.

LEVÉNAL.

Vous serez content, il ne vous manquera rien.

....

Aussi mes prévisions ne furent pas trompées et ma comédie en resta là.

Il n'est guères plus facile d'obtenir d'un journaliste qu'il rende compte d'un ouvrage. Pour cela, il y a à subir les mêmes exigences de sa part, et le même besoin de protections de celle de l'auteur, à moins que celui-ci ne consente à lever les difficultés qu'on lui oppose par des offres de ce qu'on est convenu d'appeler des indemnités, que le rédacteur élève plus ou moins haut, selon l'importance du service qu'il prétend rendre à l'auteur et celle que celui-ci met à cette faveur. Ainsi, pour obtenir du journaliste qu'il fasse mention d'un ouvrage, il faut payer, puis payer encore pour qu'il en parle favorablement.

Cette industrie du journalisme m'a été révélée par un ami qui avait eu la fantaisie de se faire auteur et de gratifier le public de son œuvre. Il s'adressa, pour la faire connaître, à l'un des journaux les plus accrédités de la capitale. On lui opposa des difficultés, des engagements nombreux qui feraient rejeter forcément à une époque fort éloignée l'insertion de l'article désiré, etc. Après bien des supplications, l'honnête rédacteur voulut bien lever ces obstacles et promettre qu'il serait fait mention de l'ouvrage moyennant 500 fr.; mais une simple mention ne suffisait pas à notre auteur, il voulait qu'elle fut élogieuse ; cette condition n'avait pas été exprimée dans la convention première : il fallut donc en concerter la rédaction qui lui coûta cinq cents autres francs.

Et voilà comment se font en général aujourd'hui les réputations littéraires et comment elles sont méritées.

Je transcris ici le court avant-propos par lequel je rendais compte des motifs qui m'avaient fait entreprendre cette comédie.

« Depuis longtemps on ne voit guère au théâtre que des drames plus ou » moins pathétiques, que des conversations scéniques plus ou moins morales » ou immorales, mais point de comédies. C'est une comédie qu'on a voulu » faire, c'est-à-dire un tableau où l'on a essayé de châtier par le ridicule les » vices et les travers de nos mœurs nouvelles, en amusant et en intéressant; » intention louable, mais qui ne prouve pas non plus qu'on y ait réussi.

» C'est la mode aujourd'hui de décrier et d'insulter le pouvoir; c'est à qui » lui donnera son coup de pied. Cela prouve du moins qu'il n'est pas bien » méchant; car on se tait devant le pouvoir qu'on craint, et celui-ci a toujours » plus de flatteurs que de censeurs. Il ne faut pas être dupe de ces clameurs; » c'est moins au pouvoir qu'on en veut qu'aux hommes qui le possèdent et » font obstacle à ceux qui le convoitent, et l'on peut croire que la plupart de » ces déclamateurs contre les abus vrais ou supposés, s'irritent bien moins du » mal que la chose publique en éprouve, que de ce qu'ils profitent à d'autres » qu'à eux.

» Il est aussi du bon ton moderne de flétrir tout ce qui est élevé et de » flatter tout ce qui est bas. Ainsi, dans le théâtre de la nouvelle école, ce sont » les rois, représentants de la justice et des intérêts des nations, les magis- » trats, qui en sont les gardiens, que tous les pays et tous les temps ont » présenté au respect du peuple, qui sont livrés à sa risée, et c'est sur les » femmes adultères, sur les filles publiques, sur les bouffons qu'on appelle » l'intérêt et la faveur. On dirait que, parce qu'il y a une noblesse privilégiée, » il faut que la bassesse le soit à son tour.

» L'auteur de l'*École des Électeurs* s'est écarté de cette route trompeuse; il » a cédé à l'ascendant de son sentiment intime en rendant hommage aux » principes conservateurs de la société, en montrant l'homme bien né et bien » élevé avec les hauts sentiments et la noble libéralité qu'il devrait toujours » avoir. Si son Melcy est une perfection imaginaire (ce qu'il ne pense pas), » c'est au moins un modèle bon à présenter. Il a voulu flétrir comme ils le » méritent, l'égoïsme, le faux patriotisme et la perversité politique. Bien des

» susceptibilités s'en trouveront sans doute blessées; c'est qu'elles se seront
» reconnues aux portraits que l'auteur a tracés.

» Au surplus, il ne prétend pas pour son œuvre au mérite de l'invention;
» il n'a fait que choisir et copier des scènes dont chacun a pu être témoin aux
» élections. Toute sa prétention a été de faire une œuvre morale; en ce point,
» il croit être sûr qu'il ne s'est pas trompé; c'est bien quelque chose, on peut
» même dire quelque chose de nouveau dans le temps où nous sommes. »

Cependant, sans qu'il m'en coûtât rien, le *Journal des Débats* rendit compte de ma comédie dans son feuilleton du 19 février 1837. Voici comment elle y était appréciée :

« L'à-propos de cet ouvrage est son premier titre à l'attention publique. Il
» vient à point nommé pour adresser d'utiles et piquantes leçons aux électeurs
» qui vont exercer leur droit constitutionnel. Quand le monde éligible et le
» monde électoral seront las de rédiger et de lire des professions de foi de
» toutes couleurs, nous les invitons à lire la comédie qui vient de paraître,
» ou mieux encore à en voir la représentation, si elle a lieu. Ils y verront un
» tableau tout neuf et très vertement tracé de nos mœurs politiques. Nous ne
» saurions assurer si l'*École des Électeurs* n'est pas, à sa manière, une profes-
» sion de foi lancée à l'adresse de quelque collége électoral, mais à coup sûr
» elle se distingue de celles que nous lisons tous les jours, car elle est anonyme.
» L'auteur de la pièce nouvelle n'a point signé son ouvrage. Nous savons qu'il
» a été livré à l'impression par les soins d'un intermédiaire dont la discrétion
» amicale a fait du nom de l'auteur un mystère impénétrable même à l'impri-
» meur. Ajoutons pourtant que l'indiscrétion a eu sa part, et qu'il en a été dit
» assez pour nous permettre d'attribuer cet ouvrage à un homme haut placé
» dans l'administration.

» S'il y a une comédie possible aujourd'hui, c'est la comédie politique. Nos
» mœurs domestiques ne sont ni assez tranchées ni assez originales pour four-
» nir au génie comique des caractères et des types nouveaux. C'est une mine
» épuisée jusqu'au dernier filon et sans prochain espoir de renouvellement.
» Et pourtant, c'est à la comédie surtout qu'il faut du nouveau; on ne rit pas
» deux fois des mêmes ridicules, des mêmes travers, des mêmes scandales.
» Or, au temps où nous sommes, il ne s'agit que d'ouvrir les yeux pour voir
» passer des ridicules, des travers qui ont tout le piquant de la nouveauté; en
» fait de scandales, Dieu merci! notre vie politique est riche, et présente à la
» verve comique un assez ample butin. S'il n'y a plus guère de faux dévots,
» en revanche il y a des faux patriotes, de hardis charlatans qui des plus
» grandes idées, des plus nobles sympathies de notre époque, font impuné-
» ment métier et marchandise. Si le pouvoir a perdu ses flatteurs, le peuple

» est entouré des siens qui ne le cèdent ni en complaisance, ni en ridicule à
» ceux qu'ils ont remplacés. Une popularité factice et mensongère est l'idole à
» laquelle on sacrifie la conscience, l'honneur, la dignité, le repos, les senti-
» ments et les vertus domestiques. Une ambition désordonnée pousse par
» centaines les vanités mesquines à l'assaut du pouvoir et des supériorités
» sociales. On dirait que le gouvernement constitutionnel est un grand con-
» cours ouvert à l'intrigue, à la médiocrité suffisante et égoïste.

» Tel est le scandale auquel s'est attaqué l'auteur de l'*École des Électeurs*.
» Sans doute il ne faut point chercher dans cette pièce une action bien vive
» ni un grand intérêt dramatique. Tout cet intérêt se réduit à savoir qui l'em-
» portera du candidat de l'opposition ou du candidat modéré. Il y a une in-
» trigue amoureuse qui ne tient que par un très léger fil à l'action principale.
» Mais il y a des ridicules bien sentis, des situations neuves, des scènes d'un
» fort bon comique. Enfin, quand elle ne serait pas une bonne pièce, l'*École*
» *des Électeurs* serait encore un bon programme ; et par l'esprit sage et conser-
» vateur qui l'a inspirée, nous voudrions qu'elle servit de règle aux élections
» qui vont avoir lieu. »

Bien que je sache quel est l'aveuglement de la paternité pour ces sortes d'enfants et que je n'aie pas la prétention d'être plus qu'un autre exempt de cette faiblesse, je crois pourtant que le critique ne s'est pas bien rendu compte de la sorte d'intérêt que l'auteur a eu l'intention de donner à sa pièce et que ses observations sur ce point ne sont pas justes. Cet intérêt ne doit pas se voir, comme il l'a vu, dans la lutte entre le candidat de l'opposition et le candidat modéré, puisque cette lutte n'existe pas, que ce dernier se refuse même à toute démonstration, à toute démarche, mais cet intérêt doit se chercher dans la mise en scène des moyens immoraux, honteux, coupables, que certaines ambitions mettent en œuvre pour arriver à leurs fins, et qui, pour atteindre ce but, ne craignent pas d'exposer, comme le fait le *Prenant* de la comédie, l'honneur de leurs femmes, la sûreté de leurs filles, d'acheter les voix d'électeurs crédules par de fallacieuses promesses, etc., etc. Enfin on doit le chercher dans le tableau très vertement tracé, comme le dit le critique, de nos mœurs politiques.

Si en effet l'auteur a su captiver l'intérêt par l'exposé de ridicules bien sentis, par des situations neuves, par des scènes d'un fort bon comique, comme le dit encore le critique, se liant bien à son sujet, s'il y a fait voir tout ce qu'il y a d'immoral, de corrupteur dans notre système électoral, et les funestes conséquences qui doivent en résulter pour la moralité du peuple, pour la sûreté de la société et pour la stabilité des gouvernements, il doit croire avoir accompli son œuvre et pouvoir regretter que sa comédie n'ait pas été représentée.

Mais ne voilà-t-il pas que je me surprends aussi atteint de cet aveuglement d'auteur, qui n'admet pas de critique, compensée de reste par des éloges d'autant plus flatteurs qu'ils ont été parfaitement désintéressés, et cela au sujet d'une comédie enterrée depuis longtemps et que ceux pour qui j'écris n'ont probablement pas lue et ne liront pas? Je leur demande donc humblement pardon de cette faiblesse et du temps que je leur ai fait perdre à lire cette discussion.

Mort de M. de Talleyrand.

Au mois de mai 1838 mourut M. de Talleyrand. Sa vie fut un exemple frappant de la toute-puissance d'un esprit supérieur qui sut tout dominer, tout maîtriser, et les hommes les plus éminents et les circonstances les plus difficiles, malgré les défauts qui, dans la société, perdent les hommes ordinaires. Aussi sa mort fut-elle un grand événement. Voici ce que m'écrivait à ce sujet M. Royer-Collard.

« *21 mai* 1838.

» J'ai vu M. de Talleyrand malade, je l'ai vu mourant, je l'ai vu mort; ce grand spectacle sera longtemps devant mes yeux. Madame de Dino a été admirable. M. de Talleyrand est mort chrétiennement, ayant satisfait à l'église et reçu les sacrements. C'est le dernier cèdre du Liban et c'est aussi le dernier type de ce savoir-vivre qui était propre aux grands seigneurs, gens d'esprit. »

M. Royer-Collard fut aussi un grand cèdre du Liban qui dépassera l'autre dans la postérité de tout ce que la supériorité dirigée par la vertu a de plus élevé que l'esprit dirigé par l'intrigue.

Orages de 1839.

L'année 1839 fut marquée par d'immenses désastres occasionnés par des orages peut-être sans exemple dans nos climats. Celui du 24 juin sembla épuiser les foudres du ciel en achevant les destructions que plusieurs autres avaient commencées. Il s'abattit sur les départements du centre de la France et, plus terriblement que sur aucun, sur celui de Loir-et-Cher. Cent quatorze communes en furent plus ou moins frappées; l'estimation régulière des pertes pour ce seul département s'éleva au chiffre prodigieux de onze millions.

Le spectacle de désolation que présentaient un grand nombre de ces communes dépassait tout ce qu'on peut imaginer: la destruction était complète; non seulement les moissons et toutes les productions de la terre avaient été anéanties, mais encore les toitures des maisons, les arbres, le sol même et jusqu'à l'espérance pour plusieurs années. Les troupeaux, les bergers qui avaient été surpris par l'orage étaient revenus mutilés par les coups des énormes grêlons qu'il chassait avec une incroyable violence.

J'avais peine à croire à ce qui m'était dit de l'immensité du désastre, le supposant exagéré, comme cela arrive presque toujours; je voulus donc voir par mes propres yeux; j'allai visiter les localités frappées et je reconnus que les rapports étaient restés au-dessous de la vérité.

Non, on ne peut donner une idée de l'horrible spectacle que présentaient ces campagnes chargées, peu de moments auparavant, de toutes les richesses de la nature, offrant aux cultivateurs les fruits abondants de leurs labeurs qu'ils n'avaient plus qu'à recueillir, qui promettaient l'aisance à leurs familles, transformées tout-à-coup en un immense chaos de débris et de ruines. La raison est confondue, le cœur est déchiré à la vue de ces populations éplorées, désespérées, anéanties, passant subitement du bien-être à la cruelle perspective des angoisses de la misère et de la faim.

Dans de telles circonstances, les devoirs d'un préfet deviennent immenses: les soulagements à tant de douleurs qu'il ne peut trouver dans ses propres ressources, il faut qu'il les provoque avec une infatigable insistance de la part du gouvernement et de la charité publique par tous les moyens de persuasion et d'autorité qu'il peut avoir et en en donnant l'exemple. Il faut qu'il assure l'ordre public et qu'il garantisse le pays de l'exaspération et des tentatives coupables que la misère pourrait conseiller à des malheureux sans ressources.

Je me dévouai à cette grande mission avec toute l'ardeur que réclamait ce puissant intérêt.

Voici les mesures qui furent prises.

Après avoir recueilli les données qui pouvaient faire apprécier la grandeur du désastre, j'en rendis compte au roi, aux princes, aux ministres. Une députation composée des plus hautes notabilités du département fut envoyée à Paris à l'effet de présenter au roi, au gouvernement, aux Chambres, le tableau fidèle des malheurs et de la désolation du pays, et de réclamer des secours proportionnés aux besoins.

Les communes frappées furent pressées par le préfet d'adresser des pétitions aux Chambres pour les obtenir, et les députés du département pour les réclamer avec chaleur.

Une commission centrale eut la mission de provoquer des secours: elle était composée des hommes choisis dans la population qui, par l'ascendant que leur donnait leur position sociale, étaient les mieux faits pour stimuler la bienfaisance et pour en donner l'exemple, sans distinction d'opinions, tous dissentiments politiques devant s'effacer pour l'accomplissement de cette œuvre d'humanité, en présence de l'immense calamité qui avait fait tant de victimes, et tous ne devant être animés que d'un seul et même sentiment, celui de les soulager.

Il s'agissait de relever le moral d'une population consternée, de procurer des secours immédiats aux malheureux qui perdaient le fruit de leurs récoltes, d'encourager la culture des terrains susceptibles de recevoir encore de nouvelles semences et de pourvoir à l'ensemencement des terres pour l'année suivante. Cette tâche était immense : elle fut envisagée dès l'abord avec toute la prudence et la sollicitude qu'exigeait son accomplissement.

Pour la faciliter, une sous-commission permanente, choisie dans la commission centrale, fut chargée de recevoir les secours et d'en régulariser l'emploi, enfin d'embrasser et de suivre tous les détails des opérations.

Elle fit un appel à la charité publique en annonçant une souscription générale, en tête de laquelle ses membres s'inscrivirent spontanément pour des sommes considérables. Je m'inscrivis pour quinze cents francs.

Des comités locaux furent organisés dans toutes les communes pour seconder les vues de la commission. Le clergé s'y associa avec empressement. Tous les cœurs s'ouvrirent au récit du désastre ; des dons nombreux furent offerts, des quêtes furent faites dans toutes les églises, des listes de souscriptions ouvertes chez tous les notaires : des conseils municipaux votèrent des allocations spéciales pour le soulagement des victimes du fléau ; le conseil général s'y associa pour des sommes considérables destinées à être employées en travaux de charité pour occuper les pauvres ouvriers que la détresse publique laissait sans travail.

Tous les efforts de la charité n'auraient pu apporter qu'un bien faible soulagement aux malheurs du pays ; l'utile intervention du gouvernement pouvait seule, en les accroissant, les rendre de quelque efficacité.

Récapitulation faite des secours de toute nature employés au soulagement des victimes du fléau, voici ce qu'elles ont reçu :

De la charité publique	56,958 fr.	34 c.
De l'Etat	500,000	»
De la liste civile	5,000	»
De l'administration des ponts et chaussées	86,700	»
Du département (routes départementales)	200,700	»
Du département et des communes (chemins de grande communication)	100,700	»
	950,058	34

Voici l'emploi qui en a été fait :

Distribution pour semences aux cultivateurs et fermiers pauvres	43,745 fr.	64 c.
Distribution de secours individuels aux perdants	226,054	06
Secours aux instituteurs des communes ravagées	1,550	»

Dégrèvements d'impôts en faveur de toutes les victimes indistinctement	150,000	»
Ateliers de charité	47,700	»
Travaux d'utilité publique exécutés par les ponts et chaussées :		
1° Ordonnés par l'Etat	86,700	»
2° Votés par le conseil général	301,400	»
Fonds mis à la disposition du préfet pour être employés, sous sa direction, en travaux d'utilité publique sur les chemins vicinaux	94,754	82
Frais matériels des opérations de la commission, impressions, etc	4,146	85
	949,988	34

Le rapport rendu public ajoutait :

« Tel est le tableau fidèle des malheurs éprouvés en 1839 par le département de Loir-et-Cher et des mesures prises pour en atténuer les funestes effets ; il est naturel de conclure de ce simple exposé des faits que si après avoir supporté un aussi grand désastre et traversé un hiver rigoureux, la population est restée aussi morale, aussi tranquille que dans les temps ordinaires, c'est grâce à l'ordre maintenu au milieu d'elle. Cet ordre, elles le doivent à l'active sollicitude déployée par l'autorité départementale dans ces circonstances calamiteuses et au zèle efficace avec lequel elle a été secondée par la commission dont elle avait réclamé l'assistance. »

Voyage de M. le duc et de Mme la duchesse d'Orléans.

En 1839, le roi voulut que le duc d'Orléans et la duchesse visitassent les départements de la France. Il se promettait d'heureux résultats de ce voyage. En effet, l'un et l'autre étaient bons à montrer : le prince était beau, avantage immense pour les princes, parce que la beauté étant une exception, elle les fait paraître au-dessus de la classe commune, et que cette prééminence des formes extérieures semble justifier en eux la prééminence du rang. Il s'était fait, dans les nombreux combats auxquels il avait pris part, une brillante renommée militaire ; enfin, il était prince, ce qui, en France, malgré tout ce qu'on a pu faire, a toujours un grand prestige, et de plus héritier de la couronne.

De son côté, la duchesse, qui n'était pas jolie, était bien mieux que cela. Elle avait dans toute sa personne une expression de supériorité tempérée par une grande élégance de tournure, de manières, de langage, par une affabilité pleine de séduction qui charmait et attirait irrésistiblement. Les princes qui ont le bonheur de posséder de tels avantages ont bien peu à y ajouter pour se concilier les affections ; aussi le duc, très populaire, était-il considéré comme l'espoir de la France et comme le garant de la durée de la nouvelle dynastie.

Le 14 du mois d'août, le duc et la duchesse d'Orléans arrivèrent à Blois. J'allai les recevoir à la limite du département; je les complimentai et revins avec eux. Nous franchîmes l'espace qui sépare Vendôme de Blois (8 lieues) en moins d'une heure et demie. C'est une manie commune à tous les princes de voyager à toute course, sans tenir compte des accidents qui peuvent en résulter : ni les chevaux les plus vites, ni la vapeur même la plus activée ne les emportent assez rapidement au gré de leurs désirs. On sait à quels étranges emportements se laissait aller le roi Louis XVIII au moindre ralentissement de sa course. Rien n'arrête leurs regards, rien ne fixe leur attention, ni les beautés de la nature, ni les richesses dont la terre se couvre, sources du bien-être de leurs peuples. On dirait qu'ils sont incessamment poursuivis par un fantôme menaçant auquel ils cherchent à échapper, ou bien attirés par un puissant intérêt qu'ils brûlent d'atteindre. Ils ne peuvent être retenus que par ce qui est officiel, et encore lorsque sur leur chemin une nécessité de convenance les force à suspendre leur course, comme par exemple de recevoir les hommages des populations empressées, eux et leur entourage ne peuvent dissimuler l'ennui qu'ils en ressentent et leur impatience d'y échapper.

Si j'avais l'honneur d'être prince, ce serait tout le contraire que je ferais : je cheminerais lentement, je m'arrêterais souvent, afin de tout voir, de tout entendre, autant du moins que cela se pourrait, de recueillir tout ce qui pourrait me donner la connaissance des besoins, des intérêts, des hommes de chacune des localités que j'aurais à visiter, pour m'en ressouvenir utilement pour elles, quand l'occasion s'en présenterait, et leur montrer au moins de la bonne volonté. C'est ainsi que je faisais mes visites préfectorales, et j'ai pu reconnaître que ce système, bon pour mes administrés, ne l'était pas moins pour moi.

En arrivant à Blois, un des chevaux qui conduisaient les voitures du prince tomba mort d'épuisement; un de ses courriers, qui s'était abattu avec le cheval qu'il montait, dut rester quinze jours chez moi pour se remettre de sa chute.

La ville de Blois avait fait peu de frais pour célébrer la présence de ses royaux hôtes dans ses murs. Son maire, homme de mérite, qui leur était fort dévoué, mais qui l'était beaucoup aussi aux intérêts matériels de sa commune, n'avait pas cru devoir l'engager, à cette occasion, dans des dépenses qu'elle était, à vrai dire, peu en état de supporter, et quand le pays était encore sous la douloureuse impression du fléau qui six semaines seulement auparavant l'avait couvert de ruines et de désolation. Aussi bien elle ne possédait aucun local approprié à ces réceptions princières. L'autorité municipale s'était donc bornée à ce qu'exigeaient l'étiquette et les convenances et à exprimer ses regrets de ne pouvoir mieux témoigner à leurs altesses royales le bonheur que la population éprouvait de leur présence. Je fis d'inutiles efforts pour obtenir des démonstrations plus en harmonie avec ce qui se faisait dans les autres villes visitées par les princes. Je m'évertuai donc à suppléer par moi-même à l'insuffisance des démonstrations de la ville. Aux détonations du canon, au son de toutes les cloches, aux hommages officiels de toutes les autorités, du clergé, de la garde nationale, des troupes de la garnison, se joignaient ceux de jeunes filles offrant à la princesse leurs vœux naïfs, des fleurs, des colombes, etc. La préfecture avait été brillamment illuminée, ses vastes appartements avaient été décorés avec toute la recherche que les ressources locales permettaient et le parfait bon goût de la maîtresse de la maison et mise à la disposition du prince et de sa suite. Une fête brillante avait été préparée à laquelle tout ce que la ville et les environs avaient de plus considérable et de femmes élégantes avait été invité. Une excellente musique, que j'avais fait venir des villes voisines, donna le signal du bal. Le prince le refusa, alléguant la fatigue que le voyage et les nombreuses réceptions avaient causée à la princesse et le besoin qu'elle avait de repos. Ni mes instances, ni celles des dames qui avaient compté sur ce plaisir et qui étaient fort contrariées de ce mécompte n'avaient pu le faire changer de résolution.

Rien enfin n'avait été négligé par moi pour donner à cette réception tout l'éclat qu'elle pouvait avoir et pour faire oublier l'insuffisante démonstration de la ville. Accoutumé à recevoir des princes, je croyais pouvoir être content de moi et avoir assez fait pour contenter. Il n'en fut pas ainsi. J'ai su depuis que le prince, plus blessé du froid accueil de la ville que reconnaissant des efforts du préfet pour le faire oublier, les avait confondus dans la même rancune.

Voici comment j'en fus instruit :

L'infortuné duc d'Orléans n'était plus : la monarchie elle-même avait disparu devant la fatale révolution de Février. Dans le pillage de la résidence royale, la correspondance intime du roi était tombée dans les mains des révolutionnaires qui, par un abus dont eux seuls sont capables, la publièrent. Il s'y trouvait une lettre du duc d'Orléans à son père, dans laquelle il lui rendait compte du séjour qu'il avait fait à Blois ; il s'y plaignait avec amertume des autorités et de la réception *somnolente* qu'elles lui avaient faite et qui n'était comparable en rien à celles qui lui étaient faites ailleurs.

C'est ce qui m'expliqua l'inexplicable défaveur dans laquelle j'étais auprès de Mgr le duc de Nemours dont je n'étais même pas personnellement connu et à qui sans doute le duc d'Orléans avait communiqué son mécontentement. Je savais le duc de Nemours froid, hautain, dédaigneux, défauts qui l'avaient rendu aussi impopulaire que son frère était favorablement placé dans l'opinion publique; mais cela même n'expliquait pas cette défaveur personnelle qui allait jusqu'à l'impolitesse la plus marquée et même jusqu'à l'inconvenance à l'égard du préfet du roi dans l'exercice de ses fonctions.

Voici à quelle occasion:

Le prince présidait solennellement à l'inauguration du chemin de fer de Paris à Tours : les préfets des chefs-lieux placés sur la ligne devaient le recevoir officiellement à la gare et lui présenter les autorités. Je m'empressais de remplir ce devoir, lorsqu'avec une indicible mais heureusement muette expression de hauteur qui ne me permettait pas d'observation, il m'écarta et, interpellant les fonctionnaires qui l'entouraient dont il ne pouvait distinguer les fonctions, prenant des gardes-champêtres pour des officiers en retraite, des conseillers municipaux pour des gardes-champêtres, adressant aux uns des paroles qui ne convenaient qu'aux autres, il s'obstinait néanmoins à ne pas permettre que je lui évitasse ces bévues qui, aux yeux des nombreux témoins de cette singulière scène, dégénéraient en ridicule. Il se hâta d'y mettre fin en abrégeant sa visite et ordonna le départ du convoi. Son éloignement n'en fut que plus marqué pendant le voyage, au point qu'après la cérémonie de l'inauguration à laquelle il m'avait été prescrit de l'accompagner, voulant lui faire comprendre mon juste mécontentement, je ne voulus pas assister au repas qui lui fut offert et auquel toutes les personnes de son cortége avaient été invitées.

N'eût-il pas été plus simple, plus digne, de s'expliquer avec moi comme il convenait à un prince, mais à un prince sérieux de le faire, sur ce qui causait le mécontentement qu'il se croyait fondé de témoigner, et de m'entendre plutôt que de prendre cette attitude boudeuse et sans dignité, sans que celui qui en était l'objet pût en deviner la cause, donnant ainsi à celui-ci le droit de l'accuser d'un caprice puéril, comme pourrait l'avoir une femme qui aurait éprouvé un mécompte dans son sentiment ou dans sa vanité.

En effet, il y a entre les princes et les femmes de grands points de ressemblance : outre le facile accès que les uns et les autres donnent à la flatterie, outre leur mobilité capricieuse, il y a encore cela de commun entre eux et elles qu'il arrive souvent aux princes comme aux femmes de préférer les courtisans qui les trompent aux hommes qui les aiment sincèrement pour eux-mêmes.

Les princes, pour la plupart, sont ainsi faits : ils se persuadent que tout leur est dû, sans aucune réciprocité de leur part. Les hommages empressés les importunent; ne le sont-ils pas assez, ils s'en offensent. Ils voient dans cet empressement des populations à accourir sur leur passage l'accomplissement d'un devoir, sans penser que la même curiosité porte ces populations avec le même empressement sur celui d'un éléphant qu'on leur fait voir ou autour du tréteau d'un charlatan qui les amuse.

On voit souvent des fonctionnaires qui, par leurs mérites, par d'éminents services, se sont acquis l'estime et la confiance publiques, tomber dans la disgrâce et perdre leurs places. Le public s'en étonne; il en recherche la cause qui se trouve tout simplement dans la capricieuse susceptibilité ou dans un mouvement d'humeur d'un homme puissant.

Mort du duc d'Orléans.

Le 12 juillet 1842, le duc d'Orléans périt victime d'un fatal accident. Il se rendait à Neuilly dans une de ces voitures follement légères, attelée de deux chevaux vigoureux conduits avec la vitesse habituelle au prince. Soit qu'ils eussent été effrayés, soit qu'ils se fussent animés par la rapidité de leur allure, ils s'emportèrent. Le prince, pour se soustraire au danger qu'il courait, s'élança hors de la voiture dont l'élan violent le fit tomber à la renverse sur le pavé où il resta mort, sort auquel n'échappent presque jamais ceux qui, en pareille circonstance, cherchent leur salut dans ce dangereux moyen. Le duc était âgé de trente-deux ans.

Cet événement jeta la consternation, non seulement dans la famille royale, mais dans toute la France, et retentit douloureusement dans toute l'Europe. Le duc d'Orléans s'était déjà fait un nom respecté dans les populations par son affabilité, par la maturité de son esprit, et dans l'armée par sa valeur. Il était déjà justement considéré comme l'une de ses gloires, comme l'espoir de la France, comme le garant de la durée de sa dynastie. S'il eût vécu, l'eût-il préservée de la chute dans laquelle la révolution de Février a abimé elle et la monarchie? Il est permis d'en douter. Quelle que fût sa valeur personnelle, il eût aussi trop respectueusement cédé à la volonté du roi qui ne permit pas qu'on réprimât la révolte par l'emploi de la force.

Pont sur la Loire.

La difficulté des rapports entre les deux parties du département connues sous les dénominations de Beauce et de Sologne, séparées par la Loire, et les privations de tous genres qui en résultaient pour les populations des deux rives, me donnèrent l'idée de les affranchir de cet obstacle en jetant un pont sur le fleuve. C'était une immense entreprise. Ce pont ne pouvait avoir moins de quatre cents mètres d'ouverture; la dépense en était évaluée à quatre cents mille francs. Comment trouver cette somme énorme? Cependant toutes les difficultés n'étaient pas là. Lorsque ce projet fut connu, les populations intéressées se disputèrent entre elles le lieu où le pont serait établi; il fallait les mettre d'accord; il fallait aussi que moi-même je me misse d'accord avec les ingénieurs avec lesquels j'étais en dissentiment sur ce point.

Ces difficultés, dont ceux qui n'ont pas pratiqué l'administration ne peuvent comprendre les complications, ne m'arrêtèrent pas. C'était un immense service à rendre au pays. C'était m'attacher ses peuples par un nouveau lien et laisser de mon passage dans le département un monument durable. Je me mis donc résolument à l'œuvre. J'eus le bonheur d'obtenir du gouvernement une subvention de cent mille francs, qui fut pour la société d'actionnaires que j'avais provoquée un encouragement décisif à y contribuer, aussi bien que pour les communes intéressées, et un moyen certain de mener à bien l'œuvre projetée. En effet, les fonds nécessaires furent complétés et, en 1843, un superbe pont suspendu, placé vis-à-vis de la ville de Mer, ouvrit une importante communication entre deux vastes contrées qui, auparavant, étaient obligées d'aller chercher un passage à cinq et six lieues.

La cérémonie de la bénédiction du pont eut lieu le 28 août. Elle fut donnée par le respectable évêque de Blois, Mgr de Sauzin. J'y présidai, entouré de toutes les autorités, de celles des communes intéressées et de leurs populations qui y étaient accourues des deux rives. Rien ne manqua à cette solennité que la satisfaction expressive des populations rendit complète. Elles voulurent en exprimer leur gratitude par un témoignage public et durable. Le conseil municipal de la ville de Mer et ceux des nombreuses communes riveraines se réunirent à cet effet. Plusieurs émirent le vœu que le pont portât le nom de *Lezay-Marnésia :* de justes représentations firent renoncer à cette idée à laquelle on substitua celle plus judicieuse d'une inscription gravée sur le marbre qui devrait être placée sur le point le plus apparent du pont, pour constater le bienfait et la reconnaissance.

Voici cette inscription qui fut approuvée par le roi et que les excès de la révolution de février ont respectée :

LE 28 AOUT 1843,
SOUS LE RÈGNE DE LOUIS-PHILIPPE Ier, ROI DES FRANÇAIS,
Le Comte de LEZAY-MARNÉSIA, Pair de France,
Étant Préfet de Loir-et-Cher,
Et le Lieutenant-Général Baron DOGUERAU,
Député de l'arrondissement de Blois,
Ce pont, construit par MM. BOULAND et ROBIN,
A été béni par Mgr DE SAUZIN, Évêque de Blois,
Et inauguré solennellement.

L'ADMINISTRATION TUTÉLAIRE

De M. le Comte de LEZAY-MARNÉSIA a doté les deux rives de la Loire de ce nouveau moyen de communication,

La reconnaissance publique en consacre ici le souvenir.

Projet de statue à la mémoire de Denis Papin.

La ville de Blois, fière à juste titre d'avoir donné naissance à l'homme illustre auquel est due la découverte des effets de la vapeur dont l'application a produit les fécondes merveilles qui ont changé la nature des rapports entre les peuples et dont le monde entier est en possession, voulut en consacrer la mémoire en lui élevant une statue. Le zèle pour cette œuvre de gloire nationale fut unanime; des savants, des artistes distingués voulurent s'y associer. M. Arago proposa de publier une notice sur la vie et les œuvres de Papin, M. David d'Angers offrit son talent pour exécuter gratuitement la statue. Il s'éleva des débats fort animés sur l'emplacement où elle devrait être érigée.

Le pont de Blois est très remarquable par la grandeur, la solidité, l'élégance de sa construction. Sur le point culminant de sa principale arche s'élève un obélisque de forme et de proportions gracieuses; il est l'ouvrage de Coustou, ainsi qu'un élégant écusson représentant les armes de France, sculpté en relief à sa base sur le massif du pont et faisant face à l'amont du fleuve : on ne sait par quel miracle cet écusson royal échappa aux destructions de la première révolution : l'obélisque est surmonté d'une croix, objet de la vénération particulière des mariniers de la Loire, sous la protection de laquelle ils mettent leur navigation. C'est à la place de cet obélisque que MM. Arago et David voulaient que la statue fût érigée d'où, disaient-ils, elle se détacherait, isolée, sur un fond de ciel, dominant tous les points environnants, appellerait de toutes parts les regards, et où la représentation de celui qui le premier signala les effets de la vapeur présiderait en quelque sorte au grand mouvement, soit de la navigation sur le fleuve, soit de l'exploitation du chemin de fer par l'application de sa découverte. Ces messieurs mettaient cette condition impérative à l'accomplissement de leurs offres.

Le conseil municipal de Blois, sous l'autorité de noms aussi imposants dans la science et dans l'art, accueillit aveuglément cette idée; mais le sentiment public, mieux inspiré par des motifs puisés dans les règles mêmes de l'art, dans celles du goût, dans les convenances, la repoussait.

En effet, la substitution de la statue à l'obélisque, en la considérant sous le rapport de l'effet qu'elle y produirait, ne semblait pas devoir être heureuse.

Tout ouvrage d'art, pour produire son effet, doit être placé à son point de vue; le peu de largeur d'un pont ne permet pas qu'une statue, dans les proportions qu'elle doit avoir, soit vue à la distance qui convient. Si elle est rapprochée du sol, elle paraitra démesurée à l'observateur; si au contraire on l'exhausse sur un piédestal, alors, n'étant vue que de bas en haut et en raccourci, elle perdra tout son effet. Le malheureux essai, qui avait été fait de cette même pensée sur le pont de la Concorde, à Paris, en y plaçant des statues qu'on fut bientôt obligé d'en retirer, aurait dû dissuader d'en faire une nouvelle application au pont de Blois.

D'un autre côté, si l'on se rend compte de l'effet qu'eût produit la statue qui, d'après le projet du statuaire, devait avoir quatre mètres au-dessus du piédestal, dans le vaste horizon, vue du dehors du pont, il est évident qu'elle y eût en quelque sorte disparu.

Cette substitution n'était pas moins susceptible de critique sous le rapport des convenances: c'en était une impérieuse de conserver l'intégrité du pont considéré comme monument, dont l'obélisque fait partie et qui en est en quelque sorte le couronnement, qui est un témoin respectable du goût et de l'état de l'art à l'époque où il a été construit et dont toutes les parties, en parfaite harmonie, présentent un ensemble d'un bel effet que tout changement qui y eût été apporté aurait annulé. Enfin il était pour une partie de la population l'objet d'un respect religieux digne aussi d'égards.

C'est une tendance qui n'est en effet que trop française que de détruire pour refaire, de substituer aux œuvres des temps anciens nos propres œuvres, rarement meilleures, souvent plus mauvaises, sans autre intérêt ni motif que celui de céder à quelque inspiration capricieuse, à l'influence momentanée d'une idée, d'un événement, d'une mode. C'est ainsi que tant de monuments, tant de précieux souvenirs ont été dénaturés ou effacés du sol de la France et remplacés par des innovations qui n'ont été que trop souvent de tristes témoignages des désordres révolutionnaires, des réactions du fanatisme politique ou religieux qui se sont succédé. Toutefois il est juste de reconnaître que par une autre réaction salutaire, le roi Louis-Philippe, et à son exemple son gouvernement, se sont fait de justes titres à la reconnaissance du pays et des arts en réédifiant ou restaurant à grands frais, avec une magnificence vraiment royale et un parfait discernement, des monuments, honneur des arts et de gloire nationale, qui périssaient sous la triple influence dissolvante du temps, du vandalisme révolutionnaire et de la coupable indifférence des gouvernements précédents. De ce nombre est la belle restauration du château de Blois.

Je développai ces raisons dans un mémoire que j'adressai au gouvernement; il en reconnut la justesse et infirma la délibération du conseil municipal.

MM. Arago et David, blessés de cette décision, annoncèrent qu'on ne devait plus compter sur leur coopération, et ce beau dévouement pour une œuvre de gloire nationale, proclamé si haut, se résolut en une mesquine susceptibilité d'amour-propre.

Cette discussion avait lieu en 1843. Depuis il ne fut plus question de ce projet jusqu'à ces derniers temps où il a été repris sérieusement par la population de Blois et par l'autorité municipale. Il se combine très heureusement avec celui de l'élévation des eaux de la Loire sur le point culminant du coteau sur lequel la ville est posée. Cette pensée de l'élévation des eaux, que le premier j'ai produite, que, dès le début et pendant tout le cours de mon administration, je n'ai cessé de recommander comme devant assurer à la plus grande partie de la ville sûreté contre les incendies auxquels elle est exposée sans défense, comme un élément de propreté, de salubrité, d'avantages de toutes sortes, comme le plus grand service qu'une administration intelligente puisse rendre à sa ville, et à celle qui l'exécuterait la reconnaissance la mieux méritée de ses habitants, n'attend plus pour recevoir son exécution que l'accomplissement de quelques formalités. Puissé-je avoir encore la satisfaction de voir cette population à laquelle vingt années d'une administration dont elle a daigné se louer m'ont affectionné, en jouissance de ce grand bienfait.

L'autorité municipale poursuit également la réalisation du projet de la statue. M. Duban, l'habile restaurateur du château de Blois, a été chargé d'en faire le projet : déjà même il en a fait connaître la pensée à la commission qui paraît l'avoir adopté. Cette pensée la voici :

M. Duban, d'après cette opinion que le développement du cerveau est une preuve, ou tout au moins une indication de capacité, a imaginé qu'on ne pourrait mieux donner une idée du génie de Papin, qu'en le représentant avec ce vaste développement de crâne. Son projet consiste donc à représenter Papin par une simple tête, d'une dimension telle qu'on puisse y reconnaître la grandeur du volume de son cerveau, et par suite celle de son génie. Cette tête serait supportée par des figures allégoriques de dimension inférieure, afin de laisser dominer la forte tête, emblème du génie.

Sans m'arrêter à ce que peut avoir de vrai ou d'erroné ce système qui sert de base à la composition de M. Duban, on peut lui opposer ce fait, certainement moins contestable, qu'il ne manque pas d'hommes à grosses têtes qui ne sont que de grosses bêtes, et les crétins, qui ont généralement de très grosses têtes, viendraient au besoin à l'appui de cette assertion.

Mais en ne considérant que l'effet que produirait le projet de M. Duban, s'il était exécuté, il me paraît hors de doute qu'il aurait le double défaut d'être généralement incompris et de manquer d'accord dans les proportions de ses parties entre elles, accord qui est la première condition de toute œuvre de l'art et sans lequel il n'y a point de beauté, car la beauté c'est l'harmonie. L'art dans ses compositions n'admet point d'énigmes, point de recherches de bel esprit : les sujets qu'il traite doivent être représentés simplement, clairement, de manière à révéler tout d'abord leur signification sans qu'on puisse s'y méprendre. Or, je le demande, combien, parmi les spectateurs de cette tête à crâne fortement développé, s'en trouvera-t-il qui y verront la révélation du génie et qui se rendront compte du motif de la disproportion existant entre cette grosse tête et les figures qui lui serviront de support? Mon respect pour le talent incontestable de M. Duban et mon attachement à sa personne me font souhaiter qu'il renonce à cette composition dont la réalisation, je n'hésite pas à le dire, n'augmenterait certainement pas sa réputation si justement acquise.

C'est la place de la Préfecture, disposée aussi d'après les dessins de M. Duban, qu'on a choisie pour l'érection du monument, emplacement peu heureux peut-être, par ce motif que rien n'y rappelle la découverte dont on veut représenter l'auteur.

On pense bien que les projets tant pour l'emplacement que pour la composition du monument n'ont pas manqué. Voici le mien.

Il existe dans le voisinage de l'embarcadère du chemin de fer une élévation de forme conique, que quelques-uns ont cru être un *tumulus* druidique, mais qui, plus probablement, n'est que le produit des déblais d'une tranchée pratiquée pour ouvrir une communication entre le plateau supérieur et la basse ville; elle est connue sous la dénomination de Butte des Capucins; elle s'élève à environ quinze mètres au-dessus du sol, domine à la fois le parcours du chemin de fer, celui de la Loire et une immense étendue de pays. C'est sur ce point culminant de toute la contrée, qui réalise incomparablement mieux que la place de la Préfecture et que le pont de Blois les avantages que MM. Arago et David (d'Angers) trouvaient à ce dernier emplacement, que je voudrais que la statue fût placée, et, pour éviter les inconvénients que je reprochais à l'emplacement du pont et afin que la statue ne se perde pas dans l'immensité de l'espace, je lui donne une dimension gigantesque, proportionnée au vaste horizon au milieu duquel elle devrait figurer, à l'instar de celle de saint Charles Boromée sur le Lac-Majeur. Elevée au-dessus du sol d'abord de toute la hauteur de la Butte et au-dessus de celle-ci de celle du piédestal sur lequel elle serait posée, et enfin de sa propre hauteur, en vue des nombreux voyageurs que transporte incessamment le chemin de fer qui est à ses pieds, elle appellerait de toutes parts les regards et deviendrait un monument grandiose, magnifique, et réellement digne de l'auteur de cette merveilleuse découverte qui met en contact presqu'immédiat et fait voisiner entre elles les contrées les plus éloignées.

A ces motifs de préférence que ce projet me semble mériter, il faut en ajouter un autre décisif, c'est l'infériorité de la dépense comparativement au grandiose du monument. En effet, les statues du genre de celle de saint Charles et telle que serait celle de Papin, d'après mes idées, n'entraînent pas à une très grande dépense, ni par la matière dont elles se composent, ni par le fini du travail, ni par la fonte, qui élèvent à de si hauts prix les statues coulées en bronze : elles se composent simplement, moins la tête et les mains qui sont coulées en bronze, de lames de cuivre scellées les unes aux autres et soutenues intérieurement par des armatures en fer; leurs grandes formes se modèlent au moyen d'un procédé de martelage et de repoussage assez simple, en sorte qu'il n'y a rien dans tout cela, relativement au moins, de fort dispendieux ; tandis que l'exécution du moindre des deux projets qui ont été présentés a été évaluée par son auteur à 150,000 fr. Au reste, il serait facile de se procurer des données certaines sur ce que coûterait cet ouvrage et même sur ce qu'a coûté la statue de saint Charles (1).

Quel que soit le projet qu'on adopte, il nécessitera une dépense hors de proportion avec les ressources de la ville, qui obligerait à renoncer à son exécution, si l'on ne parvenait à se procurer les fonds nécessaires par d'autres moyens. On en a imaginé un tout naturel qui présente des chances de succès; il consiste à ouvrir une vaste souscription à laquelle on appellerait avant tout à y concourir les administrations de chemins de fer non-seulement de France, mais du monde, qui, toutes, doivent leur existence à l'auteur de cette magnifique industrie et cet hommage à sa mémoire.

Le comte de Chambord fait acte de prétendant.

Au mois de septembre 1843, M. le comte de Chambord fit solennellement acte de prétendant; il se rendit à Londres où ses fidèles furent conviés à se réunir autour de lui. Le concours des notabilités légitimistes y fut nombreux; c'était de leur part une sorte de prestation de foi et hommage au prince qu'ils reconnaissaient pour leur seul et légitime souverain, en même temps qu'une protestation contre la prétendue usurpation de la branche cadette qui avait pourtant relevé la monarchie que la branche aînée avait laissé échouer sur les barricades de juillet.

Le gouvernement se montra d'abord assez indifférent à cette manifestation : il délivra même sans difficulté des passeports pour Londres à tous ceux qui en demandaient. Cette conduite était prudente : en pareil cas, le dédain a bien

(1) M. Calla fils, habile fondeur de Paris, consulté sur ce que coûterait la statue, construite en bronze martelé, de 40 pieds d'élévation, avec armature en fer à l'intérieur, compris tous frais de modèles, de main d'œuvre, de matière, d'assemblage, de ciselure, en un mot l'achèvement complet de la figure, en a estimé la dépense à 53,000 francs ; si la statue était de 50 pieds, elle en coûterait 80,000.

plus de portée que la rigueur; mais il n'y persista pas. Au lieu de rester dans l'attitude calme et digne qu'il avait prise d'abord, il s'irrita jusqu'à se laisser aller aux plus mauvais conseils de la colère. Il porta maladroitement l'affaire à la Chambre des députés; il accusa ceux de ses membres qui avaient été rendre hommage au prétendant de prévarication au serment de fidélité qu'ils avaient prêté au roi Louis-Philippe et en vertu duquel ils siégeaient dans la Chambre, en reconnaissant pour souverain un prince déchu de fait et de droit, que les lois du royaume proscrivaient, et proposa contre eux un vote de flétrissure. Rien n'était plus imprudent. Si la majorité de la Chambre s'y refusait, l'autorité du gouvernement était compromise et la légitimité de la royauté régnante mise en doute; si, au contraire, le vote était obtenu, il était sans efficacité, car il n'appartient à personne, pas même à la représentation nationale, de flétrir toute une classe d'hommes imposante par son nombre comme par son importance. Dans tous les cas, c'était porter l'irritation à son comble quand il eût fallu chercher à ramener à la conciliation par tous les moyens honorables. Le gouvernement ne tarda pas à reconnaître sa faute; la flétrissure fut servilement votée par la majorité. Plusieurs des notabilités légitimistes de la Chambre en prirent occasion de donner leurs démissions, mais avec le dessein de se faire réélire et d'opposer triomphalement l'expression de l'opinion publique, par leur réintégration dans la Chambre, à l'offense que le gouvernement leur avait faite. C'est ce qui arriva. De leur côté, les légitimistes, en prétendant que le serment qu'ils avaient prêté ne les engageait pas, n'avaient honoré ni leur caractère, ni leur cause, en sorte que, de tout cela, il ne resta qu'une atteinte à la considération des deux partis.

Mort de Mgr de Sauzin, évêque de Blois.

Le 5 mars 1844, mourut Mgr de Sauzin, évêque de Blois, savant théologien, d'une charité féconde et intelligente, dernier type des prélats de l'ancienne monarchie, si éminents quand, comme celui-ci, ils joignaient la sainteté du prêtre aux mérites de l'homme du monde et la pureté des mœurs à l'élégance des formes de la bonne compagnie.

M. Fabre des Essarts lui succède.

Depuis longtemps, Mgr de Sauzin, à cause de son grand âge, se reposait du fardeau des affaires sur M. l'abbé Fabre des Essarts, son premier grand-vicaire, homme d'esprit, administrateur habile, à vues élevées; sage, modéré de principes et de caractère, il associait dans une parfaite mesure le respect dû à son ordre et à ses convictions religieuses avec celui des convenances et des égards dus au gouvernement; il s'était rendu recommandable aux habitants du diocèse par son active et intelligente charité, par de superbes établissements de bienfaisance qu'il avait créés et qu'il soutenait. Ces rares qualités que quinze ans d'une observation attentive m'avaient fait reconnaître dans M. l'abbé des Essarts me le faisaient regarder comme l'ecclésiastique le plus digne de recevoir l'héritage épiscopal du défunt évêque et de continuer au diocèse les bienfaits de sa sage administration. Je n'hésitai donc pas à le désigner comme tel au gouvernement. L'entreprise était pleine de difficultés : il était contre l'usage qu'un ecclésiastique fût élevé à l'épiscopat dans le diocèse où il remplissait les fonctions de grand-vicaire ; sa modération devait soulever contre son élévation les hommes exagérés des divers partis ; une partie du clergé inférieur le redoutait à cause de son inflexibilité à le maintenir dans le respect de la règle et des pouvoirs civils qu'il est parfois disposé à oublier, et d'autres encore par la crainte de voir un égal les dominer en montant au rang le plus élevé.

Je ne me laissai pas décourager par ces obstacles ; je leur opposai simplement, mais énergiquement, les motifs qui devaient faire préférer mon candidat à tous les autres. Je les présentai au roi qui, confiant dans mon dévouement et bien sûr que le bien de son gouvernement et celui de mon département était mon seul mobile, daigna l'accepter de ma main et lui donner la préférence sur les nombreux concurrents qu'on lui opposait malgré leurs puissants appuis. Le roi m'en remercia plus d'une fois, et les regrets unanimes dont le saint prélat que le diocèse vient de perdre, après six ans seulement d'épiscopat, est l'objet, témoignent assez que cette préférence était méritée.

Mort de M. Royer-Collard.

Le 4 septembre 1845 mourut M. Royer-Collard. Dès longtemps l'affaiblissement progressif de ses facultés physiques lui faisait pressentir sa fin. Quand il la vit prochaine, il voulut se soustraire à l'importunité des témoignages que sa célébrité ne pouvait manquer de lui attirer à Paris et aller mourir en paix dans sa retraite de Châteauvieux. Il y arriva vers la fin d'août dans un état complet de prostration. Il m'écrivit pourtant encore de sa main de ne pas venir le voir, se trouvant hors d'état de me recevoir. Il avait vécu et il mourut comme un sage des temps antiques, sans autre entourage que sa femme, sa fille, M. Andral son gendre, son petit-fils et son curé. Il avait reçu les sacrements de l'Eglise. Il repose dans le cimetière du village. Une simple pierre recouvre sa tombe. On y a gravé ce seul mot : ROYER-COLLARD, nom qui retentira dans la postérité comme l'une des gloires à la fois les plus brillantes et les plus honnêtes de son pays et de son époque.

Mariage de mon fils Albert.

Le 24 septembre 1845, mon fils Albert épousa Mlle Dutarde. Il avait vivement désiré ce mariage, et le mutuel attachement des deux époux prouve qu'il ne s'était pas trompé sur la femme dont il attendait son bonheur.

Albert était né à Lyon pendant mon administration : les nombreux et honorables témoignages que j'y avais reçus me firent regarder comme un devoir de convenance de faire part du mariage de mon fils au maire de cette ville. Vingt-quatre ans s'étaient écoulés depuis que je l'avais quittée. Trop jeune alors et étranger aux affaires, ce maire ne pouvait me connaître que par les souvenirs que mon administration y avait laissés, ce qui donnait encore plus de prix à la réponse qu'il m'adressa et que je consigne ici.

« *Le Maire de Lyon à M. le comte de Lezay-Marnésia, Préfet de Loir-et-Cher.*

» Monsieur le Comte,

» Permettez-moi de vous remercier au nom de la ville de Lyon et au mien du bon souvenir
» que vous nous avez gardé, et de vous dire combien j'ai été touché de la bienveillante lettre que
» vous m'avez adressée pour m'annoncer le mariage de votre fils. Lyon aussi, Monsieur le Comte,
» a conservé le souvenir du magistrat habile et conciliant qui a administré le département du
» Rhône avec tant d'éclat. Il fait des vœux pour son bonheur : c'est vous dire qu'il en fait aussi
» pour le bonheur du jeune couple sur lequel il reporte l'affection qu'il vous avait vouée.

» Signé THERME. »

Inondation extraordinaire de la Loire.

En 1846, un immense désastre, jusqu'alors sans exemple, porta la désolation dans toutes les contrées riveraines de la Loire. Le 21 octobre des estafettes, expédiées par les préfets des régions supérieures de son cours, annonçaient à ceux des départements inférieurs qu'une élévation soudaine, extraordinaire des eaux du fleuve, accompagnée des symptômes les plus menaçants, présageait une inondation formidable, qu'on ne pouvait trop se hâter de prendre les plus actives précautions pour soustraire à ses effets les habitations qui y étaient exposées et de préparer tous les moyens de sauvetage. En effet la crue prenait les caractères les plus redoutables; les eaux s'élevaient incessamment, furieuses, écumantes; bientôt elles franchirent les digues destinées à les contenir, les rompirent sur plusieurs points en y ouvrant des brèches de cinq à six cents mètres et plus encore d'où elles se précipitaient en immenses cataractes dans la vallée soudainement transformée en torrent de plusieurs kilomètres de largeur, entraînant tout ce qui lui faisait obstacle, les ponts, les maisons, déracinant les arbres, interceptant les communications par la destruction des routes, envahissant les bas quartiers de la ville à une hauteur de dix à douze pieds. On vit des voyageurs surpris sur des tronçons de digue que la violence des eaux avait isolés, y rester pendant toute une interminable nuit dans les terribles angoisses que leur donnait la crainte de se voir emporter par l'irrésistible torrent avec le terrain mouvant qui les portait. On vit des malheureux habitants de la plaine, trop lents à abandonner leurs demeures, s'élever graduellement avec les eaux jusque sur le faîte de leurs maisons qu'elles battaient d'une manière formidable, implorant par leurs signes de détresse des secours que des hommes animés d'un sentiment héroïque de charité n'hésitaient pas à leur porter, en bravant les dangers non moins grands d'une effrayante navigation sur de frêles embarcations, à travers les débris de toutes sortes que le torrent entraînait, au risque d'en être submergés ou d'être suspendus aux arbres inaperçus qu'il recouvrait.

Les ingénieurs partagèrent hardiment ces périls en se portant sur tous les points où leur présence pouvait être utile. Je voulus les accompagner parce que, comme à la guerre, plus il y a de danger, plus il est du devoir des chefs de donner le bon exemple. Je parcourus aussi, accompagné de l'évêque, toutes les parties que l'inondation laissait accessibles, portant aux pauvres inondés des consolations et la promesse d'abondants secours.

On reprend confiance dans la noblesse de notre nature au touchant spectacle que donnait une partie de la population, s'exposant à périr pour sauver une autre qui périssait. Toutes les classes du peuple, animées par l'exemple des autorités et du clergé, rivalisaient d'ardeur dans cette œuvre de dévouement : de longues chaînes d'hommes, liés pour ainsi dire les uns aux autres afin de s'entraider à résister à l'impétuosité des eaux, s'y enfonçaient, autant que cela se pouvait sans être entraînés, pour aller retirer des maisons qu'elles envahissaient des femmes, des vieillards, des enfants, que la soudaineté de l'inondation y avait surpris.

C'est dans de telles circonstances qu'on peut reconnaître la sublimité de la charité chrétienne, comparée aux stériles théories du philosophisme ; tandis que celles-ci ne tendent qu'à démoraliser la société en excitant l'irritation des pauvres contre les riches, et n'ont d'autres moyens d'aisance à présenter aux uns que la spoliation des autres, celle-là, tendre, compatissante, appelle à elle les misères, se dépouille pour les soulager et donne jusqu'à sa vie pour sauver celle d'autrui.

L'évêque de Blois en donna dans ce désastre un mémorable exemple : son palais fut converti en une vaste maison de refuge, ouverte à tous les malheureux que le fléau avait laissés sans asile et momentanément sans moyens d'existence : ses salles furent changées, les unes en dortoirs où des lits et tout ce qui pouvait leur procurer un abri et un repos commodes avaient été disposés, d'autres en réfectoires où une alimentation abondante et substantielle leur était distribuée trois fois par jour. Des sœurs de charité étaient préposées à ces divers services. Les cours de l'évêché étaient transformées en bivouacs où les animaux de toutes sortes, restés comme leurs maîtres sans asile, recevaient leur nourriture quotidienne en attendant qu'on vînt les réclamer. Dix jours entiers se passèrent dans cet admirable dévouement.

A la nouvelle du désastre l'émotion fut profonde et générale ; des secours de toute nature, en argent, en vêtements, en linge, en bois, en ustensiles de ménage, etc., furent envoyés de toutes parts: partout des souscriptions furent ouvertes et généreusement remplies. Les Chambres votèrent des sommes considérables.

Je m'empressai de recueillir et de signaler au gouvernement une foule d'actes du plus héroïque courage en sollicitant pour leurs auteurs des récompenses honorifiques ou pécuniaires, selon leurs positions et leurs convenances qui furent largement accordées.

Enfin les eaux se retirèrent: alors le spectacle des dévastations qu'elles avaient causées se montra dans toute son horreur. C'étaient, partout épars dans la plaine, des entassements de ruines de toutes sortes, d'arbres, de meubles, de toitures de maisons, etc., etc. A la place des habitations qui avaient été emportées on voyait les débris de celles que le torrent avait détruites dans les régions supérieures: la configuration du sol avait totalement changé: d'énormes amoncellements de terre, de pierres, de gravier, s'étaient formés à côté de profondes excavations que les eaux tourbillonnantes avaient creusées: de grandes étendues de terres fécondes avaient disparu sous d'épaisses couches d'un sable aride: c'était le chaos dans tout son hideux désordre. Heureusement on n'eut à regretter la perte de personne, grâce aux sages et intelligentes dispositions prises par l'autorité municipale et à son active et courageuse intervention.

J'établis une loterie en faveur des inondés de mon département.

Quelqu'abondants qu'eussent été les secours que la commisération publique avait prodigués aux victimes de l'inondation, ils ne pouvaient suffire à tant de besoins. Je m'ingéniai donc pour leur en procurer de nouveaux. Je crus en trouver le moyen dans une loterie, moyen un peu usé à la vérité, déconsidéré même par les criants abus de toutes sortes auxquels d'autres loteries récentes avaient donné lieu, mais que je me flattai de réhabiliter en donnant à celle que je me proposais d'établir toutes les garanties que le public pouvait attendre de la pureté de l'intention et de l'honneur de mon nom. J'étais loin de prévoir les difficultés de l'entreprise dans laquelle je m'engageais, et les anxiétés que je me préparais. Quand je pus en comprendre les complications, il n'était plus temps de reculer: la loterie avait été annoncée dans les journaux, divers engagements avaient été pris, force était donc de persister et de chercher à pousser la chose à la meilleure fin possible.

A cet effet des démarches furent faites par moi, par ma famille, par mes amis, par d'autres personnes encore émues des malheurs qu'un si grand désastre avait causés, avec tout le zèle de la charité, pour intéresser le plus grand nombre possible à son succès. Les premières célébrités artistiques, scientifiques, littéraires, les marchands les plus renommés dans les différentes branches d'industrie furent sollicités d'y concourir. De nombreux dépôts de billets furent faits à Paris, en province, et recommandés à la protection des autorités. Il en fut envoyé aux ministres de France près les puissances étrangères pour être placés par leur influence. On répondit généralement à cet appel avec une générosité qui dépassa toutes mes espérances. Parmi les objets plus ou moins remarquables qui me furent envoyés comme lots, je citerai de charmants tableaux de MM. Horace Vernet, Ary et Henri Scheffer, Isabey, De la Croix, Couture, J. Coignet, Duban, etc., dont plusieurs furent vendus quatre et cinq mille francs : M. Erard me fit don d'un piano de la valeur de dix-huit cents francs : plusieurs littérateurs, au nombre desquels étaient MM. Thierry, Victor Hugo, etc., donnèrent la collection de leurs œuvres : je reçus de différents libraires des livres d'une grande valeur et de beaucoup de marchands de meubles de charmants objets de goût produits de leur industrie. Il fut fait dans une salle de la préfecture une brillante exposition des lots de la loterie dont les moindres avaient une valeur de dix francs. Une commission composée de notabilités de la ville fut préposée à la vérification des comptes et à la surveillance du tirage. Il se fit en présence d'un public nombreux et constata l'accomplissement de la promesse qui avait été faite d'une loterie honnête.

Le public en apprit avec étonnement et reconnaissance le remarquable résultat. Les billets placés produisirent une somme de 45,984 fr. 77 c. lesquels, déduction faite de 13,747 fr. 83 c. dépensés en frais de toutes sortes, laissèrent celle de 31,800 fr. à répartir entre les pauvres victimes de l'inondation additionnellement aux secours qui leur avaient été précédemment distribués.

La commission, après s'être occupée de faire le meilleure emploi possible de ces ressources que la loterie avait créées, termina le procès-verbal de ses opérations en ces termes :

« La commisssion, à l'unanimité, a cru satisfaire au sentiment public en » exprimant à M. le préfet sa reconnaissance de la généreuse pensée qui lui » a inspiré, ainsi qu'à Mme la comtesse de Lezay-Marnésia, le dessein d'instituer une loterie en faveur des inondés de leur département, et de la noble » persévérance que l'un et l'autre ont apportée dans l'accomplissement de cette » œuvre, persévérance que n'ont découragée ni les ennuis ni les dégoûts » nécessairement attachés à une semblable opération; elle a reconnu avec » bonheur que c'est à leur haute intervention, à leur zèle infatigable, à l'autorité de leur nom que doit être attribué un succès qu'il n'était pas permis » d'espérer dans les fâcheuses circonstances où la cherté des vivres avait placé » le pays et en présence de tous les sacrifices qu'appelait le soulagement des » classes malheureuses. »

Cherté excessive des grains en 1847.

Les désastres se succédaient; après la grêle de 1839 était venue l'inondation de 1846; en 1847, survint une excessive cherté des grains qui produisit une extrême misère. Le ministre de l'agriculture et du commerce, M. Cunin-Gridaine, s'était laissé surprendre; il n'avait rien prévu, par conséquent pourvu à rien; il montra dans cette difficile circonstance une déplorable insuffisance qu'il cherchait à dissimuler par des circulaires souvent imprudentes, qui ne faisaient qu'augmenter les alarmes, en nommant des commissions de subsistances, moyen commode de couvrir ses bévues et sa responsabilité. En pareilles circonstances, le mal s'aggrave par la peur qu'on en a; les propriétaires de grains le resserrent; ce resserrement en fait hausser le prix; pour profiter de cette hausse, ils n'en livrent sur les marchés qu'en quantité insuffisante à la consommation; moins il y en a, plus les consommateurs sont avides d'en avoir, et la crainte d'en manquer fait qu'on veut s'en procurer à tout prix. D'un autre côté, les administrations locales, dans une juste sollicitude pour les besoins des populations confiées à leurs soins, comme aussi pour prévenir les mécontentements que ne peut manquer d'exciter l'insuffisance des grains sur les marchés et les désordres qui en sont la conséquence, en font faire de toutes parts des achats que les hommes qui spéculent sur la misère publique tiennent à des prix excessifs.

Aux questions que l'embarras des circonstances suggérait, aux idées qu'on lui soumettait, aux instructions qu'on lui demandait, le ministre répondait par cette invariable formule: « Liberté entière du commerce, libre circulation des » grains. » Dans les représentations que je m'étais permis de lui adresser à ce sujet, je lui observais que, tout en admettant le principe de la liberté du commerce, de la circulation des grains, cette liberté, comme toutes les libertés possibles, devait être réglementée; je lui demandais, par exemple, s'il entendait que cette liberté comportât celle par les spéculateurs de retenir chez les cultivateurs tous les grains qu'ils possèdent de manière à les rendre les maitres de n'en émettre dans la circulation non selon les besoins, mais selon leurs convenances et par suite de l'être des prix; s'il comprenait encore dans cette liberté celle d'arrêter sur les routes, en les achetant, les grains que les fermiers amènent pour l'approvisionnement des marchés et de les détourner de leur destination, en laissant le peuple consommateur privé de ses moyens d'existence et en proie à l'inévitable irritation que doit exciter chez lui cet état de détresse, en présence des coupables spéculateurs qui auraient ainsi le privilége de s'enrichir de sa misère. Comment s'étonner alors qu'ils en deviennent quelquefois les victimes? Je lui demandais encore s'il prétendait, d'après ce même principe, abroger cet usage établi presque partout, par un juste sentiment d'équité et d'humanité, de ne permettre aux marchands d'acheter sur les marchés que passé une certaine heure, après que les boulangers et les petits consommateurs sont pourvus? Enfin comment il conciliait avec ce principe de liberté absolue le démenti que lui donnait le gouvernement lui-même en interdisant sagement l'exportation des grains quand leurs prix dépassent un certain taux. Je lui rappelais le décret impérial du 4 mai 1812 relatif à la circulation des grains et des farines et à l'approvisionnement des marchés comme étant la législation la mieux appropriée aux besoins de semblables circonstances, la mieux faite pour établir une équitable proportion entre la consommation et les ressources, entre les intérêts du commerce et ceux des consommateurs. A ces observations qui méritaient bien quelques explications, toujours même invariable réponse : « Liberté absolue, illimitée du commerce des grains; entendez-vous, Monsieur » le préfet, ne vous écartez pas de là. » Le ministre alla jusqu'à trouver très mauvais que je les eusse soumises à l'appréciation du conseil général.

On a, en France, une merveilleuse facilité à admettre comme vérités incontestables certaines théories qui ne sont que spécieuses; telle est celle d'après laquelle la liberté du commerce des grains, qui peut être en effet un palliatif aux funestes effets des disettes, en est donnée comme le correctif, en se fondant sur ce raisonnement que le libre transport des grains des parties du pays où ils sont en plus dans celles où ils sont en moins présentant d'infaillibles bénéfices au commerce, ces transports ne peuvent manquer de s'opérer et de rétablir l'équilibre. Mais sans compter les cas où l'insuffisance est générale, combien de circonstances ne viennent-elles pas déconcerter ces calculs? L'éloignement des dépôts, la difficulté, la rareté, la lenteur des moyens de transport, l'augmentation de leurs prix à raison du besoin qu'on en a, etc., etc.

La disette de 1847 donna bien la preuve de l'insuffisance de ce moyen; en effet le gouvernement et le commerce avaient fait des demandes considérables de grains dans le Nord et en Orient; le port et la ville de Marseille en furent encombrés, mais ils ne furent que de bien peu de ressources pour les parties de la France qui en étaient éloignées, ces grains n'ayant pu être écoulés soit à cause de leur arrivée tardive, soit à cause des moyens insuffisants de transport et du haut prix auquel on les tenait; aussi celui du blé, qui s'éleva à Blois jusqu'à 56 fr. l'hectolitre, ne se ressentit pas de cette abondance à certaines distances de la localité où elle existait, et le défaut d'écoulement de cet amoncellement de grains à Marseille devint une nouvelle source de calamités pour le commerce pour qui ce fut une cause de nombreuses faillites.

La misère générale, résultant de ce concours de circonstances, occasionna des troubles plus ou moins sérieux dans presque tous les départements de France : dans quelques-uns, notamment dans celui de l'Indre, ils furent poussés jusqu'à la dévastation et au meurtre. Aucun de ceux limitrophes à celui de

Loir-et-Cher n'y échappa, mais ils s'arrêtèrent à ses limites sans qu'aucun désordre troublât le calme dont il n'avait cessé de jouir. Le marché de Blois continua d'être abondamment approvisionné, on s'y rendait avec confiance à cause de la protection et de la sécurité que vendeurs et acheteurs y trouvaient, garanties par des mesures prises à propos et par des forces suffisantes toujours prêtes pour imposer aux perturbateurs, s'il s'en était trouvé.

Cette situation exceptionnelle fut remarquée; outre la satisfaction que j'éprouvai de la tranquillite dont jouissait mon département au milieu des troubles qui agitaient ses voisins, j'eus celle de recueillir les plus touchants témoignages de la reconnaissance publique et les louanges les plus flatteuses de mon administration.

Révolution du 24 février 1848.

J'ai dit tout ce que le pays avait eu à souffrir successivement de la grêle, de l'inondation, de la disette : mais ces fléaux, qu'étaient-ils auprès de la catastrophe survenue le 24 février 1848? Ce n'étaient plus des moissons détruites, des digues rompues, des maisons emportées, des plaines fertiles stérilisées ; c'était la destruction d'une grande monarchie qui avait relevé la France de l'humiliation, de la détresse où une précédente révolution l'avait replongée, et, avec elle, celle de la liberté, de la légalité, de l'ordre, dont, pendant dix-huit ans, cette monarchie avait fait jouir le pays au sein de la prospérité et de la paix; c'étaient la société et la civilisation ébranlées dans leurs fondements; c'était le principe du mal vainqueur les livrant à la domination de tous les vices, de toutes les abjections. Les ruines que fait la nature dans ses désordres sont partielles et passagères; elle a en elle les moyens de les réparer et de faire sortir le bien du mal même ; mais celles que fait dans l'ordre social la démoralisation sont irréparables, ou ce n'est qu'après des siècles de troubles, de déchirements et de barbarie qu'une nouvelle ère de civilisation peut renaître.

Il ne faut pas chercher ailleurs que dans cette démoralisation générale les causes des révolutions sous lesquelles tant de gouvernements, quelque bien assis qu'ils parussent être, ont succombé. Dans le désordre qu'enfante cette démoralisation, tous les éléments de la société se décomposent; le relâchement des mœurs et des principes conservateurs amène le relâchement des liens qui, dans un ordre régulier, rattachent l'homme à la société, à la famille, à la patrie. De là le mépris progressif de l'autorité, des lois, des convenances, des devoirs, de l'honneur même; de là ces monstrueuses coalitions d'oppositions systématiques et sans conviction, divisées entre elles d'intérêts et de principes, qui s'unissent pour renverser le pouvoir et se l'approprier. Dans ce déréglement des esprits, des consciences, des ambitions, on en vient à secouer tout ce qui gêne, à abattre tout ce qui fait obstacle ; chacun rapporte tout à soi, se fait juge de tout, se croit propre à tout, prétend à tout, sacrifie tout pour arriver à ses fins : ceux qui n'ont ou qui ne sont rien se remuent dans l'agitation générale pour avoir ou être quelque chose; ceux qui ont ou sont quelque chose pour avoir mieux; le gouvernement n'ayant que le faible appui de lois méconnues pour se défendre contre tant d'ardentes prétentions finit par succomber. Ainsi tomba, pour la première fois, la monarchie française en 1792. La bonté, les vertus, la pureté des mœurs du bon roi Louis XVI, son abnégation personnelle, son adorable dévouement pour le bien de ses peuples ne purent la sauver de l'abîme sur la pente duquel la corruption des précédents règnes l'avait placée. Alors tous les rapports entre les peuples et l'autorité furent rompus, le pays se divisa en autant de partis et devint autant de proies qu'il s'éleva d'ambitions, et des maux jusqu'alors inconnus aux nations s'appesantirent sur la France, jusqu'à ce que l'anarchie subjuguée par le pouvoir militaire fit place au despotisme du sabre, inauguré par le génie et la gloire, accepté à ces titres, et qui périt à son tour par ses propres excès.

Vint la restauration qui ne seconda que trop par ses fautes une opposition ambitieuse, habile à les exploiter à son profit. Les chefs de cette opposition, infatués d'eux-mêmes et mécontents de ce que leur esprit et leurs talents ne les avaient pas portés tout d'abord aux premiers rangs, impatients d'attendre, se firent les promoteurs et les échos des mensonges et des calomnies qui s'élaboraient journellement contre le chef de l'État et contre son gouvernement dans les journaux, dans les pamphlets, dans les sociétés secrètes auxquelles ils s'étaient affiliés, et les organisateurs des complots qui s'y tramaient : ils parvinrent ainsi à le renverser et à se mettre à sa place en se proclamant les réparateurs de toutes les fautes et les garants de l'accomplissement de toutes les espérances.

Mais l'exemple qu'ils avaient donné et le facile succès qu'ils avaient obtenu ne pouvaient manquer d'avoir des imitateurs qui emploieraient contre le pouvoir qu'ils avaient fondé les moyens dont ils s'étaient servis contre celui qu'ils avaient abattu. En effet, ce nouveau gouvernement ne tarda pas à être assailli par les mêmes attaques, les mêmes dénigrements, les mêmes calomnies, les mêmes complots, et de plus criminels encore, de la part des ambitions jalouses que son élévation avait fait surgir et qui avaient appris de ces usurpateurs du pouvoir comment on peut le renverser. Ils reconnurent bientôt que les éminentes vertus dont le prince et sa famille donnaient le rare exemple, que sa haute intelligence, sa fidélité à la légalité constitutionnelle, que la gloire que les jeunes princes ses fils s'étaient prématurément acquise en ajoutant de nouveaux lauriers à ceux de nos armes, et enfin leurs propres talents ne suffisaient pas pour y résister ; alors ils crurent pouvoir s'aider de la corruption pour se composer dans les Chambres une majorié capable de les soutenir, mais elle la leur ôta dans la nation et ne fit que précipiter la chute de ce nouveau trône constitutionnel en discréditant son principe. C'est ainsi que, d'opposition en opposition, de crise en crise, de démolition en démolition, la France est tombée dans cet ignoble chaos qu'a fait la révolution de 1848, qui ne présage qu'anarchie, déchirements, guerre civile, et, à leur suite, l'inévitable domination d'un nouveau despotisme militaire, mais cette fois sans grandeur et sans gloire.

L'immoralité et les excès des gouvernements absolus amènent les révolutions populaires; l'immoralité et les excès des révolutions populaires font rétrograder vers le pouvoir absolu: telle est la marche invariable des sociétés humaines. On trouve dans la belle Histoire de la Régence et du règne de Louis XV, par le comte de Tocqueville, la confirmation de la première de ces observations: l'état de dégradation morale dans lequel les révolutions nous ont plongés rend la seconde inévitable.

MM. Guizot, de Broglie, Thiers, Duchâtel, de Rémusat, Barthe, Odilon Barrot, etc., etc., furent les principaux des acteurs encore vivants dans les scènes de la première de ces périodes révolutionnaires. Plusieurs d'entre eux se firent remarquer par des talents supérieurs; mais, habiles à renverser, ils furent incapables de maintenir ce qu'ils avaient fondé, et qu'ils avaient mission de conserver.

MM. Thiers, Odilon Barrot, de Lamartine, Duvergier de Hauranne, etc., qui avaient accepté les Ledru-Rollin et autres conspirateurs subalternes pour collaborateurs dans l'œuvre de destruction du trône du roi Louis-Philippe, furent ceux qui y prirent la part la plus active. L'histoire dira par quelles odieuses machinations, par quelles trahisons, par quelles lâchetés, l'honnête et grand roi, digne d'un meilleur peuple, fut conduit de piége en piége à la fatale extrémité de son abdication et de sa fuite. Ils avaient voulu lui substituer la régence de madame la duchesse d'Orléans, afin de gouverner sous son nom; mais, joués eux-mêmes par les révolutionnaires plus audacieux qu'ils s'étaient associés, ceux-ci restèrent maîtres du pouvoir qu'ils firent passer aux mains de la plus vile populace. Les premiers, se voyant dépassés, rejetés par leurs complices et menacés eux-mêmes par l'incendie qu'ils avaient allumé, se posèrent, par un de ces revirements qui leur sont habituels, comme seuls capables de sauver la société, et prêchèrent la croisade contre leurs vainqueurs; ce qui les fit appeler spirituellement des incendiaires qui se faisaient pompiers.

Tant que le danger commun fut imminent, ils s'unirent au parti de l'ordre pour le conjurer: mais quand un nouveau pouvoir, élevé par le peuple lui-même fut constitué, qu'il se montra, contre toute attente, digne de sa haute mission et capable de la remplir sans subir leur domination, leur orgueil, blessé de ce qu'on croyait pouvoir se passer d'eux, réveilla leur nature factieuse : la coalition désorganisatrice se reconstitua et déclara une guerre implacable au pouvoir restaurateur de l'ordre, au risque de livrer de nouveau la société à la faction subversive qui la menace incessamment. Voilà où nous en sommes aujourd'hui, 9 février 1851.

Cependant il faut tout dire : certaines manifestations qui s'étaient produites lors de l'élection si significative du prince Louis-Napoléon Bonaparte à la présidence de la République, dans les populations des campagnes fatiguées et dégoûtées des ruineuses orgies de la République, comme aussi dans quelques rangs de l'armée dont ce glorieux nom avait réveillé l'orgueil, manifestations encouragées et entretenues par l'entourage du prince et dont son ambition, chatouillée par ces amorces, avait peut-être aussi voulu sonder la portée, furent la cause ou le prétexte de ces menées. C'était de la part du prince une faute qui compromettait sa fortune, car c'était donner l'éveil à toutes les ambitions, soit personnelles, soit de partis, et les coaliser contre lui comme il est advenu. Ces ambitions auraient bien consenti à laisser dans ses mains le dépôt du pouvoir pendant tout le temps dont elles avaient besoin pour préparer leurs moyens de se produire avec des chances de succès et jusqu'à ce qu'une occasion favorable s'en présentât, ce qui eût été de toutes les solutions provisoires la plus désirable, mais non à servir de marchepied à la sienne ou à abdiquer leurs prétentions en sa faveur : il eût été plus sûr, plus politique, et surtout plus patriotique de se contenter du rôle, déjà assez beau, de chef, même temporaire, d'un état comme la France, de suivre attentivement dans cette attitude mesurée et, en apparence au moins désintéressée, la marche des événements, en se tenant dans les limites du pouvoir que la constitution lui avait posées, en ne donnant ombrage à aucun des partis intéressés à l'ordre, en les maintenant tous par l'espoir de trouver en lui un appui dans l'occasion. En suivant cette marche, il eût été de l'intérêt de tous, légitimistes et orléanistes, de favoriser la prolongation de ses pouvoirs présidentiels, non pas assez pour qu'il pût se faire l'illusion qu'il aurait pour lui des chances de conquérir le pouvoir suprême et de s'y perpétuer, tentative, s'il s'y laissait entraîner, qui, à mon avis, le perdrait et nous avec lui, mais assez pour se donner le temps de préparer une solution, aux passions celui de se calmer, et à la société celui de se reconstituer sur des bases plus durables. Maintenant il est à craindre qu'en s'aliénant les partis il n'ait compromis sa propre fortune et les chances de retour à l'ordre et au principe d'autorité qu'une conduite plus prudente aurait pu assurer,

Toutefois il se pourrait que dans l'inextricable complication dans laquelle tant d'intérêts opposés, tant d'ambitions sans grandeur, tant de partis rivaux sans têtes assez fortement organisées pour la domination ont plongé la France, ses populations, fatiguées des anxiétés du présent, effrayées de l'avenir, et pour échapper au retour des abus de l'ancien régime dont elles se croient toujours menacées par le parti légitimiste, comme aux conséquences des dissolvantes utopies dont la société est infectée, se rattachassent encore une fois à Louis-Napoléon comme à un sauveur; mais alors il serait à craindre que cette solution même qui serait en contradiction avec la constitution et, ce qui serait pis encore, avec le sentiment de l'Assemblée législative dont les partis d'ailleurs si divisés entre eux pourraient bien se mettre d'accord pour l'écarter, n'amenât de nouvelles et plus sérieuses complications dont il n'est donné à aucune sagacité humaine de prévoir les conséquences.

Au commencement de l'année 1850, ma nièce, la grande-duchesse douairière de Bade, est venue visiter le prince Louis-Napoléon Bonaparte, président de la République; fils de la reine Hortense, laquelle était cousine issue de germaine du comte de Beauharnais, mari de ma sœur et père de la grande-duchesse Stéphanie, le prince se trouve être ainsi neveu de ma nièce. Il avait passé une partie de sa jeunesse sous ses yeux et il a gardé pour elle une grande déférence. Il l'a reçue avec l'expression du plus tendre et du plus respectueux attachement et avec tous les égards dus à sa haute position. Elle a été logée au palais de l'Elysée; elle y a eu sa maison grandement montée. Ma femme, mon fils Albert, ma belle-fille et moi avons été la voir. Je ne l'avais pas vue depuis l'année 1829. Elle a remplacé ce qu'elle a perdu de jeunesse par cette dignité, à la fois gracieuse et noble, par cette élégance de politesse, de manières et de langage que donne l'usage des cours et du grand monde, conservées dans leur intégrité en Allemagne, et complètement perdues en France. Sa physionomie, fine et spirituelle, a une expression caressante qui s'harmonise fort heureusement avec la grâce de sa parole. Quoique petite et d'un fort embonpoint, elle a le grand air de ce qu'on appelait autrefois les grandes dames. Une telle nouveauté a fait événement à Paris: tout ce qu'il y a de plus éminent dans la société, parmi les femmes, parmi les hommes en place, parmi les savants, les artistes, tout ce qui reste d'existences considérables de l'Empire a voulu lui être présenté. Le concours était immense et l'attrait qu'elle savait donner à ses réceptions l'a entretenu pendant tout le temps qu'a duré son séjour à Paris.

Elle s'est montrée également parente aimable, empressée, gracieuse pour nous tous: elle a voulu que sa maison nous fût ouverte, non comme à de simples visiteurs, mais comme à des intimes, et que nous fussions reçus chez le prince avec la distinction due à ses parents, ce qui ne pouvait nous convenir autrement et qui eut lieu en effet de sa part avec la plus parfaite bonne grâce. C'est avec un vif plaisir que j'ai vu la grande-duchesse l'objet d'hommages aussi unanimes et aussi mérités.

Dans un second voyage que j'ai fait à Paris au printemps de cette même année 1850, j'ai été atteint d'une grave et douloureuse maladie; j'ai cru toucher au terme de ma vie, et, dans les intervalles de souffrances qui laissaient à mon esprit quelque liberté, j'ai fait mes adieux à ma femme, à mes enfants, au monde, dans une pièce de vers que j'ai intitulée : *Le Printemps d'un Mourant ou mon Testament de Cœur.* Je la transcris ici comme l'expression vraie de mes sentiments. Elle clora ces mémoires auxquels ma retraite des affaires et mon grand âge ne me laisseraient plus rien à ajouter.

LE PRINTEMPS D'UN MOURANT

OU MON TESTAMENT DE CŒUR.

Le printemps sourit à la terre,
Il revient couronné de fleurs;
Tout resplendissant de lumière,
Tout brillant de mille couleurs :
Son haleine voluptueuse
Porte la vie et le plaisir
Au sein de la terre amoureuse.
Tout renaît..... et je vais mourir!

De mes jours la source est tarie :
Plus d'illusion : désormais,
Qu'ai-je à compter avec la vie?
Un jour peut-être et plus jamais;
Comme la plante desséchée
Par la tempête et les frimas,
Du sol nourricier détachée,
Tombe et ne se relève pas.

Charmant réveil de la nature,
Viens avec tous les ornements
De ta gracieuse parure
Récréer mes derniers moments.
Poursuivant ta vaste carrière,
Soleil, pour la dernière fois,
Inonde-moi de ta lumière,
Réchauffe mes sens aux abois.

Fleurs, de vos plus douces haleines
Parfumez, embaumez les airs;
Doux zéphirs, caressez les plaines;
Oiseaux redoublez vos concerts.
Viens dans le superbe étalage
De ta grâce et de ta beauté,
Nature, fêter mon passage
De la vie à l'éternité.

Joins à cette belle harmonie,
Religion, tes chants pieux,
Par la mystérieuse hostie
Ouvre-moi la porte des cieux :
Ministre du Dieu qui pardonne,
Prêtre vénéré, de tes mains
J'attends la céleste couronne
Que ce Dieu promet à ses saints.

Vous qu'à cette heure solennelle
De longue séparation,
Un pieux sentiment appelle,
Heure de triste émotion :
Mes enfants, élus de mon âme,
Pensez à moi, restez unis :
Au nom du Dieu qui me réclame,
Mes chers enfants, soyez bénis !

Descendants d'une antique race,
De nos vénérables aïeux
Suivez fidèlement la trace :
Simples, mais grands, mais glorieux,
Ils combattaient sous les bannières
De Dieu, du pays, de l'honneur;
Moins riches que nous en lumières,
Ils l'étaient bien plus en grandeur.

Ils m'ont transmis un nom sans tache
Que je vous rends pur à mon tour;
Dépôt sacré qui se rattache
A votre honneur, à votre amour.

Respectez cet adieu suprême ;
Car la voix d'un père mourant
C'est presque la voix de Dieu même,
De mon cœur c'est le testament.

Je n'ai point convoité la gloire
Des conquérants et des héros :
Ma vie est une simple histoire
D'un temps d'effroyable chaos :
Temps qui résume en ses abîmes
Ce que les siècles répétés
On produit de gloire, de crimes,
De grandeurs et d'atrocités.

Jeté, dès ma première enfance,
Seul, sans boussole, sans appui,
Dans la bouillante effervescence
Des factions et des partis,
J'ai pris ma raison pour mon guide
Dans ce labyrinthe d'erreurs,
Mon amour du bien pour égide
Contre leurs sauvages fureurs.

Longtemps battu par la tempête,
Porté tantôt haut, tantôt bas,
J'ai sans honte soustrait ma tête
A ses redoutables éclats,
Toujours poursuivant ma carrière
Dans l'exercice du pouvoir
Et dans la fortune contraire
En vrai chevalier du devoir.

Ainsi va se finir le songe :
Du présent plus rien : du passé
La mort, avec sa froide éponge,
Aura bientôt tout effacé ;
Tout, hormis pourtant ma mémoire,
Qu'en mes rêves consolateurs,
Mes enfants, je veux, je dois croire,
Ineffaçable de vos cœurs.

Douce compagne de ma vie,
Honneur et charme de mes jours,
Affermis ton âme attendrie ;
Du ciel implore le secours
Pour calmer ta douleur profonde :
Et vois dans ces apprêts de mort
Mon entrée à cet autre monde
Inaccessible aux coups du sort.

Si notre union conjugale
Fut, selon le vœu de mon cœur,
Une suite à peu près égale
De jours de paix et de bonheur,
Près de ma tombe solitaire
Tu viendras parfois recueillir,
Sur les ailes de la prière,
Un cher et tendre souvenir.

Et quand, vaincue aussi par l'âge,
Le Dieu bon, auteur de tout bien,
Dont tu fus la vivante image,
Rompra tes terrestres liens,
Nos cœurs, dans la céleste sphère
Pour l'éternité réunis,
Retrouveront le paradis
Que tu m'as donné sur la terre.

FIN.

www.ingramcontent.com/pod-product-compliance
Lightning Source LLC
Chambersburg PA
CBHW052003020726
47501CB00004B/980